Alle Rechte, einschließlich das des vollständigen oder
auszugsweisen Nachdrucks in jeglicher Form, sind vorbehalten.

Alle handelnden Personen in dieser Ausgabe sind frei erfunden.
Ähnlichkeiten mit lebenden oder verstorbenen Personen wären rein zufällig.

Der Preis dieses Bandes versteht sich einschließlich
der gesetzlichen Mehrwertsteuer.

Umwelthinweis:
Dieses Buch wurde auf chlor- und säurefreiem Papier gedruckt.

Susan Andersen
Reine Kuss-Sache

Mr. Perfect gibt es nicht

Seite 7

Rosarot in Seattle

Seite 287

MIRA® TASCHENBUCH
Band 25912
1. Auflage: März 2016

MIRA® TASCHENBÜCHER
erscheinen in der HarperCollins Germany GmbH,
Valentinskamp 24, 20354 Hamburg
Geschäftsführer: Thomas Beckmann

Copyright © 2016 by MIRA Taschenbuch
in der HarperCollins Germany GmbH

Titel der nordamerikanischen Originalausgaben:

Cutting Loose
Copyright © 2008 by Susan Andersen
erschienen bei: HQN Books, Toronto

Bending The Rules
Copyright © 2009 by Susan Andersen
erschienen bei: HQN Books, Toronto

Published by arrangement with
Harlequin Books II. B.V./S.ár.l.

Konzeption/Reihengestaltung: fredebold&partner gmbh, Köln
Umschlaggestaltung: büropecher, Köln
Redaktion: Mareike Müller
Titelabbildung: Thinkstock/Getty Images, München; Andrew Zarivny
Autorenfoto: Studio B Portraits
Satz: GGP Media GmbH, Pößneck
Druck und Bindearbeiten: CPI books GmbH, Leck – Germany
Printed in Germany
Dieses Buch wurde auf FSC®-zertifiziertem Papier gedruckt.
ISBN 978-3-95649-281-5

www.mira-taschenbuch.de

Werden Sie Fan von MIRA Taschenbuch auf Facebook!

Susan Andersen

Mr. Perfect gibt es nicht

Roman

Aus dem Amerikanischen von
Tess Martin

PROLOG

Liebes Tagebuch,
Familienleben finde ich beschissen.
Warum kann ich keine normalen Eltern haben?
12. Mai 1990

„Jane, Jane, wir sind da!"
Die zwölfjährige Jane Kaplinski beugte sich aus dem Schlafzimmerfenster und sah, wie der Chauffeur mit ernster Miene die Tür der Limousine öffnete. Ihre beiden Freundinnen Ava und Poppy sprangen heraus.

„Ich komme runter", rief sie und warf noch einen Blick auf Poppys blonde vom Wind zerzauste Locken und den dünnen Rock, in dem sich der Wind verfangen hatte. Obwohl sie die Sachen wahrscheinlich bei Wal-Mart gekauft hatte, sah Poppy ziemlich cool aus. Ava dagegen, die körperlich weiter entwickelt war als alle anderen in ihrer Stufe, erinnerte in ihrem teuren blassgrünen Kleid eher an eine Presswurst. Der Stoff spannte sich unvorteilhaft um Hüfte und Brust. Aber ihr glattes flammend rotes Haar funkelte in der Frühlingssonne, und als sie zu Jane hinaufgrinste, entstanden zwei hübsche Grübchen in ihren Wangen.

Jane strich sich den dunkelblauen Rock glatt, stellte das Radio aus, in dem gerade Madonnas „Vogue" lief, schnappte sich ihren Rucksack und schloss sorgfältig die Zimmertür hinter sich. Dann flitzte sie die Treppe hinunter. Sie musste lächeln, als sie sich vorstellte, dass Ava darauf bestehen würde, anzuklopfen, während Poppy der Ansicht war, dass sie nun wirklich keine Extraeinladung brauchten.

Die Stimme ihrer Mutter ließ sie am Ende der Treppe erstarren. Der Koffer im Flur hätte sie schon stutzig machen müssen, aber sie war so auf den Ausflug mit ihren Freundinnen fixiert gewesen, dass sie ihn bis jetzt gar nicht bemerkt hatte. Und schon stand Dorrie Kaplinski vor ihr. Eiswürfel klirrten im vertrauten

Rhythmus, als sie sich mit dem Glas in der Hand zu ihrem einzigen Kind hinabbeugte.

Blödermistverdammt.

„Du bist zurück", sagte Jane tonlos, als ihre Mutter sie an den üppigen Busen drückte. Ihre Nase versank in einem nach Obsession duftenden Ausschnitt. Jane rang verzweifelt um Luft, rührte sich aber nicht, bis Dorrie den Griff lockerte. Dann allerdings lief sie sofort auf die Tür zu.

„Aber natürlich bin ich zurück, Darling. Du weißt doch, dass ich niemals lange ohne dich sein könnte. Davon abgesehen …", sie strich sich über ihr Haar, „… hat dein Vater mich gebeten zurückzukommen." Dorrie kam auf sie zu und schlang einen Arm um Janes Schultern. Ihr nach Johnnie Walker riechender Atem vermischte sich mit ihrem Parfüm. „Na, sieh dich nur an! So herausgeputzt! Wohin willst du denn gehen?"

Jane wand sich aus ihrer Umarmung und trat einen riesigen Schritt zurück. „Ich bin bei Miss Wolcott zum Tee eingeladen."

„Agnes *Bell* Wolcott?"

Jane nickte.

„Na so was." Dorrie musterte ihre Tochter kurz. „Konntest du nicht etwas Farbenfroheres anziehen?"

Jane betrachtete das neonfarbene Top ihrer Mutter und entgegnete nur: „Mir gefällt es."

„Ich habe eine hübsche rote Perlenkette, mit der du das Ganze etwas aufpeppen könntest." Dorrie griff nach einer ihrer schimmernden braunen Haarsträhnen und rieb sie zwischen den Fingern. „Und vielleicht könnten wir irgendetwas mit deiner Frisur anstellen? Du weißt doch, wie wichtig Details sind. Will man die Rolle haben, dann muss man sich das richtige Kostüm besorgen!"

Jane gelang es, nicht zu erschauern. „Nein danke. Ich bin nur zum Tee eingeladen und nicht der Star in einem eurer Theaterstücke. Außerdem hast du doch bestimmt gehört, dass Avas Auto vorgefahren ist."

„Habe ich?" Dorrie ließ die Haarsträhne fallen und trank einen weiteren Schluck von ihrem Johnnie Walker. „Nun ja.

Jetzt, wo du es erwähnst – ich habe es wohl gehört, aber nicht darauf geachtet."

Was für eine Überraschung. Mom interessierte sich wie immer nur für Mom. Oder für das Drama des Tages in der ganz privaten Dorrie-und-Mike-Show.

Es klingelte, und mit einem erleichterten Seufzen drückte Jane sich an ihrer Mutter vorbei. „Ich muss los. Ava und ich übernachten bei Poppy. Wir sehen uns dann also morgen."

Junge, Junge, wie froh sie war, das abendliche Drama zu verpassen! Wenn ihr Vater entdeckte, dass Mom zurückgekommen war, würde sich ein Feuerwerk der Leidenschaft entzünden. Aber nachdem sie so etwas schon unzählige Male erlebt hatte, konnte Jane heute getrost darauf verzichten.

Ava und Poppy betraten das Haus, bevor sie die Tür erreicht hatte, stellten sich neben sie und riefen: „Hallo, Mrs Kaplinski! Auf Wiedersehen, Mrs Kaplinski!" Dann schubsten sie Jane so schnell es ging Richtung Auto.

Daniel, der Chauffeur der Familie Spencer, öffnete die Hintertür des Lincolns. Während Poppy auf den Rücksitz hechtete, sah er Jane an und tippte an seine schmucke Kappe. „Miss Kaplinski."

Über seine formelle Art wollte sie jedes Mal kichern, doch stattdessen schenkte sie ihm ein feierliches Nicken. „Mr Daniel." Sie kletterte langsam hinter Poppy in den Wagen.

Ava ließ sich neben sie plumpsen, woraufhin Daniel die Tür schloss.

Die drei Freundinnen sahen einander an, als der Chauffeur um den Wagen lief, dann fuhr sich Poppy mit einer dramatischen Geste durchs Haar und mimte einen Aufschrei: „Tee in der Villa der *Wolcotts*!" Sie grinste Jane und Ava an und fragte mit ihrer normalen Stimme: „Warum genau hat uns Miss Wolcott eingeladen?"

„Das habe ich dir ganz bestimmt erzählt." Ava zupfte am Saum ihres Kleides, um ihre molligen Schenkel zu bedecken. „Vielleicht, weil wir alle bei diesem blöden Hauskonzert meiner

Eltern mit ihr gesprochen haben. Die waren total aus dem Häuschen, dass Mrs Wolcott die Einladung überhaupt angenommen hatte. Ich schätze, sie sagt öfter ab, als tatsächlich irgendwo zu erscheinen. Angeblich wünscht sich jeder, sie einmal als Gast zu haben. Aber sie soll auch total verschroben sein, und meine Mom hatte ganz schön Angst vor ihr." Sie zuckte die Schultern. „Keine Ahnung – mir kam sie jedenfalls ziemlich normal vor. Von der Stimme vielleicht abgesehen. Mein Dad sagt, sie klingt wie ein Nebelhorn."

„Ich fand sie interessant", sagte Jane.

„Ja, *und wie*", meinte Poppy. „Sie war schon überall auf der Welt und hat alles Mögliche gemacht. Könnt ihr euch vorstellen, dass sie schon in Paris war und in Afrika und sogar bis vor einem Jahr ihr eigenes Flugzeug geflogen ist? Außerdem hat sie eine tolle Villa." Vor Begeisterung hopste Poppy wild auf dem teuren Ledersitz herum. „Dagegen sieht euer Haus wie eine armselige Hütte aus, Ava. Und dabei dachte ich bisher immer, dass ihr das schönste Haus auf der ganzen Welt habt! Wie es wohl bei Miss Wolcott aussieht? Ich sterbe fast vor Neugier!"

„Ich auch", stimmte Jane ihr zu. „Anscheinend sammelt sie ganz viele tolle Sachen."

Ava zog einen Schokoriegel aus ihrem Rucksack, riss die Verpackung auf und bot Poppy und Jane jeweils einen Bissen an. Als die beiden ablehnten, zuckte sie mit den Schultern und schlang ein großes Stück hinunter. „Hauptsache, ich muss heute nicht zum Kotillon-Unterricht. Mir ist alles recht, um das Arschgesicht Cade Gallari nicht sehen zu müssen."

In der dreistöckigen Villa am dicht besiedelten Westhang des eleganten Viertels Queen Anne angekommen, geleitete eine ältere Frau in einer strengen schwarzen Uniform die Mädchen in ein großes Empfangszimmer. Sie murmelte, dass Miss Wolcott sich bald zu ihnen gesellen würde, dann zog sie sich zurück und schob eine lange, reich verzierte Schiebetür hinter sich zu.

Es war dunkel und kühl, die Fenster waren von dicken Samtvorhängen verhüllt. Überall standen ungewöhnliche Gegenstände herum, was fast schon behaglich wirkte. In diesem Raum hätte leicht das ganze Erdgeschoss von Janes Haus Platz gehabt.

„Wow." Jane drehte sich langsam um sich selbst. „Schaut euch diesen ganzen Kram an." Sie lief zu einer Glasvitrine und musterte die darin ausgestellten antiken Perlenhandtaschen. „Die sind der Hammer!"

„Woher willst du das wissen?", fragte Ava. „Es ist total dunkel hier."

„Eben", sagte Poppy. „Schau dir mal diese riesigen Fenster an – wenn ich hier wohnen würde, würde ich die Vorhänge den ganzen Tag offen lassen. Und dann vielleicht die Wände in einem hübschen Gelb streichen, um das Ganze etwas aufzumuntern."

„Ladies", erklang eine tiefe markante Stimme hinter ihnen. Alle drei drehten sich hastig um. „Danke, dass ihr gekommen seid." Agnes Bell Wolcott stand in der halb geöffneten Schiebetür. Sie trug maßgeschneiderte kamelfarbene Hosen und ein locker fallendes Jackett, die Bluse darunter mit dem hohen Kragen war ebenso schneeweiß wie ihr Haar. Eine antik wirkende Kamee schmiegte sich an ihren Hals. Sie warf Poppy einen Blick zu. „Du kannst die Vorhänge aufziehen, wenn du magst."

Ohne auch nur zu erröten, rannte Poppy auf die Fenster zu und tat, wie ihr geheißen. Kurz darauf erfüllte perlmuttglänzendes Nachmittagslicht den Raum.

„Nun. Möchtet ihr Mädchen euch meine Sammlungen ansehen, oder hättet ihr vorher lieber eine Kleinigkeit zu essen?"

Bevor Jane sich für die erste Möglichkeit entscheiden konnte, rief Ava: „Essen, bitte."

Ihre Gastgeberin führte sie in ein anderes Zimmer mit einem großen Tisch vor einem Marmorkamin. Eine antike Etagere mit drei Tellern stand in der Mitte und war mit wunderschönen Süßspeisen und Sandwiches gefüllt. Sie setzten sich auf ihre durch kleine Namenskarten ausgewiesenen Plätze. Miss Wolcott klingelte nach Tee.

Dann richtete sie ihre ungeteilte Aufmerksamkeit auf die Mädchen. „Vermutlich wundert ihr euch, warum ich euch zu mir eingeladen habe."

„Darüber haben wir gerade auf dem Weg hierher gesprochen", gestand Poppy freimütig, während Jane höflich nickte und Ava murmelte: „Das stimmt, Ma'am."

„Damit möchte ich mich bei euch bedanken, dass ihr mir bei dem Hauskonzert vor Kurzem Gesellschaft geleistet habt. Es hat mir großen Spaß gemacht, mich mit euch zu unterhalten." Sie betrachtete alle drei mit großem Interesse. „Ihr seid sehr unterschiedlich", stellte sie fest. „Darf ich fragen, wie ihr euch kennengelernt habt?"

„Wir alle besuchen die Seattle Country Day School", antwortete Poppy. Als sie bemerkte, dass Miss Wolcott diskret ihre billigen Kleider musterte, grinste sie. „Meine Grandma Ingles bezahlt mein Schulgeld. Sie hat selbst studiert."

„Und ich habe ein Stipendium", verkündete Jane. Natürlich hatten sich nicht etwa ihre Eltern darum gekümmert. Wenn nicht vor Jahren ein Lehrer den entsprechenden Antrag ausgefüllt hätte, würde sie heute noch eine staatliche Schule besuchen. Inzwischen kümmerte sie sich selbst darum, und ihre Eltern mussten einfach nur noch unterschreiben.

„Ich bin nur eine ganz normale Schülerin", gestand Ava. „Ich mache nichts Besonderes, und Jane und Poppy sind besser in der Schule als ich." Sie lächelte breit. „Vor allem Jane."

Hitze stieg Jane in die Wangen und breitete sich in ihrem ganzen Körper aus. „Ava ist auf andere Weise etwas ganz Besonderes."

„Ich finde es toll, wenn Mädchen so eng befreundet sind", sagte Miss Wolcott. „Das ist ja eine richtige Schwesternschaft."

Jane ließ sich diese Worte auf der Zunge zergehen, als die schwarz gekleidete Frau einen eleganten Teewagen ins Zimmer schob. Miss Wolcott deutete auf die rechteckigen Päckchen, die auf den Tellern der Mädchen lagen. „Als kleines Zeichen meiner Wertschätzung. Bitte packt aus, während ich den Tee einschenke."

Jane lächelte in sich hinein. Vielleicht war es ja *wirklich* gar nicht so leicht, ein reiches Mädchen zu sein. Jedenfalls erzählte Ava ihnen das weiß Gott oft genug.

Sie wickelte ein dunkelgrünes in Leder gebundenes Buch aus dem Papier. Ihr Name war in goldenen Buchstaben auf dem Buchdeckel eingraviert. Poppys war rot und Avas blau. Sie fragte sich, woher diese Frau wusste, dass Grün ihre Lieblingsfarbe war. Als sie das Buch aufklappte, stellte sie fest, dass die goldgeränderten Seiten leer waren. Sie warf Miss Wolcott einen Blick zu.

„Ich schreibe Tagebuch, seit ich in eurem Alter war", erklärte die weißhaarige Frau mit ihrer Bassstimme. „Und nachdem ich euch alle drei für so interessante junge Damen halte, dachte ich, ihr würdet vielleicht auch gern eines führen. Ich finde, darin sind Geheimnisse großartig aufgehoben."

„Super", sagte Poppy.

Avas Gesicht erhellte sich. „Was für eine tolle Idee."

Jane blickte von Miss Wolcott zu ihren Freundinnen, die sie seit der vierten Klasse kannte, und dachte an all die Eindrücke und Gefühle, die ihr ständig im Kopf herumgeisterten. Dass es bei ihr zu Hause nicht gerade großartig lief, darüber wollte sie mit niemandem sprechen, nicht einmal mit ihren besten Freundinnen. Oder vor allem nicht mit ihnen. Poppy hatte wunderbare Eltern und fand es zwar schade, dass Janes Eltern sich ständig trennten und wieder versöhnten, doch so ganz konnte sie wohl nicht nachvollziehen, wie schlimm das für ein junges Mädchen tatsächlich war. Und obwohl es bei Ava zu Hause nun wirklich auch nicht perfekt lief, so waren ihre Eltern zumindest keine Schauspieler, die nur für das Drama lebten.

Die Idee, einmal aufzuschreiben, was sie wirklich fühlte, gefiel ihr. Sie lächelte.

„Wir könnten sie die Schwesternschaft-Tagebücher nennen."

1. KAPITEL

Ich werde so was von nie mehr einen Tanga anziehen!
Poppy behauptet, die wären bequem – da hätte ich es mir
eigentlich gleich denken können.

„Oh mein Gooooooott, Jane!", kreischte Ava. „Oh ... MEIN ... GOTT! Jetzt ist es offiziell."

Jane streckte den Hörer weit von sich. Ein Wunder, dass die Hunde in der Nachbarschaft wegen der schrillen Stimme ihrer Freundin nicht zu bellen begannen. Doch dann, als die Aufregung in ihrem Bauch einen schnellen Stepptanz vollführte, drückte sie den Hörer wieder ans Ohr. „Ist die Testamentseröffnung beendet?"

„Ja! Seit zwei Minuten!" Ava lachte aus voller Brust. „Die Wolcott-Villa gehört nun offiziell uns! Kannst du dir das vorstellen? Natürlich vermisse ich Miss Agnes, aber das ist doch einfach der Hammer! Oh mein Gott, ich bekomme kaum noch Luft, so aufgeregt bin ich. Ich rufe gleich Poppy an, das muss gefeiert werden. Macht es dir was aus, nach West Seattle zu kommen?"

„Lass mal sehen." Jane dehnte das Telefonkabel so weit es ging, trat aus ihrem engen Büro im sechsten Stock des Seattle Art Museums und spähte durch die offene Tür der Direktorin. Von Marjories Eckbüro aus hatte man einen wunderschönen Blick auf Magnolia Bluff und auf die Olympic Mountains, die sich majestätisch hinter der Elliott Bay und dem Puget Sound erhoben. Von ihrem Standort aus konnte sie zwar nur einen winzigen Teil sehen, aber ihr ging es ja auch weniger um die Landschaft als um den Verkehr auf der Straße. „Nein, das müsste gehen. Treffen wir uns im Matador, in einer Stunde. Die überteuerten Getränke gehen auf mich."

Grinsend schlüpfte sie aus ihren hochhackigen Schuhen, steckte sie in ihre Tasche und streifte Turnschuhe über. Dann zog sie sich die Lippen nach und bewegte die Hüften dabei zu einem fröhlichen Lied in ihrem Kopf.

„Du bist ja ziemlich aufgedreht."

Jane schrie auf. „Gütiger Himmel!" Sie presste eine Hand auf ihr rasendes Herz und wirbelte zu dem Mann herum.

„Verzeihung." Gordon Ives, ebenfalls Junior-Kurator, betrat ihr Büro. „Ich wollte dich nicht erschrecken. Warum dieser kleine Tanz?"

Normalerweise wäre sie nie auf den Gedanken gekommen, ihm die Frage zu beantworten. Sie hatte Privates immer strikt aus ihrem Berufsleben herausgehalten, was in ihrer Karriere bisher auch immer hilfreich gewesen war. Es gab keinen Grund, daran jetzt etwas zu ändern.

Und doch ...

Ein Teil des Erbes betraf auch das Museum, insofern würde er sowieso bald davon erfahren. Außerdem war sie einfach glücklich. „Ich bekomme die Wolcott-Sammlungen."

Er starrte sie ungläubig aus seinen hellblauen Augen an. „Du meinst *die* Agnes-Bell-Wolcott-Sammlungen? Wir sprechen von *der* Agnes Wolcott, die in Hosen die Welt bereist hat, als die Frauen ihrer Generation noch zu Hause bei den Kinder geblieben sind und das Haus, wenn überhaupt, mit Kostüm, Hut und Handschuhen verlassen haben?"

„Genau die. Aber sie hat nicht nur Hosen getragen, sondern gelegentlich auch Kleider und Röcke."

„Seit ich denken kann, höre ich von ihren Sammlungen. Aber ich dachte, sie wäre gestorben."

„Das ist sie, letzten März." Ein schmerzhafter Stich fuhr Jane in die Brust. Es gab nun einen unbewohnten Platz in ihrem Herzen, den Miss Agnes zuvor ausgefüllt hatte. Sie musste tief durchatmen, und dann – vielleicht, weil sie sich noch nicht ganz gefangen hatte – hörte sie sich gestehen: „Sie hat sie mir und zwei Freundinnen hinterlassen." Zusammen mit dem gesamten Anwesen, doch das brauchte Gordon nicht auch noch zu erfahren.

„Du nimmst mich auf den Arm! Warum sollte sie das tun?"

„Weil wir Freundinnen waren. Mehr als das, um genau zu sein – Poppy und Ava und ich waren vermutlich so etwas wie eine Familie für Miss Wolcott." Ihr erster Besuch vor achtzehn Jahren war der Anfang für monatliche Treffen zum Tee gewesen. Die Freundschaft hatte sich vertieft, als die faszinierende, wunderbare alte Dame begann, sich so für das Leben und die Erlebnisse der drei Mädchen zu interessieren, als ob sie mindestens genauso faszinierend wären. Sie hatte sich immer besonders um die Mädchen bemüht und viel Aufhebens um ihre Leistungen gemacht, mehr als sonst jemand in ihrem Leben – nun, zumindest in ihrem und Avas Leben.

Jane musste sich zusammenreißen. Hier war nicht der richtige Ort für Gefühle. „Wie auch immer", sagte sie knapp. „Ich werde in den nächsten Monaten nur noch morgens hier sein. Miss Agnes hat dem Museum zwei Sammlungen vermacht, und Marjorie ist damit einverstanden, dass ich sie nachmittags in der Wolcott-Villa katalogisiere."

„Die *Direktorin* weiß Bescheid?"

„Ja."

„Dann überrascht es mich, dass sonst niemand davon weiß."

Sie sah ihn erstaunt an. „Wieso?"

„Nun, es ist nur ... du weißt schon. Hier bleibt doch nichts lange ein Geheimnis."

„Stimmt. Aber es ist schließlich eine private Erbschaft, die mich und meine Freundinnen vollkommen überrascht hat. Die Testamentseröffnung hat sich mehrere Monate in die Länge gezogen. Marjorie habe ich nur davon erzählt, weil Miss Agnes' Nachlass das Museum direkt betrifft. Ansonsten sehe ich keinen Grund, mit Leuten darüber zu sprechen, die nichts damit zu tun haben."

Weil sie ahnte, dass ihr neugieriger Kollege Näheres über den Nachlass wissen wollte, sah sie auf ihre praktische Armbanduhr mit den großen Ziffern. „Huch, ich muss los. Sonst verpasse ich den Bus." Sie schnappte sich ihre Tasche, schob Gordon aus dem Büro und schloss die Tür hinter sich.

Wenige Minuten später trat sie auf die Straße, zog die schwarze Kaschmirjacke über der Brust zusammen, um sich gegen die kühle Brise zu schützen, und setzte die Sonnenbrille auf. Den Bus hatte sie eigentlich nur erwähnt, um Gordon so schnell wie möglich loszuwerden. Doch nach kurzer Überlegung beschloss sie, tatsächlich nicht nach Hause zu laufen, um ihr Auto zu holen, sondern zur Marion Street zu gehen und den 55er zu nehmen.

Kurz vor dem Restaurant wechselte sie wieder in ihre hochhackigen Sandalen. Leopardenmuster. Sie lächelte. Sie liebte diese Schuhe, und wahrscheinlich hatte sie dieses Jahr nicht mehr oft die Möglichkeit, sie zu tragen. Laut Wettervorhersage waren die sonnigen Tage gezählt.

Sie kam als Erste im Restaurant an. Obwohl es noch recht früh am Abend war, füllte sich der Raum stetig. Sie bestellte sich ein Sodawasser an der Bar und suchte sich einen freien Tisch. Jane war zum ersten Mal hier. Sie bewunderte einige Minuten lang den schönen Raum und die komplizierten Metallkunstwerke an den Wänden. Dann schlug sie ein wenig Zeit tot, indem sie die Getränkekarte studierte, doch die anderen Gäste zu beobachten, fand sie dann doch spannender.

Am anderen Ende des Restaurants entdeckte sie einen Tisch mit vier Männern, der immer wieder ihre Aufmerksamkeit auf sich zog. Sie waren zwischen Ende zwanzig und vielleicht vierzig und führten eine sehr rege Diskussion. Dazwischen brachen sie immer wieder in Gelächter aus, meistens ausgelöst von einem Rothaarigen, dessen Schultern so breit waren, dass sein Hemd aus allen Nähten zu platzen drohte.

Sie hatte sich noch nie besonders für rothaarige Männer interessiert, aber bei diesem Typen war es etwas anderes. Sein Haar hatte die dunkle satte Farbe eines irischen Setters, seine Augenbrauen waren schwärzer als die Federn einer Krähe und seine Haut überraschend goldbraun und nicht etwa blass, wie sie es bei dieser Haarfarbe erwartet hätte. Diese Erwartung rührte vermutlich von den vielen gemeinsamen Jahren mit Ava her.

Obwohl sie versuchte, ihre Aufmerksamkeit auf etwas anderes zu lenken, fiel ihr Blick immer wieder auf ihn. Er schien sehr in das Gespräch mit seinen Freunden vertieft zu sein. Wenn er sprach, beugte er sich vor. Er zog in einem Moment die dunklen Brauen zusammen, entspannte sich im nächsten und begann zu grinsen. Er gestikulierte viel mit den Händen.

Große, kräftige Hände mit langen Fingern, mit denen er bestimmt ...

Jane zuckte zusammen, als ob jemand direkt vor ihrem Gesicht in die Hände geklatscht hätte. Gütiger Gott. Wie in aller Welt konnte sie so etwas über die Finger eines vollkommen Fremden denken? Das war überhaupt nicht ihre Art.

Und ausgerechnet diesen Moment wählte er, um aufzusehen und sie dabei zu ertappen, wie sie ihn anstarrte. Sie versteifte sich. Er sprach weiter mit seinen Freunden, betrachtete sie dabei aber von Kopf bis Fuß, ließ den Blick einen Moment auf ihren Schuhen verweilen, dann wanderte er wieder nach oben. Ohne sie aus den Augen zu lassen, stürzte er mit einem Schluck ein Glas Schnaps hinunter, dann schob er seinen Stuhl zurück und stand auf.

Er kam zu ihr? Oh.

Nein! Sie war doch kein Teenager mehr. Und sicher nicht darauf aus, einen Mann kennenzulernen – und wenn, dann schon gar nicht in einer Bar.

„Hey, Jane, tut mir leid, dass ich zu spät komme. Und Poppy ist auch noch nicht hier, wie ich sehe."

Jane stellte fest, dass so ziemlich jeder Männerkopf sich nach Ava umdrehte. Der Rothaarige am anderen Ende des Raumes war keine Ausnahme. Er musterte Ava einen Moment lang prüfend, bevor er wieder Jane ansah. Einen kurzen Moment stand er nur da und rieb sich den Nacken. Dann straffte er die breiten Schultern und steuerte auf die Toilette zu.

Sein Hintern war genauso ansehnlich wie der Rest von ihm, doch ... Er setzte einen Fuß so zögerlich vor den anderen wie jemand, der zu viel getrunken hatte.

„Scheiße." Ihre Enttäuschung war einen Tick zu heftig dafür, dass sie mit dem Kerl noch nicht einmal ein einziges Wort gewechselt hatte.

„Wie bitte?" Ava warf ihre Kate-Spade-Handtasche auf den Tisch und glitt anmutig auf einen Stuhl.

„Nichts." Jane wischte die Frage mit einer Handbewegung weg. „War nicht wichtig."

Ava sah sie nur an.

„Okay, okay. Ich habe gerade mit diesem muskulösen Rothaarigen da hinten geflirtet und – dreh dich nicht um! Himmel, Ava! Er ist sowieso auf die Toilette gegangen."

„Flirten ist gut – vor allem in deinem Fall, weil du das sowieso viel zu selten tust. Warum also die Flucherei?"

„Er ist betrunken. Das ist mir aber erst aufgefallen, als ich ihn gehen sah."

„Ach, Janie. Nicht jeder, der ab und zu mal einen über den Durst trinkt, ist gleich ein Alkoholiker. So was passiert halt manchmal."

„Ich weiß", entgegnete Jane. Zum Teil, weil sie es so meinte, aber überwiegend, weil sie heute Abend keine Diskussion anzetteln wollte.

Doch Ava kannte sie viel zu gut, und statt das Thema fallen zu lassen, beugte sie sich über den Tisch. Ihr glänzendes Haar schwang nach vorn. Sie strich es sich hinter das Ohr. „Wenn Poppy und ich uns gelegentlich ein paar Drinks hinter die Binde gekippt haben, war das auch kein Problem für dich."

„Ja, weil ich euch kenne. Und weil ich weiß, dass ihr äußerst selten zu viel trinkt." Jane zuckte ungeduldig mit den Schultern. „Sieh mal, ich weiß, dass ich bei diesem Thema oft überreagiere, und ich brauche keinen Seelenklempner, um zu kapieren, dass die Trinkerei meiner Eltern der Grund dafür ist. Aber du weißt so gut wie ich, dass du meine Meinung nicht ändern wirst. Also lassen wir es einfach, okay? Wir sind hier, um zu feiern."

Ava grinste breit. „Oh mein Gooooootttt! Das sind wir allerdings. Bist du genauso aufgeregt wie ich?"

„Und wie. Dass ich mich um die Sammlungen kümmern darf, macht mich so fertig, ich kann kaum noch klar denken. Ich hatte heute Nachmittag keine Gelegenheit, mit Marjorie zu sprechen, aber wenn nichts Außergewöhnliches im Museum geschieht – und in den letzten Wochen war es sehr ruhig –, dann hoffe ich, dass ich gleich am Montag anfangen kann."

„Entschuldigt die Verspätung." Poppy eilte atemlos auf ihren Tisch zu.

Ava gab ein unfreundliches Geräusch von sich. „Als ob wir wüssten, wie wir uns verhalten sollten, wenn du jemals pünktlich wärst." Poppy schleuderte ihre riesige Handtasche auf den Boden und fiel auf den freien Stuhl. „Hast du in der Straße geparkt oder auf dem Parkplatz hinter der Gasse?"

„Auf dem Parkplatz", sagte Poppy.

„Ich bin mit dem Bus gefahren."

Beide Freundinnen starrten Jane mit offenem Mund an. Sie blinzelte. „Was ist?"

„Du bist verrückt, weißt du das?" Poppy schüttelte den Kopf.

„Wieso? Nur weil ich ab und zu mit öffentlichen Verkehrsmitteln fahre?"

„Nein, weil abends nur wenige Busse fahren und es nicht gerade ungefährlich ist, lange an Bushaltestellen herumzustehen."

„Ach, du meinst, gefährlicher, als durch eine dunkle Gasse zum Parkplatz zu laufen? Davon abgesehen kann ich mir auch jederzeit ein Taxi rufen. Das ist doch nun wirklich keine große Sache. Ava sagte, wir treffen uns in einer Stunde, und ich hätte es nicht rechtzeitig geschafft, wenn ich erst noch nach Hause gelaufen wäre."

„Und so wie Poppy niemals pünktlich ist, kommst du nie zu spät", sagte Ava.

Jane zuckte mit den Schultern. „Wir alle haben unsere kleinen Eigenarten. Sollen wir über deine sprechen?"

„Das könnten wir tun … wenn ich welche hätte." Sie winkte der Kellnerin und bestellte einen Tequila Spezial.

Poppy entschied sich ebenfalls für Tequila. „Was ist mit dir, Janie? Willst du noch ein Mineralwasser?"

„Nein, ich glaube, ich trinke ein Glas Weißwein. Ein Glas von Ihrem Hauswein, bitte", fügte sie an die Kellnerin gerichtet hinzu.

Ihre Freundinnen johlten und trommelten begeistert auf den Tisch, und als die Kellnerin gegangen war, warf Jane ihnen einen düsteren Blick zu. „Entgegen eurer allgemeinen Auffassung von mir bin ich bei Gelegenheit durchaus in der Lage, auch mal eine Ausnahme zu machen." Dann grinste sie. „Und das hier ist definitiv eine Gelegenheit."

„Amen, Schwester", rief Poppy.

Kurze Zeit später erhob Ava ihr Glas. „Auf unser eigenes Haus."

Jane und Poppy stießen mit ihr an. „Auf unser eigenes Haus."

Jane probierte einen Schluck Wein, dann hob sie ihr Glas erneut. „Auf Miss Agnes."

„Auf Miss Agnes!"

„Ich vermisse sie!", sagte Poppy.

„Ja, ich auch. Sie war einzigartig."

Nun hob Poppy ihr Glas. „Auf dich, Jane. Mögest du recht schnell die Sammlungen von Miss Agnes katalogisieren."

„Auf mich", sagte Jane, dann fügte sie ein wenig unsicher hinzu. „Und wenn ich es verpatze?"

Sie starrten einander an. Dann begann Ava zu lachen, Poppy stimmte ein und Jane schüttelte den Kopf. „Nee." Wenn sie etwas wirklich aus dem Effeff beherrschte, dann ihre Arbeit.

„Da fällt mir was ein." Poppy drehte sich auf ihrem Stuhl um. „Ich habe den Chef von Kavanagh Constructions gebeten, vorbeizukommen, damit ihr ihn kennenlernen könnt. Und da ist er auch schon!"

Zu Janes Überraschung winkte sie einem der Männer zu, die sie vorher so aufmerksam beobachtet hatte, sprang dann auf und flitzte mit dem ihr eigenen Selbstbewusstsein durch den Raum. Sie ging neben dem kahlköpfigen Mann, den Jane zuvor auf etwa vierzig geschätzt hatte, in die Hocke und begann, mit ihm zu sprechen. Kurz darauf erhob sie sich wieder, gab den anderen drei Männern am Tisch die Hand und deutete dann in Janes und Avas Richtung.

Zu Janes Entsetzen stand daraufhin nicht nur der Glatzköpfige auf und folgte ihr durch den Raum, sondern auch der Rothaarige. Der allerdings über einen freien Stuhl stolperte, die paar Stufen zu ihnen hinuntertorkelte und seine Faust auf die Tischplatte knallen ließ, um nicht das Gleichgewicht zu verlieren. Er fluchte leise vor sich hin.

„Dev!", zischte der Glatzkopf. „Reiß dich zusammen!"

„'Tschuldigen Sie, Ladies." Er schenkte ihnen allen ein verlegenes Lächeln. „Ich habe einen schlimmen Jetlag."

„Eher ein schlimmes Alkoholproblem", sagte Jane halblaut.

„Jane, Ava, das sind Bren Kavanagh und sein Bruder Devlin", übertönte Poppy ihre Worte. „Wie ich euch bereits erzählte, werden die Kavanaghs unseren Umbau machen. Bren hat mir gerade erklärt, dass Devlin das Projekt leiten wird. Er beaufsichtigt ..."

„Nein." Jane sprang wütend auf. Das Herz klopfte ihr bis zum Hals. Es war eine Sache, einen betrunkenen Mann einen einzigen Abend lang in einem Restaurant zu ertragen, aber eine ganz andere, mit ihm auszukommen, während sie die wichtigste Ausstellung ihres Lebens organisierte.

Devlin, der auf seine Fingerknöchel gestarrt hatte, hob seine grünen Augen und blinzelte sie an. Nachdem ihm offensichtlich nicht gefiel, was er sah, kniff er sie zusammen und runzelte die teuflisch schwarzen Augenbrauen. „Was haben Sie gesagt?"

„Nein. Das ist ein recht simples Wort, Mr Kavanagh ... Welchen Teil davon verstehen Sie nicht?"

„Hey, hören Sie ..."

„Nein, Sie hören mir zu! Ich werde keinen verdammten Betrunkenen ... Hey!" Sie schrie auf, als Poppy sie am Handgelenk packte und beinahe von den Füßen riss. „Entschuldigen Sie uns kurz", sagt Poppy, drehte sich um und zog Jane hinter sich her zur Bar.

Dev sah, wie die steife Brünette von dem Tisch weggezerrt wurde. „Okay, ich verschwinde besser", sagte er und richtete sich auf. *Oje.* Er presste die Handfläche wieder auf die Tischplatte. Der ganze verdammte Raum schwankte.

Bren musterte ihn mit zusammengekniffenen Augen. „Mann, du bist ja völlig am Ende. Du solltest dich besser setzen, bevor du noch umfällst."

Guter Plan. Er begann, den Stuhl zurückzuziehen, und zwar den Stuhl neben der Rothaarigen mit den großartigen Ti…

„An unserem Tisch, Bruder."

„Oh. Ja. Klar." Er schenkte der Rothaarigen mit den umwerfenden Rundungen ein dankbares Nicken, dankbar darüber, dass sie ihn so voller Mitgefühl betrachtete. Dann machte er sich auf den Weg zurück zu Finn und David. Was zum Teufel hatte er hier überhaupt zu suchen? Er hätte gleich ins Bett fallen und zehn Stunden durchschlafen sollen. Stattdessen hatte er über die Leitung des Unternehmens gesprochen; er sollte sie übernehmen, während sein Bruder behandelt wurde. Und vielleicht hätte er die beiden Tequilas ablehnen sollen, nachdem er schon ein paar Gläser von Davids Lieblingswhiskey getrunken hatte. Er war Ire, verdammt! Normalerweise vertrug er eine ganze Menge, ohne dass man ihm etwas anmerkte.

Heute Abend aber … Nun, er war nun schon über fünfunddreißig Stunden wach, neunzehn davon hatte seine Reise von Athen nach Seattle gedauert. Als sein Bruder Finn ihn am Flughafen abgeholt hatte, war er bereits vollkommen erschöpft gewesen.

Doch wenn ein Kavanagh nach Hause kam, musste das gefeiert werden. Und eine Feier war keine Feier, wenn sie nicht von all seinen sechs Geschwistern besucht wurde, von deren Partnern und Kindern, von den beiden Großmüttern und dem Großvater, zwei Onkeln, vier Tanten und deren Familien. Nun ja – so war es nun mal.

Aber er hätte sich weniger auf Davids Whiskey als vielmehr auf Moms Essen stürzen sollen.

„Gut gemacht!", rief sein jüngster Bruder grinsend, als Devlin es an den Tisch zurückgeschafft hatte. „Kaum ein paar Stunden in der Stadt, wirst du schon an den Kindertisch geschickt, damit Bren allein mit den Erwachsenen sprechen kann."

„Du bist echt der Brüller, David, weißt du das?" Devlin hakte den Ellbogen um den Hals seines Bruders, schwankte kurz, dann rieb er mit den Fingerknöcheln über Davids braunes Haar. „Du solltest es mal bei der Open-Mike-Nacht im Comedy-Club versuchen." Er ließ ihn frei und plumpste auf den Stuhl, auf dem zuvor Bren gesessen hatte. „Allerdings muss ich zugeben, dass es sich tatsächlich ein wenig so anfühlt. Offenbar hat sich eine potenzielle Kundin durch meine Trunkenheit gestört gefühlt."

„Kann ich mir gar nicht vorstellen", sagte Finn trocken.

Devlin lächelte schief. „Ja, ich auch nicht. Mist." Er strich mit den Fingern über seine Lippen. „Ich wusste gar nicht, wie besoffen ich bin, bevor ich aufstand, um mit Bren zu ihrem Tisch zu gehen. Ich musste mich konzentrieren wie verrückt, um einigermaßen gerade zu gehen."

Finn sah ihn ausdruckslos an. „Und hat's geklappt?"

„Nicht besonders." Er blickte über seine Schulter zu seinem ältesten Bruder, der noch immer mit der Rothaarigen sprach, dann wandte er sich wieder an die anderen. Er fühlte sich mit einem Mal deutlich nüchterner. „Also, wie geht es ihm wirklich?"

„Er hat gute Tage und schlechte Tage. Aber ich glaube, das würde er dir lieber selbst erzählen."

„Ja, er ist ja so wahnsinnig gesprächig." Devlin warf seinem Bruder einen Blick zu. „Ich bin noch immer sauer, dass ich von alldem erst vor drei Tagen erfahren habe."

Finn erwiderte ungerührt seinen Blick. „Du warst die letzten zehn Jahre ein bisschen weit weg von uns, kleiner Bruder. Vielleicht dachten wir, es würde dich nicht interessieren."

Devlin sprang auf, bereit für eine Prügelei.

Finn sah ihn nur mit seinen ruhigen dunklen Augen an, und Dev setzte sich wieder. Rollte mit den Schultern und warf seinem Bruder einen finsteren Blick zu. „Ich bin vielleicht geografisch gesehen weit weg, aber ich bin noch immer ein Kavanagh. Ich gehöre noch immer zur Familie." Was ihn, um ehrlich zu sein, noch genauso in Konflikte stürzte wie mit neunzehn. Er liebte den Kavanagh-Clan, konnte aber nicht lange in seiner Nähe sein, ohne wahnsinnig zu werden. Er ertrug es nicht, dass jeder in der Familie sich ständig in seine Angelegenheiten mischte. Aber jetzt ging es nicht etwa darum, wer mit wem ausging oder nicht, sondern es ging um Bren, und Bren hatte Krebs. Es schmerzte höllisch, dass niemand es für nötig erachtet hatte, zum Telefon zu greifen und ihm Bescheid zu geben. „Ich gehöre noch immer zur Familie", wiederholte er eigensinnig.

„Ja, ja, Finn weiß das", sagte David friedfertig. „Aber auch das ist etwas, das du mit Bren besprechen musst. Es war seine Entscheidung, dich nicht damit zu belasten, weil du sowieso nichts tun konntest, um ihm zu helfen. Aber jetzt kannst du etwas tun. Vorausgesetzt, du hast die Kundinnen nicht vollkommen verschreckt. Also … was war los? Kann sie dich nicht leiden, weil du heute keinen Alkohol verträgst? Hast du ihr nicht erklärt, dass du einen Jetlag hast?"

„Klar habe ich das."

„Also, was soll das dann?"

Devlin dachte über die Brünette nach. Sie war ihm schon vorher aufgefallen. Sie war nicht so fantastisch gebaut wie ihre rothaarige Freundin und nicht so modelmäßig hübsch wie die Blondine, und er konnte sich vorstellen, dass sie in Gesellschaft der beiden öfter mal übersehen wurde. Bei Gott, sie war eigentlich nicht sein Typ. Aber sie war allein gewesen und hatte ihn angesehen, und mit einem Mal hatte er doch ein recht ausgeprägtes Interesse an ihr verspürt.

Das lag an den Gegensätzen, wie er glaubte. Sie trug eine schlichte weiße Bluse und einen geraden halblangen Rock. Aber dazu hochhackige Schuhe mit Leopardenmuster, und es konnte keinem Mann verborgen bleiben, wie verdammt hübsch und schlank ihre blassen Beine waren. Aus ihrem altmodischen Knoten hatten sich auf einer Seite ein paar Strähnen gelöst, was den

Eindruck vermittelte, als ob ihr glänzend braunes Haar jeden Moment über ihren langen Hals fallen würde.

Doch am aufregendsten waren ihre Augen. Sie waren blau, und anders als ihr Rock und ihre Bluse wirkten sie kein wenig steif. Sie hatte ihm einen Blick zugeworfen, als würde sie ihn am liebsten mit Haut und Haar ...

Mist. Er schüttelte die Vorstellung ab, schließlich war diese Frau ganz offensichtlich vollkommen humorlos und außerdem überheblich. Er sah David schulterzuckend an. „Was weiß denn ich, Bruder. Ich habe keine Ahnung, was für ein Problem sie hat."

„Willst du wissen, was mein Problem ist?" Jane riss sich aus Poppys Umklammerung los und hielt sich am Waschbecken der Toilette fest, um ihrer Freundin keinen Haken gegen das elegante Kinn zu verpassen. Mit zehn hätte sie alle Vorsicht in den Wind geschlagen und ausgeholt, doch sie hatte inzwischen gelernt, sich unter Kontrolle zu haben. Ach verdammt, heutzutage bestand sie im Grunde aus nichts anderem als aus Kontrolle.

„Mein Problem", fuhr sie kühl fort, „ist erstens, dass ich mich von dir nicht gerne durch die Gegend zerren lasse, und zweitens – und das ist wirklich der Gipfel, Calloway –, dass du mir einen Alkoholiker aufhalsen willst, während ich versuche, mich um die wichtigste Ausstellung zu kümmern, für die ich jemals verantwortlich war. Du weißt verdammt gut, dass es extrem stressig wird, wenn ich alles im Januar fertig haben will. Und das Letzte, was ich da brauchen kann, ist, mich um einen Säufer zu kümmern. *Das* ist mein Problem."

„Glaubst du vielleicht, dass hier nur für dich was auf dem Spiel steht?" Poppy stieß ihre Nase direkt in Janes Gesicht. „Hier geht es nicht nur um dich, und das weißt du verdammt gut. Keine von uns will einen Fehler machen, nachdem Miss Agnes so viel Vertrauen in uns gesetzt hat. Wenigstens hast du ja Erfahrung mit dem, was du vorhast. Ava hingegen muss das Haus verkaufen, ohne sich mit Immobilien auszukennen, und ich bin verantwortlich für den Umbau. Und das ist keine Kleinigkeit, Kaplinski, wenn man bedenkt, dass ich mein Geld mit dem Entwerfen von Speisekarten verdiene!"

„Also bitte." Jane stieß ihre Nase nun ebenfalls gegen die von Poppy. „Du weißt doch genau, dass Miss Agnes dich dafür wollte, weil du vom ersten Tag an versucht hast, sie zu einem Umbau zu überreden! Wie viele Vorschläge hast du ihr wohl in den vergangenen Jahren gemacht? Eine Million? Zwei Millionen? Und ich schätze, sie hat Ava mit dem Verkauf beauftragt, weil sie mit genau den Leuten ständig Kontakt hat, die in der Lage sind, sich so was überhaupt zu leisten."

„Na gut, da magst du vielleicht recht haben. Aber ich habe mir den Arsch aufgerissen und mit verdammt vielen Bauunternehmen gesprochen. Die Kavanaghs haben einen guten Ruf. Ganz zu schweigen davon, dass sie bereit sind, zwanzig Prozent unter dem üblichen Preis zu bleiben, wegen der Publicity, die sie sich von dem Umbau der Wolcott-Villa versprechen. Also reiß dich zusammen! Von deiner Abneigung gegen Alkohol lassen Ava und ich uns die Sache nicht verpfuschen. Verstehst du?"

Jane strich ihren Rock glatt und schob sich die Strähnen hinters Ohr, die sich aus ihrem Knoten gelöst hatten. Dann sah sie ihre Freundin fest an.

„Na schön", sagte sie widerwillig. „Er kann bleiben. Aber wenn er auch nur ein einziges Mal bei der Arbeit trinkt, kann ich für nichts garantieren."

„In Ordnung."

„Das freut mich. Denn ich erwarte, dass du mir dabei hilfst, die Leiche zu verscharren."

„Du machst wohl Witze!" Poppy presste eine Hand aufs Herz. „Ich meine – wofür sind Freundinnen schließlich da?"

2. KAPITEL

Ich werde meine Arbeit gut machen. Miss Agnes hat offenbar geglaubt, dass ich das schaffe – dass wir alle drei es schaffen –, und nichts und niemand wird mich davon abhalten, mein Bestes zu geben.

„Sie scheinen für diese Arbeit gemacht zu sein."
Jane verspannte sich beim Klang dieser Stimme. Am liebsten hätte sie eine Reihe unflätiger Worte von sich gegeben, doch stattdessen setzte sie ein ruhiges Gesicht auf und wandte sich um.

Devlin Kavanagh, ein ganzer Kerl mit dunkelblauem T-Shirt, zerschlissenen Jeans und abgewetzten Stiefeln, lehnte im Türrahmen. Sein rostbraunes Haar glänzte im Schein all der Lichter, die sie angeknipst hatte. Ihr Herz begann zu hämmern, woraufhin sie die Hände in die Hüften stemmte und sich gegen alle erdenklichen Versuchungen stählte. „Was wollen Sie, Kavanagh?"

„Oh, wie freundlich." Er stieß sich vom Türrahmen ab, legte den Kopf in den Nacken, schloss die Augen und tippte mit einer weiträumigen Bewegung erst den rechten Finger an die Nase, dann den linken und wieder den rechten. Schließlich sah er sie an. „Sehen Sie, Lady, ich habe den Alkoholtest bestanden."

„Im Moment. Bleibt abzuwarten, wie lange, nicht wahr?"

Er kniff die Augen zu goldgrünen Schlitzen zusammen. „Was ist eigentlich Ihr Problem? Ich hatte Ihnen doch erklärt, dass ich einen Jetlag hatte. Vielleicht hätte ich die Tequilas nicht trinken sollen, aber ich bitte Sie – ich war eineinhalb Tage auf den Beinen, deswegen haben sie mich fast umgehauen."

Beschämt sah sie ihn an. Sie benahm sich wirklich wie eine mäkelige Zicke, was ihrer Meinung nach überhaupt nicht zu ihr passte. Sie kannte diesen Typen doch überhaupt nicht und hatte überhaupt kein Recht, sein Verhalten zu verurteilen. „Tut mir leid", sagte sie steif.

Er schnalzte skeptisch mit der Zunge. „Ja, das klingt wirklich überzeugend."

Was zum Henker wollte er eigentlich von ihr? Ihr Rücken begann zu schmerzen, so sehr musste sie sich zurückhalten, um ihm nicht näherzukommen. Sie konnte diese verrückte Anziehungskraft kein bisschen verstehen, aber eines wusste sie: Sie war stärker als so ein paar wild gewordene Hormone. Sie hob das Kinn und sah ihm in die Augen. „Dann entschuldige ich mich auch dafür. Ihr Alkoholproblem geht mich nichts an."

„Himmel, Sie geben nie auch nur einen Millimeter nach, oder?"

„Ich habe mich doch entschuldigt!"

„Noch nie hat eine Entschuldigung unglaubwürdiger geklungen. Aber in einer Hinsicht haben Sie recht, Lady: *Wenn* ich ein Alkoholproblem hätte, ginge Sie das tatsächlich nichts an."

Sich selbst zu kritisieren war eine Sache, sich von ihm kritisieren zu lassen, eine ganz andere. „Wollten Sie etwas Bestimmtes, Mr Kavanagh?"

„Dev."

Sie warf ihm einen *Und weiter?*-Blick zu.

„Nennen Sie mich Dev. Oder Devlin, wenn Sie auf Formalitäten bestehen. Mr Kavanagh jedenfalls heißt mein Dad."

„Okay. Kann ich etwas für Sie tun, Devlin?" Sie hörte einen Moment lang auf, an den Columbia-River-Korbwaren zu ihren Füßen herumzufummeln.

„Ich bin auf der Suche nach einem aktuellen Bauplan für die Villa. Das Haus ist über hundert Jahre alt, und leider habe ich auch nicht die Original-Baupläne. Könnte sein, dass die Bude voller Geheimgänge oder Geheimtüren ist. Ich würde gerne wissen, womit wir es zu tun haben, bevor ich irgendeine Wand einreiße. So ein Geheimgang beispielsweise könnte ein gutes Verkaufsargument sein. Und Bren sagte mir, genau darum ginge es Ihnen."

Die Idee eines Geheimganges gefiel ihr, aber sie wollte sich nicht ablenken lassen. Je schneller sie diesen *Ich bin ja so sexy-*

Typen loswurde, desto besser. Doch statt ihm eine klare Antwort zu geben, hörte sie sich fragen: „Und warum genau fragen Sie da mich?"

„Sie scheinen hier für die Details zuständig zu sein. Also, wissen Sie zufällig, wo die Baupläne sind?"

„Nein, tut mir leid." Das war tatsächlich so. Denn je mehr Informationen Kavanagh Constructions hatte, desto besser würden die Restaurierungsarbeiten ausfallen. Und sie wollte, dass diese alte Villa so hergerichtet wurde, wie sie es verdiente. „Ich bin sicher, es gibt mehrere Baupläne, aber ich habe keine Ahnung, wo Miss Agnes sie aufbewahrt hat. Sie hat uns nur erzählt, dass die Villa mehrfach renoviert worden ist, zuletzt 1985."

Er nickte. „In dem Jahr, in dem die Wolcott-Juwelen von dem Vorarbeiter geklaut wurden."

Jane hörte auf, so zu tun, als ob sie angestrengt arbeiten würde, und stand auf, um Devlin direkt anzusehen. „*Davon* wissen Sie?"

„Also, Kleine." Er schenkte ihr ein Lächeln, mit dem er vermutlich schon mehr als eine Frau ins Bett bekommen hatte. „Ich bin ein Kind dieser Stadt. Die Juwelen sind in dieser Stadt eine Legende. *Jeder* weiß davon."

Nun, sie war auch ein Kind dieser Stadt, aber ... „Ich nicht. Nicht bis vor Kurzem. Miss Agnes hat nie über den Diebstahl oder den Mord an Henry gesprochen." Sie zuckte mit den Schultern. „Erst als Poppy davon gehört und sie gefragt hat." Sie lächelte bei der Erinnerung. „Poppy kann ein richtiger Pitbull sein, wenn sie sich mal in was verbissen hat."

Er wollte einen Schritt in den Raum treten, musste aber bemerkt haben, wie sie sich versteifte, denn er hielt inne. Er lehnte sich mit seiner muskulösen Schulter an den Türrahmen, hakte die Daumen in die Gürtelschlaufen und musterte sie. „Henry, hm? War das der Mann, der getötet wurde? Als der Dieb zurückkam, um sich die Juwelen zu holen, die er vorher versteckt hatte?"

„Sie sind doch der Experte."

„Hey, ich war damals noch ein Kind! Mich hat der Mord zwar interessiert, aber richtig fasziniert war ich von der Vorstellung, dass irgendwo Juwelen im Wert von mehreren Millionen Dollar herumlagen."

„Tja, nun, Henry war ihr Mann für alle Fälle. Er war ihr Butler und Sekretär und Ratgeber, und ich denke, vermutlich auch ihr Lieb…" Jane brach erschrocken ab. Was machte sie da? Sie hatte doch gerade erst betont, dass sie Devlin überhaupt nicht kannte. Und auch wenn es vielleicht etwas voreilig gewesen war, ihm ein Alkoholproblem zu unterstellen, so musste sie ihn doch nicht ins Vertrauen ziehen. Warum also hätte sie beinahe ausgeplaudert, dass sie und ihre Freundinnen der Ansicht waren, Henry wäre für Miss Agnes mehr gewesen als nur ein Angestellter? Schließlich hatte Miss Agnes nie etwas in dieser Art erwähnt. Doch der Blick in ihren Augen, wenn sie von ihm sprach, und die Tatsache, dass er an besagtem Abend gar nicht in der Villa hätte sein dürfen, deuteten darauf hin, dass Henry tatsächlich ihr Liebhaber gewesen war. Allerdings ging das alles diesen Devlin Kavanagh überhaupt nichts an.

„Nun, hören Sie." Sie warf ihm ihr schönstes geschäftliches Lächeln zu. „Ich habe hier zu tun. Wie ich schon sagte: Ich weiß wirklich nicht, wo die Baupläne sind. Ich bin nicht einmal sicher, dass es welche gibt. Aber ich werde die Augen offen halten."

Er betrachtete sie einen Moment lang, dann trat er zurück und steckte die Hände in die Hosentaschen. „Danke. Dann werde ich mal in die Stadt fahren und nachsehen, ob das Stadtarchiv die Originale oder irgendwelche Aktualisierungen hat." Er musterte sie kurz von Kopf bis Fuß, fuhr sich über die Unterlippe und nickte. „Wir sehen uns, Langbein."

Langbein? Sie wandte den Blick von der nun leeren Türschwelle auf besagte Gliedmaßen in den alten schwarzen Jeans. Sie hatte recht lange Beine, gut, aber sie waren trotzdem nicht besonders erwähnenswert. Sie selbst fand sie eher etwas zu dünn. Dann schüttelte sie sich und befahl sich, nicht länger über den Kommentar nachzudenken. Aber, du liebe Zeit. Dieser Mann war eine Gefahr für die Frauenwelt! Jane konnte sich bildlich vorstellen, dass sich ihm schon die Mädchen in der Pubertät an den Hals geworfen hatten. Oder vermutlich schon vorher, bei diesem Selbstbewusstsein und diesen Augen und diesem Körper.

Nun, sie nicht. Was sie betraf, war er für sie von nun an unsichtbar. Sie würde Abstand halten. Ihn sich aus dem Kopf schlagen.

Und weiterarbeiten.

Miss Agnes' Sammlung ordnen, damit sie mit der Recherche und der Katalogisierung der Stücke beginnen konnte, was eine Heidenarbeit werden würde. Sie freute sich wie eine Schneekönigin darüber, doch zugleich schüchterte sie der Umfang der verschiedenen Sammlungen doch ziemlich ein. Deswegen musste sie sich wirklich ranhalten.

„Die Uhr tickt, und ich drehe mich den ganzen Tag im Kreis wie ein Derwisch, weil ich nicht weiß, wo ich *anfangen* soll", rief sie, als Ava vorbeikam, um zu sehen, wie es ihr erging. „Und außerdem", fügte sie kläglich hinzu, „überkommen mich bei einigen Stücken immer wieder nostalgische Gefühle. Und das Ende vom Lied ist, dass ich noch nicht einmal richtig begonnen habe."

„Jane, Jane, Jane." Ava nahm die Erstausgabe eines Buches in die Hand, fuhr mit dem Finger über den Ledereinband und stellte es dann vorsichtig wieder ins Regal. „Ist doch ein Kinderspiel. Wenn du nicht weißt, wo es losgehen soll, fang mit dem Schmuck an."

Jane lachte überrascht auf, dann riss sie ihre Freundin in eine Umarmung. „Du bist ein Genie, Miss Spencer! Ich habe ein bisschen hier angefangen und ein bisschen dort, statt mich auf die Stücke für das Museum zu konzentrieren. Mit dem Schmuck anzufangen ist wirklich die beste Idee." Sie schnappte sich ihr Notebook und eilte zur Treppe. „Komm. Ich habe die Codes für die Safes. Lass uns mal sehen, was wir finden."

Es war fast siebzehn Uhr, als Dev zurück zur Villa kam. Eigentlich hätte er Feierabend machen und in das Apartment fahren sollen, das seine Schwester Maureen für ihn in Belltown gemietet hatte. Aber es hatte angefangen zu schütten, und außerdem fühlte er sich in der Wohnung nicht heimisch. Da konnte er genauso gut in dem kleinen Büro im ersten Stock ein Feuer machen, in Ruhe den Kaffee trinken, den er sich um die Ecke gekauft hatte, dem Regen lauschen und dabei die Informationen durchlesen, die er von der Bezirksverwaltung und beim Bauamt bekommen hatte.

Viel war es allerdings nicht. Vor 1936 waren die Daten handschriftlich auf Karteikarten vermerkt und immer wieder durchgestrichen und verbessert worden. Und es gab keine einzige Fotografie. Mit anderen Worten: Die Informationen waren ziemlich nutzlos.

Danach war er zur University of Washington gefahren und hatte im Archiv Fotos der Villa aus den späten Dreißigerjahren entdeckt. Sie waren zwar nicht so hilfreich wie Baupläne, aber zumindest konnte er auf diese Weise ungefähr herausfinden, in welcher Reihenfolge die sogenannten Verschönerungen an der Villa vorgenommen worden waren.

Mit gerunzelter Stirn lief er die Treppe hinauf. Wer auch immer verantwortlich für diese Anbauten der alten Villa war, sollte geteert und gefedert werden. Er hatte in seinem Leben schon eine Menge schlechter Umbauten Marke Eigenbau gesehen, aber diese hier waren die Krönung. Nur wenige Veränderungen waren in Übereinstimmung mit der originalen Bauweise vorgenommen worden. Zimmer, die einmal geräumig und anmutig gewesen sein mussten, waren so oft aufgeteilt worden, dass sie jeglichen Charme verloren hatten.

Tief in Gedanken versunken gelangte er zum Büro und hörte weibliche Stimmen. Er blieb stehen.

Verdammt. Das war's dann wohl mit der Idee, gemütlich seinen Kaffee vor dem Kaminfeuer zu trinken. Er drehte sich gerade herum, um wieder zu verschwinden, als aus dem Murmeln ein tiefes, heiseres Lachen wurde. Der Klang schnitt wie ein glühendes Schwert in sein Herz. Er lief zurück zur Tür.

Nachdem er sich nicht vorstellen konnte, dass die kleine hochnäsige Miss Kaplinski dieses Lachen ausgestoßen hatte, als hätte sie einen herrlich schmutzigen Witz gehört, fiel sein Blick auf die üppige Rothaarige, die am anderen Ende des Raumes saß. Doch falls Ava keine Bauchrednerin war, kam das Lachen nicht von ihr. Ein kleines Lächeln umspielte ihre Lippen, während sie ihre Freundin betrachtete, die ihr gegenübersaß. Dev richtete seine Aufmerksamkeit ebenfalls auf sie.

Und mit einem Mal fühlte er sich, als hätte er einen Schlag in den Magen bekommen.

Jane saß in einem Samtsessel vor einem knisternden Feuer, die hochhackigen Stiefeletten lagen vor ihr auf dem Boden, ihre in karierten Strümpfen steckenden Füße hatte sie auf den mit Schachteln und kleinen Taschen überfüllten Couchtisch gestreckt. Sie hielt den Laptop umklammert, damit er ihr nicht vom Schoß rutschte, während sie mit nach hinten geworfenem Kopf brüllte vor Lachen.

Zum ersten Mal sah er sie mit entspanntem Rücken. Nun, er hatte sie insgesamt natürlich nur drei Mal gesehen, doch jedes Mal hatte sie sich sehr gerade gehalten, geradezu steif. Als wäre sie eigentlich eine Prinzessin, die sich ständig darüber wunderte, wie sie in diese Welt voller Bürgerlicher geraten war.

Er beobachtete sie, wie sie um Fassung rang, und begann zu grinsen. Der Prinzessinnen-Vergleich war gar nicht so übel, nachdem sie sich mit Juwelen vollgehängt hatte, die mindestens ein Königreich wert sein mussten.

Sie hatte ihren Blazer ausgezogen und die Blusenärmel hochgekrempelt. Perlen und Smaragde schmückten ihre Handgelenke und baumelten schimmernd und funkelnd um ihren Hals. Ein Diamantdiadem saß auf ihrem Haarknoten, Kaskaden von Edelsteinen, die er nicht erkannte, schwangen an ihren Ohren, und an jedem Finger steckte ein funkelnder Ring.

Ava war ähnlich ausstaffiert, doch ihr schenkte er kaum einen Blick; sie wirkte wie jemand, der es gewohnt war, solchen Schmuck zu tragen. Jane hingegen war wie ein kleines Mädchen, das sich verkleidet hatte. Er hätte seinen Startplatz beim nächsten America's Cup – den er zugegebenermaßen gar nicht hatte –

verwettet, dass sie nicht besonders oft Prinzessin gespielt hatte, selbst als sie noch ein kleines Mädchen gewesen war.

„Du bist dran", sagte sie, und Ava beugte sich vor und nahm eine Samtschachtel vom Tisch. Doch dann hielt sie mit einem Mal inne und wandte den Kopf in seine Richtung. Eine Sekunde lang wünschte er sich, dass er rechtzeitig verschwunden wäre, doch nun war es zu spät.

Sie neigte den Kopf und sagte freundlich: „Hey, Dev."

Jane starrte ihn an und riss die Beine so schnell vom Tisch, dass mehrere Schachteln und Taschen auf den Boden fielen. Leise schimpfend hob sie sie auf, woraufhin ihr das Diadem über ein Auge rutschte. Sie zerrte die kleine Krone vom Kopf. Ein winziger Kamm, der das Diadem noch immer auf einer Seite festhielt, befreite eine glänzende Haarsträhne aus dem strengen Knoten, die sich an ihre Wange schmiegte. Sie blies sie weg, richtete sich kerzengerade auf, hob das Kinn und sah ihn an. „Devlin."

Er stieß die Hacken seiner Stiefel zusammen und verbeugte sich. „Eure Hoheit." Gut, das war ein recht billiger Scherz, aber er konnte einfach nicht widerstehen. Er musste ein Grinsen unterdrücken.

„Was können wir für Sie tun, Devlin?", fragte Ava.

„Hm?" Er wandte den Blick von Janes errötetem Gesicht ab. „Oh. Nichts. Ich wollte ein kleines Feuer machen und mir ein paar Fotos der Villa ansehen, die ich heute im Staatsarchiv gefunden habe. Aber ich wusste nicht, dass der Raum hier bereits besetzt ist."

Ava streckte gebieterisch eine Hand aus. „Zeigen Sie sie uns."

Er durchquerte langsam das Zimmer und reichte ihr den Umschlag. Daraufhin klopfte sie energisch neben sich auf das Sofa. „Setzen!"

„Platz!", sagte Jane in demselben Kommandoton, und Dev blickte sie überrascht an. Wie – besaß diese Frau vielleicht doch einen Funken Humor? Sie erwiderte seinen Blick ausdruckslos. Er rollte mit den Schultern, dann setzte er sich neben Ava. Nein. Eher nicht.

Ava wollte gerade den Inhalt des Umschlags auf ihren Schoß schütteln, als er eine Hand hob. „Nicht so. Nehmen Sie sie vorsichtig heraus", wies er sie an. „Ich möchte sie nicht noch einmal in die richtige Reihenfolge bringen müssen."

Sie tat wie ihr geheißen und stieß einen erfreuten Schrei aus, als sie das oberste Foto betrachtete. „Oh, wie wunderschön. Janie, komm, sieh dir an, wie dieses Haus einmal ausgesehen hat, bevor dieser schreckliche Wintergarten angebaut wurde."

Zu seiner Überraschung gehorchte Jane, stellte ihren Laptop weg und stand auf. Ava rutschte zur Seite und klopfte erneut auf das Sofa neben sich. „Rutschen Sie rüber", befahl sie. „Wir nehmen Sie in die Mitte, damit wir alle gut sehen können."

Er spürte mehr, als dass er sah, wie Jane zögerte. Aber vielleicht bildete er sich das auch nur ein, denn eine Sekunde später setzte sie sich neben ihn.

Das war wirklich ein kleines Sofa. Nun, normalerweise hätte er nichts dagegen gehabt, zwischen zwei schönen Frauen eingequetscht zu sitzen. Aber aus irgendeinem Grund machte ihn die Situation schrecklich nervös. „Ähm, ich glaube, dieses Sofa ist nicht für drei Menschen gebaut worden." Sich Janes Wärme an seiner Seite vollkommen bewusst, fügte er hinzu: „Vor allem nicht, wenn einer so beeindruckend geschwungene Hüften hat."

Okay, das war nicht so rübergekommen, wie er es gemeint hatte, obwohl Ava wirklich umwerfende Hüften hatte. Aber er war nicht darauf vorbereitet gewesen, dass die Frauen zu beiden Seiten erstarren würden. Und noch weniger darauf, dass die Rothaarige ihm einen ausdruckslosen Blick zuwerfen und mit kühlem, höflichem Ton fragen würde: „Nehme ich zu viel Platz in Anspruch, Devlin?"

„Wie bitte? Nein! Das habe ich überhaupt nicht gemeint. Ich wollte nur ..." *Was, du Genie?* Nun, um genau zu sein, hatte er sein Hirn überhaupt nicht benutzt, sondern einfach die erste Entschuldigung ausgestoßen, die ihm eingefallen war, um sich aus dieser Situation zu befreien.

Janes Brust drückte sich an seinen Bizeps, als sie den Hals reckte, um ihre Freundin anzusehen. „Er sagte ‚beeindruckend geschwungen', Av. *Nicht* dick."

Er zuckte vor Entsetzen zusammen, dann starrte er Jane an. „Natürlich habe ich das nicht gesagt! Großer Gott! Kein Mann, der bei Verstand ist, würde so etwas jemals von ihr denken! Verdammt, sie ist gebaut wie ein leibhaftiger feuchter Traum!" Die blauen Augen, in die er blickte, wurden rund, und am liebsten hätte er sich selbst eine Ohrfeige verpasst. *Was zur Hölle ist eigentlich mit dir los, Dev? Da warst du ja mit neun Jahren taktvoller!*

Aber anscheinend hatte er doch das Richtige gesagt, denn er spürte, wie Ava sich neben ihm wieder entspannte, während Jane lächelte. „Das ist verdammt richtig. Und es liegt an Ihren Schultern, Sie Schlaumeier, und nicht an Avas Hüften, dass wir hier zu wenig Platz haben."

„Nein, vermutlich sind es meine Hüften." Sie reichte ihm die Fotos mit einem kläglichen Lächeln. „Es tut mir leid, Dev. Ich wollte Sie nicht erschrecken. Ich war ein dickes Kind, und ich habe nach wie vor ein paar Probleme mit meinem Gewicht."

Als Bruder von drei Schwestern hätte man glauben können, dass er ein wenig Einblick in die weibliche Psyche hatte, doch er begriff überhaupt nichts. Deswegen sagte er nur: „Nun, das sollten Sie nicht. Jeder Mann, den ich kenne, würde zum Mörder werden, um einmal einen Körper wie Ihren berühren zu dürfen."

Und doch war es nicht Avas Körper, der ihn nervös machte, als sie sich zu dritt über die Fotografien beugten. Das ergab zwar überhaupt keinen Sinn, doch es war Jane, die ihn ins Schwitzen brachte.

Sie hatte ja vielleicht ein kühles Wesen, aber ihr Körper strahlte wirklich eine Menge Hitze aus. Er spürte sie an seiner kompletten linken Seite, als er seinen Kaffeebecher auf den Tisch stellte. Er musste nicht auch noch von innen gewärmt werden. Ihm war sowieso ziemlich heiß.

Ziemlich. Heiß.

Scheiße.
Er konzentrierte sich auf Janes unlackierte Fingernägel. Sie waren abgekaut, und er verspürte einen kleinen Triumph bei der Entdeckung, was nun wirklich nicht für ihn sprach. Aber vielleicht war sie doch nicht so selbstsicher, wie sie tat.

Dafür hatte sie die Haut eines Babys. Nicht dass viel davon zu sehen gewesen wäre – sie hatte die Bluse bis zum Hals zugeknöpft. Und doch bemerkte er die seidenweiche Textur ihrer Finger, wenn sie sich beim Austauschen der Fotos berührten, oder wie ihre nackten Unterarme mit den Perlen der Armbänder um die Wette schimmerten.

Er bewegte sich unbehaglich. Was zum Henker ging hier eigentlich vor? Das passte überhaupt nicht zu ihm. Er konnte schon gar nicht mehr zählen, wie viele Frauen er in den letzten Jahren gehabt hatte – er war Seemann und Handwerker, Himmel noch mal! Sachen wie *mit den Perlen um die Wette schimmern*, so etwas dachte er nicht.

„Nun, also." Er stemmte sich zwischen den beiden Frauen hoch und stand auf. „Ich beginne gleich zu schielen – ich glaube, ich gehe besser nach Hause. Ich habe den Jetlag noch nicht ganz hinter mich gebracht. Ich muss mich in die Falle hauen."

Vielmehr in eine Kneipe gehen, eine Frau aufreißen und mich dann mit ihr in die Falle hauen, dachte er, während er die Fotos einsammelte, sich dann verabschiedete und im Regen zu seinem Wagen rannte. Eine Frau mit beeindruckendem Dekolleté und lächelnden roten Lippen. Und Fingernägeln, die lang genug waren, um ihm den Rücken zu zerkratzen. Eine, die ihn ansah, als ob er der tollste Hecht im Teich wäre und nicht ein Säufer, der dringend einen Drink brauchte.

Nur ...

Er fuhr nach Hause, duschte und ging ins Bett.

Morgen, dachte er. Morgen Nacht würde er sich eine Frau suchen. Denn wenn ihn schon eine verklemmte kleine Miss Jane Kaplinski in Erregung versetzen konnte, dann war er *viel* zu lange nicht mehr flachgelegt worden.

3. KAPITEL

Sex wird völlig überbewertet. Ich jedenfalls kann sehr gut ohne leben.
Wirklich.

Am nächsten Abend saß Jane im Salon der Wolcott-Villa und tippte Notizen für das vor ihr liegende Gespräch mit der Museumsdirektorin in ihren Laptop. Doch statt sich ganz und gar auf ihren Bericht zu konzentrieren, wanderten ihre Gedanken immer wieder zu einem ganz bestimmten Mann. Zu einem muskulösen rothaarigen Mann.

Was war überhaupt dran an diesem Devlin Kavanagh? Warum kam er ihr immer wieder in den Sinn? Das war doch vollkommen lächerlich!

Nun ja, lächerlich vielleicht, aber nicht vollkommen unverständlich. Schließlich hatte sie sich ja auch durchaus schon vorher zu Männern hingezogen gefühlt.

Allerdings nicht auf diese Weise. Nie hatte sie einen Mann so unbedingt haben wollen, ohne ihre Empfindungen auch nur im Ansatz kontrollieren zu können.

Und genau das war das Problem. Sie hasste es, sich nicht unter Kontrolle zu haben. Mit Eltern, die sich ständig am Rande oder inmitten eines Dramas befanden, hatte sie schon als Kind beschlossen, niemals so zu werden.

Was hatte sie eigentlich Schlimmes getan, um Eltern zu verdienen, die Schauspieler waren? Sie hatte sich nie etwas anderes gewünscht als eine nette, normale Familie. Und hatte sie eine bekommen? Oh nein. Gott hatte sich bestimmt kaputtgelacht vor Vergnügen, als er sie stattdessen mitten in diese Dorrie-und-Mike-Show hineingeschickt hatte. Was total unfair war. Denn ihre Eltern hatten nicht einfach nur Meinungsverschiedenheiten ausgetragen, sondern Krieg geführt und Krisen von epischem Ausmaß durchlebt. Das hätte sie ja noch irgendwie ertragen können – wenn die beiden wenigstens ein einziges Mal versucht hätten, sie aus ihren Dramen herauszuhalten.

Also nein. Sie konnte es nicht leiden, sich nicht unter Kontrolle zu haben.

Was die ganze Sache jetzt eigentlich umso einfacher machen müsste, oder nicht? Nur fühlte es sich aus irgendeinem Grund nicht einfach an. Sie konnte nicht begreifen, warum sie ausgerechnet mit diesem Typen solche Schwierigkeiten hatte.

„Mist." Sie starrte frustriert auf den Bildschirm. „Ich *muss* mich endlich zusammenreißen."

„Lässt ja nichts Gutes ahnen, wenn du jetzt schon mit dir selbst sprichst."

Jane zuckte zusammen. „Himmel!", funkelte sie Poppy an, die gerade hereinspaziert kam. „Ich hab fast einen Herzinfarkt bekommen!" Dabei war es ihre eigene Schuld, wenn sie sich von irgendeinem Mann so ablenken ließ, dass man sich unbemerkt an sie heranschleichen konnte.

„Verzeihung", sagte Poppy ohne erkennbare Reue. „Also, liegt es wirklich an deiner Arbeit, dass du Selbstgespräche führst?"

„Schön wär's", murrte sie. „Dann wäre alles viel einfacher." Sie verpasste sich in Gedanken selbst eine Ohrfeige. *Halt die Klappe, Kaplinski! Halt die Klappe, halt die Klappe, halt die Klappe.* Sie war noch nicht bereit, ihren Freundinnen ihr Herz auszuschütten, und bis dahin war es besser, wenn Poppy nichts von einem Geheimnis ahnte. Das hatte sie in den letzten Jahren doch gelernt.

Aber jetzt war es natürlich zu spät. Denn wie sie Devlin erst gestern erklärt hatte, war Poppy wie ein Pitbull. Und schon hatte ihre Freundin, die heute besonders weich und freundlich mit ihren blonden Locken, den großen braunen Augen und ihrer Hippiemädchen-Aufmachung aussah, sie im Fadenkreuz. „Spuck's aus", forderte sie.

Und wie ein undichter alter Öltanker tat Jane genau das. „Ich glaube, ich bin Hals über Kopf der Lust verfallen."

„Oh." Poppy ließ sich auf einen Stuhl plumpsen. „Erzähl deiner Schwester alles. Und lass kein einziges Detail aus."

„Ich bin auf jemanden scharf. Das ist alles. Es gibt keine Details, Pop, weil nichts passiert ist."

Poppy schürzte die Lippen. „Also bitte. Wir sprechen hier von sexueller Anziehungskraft. Von Herzflattern. Vibrierenden Nerven. Richtig?"

Ach je. Jane nickte.

„Dann gibt es natürlich etwas zu erzählen. Wenn es um erotische Dinge geht, gibt es *immer* was zu erzählen."

„Diesmal nicht."

Poppy warf ihr einen empörten Blick zu. „Warum zum Teufel nicht?"

„Hey, nur weil ich bestimmte Bedürfnisse verspüre, muss ich sie noch lange nicht ausleben. Das habe ich nicht – und das werde ich nicht." Sie speicherte die Datei ab und klappte den Laptop zu. „Es handelt sich nur um einen vollkommen willkürlichen Anfall von Wollust. Ich habe vor, darüber hinwegzukommen."

„Warum solltest du?" Poppy blinzelte ehrlich überrascht. „Lust ist doch eine gute Sache, oder? Ich meine, sie führt zu Sex, und Sex macht Spaß. Nicht, dass ich das aus eigener Erfahrung wüsste", fügte sie tugendhaft hinzu.

„Natürlich nicht. Du streitest persönliche Erfahrung ab, seit du Ava und mich mit Fehlinformationen über Sex gefüttert hast, als wir neun waren."

„Was meinst du mit Falschinformationen? Ich war immer die Erste, die neue Erkenntnisse beizusteuern hatte, das weißt du genau."

„Also bitte. Man wird schwanger, sobald man Speichel mit einem Jungen ausgetauscht hat?"

„Ach ja, das. Diese bescheuerte Schwester von Karen Copelli! Ich dachte wirklich, sie wäre eine verlässliche Quelle. Immerhin war sie eine ältere Frau."

„Ich weiß. Sie muss bereits zwölf gewesen sein. Jedenfalls kann ich dir eines sagen, nach dieser Speichel-Geschichte war ich mir sicher, dass ich niemals Kinder bekommen würde. Weil: iiiih."

Poppy grinste. „Ja, das klang nicht besonders lecker, oder? Zum Glück stellte sich das Knutschen selbst als viel cooler heraus."

„Nicht, dass du damit persönliche Erfahrung hättest."

„Selbstverständlich nicht", stimmte Poppy mit einem ernsten Lächeln zu, dann wischte sie die Angelegenheit mit einer Handbewegung beiseite. „Aber wir sprechen hier nicht über mich, Jane. Also wechsle nicht das Thema."

„Doch. Lass uns genau das tun. Lass uns zu etwas vollkommen anderem übergehen."

„Na schön, wie wäre es damit? Vielleicht ist es in Wahrheit gar nicht Lust, was du fühlst."

Sie bedachte diese Möglichkeit volle zwei Sekunden, dann nickte sie entschieden. „Vertrau mir. Es ist Lust." Heiße, brennende Lust. „Es könnte sich aber auch um Sodbrennen handeln."

Poppy war allerdings mit einer selektiven Taubheit geschlagen, die sie befähigte, ihre Nase immer wieder entschlossen in anderer Leute Angelegenheiten zu stecken. „Vielleicht handelt es sich ja auch um Liebe auf den ersten Blick."

„Klar. Weil wir ja alle wissen, dass Liebe auf den ersten Blick nicht einfach nur ein Märchen ist!"

„He, bei meinen Eltern hat's funktioniert. Und Avas Mom und Dad sind vielleicht als Eltern ein bisschen nachlässig, aber schau dir an, wie lange sie schon verheiratet sind."

„Ich hatte immer den Eindruck, das läge nur daran, dass bei denen zu viel Geld im Spiel ist, um sich scheiden zu lassen. Vielleicht ja nicht. Die beiden scheinen viel miteinander zu unternehmen."

„Siehst du? Die Welt ist einfach voll von wahrer Liebe. Also sag mir den Namen des Kerls, vielleicht kann ich dir ein bisschen Hilfestellung geben."

„Das bekomme ich schon allein hin, besten Dank. Es ist in

Wahrheit ganz einfach." Sie sah Poppy voll an. "Ich werde nämlich einfach gar nichts tun."

"Das ist ein schrecklicher Plan."

"Und ganz und gar mein Ernst."

"Sag mir wer, Jane-Jane."

"Du willst den Namen gar nicht wissen – Pop-Pop."

"*Sag* ihn mir!"

"Nein."

Poppy warf ihr einen teuflischen Calloway-Blick zu, Jane erwiderte ihn mit der Kaplinski-Version.

Ihre Freundin musterte sie einen Moment lang. Dann nickte sie kurz. "Gut, in Ordnung. Aber du weißt, dass ich es früher oder später sowieso herausfinde. Keine Ahnung, warum du uns allen nicht die Mühe ersparst und einfach gleich damit rausrückst."

"Ich habe nichts gegen ein wenig Mühe."

"In welchem Universum, bitte schön?"

Jane schenkte ihr nur ein unergründliches Lächeln.

"Fein." Poppy seufzte verstimmt. "Dann eben nicht. Ich bin sowieso nicht hierhergekommen, um dich zu sehen. Ava hat mir erzählt, dass Dev ein paar tolle Fotos aus dem Staatsarchiv hat. Hast du ihn heute schon gesehen?"

Janes Herz schlug einmal heftig und begann dann zu galoppieren. Zum Glück war Poppy gerade damit beschäftigt, sich umzusehen, als würde sie erwarten, dass ihre Frage ihn wie durch Magie in dem Raum erscheinen ließe. Das war gut, denn ansonsten hätte sich das Rätsel um den Namen erledigt gehabt.

Es gelang ihr, ausdruckslos dreinzuschauen, als Poppy sich wieder zu ihr umwandte. "Nein, habe ich nicht. Aber nach dem lauten Getrampel zu urteilen, das ich schon den ganzen Morgen im Wintergarten gehört habe, gehe ich schwer davon aus, dass er sich dort aufhält."

Poppy studierte einen Moment lang ihr Gesicht. "Sag jetzt nicht, dass du noch immer sauer auf ihn bist, weil er letzte Woche ein paar Tequilas zu viel getrunken hatte."

„Hey! Ich bin unglaublich tolerant! Natürlich hat es auch ein wenig geholfen, dass er nüchtern war, als ich ihn gestern gesehen habe. Oder dass dieses Getrampel, das ich gerade erwähnte, recht standfest geklungen hat."

„Ach verdammt, Jane! Du musst mit diesen verfluchten Vorurteilen aufhören, denn ich schwöre, wenn du uns das hier versaust ..."

„Jetzt reg dich nicht auf, ich habe überhaupt nichts getan, um deine heiß geliebte Vereinbarung mit Kavanagh Constructions zu gefährden. Um genau zu sein, war ich ihm gegenüber die Höflichkeit in Person – und wenn du mir nicht glaubst, dann frag doch Ava." Die zum Glück nicht bei dem Gespräch am Nachmittag dabei gewesen war. „Obwohl ich nicht beschwören kann, dass sie überhaupt darauf geachtet hat. Sie war nämlich total hingerissen von diesen Fotos."

Die Erwähnung der Fotos lenkte Poppy vom Thema ab. „Av hat gesagt, dass du sie auch gesehen hast."

„Stimmt, und sie sind wirklich so toll, wie sie dir vermutlich gesagt hat."

„Dann suche ich jetzt Devlin und schaue sie mir selbst an." Sie lief auf die Tür zu.

„Bis nachher dann", rief Jane ihr nach. „Ich mache hier Schluss und fahre nach Hause." Wo sie vorhatte, sich Devlin ein für alle Mal aus dem Kopf zu schlagen und ihren Bericht fertig zu schreiben.

Poppy blieb stehen und blickte über die Schulter. „Warte doch noch eine Viertelstunde. Dann können wir uns zusammen was zum Abendessen holen."

Jane zögerte einen Moment. Sie war unentschlossen, ob sie tatsächlich noch ein paar weitere Runden dafür kämpfen wollte, wenigstens ein paar Gedanken für sich zu behalten. Doch als sie sich ihren fast leeren Kühlschrank vorstellte, nickte sie. „Klingt nach einem guten Plan."

„Schön, ich bin gleich zurück." Sie hob die Augenbrauen. „Oder willst du mit mir in den Wintergarten kommen?"

Jane gelang es, nicht *Hast du den Verstand verloren?* zu kreischen, sondern nur kühl zu sagen: „Nein, geh du allein. Vermutlich kommen wir viel schneller an unser Abendessen, wenn wir nicht beide über den Fotos in Begeisterungsstürme ausbrechen. Und außerdem kann ich dann doch noch etwas an meinem Bericht arbeiten."

„Okay. Ich brauche nicht lange."

„Lass dir ruhig Zeit." Sie hatte nichts dagegen, zu warten. Solange sie nicht den Anblick dieses testosteronstrotzenden Typen ertragen musste, war sie vollkommen zufrieden damit. Egal, wie lange es dauerte.

Am frühen Nachmittag des nächsten Tages verließ Jane ein wenig benommen und zugleich aufgekratzt den Besprechungsraum des Seattle Art Museums. Ihr Termin mit Marjorie war gut gelaufen. Damit hatte sie auch gerechnet – schließlich hatte sie in der vergangenen Nacht mit der ihr eigenen Verbissenheit noch so lange gearbeitet, bis ihr die Augen zugefallen waren. Es war ihr sogar gelungen, nicht mehr an diesen eingebildeten Kavanagh zu denken.

Sie war sehr froh, dass Miss Agnes – Gott segne sie – ihr diese Gelegenheit verschafft hatte. Künftig würde sie in der Kunstszene wahrgenommen werden, und wenn sie diese Aufgabe gut erledigte, konnte das ihre Karriere in Höhen katapultieren, von denen sie zuvor nicht einmal geträumt hätte. Sie hatte sogar gute Chancen, die Kuratorenstelle von Paul Rompaul zu übernehmen, wenn er nächsten Oktober in Rente ging. Deswegen war sie Miss Agnes aus ganzem Herzen dankbar und wild entschlossen, ihr Bestes zu geben.

Also ja, sie war hervorragend vorbereitet gewesen, und deswegen überraschte es sie nicht, wie erfolgreich das Treffen verlaufen war. Was sie allerdings regelrecht umgeworfen hatte, war der Kuchen, auf dem in weinrotem Zuckerguss ihr Name gestanden hatte. Und noch überraschender war Marjories kurze Rede gewesen. Die Direktorin hatte allen freiweg mitgeteilt, wie großartig es war, dass Jane die Wolcott-Sammlungen in das Seattle Art Museum brachte.

Mit solch einer Anerkennung hatte Jane nicht gerechnet. In ihrer Rede betonte Marjorie allerdings auch, was sie sich von der Ausstellung im Januar erhoffte und wie fest sie damit rechnete, dass sie für große Besucherströme gerade in der traditionell schwachen Periode nach den Feiertagen sorgen würde. Damit machte sie Jane noch nervöser, als sie sowieso schon war.

„Jane, Jane! Warte mal", hörte sie eine Stimme hinter sich.

Sie zögerte. Wegen der heutigen Ereignisse schien es ihr fast unmöglich, still zu stehen. Doch sie zwang sich, genau das zu tun und zu warten, bis ihr Kollege Gordon Ives sie eingeholt hatte.

Dann setzte sie ein Lächeln auf, das ihr vermutlich nicht mal ein Kleinkind abgenommen hätte. Wie peinlich. Sie kämpfte gegen den Wunsch an, wegzulaufen, und bemühte sich um einen glaubwürdigeren Gesichtsausdruck.

„Ich hab's ja vorhin schon gesagt, aber ich möchte es noch einmal wiederholen." Gordon schenkte ihr ein blendend weißes Lächeln. „Gratuliere! Da hast du ja eine riesige Aufgabe vor dir."

„Kann man wohl sagen. Die letzten Tage habe ich damit verbracht, herauszufinden, wie riesig genau sie ist." Was ja der Grund für ihre Angespanntheit und gleichzeitige Euphorie war. „Ich mache mir ein wenig Sorgen über die Frist, die die Direktorin mir gesetzt hat. Ich werde mich wirklich reinhängen müssen, um das zeitlich alles hinzubekommen."

„Ach, das ist doch ein Kinderspiel für dich." Er wischte ihre Bedenken beiseite wie nervige Fliegen. „Ganz offenbar zweifelt Marjorie nicht daran, dass du deine Aufgabe gut erledigst – und pünktlich. Aber wenn ich dir irgendwie helfen kann ..."

Sie gab ein unverbindliches Geräusch von sich, denn wenn sie Hilfe brauchte, würde sie sich zuerst an Poppy wenden. Ihre Freundin war vielleicht nicht so bewandert wie ihr Kollege, aber sie waren ein gutes Team. Davon abgesehen, dass Poppy vermutlich einen kleinen Zusatzverdienst kurz vor den Feiertagen gut brauchen konnte.

Außerdem ... Sie gab es zwar nicht gerne zu, aber Gordon hatte etwas an sich, das sie nicht besonders mochte. Sie konnte es nicht recht erklären; er hatte ihr nie etwas getan. Wahrscheinlich lag es einfach an seiner schleimigen Art und seiner Vorliebe für diese narzisstischen metrosexuellen Klamotten. Wie sollte man aber auch einen Mann ernst nehmen, der in sechs Wochen mehr Geld für Maniküre und Feuchtigkeitscremes ausgab als sie in einem ganzen Jahr? Sie konnte es einfach nicht ändern, aber ihr waren kernigere Männer lieber.

Wie der eine oder andere Handwerker ...

Moment. An ihn wollte sie bestimmt nicht denken. „Danke für deine Glückwünsche. Und wenn ich Hilfe brauchen sollte, werde ich auf jeden Fall an dich denken." Sie bewegte sich langsam von ihm weg.

„Bist du auf dem Weg in die Wolcott-Villa?", fragte er. Für jeden Schritt, den sie rückwärtsging, machte er zwei nach vorn.

„Ja." Sie versuchte nicht länger, höflich zu sein, sondern lief einfach den Korridor entlang. Gordon ließ sich nicht abschütteln.

„Wenn du magst, könnte ich nach der Arbeit vorbeikommen und dir helfen."

Sie war ein wenig erschrocken über diesen Vorschlag. „Danke dir, Gordon, ich weiß dein Angebot zu schätzen. Aber ich bin noch am Sortieren, und das möchte ich lieber ..." Verdammt. Wie sollte sie sich ausdrücken, ohne zu unhöflich zu klingen?

„Du willst erst mal selbst alles durchgesehen haben, bevor du jemand anderen die Stücke anfassen lässt?"

„Ja! Genau!" Sie sah ihn auf einmal in einem neuen Licht. Feuchtigkeitsprodukte und Gesichtsbehandlungen für Männer hin oder her, offenbar war er doch tiefgründiger, als sie ihm zugestanden hatte. „Ich werde dein Angebot auf jeden Fall im Kopf behalten. Doch im Moment sind einfach zu viele Dinge in der Villa, die mit dem Museum überhaupt nichts zu tun haben."

„Hm. Ich würde dich ja gerne bemitleiden, aber wenn ich ehrlich bin, bin ich gelb vor Neid." Er schenkte ihr ein schiefes Lächeln. „Und Gelb ist überhaupt nicht meine Farbe."

Sie lachte. „Ich bin momentan nicht gerade eine Kandidatin für die Wahl zur beliebtesten Mitarbeiterin, oder? Mann, ich kann selbst noch nicht glauben, dass ich diese Ausstellung leiten soll. Wo wir gerade davon sprechen", sie legte noch einmal an Tempo zu, „wenn ich das schaffen will, sollte ich mich jetzt wirklich beeilen."

„Na dann." Er verlangsamte seine Schritte. „Viel Glück. Und denk dran, ich habe Zeit, wann immer du Hilfe brauchst."

„Das werde ich." Sie winkte ihm zu. „Danke." Und in diesem Moment meinte sie es auch wirklich so.

Doch als sie das Museum durchquert hatte und in die stürmische Herbstluft hinaustrat, waren ihre Gedanken schon ganz woanders. Vorfreude stieg in ihr auf. Sie konnte es kaum erwarten, mit der Arbeit zu beginnen.

4. KAPITEL

Du heilige Scheiße! Die Kavanagh-Familie scheint riesig zu sein. Ich kann mir überhaupt nicht vorstellen, wie es sich anfühlt, mit so vielen Geschwistern aufzuwachsen.
Ist aber bestimmt schön.

„Verdammt", murrte Dev, als er zwei Abende später durch die Hintertür die Wolcott-Villa betrat und den Code der Alarmanlage eintippte. „Wahrscheinlich wirst du überall was auszusetzen haben!" Nicht zum ersten Mal fiel ihm das fortgeschrittene Alter der Alarmanlage auf, doch das war das Problem dieser Östrogen-Zicke und nicht seines. Er hatte gerade selbst ein Problem.

„Ach, hör auf zu meckern", rief eben dieses Problem in Form seiner Schwester Hannah. Sie folgte ihm in die Küche und schlug ihm leicht gegen den Hinterkopf.

„Au! Scheiße."

„Wenn du in den letzten Jahren mal ein bisschen länger als eine Woche geblieben wärst, dann wüsstest du, dass ich jede unserer Baustellen mindestens einmal begehe."

Er rieb sich den Kopf und starrte sie finster an. „Du bist noch genauso bescheuert wie früher. Sei doch mal fair! Ich komme mindestens ein Mal pro Jahr nach Hause – was viel öfter ist, als du mich besuchst. Gut, letztes Jahr musste ich früher abreisen, um ein Boot nach Marokko zu überführen – aber abgesehen davon war ich immer länger als eine Woche hier." Und wenn er dann wieder zurückflog, war er glücklich, seine Familie wiedergesehen zu haben, verspürte aber zugleich ein vages Gefühl von Entfremdung.

„Aber da hast du nicht gerade viel Zeit auf unseren Baustellen verbracht, oder?" Sie sah sich in der Küche um. „Mann, ich weiß gar nicht, wie oft diese Villa Gesprächsthema beim Abendessen war. Das ist, als ob einem auf einmal Elvis gegenüberstehen würde."

„Nur dass diese Legende hier tatsächlich eine Chance hat, wieder lebendig zu werden."

Sie inspizierte die beschädigten schwarzweißen Bodenfliesen aus dem frühen Zwanzigsten Jahrhundert und die im Avocadogrün der Siebzigerjahre gehaltenen Geräte. „Allerdings ist hier wirklich eine Menge Arbeit nötig." Sie eilte auf die Küchentür zu.

„Hey, warte mal eine Sekunde." Er rannte hinter ihr her in das Esszimmer. Sie begann umgehend, Notizen in ihren Black-Berry zu tippen.

„Wer auch immer diese Ornamente um das Fenster gemalt hat, gehört erschossen", sagte sie. „Dieses Haus war einmal wunderschön, aber diese ganzen geschmacklosen Verzierungen haben es ziemlich verschandelt."

„Die ganze Villa ist voll von solchem Kram", stimmte er zu.

„Kann ich Ihnen helfen?", fragte eine Stimme hinter ihnen, und zwar in einem Ton, der nahelegte, dass sie besser eine gute Erklärung für ihre Anwesenheit haben sollten.

Dev unterdrückte einen Fluch. Er wusste schon beim Umdrehen, wen er erblicken würde.

Jane. Sie stand in der Tür, trug schwarze Leggins unter einer hochgeschlossenen schwarzbraunen Tunika und darüber eine kurze schwarze Jacke, die sie direkt unter ihren kleinen A-Körbchen-Brüsten verknotet hatte.

Dunkle Kleidung schien wirklich ihr Markenzeichen zu sein – wieder einmal von ihren Schuhen abgesehen. Diesmal trug sie gelbe mit Marabufedern verzierte Samtslipper. Sie wirkten viel zu fröhlich für das Outfit – Janes Stirnrunzeln hingegen passte da schon besser.

„Oh. Sie sind es", sagte sie ohne große Begeisterung, als sie ihn erkannte. „Ich hörte Stimmen und …" Sie schüttelte den Kopf. „Ach, egal." Sie fixierte Hannah, die, seit sie dreizehn war, das Haus an nicht einem einzigen Tag in ihrem Leben ohne Make-up und aufsehenerregende Klamotten verlassen hatte. „Um Himmels willen! Bringen Sie etwa Ihre Freundinnen mit hierher?"

„Na klar." Wütend darüber, dass sie jeweils die unschönsten Schlüsse aus seinem Verhalten zog, lief er auf sie zu und blieb erst stehen, als sich ihre Schuhspitzen berührten. Ohne die sonst üblichen hohen Absätze war sie viel kleiner, als er geglaubt hatte.

Diese Feststellung hatte allerdings überhaupt nichts mit dem Thema zu tun, um das es gerade ging. „Han steht total auf alte Häuser, deswegen mache ich mit ihr einen kleinen Rundgang durch das Erdgeschoss, um sie heißzumachen, bevor wir nach oben gehen, die Rollläden herunterlassen und richtig loslegen. Haben Sie ein Problem damit, Langbein?"

„In meinem Haus, auf meine Kosten?" Ihre Augen glühten blauer als Gasflammen. „Ja. Ich schätze, man könnte sagen, dass ich damit ein Problem habe. Und ebenso mit dem schlechten Männergeschmack Ihrer Begleiterin."

Hannah lachte. „Der Punkt geht an sie, mein Junge." Sie streckte Jane die Hand hin. „Ich bin Hannah. Devs Schwester."

„Darf ich dir Jane Kaplinski vorstellen?", flötete Dev. „Die Frau, die liebend gerne falsche Schlüsse zieht."

„Oh." Heiße Röte überzog Janes Gesicht. „Oh, Mist. Tut mir leid."

Wie er bemerkte, richtete sie ihre Entschuldigung ausschließlich an Hannah, die Jane aufmerksam musterte, während sie einander die Hände schüttelten. „Sie sehen sich überhaupt nicht ähnlich", sagte sie dann. Als ob das eine Entschuldigung für ihr Verhalten wäre.

„Ich weiß." Hannah warf fröhlich ihr dunkles, welliges Haar zurück. „Finn und Bren und Maureen und ich kommen nach unserem Dad. David und Dev nach unserer Mom, nur dass David hellbraune Haare hat. Kate ist eine Mischung. Sie hat Devs Haarfarbe, sieht aber mehr wie ... nun, wie niemand eigentlich. Dad meint, es war der Postbote, das ist aber nur ein Scherz."

„Glauben wir zumindest."

Wie üblich kapierte Jane seinen Humor überhaupt nicht. Sie starrte Hannah groß an. „Sie haben *sechs* Geschwister?"

„Sie kann zählen", wunderte sich Dev.

Hannah stieß einen Ellbogen in seine Rippen. „Ja. Was soll ich sagen: Wir sind Iren und katholisch. Das ist gleichbedeutend mit einer großen Familie."

„Ich bin Einzelkind", sagte Jane. „Und meine beiden besten Freundinnen auch, also kann ich mir nicht einmal im Ansatz vorstellen, wie es ist, mit so vielen Geschwistern aufzuwachsen. Wow." Sie blickte zwischen den beiden hin und her. „Das war bestimmt ..."

Als sie die richtigen Worte nicht fand, schlug Hannah vor: „Laut. Und durchgedreht."

„Keine Privatsphäre", steuerte er bei. „Jeder mischt sich ständig ein." Er hatte schließlich nicht umsonst die Universität von Washington mit neunzehn bereits wieder verlassen, um nach Europa zu gehen.

„Oh nein." Jane schüttelte den Kopf. „Ich wollte sagen: *nett*. Es muss wirklich schön sein, so viel Rückhalt zu haben."

Dev schnaubte. „Junge, Junge. So was kann auch nur ein Einzelkind glauben." Ihm jedenfalls waren der ganze Lärm und das Drama einer Großfamilie ziemlich auf die Nerven gegangen. Er hatte immer schon so schnell wie möglich abhauen und irgendwo leben wollen, wo es nur um ihn ging und er nicht ständig mit seinen Geschwistern verglichen wurde.

„Halt die Klappe, Dev." Hannah kniff die Augen zusammen. „Dir mag vielleicht aufgefallen sein, dass du der Einzige bist, der von zu Hause abgehauen ist. Der Rest von uns findet den Familienzusammenhalt tatsächlich angenehm."

„Abgehauen? Könntest du dich vielleicht noch ein wenig melodramatischer ausdrücken?" Er war nicht *abgehauen*. Er hatte sich nur vernünftigerweise aus einer Situation befreit, die ihm konstant zu schaffen gemacht hatte. Aber er hatte keine Lust, schon wieder mit ihr darüber zu streiten, zuckte mit den Schultern und richtete seine Aufmerksamkeit auf Jane. Sie war es schließlich gewesen, die dieses unschöne Thema angesprochen hatte, und vermutlich wollte sie ihm mit diesem Das-muss-abernett-sein-Scheiß nur auf die Nerven gehen.

Bloß ...

Sie schien es total ernst zu meinen. Genau genommen hatte sie ganz wehmütige Augen. Das merkwürdige Ziehen in seinem Bauch machte ihn ziemlich sauer.

„Was schauen Sie da an?", fragte sie.

Ihre verärgerte Stimme riss ihn aus dem seltsamen Gefühlszustand, und mit einem stummen *Besten Dank, Sweetheart* schenkte er ihr sein bestes Satansgrinsen. „Sie. Sie sehen aus wie ein kleines Mädchen, das sich die Nase an einem Süßwarenladen platt drückt."

„So sehe ich überhaupt nicht aus!" Sie hob das Kinn, und wieder einmal löste sich eine Strähne aus ihrem Knoten und glitt an ihrem Hals entlang.

Sofort packte ihn wieder dieses seltsame Gefühl. Dieses Gefühl, das seine Handflächen kribbeln ließ. Sein gesunder Menschenverstand setzte einfach aus. Er hob eine Hand und zog die beiden Kämme heraus, die den Rest des Haarknotens noch an seinem Platz hielten.

„Hey!" Sie packte seine Hände, während ihr Haar herunterfiel. „Geben Sie die zurück."

Dev warf die Kämme in eine Schüssel auf der Anrichte, hielt dann ihren Arm fest, damit sie ihn nicht schlagen konnte. Er bereute bereits, dass er ihre Frisur durcheinandergebracht hatte. Denn dieser dunkle Wasserfall, der über ihre Schultern floss und ihr in die Augen fiel, gab ihr ein vollkommen anderes Aussehen.

Darauf hätte er gerne verzichtet.

„Warum zur Hölle machen Sie sich überhaupt die Mühe, Ihr Haar hochzustecken? Es bleibt doch sowieso nie dort – jedes Mal, wenn ich Sie sehe, hängt es halb herunter."

„Was sind Sie, ein verkappter Friseur?" Sie zerrte an ihrem Arm. „Lassen Sie mich los."

Er verstärkte den Griff. „Warum sollte ich ..."

„O-kay", sagte Hannah. „Ich glaube, es ist an der Zeit, dass wir beide verschwinden, Dev. Jane, es war nett, Sie kennenzulernen. Tolle Schuhe, übrigens. Sie sind *très* sexy."

Jane blinzelte, als hätte sie Hannah vollkommen vergessen, dann blickte sie auf ihre Schuhe. „Ach nein, sie sind nur ..." Sie räusperte sich. „Danke. Sie sind jedenfalls bequemer als die hohen Absätze, die ich sonst trage."

„Und einfach hinreißend. Nun, ich hoffe, wir sehen uns bald wieder. Ich würde gern ein anderes Mal vorbeikommen, um mir das ganze Anwesen anzusehen. Das mache ich bei allen Kavanagh-Aufträgen. Erstens, um eine Vorstellung von dem Umfang der Arbeiten zu bekommen, aber auch wegen der weiblichen Perspektive. Die *meisten* meiner Brüder", sagte sie und warf ihm einen Blick zu, „wissen das durchaus zu schätzen. Aber das nächste Mal rufe ich vorher an, um einen Termin mit Ihnen zu vereinbaren."

Genau das habe ich doch die ganze Zeit versucht, dir klarzumachen. Dev ließ Jane los und fragte sich, was eigentlich geschehen war. Du liebe Zeit! Normalerweise lief er nicht durch die Gegend und hielt Frauen am Arm fest. Und hatte er wirklich *warum sollte ich* gesagt? Er rieb mit den Handflächen über seine Jeans, um das prickelnde Gefühl loszuwerden, das ihre weiche Haut verursacht hatte. „Vielleicht mal morgens", murmelte er. „Dann ist sie nicht hier."

Jane sah ihn nicht einmal an. „*Sie* sind jederzeit willkommen", sagte sie zu seiner Schwester. „Hauptsache, Sie bringen ihn nicht mit."

„Hören Sie mal, Lady ..." Wieder trat er einen Schritt auf sie zu, alle guten Vorsätze lösten sich umgehend in Luft auf. Ihn nicht mitbringen, so ein Quatsch. Er arbeitete schließlich hier.

Hannah ergriff ihn am Oberarm und zog ihn zur Tür. „Bis dann, Jane."

Ein feuchter Wind schlug ihm ins Gesicht, als seine Schwester ihn durch die Hintertür in den stürmischen Abend zog. Er befreite sich aus ihrem Griff. „Ist schon gut. Ich werde sie nicht schlagen oder so was."

„Das würde ich auch nicht eine Sekunde lang glauben." Sie schloss ihr Auto auf. „Ich habe ja schon viele Menschen um den heißen Brei herumschleichen sehen, aber ihr beide schießt wirklich den Vogel ab."

Er hatte die Hand nach dem Türgriff ausgestreckt, erstarrte aber mitten in der Bewegung und starrte sie über das Autodach an. „Wie bitte?"

„Oh, nicht schlecht. Du hättest Schauspieler werden sollen." Sie schüttelte den Kopf. „Also bitte. Ich hätte beinahe die Feuerwehr gerufen. Es hat nicht mehr viel gefehlt, und die Funken zwischen euch beiden hätten das Haus in Brand gesetzt."

Er lachte kurz auf. „Und da heißt es immer, du wärst die Schlauste in unserer Familie."

„Nein, das ist Kate."

Er ignorierte ihre Antwort, riss die Tür auf und kletterte in den Wagen. Dann warf er seiner Schwester einen bösen Blick zu. „Verwechsle einen Funkenschlag nicht mit Wut, Schwesterlein. Jane Kaplinski ist ein griesgrämiges kleines Miststück, das von der ersten Sekunde an nur das Schlimmste von mir angenommen hat." Nun, nicht wirklich von der *ersten* Sekunde an, wie er sich eingestehen musste, als er an den Blickkontakt in dem Restaurant dachte.

Der war wirklich heiß gewesen.

„Ja, ich hab schon gehört, dass du total betrunken warst." Sie startete den Motor und fuhr los.

„Natürlich hast du davon gehört. In dem Kavanagh-Clan bleibt schließlich nichts lange geheim."

„Blieb es nie und wird es nie bleiben", stimmte sie fröhlich zu.

Er hatte es schon vor Jahren aufgegeben, seine Handlungsweisen zu verteidigen, und doch drehte er sich jetzt auf seinem Sitz um und sah seine Schwester lange an. Sie und Finn standen ihm am nächsten, sowohl was das Alter als auch was die Interessen betraf. „Ich hatte einen schrecklichen Jetlag an diesem Abend, Han. Und dann hat David ein paar Tequilas ausgegeben. Die und die Drinks davor mit Bren und David und Finn an der Bar haben mir den Rest gegeben."

„Darüber sind sich alle einig."

Er lachte humorlos. „Und da wunderst du dich, warum ich mein Erwachsenenleben am anderen Ende der Welt verbringe? Geht es dir denn nie auf die Nerven, dass jeder in der Familie alles über dich weiß, praktisch sogar jeden Gedanken kennt, den du denkst?"

„Nein." Sie bremste an der Ampel zur Queen Anne Avenue ab und kniff ihn in die Wange. „Andererseits bin ich aber auch eine ziemlich harte Nuss. Unser Devlin hingegen ist ein ganz sensibler Junge."

Er konnte nicht anders, als zu grinsen. „Hat Tante Eileen dich jemals dabei erwischt, wie du sie nachgemacht hast?"

„Mache ich auf dich den Eindruck, lebensmüde zu sein?" Sie bog nach links ab. „Das hier ist eine großartige Gelegenheit für uns, Dev", sagte sie dann ernst. „Verpatz sie nicht."

„Zwischen mir und dieser Kaplinski gibt es nichts, was verpatzt werden könnte."

Sie warf ihm einen ungläubigen Blick zu.

„Wirklich nicht", beharrte er. „Doch selbst wenn, würde ich nie etwas tun, das euch schadet."

„Es ist auch deine Firma, weißt du."

Nein. In dem Moment, in dem Bren den Krebs besiegt hatte und er wieder kräftig genug war, um zu arbeiten, wollte Dev sofort nach Europa zurückkehren. Er hatte sich dort ein Leben aufgebaut, war Skipper auf Segeljachten und nahm dazwischen Jobs auf verschiedenen Baustellen an. Was in letzter Zeit allerdings selten vorgekommen war.

„Jedenfalls", fuhr sie fort, als er nichts dazu sagte, „weiß ich tief im Innersten natürlich, dass du unseren Lebensunterhalt niemals aufs Spiel setzen würdest."

Er schnitt eine Grimasse. „Ja, klar."

„Nein, wirklich. Ich kenne dich vielleicht nicht mehr so gut wie früher, aber dieser Dev hätte niemals bewusst etwas getan, was der Familie schadet – egal, wie verrückt sie ihn auch macht."

Sie überquerten den Denny Way Richtung Belltown und ließen Queen Anne hinter sich. An der Second Avenue ließ sie ihn aussteigen. Er bestellte sich scharfes Wokgemüse mit Basilikum und ein Bier in der Noodle Ranch, suchte sich einen Tisch und blätterte eine Ausgabe von *The Stranger* durch, während er auf sein Essen wartete. Mit den Berichten in der alternativen Wochenzeitung ließ sich die Zeit normalerweise gut totschlagen.

Doch diesmal wanderten seine Gedanken immer wieder zu Hannahs Worten zurück. Sie betrachtete die ständige Streiterei also als Vorspiel. Was natürlich vollkommen abwegig war. Vielleicht hatte seine Schwester in seiner Abwesenheit irgendwelche Drogen eingeworfen.

Er trank einen großen Schluck Bier. Ja, na klar, Han und Drogen. Aber jedenfalls war diese Theorie nicht weniger absurd als die seiner Schwester.

„Scharfes Wokgemüse mit Basilikum zum Mitnehmen!", rief der Mann hinter der Theke.

Dev sprang eifrig auf, mehr als froh darüber, von seinen Gedanken abgelenkt zu werden. Er erreichte die Theke in genau demselben Moment wie eine Frau in einem schwarzen Mantel, Leggins und hochhackigen Stiefeln. Sie beide streckten gleichzeitig die Hand nach der Tüte aus. Seine Hand streifte ihre. Und er spürte ...

Warme Haut.

Roch ...

Duftiges Haar.

Ach du Scheiße. Vielleicht hatte dieser Duft sich noch nicht in seiner Erinnerung festgesetzt, aber diese Haut auf jeden Fall.

Jane sah ihn über die Schulter an. Wäre er selbst nicht so verblüfft gewesen, hätte er vielleicht gegrinst über das perfekte O, das ihre Lippen formten, als sie sah, wer mit ihr um das Wokgemüse stritt. Dann kniff sie die Augen zusammen und bedachte ihn mit einem geradezu irren Höllenblick.

„Ach nein. Also bitte!" Sie wandte ihm langsam das Gesicht zu. Ihr Haar, das sie noch immer offen trug, funkelte in den Lichtern des Restaurants. „Verfolgen Sie mich jetzt auch noch?" Sie zupfte an der Tüte.

„Bilden Sie sich nur nichts ein, Babe." Er ließ die Tüte nicht los. „Ich war zuerst hier, und das sind meine Nudeln, die Sie da in Ihren gierigen kleinen Händen halten."

„Das hätten Sie wohl gern. Ich wohne in der Nähe – das ist eine ziemlich gute Erklärung dafür, warum ich hier bin."

Sein Daumen strich über ihre Hand. Verdammt, sie war wirklich angenehm anzufassen.

Er zog eine Grimasse. Wo zum Teufel kamen diese bescheuerten Gedanken ständig her? Sie war übellaunig und voller Vorurteile und von ihrem guten Geschmack, was Schuhe betraf, einmal abgesehen, hatte sie keine Ahnung, wie man sich verführerisch anzog. Also gab es überhaupt keinen Grund, dass er ihretwegen immer wieder ins Schwitzen geriet.

Und doch konnte er sich selbst nicht vormachen, dass es nicht so wäre. Man durfte die Polizei anlügen, die Schwester, wenn es sein musste, aber niemals sich selbst. Wahrheit war Wahrheit – und die schreckliche Wahrheit in diesem Fall war, dass er am liebsten über diese Miss Kaplinski mit der Seidenhaut herfallen würde. Sie war nicht einmal annähernd sein Typ, und er konnte nicht begreifen, was in ihn gefahren war, aber es ließ sich nicht ändern.

Gut, vielleicht war er einfach nur ein Mann. Und Männer glaubten, eine Gelegenheit für Sex zu entdecken, egal wo sie auch hinschauten.

Sie zuckte kurz zusammen. „Das sind zwar nicht Ihre Nudeln, aber bitte sehr …"

„Äh, Ma'am, das sind tatsächlich seine", mischte sich der Mann hinter der Theke ein. „Ihre sind in einer Minute fertig."

„Oh." Verlegenheit blitzte kurz in ihren Augen auf. Sie ließ die Tüte los. „Dann entschuldige ich mich." Sie errötete tief und sagte so leise, dass er sich vorbeugen musste, um sie zu verstehen: „Ich bringe mich selbst offenbar immer wieder in Situationen, in denen ich das tun muss." Kopfschüttelnd machte sie auf ihren acht-Zentimeter-Absätzen kehrt und spazierte davon.

Schön, dachte er, während er nach seiner Geldbörse wühlte. Das Problem war hier nicht, dass er sich zu ihr hingezogen fühlte, obwohl sie nicht mal einen Hauch von Humor besaß und offenbar keinen Wert darauf legte, sich vorteilhaft zu kleiden. Sondern sein Versprechen, den Auftrag nicht zu verpatzen, den Kavanagh Constructions von Jane und ihren Freundinnen bekommen hatte. Andernfalls würde Hannah ihn erschießen. Er hatte sein Wort gegeben. Und ein Mann war nur so viel wert wie sein Wort – das war die erste Lektion, die er von seinem Vater gelernt hatte. Die an ihm haftete wie Sekundenkleber. Das war praktisch das Kavanagh-Credo.

Er bezahlte, zögerte eine Sekunde, dann lief er zu Jane, die den Kopf in einer Ausgabe der *Seattle Weakly* vergraben hatte. „Können wir uns kurz unterhalten?", fragte er, und als sie nicht antwortete, setzte er sich einfach an ihren Tisch. Sie raschelte mit der Zeitung, eine eindeutige Aufforderung an ihn zu verschwinden. Er saß schweigend da und wartete.

Tief seufzend ließ sie schließlich die Zeitung sinken. Ihre Wangenknochen waren noch immer rosa gefärbt, als sie ihn ansah. Sie seufzte erneut, nur diesmal nicht so laut.

„Okay, also dann", sagte sie. „Es tut mir aufrichtig leid. In vielerlei Hinsicht. Ich habe mit wilden Anschuldigungen um mich geworfen wie mit Konfetti und viel zu viele dumme Kommentare abgegeben. Sie werden es mir vermutlich nicht abnehmen, aber normalerweise bin ich nicht so. Und ich werde damit aufhören. Auf der Stelle."

Oh, was für ein Tiefschlag. Wenn er sie schon nicht nackt zu Gesicht bekam, dann wollte er doch lieber weiterhin der Vorstellung nachhängen, dass sie eine unsympathische Zimtzicke war. Aber nachdem er sich zu ihr an den Tisch gesetzt hatte, um zu zeigen, wie professionell er sein konnte, straffte er die Schultern.

„Ich habe auch Dinge gesagt, die nicht besonders nett waren. Dinge, wegen der meine Mutter mir den Mund mit Seife ausgewaschen hätte. Also, ich schlage einen Waffenstillstand vor."

Sie musterte ihn einen Moment, dann nickte sie. „Abgemacht. Wir müssen die nächsten Monate zusammenarbeiten. Und die ganze Zeit genervt zu sein, ist ganz schön anstrengend." Sie stieß ihm ihre Hand entgegen.

Er ergriff sie nur zögernd, weil er verdammt genau wusste, was eine Berührung bei ihm auslösen würde. Doch sie schüttelte seine Hand zum Glück nur sehr kurz, und er bemerkte, dass sie einen festen Händedruck hatte.

Er stellte ebenfalls fest, dass in diesem Fall ausnahmsweise nicht 220 Volt zwischen ihnen geflossen waren. Es fühlte sich an wie das, was es sein sollte: das Besiegeln eines Paktes.

Er lehnte sich zurück. "Also mögen Sie auch scharfes Wokgemüse mit Basilikum, hm? Ich wollte mein Essen mit in die Wohnung nehmen, aber wie wäre es, wenn wir hier essen? Dann können wir uns ein bisschen besser kennenlernen."

Sie schien nicht wirklich begeistert darüber zu sein, sagte aber trotzdem: „Das könnten wir tun."

Vielleicht würde es doch nicht so unangenehm werden, wie er befürchtet hatte.

5. KAPITEL

Wie sich herausstellt, ist Devlin doch kein kompletter Vollidiot. Nur warum finde ich das irgendwie noch unangenehmer?

Okay, das war merkwürdig. Jane wusste nicht, was Devlin davon hielt. Aber sie empfand das aufgeladene Schweigen, als sie die Pappkartons aus den Tüten nahmen und die Stäbchen aus ihren Papierhüllen schälten, als genauso unangenehm wie die vorausgegangenen Auseinandersetzungen. Sie brach die Stäbchen auseinander, öffnete ihre Schachtel und blickte ihn an. Sie hatte keine Ahnung, was sie sagen sollte – und entweder litt er unter demselben Problem, oder er hatte nicht das Bedürfnis, das Schweigen zu brechen. Es vergingen mehrere quälend lange Minuten, ohne dass einer von ihnen ein Wort sagte.

Sie aß ein paar Bissen, was ein guter Grund war zu schweigen. Doch die Stille nagte an ihr. „Schmeckt großartig, oder?"

Oh, wirklich brillant, Kaplinski. Sie hätte sich am liebsten geohrfeigt. Blöder konnte man nicht klingen.

Devlin überraschte sie allerdings mit einem Grinsen. „Ja", stimmte er zu. „Ich liebe dieses Zeug. Ich könnte es drei Mal am Tag essen." Er rutschte auf seinem Stuhl hin und her, sie beobachtete das beeindruckende Spiel seiner Muskeln, bis er seine Stäbchen auf den noch halb vollen Karton legte und sich den Mund mit der Papierserviette abwischte. Dann betrachtete er sie prüfend. „Es muss ziemlich cool sein, in einem Museum zu arbeiten. Ich bin selbst ein Fan von Museen."

Ein leises Schnauben entfuhr ihr. „Ja, sicher." Sofort wünschte sie, nichts gesagt zu haben. *Na, gut gemacht, Jane. So viel zum Thema Waffenstillstand.* Aber mal ehrlich. Ein Blick in diese unbekümmerten Augen reichte, um zu wissen, dass dieser Mann seine Freizeit nicht unbedingt in Museen verbrachte – zumindest dem weiblichen Teil der Bevölkerung reichte ein Blick.

„Nein, im Ernst. Das hat vor Jahren angefangen, als ich in Oslo das Wikingerschiff-Museum besucht habe." Er schob die Pappschachtel zur einen Seite, die Salz- und Pfefferstreuer zur anderen, beugte sich vor und sah sie mit glänzenden Augen an. „Waren Sie jemals dort? Haben Sie das Gokstad- und das Oseberg-Schiff gesehen?"

Sie schüttelte den Kopf. Sie war fasziniert von der Begeisterung in seiner Stimme. Seine dunklen Augen leuchteten.

„Das sind Wikingerschiffe aus Eichenholz. Sie wurden im späten neunzehnten und frühen Zwanzigsten Jahrhundert in Schiffsgräbern in Norwegen gefunden. Beide wurden im neunten Jahrhundert in Klinkerbauweise gebaut. Das haut mich einfach um! Wenn es erlaubt gewesen wäre, wäre ich auf ihnen herumgeklettert, um mir die Konstruktion von Nahem anzusehen. Diese Handwerkskunst ist auch heute noch der Hammer, Jane! Wenn man bedenkt, wie alt diese Schiffe sind ..." Er setzte sich zurück und warf ihr ein blitzschnelles Lächeln zu. „Wie auch immer, danach bin ich eine Zeit lang ständig in Schiffsmuseen gegangen. Allerdings muss ich gestehen, dass Museen, in denen es hauptsächlich Gemälde gibt, nicht so mein Ding sind." Er zuckte nachlässig mit den muskulösen Schultern, von denen sie den Blick einfach nicht losreißen konnte. „Aber wenn so ein unglaublich geschickter Handwerker vor langer Zeit irgendwas hergestellt hat, dann bin ich immer ganz aus dem Häuschen. Diese uralten Boote! Die meisten wurden von Typen gebaut, die zuerst einmal ihr eigenes Werkzeug herstellen mussten. Und daraus wurde dann ein Boot, das heute noch existiert. Ist das nicht unfassbar?"

„Vollkommen unfassbar."

„Ja. Nun, so was nenne ich einen Künstler." Er zog den Karton wieder vor sich und fuhr fort zu essen. „Verzeihung. Ich will Sie nicht langweilen. Und was ist mit Ihnen? Ich schätze, Gemälde und so was sind ganz Ihr Ding, oder?"

„Oh, ich mag Gemälde sehr, vor allem wenn es sich um einen Renoir handelt oder etwas aus der Zeit vor Raphael. Aber meine wahre Liebe gilt den *objects d'art*." Als er sie fragend ansah, lachte sie. „Objekte", erklärte sie. „Das, was ich jetzt gerade katalogisiere beispielsweise. Wie Sie mag ich Kunsthandwerk besonders. Selbst die Massenproduktionen waren damals besser als heute."

Er starrte mit einer Intensität auf ihre Lippen, dass sie sich fragte, ob ein Stück Basilikum zwischen ihren Zähnen steckte. Dann schüttelte sie sich innerlich. Wenn es so war, konnte sie nicht viel dagegen unternehmen, außer auf die Toilette zu fliehen. Also holte sie tief Luft und fuhr fort: „So bin ich auch ins SAM gekommen." Erleichtert stellte sie fest, dass er den Blick hob und fortfuhr zu essen. „Das ist genau das richtige Museum für mich. Wir haben dort auch eine Menge Gemälde, aber die meisten Dauerausstellungen bestehen aus historischen und kulturellen Fundstücken. Und wenn ich es schaffe, alle Stücke von Miss Agnes zu sortieren, wird eine weitere Ausstellung in dieser Art dazukommen."

„Ich war noch nie im SAM. Aber es klingt, als wäre es ähnlich wie das Smithsonian Museum."

„Jedenfalls gehen wir eher in diese Richtung als, sagen wir mal, in die Richtung des Louvre." Sie grinste. „Wobei ich, ehrlich gesagt, für einen Besuch im Louvre jederzeit zur Mörderin werden würde."

Mit einem Mal schob er seinen Stuhl nach hinten und sprang auf. „Ich hole mir noch ein Glas Wasser. Möchten Sie noch eine Cola light?"

Ihr Lächeln erstarb, überrascht von dieser abrupten Unterbrechung blinzelte sie ihn an. „Also gut. Gerne." Sie reichte ihm ihr Glas und sah ihm mit zusammengezogenen Brauen nach, wie er sich durch die Tischreihen schlängelte. *Langweile ich dich etwa, mein Junge?*

Und wenn schon. Es gab Schlimmeres im Leben. Wobei natürlich niemand gerne als langweilig galt. Zumal dieser Typ nicht halb so unsympathisch war, wie sie sich eingeredet hatte. Und um genau zu sein, hatte sie nur zugestimmt, mit ihm gemeinsam zu essen, *weil* sie ihn für unsympathisch hielt. Aber ganz ehrlich: Sie fand ihn ziemlich attraktiv.

Das konnte sie ja überhaupt nicht gebrauchen! Es war vollkommen untypisch für sie; Jane konnte es sich nicht erklären. Aber ganz egal. Auch wenn es nur selten vorkam, dass sie so scharf auf einen Mann war: Sie konnte ihre Empfindungen sicher ganz leicht unterdrücken.

Nur war sie nicht darauf vorbereitet gewesen, dass er so nett sein konnte. Sie hatte nicht erwartet, dass sie tatsächlich eine Gemeinsamkeit entdecken würden. Und diese neue Erkenntnis half nun nicht gerade dabei, das in ihr lodernde Feuer zu löschen.

Sie richtete sich auf. *Na, umso besser – dann war es doch nur hilfreich, dass er sie langweilig fand.* Es wäre nicht das erste Mal, dass sie zu ihrem eigenen Vorteil die graue Maus spielte. Nachdem sie sogar für ihre Eltern geradezu unsichtbar gewesen war und nicht über die äußerlichen Vorzüge ihrer Freundinnen verfügte, hatte sie schon früh gelernt, sich ihre Unscheinbarkeit zunutze zu machen – vor allem, wenn es um das andere Geschlecht ging.

Es war eine bekannte Tatsache in ihrer Familie, dass das Leidenschaftsgen an ihr vorübergegangen war – und um ehrlich zu sein, war sie außerordentlich froh darüber. Als unfreiwillige Beobachterin der täglichen Dramen ihrer Eltern hatte sie schon in jungen Jahren gewusst, dass die Leidenschaft ein gefährliches, verdrehtes Gefühl war, das man besser meiden sollte. Deswegen war ihre erste Beziehung mit Eric Lestat im College auch eher platonisch als sexuell gewesen, was sie für eine kurze Zeit sehr glücklich gemacht hatte.

Bis Eric die Regeln geändert hatte.

Aber das war lange her und heute nicht mehr wichtig. Sie griff nach ihrer Handtasche. Es war Zeit zu gehen.

Doch bevor sie ihren Karton mit dem restlichen Abendessen zuklappen konnte, kam Devlin zurück. Und falls er sie langweilig fand, hatte er wirklich eine merkwürdige Art, das zu zeigen. Denn das Erste, was er sagte, nachdem er ihr ihr Glas gereicht hatte, war: „Wie sind Sie darauf gekommen, in einem Museum zu arbeiten?" Er stellte sein Wasserglas auf den Tisch und kletterte wieder auf seinen Barhocker. Dann schaute er sie mit großem Interesse an.

Sie musterte ihn einen Moment lang und versuchte herauszufinden, wie ernst es ihm war. Und sie fragte sich, warum ihr so heiß war, wenn ihr doch das entsprechende Gen für Leidenschaft fehlte …

„Ich war zwölf, als ich anfing, Zeit mit Miss Agnes zu verbringen", sagte sie. „Sie war anders als alle Erwachsenen, die ich je getroffen hatte."

Devlins Mundwinkel hoben sich ein wenig. „Wie kam das?", fragte er. „Hat sie Ihnen gute Ratschläge gegeben? Sie aufgemuntert?"

Bei der Erinnerung begann auch Jane zu lächeln. „Nein, das war es nicht – ihr Einfluss war eher subtil. Es lag vielleicht daran, dass sie bei allen Ereignissen auftauchte, die wichtig für uns waren. Und dass sie uns so vertraute. Poppy war die Einzige von uns, die solche Aufmerksamkeit von Erwachsenen gewöhnt war. Es ist witzig, dass sie und Ava und ich nie wirklich darüber gesprochen haben …" Schließlich erzählten sie sich sonst fast alles. „Aber ich glaube, jede hat etwas anderes von ihr bekommen. Etwas, das zu unseren speziellen Bedürfnissen passte."

Er stützte das Kinn auf seine Hände und sah sie an. „Und was waren Ihre Bedürfnisse?"

„Dass sie wirklich zugehört hat, wenn ich etwas erzählte. Dass sie mich angeschaut und wirklich *gesehen* hat. Sie war für mich immer eine Zuflucht vor meinem Elternhaus. In ihrer Nähe konnte ich einfach frei atmen."

Er betrachtete sie gedankenverloren, und sie verstummte. Hatte sie zu viel verraten? Etwas offenbart, das sie besser für sich hätte behalten sollen? Normalerweise erzählte sie solche Dinge nicht. Sie gehörte nicht zu den Menschen, die ihr Herz ausschütteten. Nun, natürlich sprach sie mit Ava und Poppy. Aber sie war nun wirklich nicht der Typ Frau, der einem Mann, den sie kaum kannte und womöglich nicht einmal mochte, von ihrem Leben erzählte. Hastig fuhr sie fort: „Von Agnes habe ich gelernt, schöne Dinge zu schätzen. Und die Tatsache, dass es sie nie störte, wenn ich mit ihren Schätzen spielte, war noch das Sahnehäubchen obendrauf. Sie hat mich dazu ermutigt, mich endlose Stunden lang einfach in der Schönheit der Stücke zu verlieren und die Kunstfertigkeit zu bewundern, mit der sie hergestellt wurden."

Natürlich griff er ausgerechnet den Punkt auf, den sie zu überspielen versucht hatte. „Babe", sagte er mit einen Nicken. „Glauben Sie mir, ich kenne das Bedürfnis, von zu Hause weglaufen zu wollen, nur zu gut."

„Wirklich?" Sie versteifte sich.

„Na klar. Sie haben doch einen Teil meiner Familie getroffen. Multiplizieren Sie das ungefähr mit zwanzig, und das ist nur die Spitze des Eisbergs. Es gibt eine ganze Horde von Kavanaghs, und jeder, vom Supermarktangestellten bis zum Lehrer, hat sie gekannt. Sie kannten meine Geschwister, die beiden jüngeren und die älteren. Sie kannten meine Eltern – meine Tanten, Onkels und Cousins und Cousinen. Man konnte aber auch gar nichts in der Nachbarschaft anstellen, weil jeder einen kommen und gehen sah und genau wusste, wem er davon berichten sollte. Keine Spur von Privatsphäre."

Sie starrte ihn an. „Und das war schlecht?" Ihr erschien es angenehm, wenn so viele Menschen sich um einen kümmerten, sich dafür interessierten, was man den ganzen Tag machte.

„Verdammt, und wie! Das hat mich erdrückt. Sie müssen selbst doch etwas Ähnliches erlebt haben."

„Wie?"

„Als Einzelkind. Sie sind doch bestimmt mit Aufmerksamkeit geradezu überschüttet worden."

Sie schaffte es gerade noch, ihm nicht ins Gesicht zu lachen. Ihre Eltern hatten ihr kaum Beachtung geschenkt – es sei denn, sie brauchten Publikum. Mike und Dorrie lebten ihre Leidenschaft, nichts sonst war wichtig. Sie trugen flammende Kämpfe aus und versöhnten sich mit großem Trara. Doch nur selten hatte dieser Überschwang einmal ihrer Tochter gegolten. Und Devlin hatte sich von all der Aufmerksamkeit erdrückt gefühlt? Jane war manchmal so einsam gewesen, dass sie nichts anderes gewollt hatte, als sich im Bett zusammenzurollen und zu weinen.

Zum Glück hatten Poppy und Ava sie immer wieder herausgerissen, hatten sie davor bewahrt, sich ständig als Fremde zu fühlen. Jane betrachtete ihre beiden Freundinnen als ihre wahre Familie. Wie auch Miss Agnes.

„Also habe ich recht?", hakte er nach.

Sie betrachtete ihn über den Tisch hinweg. Sein Haar funkelte feurig, in seinen Augen schimmerte Belustigung. „Ich habe recht, stimmt's? Ihre Eltern haben wahrscheinlich ganz früh Ihr Potenzial erkannt und Sie dann mit allen Mitteln gezwungen, ihren Erwartungen gerecht zu werden."

Nein. Oh Mann, das hatten sie dermaßen *überhaupt nicht* getan. Aber sie war nicht scharf darauf, ihm die Wahrheit zu verraten. Also lächelte sie nur dünn.

„Wow. Das ist ja geradezu unheimlich. Offenbar sind Sie ein echter Kenner der menschlichen Psyche. Ich könnte wetten, das hören Sie öfter." Sie blickte auf die Uhr. „Ach je, so spät ist es schon? Tut mir leid, ich muss los." Sie musste hier raus, unbedingt, sie musste …

Sie klappte ihren Karton zu und stopfte ihn in die Tüte. Dann warf sie ihren Mantel über. „Nun. Das war wirklich, äh, nett. Das sollten wir irgendwann wiederholen."

Sobald die Hölle zugefroren war.

6. KAPITEL

Heute Morgen bin ich schweißgebadet aufgewacht. Mein Herz raste und mein Mund war trocken. Was haben wir uns nur dabei gedacht?

Mannomann. Jane sah Devlin nach. Sie brauchte wirklich dringend eine Pause von diesem Mann. Auch wenn sie nicht mehr miteinander stritten. Um genau zu sein, gingen sie seit ihrem gemeinsamen Essen in der Noodle Ranch sogar irrsinnig höflich miteinander um. Sehr erwachsen.

„Dieser Mann hat echt einen hübschen Hintern", merkte Ava an. Sie saß auf dem Fensterplatz im Wohnzimmer. Hinter ihr erstreckte sich der verregnete Ausblick auf die Space Needle und den Lake Union, der in den Abendlichtern der Stadt schimmerte.

„Ach was." Poppy drehte den Kopf, während sie zur Treppe in der Eingangshalle lief. „Sieht gut aus, egal, aus welcher Perspektive man ihn betrachtet. Lecker."

„Zum Anbeißen", steuerte Jane bei. Und das war kurz zusammengefasst ihr Problem. So zivilisiert und professionell sie auch miteinander umgingen – sie war einfach nicht in der Lage, ihre Libido in den Griff zu bekommen. Als sie die Stille in dem Raum bemerkte, sah sie auf. „Was ist?"

„Du sagtest, er wäre zum Anbeißen", wunderte sich Ava.

„Nun, ist er doch auch. Ich meine, habt ihr beide im Wesentlichen nicht dasselbe gesagt?"

„Ja, Ava und ich", sagte Poppy. „Aber dir fällt so was doch sonst nie auf."

Jane lachte leise. „Aber natürlich. Nur weil ich meine Beobachtungen nicht immer mit euch teile, heißt das noch lange nicht, dass ich blind bin. Also bitte. Vermutlich würde keine Frau auf der Welt *nicht* bemerken, wie toll dieser Hintern ist." Diese Bemerkung war offenbar nicht klug gewesen, zumindest in Anbetracht der Tatsache, dass Poppy sie nun nachdenklich musterte.

Sie wechselte das Thema. „Hört mal, ich habe dieses Treffen heute aus einem bestimmten Grund vorgeschlagen."

„Von deinem Bedürfnis einmal abgesehen, unsere Gesichter zu sehen und dich in unserer blendenden Schönheit zu sonnen, meinst du?" Ava klimperte mit den Wimpern.

„Das versteht sich doch von selbst. Davon aber abgesehen, habe ich ein Anliegen, das ich mit euch besprechen möchte."

Wie es sich für beste Freundinnen gehörte, schenkten die beiden ihr sofort ihre ungeteilte Aufmerksamkeit.

„Gestern bin ich mitten in der Nacht aufgewacht und bekam praktisch eine ausgewachsene Panikattacke." Ihre Hände wurden schon bei der Erinnerung daran schweißnass. „Habt ihr eigentlich eine Vorstellung davon, wie *wertvoll* dieser ganze Kram hier ist?"

„Ach nee ... was du nicht sagst. Das ist ja wohl kaum zu übersehen, Janie."

„Jetzt schaut mich nicht an, als ob mir ein zweiter Kopf gewachsen wäre. Ich mache mir wirklich Sorgen. Wir sind uns einig, dass Miss Agnes' Nachlass ein kleines Vermögen wert ist, richtig?"

Beide Frauen nickten.

„Also müssen wir tun, was wir können, um diesen Nachlass zu beschützen. Ich weiß nicht, warum ich nicht eher daran gedacht habe, aber ich bezweifle, dass die Alarmanlage jemals gewartet wurde, seit Miss Agnes sie 1985 hat einbauen lassen. Und ihr könnt euch wohl vorstellen, wie sehr die Technik sich verändert hat, seit wir sieben Jahre alt waren." Sie blickte von einer Freundin zur anderen. „Es ist allerhöchste Zeit, das System überholen zu lassen – und je schneller, desto besser, falls mein Nervensystem in dieser Angelegenheit irgendwie von Bedeutung ist."

„Klingt nach hohen Ausgaben", sagte Poppy leise.

„Ja, aber es sind notwendige Ausgaben."

„Mit diesem Umbau kommt sowieso ein Haufen Kosten auf uns zu."

„Ja, ich weiß. Aber wir haben auch einen Haufen zu verlieren, wenn hier eingebrochen wird! Nicht zu vergessen, dass wir den Umbau überhaupt erst vom Verkauf bezahlen können." Sie berührte Poppy am Arm. „Sieh mal, ich gebe ja zu, dass ich langsam nervös werde. Die Verantwortung gegenüber dem SAM ... und das Vertrauen, das Miss Agnes in mich gesetzt hat ... das ist alles nicht ohne. Als das Testament zum ersten Mal verlesen wurde, dachte ich, ich hätte jede Menge Zeit, um die Ausstellung vorzubereiten. Aber dann hat alles viel länger gedauert als erwartet, und es ist ja nicht so, als ob der ganze Kram an einem Platz wäre und nur darauf wartet, dass ich ihn katalogisiere. Ich weiß, ich übertreibe wahrscheinlich, wenn ich mir über einen Einbruch Gedanken mache, und dennoch ... Ach, verdammt, ich rede schon ganz wirr, oder?" Sie holte einmal tief Atem, dann sah sie ihre Freundinnen nacheinander an. „Entschuldigt. Aber wenn etwas passieren sollte, dann betrifft das uns alle drei, nicht nur mich."

„Wir sind versichert, richtig?", fragte Poppy.

„Ja. Aber ich bezweifle, dass mit der Versicherungssumme alles abgedeckt ist, weil die Wertsachen eben nie aufgelistet wurden."

„Ich frage mich, warum Miss Agnes das nie hat machen lassen."

„Vermutlich aus demselben Grund, aus dem sie die Alarmanlage nicht hat überholen lassen. Ich denke, ihr ging es mehr darum, Stücke zu finden, die ihr gefielen, und nicht darum, die Besitzerin einer besonders tollen Sammlung zu sein", sagte Ava. „Aber Jane hat schon recht. Die Versicherung deckt sicher nicht den wahren Wert ab."

„Also werden wir uns auch darum kümmern", fügte Jane hinzu. „Wir müssen uns die Versicherungspolice ansehen und wahrscheinlich den Betrag hochsetzen."

Poppy nahm einen Block aus ihrer großen Schultertasche und lief durch das Zimmer, bis sie einen Stift gefunden hatte. Dann machte sie sich eine Notiz. „Ich schau mir das mal an."

„Danke. Wovor ich wirklich Angst habe, ist, dass all die Dinge, die Miss Agnes über so viele Jahre angesammelt hat, in den Händen irgendeines Junkies landen, der seinen Drogenrausch damit finanziert."

„Ein Haus zu besitzen ist eine ganz schöne Verantwortung."

„Alles hat seine guten und schlechten Seiten", stimmte Ava ihr zu. „Aber auch wenn wir nicht vollkommen vorbereitet waren, so wussten wir doch ungefähr, was auf uns zukommt. Deswegen bin ich dafür, dass wir in den sauren Apfel beißen und eine neue Alarmanlage kaufen."

„Ich auch." Jane sah ihre blonde Freundin an. „Poppy?"

„Okay." Poppy nickte entschlossen. „Ich bin dabei. Aber ich kenne mich überhaupt nicht mit Alarmanlagen aus, und ihr beide auch nicht. Woher sollen wir also wissen, welche gut ist und welche nur teuer?"

Das quietschende Geräusch einer Holzplatte, die vom Boden abgerissen wurde, erklang aus dem oberen Stockwerk. Sie alle blickten zur Decke. Und schauten sich dann an.

Lachend. „Das ist ja wohl ein Wink der Götter", sagte Poppy. Sie steckte den Kopf durch die Wohnzimmertür und brüllte Devlins Namen.

„Das lieben wir besonders an dir", murmelte Ava, als sie sich erhob. „Deine dezente Art."

„Ach, zum Teufel damit", entgegnete Poppy, als Dev brüllend antwortete. Sie bat ihn schreiend, mal kurz herunterzukommen, dann wandte sie sich wieder an ihre Freundin. „Er arbeitet mit seinen Händen. Ich schätze mal, Zurückhaltung ist ihm nicht ganz so wichtig wie … oh, sagen wir mal wie dir."

Jane hätte Devlin lieber nicht einbezogen, aber Poppy hatte natürlich recht – sie kannten sich mit Alarmanlagen wirklich überhaupt nicht aus. Kurz darauf kam Dev ins Zimmer spaziert. „Sie können einfach nicht genug von mir bekommen, ist es nicht so, Ladies?"

„Das muss an Ihrem zum Anbeißen knackigen Hintern liegen", entgegnete Poppy.

Seine schwarzen Augenbrauen wanderten fast hinauf bis an seinen roten Haaransatz. „Wie bitte?"

„Jane hat wohl nicht erwähnt, dass sie so über Ihren Hintern denkt – au! Himmel, Ava." Poppy sank auf die Couch, legte den linken Fuß auf ihr rechtes Knie und begann, die Stelle zu massieren, auf die ihre Freundin so herzhaft getreten war.

„Ups, tut mir leid", sagte Ava fröhlich. „Das war wirklich ungeschickt von mir."

Jane hörte kaum hin. Brennende Röte schoss in ihre Wangen, als Dev sie lange anstarrte.

Es war auf einmal schrecklich stickig im Raum, oder nicht?

Sehr witzig, Kaplinski. Sie straffte die Schultern und hob das Kinn, denn sie wusste nur zu gut, was ihr Problem war – und das hatte überhaupt nichts mit der Zimmertemperatur zu tun. Verdammt, genau aus diesem Grund hielt sie ihn auf Abstand. Wegen dieser unglaublichen Chemie zwischen ihnen, die sie zu Tode ängstigte.

Sie stieß den Atem aus, sah weg und trat gedanklich einen riesigen Schritt zurück. „Sie müssen Poppys Geplapper entschuldigen", sagte sie, und – Hallelujah! – sie klang wirklich gefasst. „Sie lässt sich zu leicht vom eigentlichen Thema ablenken. Sie hat Sie gebeten zu kommen, damit wir Ihnen ein paar Fragen über Alarmanlagen stellen können."

Er trat mit glühenden Augen einen Schritt auf sie zu. „Sie finden, mein Hintern ist zum Anbeißen?"

Ach du meine Güte. Doch mit derselben gefassten Stimme sagte sie nur: „Durchaus. Was nun die Alarmanlage betrifft …"

Er steckte die Hände in die Hosentaschen, machte wieder einen Schritt zurück und lehnte sich an den Türrahmen. „Wenn Sie von der Alarmlage hier in der Villa sprechen, die ist Schrott. Sie brauchen eine neue."

„Ja, zu dieser Erkenntnis sind wir auch schon gelangt. Aber leider haben wir nicht die geringste Ahnung, wodurch wir sie ersetzen sollen."

„Ich war ein paar Jahre nicht in Amerika, daher weiß ich auch nicht genau, was heutzutage das Beste ist. Aber ich werde Bren fragen. Er kennt sich damit aus."

Er war nicht in Amerika gewesen? Wo dann? Nun, natürlich in Oslo – das hatte er ihr ja schon erzählt, doch sie war davon ausgegangen, dass es sich dabei nur um einen Urlaub gehandelt hatte. „Mehrere Jahre" klang hingegen nach einem vollkommen anderen Lebensstil, und Jane wollte wissen, nach welchem und seit wann und warum und überhaupt alles. Wild entschlossen, weiterhin geschäftsmäßig zu bleiben, schluckte sie jedoch alle Fragen hinunter.

„Sie waren nicht in Amerika?", fragte Poppy. „Wo denn? Warum?"

Es gab schließlich gute Gründe, warum dieses Mädchen eine ihrer besten Freundinnen war.

„Eigentlich fast überall", sagte er. „Nun, jedenfalls überall, wo es ein Meer gibt. Ich bin Skipper."

Was seine Faszination für das Schiffmuseum erklärte.

„In der Marine?"

„Nein. Ich segle meistens mit Privatjachten. Ich bringe sie von A, wo die Besitzer sie zurückgelassen haben, nach B, wo sie sie wieder abholen. Oder ich segle für sie, wenn sie es selbst nicht tun wollen." Er schüttelte den Kopf. „Sie würden sich wundern, wie viele Leute sich die teuersten Boote der Welt kaufen und nicht die geringste Lust haben, selbst zu segeln."

Sie konnte ihn sich sehr gut am Ruder eines großen Segelschiffes vorstellen. Viel zu gut. Sie runzelte die Stirn. „Aber wenn Sie Skipper sind – wie kommen Sie dann dazu, Häuser umzubauen?"

„Babe." Er warf ihr ein schiefes Lächeln zu, das gefährliche Dinge mit ihrem Gleichgewichtssinn anstellte. „Ich bin in dieses Geschäft hineingeboren worden, und zwischen den Segeltouren nehme ich immer wieder solche Jobs an. Ich kann Ihnen eine Geld-zurück-Garantie geben. Ich kenne mich auf Baustellen vielleicht sogar besser aus als auf einer Jacht des America's Cup." Er sah sie an. „Und das will was heißen."

„Wie bescheiden."

„Ja." Er zog sein Handy aus der Tasche und rief seinen Bruder an. Kurz darauf hatte er nicht nur den Namen von Brens bevorzugter Firma herausgefunden, sondern gleich dort angerufen und so lange verhandelt, bis er die Zusage hatte, dass eine Topalarmanlage für fünfzehnhundert Dollar unter dem üblichen Preis installiert werden würde.

Ava und Poppy machten ein großes Gedöns um ihn. Jane wusste genau, auf welche Weise sie sich am liebsten bei ihm bedankt hätte, und die Tatsache, dass ihre Gedanken immer wieder in dieselbe Richtung gingen, erschütterte sie zutiefst. Folglich klangen ihre Dankesworte steif und unaufrichtig, was ihr selbst leidtat. Doch das Letzte, was sie jetzt brauchen konnte, war ein Amoklauf ihrer Hormone.

Devlin war es sowieso egal. Er musterte sie nur einmal von Kopf bis Fuß, fuhr sich mit der Zungenspitze über die Lippen und wünschte dann allen dreien einen guten Tag.

Kaum hatte er sich wieder in den so unschön angebauten Wintergarten verzogen, ging Poppy auf sie los. „Jane Kaplinski, du miese kleine Natter! *Er* ist dein Lustobjekt!"

„Wie?" Ava starrte ihre blonde Freundin an, als ob die den Verstand verloren hätte. „Sei doch nicht lächerlich. Jane steht doch nicht auf Devl..." Doch da Ava mitten im Satz abbrach, hatte Janes Gesichtsausdruck sie offenbar verraten. Ava sah sie prüfend an. „Jane?"

„Na gut." Sie warf sich aufs Sofa. „Ich gebe es zu, ich bin scharf auf Devlin Kavanagh. Komisch, nicht?"

„Überraschend, wenn man bedenkt, dass ich mich überhaupt nicht mehr daran erinnern kann, wann du zum letzten Mal auf einen Kerl scharf warst", sagte Poppy, die sich neben sie gesetzt hatte. „Aber ich weiß nicht, warum das komisch sein sollte. Er scheint genauso auf dich zu stehen."

Jane schnaubte.

„Doch, Poppy hat recht", sagte Ava. „Nachdem unser Großmaul hier ihm verraten hat, wie du seinen Hintern findest, dachte ich noch, dass er ein Kerl ist, der mit jeder Frau flirtet."

„Was vermutlich der Fall ist." Sie stieß Poppy mit der Schulter an. „Und danke noch mal, übrigens."

Ava ignorierte diese Nebenhandlung und schüttelte den Kopf. „Das glaube ich nicht. Wenn ich darüber nachdenke, muss ich sagen, dass er weder mit Poppy noch mit mir auch nur im Ansatz geflirtet hat. Er zieht einen zwar gerne auf, aber offenbar ohne Hintergedanken."

„Bei dir hat er ganz offensichtlich Hintergedanken."

Janes Bauch zog sich bei der Vorstellung zusammen. „Auch egal. Ich habe für so was keine Zeit."

„Dann nimm sie dir", sagte Poppy. „Sex ist gut für dich … Endorphine werden ausgeschüttet und …"

„Würdest du bitte aufhören?", unterbrach Jane sie. „Das war kein Scherz, als ich sagte, ich habe Angst, die Ausstellung nicht rechtzeitig fertigzukriegen."

„Ein Grund mehr, diese tröstlichen Endorphine zu genießen." Poppy zog ein Bein auf das Sofa. „Du wärst danach viel entspannter. Und ich verspreche dir, die Arbeit ginge dir leichter von der Hand als mit drei Assistentinnen und einer Woche Wellness-Urlaub."

„Die Arbeit ginge mir leichter von der Hand, wenn meine guten Freundinnen nicht versuchen würden, mein Sexleben aufzumöbeln, und mir stattdessen zur Hand gehen würden."

Poppy musterte sie einen Moment, dann warf sie ihr lockiges Haar über die Schultern. „Du wirst meinen brillanten Ratschlag nicht befolgen, stimmt's?"

„Stimmt."

„Schön. Ich helfe dir, wann immer du mich brauchst."

„Falls es dich tröstet: Du wirst vom SAM für deine Arbeit bezahlt."

Poppys Gesicht hellte sich auf. „Super. Du kennst mich ja, ich kann zu dieser Jahreszeit immer etwas Geld brauchen."

„In diesem Fall", sagte Ava, „übernehme ich die Sache mit der Versicherung."

„Vielen Dank, euch beiden. Ich werde morgen bei der Arbeit mit Gordon Ives sprechen. Denn wenn er mir im Museum etwas abnehmen könnte, würde ich hier sehr viel schneller vorankommen."

Am nächsten Tag machte Jane sich auf die Suche nach Gordon. Als sie ihn weder in den Ausstellungsräumen noch im Lager oder dem Personalraum entdeckte, fuhr sie in die sechste Etage, in der sich die Büroräume befanden. Durch seine halbgeschlossene Tür konnte sie sehen, dass er telefonierte. Sie klopfte leise an den Türrahmen und streckte den Kopf in sein Büro, das sogar noch kleiner und vollgestopfter war als ihres, was ihr fast unmöglich erschien.

Er riss den Kopf hoch, und als sie seinen Gesichtsausdruck bemerkte, murmelte sie erschrocken: „Verzeihung". Zuerst hatte sie das Gefühl, dass er verärgert war, doch irgendwie wirkte er auch schuldbewusst. Wie auch immer, offenbar war jetzt kein guter Zeitpunkt, um ihn zu unterbrechen. Sie wartete im Flur. Kurz darauf knallte er den Hörer auf, lehnte sich in seinem Stuhl zurück und winkte sie freundlich herein. „Entschuldige, dass ich dich habe warten lassen. Was kann ich für dich tun?"

„Ich möchte dich um einen Gefallen bitten. Hast du das ernst gemeint, als du sagtest, du würdest mir jederzeit helfen?"

Langsam richtete er sich auf. „Absolut. Sonst hätte ich dir das Angebot erst gar nicht gemacht."

„Du bist ein echter Schatz!" Sie räumte einen Stapel Kataloge der kommenden Ausstellung *Anselm Kiefer: Heaven and Earth* vom Besucherstuhl und ließ sich darauf sinken. „So langsam fühle ich mich etwas überfordert von den Wolcott-Stücken, aber wenn ich einmal eine ganze Woche ohne Unterbrechung daran arbeiten könnte, würde mir das sehr helfen. Wenn du *Kunst im Zeitalter der Entdeckungen* übernehmen könntest, wäre ich dir sehr dankbar."

Gordon blinzelte. „Die Spanische Ausstellung?"

„Genau. Ich habe schon fast alles organisiert, aber die Exponate müssen überprüft werden, wenn sie ankommen. Das sollte

Anfang nächster Woche der Fall sein. Und mein Ablaufplan muss damit verglichen werden, um sicherzustellen, dass ich die richtigen Größenangaben habe. Du weißt ja, wie das manchmal ist."

Sie konnte es nicht genau erklären, aber aus irgendeinem Grund fragte sie sich, ob er sich tatsächlich darüber freute, ihr helfen zu können – obwohl er so strahlend lächelte. „Sieh mal, ich weiß, dass das ziemlich viel verlangt ist, Gordon. Wenn du also lieber nicht …"

„Nein, natürlich macht mir das nichts aus."

Er schenkte ihr ein breites Grinsen, und sie entspannte sich ein wenig. „Danke! Du hast ja keine Ahnung, wie dankbar ich dir bin. Du wirst dann natürlich als Co-Kurator im Katalog genannt und bekommst eine Einladung zum Bankett." Sie stand auf. „Vielen, vielen Dank."

„Keine Ursache." Gordon erhob sich ebenfalls. „Ich habe doch gesagt – was immer es ist, ich helfe dir gern."

Sie fühlte sich durch die Tatsache, dass ihr jetzt mehr Zeit zur Verfügung stand, bereits bedeutend leichter. Sie strahlte ihn an. „Ich bringe dir gleich die Unterlagen, die du brauchst. Du rettest mir wirklich den Hals, weißt du das?"

Gordon strahlte zurück. „Kein Problem."

Lachend lief sie aus seinem Zimmer zurück in ihr Büro.

Und sah nicht, wie er die Augen zusammenkniff.

7. KAPITEL

Warum ist immer alles so anstrengend? Ich muss mir dringend eine Schuhkauf-Therapie gönnen.

Gordons Lächeln erlosch in der Sekunde, in der Jane sein Büro verlassen hatte. Die Spanische Ausstellung? Sie hatte ihm diese beschissene *Spanische* Ausstellung gegeben? Dieses *Miststück*! Hatte er ihr vielleicht angeboten, ihr ihre verdammte Museumsarbeit abzunehmen?

Nein, hatte er nicht.

Gut, er hatte gesagt, er würde ihr helfen, egal womit. Gemeint hatte er natürlich alles, was mit der Wolcott-Villa zusammenhing. Wo Unmengen von Schätzen nur darauf warteten, verscherbelt zu werden – zu seinen Gunsten.

Er hatte Schulden zu bezahlen, und zwar so schnell wie möglich, wenn er nicht verprügelt werden wollte. Was verflucht unfair war. Er hätte niemals in eine solch missliche Lage geraten dürfen.

Aber das war nicht sein Fehler. Er war nämlich ein brillanter Spieler – man musste sich doch nur mal die ganze Knete ansehen, die er über die Jahre gewonnen hatte! Es konnte jeden Tag so weit sein, dass er ganz groß rauskam. Dann konnte er auch endlich diesen unbedeutenden Job hier an den Nagel hängen, wo sowieso niemand seine Fähigkeiten zu schätzen wusste, Fähigkeiten, die die von dieser Kaplinski weit in den Schatten stellten. Jawohl, er würde sich professionellen Poker-Kreisen anschließen, Geld haben wie Heu und sich jung zur Ruhe setzen. In Anbetracht seines attraktiven und gepflegten Äußeren würden die Journalisten sich wahrscheinlich überschlagen, einen Spitznamen für ihn zu finden – vielleicht so was wie *Dandy Dan*. Allerdings nicht dieses Jahr.

Er ballte die Fäusten und begann, schwer zu atmen, fast zu keuchen. Er versuchte mit aller Kraft, sich zu beruhigen.

Okay, er hatte ein bisschen Pech gehabt, das passierte auch den besten Spielern. Das Problem war nur: Er hatte seine ganzen

Gewinne in den Sand gesetzt, ein kleines Vermögen, das er angespart hatte, um beim Wettkampf in Vegas antreten zu können. Deswegen hatte er sich von Fast Eddie Powell, einem Kredithai, zehn Riesen geliehen, die er als Antrittsgeld brauchte.

Und dann war seine Pechsträhne weitergegangen. Er hatte einen beschissenen Tisch bekommen und noch beschissenere Karten und nicht einmal den ersten Tag überlebt.

Man hatte ihn ausgeraubt, so einfach war das. Verflucht, die ganze Veranstaltung war wahrscheinlich ein einziger Betrug gewesen.

Aber interessierte das Powell auch nur im Geringsten? Natürlich nicht! Dieser Mann wollte nur seine Kohle sehen – am besten gestern, wenn nicht noch schneller. Er war nicht gerade für seine Geduld bekannt.

Gordon hatte gerade erst mit dem fluchenden Fast Eddie telefoniert, um noch etwas Zeit herauszuschinden, indem er ihm versprach, seinen Lexus zu verkaufen. Und ausgerechnet in diesem Moment hatte Ihre Hoheit ihre Nase in sein Büro gesteckt. Gott, wie sie ihm auf die Nerven ging. Es reichte wohl nicht, dass sie ihren Abschluss an einem Seven Sisters, einem der sieben historischen Frauencolleges der USA, gemacht hatte und sowieso aus gutem Hause kam. Nein – dann erbte sie auch noch ein derartiges Vermögen. Was hatte sie getan, um so etwas zu verdienen? Ja, klar, sie hatte sich an diese irre Alte rangeschmissen, die für ihre Exzentrik ja bekannt gewesen war. Und deswegen war ihr das komplette Wolcott-Vermögen einfach in den Schoß gefallen?

Das bewies doch nur mal wieder, dass der Teufel immer auf den größten Haufen schiss, oder nicht? Die Reichen wurden immer reicher. Und Typen wie er, die in Terrace, einer der schlimmsten Wohnsiedlungen in Seattle, aufgewachsen waren und sich mühsam nach oben gearbeitet hatten, bekamen überhaupt nichts.

Null.

Nada.

Die Chefs im Museum waren sowieso schon immer begeistert von Kaplinski gewesen, aber reichte das dieser kleinen Miss Überflieger etwa? Natürlich nicht! Sie bescherte denen nun auch noch nicht nur eine, sondern gleich zwei repräsentative Sammlungen – und stieg damit zum It-Girl des SAM auf. Als ob diese Schlampe noch einen Diamanten in ihrer Krone bräuchte.

Und als er versuchte, nur ein winzig kleines Stück vom Kuchen abzubekommen – und zwar, um zu verhindern, dass ihm das Fell über die Ohren gezogen wurde –, was wurde ihm da angeboten?

Die verdammte Spanische Ausstellung. Als er zum ersten Mal von ihr erfahren hatte, hatte er Marjorie angefleht, sie organisieren zu dürfen. Aber nein, Marjorie hatte sie Jane gegeben. Und jetzt war er auf einmal doch gut genug dafür. Jetzt, wo dieses kleine Miststück etwas Besseres zu tun hatte.

Nun, er würde diese blöde Aufgabe für sie übernehmen – das bekam er doch im Schlaf hin. Aber das war nur Plan B.

Und mit absoluter Sicherheit würde er seinen Plan A nicht vergessen.

Jane war todmüde, als sie am folgenden Abend vor ihrer Wohnungstür stand. Sie hatte ein paar wirklich anstrengende, lange Tage hinter sich.

Die gute Nachricht war, dass sie tatsächlich mit der Arbeit in der Wolcott-Villa vorankam.

Die schlechte Nachricht war, dass es viel langsamer ging, als sie gehofft hatte.

Leider hatte Miss Agnes all ihre Schätze nicht in einer ordentlichen und vor allem ausstellungsreifen Weise aufbewahrt. Die Stücke für die Haute-Couture-Ausstellung waren überall in der Villa verteilt. Was natürlich eigentlich kein Wunder war. Schließlich hatte Miss Agnes nicht jahrzehntelang glamouröse Designerkleidung gekauft mit der Vorstellung, dass sie eines Tages in einem Museum landen würden, sondern weil sie gerne schöne Kleider getragen hatte.

So sollte es auch sein. Aber die Tatsache erschwerte Jane die Arbeit gehörig – vor allem die Suche nach dem mit Glasperlen bestickten Crêpekleid von Christian Dior aus den späten Fünfzigerjahren und dem dazu passenden Cape bereitete ihr Sorgen. Seit sie zufällig ein Foto in die Hand bekommen hatte, auf dem Miss Agnes gerade in eben diesem Kleid aus einer Limousine stieg, wusste sie, dass es der perfekte Höhepunkt der Ausstellung sein würde. Wenn sie es nur endlich finden würde!

Sie konnte sich noch gut daran erinnern, wie sie als Teenager ebenfalls das Foto gesehen und Miss Agnes ihr von dem Abend erzählt hatte. Sie war damals Mitte zwanzig gewesen und hatte ihren Vater zutiefst verärgert, weil sie den Heiratsantrag eines sehr wohlhabenden jungen Mannes ausgeschlagen hatte, der sich weigerte zu warten, bis sie von ihrer geplanten Südafrikareise zurückkam.

Janes Nerven flatterten vor Aufregung. Agnes Wolcott war vielleicht kein weltweit bekannter Name, doch ihre abenteuerlichen Reisen, ihre philanthropischen Neigungen und die atemberaubende Art, sich zu kleiden, waren in ihrer Zeit schon etwas Besonderes gewesen. Jane hatte vor, auch die interessanten Anekdoten aus Miss Agnes' Leben in die Ausstellung einzufügen, zusammen mit Fotografien, auf denen sie die Kleider trug, die gezeigt wurden. Tief im Innern wusste sie sehr genau, dass diese Ausstellung sie ganz an die Spitze katapultieren würde. Sie konnte es durchaus mit der Jacqueline-Kennedy-Sammlung aufnehmen.

Ziemlich hochfliegende Pläne, wenn du nicht mal in der Lage bist, alle Ausstellungsstücke zu finden. Vielleicht hatte sie doch mehr von der dramatischen Ader ihrer Eltern abbekommen, als ihr bewusst war. Aber zumindest hatte sie an diesem Nachmittag einen kleinen Durchbruch erlebt: Sie stellte fest, dass Agnes ihre persönlichen Dinge nach Jahren geordnet in Kartons gepackt hatte. Sowohl die Haute Couture- wie auch die Schmucksammlung, die Miss Agnes dem SAM hinterlassen hatte, umspannte mehrere davon. Vor Jane lag noch jede Menge

Arbeit. Aber zumindest war sie nun endlich auf der richtigen Spur.

Das alles musste bis morgen warten. Heute wollte sie nur noch in ein heißes Schaumbad sinken und essen, was auch immer ihr Kühlschrank hergab. Sie schloss die Wohnungstür auf.

Der Duft fiel ihr als Erstes auf, der Duft nach Obsession. Sie stolperte fast über den Koffer, der mitten im Flur stand. „Au, verdammt."

„Darling! Ich dachte schon, du würdest überhaupt nicht mehr nach Hause kommen." Dorrie Kaplinski tauchte am Ende des schmalen Flurs auf, ein Glas in den Händen. Zwei Eiswürfel und dunkle Flüssigkeit schwappten darin hin und her, als sie Jane zu sich winkte. „Komm rein. Du siehst müde aus. Ich mache dir ein Sandwich oder so was." Sie nippte an dem Glas und blickte sich nach allen Seiten um, als erwartete sie, dass ein Sandwich sich auf magische Weise materialisieren würde.

„Wie bist du hier hereingekommen, Mom?" Jane schleuderte ihre Tasche auf die L-förmige Theke, die die offene Küche vom Wohnzimmer abtrennte. Sie hatte schließlich sorgsam darauf geachtet, dass ihre Eltern keinen Schlüssel von ihr in die Finger bekamen.

„Oh, diese nette junge Frau am Empfang hat mich hineingelassen. Sie weiß natürlich, dass ich deine Mutter bin, und ich habe ihr leidgetan, als sich rausstellte, dass du erst sehr spät nach Hause kommen würdest. Sie wollte mir eine Nacht unten in der Lobby ersparen. Weißt du, du arbeitest zu viel."

„Wieso glaubst du, dass ich von der Arbeit komme? Vielleicht hatte ich auch eine aufregende Verabredung." Ihre Mutter sah sie nur an. „Okay, stimmt, ich hatte keine. Aber Miss Agnes' Vermächtnis an das SAM ist die wichtigste Ausstellung, die ich jemals geleitet habe, und die Zeit wird langsam knapp."

„Ich verstehe immer noch nicht, warum du unserem Theater nicht ein paar Kleider und Schmuckstücke spenden konntest. Das wären fantastische Kostüme gewesen, und ganz ehrlich: Wir brauchen sie dringender als dein geliebtes SAM."

Ich werde nicht schreien, ich werde nicht schreien. „Wie ich dir bereits erklärt habe – mehr als einmal, Mom –, lag das gar nicht in meiner Macht. Die Sachen wurden dem SAM direkt hinterlassen, ich betreue nur die Ausstellung. Was bedeutet, dass ich in nächster Zeit regelmäßig Überstunden machen muss." Sie schleuderte die hohen Schuhe von den Füßen und seufzte erleichtert auf. „Und natürlich ist es immer toll, dich zu sehen, aber was machst du hier?" *Mit einem Koffer?*

„Ich habe deinen Vater verlassen." Dorries Wangen färbten sich rot, passend zu den roten Strähnen in ihrem Haar, dem engen Pullover und der empörten Aura, die geradezu um sie herum pulsierte.

„Schon wieder?"

Dorrie blinzelte. „Nun ... ja. Er ist ein eiskalter, herzloser ..."

„... Schürzenjäger. Jaja. Das habe ich schon tausend Mal gehört. Und seit ich achtzehn bin, erkläre ich dir immer wieder, dass ich mich nicht länger in dieses Theater hineinziehen lasse."

„Aber ..."

„Hier kannst du nicht bleiben, Mom. Wenn du darauf bestehst, ein sowieso völlig veraltetes Theaterstück schon wieder aufzuführen, dann finanzier es bitte selbst."

„Jane Elise!"

Es klingelte. *Na toll.* Wohl wissend, wer vor der Tür stand, stakste sie durch den Flur, während ihre Mutter schrie: „Wenn das dein Vater ist, kannst du ihm ausrichten, dass ..."

Sie riss die Tür auf, ohne sich die Mühe zu machen, vorher durch den Spion zu schauen. „Komm rein, Dad."

„Ich bin nicht dein Vater." Poppy schlenderte in die Wohnung. „Aber ich komme trotzdem rein." Als sie Dorries Koffer entdeckte, warf sie Jane einen mitfühlenden Blick zu. „Hallo, Mrs Kaplinski."

„Hallo, Liebes." Dorrie schien gegen ihre Enttäuschung ankämpfen zu müssen. „Äh ... wie geht es dir?"

„Ganz gut, danke." Sie drückte Jane eine Tasche in die Hand. „Hier. Ich habe heute bei meinen Eltern gegessen, und sie haben mir ein paar Reste für dich mitgegeben."

„Oh, wow." Erst jetzt bemerkte sie, wie hungrig sie war, eilte in die Küche und zog dort eine Plastikbox aus der Tüte. „Wie süß von ihnen! Warum hast du nur so ein Glück mit deinen Eltern?"

„Das habe ich gehört." Dorrie leerte ihren Bourbon, dann blickte sie Jane düster an. „Für dich ist alles so leicht, nicht wahr? Du mit deinem schicken Job und deinem schicken Apartment. Aber was weiß schon so ein kalter Fisch wie du über die Heftigkeit von Gefühlen? Du hast ja nie einen Freund. Du wüsstest nicht mal, was Leidenschaft ist, wenn sie vor dir steht und dich auf den Mund küsst!"

„Du wärst überrascht, wie viel ich darüber weiß, Mom", erwiderte sie tonlos, obwohl ihr Magen sich verknotete. „Du und Dad wart exzellent – ich habe allein durchs Zusehen eine Menge gelernt."

„Was zum Beispiel?"

„Die Beine in die Hand zu nehmen, sobald ich irgendwo auch nur einen Hauch von Leidenschaft entdecke."

Dorrie lächelte säuerlich. „Haha. Sehr witzig."

Jane öffnete die Box von Poppys Eltern, und zum ersten Mal, seit sie ihre Wohnung betreten hatte, breitete sich ein aufrichtiges Lächeln auf ihrem Gesicht aus. „Oh Mann", stieß sie begeistert hervor. „Das Bœuf Stroganoff von deiner Mutter! Bitte, bitte, sag ihr vielen lieben Dank, ja?"

„Als ob du nicht gleich morgen früh selbst anrufen würdest, um dich zu bedanken. Aber hey …", Poppy verpasste ihr einen freundschaftlichen Stoß mit der Schulter, „… sie wird sich über ein doppeltes Dankeschön freuen."

Jane stellte die Dose in die Mikrowelle und stellte die Zeit ein. Wieder klingelte es. Sicher, dass es diesmal wirklich ihr Vater sein musste, lief sie erneut zur Tür.

„Wage es nicht, diesen Bastard reinzulassen!", rief ihre Mutter so schrill hinter ihr her, dass es Jane nicht gewundert hätte, wenn ihre selten benutzten Weingläser zersprungen wären.

„Würdest du dich beruhigen?" Seufzend zog sie die Tür auf. „Hallo Da…"

Ihr Vater stürmte in die Wohnung. Er hatte eine gerötete Gesichtsfarbe und seine Taille schien von Jahr zu Jahr breiter zu werden, doch sein Haar war dick und dunkel und glänzend wie immer. „Ist sie hier?", fragte er. „Wo ist sie? Wo ist deine Mutter?"

„Und hallo meine liebe Tochter", murmelte sie. „Wie ergeht es dir so im Leben?"

Er blieb gerade lange genug stehen, um ihr einen flüchtigen Kuss auf die Stirn zu drücken. Sie roch den Gin in seinem Atem. „Hallo Jane." Als Dorrie aus der Küche stürzte, versteifte er sich. Jane wusste, dass sie bereits vergessen war.

Er riss den Koffer seiner Frau hoch und nagelte sie mit seinen Blicken fest. „Hol deinen Mantel, Dorrie. Wir gehen nach Hause."

Ihre Mutter hob die Nase zur Decke. „Ich werde nirgendwohin mit dir gehen."

Jane schlenderte zurück in die Küche, holte das Bœuf Stroganoff aus der Mikrowelle, nahm eine Gabel aus der Schublade und lehnte sich an den Tresen, um sich die Dorrie-und-Mike-Show in aller Ruhe anzusehen.

Poppy gesellte sich zu ihr. „Wie, kein Teller? Kein Platzdeckchen? Ava wäre echt enttäuscht von dir."

„Dann sollte sie hier sein, um meinen Tisch zu decken." Sie zeigte mit dem Kinn auf den Kühlschrank. „Kannst du mir eine Dose Limo rausholen? Und den Rest von dem Wein, den ihr beide letzte Woche mitgebracht habt?"

„Nein, ich will nichts." Poppy hievte sich auf den Tresen, musterte die blitzblanke Oberfläche und grinste. „Ich finde es toll, wie ordentlich du bist. Sobald ich mich in meiner Küche auf den Tresen hocke, habe ich Johannisbeersaftringe auf meinem Hintern."

„Du bist so ein Scheißkerl, Mike!" Dorries Stimme, die kurzfristig etwas leiser geworden war, erhob sich erneut mit jeder einzelnen Silbe, und seufzend richtete Jane ihre Aufmerksamkeit wieder auf ihre Eltern.

Sie standen dicht voreinander und starrten sich finster an. „Geh nach Hause." Ihre Mutter zeigte mit erhobenem Arm auf die Tür. „Du hast hier nichts zu suchen."

„Doch. Dich."

„Nein. Also verschwinde einfach!"

Ihr Vater rührte sich nicht. „Ich werde nicht ohne dich gehen, D."

„Dann haben wir wohl ein Problem. Denn ich habe dir bereits erklärt, dass ich nicht mit dir gehen werde." Die blauen Augen, die sie Jane vererbt hatte, sprühten Funken. „Ich weiß, dass du eine Affäre mit dieser verlotterten Theaterkassen-Schlampe hast."

„Junge, Junge, jetzt geht das schon wieder los", murrte Jane.

„Ich habe keine verdammte Affäre mit irgendjemandem!", brüllte Mike. „Aber selbst wenn ich jemals auf die Idee käme, warum sollte es dich interessieren? Du hast doch deinen hübschen kleinen Gärtner, der dich warmhält."

„Oh, igitt." Jane verzog angewidert die Lippen, sie ergriff Trost suchend Poppys Hand. „Das ist unterste Schublade, sogar für die beiden."

Ausnahmsweise schien ihre Mutter mit ihr einer Meinung zu sein, denn sie starrte Mike mit demselben Entsetzen an, das Jane verspürte. „Mit diesem *Teenager*? Liebe Güte, Mike! Was soll ich denn mit so einem Kind anfangen, wenn ich dich habe?" Aber natürlich konnte sie nicht einfach nachgeben, wenn sich eine so grandiose Gelegenheit für ein Melodram anbot. „Das war der letzte Tropfen, der noch gefehlt hat, Michael Kaplinski!", schwor sie, wobei sie sich mit der Faust an die Brust schlug. „Das ist das Ende! Du wirst ganz offensichtlich niemals begreifen, was jeder außer dir weiß – dass dir mein Herz und meine Seele gehören!"

Dann brach sie in Tränen aus.

„Ach, um Himmels willen", rief Jane angewidert. „Und da wundern sie sich, dass das Theater immer kurz vor dem Bankrott steht."

„Bitte, weine nicht!" Mikes Stimme wurde panisch, er riss seine Frau in die Arme. „Oh Gott, Dorrie, bitte, ich kann es nicht ertragen, wenn du weinst."

Innerhalb von Minuten wurde aus offenem Krieg innige Zuneigung, Jane ließ Poppys Hand los und stieß sich vom Tresen ab. „Ich möchte, dass ihr beide jetzt verschwindet", sagte sie heiser. Als die beiden die Köpfte drehten und sie überrascht anstarrten, zischte sie: „Sofort!"

„Um Gottes willen, Jane", sagte ihre Mutter. „Reg dich doch nicht auf. Dein Vater und ich sind wieder zusammen."

„Ihr wart nie getrennt, Mom!"

„Aber natürlich. Hast du denn überhaupt nicht aufgepasst? Wo bleibt dein Sinn für Romantik?"

„Den habe ich das Klo hinuntergespült, als ich vielleicht sieben oder acht war", sagte Jane müde. „Das hier ist nicht gerade ein neues Theaterstück, Mom. Um genau zu sein, handelt es sich um die am längsten laufende Produktion in meinem Leben, und ich kann überhaupt nichts Romantisches daran finden."

„Sprich nicht in diesem Ton mit deiner Mutter", befahl Mike, der beschützend den Arm um Dorries Schultern gelegt hatte.

„Schön. Wie wäre es, wenn ich stattdessen mit dir spreche? Solange ich denken kann, ist ständig einer von euch beiden abgehauen und wieder zurückgekommen. Hast du eigentlich eine Vorstellung davon, wie sehr das ein Kind verunsichern kann, Dad?"

„Das tut mir leid." Und eine Millisekunde lang wirkte er ernsthaft zerknirscht. Dann schüttelte er den Kopf. „Aber du bist kein Kind mehr. Es wird Zeit, dass du darüber hinwegkommst."

Sie straffte die Schultern. „Du hast recht, ich bin kein Kind mehr. Ein Grund mehr, warum ich mir diesen Mist nicht auch noch in meiner eigenen Wohnung ansehen muss. Erinnerst du dich noch an *Hast du Töne?*? Das lief im Fernsehen, als ich ein Kind war."

„Sicher." Mike warf Dorrie einen liebevollen Blick zu. „Deine Mutter hat diese Sendung geliebt."

„Ich habe die meisten Lieder schon nach wenigen Tönen erkannt", verkündete Dorrie stolz.

„Nun, stell dir vor, Mom!" Sie schnappte sich den Koffer ihrer Mutter und rollte ihn durch den Flur zur Tür. „Ich habe wohl doch mehr von dir, als wir alle uns vorstellen können, denn ich erkenne eure Duelle schon an den ersten drei Worten, manchmal sogar nach zwei. Und ich habe es so satt! Wenn ihr also das nächste Mal denselben alten Streit anzetteln wollt, dann tut das vor jemandem, der nicht schon total abgestumpft ist, weil er seit dreißig Jahren in der ersten Reihe sitzt und euer Theater mit ansehen muss." Sie riss die Tür auf und schob Dorries Koffer in den Hausflur. „Geht nach Hause", sagte sie erschöpft. „Ich habe keine Lust mehr, euer Publikum zu sein."

Ihre Eltern liefen steif hinaus, Jane schloss die Tür und rieb sich die schmerzende Stirn. Dann nahm sie ein paar tiefe, beruhigende Atemzüge und gesellte sich zu Poppy ins Wohnzimmer. „Es tut mir wirklich leid." Sie ließ sich auf die Couch vor dem großen Fenster fallen, durch das man einen wunderbaren Blick auf den dunklen Puget Sound und die nächtlichen Lichter von Seattle hatte. „Du hast dir diese Show öfter ansehen müssen, als man von einer Freundin erwarten kann."

Poppy zuckte die Achseln. „Na und?", fragte sie gleichmütig. „Dafür hast du mehr Tofu in meinem Elternhaus gegessen, als man einer Freundin oder *Feindin* zumuten kann. Eltern können eben ... schwierig sein."

Sie musste lachen. „Findest du?"

„Ich glaube, das ist die Regel." Ihre Lippen lächelten, doch ihre braunen Augen blickten ernst. „Vielleicht haben sich deine Eltern heute mal wirklich deine Worte zu Herzen genommen. Dein Dad wirkte ziemlich reumütig, als du sagtest, wie unsicher du dich als Kind gefühlt hast."

„Schön wär's." Jane ließ den Kopf gegen die Sofalehne sinken. „Aber wir haben dieses Gespräch mindestens ein Dutzend Mal geführt. Auch das ist wie ein schlechtes Theaterstück, das niemals endet, und wenn sie nicht irgendwann ihren Alkoholkonsum einschränken oder – hey, was für eine Idee – ihn komplett einstellen, dann wird sich daran nichts ändern. Aber weißt du was?" Sie richtete sich auf. „Ist auch ganz egal. Ich habe dich und Ava. Außerdem bin ich eine Frau mit einer Mission. Ich muss eine Ausstellung organisieren. Und niemand, schon gar nicht meine Eltern, wird mich daran hindern."

8. KAPITEL

Ich frage mich, was ein Typ wie Devlin in ein Tagebuch schreiben würde. Zunächst einmal würde er es ganz bestimmt als Journal bezeichnen (klingt maskuliner). Und wahrscheinlich würde es darin ausschließlich um sein Sexleben gehen.
Ich schätze, ich könnte auch über mein Sexleben schreiben. Wenn ich eines hätte.

Devlin wusste ganz genau, wann Jane die Villa betrat. Er brauchte nicht das Quietschen der Hintertür zu hören, er wusste es einfach. Es war verrückt, wie sehr er auf sie fixiert war, wenn man bedachte, dass er seit diesem Abend in der Noodle Ranch vor über einer Woche kein bemerkenswertes Gespräch mehr mit ihr geführt hatte.

Aber er war es leid, schon wieder über diesen Abend nachzudenken. Genervt legte er das Stemmeisen weg und stand auf. Die Fäuste in den Rücken gepresst, drehte er sich von einer Seite zur anderen, dann beugte er sich weit nach unten.

Er wollte nicht an diesen Abend oder an sie denken. Was ihm aus irgendeinem Grund schwerfiel, seit er ihren aufrechten, in schwarze Wolle gehüllten Rücken durch die Restauranttür hatte verschwinden sehen. Irgendwann schien er in ein Fettnäpfchen getreten zu sein, denn in der einen Sekunde war sie noch ganz vertieft in das Gespräch gewesen, nur um ihn in der nächsten mit eisiger Höflichkeit zu behandeln. Und dann hatte sie wirklich Gummi gegeben, um so schnell wie möglich von ihm fortzukommen.

Ihre kühle Zuvorkommenheit verursachte bei ihm beinahe Frostbeulen. Man musste wirklich kein Genie sein, um zu wissen, dass er mit seinem Kommentar über ihre Eltern völlig danebengelegen hatte. Und das hätte er sich doch denken können, so wie sie ihn und Hannah angeschaut hatte. Und mit wehmütigen Augen davon gesprochen hatte, wie schön es sein müsse,

Geschwister zu haben. Was ihm so gegen den Strich ging, war für sie offenbar ein Wunschtraum.

Aber als er das schließlich kapiert hatte, hatte sie bereits wieder Mauern um sich herum aufgetürmt. Wie zum Teufel sollte er über diese Mauern klettern, wenn sie ihn nicht nah genug an sich heran ließ, um auch nur einmal einen Versuch zu starten?

Wobei er sowieso nicht wusste, warum er überhaupt den Wunsch hatte, irgendwelche Mauern zu erstürmen. Noch nie hatte er eine Frau getroffen, die sich dermaßen gegen seine Annäherungsversuche wehrte. Und welcher Mann hatte Lust auf solchen Stress?

Und doch hatte er dieses verrückte Bedürfnis, sie wieder lächeln zu sehen.

Jane hatte ein Mörderlächeln. Das lag vielleicht daran, dass ihre Zähne extrem weiß waren und man sie unter normalen Umständen kaum zu sehen bekam, deswegen blendeten sie einen geradezu, wenn sie breit lächelte. Oder es hatte mit ihren Lippen zu tun, die herzzerreißend weich wirkten. Doch viel wahrscheinlicher lag es daran, dass sie fast immer melancholisch wirkte und ein Lächeln sie von innen heraus erleuchtete.

Was auch der Grund sein mochte – jeder einzelne davon fuhr ihm wie ein Stromschlag tief in den Bauch.

Das wäre ja alles nicht weiter schlimm, wenn der Bauch die Endstation wäre. Doch leider wurde der Stromschlag tiefer geleitet, direkt in seinen Unterleib. Wenn sie lächelte, hörte er umgehend auf zu denken. Wie an diesem Abend, als sie zum zweiten Mal gegrinst hatte. Da war er aufgestanden, um Wasser zu holen, das er gar nicht wollte, und zwar nur, um nicht über den Tisch zu klettern und über sie herzufallen.

Denn ein Lächeln war selten genug. Zwei ... nun, das zweite hatte direkt zu ihm gesprochen.

Und es hatte gesagt: *Komm und nimm mich.*

In Jane Kaplinski steckte ganz klar mehr, als man auf den ersten Blick sah. Eine Ahnung davon hatte er bekommen, als er sie durch Zufall geschmückt mit den Wolcott-Juwelen ertappt hatte ... als sie so schmutzig gelacht hatte. Und mehr als eine Ahnung hatte er in der Noodle Ranch bekommen – bevor der Abend den Bach aus irgendeinem Grund runtergegangen war.

Jedenfalls hatte er nicht vor, sich ihr heute auf irgendeine Weise zu nähern. Er ging in die Hocke, nahm das Brecheisen wieder zur Hand und klemmte es unter eine Ecke der Fußbodenleiste. Nein, er würde hier schön weiterarbeiten und sich auf seinen Job konzentrieren.

Er stöpselte sich die Kopfhörer seines iPods in die Ohren und drehte die Musik auf. Zehn Minuten später war er bereits so schweißgebadet, dass er die Arbeit unterbrechen musste, um sein Flanellhemd auszuziehen. Und weitere zehn Minuten später tippte ihm jemand auf die Schulter.

„Himmel!" Mit hämmerndem Herzen sprang er auf und riss sich die Kopfhörer aus den Ohren. Dabei stieß er gegen etwas Weiches, und als er herumwirbelte, sah er gerade noch, wie Jane nach hinten stolperte. Er wollte noch die Hände nach ihr ausstrecken, doch sie fiel bereits über den Stapel herausgerissener Holzleisten und landete auf dem Rücken.

„Au, verdammt." So viel zu seinem sechsten Sinn, was sie betraf. Er hatte nicht nur *nicht* gespürt, dass sie im selben Raum war wie er, sondern er hatte sie auch noch zu Boden geschlagen, als sie sich bemerkbar machen wollte. Toll. Ganz toll. Das einzig Gute an der ganzen Geschichte war, dass er bereits die verdammten Nägel aus den Leisten gezogen hatte, sonst hätte er sie umgehend für eine Tetanusspritze in die Notaufnahme bringen müssen. „Ist alles okay?"

Die Hand auf ihr Zwerchfell gepresst, keuchte sie. „Ich ... bekomme ... keine ... Luft."

Er fluchte leise. „Mann, das tut mir so leid. Ich habe Sie nicht gehört und ..." Er schüttelte den Kopf. Erklärungen halfen ihr auch nicht weiter. „Versuchen Sie, sich zu entspannen! Ich weiß, das ist leichter gesagt als getan ... aber es wird Ihrem Solarplexus helfen, sich ebenfalls zu entspannen. Und dann kommt Ihr

Atemreflex sofort zurück. Kommen Sie, ich helfe Ihnen auf." Er streckte ihr seine Hand hin.

Jane war mehr oder weniger auf der anderen Seite des Stapels gelandet. Ihre Beine jedoch lagen auf den Holzleisten, und unwillkürlich fiel ihm auf, wie lang sie waren. Er betrachtete den blauen Rock, der weit hochgerutscht war und ...

Heilige Scheiße! Fräulein Unnahbar trug rote Unterwäsche. *Rote.* Unterwäsche.

Ihre Finger umklammerten seine Hand, und kopfschüttelnd riss er den Blick von dem farbenfrohen Stückchen Satin zwischen ihren blassen Schenkeln los, richtete ihn mit unerschütterlicher Entschiedenheit auf ihr Gesicht und zog sie auf die Beine.

„Ich ... kann ... noch immer ... nicht ... richtig ..."

Er nahm ihr Gesicht in beide Hände. Ihre Haut fühlte sich tatsächlich genauso zart an, wie sie aussah.

Er beugte sich vor und blies ihr fest ins Gesicht.

„Was zum ..." Sie schlug gegen seine Hände. „Hören Sie auf! Was glauben Sie eigentlich ... oh!" Sie holte tief Luft. „Ich kann *atmen*! Meine Lungen arbeiten wieder." Sie grinste ihn an. „Woher wussten Sie, dass das helfen würde?"

Er ließ die Hände sinken. Trat einen Schritt zurück. *Verdammt Mädchen, du solltest mich nicht anlächeln! Nicht, wenn du weißt, was gut für dich ist.* „Als ich etwa zehn war, hat Bren diesen Trick bei unserem Hund Roxie angewendet. Das dumme Viech versuchte immer, hinter uns die Leiter raufzuklettern und landete dann auf dem Rücken. Es muss an dem Überraschungsmoment liegen, dass man automatisch wieder einatmet." Er zuckte mit den Schultern. „Geht es Ihnen gut? Haben Sie sich wehgetan?"

„Alles in Ordnung." Sie fegte seine Frage zur Seite, als ob sie jeden Tag zu Boden geschlagen würde. „Also hatten Sie einen Hund? Was für einen? Groß? Klein? Ich wollte als Kind immer einen Hund haben."

Er würde sich von diesem sentimentalen Mist nicht schon wieder einlullen lassen. „Roxie war mittelgroß, eine richtige Promenadenmischung. Sie war nicht ausgesprochen hübsch, aber auch nicht richtig hässlich." Jane sah viel zu begeistert aus, und als er bemerkte, dass er sich unbewusst näher zu ihr gebeugt hatte, räusperte er sich. „Und, haben Sie jetzt einen?"

„Hm?"

„Einen Hund." Er schnippte mit den Fingern vor seinem Gesicht und warf ihr den arroganten Blick zu, den er an seiner Schwester geübt hatte. „Versuchen Sie, bei der Sache zu bleiben, Babe."

Sie kniff die Augen zusammen. „Sie müssen schon entschuldigen, wenn ich ein wenig neben mir stehe. Schließlich werde ich nicht jeden Tag niedergeschlagen, nur weil ich jemanden um einen Gefallen bitten wollte."

Jawohl! Er musste sich zurückhalten, nicht die Faust in die Höhe zu reißen. Das war schon besser. Mit einer kratzbürstigen, verärgerten Jane konnte er problemlos umgehen. Eine nette Jane hingegen war gefährlich, die konnte ihm mit einem einzigen Lächeln den Boden unter den Füßen wegziehen. „Sie brauchen ziemlich viel Aufmerksamkeit, nicht wahr?"

„Aber *überhaupt* nicht." Ihre blauen Augen funkelten. „Ich brauche nicht mal wenig Aufmerksamkeit. Verdammt, ich brauche überhaupt keine …"

Er unterbrach sie mit einem unhöflichen Schnauben und schenkte ihr noch einmal diesen Blick. „Habe ich mich bei Ihnen entschuldigt oder nicht?"

„Nun … ja."

„Verdammt richtig. Also versuchen Sie nicht, das Thema zu wechseln."

Sie rieb sich über die Stirn. „Im Moment bin ich mir nicht einmal sicher, welches Thema das war."

„Sie haben rumgejammert, weil Sie als Kind keinen Hund hatten."

„Ich jammere nicht herum, Sie Blödmann!"

„Schön. Aber verraten Sie mir Folgendes: Sie sind eine erwachsene Frau mit einer eigenen Wohnung, wie ich annehme. Wie viele Haustiere besitzen Sie?"

Sie hob das Kinn. „Keine. Als Kind hatte ich die Zeit, mich um ein Tier zu kümmern. Doch jetzt bin ich fast nie zu Hause, also würde ein Tier viel zu viel Zeit allein verbringen. Und Tiere sollten einen Besitzer haben, der ihnen die Aufmerksamkeit schenkt, die sie verdienen. Ach, jedenfalls rede ich mir das ein."
Sie senkte den Kopf und lächelte wieder.

„Nicht lächeln!", zischte er, und fühlte sich dann wie ein Vollidiot, als sie ihn fragend anblinzelte. „Was tun Sie hier oben, Jane? Sie sagten, Sie wollten mich um einen Gefallen bitten?"

„Wie? Oh! Genau." Zu seiner Erleichterung wurde sie jetzt ganz geschäftsmäßig. „Die Alarmanlagenfirma hat angerufen. Die wollen die neue Anlage morgen gegen Viertel nach eins installieren. Nun ist es aber so, dass ich beim SAM beantragt habe, Poppy dafür zu bezahlen, mir bei der Katalogisierung der Wolcott-Sammlungen zu helfen."

„Und was hat das mit mir zu tun?"

„Nun, ich schätze dieser Antrag ist der Grund dafür, dass die Direktorin mich urplötzlich zu dem monatlichen Budget-Meeting eingeladen hat." Sie spähte in sein Gesicht, dann winkte sie ab. „Okay, das braucht Sie nicht zu interessieren. Also, die Sitzung soll zwar nur bis Viertel nach eins dauern, also schaffe ich es wahrscheinlich sowieso, rechtzeitig wieder hier zu sein. Aber solche Meetings können manchmal doch länger dauern, und man weiß auch nie, wie der Verkehr ist. Und deswegen bin ich auf Sie gekommen." Sie sah zu ihm auf in ihrem steifen dunkelblauen Kleid, mit ernsten blauen Augen und geröteten Wangen.

Mit roter Unterwäsche unter dem Kleid.

„Wie bitte?" Als ihm klar wurde, dass sie etwas gesagt und er kein Wort verstanden hatte, richtete er seine Aufmerksamkeit wieder auf ihre Bitte. „Verzeihung", sagte er barsch, wütend darüber, dass er über ihre Unterwäsche nachgedacht hatte. „Ich habe das nicht ganz verstanden."

„Ich hatte Sie gebeten, die Leute mit der Alarmanlage hereinzulassen, falls ich nicht rechtzeitig zurück bin."

„Klar. Kein Pro... Nein, halt! Tut mir leid. Morgen Nachmittag muss ich Bren zur Chemo ins Swedish Medical Center bringen."

Sie drehte sich zu ihm um und umklammerte sein Handgelenk. „Ihr Bruder hat *Krebs*?"

Verflucht. Wahrscheinlich wollte Bren nicht, dass seine Krankheit bekannt wurde. Nun, jetzt war die Katze aus dem Sack, und letztlich wusste auch er nicht, was es schaden könnte, wenn sie davon erfuhr. „Deswegen bin ich nach Seattle zurückgekommen. Ich muss eine Weile für ihn einspringen, während er behandelt wird."

Wenn sie ihn nur endlich dazu überreden könnten, zwischen diesen Behandlungen nicht weiterzuarbeiten. Dev machte sich große Sorgen um seinen Bruder. Er war davon überzeugt, dass seine Genesung schneller vonstattengehen würde, wenn er sich mehr Ruhe gönnte.

„Ach, Devlin, das tut mir so leid. Das muss entsetzlich für die ganze Familie sein. Hat er auch eine eigene Familie?"

„Ja, er hat eine Frau und drei Söhne."

„Ich kann mir vorstellen, wie besorgt Sie alle sein müssen. Darf ich fragen, wie seine Prognose ist?"

„Der Krebs ist nicht unheilbar – das ist die gute Nachricht. Die Behandlungen schlagen gut an und die Ärzte sind optimistisch."

„Und doch, die schlechte Nachricht ist, dass er diese anstrengenden Behandlungen durchstehen muss. Wenn er seinen anderen Brüdern auch nur ein bisschen ähnelt, dann war er bestimmt immer daran gewöhnt, groß und stark zu sein." Sie drückte tröstend sein Handgelenk. „Vergessen Sie meine Bitte. Poppy hat einen recht flexiblen Terminkalender. Ich rufe sie an und frage, ob sie rüberkommen kann." Sie lächelte schief. „Zwar hat keine von uns auch nur die geringste Ahnung von Alarmanlagen, aber sie kann mit Sicherheit besser mit Handwerkern umgehen als ich. Im Zweifelsfall wird Poppy sie einfach mit ihrem Charme umhauen." Ihr Lächeln wurde sogar noch ironischer, sie zog kurz die Schultern an die Ohren, ließ sie dann wieder fallen.

„Ich hingegen würde sie vermutlich eher zur Weißglut bringen. Und auf diese Weise wird aus einem anfangs kleinen Problem schnell ein Riesentheater."

Ah! Sie hatte also doch Sinn für Humor! Nicht nur das – sie konnte sich auch über sich selbst lustig machen, was Dev ganz besonders schätzte. Aber warum musste sie ihm das ausgerechnet jetzt zeigen? Er hatte sich doch gerade erst davon überzeugt, dass ihr von Geburt an selbst der winzigste Funken Humor abging.

Seine guten Vorsätze lösten sich in Luft auf, er trat einen Schritt näher. „Das hätten Sie nicht tun sollen, Jane."

„Was?" Sie legte den Kopf ein wenig in den Nacken, betrachtete ihn misstrauisch, das Lächeln erstarb. „Was habe ich getan?"

„Sie haben gelächelt. Und das hätten Sie nicht tun sollen, denn Sie haben wirklich ein ziemlich ... aufregendes Lächeln."

Sie schlug ihm mit der Hand gegen die Brust. „Hören Sie auf!", sagte sie leise.

„Nein, Sie sollen aufhören. Im Ernst. Denn ich glaube, ich muss Sie jetzt küssen." Er rechnete damit, dass sie zur Tür rannte.

„Glauben Sie mir, Kavanagh", sagte sie trocken. „Das müssen Sie ganz und gar nicht." Ihre Mundwinkel verzogen sich wieder nach oben, während sie ihn anstarrte. Sie wirkte halb amüsiert, halb verärgert.

Aber sie suchte auch nicht das Weite, wie jede kluge Frau es getan hätte.

Lach drüber und lass es bleiben, Junge, bellte sein Verstand. *Lass es!* Stattdessen trat er noch einen Schritt näher. Atmete den Duft aus Birne und Sandelholz ein, der von ihrem ... von was auch immer ausging. Vielleicht von ihrem Hals. Vielleicht von ihren Haaren. Wo immer er herrührte, er konnte nicht widerstehen. „Oh doch. Ich glaube schon." Dann nahm er ihr Gesicht in die Hände und hob es an. Er begann, ihre bereits recht zerzauste Frisur zu lösen, kühle Strähnen fielen über seine Finger. Er senkte den Mund. Langsam. Er wartete, dass sie ihn wegstoßen und sie beide damit retten würde.

Doch das tat sie nicht. Also berührte er ihre Lippen mit seinen. Sie waren genauso weich, wie er sie sich vorgestellt hatte. Er kostete sie. Zart. Vorsichtig.

Als tief in ihrem Hals ein genüsslicher Ton vibrierte, öffnete er die Lippen ein wenig, knabberte an ihrer Unterlippe und strich dann mit der Zungenspitze über ihre Oberlippe.

Mit einem weiteren so aufregend heiseren Stöhnen packte sie ihn an den Schultern und stellte sich auf die Zehenspitzen, um ihm näher zu sein. Dev vergrub die Finger in ihrem Haar und hob den Kopf ein wenig. „Komm schon, Jane", murmelte er, halb in der Hoffnung, weggestoßen zu werden. „Lass mich rein."

Langsam teilten sich ihre Lippen.

Er zog sie fester an sich. Der Kuss war süßer, als er es sich jemals erträumt hätte, vor allem wenn man bedachte, wie säuerlich bisher die meisten ihrer Zusammentreffen verlaufen waren. Leise stöhnend ließ Jane seine Schultern los und schlang die Arme um seinen Hals. Sein letztes bisschen Verstand löste sich auf, und er stieß sie gegen die Wand, doch Jane wehrte sich nicht. Sie krallte die Fingernägel in sein Haar und verlangte nach mehr.

Langsam ließ er die Hände über ihren Rücken bis zu ihrem Po wandern, dann schob er langsam ihr Kleid nach oben, während er ihren Hals küsste. „Verdammt", keuchte er, „ich will endlich diese rote Unterwäsche sehen." Er wusste, dass er viel zu schnell war, von null auf hundert beschleunigte wie ein Teenager auf dem Rücksitz eines Autos – aber das war ihm egal.

Sie sah ihn überrascht an. „Wie bitte?"

„Deine Unterwäsche. Du bist ganz anders, als du vorgibst zu sein, nicht wahr, Jane?" Er schob ihr Kleid noch einen Zentimeter höher und presste seinen Mund wieder auf ihren Hals. Mein Gott, ihre Haut war süßer als Schlagsahne. „Ich habe das Gefühl, dass du dein wahres Gesicht versteckst. Oder zumindest einen roten Seidenslip unter diesem braven Kleid."

„Oh Gott." Sie wurde einen Moment lang ganz still. Dann erwachte sie mit einem Mal wieder zum Leben und stieß gegen seine Schultern.

Er stolperte verdutzt nach hinten. „Jane?"

„Tut mir leid. Oh Gott, es tut mir so leid." Sie lief um ihn herum. „Ich kann das einfach nicht!"

„Wie?" Er drehte sich, um sie ansehen zu können. „Natürlich kannst du. Du kannst es genau genommen sogar ganz hervorragend."

Sie stöhnte auf, doch dieses Stöhnen hatte wenig mit dem Geräusch zu tun, das sie noch vor einer Sekunde ausgestoßen hatte. „Glaub mir, ich kann nicht. Diese Frau, die du da eben gegen die Wand gedrückt hast …" Sie zeigte auf die Stelle. „Das bin nicht ich."

Er hatte einen derartig harten Ständer, dass er damit Nägel in die Wand schlagen könnte. Und dass er nun ohne die geringste Hilfe von ihr damit zurechtkommen musste, gab ihm das Gefühl, benutzt worden zu sein. Er versuchte, dieses Gefühl wegzuschieben; auch das passte natürlich besser zu einem Achtzehnjährigen als zu ihm. Doch – wenn man mal bei diesem Highschool-Vergleich blieb: Sollte nicht auch *sie* längst über das Alter hinaus sein, in dem sie einen Mann erst heiß und dann einen Rückzieher machte?

Als ob er seinen letzten Gedanken laut ausgesprochen hätte, blieb sie an der Tür stehen und sah ihn noch einmal an. Ihre Augen hatten noch immer eine dunklere, kristallenere Farbe als sonst – als ob sie von einem unsichtbaren Feuer erleuchtet würden. Ihre Wangen waren gerötet und ihre Lippen geschwollen von seinen Küssen.

Und er wollte nichts anderes, als sie wieder in die Arme zu reißen.

„Es tut mir wirklich leid, Devlin. Ich hatte nicht vor, dich anzumachen. Ich habe mich nur … einen Moment lang mitreißen lassen."

„Verdammt." Er rieb sich über das Gesicht, fuhr sich dann mit beiden Händen durchs Haar und ließ sie schließlich fallen. „Ja. Gut. Was auch immer." Okay, nun klang er auch noch wie ein unreifer Schuljunge. Sollte sie ihn doch verklagen, weil er sich mit seinen schmerzenden Eiern momentan nicht im besten Licht präsentieren konnte.

Er starrte auf den Boden und wartete darauf, dass seine Erektion nachließ. Er weigerte sich, sie anzusehen, selbst als er ein gekünsteltes kleines Lachen hörte.

„Genau", stimmte sie leise zu. „Was auch immer."

Der angestrengte Klang ihrer Stimme ließ ihn nun doch aufblicken, aber es war zu spät, denn von ihr waren nur noch die schnellen Schritte auf der Treppe zu hören. Er wollte ihr folgen, hielt dann aber inne. Wozu denn? Er kapierte nicht, was gerade schiefgelaufen war. Gut, er hatte die ganze Geschichte begonnen, aber sie hatte doch schließlich anfangs auch mitgespielt. Sie hatte ihn heißgemacht, nur um ihn dann am ausgestreckten Arm verhungern zu lassen.

Warum also hatte *er* das Gefühl, etwas falsch gemacht zu haben?

9. KAPITEL

Scheiße, Scheiße, Scheiße, Scheiße, SCHEISSE. Ich bin einfach kein leidenschaftlicher Mensch. Ich weigere mich, ein leidenschaftlicher Mensch zu sein. Bitte sag mir, dass ich meinen Eltern in keiner Weise ähnlich bin.

Was habe ich nur getan?
Jane stolperte zurück ins Wohnzimmer, ohne auch nur die geringste Ahnung zu haben, wie sie dort hingelangt war. Zum ersten Mal, seit sie das Wolcott-Projekt begonnen hatte, zog sie die Schiebetür hinter sich zu.

Dann lehnte sie sich dagegen und drückte die Fingerspitzen an ihre Lippen. Sie fühlten sich an wie nach einem Bienenstich – heiß – und schienen einen eigenen Puls entwickelt zu haben.

Er passte exakt zu dem Puls zwischen ihren Beinen.

Heilige Scheiße! Ihr Leben lang hatte sie geglaubt, immun gegen Leidenschaft zu sein. Oder zumindest klug genug, ihr aus dem Weg zu gehen. Und darauf war sie auch immer ein wenig stolz gewesen. Die Welt wäre schließlich ein viel angenehmerer Ort, wenn alle Menschen ein wenig mehr Willenskraft aufbrächten.

Ein unglückliches Lachen entfuhr ihren Lippen. Denn wie sich nun herausstellte, hatte es nicht an ihrer übergroßen Willenskraft gelegen. Sondern an dem glücklichen Umstand, dass sie nie zuvor einen Mann getroffen hatte, der diese wilde Frau in ihr zum Leben erwecken konnte – diese genusssüchtige Kreatur, die sie äußerst selten freiließ … und dann auch nur so lange, um ihre Begeisterung für Schuhe und hübsche Unterwäsche auszuleben.

Ihr Freund Eric, mit dem sie auf dem College zusammen gewesen war, hatte es so gut wie nie geschafft, diese Sirene in ihr zum Vorschein zu bringen. Und genau das war auch einer der Gründe gewesen, warum sie sich zu ihm hingezogen gefühlt hatte – einer der Hauptgründe, wenn sie ehrlich war. Denn obwohl sie es durchaus angenehm gefunden hatte, mit ihm zu schlafen, war es doch nie das A und O gewesen wie für so viele andere. Ihre geistige Verbundenheit auf der anderen Seite – nun die war *wirklich* erstaunlich gewesen. Der Sex hatte einfach keine große Rolle gespielt.

Zumindest hatte sie das damals so empfunden. Sie drückte sich von der Tür weg, lief zu dem Pult aus der Zeit Edward VII., den sie zu ihrer Kommandozentrale umfunktioniert hatte, und klappte ihren Laptop auf. Doch dann starrte sie nur verständnislos auf den Monitor.

Sie hatte naiverweise angenommen, dass Sex für sie beide nicht so wichtig war. Bis Eric ihr eines Tages vorgeworfen hatte, sie würde ständig etwas zurückhalten – und gesagt hatte, er wäre es leid, darauf zu warten, bis sie ihm genug vertraute, um sich endlich zu öffnen.

Nun, heute hatte sie sich geöffnet! Allein die Erinnerung daran, wie sie sich an Devlin gepresst hatte, ließ ihr schon wieder eine unangenehm pulsierende Röte in die Wangen steigen. Sie fuhr sich nervös durchs Haar. Der letzte Kamm fiel auf den Boden, und mit Erschrecken wurde ihr klar, dass die anderen im Wintergarten verstreut lagen.

Sie bewegte ungeduldig die Schultern. Na und? Devlin hatte in einer Hinsicht recht – ihr Haar blieb ja sowieso nie wirklich oben.

„Als ob das dein größtes Problem wäre", murmelte sie in dem leeren Zimmer vor sich hin. Verflucht. Wie konnte ein einziger Kuss sie dermaßen verwirren? Warum fühlte er sich so ... überlebenswichtig an? Es war doch nur ein *Kuss* gewesen, Himmelherrgott noch mal! Und sie war schon oft geküsst worden. Nun, zumindest einigermaßen oft.

Sie fluchte leise. Es spielte überhaupt keine Rolle, wie oft sie schon geküsst worden war. Es ging darum, wie sie sich gefühlt hatte – ganz warm und schwindlig und geborgen. Sie musste zugeben, dass es sich einfach gut angefühlt hatte.

Sie erstickte fast an dem Lachen, das sie ausstieß. An diesem Kuss war überhaupt nichts nett gewesen. Er war heiß und hart und nass gewesen und – guter Gott, dieser Kuss hatte sie in Sekundenschnelle in ein animalisches Etwas verwandelt. Wie war das nur möglich? Wie hatte er das angestellt? Wie hatte er es erreicht, dass sie sich an ihn pressen wollte, dass sie am liebsten seinen ganzen Körper geküsst und mit der Zunge erkundet hätte?

Dieser Mann war gefährlich. Und deswegen würde sie sich von ihm fernhalten. Mehr gab es dazu nicht zu sagen. Von den zuvor erwähnten Gründen einmal abgesehen, konnte sie es sich einfach nicht leisten, dass ihre Aufmerksamkeit von ihrer Arbeit abgelenkt wurde. Die Ausstellung war die größte Chance ihres Lebens, aber statt mit all ihrer Kraft daran zu arbeiten, hatte sie bisher die meiste Zeit mit der Suche nach den Stücken für die Couture-Ausstellung vergeudet. Sie hinkte ihrem Zeitplan bereits weit hinterher, und sie würde es nicht zulassen, dass Devlin nun das Problem verschärfte. Kein Mann der Welt war das wert.

Sie atmete schwer aus, setzte sich an den Tisch und konzentrierte sich. Sie würde sich von dieser Episode im Wintergarten nicht aus der Bahn werfen lassen. Nein, sie würde jetzt einfach mit der leichtesten Aufgabe auf ihrer Liste beginnen und von dort aus dann weitermachen. Es ging im Grunde nur darum, endlich richtig loszulegen. Den ersten Gang einzulegen. Danach würde die Konzentration schon von ganz allein kommen.

Hoffentlich!

Keine negativen Gedanken! Sie griff nach ihrem Handy. Sie hatte sich nicht jahrelang abgerackert, um jetzt alles aufs Spiel zu setzen.

Und dann wählte sie Poppys Nummer.

Nun, wer hätte das gedacht, überlegte Gordon Ives am folgenden Nachmittag. Nun hatte ihn das Glück also doch wieder eingeholt! Wurde auch Zeit. Gott allein wusste, dass er in letzter Zeit, wenn überhaupt, höchstens von einer dicken Erkältung eingeholt worden war.

Gordon genoss das triumphale Gefühl, das seinen Körper durchströmte. Umgehend war er wieder davon überzeugt, doch ein Glückskind zu sein. Denn sein Schicksal war wieder in die richtigen Bahnen gelenkt worden – so wie vor seinem Pech bei diesem beschissenen Pokertunier, das sein ganzes Leben auf den Kopf gestellt hatte. Oder warum sonst war er genau zum richtigen Zeitpunkt aufgetaucht, um Janes Telefongespräch belauschen zu können?

Das Gespräch mit einer Freundin.

Über das Alarmsystem in der Wolcott-Villa.

Er hatte sich schon die ganze Zeit gefragt, wie zum Teufel er jemals in das Haus gelangen sollte, nachdem Kaplinski eine brandneue Alarmanlage erwähnt hatte. Er war davon ausgegangen, dass sie bereits installiert worden war, doch offenbar war das nicht der Fall.

Tja, mein Herr. Der Glückspilz Ives war zurückgekehrt.

Er blieb vorsichtig an die Wand gedrückt stehen und lauschte weiter dem Gespräch, während er still in sich hineinlächelte.

„Das ist wirklich nett von dir, Poppy", sagte Jane gerade. „Jaja, ich weiß. Und ja, ich hoffe, dass ich dasselbe auch für dich tun würde. Das ändert aber nichts an der Tatsache, dass ich deine Hilfe zu schätzen weiß. Also, mit der Installation hat alles geklappt?"

Stille hämmerte gegen sein Trommelfell, während die Freundin am anderen Ende der Leitung scheinbar endlos vor sich hinbrabbelte. Seine Augen wurden schwer, und beinahe wäre er zusammengezuckt, als er Jane fragen hörte: „Also, wie lautet der Sicherheitscode? Würde uns ähnlich sehen, das zu vergessen. Dann würde ich heute Nachmittag gleich mal den Alarm auslösen, wenn ich die Villa betrete."

Yes, Sir! All seine Sinne dehnten sich in Richtung des Telefonhörers in Janes Händen aus. *Jetzt wird's interessant!* In einer perfekten Welt würde sie den Code laut wiederholen.

Es haute ihn nicht gerade vor Überraschung um, als das nicht passierte. Wenn er etwas gelernt hatte, dann, dass das Leben sich selten ideal gestaltete. Stattdessen hörte er sie sagen: „Mhm, mhm. Okay. Gut. Du bist die Beste, die Allerbeste, die Hohepriesterin unserer Schwesternschaft! Ich bin so erleichtert, dass das endlich erledigt ist – ein Punkt, den ich von meiner Die-ganze-Nacht-wachliegen-Liste streichen kann. Wie? Nein, ich muss noch etwas Papierkram erledigen, bevor ich in die Villa kann. Aber ich kann es kaum erwarten, die Zweite zu sein, die die Alarmanlage ausprobiert. Ach, hat er? Nun, dann eben die Dritte. Bist du noch da, wenn ich in einer Stunde komme? Wie blöd. In dem Fall versuche ich, dich später anzurufen. Vielleicht können wir irgendwo zusammen zu Abend essen oder so. Wir beide haben einen Grund zum Feiern – ich habe die Genehmigung, dich zu engagieren."

Was zum Teufel hieß das nun schon wieder? Das hatte mal besser nichts mit der Wolcott-Ausstellung zu tun! Doch Gordon war klar, dass dies weder der richtige Ort noch die richtige Zeit war, um sich darüber Gedanken zu machen. Das Risiko, hier von Jane ertappt zu werden, durfte er nicht eingehen. Das Letzte, was er brauchen konnte, war, dass Jane sich später daran erinnern würde, ihn auf dem Flur gesehen zu haben, nachdem sie die Nachricht von der neuen Alarmanlage erhalten hatte – ganz zu schweigen von dem Code. Deswegen lief er schnell den Flur hinunter.

Fünfzehn lange Minuten saß er in dem Café im Erdgeschoss. Er nippte an einem Kaffee, den er gar nicht wirklich schmeckte, und starrte die Museumsbesucher an, die er im Nachhinein nicht hätte identifizieren können, selbst wenn man ihm dafür eine Million Dollar angeboten hätte. Stattdessen kochte er vor Wut über Janes letzten Satz. Sie wollte irgendeine Tussi von der Straße anheuern, obwohl sie ihn haben konnte? Dieses Miststück!

Egal. Erst mal musste er sich auf die eine oder andere Weise den Code der Alarmanlage besorgen. Es hatte keinen Sinn, länger hier zu sitzen. Sicherlich war nun genug Zeit vergangen, dass sie sein Erscheinen niemals mit dem Telefongespräch in Verbindung bringen würde. Er trank den inzwischen lauwarmen Kaffee aus, stand auf und eilte zurück in den sechsten Stock.

Sie war nicht in ihrem Büro – ein weiterer Glücksfall. Er warf schnell einen Blick in den Gang, dann trat er ein. Leider lag nicht einfach ein Stück Papier mit dem Code auf ihrem Schreibtisch.

Kurz spürte er Sorge in sich aufsteigen. Vielleicht bestand der Code aus Zahlen, die für Jane und ihre Freundin irgendeine spezielle Bedeutung hatten, Zahlen, die Jane sich nicht aufschreiben musste.

Doch als er den Papierblock auf dem Tisch näher unter die Lupe nahm, entdeckte er leichte Abdrücke in der Mitte des leeren Blattes. Er nahm einen weichen Bleistift aus ihrem Muranoglas und strichelte darüber. Eine Null erschien. Dann eine Fünf. Eine Eins. Und eine Sechs.

Adrenalin schoss durch seine Venen, er fuhr mit dem Bleistift über die offenbar letzte Zahl.

„Kann ich dir irgendwie helfen, Gordon?", fragte eine Stimme hinter ihm.

Scheiße!

Sein Rücken blockierte ihr die Sicht auf den Notizblock. Vorsichtig riss er das Blatt herunter und kritzelte ihren Namen über das nächste. Dann ließ er das erste unter seinen Hosenbund gleiten, drehte sich langsam um und zerknitterte das zweite in der Hand, sodass sie auf jeden Fall ihren Namen lesen konnte.

„Hey! Gut, dass ich dich noch erwische." Er warf ihr sein Vertrau-mir-Lächeln zu, das er schon im Kindesalter perfektioniert hatte. „Ich hatte befürchtet, du wärst schon gegangen, und wollte dir eine Nachricht schreiben. Aber viel lieber bekomme ich natürlich schon heute eine Antwort auf meine Frage als morgen. Dann kann ich nämlich meine Aufgabenliste für heute abhaken." Er zuckte gutmütig mit den Schultern. „Wir können ja nicht alle schon nach der Mittagspause Feierabend machen."

Es hatte funktioniert. Sie grinste. „Glaub mir, von Feierabend habe ich eine andere Vorstellung."

„Ich weiß." Sie war so leicht zu durchschauen. Er auf der anderen Seite wusste, wie man jemandem etwas vormachte. Er behielt den mitfühlenden Gesichtsausdruck bei und strich ihr ganz kurz über den Handrücken. „Ich bezweifle keine Sekunde, dass du bis zum Hals in dem Wolcott-Projekt steckst, deswegen will ich dich auch nicht lange unterbrechen, aber ... Das Catering will das Menü für das Bankett planen und fragt nach, ob es irgendetwas Besonderes zu beachten gibt. Ich wusste nicht, was ich ihnen sagen soll."

„Ich bin mir fast sicher, dass alles ganz normal ist, aber ich sehe schnell mal nach." Jane lief zu dem Aktenschrank in der Ecke, warf den braunen Umschlag, den sie in der Hand gehalten hatte, obendrauf und zog die zweite Schublade heraus. „Tut mir leid", sagte sie. „Ich dachte, ich hätte dir alles kopiert."

„Kann ja mal passieren", sagte Gordon, während er unauffällig den Hals reckte. Er versuchte zu entziffern, was sie auf den Zettel geschrieben hatte, der mit einer Büroklammer am Umschlag befestigt war. „Ist gar kein Problem und auch nicht so wahnsinnig eilig, aber es wäre trotzdem schön, wenn ich die Information schon heute hätte."

Er erkannte eine Reihe von Zahlen, die er allerdings nicht richtig lesen konnte. Gerade als sein Herz vor Aufregung höher zu schlagen begann, murmelte sie leise „Aha". Sie zog einen Ordner aus der Schublade und schubste sie mit ihrer überraschend wohlgeformten Hüfte wieder zu.

Er musste schlucken. Dabei interessierte er sich nun wirklich nicht für sie. Er war es nur einfach nicht gewöhnt, sie als Mensch zu betrachten – geschweige denn als Frau. Jane war einfach etwas, das ihm im Weg stand, denn schließlich bezahlte diese Stelle seine Rechnungen bis zu dem Tag, wo er in der Pokerwelt seinen großen Durchbruch hatte.

Sie ließ die Akte vor ihm auf den Tisch fallen und beugte sich darüber, und er schob seine Gedanken beiseite. „Dann mal sehen." Sie blätterte durch die Informationen, die das spanische Kultusministerium versandt hatte.

„Hier steht es … Essen … Nein. Nichts Besonderes." Sie schob ihm die Akte hin. „Warum liest du es dir nicht einfach schnell selbst durch? Ich sehe derweil nach, ob ich etwas vergessen habe. Morgen mache ich dann Kopien für dich."

Er blickte sie an. „Wäre es irgendwie möglich, dass du mir die Unterlagen gleich kopierst? Ich will dich nicht nerven, aber es wäre schön, wenn ich das alles mit nach Hause nehmen und in Ruhe durchlesen könnte."

Sie zögerte, doch dann sagte sie wie erwartet: „Klar. Ich mache sie schnell."

Er musste sich zwingen, das selbstgefällige Lächeln zu unterdrücken, das in seinen Mundwinkeln zuckte. Aber mal im Ernst – diese Frau trug wirklich nicht das geringste Geheimnis in sich. Sie benahm sich immer und immer wieder genau so, wie man es erwartete.

„Ich gehe schnell in Marjories Büro", sagte sie.

Zu dumm. Offenbar doch nicht immer. Er hatte erwartet, jede Menge Zeit zu haben, um seinen Trick mit dem Bleistift zu Ende zu führen, während sie im Kopierzimmer ein Stockwerk tiefer zugange wäre. Doch er lächelte und nahm den Notizblock von ihrem Schreibtisch. „Was dagegen, wenn ich mir in der Zwischenzeit ein paar Notizen mache?" Wenn sie einfach den Umschlag mit dem angehefteten Zettel auf dem Aktenschrank liegen ließ, konnte er sich den Aufwand sowieso sparen.

„Nur zu", sagte sie.

Und dann bewies diese Hexe, dass sie zwar weder besonders aufregend noch ansatzweise kapriziös war, aber trotzdem nicht dumm. Sie nahm den Umschlag vom Aktenschrank und spazierte aus dem Büro.

Ohne Zeit zu verlieren, zog er das Papier aus seinem Hosenbund, legte ein frisches darauf und begann diesmal von rechts, mit dem Bleistift darüberzufahren. Zwei Zahlen erschienen, doch nicht annähernd so deutlich wie beim ersten Mal. Er stopfte das Blatt in die Hosentasche und begann, eine Aufgabenliste zu schreiben. Sekunden später kam Jane zurück. Er blinzelte überrascht, als ob er vollkommen in seine Aufgabe vertieft gewesen wäre. Dann steckte er den Bleistift zurück, zwischen ein Dutzend andere Bleistifte. Sie würde sicher nicht bemerken, wie stumpf die Spitze geworden war. Der Teufel steckte im Detail.

Er lächelte schwach.

Denn wenn er etwas besaß, dann einen Sinn fürs Detail.

10. KAPITEL

Männer sind eine vollkommen andere Gattung. Ich schwör's!

Als Jane in die sowieso schon kleine Auffahrt zur Wolcott-Villa fuhr, stellte sie fest, dass nicht einmal für ein Dreirad mehr Platz gewesen wäre, so vollgeparkt war sie. Sie konnte nur froh sein, dass sie vorsichtig um die Ecke gebogen war. Rückwärts rollte sie wieder auf die Straße und musste sechseinhalb Blöcke fahren, bis sie einen Parkplatz fand. Als sie loslief, wünschte sie, sie hätte ihre hochhackigen Stiefel noch im SAM gegen bequemere Schuhe ausgewechselt. Wer in aller Welt trieb sich da in der Villa herum?

Gerade wollte sie den Schlüssel ins Schloss stecken, als sie verschiedene Männerstimmen hörte. Laut und ungestüm drangen sie durch die Fenster bis in den Garten. Durch die schiefe venezianische Jalousie entdeckte sie zwei oder vielleicht drei Männer in der Küche. Genau konnte sie es nicht sagen, weil sie sich hin- und herbewegten.

Sie ruckelte mit dem Schlüssel im Schloss, der sich mit einem Mal viel zu groß anfühlte. Dann drehte sich der Knauf unter ihren Händen und die Tür wurde aufgerissen. Sie stolperte in die Küche.

Der Lärm war beinahe unerträglich. Das laute Knirschen von Nägeln, die aus alten Balken gezogen wurden, erklang aus dem oberen Stockwerk, vermischt mit Männerstimmen, die in beiden Stockwerken schrien, fluchten und lachten.

„Gut gemacht, David", erklang eine Stimme neben ihr, und Hände, die sich selbst durch ihren Wollmantel heiß anfühlten, schlossen sich um ihre Schultern und hielten sie fest, als sie fast gestürzt wäre. „Du hast sie fast umgeworfen. Du wusstest noch nie, wie man eine Dame behandelt." Die großen Hände drückten kurz zu. „Sind Sie in Ordnung, Darling?"

Sie sah hinauf in das lange, schmale Gesicht eines Mannes. Braunes Haar fiel ihm in die Augen in der Farbe von Bitterschokolade. Seine Nase war ebenfalls schmal und lang, und mit den hervorstehenden Wangenknochen erinnerte er an einen Trappistenmönch – von diesen dunklen Augen einmal abgesehen, die sie kurz von Kopf bis Fuß musterten.

„Sie müssen Langbein sein", sagte er leichthin und ließ sie los. „Ich bin Finn Kavanagh. Der tollpatschige Dummkopf da drüben ist mein Bruder David."

Ein ebenfalls dunkelhaariger Mann, allerdings kräftiger, einige Jahre jünger und womöglich einen Hauch weniger selbstbewusst, nickte ihr zu. „Hey. Das mit der Tür tut mir leid. Ich wollte Sie nicht zum Stolpern bringen, sondern helfen."

„Keine Sorge, ich hatte nur nicht damit gerechnet, dass außer Devlin jemand hier ist. Und mein Name ist *Jane*", sagte sie demonstrativ zu Finn, dann schnappte sie nach Luft, als ihr Blick auf das blinkende rote Licht rechts von Finns knochiger Schulter fiel. „Oh mein Gott! Die neue Alarmanlage." Sie drängte sich an ihm vorbei und stand einfach nur mit vollkommen leerem Kopf da. Wie lautete noch einmal der Code? *Wie lautete der verdammte Code?!*

Finn legte eine Hand an die Wand neben dem Eingabefeld, sein Körper war dicht hinter ihr und vermittelte ihr den Eindruck, in der Falle zu sitzen, obwohl er sie nicht einmal berührte. Er beugte den Kopf und murmelte in ihr Ohr: „Dev hat sie ausgestellt, Darling." Dann stieß er sich wieder ab und trat einen Schritt zurück.

Sie hätte wegen der Alarmanlage erleichtert sein müssen. Stattdessen drehte sie sich langsam um, sah ihn an und war merkwürdig verärgert – was überhaupt nichts mit der Alarmanlage zu tun hatte. Auch wenn Finns Bewegungen sie nicht annähernd so in Aufregung versetzten, wie die von Devlin, so war ihr doch ungewöhnlich deutlich bewusst, dass er und sein jüngerer Bruder Männer waren.

Was war das eigentlich mit diesen Kavanagh-Männern? Hatten die bei der Geburt übermäßig viele Pheromone mitbekommen oder wie?

Um nicht zu wirken wie ein verängstigtes Karnickel inmitten von Wölfen – obwohl sie sich ungefähr so fühlte –, sah sie ihm in die Augen. Hob das Kinn. „Und das hat er warum getan?"

„Er ist schon ein aufdringlicher Typ, unser Dev", erklärte David mit einem Grinsen, hakte sich mit seinen Arbeitsstiefeln unter einen Stuhl, um ihn unter dem langen Tisch hervorzuziehen. Er schwang ein langes Bein über den Sitz und hockte sich vor eine Kühltasche, die Jane jetzt erst bemerkte. Zwei weitere standen auf dem Tisch verteilt, außerdem drei große Thermoskannen.

„Das kann er echt sein, wenn er dazu in der Verfassung ist", stimmte Finn zu. „Aber diesmal war es eine rein berufliche Entscheidung." Er sah sie direkt an; seine unerhört sexuelle Ausstrahlung von gerade eben hatte sich in Luft aufgelöst. „Wir gehen schon den ganzen Morgen hier ein und aus, schleppen Werkzeug herein und Müll wieder raus. Da haben wir keine Zeit, jedes Mal mit der Alarmanlage herumzuspielen."

Die Frage war sowieso dumm gewesen, und diese Tatsache quittierte sie mit einem kleinen Lächeln. „Ich schätze, nicht viele Diebe wären dumm genug, einzubrechen, solange drei große, nicht zu übersehende Männer hier arbeiten. Vor allem bei dem Lärm, den Sie veranstalten."

„Vier", sagte David, der gerade Essen aus der Kühltasche auf den Tisch räumte. „Hier sind vier von diesen – wie haben Sie uns genannt?"

„Große, nicht zu übersehende Männer", sprang Finn ein. „Das haben Sie verdammt richtig erkannt, Darling. David, gönn der Lady doch eine kleine Demonstration."

David schaute kaum lang genug von seinem Essen auf, um seinen Arm zu biegen. Selbst unter seinem locker sitzenden Flanellhemd wurde ein erstaunlich kräftiger Bizeps sichtbar. „Wie auch immer, jedenfalls sind vier von uns männlichen Männern heute hier."

„Nicht zu übersehende Männer, Idiot." Finn schlug seinem Bruder gegen den Hinterkopf.

David zuckte mit den Schultern, öffnete die Thermoskanne und schenkte sich Kaffee ein. „Wie auch immer. Bren ist oben mit Dev. Und Lärm machen wir nur, solange Sie nicht da sind. Wir haben strikten Befehl, leise zu sein, sobald Sie kommen."

„Und trotzdem redest du laut vor dich hin", sagte Dev von der Küchentür aus.

Janes Herzschlag beschleunigte sich umgehend, Hitze stieg ihr in die Brust, den Hals, die Wangen. Sie beneidete David, der sich einfach nur umdrehte, um seine Gelassenheit.

„Na ja, jetzt ist Mittagszeit, und sie arbeitet noch nicht", sagte David.

Bren, der schmaler aussah als an dem Abend, als sie ihn im Matador gesehen hatte, durchquerte die Küche und setzte sich auf einen Stuhl vor der dritten Kühltasche. Jane beobachtete fasziniert, wie er eine Plastikschüssel herausnahm und sie Devlin weiterreichte, der sie anerkennend betrachtete und dann hinüber zur Mikrowelle trug. Finn richtete seine eigene Mahlzeit an, dann begannen sie, sich auf ihr Essen zu stürzen. Die Leichtigkeit und Vertrautheit der vier Männer war anzusehen wie ein etwas raubeiniges, wortloses Ballett.

„Hast du Jane gezeigt, wie die Alarmanlage funktioniert?", fragte Dev Finn.

„Nein, verdammt, hab ich vergessen." Er stand auf. „Kommen Sie mal her, Darling." Er führte sie zur Alarmanlage. „Sie wissen ja, wie man den Code eingibt, um die Alarmanlage auszustellen. Aber weil Dev sagte, dass Sie hier an manchen Abenden ganz allein arbeiten, und es so ein riesiges Haus ist, haben wir sie so programmiert, dass sie sich von selbst wieder anstellt. Das bedeutet: Sie müssen den Code auch eingeben, wenn Sie das Haus wieder verlassen. Wenn Sie allerdings ständig rein und rausgehen wie wir heute, können Sie sie auch komplett abstellen."

„Okay. Klingt ganz einfach."

„Ja." Er kniff ihr leicht ins Kinn. „Ja, ich habe das Gefühl, dass Sie prima damit zurechtkommen werden." Er spazierte zurück zum Tisch.

Heiliger Strohsack.
Während Dev sein Mittagessen aufwärmte, zog Bren eine Tüte voller Tabletten aus seiner Tasche. Erst als er zu ihr aufsah, bemerkte sie, dass sie ihn angestarrt hatte.

„Verzeihung. Ich werde mal gehen und Sie in Frieden zu Mittag essen lassen."

Die Mikrowelle machte *Ping*, was Devlin allerdings ignorierte. Er warf ihr über die Schulter einen Blick zu. „Sie wissen ja sicher schon, was wir unter ‚in Frieden' verstehen. Es ist wohl eher unüblich."

Mein Gott, lächle mich nicht so an! Mit einem Mal konnte sie seine gestrige Bitte verstehen, dass sie nicht so lächeln solle. Wenn ihr Lächeln bei ihm nur halb so viel auslöste wie seines bei ihr ...

Bren fixierte sie besorgt. „Haben Sie schon zu Mittag gegessen?"

„Nein, aber ich habe mir etwas mitgebracht." Sie tätschelte ihre unförmige Handtasche, in der sie alles Wichtige zwischen dem Museum, ihrer Wohnung und der Villa hin- und herschleppte. „Ich esse an meinem Schreibtisch."

Alle vier starrten sie an, dann schüttelte David den Kopf. „Nur gut, dass Mom das nicht gehört hat. Sie würde Ihren Mund mit Seife auswaschen."

„Aber warum denn? Ich habe doch nicht den Namen des Herrn missbraucht oder so was." Was einer von ihnen vorhin durchaus getan hatte.

„Wir Kavanaghs nehmen unsere Mahlzeiten sehr ernst", sagte Bren. „Während der Arbeit zu essen, ist nicht gut für die Verdauung."

„Aber ich bin nicht diejenige mit der Tüte voller Tabletten." Die Worte waren heraus, bevor Jane ihr Hirn eingeschaltet hatte. Entsetzt starrte sie ihn an, fassungslos und entsetzt über sich selbst.

Einen Moment lang herrschte Schweigen, während alle vier Männer sie im Blick behielten. Dann sagte Finn: „Das Mädchen hat ein ganz schön loses Mundwerk."

„Es tut mir *so* leid ..."

„Ganz zu schweigen von einer ziemlich brutalen Ader, einen Mann aufzuziehen, der Krebs hat", stimmte Devlin zu.

„Stimmt", murmelte Bren. Er starrte sie ein, zwei Sekunden lang an. „Das mag ich an Frauen. Himmel, wenn ich kein glücklich verheirateter Mann wäre, hätte mich das jetzt ernsthaft heißgemacht." Er kickte den ihm gegenüberstehenden Stuhl unter dem Tisch hervor. „Setzen Sie sich, Langbein."

Sie setzte sich.

„Sie wird lieber Jane genannt." Devlin stellte die dampfende und göttlich duftende Schüssel auf den Tisch, öffnete dann den Kühlschrank und sah sie über die Tür hinweg an. „Willst du was trinken?"

„Eine Cola light?" Langsam ließ die Hitze in ihren Wangen nach und vielleicht – nur vielleicht – waren sie jetzt nicht mehr so rot wie noch kurz zuvor.

„Ich schätze, du trinkst nicht wie ein Mann."

„Nun, keine Ahnung." Sie erwiderte seinen Blick. „Wenn du damit meinst, dass ich nicht die Dose über dem offenen Mund zerdrücke und hoffe, den Strahl zu erwischen …"

„Nö. Ich meine nur, ob du direkt aus der Dose trinkst." Dev seufzte. „Aber ich sehe schon auf den ersten Blick, dass du eines dieser Mädchen bist, die ihre Coke aus dem Glas trinken."

Beinahe hätte Jane gesagt, dass die Dose schon in Ordnung wäre. Ihr Freundeskreis bestand nur aus Frauen; sie war einfach nicht an stichelnde Männer gewöhnt – das war eine Spezies, die sie nie um sich gehabt hatte. Doch dann erinnerte sie sich an Hannah und ihre Mach-mich-nicht-an-Haltung gegenüber Dev, und außerdem war sie der Ansicht, dass die vier Männer mit ihrem unhöflichen Kommentar doch wirklich locker umgegangen waren. Sie hob das Kinn ein wenig. „Na klar", sagte sie mit der Stimme einer verzogenen Göre, die sich grundsätzlich nicht mit weniger zufrieden gab. „Mit Eis bitte."

Sie zog den kleinen Salat, den sie sich aus dem Café im SAM mitgenommen hatte, aus der Tasche, stellte ihn auf den Tisch, dann wühlte sie weiter auf der Suche nach der Plastikgabel, dem

Päckchen mit dem Dressing und der Serviette. Als sie schließlich alles lokalisiert hatte, knallte neben ihr ein Glas auf den Tisch. Ein großes, beschlagenes Glas Cola mit jeder Menge Eiswürfel. Sie lächelte. „Danke."

Die Mikrowelle klingelte erneut, und Devlin holte heraus, was immer auch diesmal darin war. Mit seinem Rücken konfrontiert, lächelte sie stattdessen seinen Brüdern zu.

Nur um festzustellen, dass alle drei sie bestürzt anstierten.

„Was ist?" Sie bedeckte den Mund mit einer Hand. „Habe ich etwas zwischen den Zähnen?" Was eine unlogische Frage war, nachdem sie noch keinen Bissen gegessen hatte.

„Das ist Ihr *Mittagessen*?" David starrte den kleinen Plastikbehälter an.

Sie sah ebenfalls darauf hinunter und wunderte sich, was damit wohl nicht stimmte, dass alle drei sie so voller Entsetzen anstarrten. „Ähm, ja."

„Das ist doch keine Mahlzeit, Mädchen", sagte Finn kopfschüttelnd. „Das ist Kaninchenfutter – und nicht annähernd genug, um einen Körper am Leben zu halten."

„Dev", sagte Bren. „Gib Jane eine Schüssel. Sie kann etwas von meinem Corned Beef mit Kohl haben."

„Ich esse Ihnen auf keinen Fall Ihr Essen weg!", protestierte sie empört. „Sie müssen körperlich hart arbeiten. Ich hingegen nicht so sehr."

„Sie essen mir nichts weg", versicherte ihr Bren, nahm die Schüssel entgegen, die Dev ihm reichte, und löffelte Fleisch und Kohl und köstlich duftende Brühe hinein. „Jody packt mir immer viel zu viel Essen ein und macht sich nur Sorgen, wenn ich wieder etwas zurückbringe. Sie versucht, mich zu mästen, aber ich kann zurzeit nicht allzu viel essen. Sie verhindern nur, dass ich die Reste wegwerfe."

„Hier ist Milch, Bren." Devlin stellte ein großes Glas auf den Tisch. „Nimm deine Tabletten." Er setzte sich neben Jane und sah sie an. „Iss deine Suppe." Der Blick in seinen Augen warnte sie, ja nicht zu widersprechen.

Sie nahm den Löffel, den er ihr gereicht hatte, und probierte. Alle vier Männer beobachteten sie, und sie konnte nur hoffen, dass sie nicht so unsicher wirkte, wie sie sich fühlte. Sie brachte ein Lächeln für Bren zustande und sagte die Wahrheit: „Schmeckt fantastisch."

Sie alle nickten, und er antwortete: „Verdammt richtig. Meine Jody ist eine Mordsköchin."

Die Spannung im Raum löste sich auf.

„Sollten Sie überhaupt arbeiten?", fragte sie Bren.

Die anderen Kavanagh-Brüder drehten sich wie ein Mann zu ihm und sahen ihn an. Er verdrehte die Augen. „Mannomann, fangen Sie jetzt nicht auch noch so an! Glauben Sie mir, die überlassen mir nur die Arbeit, die sogar ein Baby hinbekommen könnte. Und ich fühle mich besser, wenn ich etwas zu tun habe, statt zu Hause herumzuhängen und den Invaliden zu spielen."

Jane biss sich auf die Zunge, um nicht zu sagen, dass es sich dabei wohl kaum um ein Spiel handelte. Doch sie aß nur ihren Salat und ihre Suppe und schlürfte ihre Cola light, während sie den Männern zuhörte. Sie beleidigten einander ungestraft, aber es war deutlich zu spüren, wie sehr sie einander mochten und dass alle sich wohl in ihrer Haut fühlten.

David war ganz klar der Jüngste, aber er war in keiner Hinsicht ein Kind. Und während sie den Gesprächen lauschte, erfuhr sie, dass er bereits einen Sohn und eine Tochter hatte, wobei Letztere heute wegen Ohrenschmerzen nicht in die Schule gegangen war. Bren war der Vater dreier Mädchen. Finn war Single.

Überzeugter Single offenbar, wenn sie den gut gemeinten Frotzeleien seiner Brüder Glauben schenken durfte.

Devlin beobachtete verstohlen, wie Jane sie beobachtete. Als er vorhin ahnungslos in die Küche gelaufen war und sie mit seinen Brüdern entdeckt hatte, war er kurz erschrocken. Seit ihrer gestrigen kleinen Knutscherei hatte er sie nicht mehr zu sehen bekommen, und er hatte beschlossen, sich von ihr fernzuhalten. Denn kaum war seine Erektion abgeklungen, war ihm klar geworden, dass er sich wie ein Volltrottel verhalten hatte.

Er hatte keine Ahnung, was an Jane dran war, aber er konnte nicht länger leugnen, dass es zwischen ihnen entschieden prickelte. Jetzt neben ihr zu sitzen und gelegentlich einen Hauch ihres Birnen-und-Sandelholz-Dufts einzuatmen und sich zu fragen, was für sexy Unterwäsche sie heute wohl unter ihrem dunklen – Überraschung! – Geschäftsanzug und der ordentlichen kakaofarbenen Bluse trug, machte es ihm schwer, sich auf das Gespräch zu konzentrieren.

Er lehnte sich in seinem Stuhl zurück und musterte prüfend ihre Beine und die scharfen Schuhe, die sie heute trug: Stiefeletten mit Stilettoabsatz und so vielen Riemchen, dass eine Domina stolz gewesen wäre. Da hörte er David sagen: „Und dann ist da Dev."

„Hm?" Er riss den Blick von ihren Schuhen los und sah über den Tisch seinen Bruder an, der gerade sein Sandwich verspeiste und die letzten Chips in seine Hand schüttelte. Er warf sie sich in den Mund, deutete dann mit einem Finger auf Devlin und krümmte ihn, als hätte er eine Pistole im Anschlag. Ein paar Brösel fielen auf den Tisch. „Gut zu wissen, dass es eine Möglichkeit gibt, dich von Janes Beinen abzulenken." Er warf Jane das traurige Lächeln eines mit gespielter Besorgnis randvollen Wunderdoktors zu. „Vor dem sollten Sie sich in Acht nehmen, Jane", sagte er ernst. „Unser Dev hat in jedem Hafen ein Mädchen."

Scheiße. Er hatte immer ein Händchen für Frauen gehabt, und normalerweise schmeichelte es ihm, dass seine Brüder ihn für eine Art Globetrotter-Casanova hielten. Doch aus einem ihm unbegreiflichen Grund wollte er nicht, dass Jane den falschen Eindruck bekam.

Sie drehte nur das auf ihre Hände gestützte Kinn zu ihm. „*Wirklich.*" Ihre rauchblauen Augen maßen ihn von Kopf bis Fuß.

Gut, sie hatte keinen Grund, seinen Brüdern nicht zu glauben. Er schluckte ein kleines Schnauben hinunter. Er war weiß Gott nicht besonders sanft oder höflich mit ihr umgegangen.

„Eins sag ich Ihnen", fuhr David fort. „Man nannte ihn auch *Don Juan* Kavanagh."

„Ha!", grinste Finn. „Und ich dachte immer, er hieß ‚Ladykiller'." Er sah zu Jane. „Sie sollten besser gleich wissen, dass es diesen Kerl nirgends lange hält."

„So ist es", stimmte Bren zu. „Sobald es mir wieder gut geht, wird er wie von Furien gehetzt zurück nach Europa brausen."

Sie schenkte ihm einen langen, nachdenklichen Blick. „Nun, das klingt, als wärst du ein wirklich guter Fang."

„Und ob. Die Frauen stehen Schlange, nur um in meiner Nähe zu sein. Von manchen sagt man, dass sie sich allein bei der Vorstellung, dass ich sie verlassen könnte, im Mittelmeer ertränkt haben."

Sie legte den Kopf schief. „Bist du sicher, dass die nicht einfach diesen arroganten Schleim abwaschen wollten, der an dir klebt? Ich nehme an, das ist wie bei Schneckenschleim – da braucht man auch etwas Salziges, um ihn wieder loszuwerden."

Er konnte nicht anders: Er amüsierte sich köstlich über ihre Worte. Sie sah vielleicht streng und steif aus, aber Finn hatte recht, sie hatte ein loses Mundwerk, und immer öfter traf sie damit genau seinen Sinn für Humor.

Auch ihre Mundwinkel zuckten leicht, bevor sie sich von ihm abwandte. „Also, was bringt Sie alle heute hierher?"

Devlin hörte nur halb hin, als Bren erklärte, dass sie ein paar Tage Zeit hätten, weil sich eine Schiffsladung Mörtel für einen anderen Auftrag verzögert hatte. Er genoss es einfach, dass Janes Aufmerksamkeit wieder abgelenkt war. Denn so langsam ging ihm auf, dass er sie mochte, ihren Sinn für Humor und die Art und Weise, wie das Blut in ihre babyweichen Wangen stieg und wieder abebbte. Dabei entsprach so etwas überhaupt nicht seinen Vorstellungen. Die kleine Jane Kaplinski zu mögen, würde sich sehr schnell als eine Komplikation herausstellen, die er momentan nicht brauchen konnte.

Er setzte sich aufrechter hin. *Wovon zum Teufel sprichst du eigentlich?* Falls sie etwas miteinander anfingen – und zumindest er wäre nun wirklich nicht abgeneigt –, dann würde es überhaupt nicht kompliziert werden Denn er würde dafür sorgen, dass sie genau wusste, was sie von ihm erwarten konnte: eine lustvolle Affäre, die Spaß machte, solange sie dauerte, und vorbei war, sobald er nach Europa zurückflog.

Oder könnte es sein, dass du einfach nur so arrogant bist, wie sie behauptet?

Schließlich erschien ihm Jane eher als praktische Frau. Und solche Frauen stürzten sich normalerweise nicht in aussichtslose Beziehungen. Wenn es also darum ging, mit ihr das Bett zu teilen, sollte er sich nicht allzu großen Hoffnungen hingeben.

11. KAPITEL

Poppy hat mir einen Floh ins Ohr gesetzt – und jetzt werde ich das verdammte Ding nicht mehr los.

Es lag etwas geradezu Narkotisierendes in der Art, wie die Kavanagh-Brüder miteinander umgingen, und als Jane sie schließlich allein ließ, um ins Dachgeschoss zu gehen, fühlte sie sich überaus entspannt.

Doch dieses Gefühl hielt nicht lange an.

Nun, wie denn auch? Sie hatte einen strikten Zeitplan einzuhalten, was ihr normalerweise sehr leichtfiel. Doch ausgerechnet jetzt, wo es um die wichtigste Ausstellung ihres Lebens ging, geriet sie jeden Tag weiter ins Hintertreffen.

Also würde sie sich auf den Hosenboden setzen, und zwar umgehend. Denn sie brauchte einen freien Kopf – spätestens, wenn sie die Platzierung der Ausstellungsstücke festlegen und den Katalog zusammenstellen würde. Diese beiden Punkte waren enorm wichtig. Denn der richtige Ablauf und ein ungewöhnlicher Katalog konnten eine sowieso schon großartige Ausstellung in spektakuläre Höhen katapultieren.

Die Schmuckkollektion war kein Problem, weil die meisten der unkonventionellen Stücke sich im Kleiderschrank in Miss Agnes' Schlafzimmer befanden und die richtig wertvollen im Safe. Auch wenn einige davon noch professionell gereinigt werden mussten, so hatte sie zumindest alle Teile bereits in ihre Datenbank eingegeben.

Die Haute-Couture-Kollektion hingegen machte sie noch immer fix und fertig. Wenn sie wenigstens einen Bruchteil der Kleider ausfindig machen könnte, die sie auf Fotos von Miss Agnes entdeckt hatte! Dann würde diese Ausstellung wirklich jeden aus den Schuhen hauen. Das einzige Problem war: Sie hatte bisher tatsächlich kein einziges Stück gefunden.

Der Dachboden war modrig und kalt. In einem Schrank entdeckte sie ein paar Anzüge, Abendkleider, Mäntel und Hüte.

Doch wie die anderen Teile, die sie bereits zusammengetragen hatte, waren sie nicht besonders aufregend. Wo war nur der Rest – vor allem das mit Glasperlen bestickte Crêpekleid von Christian Dior, um das sie die ganze Ausstellung arrangieren wollte?

Mist, verdammter. Wo war der ganze Kram nur?

Sie schob alte Möbelstücke zur Seite, öffnete Truhen, spähte unter uralte Bettgestelle und tastete sogar die Schrankwände ab, in der Hoffnung, ein Geheimfach zu entdecken. Doch alles, was sie davon hatte, waren schmutzige Hände und Kleider und Spinnweben in den Haaren.

Nachdem sie jeden Winkel abgesucht hatte, ging sie hinunter in den ersten Stock. Die Männer hatten wieder zu arbeiten begonnen, Gelächter und Fluchen begleiteten das Krachen und Poltern, und diesmal war sie darüber nicht besonders entzückt. Sie pflückte sich die Spinnweben aus dem Haar und wusch sich in Agnes' Badezimmer die Hände. Ihre Schläfen schmerzten.

Die Kopfschmerzen wurden schlimmer, als sie zum zweiten Mal den Schlafzimmerschrank nach einer Geheimtür absuchte. Doch sie fand nichts.

Nichts, nichts, *nichts*.

Ihre Stimmung wurde von Minute zu Minute trüber. Sie ging in den angrenzenden Wohnbereich. Sie wusste verdammt genau, dass Miss Agnes ihr Erfolg gewünscht hatte. Die alte Dame hatte sehr gezielt bestimmt, welche Sammlungen das Seattle Art Museum als Vermächtnis bekommen sollte – warum also hatte sie Jane nicht irgendeinen Hinweis hinterlassen, wo diese Stücke zu finden waren? Jede noch so ungenaue Angabe hätte ihr jetzt geholfen. Himmel, im Moment wäre ihr sogar eine von Kinderhand gezeichnete Schatzkarte entgegengekommen.

Unter dem Kanapee entdeckte sie eine Box, doch in ihr fand sie nur zwei Überwürfe. In dem einzigen Schrank des Raumes befand sich mehr Bettwäsche als Kleidung, und die paar Stücke konnte man ebenfalls nicht als Haute Couture bezeichnen. Und dann …

Womöglich lag es an ihrer Wut darüber. Oder an der Tatsache, wie lange alles dauerte. Oder an dem ununterbrochenen Lärm aus den anderen Zimmern.

Warum auch immer: Irgendetwas in Jane machte Klick.

„Scheiße. Scheiße, Scheiße, Scheißescheiße, SCHEISSE!" Sie hämmerte mit der Faust gegen die verschnörkelte Schranktür, dann trat sie dagegen.

„Au! Verflucht!" Keuchend begann sie, im Kreis zu hinken. Der Zeh in ihrer weichen, jetzt etwas angeschmutzten Stiefelette pulsierte schmerzhaft. Sie kam sich wie ein kompletter Idiot vor. Was in aller Welt tat sie da eigentlich?

Jane Kaplinski verlor nie die Fassung. Sie hielt sich immer an ihren Terminplan und ihre üblichen Abläufe, sie gab niemals auf und sie blieb immer ruhig. Sie blieb *immer* ruhig. Sie … verlor … niemals … die … Kontrolle.

So wie sie auch niemals mit Typen wie Devlin Kavanagh herumknutschte.

Wie ein Straßenräuber, der einen aus einer dunklen Gasse anspringt, erschreckte sie dieser Gedanke, gerade so, als ob sie jemand gegen die Wand gedrückt und ihr eine Pistole an ihren Hals gehalten hätte. Doch auch während sie sich wunderte, woher *solche* Fantasien kamen, hüpfte sie weiter im Kreis.

Sie blieb unvermittelt stehen. Der Kuss und ihr demolierter Zeh waren mit einem Mal vergessen, während sie die holzverkleidete Wand neben dem Schrank anstarrte. Oder vielmehr, was davon noch übrig war.

„Oh mein Gott." Sie stieß ein leises Lachen aus, starrte in den mit Zedernholz ausgekleideten Raum, der sich geöffnet hatte. All das Hämmern und Treten hatte offenbar einen Mechanismus in Gang gesetzt, auch wenn sie um alles in der Welt nicht sagen konnte, auf welche Weise.

Was auch gar keine Rolle spielte. Denn dort vor ihr sah sie …

„Hallo, ihr Schönheiten." Dieses Mal lachte sie voller Wonne, sie trat in den langen, schmalen Raum und strich liebevoll über die vermissten Ausstellungsstücke.

Designerkleider, anmutige Kostüme und formelle Abendkleider hingen auf gepolsterten Kleiderbügeln. Das Dior-Kleid war genauso wunderschön, wie sie es sich vorgestellt hatte. Sie öffnete die Schachteln, die unter den Regalen verstaut waren, und fand Schuhe, Schals, Hüte und Handschuhe.

Natürlich hatte sich nichts davon auf dem Dachboden gefunden. Die Feuchtigkeit und schwankende Temperaturen hätten den Kleidern schwere Schäden zugefügt. Ganz zu schweigen von der Tatsache, dass sie einen Moment lang vergessen hatte, wie sorgsam Miss Agnes immer mit ihrer Garderobe umgegangen war.

Jane sprang aus dem begehbaren Schrank. Sie musste Ava und Poppy anrufen! Laut lachend raste sie die Treppe hinunter in den Salon und holte ihr Handy aus der Tasche. Da Ava die erste gespeicherte Nummer in ihrem Adressbuch war, rief sie bei ihr zuerst an.

„Hallo, das ist die Mailbox von Ava Spencer. Ich kann im Moment nicht rangehen, also hinterlassen Sie bitte ..."

Verflucht. Sie wollte mit Ava persönlich sprechen und keine Nachricht hinterlassen. Also bat sie einfach nur um einen Rückruf. Sie wollte gerade die nächste Nummer wählen, als ihr einfiel, dass Poppy sowieso gleich vorbeikommen würde, um ihr zu helfen. In weniger als zwanzig Minuten. Es brachte sie fast um, ihre Entdeckung so lange noch für sich behalten zu müssen. Doch sie kannte niemanden, der so sehr von seiner rechten Gehirnhälfte gesteuert war wie Poppy, und deswegen sollte man sie niemals im Auto anrufen. Davon abgesehen wäre es viel aufregender, ihr die Entdeckung auch gleich zu *zeigen*.

Also konnte sie durchaus warten.

Nur hätte sie wissen müssen, dass Poppy sich verspäten würde. Als sie zum fünften Mal hinunter in den Salon rannte, um zu sehen, ob ihre blonde Freundin endlich angekommen war, schrie sie: „Ich dachte schon, du würdest überhaupt nicht mehr kommen!"

Poppy, die gerade einen farbenfrohen Schal abwickelte, hielt mitten in der Bewegung inne. Eine dunkle Augenbraue schoss in die Höhe. „Habe ich mich in der Zeit vertan?"

„Nein, nein, für deine Verhältnisse bist du sogar relativ pünktlich. Aber ich habe eine fantastische Entdeckung gemacht, die ich dir unbedingt zeigen muss, und mir kam jede Minute vor wie eine Ewigkeit." Sie winkte ab. „Egal, jetzt bist du ja hier, und Gott sei Dank hast du daran gedacht, deinen Laptop mitzubringen."

„Du hast doch gesagt, dass ich ihn mitbringen soll."

„Mhm." Lächelnd betrachtete sie Poppys mit Farbe besprenkelte Hände. „Und du bist ja auch nicht etwa bekannt dafür, dass du sogar deinen eigenen Namen vergisst, wenn du mitten in einem Kunstprojekt mit deiner Jugendgruppe steckst."

„Genau deswegen hatte ich ja gleich zwei Wecker im Klassenzimmer aufgestellt." Poppy grinste.

„Wie auch immer, vergiss das alles. Komm mit mir nach oben – das musst du einfach sehen." Sie schnappte sich die Hand ihrer Freundin und zog sie hinter sich her die Treppe hinauf.

In Miss Agnes' Wohnzimmer angekommen, deutete Jane auf das klaffende Loch in der Wand. „Na?", fragte sie mit einer ausladenden Handbewegung. *„Was sagst du dazu?"*

„Heiliger Scheibenkleister!" Poppy lief hinüber, um den mit Zedernholz ausgekleideten Raum zu inspizieren. „Das ist ja ein verdammter Schrank. Ein verdammter *Geheimschrank*." Sie drehte sich verblüfft zu Jane um. „Wie hast du den gefunden?"

„Reiner Glücksfall", gestand Jane. „Nun, das plus einem Wutausbruch meinerseits."

Das lenkte nun doch Poppys Aufmerksamkeit von dem Schrank ab. „*Du* und ein Wutausbruch? Das sieht dir aber gar nicht ähnlich."

„Ich weiß." Jane lachte. „Und ich war noch nie zuvor so froh über einen Wutausbruch. Ich habe seit der Testamentseröffnung überall nach Miss Agnes' Designerklamotten gesucht."

„Ich frage mich schon die ganze Zeit, warum sie dir nicht erzählt hat, wo sie sie aufbewahrt." Poppy beugte sich schulterzuckend vor. „Bestimmt steckt in irgendeinem Buch eine Nachricht für dich. Oder in ihrem Tagebuch. Was zum Teufel sind das für Dinger da auf dem Boden?" Sie ging in die Hocke, berührte eines und rümpfte die Nase. „Iih. Die kleben ja ..."

„Mausefallen."

Poppy riss die Hand zurück. „Oh."

„Die Tatsache, dass nichts drin steckt, scheint mir ein gutes Zeichen zu sein. Miss Agnes war ein wirklicher Profi. Dieser Schrank hat einen Temperaturregler und ist so gebaut, dass niemals direktes Sonnenlicht auf die Kleider fällt. Dabei fällt mir ein, dass ich unbedingt noch herausfinden muss, wie viele Vitrinen wir im Museum haben, die UV-Licht filtern." Sie tätschelte ihre leeren Taschen. „Wenn ich einen Stift hätte, würde ich mir das jetzt aufschreiben." Sie hockte sich neben Poppy. „Außerdem muss ich noch herausfinden, wie ich diesen Schrank überhaupt geöffnet habe, damit ich ihn weiterhin nutzen kann, bis alles ins SAM geliefert wird." Sie fuhr mit einer Hand über die Bodenleiste, konnte aber keinen Hebel finden.

Ihre Hochstimmung verflog bei der Vorstellung, wie lange es dauern würde, diesen verdammten Mechanismus zu enträtseln. Von unten hallte ein lautes Krachen nach oben, gefolgt von unfeinen Bemerkungen aus mehreren Mündern. Sie sah Poppy an.

„Männer", murmelte sie. „Die sind wirklich von einem anderen Stern. Sie sind laut und ungehobelt, und ich gebe gerne zu, dass ich nicht immer verstehe, wie sie funktionieren. Aber trotzdem, gewisse Dinge beherrschen sie – handwerkliche Dinge, von denen ich überhaupt keine Ahnung habe. Und das kann sehr ..."

„Anziehend sein?", schlug ihre Freundin vor. „Praktisch? *Hilfreich?*"

„Und ob!"

„Scheint eine universelle Wahrheit zu sein, dass sie es herrlich finden, wenn Frauen ihr Talent bewundern." Poppy hob wieder eine perfekt gezupfte Augenbraue. „Wäre eigentlich schade, wenn wir ihnen unsere Dankbarkeit *nicht* zeigen würden."

Jane nickte feierlich. „Wäre wirklich reine Verschwendung."

Sie erhoben sich gleichzeitig und liefen in den Wintergarten. Doch am Türrahmen angekommen, blieben sie wie angewurzelt stehen. Lärm und Durcheinander regierten in diesem Raum, er wirkte wie ein unbekanntes Universum, in dem ausschließlich Testosteron triumphierte. Als sie das letzte Mal hier gewesen war, hatte Devlin gerade erst damit angefangen, den Raum einzureißen. Doch nun arbeiteten vier Männer zusammen, jeder von ihnen hatte eine andere Aufgabe, die jedoch jeweils lautes Werkzeug und kreatives Fluchen beinhaltete.

Und Schweiß.

Flanellhemden waren ausgezogen worden, T-Shirts klebten an feuchten Muskeln.

Die Kavanagh-Brüder sahen alle wirklich sehr, sehr, sehr fit aus.

Okay, Jane brauchte einen langen Moment, um noch etwas anderes zu bemerken außer den breiten Schultern und den angespannten Muskeln in Devlins Rücken. Doch nachdem sie an seinem wirklich sehr hübschen, den Stoff seiner Jeans äußerst strapazierenden Hintern vorbeigeblickt hatte, stellte sie fest, dass es sich hier um ein außerordentlich kontrolliertes Chaos handelte.

David entdeckte sie zuerst. Er legte den Bohrer aus der Hand, kletterte über einen Holzhaufen und nahm eine Flasche Gatorade aus einer Kühltasche. Als er sich wieder aufrichtete, fiel sein Blick auf die beiden Frauen. „Hey", rief er leichthin, dann lief er zu Bren, stupste ihn an und zeigte mit dem Kinn in ihre Richtung, während er seinem Bruder die Flasche reichte.

Bren schaute zu ihnen, während er die Hälfte der Flasche in einem Schluck hinunterschüttete. Er sah ein wenig blass aus. „Hallo Ladies."

Finn reckte den Hals, um ihnen über die Schulter einen Blick zuzuwerfen. Mit seinem Stemmeisen stieß er Devlin an.

Devlin nahm die Ohrstöpsel heraus. „Was?"

„Minirockalarm."

„Ist das so was wie Feueralarm?", wunderte Poppy sich lauthals.

„Ich schätze, mit Minirock sind wir gemeint", murmelte Jane. „Obwohl keine von uns einen trägt."

Ihre blonde Freundin zuckte freundlich mit den Schultern. „Man hat uns schon schlimmere Namen gegeben, würde ich sagen."

Devlin ignorierte das zugegebenermaßen kindische Geplänkel und stand mit einer einzigen fließenden Bewegung auf. Er wischte sich mit dem Unterarm über die Stirn und durchquerte den Raum. „Kann ich irgendwie helfen, Ladies?"

„Ich möchte dich um einen Gefallen bitten." Er trat viel zu nah auf sie zu, und sie musste den Kopf zurücklegen. „Es ist nichts Dringendes, aber wenn einer von euch mal eine Minute Zeit hätte, mir kurz zu helfen?"

„Klar. Worum geht es denn?"

„Ich habe einen versteckten Schrank in Miss Agnes' Wohnbereich entdeckt, und ich habe keine Ahnung, wie ..."

Sie stellte fest, dass sie in einen leeren Raum hineinsprach. Jeder einzelne Kavanagh hatte das Zimmer bereits verlassen.

Sie fand sie allesamt in Miss Agnes' Wohnbereich. Die Brüder hockten entweder auf dem Boden oder krabbelten herum. Sie inspizierten den Schrank mit einer Ernsthaftigkeit, als wären sie Wissenschaftler, die kurz davor stünden, endlich ein Heilmittel gegen Grippe zu finden.

Sie sah Poppy an, die ihr ein schiefes Lächeln zuwarf.

„Wie haben Sie ihn aufbekommen?", fragte Bren.

„Nun, das ist es ja. Ich ... also ich habe einen Moment lang die Fassung verloren und hier gegen diesen Pfosten getrommelt. Es könnte auch sein, dass ich dagegengetreten habe." Sie schluckte. „Wie auch immer, die Wand öffnete sich, aber ich weiß nicht, *wie*. Ich hatte gehofft, Sie könnten mir das verraten." Sie sah an ihm vorbei zu Devlin, der im Schrank saß und mit einer Taschenlampe die Holzarbeiten um die Öffnung herum ableuchtete.

Instinktiv trat sie einen Schritt vor. „Devlin, bitte. Du wirst gleich gegen meine Kollektion stoßen, und du bist ein kleines bisschen ... verschwitzt." Allerdings konnte sie nicht anders, als ihm zuzugrinsen. Weil sich *ihre* Kollektion hier direkt vor ihr befand. Witzig, wie schnell sich alles ändern konnte. Vor einer Stunde noch hatte sie geglaubt, dass ihre schillernde Zukunft im SAM ein Wunschtraum bleiben würde.

Und wegen eines einzigen dummen Wutausbruchs hatte sie nun wieder die glänzendsten Aussichten.

Devlin hielt inne und starrte sie an. Sein Blick glitt über sie wie flüssige Seide. Sie bewegte die Schultern, dann wandte sie sich an Poppy. Und räusperte sich.

„Wir sollten die Stücke wohl am besten in den Salon bringen, um sie zu katalogisieren." Sehr gut, ihre Stimme hatte sich nicht überschlagen. Was hatte dieser Mann nur an sich? „Wenn die erst einmal wieder zu arbeiten anfangen, werden wir nicht mehr in der Lage sein, unsere eigenen Gedanken zu hören."

„Hey, diese Bemerkung gefällt mir nicht", rief David fröhlich, während er die Hände über die Verzierung des Schrankes wandern ließ.

„Hab ich dich, du Miststück!", murmelte Dev. Dann rief er: „Ich habe den Hebel gefunden."

Alle drehten sich zu ihm um.

Er warf seinen Brüdern ein stolzes Lächeln zu. „Hier, ich drücke ihn mal runter. Bewegt sich da draußen was?"

„Ja! Das ist es", schrie David.

Die Kavanaghs spielten noch weitere zehn oder fünfzehn Minuten an dem Mechanismus herum. Sie öffneten und schlossen die Tür, einmal, während Devlin noch im Schrank war, um zu sehen, ob er auch allein herauskam, und dann noch mehrmals hintereinander. Sie lachten viel und zogen sich gegenseitig auf wie zuvor unten in der Küche.

Schließlich rissen sie sich von ihrem Spielzeug los und gingen zurück an die Arbeit. Jane und Poppy sahen ihnen hinterher.

„Mein Gott", keuchte Poppy, als sie kurz darauf jeweils mit

einem Armvoll Kleidern die Treppe hinunterliefen. „Das sind vielleicht ein paar Typen. Normalerweise stehe ich nicht auf Männer, die zehn Jahre älter sind als ich, aber dieser Glatzkopf hat irgendetwas an sich ..."

„Vielleicht die Tatsache, dass er verheiratet ist", sagte Jane trocken. „Und bevor du dich auf David einschießt – er auch." Auf Poppys fragenden Blick hin erläuterte sie: „Der mit dem hellbraunen Haar. Er ist der jüngste Bruder."

„Und wie bist du mit einem Mal zur Expertin in Sachen Kavanaghs geworden?"

Sie zuckte mit den Schultern. „Ich habe mit ihnen zu Mittag gegessen."

Poppy blieb mitten auf der Treppe stehen. Als der Kleiderberg ihr aus den Armen zu rutschen drohte, umfasste sie ihn fester und lief weiter. Aber erst, nachdem sie Jane einen mahnenden Blick zugeworfen hatte. „Du lügst wie gedruckt, Mädchen!"

„Nein, Pfadfinderehrenwort." Vorsichtig legte Jane ihre Schätze auf die Couch im Salon und erklärte, wie es dazu gekommen war, dass sie mit einer Horde Handwerker zu Mittag gegessen hatte.

„Vier muskulöse Männer und du, hm?" Poppy rieb mit einer Hand über ihre Brust. „Still, mein Herz. Ich bin ja allein schon vom Zuhören erregt."

„Komm wieder runter. Sonst muss ich dir wohl eine kalte Dusche verpassen."

Ihre Freundin lachte sie an. „Und was ist mit dem sexy Mönch? Ist er auch verheiratet?"

Die Bezeichnung amüsierte Jane. „Das dachte ich auch, als ich Finn gesehen habe! Zumindest, bis ich ihn dabei erwischt habe, wie er mich von Kopf bis Fuß gemustert hat. Und nein, er ist Single. Und offenbar wild entschlossen, einer zu bleiben, falls man das Gespräch beim Mittagessen ernst nehmen kann."

„Kein Problem. Ich habe nicht vor, den Mann zu heiraten – sondern vielleicht einfach ein bisschen Spaß mit ihm zu haben."

Jane öffnete und schloss ihre rechte Hand. „Blablabla."

Ein kleines Lächeln umspielte Poppys Lippen. „Vielleicht. Vielleicht nicht. Aber du musst schon zugeben: Er sieht aus, als ob er die erogenen Zonen einer Frau sehr genau kennen würde." Ihr Lächeln wurde ironisch. „Ganz zu schweigen von dieser unartigen Priesterausstrahlung, die er hat." Dann drehte sie sich rasch um. „Aber lass uns von dir sprechen, Janie. Wann wirst du eine heiße Affäre mit diesem ach so aufregenden Dev anfangen?"

Ihr Herz schlug einmal heftig. „Äh, nie?"

„Jane, Jane, Jane." Poppy schüttelte traurig den Kopf, ihr Pferdeschwanz schwang wild zu der Bewegung. „Was sollen wir nur mit dir anstellen? Du bist nämlich wirklich auf dem falschen Dampfer, weißt du."

Jane versuchte, den Mund zu halten. Sie versuchte es wirklich. Und doch sagte sie langsam: „Lustig, dass du das Wort Dampfer erwähnst. Denn wie es aussieht, wird Dev nur so lange in Seattle bleiben, bis es seinem Bruder wieder gut geht. Und dann wird er zu seinen Segeljobs in Europa zurückkehren."

„*Wirklich.*" Poppy studierte ihr Gesicht. „Nun, das ist mal interessant. Denn wenn du vielleicht doch überlegst, eine heiße, leidenschaftliche Affäre mit diesem Mann zu beginnen, dann hättest du damit zwei Fliegen mit einer Klappe geschlagen, oder nicht? Angesichts deiner persönlichen Kriterien und so. Du könntest dir ein bisschen Spaß mit einem Typen gönnen, der sich mit Frauen garantiert gut auskennt – und zugleich diesen anstrengenden Beziehungskram vermeiden, vor dem du solche Angst hast."

Jane hob das Kinn. „Ich habe vor gar nichts Angst. Und außerdem weißt du genau, dass eine heiße, leidenschaftliche Affäre nicht mein Stil ..." Sie brach ab, weil sie an den Kuss denken musste.

Warf ihrer Freundin einen Blick zu.

Musterte ausführlich ihre Fingernägel.

Warum sollte sie nicht tatsächlich eine kurze Affäre eingehen? Was konnte das schon schaden? Leidenschaft war doch keine schlechte Sache, wenn sie zeitlich beschränkt war, beide die Regeln kannten und es einen Anfang und ein Ende gab. Sie würde aus erster Hand sexuelle Erfahrungen sammeln, was mit Sicherheit hilfreich war, um all die Künstler zu verstehen, mit denen sie beruflich zu tun hatte.

Und ganz ehrlich: Devlin reizte sie wie kein anderer Mann zuvor. Er war intelligent, weltgewandt und bei Gott sexy. Und er würde wieder *aus ihrem Leben verschwinden*.

Diese Kombination war im Grunde unschlagbar.

Sie sah Poppy wieder an. „Okay, ich will mich auf keinen Fall voreilig festlegen. So eine kleine Affäre könnte vielleicht wirklich nicht schaden."

12. KAPITEL

Ich frage mich, warum mir Miss A. nie von der Geheimtür erzählt hat. Ava meint, Miss A. glaubte vielleicht, es mir gesagt zu haben. Jedenfalls bin ich für meinen Wutanfall wirklich dankbar. Sich vorzustellen, ich hätte Marjorie sagen müssen, dass ich die Kleider nicht finden kann! Dann wäre meine Karriere so was von im Eimer gewesen.

Gordon ging inzwischen auf dem Zahnfleisch. Ihm war natürlich klar gewesen, dass er warten musste, bis Jane die Wolcott-Villa verließ. Doch mit einem Haufen Handwerker hatte er nun wirklich nicht gerechnet.

Allerdings war bald achtzehn Uhr, und viel länger würden die wohl nicht bleiben. Aus Furcht, dass ein neugieriger Nachbar auf ihn aufmerksam werden würde, wenn er noch einmal den Block umrundete, fuhr er langsam die Parallelstraße entlang. Auch von hier aus war die Villa gut zu sehen, und als er das Fenster herunterkurbelte, konnte er auch den Baulärm aus dem oberen Stockwerk hören.

Er parkte. War doch egal. Niemand schien ihm auch nur die geringste Aufmerksamkeit zu schenken, also nahm er sich einen Moment Zeit, die Villa genau unter die Lupe zu nehmen.

Heilige Scheiße! Das Gebäude war wirklich gigantisch. Es schmiegte sich an die Westseite der Queen Anne. Von dort aus hatte man einen fantastischen Blick auf den Lake Union und das Wahrzeichen von Seattle, den anlässlich der Weltausstellung im Jahr 1962 erbauten Aussichtsturm, die Space Needle. Zudem überblickte man den nördlichen Teil der Innenstadt. Das Gebäude selbst wirkte überraschend heruntergekommen, vor allem im Vergleich mit den aufgemotzten Häusern in der Nachbarschaft. Doch allein das Grundstück musste ein Vermögen wert sein.

Und ein Drittel davon gehörte Jane.

Das hatte er nicht etwa von ihr erfahren. Auch niemand im Museum wusste offenbar davon. In ihren Kreisen sprach man wohl nicht über so eine immense Erbschaft, und wenn die kleine Miss Perfekt etwas war, dann ja wohl gut erzogen. Die beherrschte diesen ganzen Umfangsformenmist aus dem Effeff.

Das geizige Miststück.

Nun, er war vielleicht nicht gut erzogen, aber tüchtig. Er war in diesem ziemlich üblen Wohnsilo aufgewachsen. Und wenn er etwas gelernt hatte, dann, wie wichtig es war, sich Informationen über den Gegner zu beschaffen. Also hatte er sich mal ein bisschen umgehört. Was natürlich kein Kunststück war, denn ein Kurator, der nicht wusste, wie man recherchierte, hatte nun wirklich den falschen Job gewählt.

Und Gordon Ives machte keine Fehler – weder beruflich noch privat. Er war in seinem Job verdammt gut. Um genau zu sein, besaß er ein tieferes Kunstverständnis als die meisten anderen.

Und er hatte herausgefunden, dass Jane Kaplinski nicht etwa nur die Kuratorin der Wolcott-Ausstellung sein sollte.

Nein, Sir.

Sie und ihre schillernden Freundinnen hatten den ganzen beschissenen Kuchen abbekommen. Hatten das gesamte Vermögen geerbt.

Das war verdammt noch mal des Guten zu viel. Wieder mal bestätigte sich, dass die Reichen immer reicher wurden. Verflixt, sie wurden nicht nur reicher, sie wurden auch noch befördert und besonders zuvorkommend behandelt.

Während Typen wie er einen Scheißdreck bekamen.

Er merkte, wie er sich am ganzen Körper versteifte, er bemühte sich, seinen Kiefer zu entspannen, seinen Nacken, seine Schultern, seinen Magen. Er atmete ein paar Mal tief ein und aus, ließ den Kopf von einer zur anderen Seite rollen. Schüttelte seine Hände aus. Er konnte es sich nicht leisten, so von der Rolle zu sein. Vor allem nicht jetzt. Er war cool, er hatte alles unter Kontrolle, und daran würde sich nichts ändern, bevor der Job nicht erledigt war. Hinterher konnte er jederzeit Dampf ablassen, aber bis dahin musste er sich verdammt noch mal zusammenreißen.

Klug handeln.

Apropos klug: Er musste jetzt wirklich wieder verschwinden, bevor die Nachbarn doch noch auf ihn aufmerksam wurden. Man wusste doch nie, was für eine Art von Nachbarschaftshilfe in so einer schicken Gegend üblich war. Vermutlich instruierten die ihre südamerikanischen Hausmädchen, mit ihren großen braunen Augen Tag und Nacht nach Fremden auf der Straße Ausschau zu halten.

Er fand nicht allzu weit entfernt einen Parkplatz. Er schnappte sich seinen Burberry-Regenmantel – nur falls der Himmel seine Schleusen öffnete, was um diese Jahreszeit nicht ungewöhnlich wäre. Er faltete ihn ordentlich zusammen und steckte ihn in den Rucksack, den er zusammen mit einer großen Tasche mitgebracht hatte, um seine Fundstücke nach Hause zu transportieren. Dann schloss er den klapprigen Chevy ab, den er gegen seinen schönen Lexus eingetauscht hatte – ein großes Opfer, das er wegen Eddies Schlägern hatte bringen müssen – und marschierte zurück in die Straße, in der die Wolcott-Villa stand.

Genau in diesem Moment fuhren drei Autos rückwärts aus der Auffahrt.

Ja! Wurde auch Zeit. Er sah ihnen nach, dann spazierte er die Straße hinunter.

Die Auffahrt war nun vollkommen leer. Um kein Misstrauen zu erregen, lief er auf die Villa zu, ohne sich umzublicken, als ob ihm das Anwesen höchstpersönlich gehörte.

Kurz darauf stand er vor der Küchentür. Hier wagte er es, sich kurz umzuschauen. Der abgeschiedene Garten war klein und zugewachsen, und die Villa selbst hätte ein paar neue Farbschichten wirklich gut gebrauchen können. Doch das war nicht sein Problem. Er war schließlich nicht als Käufer hier, sondern eher als … Anleihenehmer sozusagen. Über seine eigene Gerissenheit lächelnd, fischte er einen Schlüssel aus der Tasche.

Dann schüttelte er mit höhnischem Mitgefühl den Kopf. Arme Jane. Sie war so verdammt berechenbar. Es musste ätzend sein, mit so wenig Fantasie durchs Leben zu gehen. Er hatte bei

Gott mehr Fantasie in seinem kleinen Finger als sie in ihrem ganzen magersüchtigen Körper.

Denn: Wo verstauten Frauen im Büro ihre Handtaschen? Na klar, in ihrer Schreibtischschublade. Und genau dort hatte er ihre entdeckt, in der untersten Schublade, die sie nicht abgeschlossen hatte. Und als Mann mit einem scharfen Blick für Details hatte er weniger als zwei Sekunden gebraucht, um den Hausschlüssel vom Schlüsselbund zu entfernen.

Nicht, dass es besonders schwer gewesen wäre, den schimmernden neuen Schlüssel von den anderen matteren zu unterscheiden – vor allem, wenn einer davon ein Autoschlüssel war. Und er hatte auch keinen Geheimagententrick nötig gehabt, hatte den Schlüssel nicht in eine Dose mit Kitt gedrückt. Erstens, weil er niemanden kannte, der tatsächlich einen Schlüssel nach einem Abdruck herstellte. Und zweitens, weil er eben ein Adrenalinjunkie war.

Allerdings ein Adrenalinjunkie, der seine überbordende Intelligenz nutzte. Er hatte einfach einen Tag gewählt, an dem Jane über die Fortschritte der Ausstellung berichtete. Kaum war sie in Marjories Büro verschwunden, hatte er den Schlüssel an sich genommen und war ein paar Straßen weiter zu einem Schlüsseldienst gelaufen. Er hatte einen Zweitschlüssel anfertigen lassen und das Original wieder rechtzeitig an Janes Schlüsselbund befestigt.

Und jetzt stand er hier, bereit, sein Schicksal zu wenden.

Er schloss die Küchentür auf und deaktivierte die Alarmanlage. Dann sah er sich um.

Es gab nicht viel zu sehen – nur eine Küche, die weder besonders schön noch haarsträubend hässlich war. Jedenfalls lagen keine Goldbarren herum, die nur darauf warteten, von ihm eingesammelt zu werden. Und deswegen interessierte es ihn auch einen Dreck, wie es in der Küche aussah. Er trat in den Flur.

„Ich bin am Verhungern", hörte er eine Frauenstimme aus dem Raum mit dem Türbogen am Ende des Flurs. „Ich schau mal, ob irgendwas im Kühlschrank ist."

Gordon presste sich an die Wand. So gewaltig wie sein Herz hämmerte, wunderte es ihn, dass die Alarmanlagen der Autos der Nachbarn nicht losgingen.

Scheiße! Scheiße, Scheiße, Scheiße! Als er die Autos hatte wegfahren sehen, war er davon ausgegangen, dass alle das Haus verlassen hatten. Nun, das war ganz offensichtlich nicht der Fall. Und das alte Sprichwort über den Tag, den man nicht vor dem Abend loben sollte, passte in diesem Moment für seinen Geschmack einen Tick zu gut. Jedes einzelne Wort, das die Frau sagte, machte deutlich, dass sie sich dem Flur näherte. Wo er verharrte wie das verfluchte Kaninchen vor der Schlange.

Er war erledigt. Verzweifelt blickte Gordon sich um, nur um bestätigt zu sehen, was er sowieso schon wusste – dass es keine Fluchtmöglichkeit gab. Nicht ohne wieder den Flur zu durchqueren.

Vorsichtig schob er sich an der Wand entlang.

„Du und dein Hunger", hörte er Janes Stimme. „Wenn du noch zehn Minuten warten kannst, lade ich dich zum Essen ein."

„Du überlegst tatsächlich, endlich Feierabend zu machen?" Die Stimme der anderen Frau klang überrascht, und zum Glück wurde sie wieder leiser, gerade so, als ob sie wieder zurück in den Salon gegangen wäre. „Ich war mir sicher, dass du inmitten deiner Couture-Stücke dein Lager aufschlagen würdest, um deine Entdeckung angemessen zu feiern."

„Du bist ja so was von witzig, Poppy."

Seine Erleichterung wandelte sich in Wut auf die beiden Frauen, die ihn in eine solche Situation gebracht hatten. Wie konnte sich eine erwachsene Frau überhaupt Poppy nennen? Wie zum Henker hieß dann wohl Janes andere Freundin? *Muffy?* Und ging sie mit Männern namens Biff aus? Kopfschüttelnd wagte er es, über den Flur in die Küche zu laufen.

„Jedenfalls", hörte er Jane fortfahren, „haben wir heute Nachmittag einen tollen Start hingelegt. Ich kann dir gar nicht sagen, wie froh ich bin, endlich diese ganzen Klamotten gefunden zu haben! Zwar nicht froh genug, um zwischen ihnen zu übernachten, aber auf jeden Fall sehr erleichtert. Nachdem wir jetzt alle Teile katalogisiert haben, können wir sie wieder zurück in den Schrank räumen. Das hier allerdings nicht!"

„Aber hast du nicht gerade gesagt, dass wir heute alle Teile katalogisiert haben?", wollte ihre Freundin wissen.

„Ich weiß, ich weiß." Janes Verlegenheit war sogar von der Küche aus zu hören. „Aber das Dior-Kleid ist mein Talisman. Ich will es während meiner Arbeit die ganze Zeit bewundern können. Ich werde hier fertig sein, lange bevor die Jungs sich um das untere Stockwerk kümmern, also brauche ich mir keine Sorgen wegen des Umbaustaubs zu machen."

„Das Kleid ist wirklich umwerfend", stimmte die Frau mit dem albernen Namen zu. „Und als Mittelpunkt der Haute-Couture-Ausstellung der absolute Hammer."

„Ja, oder? Ich bin so aufgedreht. Aber egal. Wenn du mir hilfst, die Klamotten nach oben zu bringen, lade ich dich zu der größten Platte ein, die es bei Mama's Kitchen gibt."

Während die Frauen weiterplauderten, zog Gordon leise die Tür der Besenkammer auf, blickte hinein und stellte fest, dass er sich irgendwie hineinquetschen könnte. Allerdings war er sich nicht sicher, ob ihm das gelingen würde, ohne den Besen und den Wischmopp umzuwerfen. Behutsam lief er durch die Küche auf eine andere Tür zu, die nicht in die Halle führte und wohl auch nicht auf den Hinterhof. Er drehte den Knauf und zog die Tür einen Spalt auf. Die Scharniere quietschten.

Von seinem Kopf abgesehen, den er herumriss, um über seine Schulter zu spähen, erstarrte er. Doch er hörte keine Ausrufe von Jane oder ihrer Freundin und auch keine Schritte auf der Treppe. Er stieß den Atem aus, von dem er erst jetzt merkte, dass er ihn angehalten hatte. Er linste durch den Spalt.

Ha, eine Waschküche. Er schlüpfte durch die Tür und zog sie hinter sich zu. Neben der Waschmaschine und dem Trockner stand ein Schrank, in den ein mittelgroßer Mann ohne Probleme hineinpasste, wenn er sich ein wenig zusammenfaltete. Gordon kletterte hinein, setzte sich mit an die Brust gezogenen Beinen auf den Boden und schloss die Tür.

Dann begann er zu warten ...

Und zu warten ...

Und noch etwas zu warten.

Nach über zehn Minuten hörte er, wie die Frauen die Küche betraten. Durch die beiden stabilen Türen hindurch konnte er nur einzelne Worte ihrer Unterhaltung verstehen. Doch immerhin genug, um zu wissen, dass sie sich zum Weggehen bereit machten.

Und dann endlich – *endlich!* – hörte er die Küchentür zuknallen.

Er wartete weitere fünf Minuten, die ihm eher wie eine halbe Stunde erschienen, bevor er aus dem Schrank kraxelte. So zusammengestaucht zu sitzen, hatte seine Muskeln steif werden lassen. Er humpelte durch die Waschküche zur Tür – dann blieb er mit der Hand am Türknauf stehen.

Dies war der Moment der Wahrheit. Die Tür war massiv, deswegen konnte er nicht wirklich sicher sein, dass die Küche leer war. Aber nicht nur war das Glück momentan immer auf seiner Seite, zudem hatte seine Mutter nun wirklich keinen Feigling großgezogen.

Er drehte den Knauf. Schob die Tür vorsichtig auf.

Und sah, dass die Küche leer war.

Erleichtert atmete er auf, denn auch wenn das Glück zurzeit meist auf seiner Seite war, oft hatten diese *Gestopften* noch einen Trumpf im Ärmel. Und das, obwohl sie sowieso schon alle Vorteile hatten, gute Ausbildung, Beziehungen und Vermögen, doch waren sie jemals zufrieden? Aber nein. Stattdessen setzten sie Leuten wie ihm auch noch den Fuß in den Nacken. Äußerst achtsam verließ er die Küche ein zweites Mal, schlich durch den Flur in den Raum, in dem er die beiden Frauen hatte sprechen hören, und spähte um den Türpfosten herum.

Dann trat er unter den Türbogen und sah sich mit offenem Mund um. „Ach du grüne Neune."

Der Raum erinnerte an eine Räuberhöhle. Eine Kostbarkeit nach der anderen stapelte sich in Regalen, auf dem Boden und ... nun auf jedem freien Platz. Gordon war so verblüfft, dass er nicht wusste, wo er anfangen sollte.

Verflixt. Jeder einzelne Artikel, den er jemals über die alte Lady Wolcott gelesen hatte, hatte gestimmt. Diese Frau war wirklich eine exzellente Sammlerin gewesen.

Als Junior-Kurator war er fasziniert von dem Umfang der Sammlungen, ganz zu schweigen von der Qualität und der Vollständigkeit. Und als Mann, über dem das Damoklesschwert baumelte, sah er sofort die Lösung all seiner Probleme.

Yes, Sir! Er lächelte breit. Er war wirklich ein verfluchter Glückspilz.

Am liebsten hätte er alle Stücke genauestens unter die Lupe genommen. Für diese ägyptischen Regency-Schnupftabakdosen beispielsweise würde er ein Vermögen bekommen.

Doch sein Ziel war es, die Aufmerksamkeit möglichst nicht auf den Diebstahl zu lenken. Und das war nur möglich, wenn er ein Teil aus der einen und ein Teil aus der nächsten Sammlung mitgehen ließ. Wenn er Fast Eddie erst einmal los war, konnte er immer noch in Ruhe überlegen, was er sich selbst unter den Nagel reißen wollte. Er entdeckte schon auf den ersten Blick mehrere Sammlerstücke, die sein nächstes Pokerturnier finanzieren könnten.

Und doch spazierte er eine Zeit lang einfach nur umher, er fasste nichts an und begehrte nichts. Er bewunderte einfach nur die Schönheit.

Er hätte womöglich sogar seinen Traum, ein gefeierter Pokerstar zu werden, an den Nagel gehängt und weiter als unterbezahlter Kurator gearbeitet, wenn ihm eine Ausstellung mit solchen wunderbaren Objekten angeboten worden wäre. Die alte Dame hatte wirklich gewusst, was sie tat.

Aber er war Realist. Und realistisch betrachtet würden Ausstellungen von diesem Kaliber immer an diese Jane Kaplinskis der Welt gehen: Leute mit der richtigen Ausbildung und den richtigen Beziehungen. Typen, die ihren Abschluss an einer staatlichen Schule gemacht hatten und in Stadtteilen wie er aufgewachsen waren, würden in dieser Branche immer erst an zweiter Stelle stehen.

Er rief sich wieder in Erinnerung, warum er hier war, machte sich in Gedanken Notizen über einige Möglichkeiten, dann verließ er den Raum, um sich weiter umzusehen.

Das gesamte Haus war eine Goldgrube, entschied er eine Dreiviertelstunde später. In fast jedem Raum befanden sich ganz unglaubliche Objekte.

Er rollte einige aus der ersten Etage in die Küchenhandtücher ein, die er mitgebracht hatte, und steckte sie in seinen Rucksack. Doch das war noch nicht genug, um ihn von seinen Schulden zu befreien. So ungern er eine der Sammlungen im unteren Salon auseinanderriss, wo Jane offenbar einen Großteil ihrer Arbeitszeit verbrachte und deswegen am ehesten bemerken würde, wenn etwas fehlte, so befanden sich genau dort die Sahnestückchen von Agnes Wolcotts Schätzen.

Also lief er wieder hinunter.

Im Herrenzimmer oder wie auch immer der Jetset solche Zimmer bezeichnete, war es dunkel. Zum Glück befand es sich im hinteren Teil des Hauses. Gordon brauchte nur die riesige Schiebetür zuzuziehen, dann konnte er es sogar riskieren, eine Lampe anzuknipsen. Dann zog er seine Taschenlampe hervor, um die Stücke zu inspizieren, die außerhalb des Lichtkegels lagen.

Er war sehr wählerisch und sorgsam darauf bedacht, die zurückbleibenden Stücke so zu ordnen, dass keine offensichtlichen Lücken entstanden. Eineinhalb Stunden später glaubte er, genug eingepackt zu haben, um Fast Eddie ein für alle Mal loszuwerden.

Er knipste die Lampe aus und war bereits auf seinem Weg nach draußen, als die Stange voller Haute-Couture-Kleider doch noch seine Aufmerksamkeit auf sich zog. Er nahm sich einen Moment Zeit, sie genauer anzusehen.

Die Ausstellung war wichtig für Jane, *ungeheuer* wichtig. Bitterer Hass jagte durch seinen Körper.

Er dachte an den chinesischen Dolch aus dem neunzehnten Jahrhundert, den er kurz zuvor eingepackt hatte, und überlegte voller Sehnsucht, wie viel Schaden er den Kleidern in einer schnellen, aber befriedigenden Aktion zufügen könnte.

Würde ihr recht geschehen. Er war eindeutig der bessere Kurator, und doch schnappte sie ihm jede berufliche Chance unter der Nase weg. Die Tatsache, dass er gar nicht vorhatte, noch lange in dem Museum zu arbeiten, änderte auch nichts an seiner Wut darüber. Es war einfach nicht richtig, dass sie ihn ständig aus dem Weg schubste, nur um die Karriereleiter höher zu klettern. Ein kleiner Schnitt hier und ein kleiner Schnitt da, und schon wären sie wieder auf gleicher Augenhöhe.

Resigniert stieß er den Atem aus, löschte die Taschenlampe und lief durch den Raum. Auf diese Weise würde der Einbruch sofort entdeckt werden und er könnte der wunderbaren Welt der alten Lady Wolcott keinen weiteren Besuch abstatten.

Deswegen hinterließ er die Kleider in demselben perfekten Zustand, wie er sie vorgefunden hatte. Aber wenn er hier ein für alle Mal fertig war ...?

Er würde es der Kaplinski schon noch zeigen. Er würde sie an ihrer empfindlichsten Stelle treffen.

Ihr ihre ach so tolle Karriere ruinieren.

13. KAPITEL

Oh mein Gott. Oh mein Gott. OH MEIN GOTT! Wer hätte das gedacht?

Seit Jane den Gedanken ausgesprochen hatte, dass ihr eine kleine Affäre nicht schaden könne, ging er ihr nicht mehr aus dem Kopf. Genau genommen, konnte sie an fast nichts anderes denken.

Vielleicht war das auch der Grund, warum sie ein paar Tage später, als sie in die Küche lief, um sich etwas zu trinken zu holen, und Devlin vor dem geöffneten Kühlschrank entdeckte, herausplatzte: „Hättest du Lust auf Sex ohne Verpflichtungen?"

Ihr wurde heiß, dann kalt, dann wieder heiß. All ihre Selbsterhaltungstriebe – und von denen besaß sie tonnenweise – jaulten protestierend auf. *Was zum Teufel tust du da?* Heiliger Herr im Himmel! Was war eigentlich aus ihrer Fähigkeit geworden, die Klappe zu halten, bis sie sich umfassende Gedanken über die passende Wortwahl gemacht hatte? Außer wenn sie mit Ava oder Poppy zusammen war, sprach sie niemals den ersten Gedanken aus, der ihr durch den Kopf schoss. Nein, Sir. Zunächst einmal überlegte sie genau, welche Auswirkungen ihre Worte haben könnten, dann wog sie die Konsequenzen ab und versuchte einzuschätzen …

Devlin ließ die Wasserflasche los, nach der er gerade gegriffen hatte, und richtete sich auf. Am liebsten wäre sie davongerannt, als er sich langsam umdrehte, doch ihre Beverly-Feldman-Plateau-Peeptoes waren wie am Boden festgeklebt.

Er knallte die Kühlschranktür zu und sah sie eine lange Minute an, mit ausdruckslosem Gesicht, aber glühenden Augen. „Hol deinen Mantel."

„Wie? Oh." Sie überkreuzte die Füße und verschlang die Finger hinter ihrem Rücken. „Ich meinte nicht auf der Stelle."

„Ich aber. Ich denke daran, seit du mir am ersten Abend diesen Blick zugeworfen hast. Bevor du es dir dann anders überlegt hast."

Sie hätte am liebsten gefragt *Was für einen Blick?* doch sie kannte die Antwort. Er meinte diesen Blick, den eine Frau einem Mann zuwarf, wenn sie sich für ihn interessierte. Von der ersten Sekunde an war der Funke übergesprungen, schwelte eine brandgefährliche Chemie zwischen ihnen. Die sie zu leugnen versucht hatte, als sie bemerkte, wie betrunken er war. Leise entgegnete sie: „Das tust du nicht."

„Oh, allerdings, das tue ich. Und nachdem du mich nun eingeladen hast, all die Dinge zu tun, die ich mir bereits vorgestellt habe, werde ich es nicht riskieren, dass du deine Meinung noch einmal änderst." Mit zwei großen Schritten hatte er sie erreicht und löste ihre Finger hinter dem Rücken. „Lass uns gehen."

Sie stammelte einen Protest, folgte ihm aber bereitwillig, als er in die Halle trat. Vor der Treppe blieb er stehen. „Finn!"

Eine Säge kreischte in der Stille. „Yo."

„Ich verschwinde für eine Weile."

„Einen Teufel wirst du tun!" Ein dumpfer Aufschlag, dann stampfende Schritte. „Der Mörtel, auf den wir die ganze Zeit warten, kommt morgen an, was bedeutet, dass David, Bren und ich dann wieder auf der Morris-Baustelle sein müssen. Du hast hier noch einen Haufen Arbeit, Brüderchen, und …"

Die Stimme kam mit jedem Stampfen näher, verstummte aber mit einem Schlag, als Finn über die Brüstung herabschaute und sie erblickte. Seine Haltung, zunächst aggressiv angespannt, lockerte sich, als er Devlins Griff um Janes Handgelenk sah. Dann hob er den Blick zu ihrem Gesicht, in dem er zweifellos eine tiefe Röte entdecken konnte.

„Ah." Ein leichtes Lächeln umspielte Finns Lippen. „Na gut, dann. Bis nachher." Ein Sturm des Protests erklang aus dem Wintergarten, doch Finn rief nur: „Stellt euch vor: Devlin und Langbein drehen eine kleine Runde." Er verschwand aus dem Blickfeld, von oben brandete Gelächter auf.

„Oh Gott." Sie zog an seiner Hand. „Das ist so gar keine gute Idee."

„Und ob." Sein Griff verstärkte sich nicht, aber er ließ sie auch nicht los. „Vermutlich war das eine deiner intelligentesten Ideen." Er steuerte auf den Salon zu.

Sie trottete hinter ihm her. „Nicht wenn deine Brüder sich darüber schlapp lachen."

Im Salon angekommen, ließ er sie los und schaute sich um. „Finn ist keiner, der Bettgeschichten ausplaudert", sagte er geistesabwesend, während er ein paar Schritte in die eine und dann in die andere Richtung lief. „Und mit seinem Spruch wollte er mir nur zu verstehen geben, dass er weiß, worum es geht. Allerdings kann ich nicht dafür garantieren, dass er sein Wissen nicht mit Bren und David teilen wird. Hier." Er riss ihren Mantel vom Haken und drückte ihn ihr in die Hand. Dann beugte er den Kopf und küsste sie leicht.

Weißes Rauschen füllte ihren Kopf, seufzend öffnete sie die Lippen. Er hob langsam den Kopf. Trat einen Schritt zurück und betrachtete sie unter schweren Augenlidern hervor.

Einen Herzschlag lang sahen sie sich an. Dann seufzten sie beide gleichzeitig, und er nahm ihr Gesicht in seine Hände. Beide machten einen Schritt nach vorn, Jane ließ den Mantel los und schlang die Arme um ihn. Ihre Körper prallten aneinander, bevor noch der Mantel zu Boden fallen konnte. Devlin stürzte sich auf ihren Mund.

Der Kuss war stürmisch und drängend, und Jane glaubte, den Verstand zu verlieren. Ihr war nur vage bewusst, dass er sie zurückschob, bis ihre Schultern gegen die Wand stießen, nur vage bewusst, dass ihr rechtes Bein sich umgehend hob, an seinem Schenkel rieb und sich an seiner Hüfte festhakte. Der Mantel zwischen ihnen verhinderte, dass er sich so eng an sie drücken konnte, wie sie es sich wünschte.

Devlin riss den Kopf in die Höhe. „Entweder jetzt und hier mit meinen Brüdern über uns", keuchte er, „oder in Ruhe in meiner Wohnung, die Gott sei Dank nicht allzu weit entfernt ist." Er schnappte sich ihren Mantel, als er langsam nach unten rutschen wollte, schüttelte ihn aus und hielt ihn ihr geöffnet hin. „Was sagst du, Jane? Ich werde mich nicht mehr lange unter Kontrolle haben."

Sie schlüpfte in den Mantel und schnappte sich ihre Handtasche. Als sie kurz darauf aus dem Haus stürzten, blieb Devlin wie angewurzelt stehen. „Verdammter Mist!", knurrte er.

„Wie?" Sie blinzelte verwirrt über seinen plötzlichen Wutausbruch. Ein ungutes Gefühl breitete sich in ihrem Magen aus, als die feuchte Luft ihr ein wenig den Kopf klar blies. Was tat sie hier eigentlich?

„Ich bin heute nicht selbst gefahren. Finn hat mich mitgenommen." Er fuhr sich mit den Händen durchs Haar. „Wem zum Teufel gehört dieser SUV?"

„Mir. Und ich war ziemlich begeistert, dass ich ausnahmsweise mal gleich vor der Tür parken konnte, das kann ich dir flüstern. Normalerweise habt ihr nämlich alles zugeparkt."

„Babe. Das ist deiner?" Ein langsames, schiefes Lächeln zeichnete sich auf seinem Gesicht ab, seine Augen leuchteten auf. „Wie genial von dir, ganz unten zu parken, wo wir einfach losfahren können, ohne dass jemand umparken muss. Gib mir den Schlüssel."

„Vergiss es. Mein Auto, mein Schlüssel. Ich fahre."

Er legte die Hand in ihren Nacken und zog sie für einen weiteren Kuss an sich. Als er schließlich den Kopf hob, hatte sie die Arme um seinen Nacken geschlungen und sich an ihn gepresst.

„Ich kenne alle Abkürzungen zu meiner Wohnung", murmelte er und strich ihr mit einem Daumen über die feuchte Unterlippe. „Ich kann uns schneller dorthin bringen."

Sie warf ihm den Schlüsselbund zu, kniff allerdings die Augen zusammen. „Glaub ja nicht, dass du meine Einwände jedes Mal einfach wegküssen kannst."

„Nein, Ma'am. Ich würde nicht im Traum daran denken." Er öffnete ihr die Tür.

Sie strich sich eine Haarsträhne aus dem Gesicht. „Denn zu diesem Spiel gehören immer noch zwei."

„Ich versuche nicht, dich zu manipulieren, Jane. Ich versuche nur, auf dem schnellsten Weg mit dir im Bett zu landen."

„Du solltest es auch nur wissen."

„Okay. Verstanden." Er schloss die Tür und rannte um das Auto herum.

Auf der Fahrt nach Belltown sprachen sie nicht viel, doch der Wagen war mit höchster sexueller Spannung aufgeladen. Nach einigen Minuten legte er eine Hand auf ihren Schenkel.

„Du weißt, dass ich nach Europa zurückgehe, sobald Bren wieder auf den Beinen ist, richtig?"

„Ja." Sie räusperte sich, dann entschlüpfte ihr ein leicht hysterisches Lachen. „Ich baue darauf."

Einen Moment lang gruben sich seine Finger in ihren Schenkel, während er den Blick von der Straße nahm und sie anstarrte. „Autsch."

Sie bezweifelte, dass er etwas über die wirre Mischung aus Neugier und Angst erfahren wollte, die sie erfüllte. „Ist es dir lieber, wenn ich anhänglich werde und Ansprüche stelle?" Bei dem Blick, den er ihr zuwarf, musste sie wieder lachen, diesmal vorsichtig. „Dachte ich mir's doch."

Kurz darauf hielten sie in einer Tiefgarage am nördlichsten Rand von Belltown. Er führte sie zum Aufzug und dann in seine Wohnung im zweiten Stock, wo er ihr aus dem Mantel half. Jane lief ins Wohnzimmer und versuchte, ihre Nervosität zu unterdrücken. In dem kahlen Raum sah sie einen Stuhl und ein Sofa, die wirkten, wie aus irgendeinem Keller ausgegraben. Ein kleiner Fernseher stand auf einem Bücherregal aus vier schlichten Betonziegeln und einem billigen Brett. Sie betrachtete die Sudoku-Rätselhefte daneben. „Dein Einrichtungsstil ist recht … karg."

Er lachte. „Als ich von Brens Krankheit erfuhr, habe ich gerade eine Jacht von Marseille nach Athen überführt. Es dauerte noch fast zwei Tage, bis ich den Hafen erreichte und sie seinem Besitzer übergeben konnte, und ich wollte nicht erst noch nach

Hause nach Palermo fliegen, um meine Sachen zu packen. Also bin ich nur mit dem Seesack angekommen, den ich auf dem Boot dabei hatte." Er zuckte mit den Schultern. „Wobei ich auch sonst nicht viel mehr mitgebracht hätte. Ich teile mir ein Haus mit einem Typen, der dasselbe macht wie ich. Wir sind beide nur selten da, deswegen ist es eher leer. Ein bisschen besser als das hier, aber nicht viel."

„Ist jedenfalls himmelweit entfernt von meinem Einrichtungsstil", gestand sie. „Ich habe viel Kram in meiner Wohnung. Haufenweise Kram." Und an jedem einzelnen Stück hing irgendeine Erinnerung. „Ich sehe hier überhaupt nichts Persönliches."

„Ich habe noch nie materielle Dinge angehäuft. Ich bin zu oft unterwegs, um viel mit mir herumzuschleppen. Aber komm mit, dann zeige ich dir etwas Persönliches." Er zog die dunklen Augenbrauen zusammen. „Etwas, das dir bestimmt gefallen wird." Er nahm ihre Hand und zog sie auf das Schlafzimmer zu.

„Handelt es sich dabei vielleicht um ein Stück, das du immer bei dir trägst?", fragte Jane trocken. Sie war ein wenig überrascht, denn sie hatte geglaubt, dass er dezenter, etwas raffinierter vorgehen würde. Doch andererseits war sie froh, seine Hände wieder zu spüren. Denn sobald er sie berührte, dachte sie nicht mehr so verdammt viel nach.

„Wie?" Er blieb stehen und starrte sie an. „Ach du Scheiße! Du dachtest, ich meine …" Er warf den Kopf zurück, um in schallendes Gelächter auszubrechen. Dann riss er sie an sich und umarmte sie so fest, dass sie fürchtete, ihre Rippen würden brechen. „Du dachtest, ich spreche von meinem Schwanz?"

Sie versuchte, nicht zusammenzuzucken, doch gegen die Röte in ihren Wangen konnte sie nichts unternehmen. Sie spürte, dass ihr Gesicht brannte.

Er grinste, dann wurde er ernst. „Ich dachte, ich hätte ein bisschen mehr Stil." Er legte den Arm um ihre Schultern, schob sie ins Schlafzimmer, das genauso karg eingerichtet war wie der Rest des Apartments. Er nahm ein gerahmtes Foto vom Nachttisch.

„Ich weiß doch, wie sehr dir die Vorstellung einer großen Familie gefällt." Er reichte ihr das Bild. „Das Foto wurde an dem Abend aufgenommen, als ich nach Hause kam. Meine Tante Eileen hat es gemacht, und meine Mom und Hannah haben es für mich rahmen lassen."

„Du meine Güte." Sie betrachtete das Gruppenbild, auf dem mindestens fünfundzwanzig Menschen zu sehen waren. „Bist du mit *allen* verwandt?"

„Babe. Hier sind nur die drauf, die nicht schon was Besseres vorhatten." Er schmiegte sich von hinten an sie und zeigte auf ein Paar. „Das sind meine Eltern. Die kleine Frau neben meiner Mom ist meine Großmutter Hester, und das sind meine Großmutter Katherine – nach der meine Schwester Kate benannt wurde – und mein Großvater Darragh. Das hier ist Kate. Hannah kennst du bereits, und das ist meine Schwester Maureen mit ihrem Mann Jim." Er drehte den Kopf, um ihr einen Kuss auf den Hals zu geben. „Der Rotschopf neben ihr ist Tante Eileen …"

„Die das Foto gemacht hat", sagte sie atemlos, um zu zeigen, dass sie aufpasste. Doch sie spürte, wie ihre Knochen weich wurden, als er eine andere Stelle ihres Halses küsste. „Warte mal, wie kann sie auf dem Foto sein, wenn sie es gemacht hat?" *Siehste! Ich habe noch alle Sinne beisammen.*

„Indem sie den Selbstauslöser aktiviert und die Kamera auf ein Regal gestellt hat. Das Pärchen neben ihr sind meine Tante Mag und Onkel Clem."

Irgendwie gelang es ihr, die Fotografie weiterhin festzuhalten, obwohl er jede Identität, die er enthüllte, mit einem Kuss auf ihren Hals, Nacken oder ihr Ohrläppchen unterstrich, und nach und nach verlor sie den Überblick über die Tanten und Cousins und die verschiedenen Neffen und Nichten. Zudem gab sie es auf, aufrecht zu stehen, und schmiegte den Rücken an ihn. Mit den hohen Absätzen war sie nur ein paar Zentimeter kleiner als er, und seine Erektion drückte sich fordernd an ihren Hintern. Sie begann, ihre Hüften zu bewegen.

Er sog den Atem ein und biss ihr sanft ins Ohrläppchen. „Habe ich erwähnt, dass ich deine Schuhe sexy finde?", murmelte er. „Für eine Frau, die sich meistens wie eine Bibliothekarin anzieht ..."

„Das stimmt nicht!" Sie schob ihn ein wenig von sich und drehte den Kopf, um ihn über die Schulter anzublicken. „Und deine Klischeevorstellung zeigt nur, wie ignorant du bist, Kavanagh. Warst du in letzter Zeit mal in einer Bibliothek?" Sie legte einen besorgten Klang in ihre Stimme. „Du kannst doch lesen, oder?"

Er zog sie lachend an sich. „Und ich bin mächtig stolz darauf! Aber einverstanden – keine Vergleiche mehr mit einer Bibliothekarin." Seine Lippen wanderten am Hals hinauf zu ihrem Kinn und dann wieder zu ihrem Ohr. „Aber du musst schon zugeben, dass man dich schwerlich mit einer Stripperin verwechseln könnte."

„Ach je, und da habe ich mein Leben lang gehofft, dass genau das eines Tages geschehen würde."

„Nun, okay, könnte schon passieren ... wenn man mal an dem ganzen Schwarz und Braun vorbeigekommen ist und auf deine Füße schaut. Deine Schuhe sind heiß. Immer. Und dein Höschen war geradezu eine Frechheit. Welche Farbe trägst du heute, meine gar nicht so verklemmte Jane? Ich mochte dieses rote sehr ..."

„Weiß", log sie prompt. „Baumwolle. Omagröße."

Er lachte leise in ihr Ohr. „Ich wette hundert Dollar dagegen."

Sie stellte die Fotografie zurück auf den Nachttisch und drehte sich in seinen Armen um. „Gewonnen", wisperte sie. Dann schlang sie die Arme um seinen Hals und küsste ihn mit all der Lust, die sich in den letzten fünf Minuten in ihr aufgestaut hatte. Als ihre Lippen sich berührten, geschah, was schon vorher geschehen war: Janes Verstand schaltete sich aus, dafür stellte sich ihre Libido brüllend auf die Hinterbeine wie eine Wildkatze. Mit einem kleinen Sprung schlang sie die Beine um Devs Hüften, überkreuzte die Knöchel hinter seinem Rücken, die Absätze drückten sich in seinen muskulösen Hintern.

Der Raum drehte sich wild, bis sie mit achtzig Kilo erregter Männlichkeit über sich auf dem Bett landete. Dunkelbraune Augen glühten.

„Noch ein Kuss, und dann ziehe ich dir dieses ganze Schwarz aus", sagte er heiser, und sie war sich nicht sicher, ob sie diesen Satz als Drohung oder Versprechen auffassen sollte. Bevor sie eine Entscheidung treffen konnte, senkte Devlin bereits wieder den Kopf und presste den Mund auf ihre Lippen.

Dieser Kuss dauerte lange, nach schier endlosen Minuten nahm sie seine Unterlippe zwischen die Zähne und begann spielerisch, daran zu ziehen. Er hob den Kopf und befreite lächelnd seine Lippe. Sie zog ihre Finger durch sein kastanienbraunes Haar, als er sich auf einen Ellbogen stützte und an ihrem kleinen schwarzen Kaschmirjäckchen zupfte. „Das muss weg." Er streifte es von ihren Schultern. Dann kniete er sich neben sie hin und hielt sich einen Arm vor die Augen. „Mann, das ist echt harte Arbeit. Ich habe noch nie eine Frau getroffen, die sich so viel Mühe gibt, ihr Licht unter den Scheffel zu stellen." Er ließ den Arm sinken und berührte den hochgeschlossenen Kragen ihrer Organzabluse. Die Stirn angestrengt gerunzelt, öffnete er einen der kleinen Knöpfe und enthüllte ein winziges Dreieck nackter Haut. „Du hast wunderschöne Haut", sagte er. „Warum verdeckst du sie so?" Er machte sich an den nächsten Knopf und an einen weiteren.

„Um genau solche Situationen zu vermeiden", gab sie zu, dann wunderte sie sich über sich selbst. Normalerweise sprach sie nur mit Ava oder Poppy, ohne ihre Worte vorher genau abzuwägen.

„Irgendwann einmal würde ich gerne den Grund dafür erfahren, aber nicht gerade jetzt …" Er schob die Bluse zur Seite. *Blau*", flüsterte er und ließ die Finger über die kleinen gestickten Schmetterlinge auf ihrem BH wandern.

„Aquamarin."

„Ich bin ein Mann, Schätzchen – wir haben keine Ahnung von Farben." Er ließ eine Hand über ihre Brust gleiten. „Aber, hey verdammt, du bist wirklich ein Fan von schöner Unterwäsche!"

Eine einzige Berührung seiner harten Hand reichte – selbst durch den gepolsterten Stoff hindurch – und sie konnte sich auf kein Gespräch mehr konzentrieren. Sie wölbte sich ihm entgegen. Ihre Brüste waren vielleicht klein – okay, sie waren sogar sehr klein –, doch das minderte ihre Empfindsamkeit in keiner Weise. Die war nämlich riesig.

Enorm riesig.

Doppel-D-riesig. Und Devlin war offenbar ein Mann, der wusste, wie man mit einer solchen Empfindsamkeit am besten umging. Sie wusste nicht genau, wie sie das finden sollte, nachdem der einzige Mensch, der diese beiden seit Langem berührt hatte, sie selbst war. Was ihr normalerweise auch lieber war – bedeutete es doch, dass sie alles unter Kontrolle hatte. Er hob sie ein wenig hoch, um ihr den BH auszuziehen, woraufhin ihre Brustspitzen sich ihm umgehend entgegenreckten.

Er zögerte keine Sekunde, ihnen seine volle Aufmerksamkeit zu schenken. Er nahm sie zwischen Daumen und Zeigefinger und drückte sacht. Jane erkannte das sehnsüchtige Gurren, das aus ihrer Kehle aufstieg, nicht wieder. Normalerweise hätte es sie in Verlegenheit gestürzt, jetzt hingegen war es ihr egal. Denn das herrliche Gefühl in den Brüsten fand direkt seinen Weg zwischen ihre Beine.

Dev fluchte leise, drückte noch einmal sanft. Dann richtete er sich auf, zerrte sein Hemd über den Kopf, warf es auf den Boden. Legte sich auf sie, mit seiner warmen Haut und den harten Muskeln. Er glitt an ihrem Körper entlang, umfasste eine Brust mit der Hand, nahm die andere in den Mund und begann, sie mit dem Mund zu liebkosen.

Sie spürte das Ziehen bis in ihren Unterleib und gab schon wieder diesen Laut von sich. Die Finger in seinem Haar vergrabend, hielt sie seinen Kopf fest, dann wieder versuchte sie, ihn wegzuziehen, weil die Empfindung fast zu stark wurde. „Oh bitte", wisperte sie. „Bitte, bitte, bitte."

„Himmel." Dev sah zu ihr auf, sah, wie sanfte Röte ihre Wangen überzog und die Lust ihre Lider schwer werden ließ. Er spürte die kleinen Rundungen ihrer Brüste in den Händen, die harte Brustwarze an seiner Zunge. Und beinahe wäre er in seinen Jeans gekommen wie ein Teenager, der zum ersten Mal sein Traummädchen berühren durfte.

Was hast du denn gedacht, dass ihre Kleidung etwas darüber aussagt, wie aufregend sie im Bett ist? Klamotten haben null und gar nichts mit der Erotik einer Frau zu tun. Gar nichts. Das war nun wirklich keine neue Erkenntnis, aber offenbar lernte er nur langsam. Denn es überraschte ihn trotz allem, dass speziell diese Frau sich an ihm rieb und so erregende kleine Geräusche ausstieß.

Zögernd löste er sich von ihrer hübschen Brustwarze, die Janes ganz persönlicher Zünder zu sein schien, und setzte sich rittlings auf ihre Beine, die sie weit geöffnet hatte. Er drückte sie wieder zusammen, bevor er begann, ihre Hose aufzuknöpfen.

„Komm mal ein bisschen hoch, Schätzchen."

Das tat sie, und so begann er, ihr die Hose abzustreifen und den winzigen Slip zu entblößen, der zu ihrem BH passte. Er konnte nicht anders, als mit dem Daumen über den feuchten Seidenstoff zu fahren.

„Dev?" Ihre Stimme war nun zwei Oktaven höher, ihre nackten Schenkel drückten sich fest gegen seine Knie.

Leise fluchend riss er ihr die Hose ganz hinunter. Zum Glück hatte sie weit geschnittene Beine, denn er hatte ihre Schuhe ganz vergessen. Und, liebe Zeit, sie sah absolut heiß aus mit nichts als dem winzigen Slip und diesen schwarz-beigefarbenen Riemchensandalen am Körper. Er umfasste ihre Knöchel und zog sie auf seine Knie. Sein harter Schwanz presste sich an den Stoff seiner Jeans und an ihren hübschen kleinen Slip. Umgehend warf sie ihm die Arme um den Hals. „Ooh."

Aha. Er glitt mit den Händen über ihren nackten Rücken und umfasste dann ihre hübsch geformten Hüften, um sie auf seiner Erektion zu schaukeln. „Dev dreht mit Langbein eine Runde."

Sie verzog die Mundwinkel auf eine Weise, wie er es bei ihr noch nie zuvor gesehen hatte. Diese Jane war nicht verlegen. *Diese* Jane wirkte sinnlich und erfahren. Sie lachte ein wenig verrucht. „*Eine* Runde wird Jane wahrscheinlich nicht reichen." Sie drückte ihre Absätze in die Matratze, hob die Hüften und senkte sie wieder. Ihr Rhythmus trieb beide fast in den Wahnsinn.

Auch er begann zu schaukeln, zunächst langsam, dann schneller und härter. „Das halte ich nicht länger aus", keuchte er. „Ich muss dich einfach richtig spüren."

„Gute Idee. Ich gebe es ja nicht gerne zu, aber so langsam machen meine Beine sowieso nicht mehr mit."

Lachend rollte er sie auf den Rücken, küsste sie, dann sprang er auf, schleuderte seine Stiefel, Socken und die Hose weit von sich. „Ich liebe dein Höschen", sagte er, während er ihr dabei zusah, wie sie sich auf die Ellbogen stützte und ihre langen Beine vollkommen unbefangen ausstreckte. Ihre aufgerichteten Brustspitzen reckten sich ihm entgegen, als wollten sie sagen *Komm und nimm mich*. „Zieh es aus."

„Du zuerst."

Er hakte die Daumen unter den Bund seiner Boxershorts und schob sie so weit hinunter, bis die Schwerkraft die Arbeit übernahm.

„Oh, wow." Ohne den Blick von seinem Penis zu nehmen, der auf sie zeigte, als ob sie ein Magnet wäre, setzte sie sich auf, um ihr Höschen abzustreifen. Sie leckte sich über die Lippen. „Tut mir leid, ich weiß, dass ich dich anstarre. Es ist einfach ... eine Weile her, dass ich das Vergnügen hatte."

Sein Schwanz zeigte auf sie wie eine Kompassnadel, und er schlang die Faust darum, um ihn still zu halten. „Babe. Ich starre doch selbst." Und zwar auf ein Meter achtundsechzig makellose, leicht gerötete Haut und sexy Schuhe mit Korkplateausohlen.

Auf schläfrige blaue Augen und schimmerndes schnurgerades Haar, das ihr über die rechte Schulter floss. „Du solltest öfter nackt sein. Steht dir sehr gut."

Sie schenkte ihm ihr schelmisches Lächeln. „Ich wette, das sagst du zu allen Mädchen."

Eigentlich ... nicht. Er war mit einer Menge Frauen zusammen gewesen, viele davon hatten vermutlich spektakulärere Körper gehabt. Und jede einzelne von ihnen hatte sich gekleidet, um ihre Vorzüge hervorzuheben; nichts war eine Überraschung gewesen. Jane hingegen war eine einzige Überraschung. Sie nur anzusehen, verführte ihn dazu, langsam seinen Penis zu streicheln. Er bemerkte es nicht einmal, bis er ihren Blick sah. Dann lockte sie ihn mit dem Finger zu sich. „Komm her."

Das musste sie ihm nicht zweimal sagen. Er konnte sich gerade noch davon abhalten, sich auf sie zu stürzen. *Sie ist blutige Anfängerin, während du schon ziemlich herumgekommen bist. Und trotzdem lässt du zu, dass sie dich an deinem Schwanz herumführt?*

Himmel, nein!

Er legte sich neben sie, und bestrebt zu demonstrieren, wer hier der Chef war, küsste er sie, bis sie keuchte, und streichelte sie, bis sie stöhnte.

Doch er machte sich selbst etwas vor, wenn er glaubte, hier der große Verführer zu sein. „Ach, Jane", flüsterte er, knabberte an ihrem Ohrläppchen, während er über ihren seidenglatten Bauch bis zu dem lockenden schmalen Streifen zwischen ihren Beinen strich. „Du machst mich fertig. Du bist so ehrlich. So furchtlos." Er glitt mit der Fingerspitze tiefer und sah, wie ihr Blick glasig wurde. „Du bist so heiß."

„Mein Gott, Dev." Sie drückte den Kopf in die Bettdecke und bewegte sich unter seiner Hand. „Bitte. Bitte ..."

Sanft streichelte er ihre Klitoris. „Was soll ich tun, Janie?" Ihre Freundinnen nannten sie so, und obwohl er zunächst geglaubt hatte, dass dieser Kosename überhaupt nicht zu ihr passte, wusste er es nun besser.

„Ich will dich ...", ihre Hand wand sich um seine Männlichkeit, „... in mir spüren. Jetzt. Ja?"

„Gut." Er war sicher nicht so dumm, darüber zu diskutieren. Zwei Minuten länger mit ihrer Hand an seinem guten Stück, und er würde abgehen wie eine Rakete am Unabhängigkeitstag. Er löste ihre Finger, rollte sich zur Seite, nahm ein Kondom aus dem Nachttisch, dabei streichelte er sie weiter. Langsam wurde ihm klar, dass Jane ein Pulverfass der Leidenschaft war.

Er öffnete ihre Beine und begann vorsichtig, in sie zu gleiten. Mein Gott. Sie war heiß und nass und so irrsinnig eng. Er sah auf sie hinunter. „Janie."

Sie brauchte einen Moment, um ihren Blick auf ihn zu fokussieren. „Hmm?"

„Du sollst wissen, dass ich vollkommen gesund bin."

„Gut." Sie hob ihre Beine ein wenig. „Ich auch."

Er wäre nie auf den Gedanken gekommen, dass es anders hätte sein können. Doch bevor er entscheiden konnte, ob er diese Tatsache erwähnen sollte oder nicht, stellte sie die Füße auf und schob sich ihm entgegen, um ihn tiefer in sich aufzunehmen.

Sein Atem schien in seinen Lungen zu explodieren. Jane warf den Kopf nach hinten und seufzte zitternd auf.

„Oh!" Sie umklammerte seinen Arm, vergrub ihre kurzen Nägel in seiner Haut und starrte ihn mit gerunzelter Stirn an. Er befürchtete, zu schnell zu sein, zu heftig. Doch als er sich vorsichtig zurückzog, stieß sie ihm ihre Hüften entgegen. Sie keuchte. „Ich fühle mich so ... ausgefüllt. Mein Gott."

„Ist es zu viel?" *Sagneinsagneinsagnein.* Denn bei aller Liebe, er war sich nicht sicher, ob er überhaupt in der Lage wäre aufzuhören.

„Mm." Sie fuhr mit der Zunge über ihre Unterlippe. „Ich will mehr."

Sie machte ihn total verrückt! Er hätte ihre Unerfahrenheit berücksichtigen und sanft vorgehen sollen, aber stattdessen ...

Er vergrub die Zehen in der Matratze, stützte sich schwer auf den Händen ab und drang mit langen, harten Stößen in sie. Er blickte an sich herab, sah, wie er sich fast ganz aus ihr herauszog und dann wieder eindrang. Vor und zurück. Vor und zurück. Dann blickte er in ihr Gesicht.

Ihre Wangen waren gerötet, durch halb geschlossene Augen erwiderte sie seinen Blick. „Oh mein Gott, Oh mein Gott, Oh mein Gott", stöhnte sie und hob ihm weiter die Hüften entgegen. „Das fühlt sich ... so ... gut ... an."

Er senkte den Kopf, um sie zu küssen. „Du fühlst dich gut an", sagte er, als er den Kopf wieder hob. „So heiß und eng und – *verdammt*, Jane."

Sie pulsierte um ihn herum – ein harter, schneller Muskelkrampf – und er zügelte sein Tempo ein wenig, um ihr noch mehr Genuss zu verschaffen. „So ist es gut, Baby, komm für mich. Komm für mich, Janie." Sanft begann er, an einer ihrer Brustwarzen zu saugen.

Sie kam bebend zum Höhepunkt. „Ja ... jaa! Mein Gott!" Er ließ jede Zurückhaltung fahren, bewegte sich wieder schneller, Janes Nachbeben zerrte an ihm, und er war verloren, verloren, verloren.

Er riss den Kopf zurück, presste die Zähne zusammen und unterdrückte einen wilden Aufschrei, als die Welt um ihn herum sich mit einem Mal rot färbte. Er explodierte mit heißen Zuckungen.

Minuten oder vielleicht auch Jahrhunderte später sackte er auf ihr zusammen. „Grundgütiger", keuchte er, seine Stimme klang, als ob jemand sie sandgestrahlt hätte. Er schlang einen Arm um Jane und zog sie vorsichtig an sich. „Erstaunlich, dass du das nicht vierundzwanzig Stunden am Tag machst", sagte er. „Du bist dafür geschaffen."

„Oh ja", stimmte sie mit geschlossenen Augen zu. „Ich bin ein verdammtes Sexmonster."

14. KAPITEL

Was bin ich eigentlich, ein Jojo? Dev kann nicht einfach ständig seine Meinung ändern.

„Entschuldige, dass ich dich in der Minute aus dem Bett geworfen habe, wo ich gekommen bin."

Jane warf Devlin einen Blick zu, der gerade in den Rückspiegel schaute und die Spur wechselte. Sie spürte Röte in ihre Wangen steigen. „Ich würde nicht gerade von *Minute* sprechen", murmelte sie. Kaum hatte er sich ausreichend erholt, um von ihr zu rutschen, hatte er sie mindestens zehn Minuten lang festgehalten, schweigend ihr Haar und ihren Rücken gestreichelt und wahllos kleine Küsse auf ihre Stirn, ihre Wangen, ihre Schläfen und ihre Nase platziert.

Sie hatte sich sicher und geborgen gefühlt.

Aber vermutlich war es besser, nicht länger darüber nachzudenken, nachdem sie sich gar nicht erlauben konnte, sich an so ein Gefühl von Geborgenheit zu gewöhnen. „Und ganz ehrlich", fuhr sie fort, „ich verstehe das. Ich habe gehört, was Finn sagte, bevor wir verschwunden sind – deine Brüder brauchen dich in der Villa."

Er gab einen unverbindlichen Ton von sich, und nachdem sie die fortgesetzte Stille nervös machte, beeilte sie sich, hinzuzufügen: „Hey, ich selbst stehe ziemlich unter Termindruck. Also passt es ganz prima."

Um genau zu sein, war sie irgendwie erleichtert. Denn was sollte man sagen nach solchem apokalyptischen Sex? Ihr fester Glaube, dass Sex vollkommen überschätzt wurde, hatte sich mit einem Mal in Rauch aufgelöst. Sie wusste nicht so recht, wie sie sich verhalten, geschweige denn, worüber sie mit ihm reden sollte.

Aber war es dann nicht albern, sich darüber zu ärgern, dass Dev keine Anstrengung unternahm, ein Gespräch mit ihr zu führen?

Den Rest der Fahrt schwiegen sie. Kaum in der Villa angekommen, war Jane mehr als erpicht darauf, allein zu sein. Deswegen überließ sie es Devlin, den Code für die Alarmanlage einzutippen, und eilte in den Salon.

Er packte ihren Arm, kurz bevor sie darin verschwinden konnte. „Was soll das?", fragte er belustigt und reichte ihr den Autoschlüssel. „Du kannst es wohl kaum erwarten, meinen Staub von deinen Schuhen zu bürsten?"

„Du warst nicht besonders gesprächig – da habe ich angenommen, du wolltest genau das?" Sie fixierte seine wettergegerbte Hand auf dem Ärmel ihrer Organzabluse und wollte nichts anderes, als die Tür hinter sich zuzuschieben und sich ganz und gar in Miss Agnes' Wertsachen zu vergraben. Mit ihnen wusste sie zumindest umzugehen – besser jedenfalls als mit diesem für sie neuen Beziehungskram. Klar wusste sie, dass es sich um keine richtige Beziehung handelte, sondern nur um eine schnelle und schmutzige Affäre, die jederzeit vorüber sein konnte. Und doch musste es auch dafür eine Art Regelwerk geben, an das sich ein Mädchen halten konnte. Vielleicht wurde von ihr ja nur erwartet, dass sie sich nun würdevoll zurückzog.

„Ich war schweigsam?", murmelte er. „Vermutlich, weil mich dieser Nachmittag mit dir total umgehauen hat und ich mich frage, wann wir uns wiedersehen."

„Oh." In ihrem Bauch begann es zu flattern. Okay, dann war es also keine einmalige Sache gewesen. *Gut.* „Ähm ... du könntest morgen Abend zu mir kommen, wenn du magst."

Er trat einen Schritt näher. „Nicht heute Abend?"

„Nein." Ihr Herz hämmerte in ihrer Brust. Sie war versucht, wirklich versucht, ihre Pläne über den Haufen zu werfen, die sie für den heutigen Abend bereits hatte.

Aber man ließ seine Freundinnen nicht wegen eines Mannes hängen, so lautete der heilige Pakt, den Ava, Poppy und sie bereits geschlossen hatten, als ihnen ihre BHs noch zu groß gewesen waren. Nun, zumindest ihr und Poppy – Ava war ja eher früh entwickelt gewesen. „Ich gehe heute Abend ins Theater."

„Dann also morgen Abend." Er langte in ihren Nacken, zog sie für einen leidenschaftlichen Kuss an sich und ließ sie fast genauso schnell wieder los, wie er sie gepackt hatte. Schon in der nächsten Sekunde starrte sie verwirrt auf seinen Hintern, als er den Flur hinunterspazierte.

Kopfschüttelnd zog sie die Schiebetür zu, hängte ihren Mantel auf, krempelte im Geiste die Ärmel hoch und beschloss loszulegen.

Nur war es unmöglich, sich zu konzentrieren, und als sie sich dabei ertappte, wie zum x-ten Mal ihre Gedanken abschweiften, erlaubte sie sich schließlich eine kleine Pause. Wenn sie sich ein paar Minuten Zeit gönnte, um nachzudenken, würde sie vielleicht schnell wieder in der Lage sein, sich auf ihre Arbeit zu konzentrieren.

Sie schleifte einen Sessel in die hinterste Ecke des Raumes, dann lief sie in die Küche, um sich eine Tasse Kakao zu kochen, mit der sie es sich ein paar Minuten später wieder im Salon gemütlich machte. Während sie langsam ihren Kakao schlürfte, wanderte ihr Blick von der Lalique-Kollektion über die Daum-Nancy-Vasen und -Flaschen zu der edlen Leinentischwäsche und ihrem persönlichen Favoriten: der Vitrine mit den antiken Schmucksteinen.

Ihre Nerven beruhigten sich ganz langsam.

Sie nippte an ihrem Kakao, bis er fast kalt war, dann stand sie erfrischt auf. Vielleicht würde sie an diesem Nachmittag doch noch einiges erledigen können.

Nur begann plötzlich etwas an ihr zu nagen. Sie konnte nicht genau sagen, was das Problem war, spürte aber, dass etwas nicht stimmte.

Nur was? Wahrscheinlich ging es um eines der Stücke, das sie gerade betrachtet hatte, um ihre Nerven zu beruhigen. Aber ihr fiel nichts ein, was dieses beklemmende Gefühl erklärte.

Lass dir ein paar Minuten Zeit, um den Grund herauszufinden, und dann kannst du dich endlich auf deine Arbeit konzentrieren.

„Hey, Jane!"

Sie hörte Arbeitsstiefel die Treppe hinunterstampfen, und nach einem letzten unschlüssigen Blick in die hinterste Ecke, zuckte sie die Achseln und durchquerte den Salon. Jemand klopfte gegen die Schiebetür und zog sie dann, ohne auf ihre Einladung zu warten, ein Stück auf.

„Jane, sind Sie hier drin?", hörte sie Davids Stimme. „Ja... oh. Hallo. Da sind Sie ja."

Alle drei Brüder von Devlin drängten sich um die Öffnung. Sie musste ihnen einfach zulächeln, weil sie so freundlich und zufrieden mit sich selbst wirkten.

„Was gibt es?", fragte sie David, doch ihre Aufmerksamkeit wanderte sofort zu Devlin, als er hinter seinen Brüdern auftauchte. Sie hob eine Augenbraue.

Offenbar wusste er auch nicht mehr als sie, denn sein Blick war genauso fragend wie ihrer.

„Würden Sie gerne auf eine Party kommen?", fragte Finn.

„Hey, das wollte ich sie fragen!", schimpfte David.

„Wann denn, morgen vielleicht? Diese Frau hat zu arbeiten – sie kann nicht den ganzen Tag herumstehen und darauf warten, dass du den Mund aufmachst."

„Äh, eine Party?" Devlins Gesicht war ausdruckslos geworden, sein Blick verschlossen. Man musste nicht gerade ein Genie sein, um zu bemerken, dass er von der Einladung seiner Brüder nicht gerade begeistert war. Mit erhobenem Kinn wandte sie sich wieder den anderen Kavanagh-Männern zu. „Was für eine Party? Wann?" Wenn sie Devlins Blick richtig deutete, würde sie überhaupt keine Party besuchen, egal wo oder wann. Aber deswegen brauchte sie noch lange nicht unfreundlich zu diesen drei Männern zu sein.

„Samstag", erklärte David. „Bei unseren Eltern zu Hause."

„Oh nein", rief sie ehrlich entsetzt. „Ich werde auf keinen Fall in eine Party Ihrer Eltern hineinplatzen."

Die drei Männer warfen die Köpfe zurück und brüllten los, selbst Devlins Mundwinkel hoben sich einen Millimeter.

„Mom und Dad betrachten eine Party erst als eine Party, wenn ihr Haus aus allen Nähten platzt", sagte er.

„Allerdings", meinte Bren. „Und außerdem können Sie dann Jody kennenlernen. Ich habe ihr von Ihnen und Ihrer Arbeit für das Museum erzählt. Sie kann es kaum erwarten, Sie persönlich zu treffen. Kommen Sie schon." Er schenkte ihr ein charmantes Lächeln. „Was sagen Sie? Sie werden sich bestimmt amüsieren."

„Absolut", stimmte David bei. „Wenn die Kavanaghs eines können, dann Partys feiern, die niemand jemals vergisst."

„Ja, Faustkämpfe im Garten bleiben einem im Gedächtnis hängen", murmelte Devlin.

„Halt die Klappe, Dev", sagten alle drei Brüder gleichzeitig.

„Du musst schon dazu sagen, dass du lange fort gewesen bist", rief Finn: „Wir hatten seit Mitte der Neunzigerjahre keine Schlägerei mehr."

Dev blickte düster, während Jane allen ein angestrengtes Lächeln zuwarf. „Ich muss zu Hause in meinen Kalender schauen, okay? Ich würde wirklich irrsinnig gerne kommen, aber ich glaube, dass ich an diesem Abend schon irgendetwas vorhabe."

„Klar", sagte Bren. „Sagen Sie uns einfach Bescheid."

Alle zogen sich zurück, sogar Devlin. Eigentlich hatte sie erwartet, dass er so lange stehen bleiben würde, bis sie die Einladung ablehnte. Ihr Magen hatte sich zwar verknotet, aber zumindest hatte sie in dieser heiklen Situation ganz gut reagiert. Ihre Antwort hatte geklungen, als ob sie wirklich gerne bei der Kavanagh-Party dabei sein würde, was – okay – sogar der Wahrheit entsprach. Sie hätte diese riesige Familie nur allzu gern beim Feiern beobachtet. Doch ganz offensichtlich war sie Devlin zwar für ein paar kleine Ringkämpfe zwischen Bettlaken gut genug, aber nicht dafür, den Rest seiner Familie kennenzulernen.

Um den Ärger, der unter ihrer ruhigen Fassade brodelte, zu ignorieren, stürzte sie sich darauf, die Designerkleider zu katalogisieren. Allerdings mit fest zusammengebissenen Zähnen.

Drei Stunden vergingen, bevor sie sich an ihr Unbehagen bezüglich der Stücke im hinteren Teil des Salons erinnerte. Sie war mit der Couture-Kollektion besser vorangekommen als erwartet. Ärger schien eine exzellente Motivation zu sein. Sie lief noch einmal in die hinterste Ecke, um doch noch dem Grund für ihr Unbehagen auf die Spur zu kommen.

Sie musterte nachdenklich die verschiedenen Stücke, dann konzentrierte sie sich auf die Vitrine mit den Gemmen. „Verdammt, verdammt, verdammt", murmelte sie, während sie versuchte, sich daran zu erinnern, was genau sie beim letzten Mal darin gesehen hatte. „Warum hat Miss Agnes ihre Stücke nicht irgendwo verzeichnet?"

„Hat sie. Das Problem ist nur, dass dieses Verzeichnis in ihrem Kopf war."

Mit einem kleinen Schrei wirbelte sie herum. „Du hast mich zu Tode erschreckt!", fuhr sie Ava an. Dann presste sie die Hand auf ihr donnerndes Herz und stieß ein herzhaftes „Puh!" aus.

„Tut mir leid." Ohne besonders zerknirscht zu wirken, spazierte ihre Freundin in den Salon. „Weil Poppy gefahren ist, bin ich einfach davon ausgegangen, dass du ihr Auto gehört hast. Dieses Mädchen braucht wirklich dringend einen neuen Auspuff."

„Dieses *Mädchen* hat ein leeres Bankkonto", erklärte Poppy, während sie sich zu ihnen gesellte.

„Na hör mal, wir haben ein riesiges Anwesen geerbt", entgegnete Ava. „Da muss doch genug Geld für einen Auspuff in der Kasse sein."

Poppy zuckte mit den Schultern. „Miss Agnes hat wie eine Weltmeisterin gesammelt, aber kaltes hartes Bargeld war nicht so ihr Ding. Und wir müssen eine Menge Erbschaftssteuer zahlen, ganz zu schweigen von der Vorauszahlung an Kavanagh Constructions für den Umbau."

„Vermutlich ist es unamerikanisch von mir", sagte Ava, „aber es ärgert mich ziemlich, Erbschaftssteuer zahlen zu müssen."

Jane schnaubte. „Nimm doch nur die Boston Tea Party. Es ist doch wohl typisch amerikanisch, keine Steuern zahlen zu wollen! Und doch hätte es viel schlimmer kommen können. Von dem Schmuck und dem Silber abgesehen, hat der Gutachter Miss Agnes' Hinterlassenschaft total unterbewertet. Ich schätze, das meiste hat er einfach für albernen Mädchenkram gehalten."

„Idiot", murmelte Poppy.

„Ja, und genau das ist unser Glück. Wenn er auch nur geahnt hätte, was die meisten dieser kleinen Schönheiten wert sind, hätten wir ein Drittel davon verkaufen müssen, nur um die Erbschaftssteuer zu bezahlen."

Während sie sprachen, speicherte sie schnell ihre Dateien ab, klappte dann den Laptop zu und wandte sich wieder an ihre Freundinnen. „Wir haben noch nicht über die Kosten gesprochen. Wir sollten uns mal in Ruhe zusammensetzen, um festzulegen, wie viel wir für den Rest der Renovierungsarbeiten zur Seite legen wollen, außerdem für Miss Agnes' Steuerzahlung, weil sie in diesem Jahr noch drei Monate am Leben war, und die Unterhaltungskosten für die Villa. Ich kann mal die Fühler ausstrecken und sehen, welche Stücke sich gut verkaufen lassen, um an etwas Bargeld zu kommen. Aber erst, wenn ich etwas mehr Zeit habe, doch bis dahin können wir auf jeden Fall die Tischtücher verkaufen. Mir fallen spontan drei Leute ein, die wild darauf wären. Das könnte kurzfristig unser Bargeldproblem lösen, Poppy."

Nur ... da gab es das ovale Tischtuch mit der hübschen Durchbruchstickerei aus den Zwanzigerjahren und die sechs dazu passenden Teeservietten, die Miss Agnes bei ihrem allerersten Treffen benutzt hatte. Und jetzt fiel Jane ein, dass sie dieses Set unter der anderen Leinenwäsche nicht entdeckt hatte. Vielleicht war es das, was an ihrem Unterbewusstsein nagte. Miss Agnes hatte jedes Mal, wenn sie sich trafen, auf diese Weise den kleinen Tisch im Morgenzimmer gedeckt, dies war genauso eine Tradition geworden wie ihr jährliches Geschenk an die Mädchen, nämlich jeweils ein neues ledergebundenes Tagebuch. Natürlich war es möglich, dass die ständige Benutzung dem zarten Stoff zu sehr zugesetzt hatte. Sie konzentrierte sich wieder auf das Gespräch, überschlug kurz den Wert der Tischtücher. „Die müssten zwischen fünfzehn- und zwanzigtausend Dollar wert sein, durch drei geteilt also …"

„Ein Klacks", sagte Ava.

„Für dich vielleicht", blaffte Poppy sie an. „Im Gegensatz zu dir, Miss Treuhänderfonds, sind für mich fünf- oder sechstausend Dollar ein hübscher Batzen Geld, der mich eine Zeit lang über Wasser halten kann."

„Ach, Pop." Ava schlang den Arm um ihre blonde Freundin und drückte sie einmal fest. „Entschuldige. Es war gedankenlos, so was zu sagen."

„Schon gut." Poppy legte den Kopf auf Avas Schulter. „Ich weiß, dass du es nicht böse gemeint hast. Du bist einfach so an die Kohle gewöhnt, dass du gar nicht mehr mitbekommst, was für den Rest von uns ein ansehnliches Sümmchen ist." Sie sah Jane mit zusammengekniffenen Augen an. „Irgendwas ist heute anders an dir. Warst du vielleicht bei der Kosmetikerin?"

„Hm?"

„Deine Haut glüht ja richtig." Einen Herzschlag lang schwiegen die beiden wie Zeichentrickfiguren, über deren Kopf gerade eine Glühbirne aufleuchtete. „Oh mein Gott. Du hast eine kleine Begegnung mit Dev gehabt!"

Ava sah Poppy an, dann drehte sie langsam den Kopf. „Janie?"

Sie hörte Männerstimmen über den Baulärm hinweg, blickte zur Decke und sagte: „Ich werde das nicht hier diskutieren!"

„Du hast es GETAN!" Avas Arm fiel von Poppys Schulter.

Poppy lief tänzelnd zu der Stange mit den katalogisierten Kleidern, riss Janes Mantel herunter und warf ihn ihr zu. „Zieh den an. Ava …", sie schnappte sich einen Armvoll Kleider, „los, hilf mir, diesen Kram nach oben zu bringen und für heute Nacht wegzuschließen. Dann werden wir drei vor dem Theaterstück noch etwas trinken gehen." Sie sah Jane an. „Und eine von uns sollte sich lieber auf ein kleines Referat einstellen."

„Ich habe noch nie gerne Referate gehalten", murrte Jane, als sie zwanzig Minuten später eine Bar in der Nähe des Paramount-Theaters betraten.

„Lügnerin." Poppy schnitt eine Grimasse. „Du hast doch immer gerne demonstriert, wie klug du bist."

„Aber nur wenn es um irgendwas Sachliches ging", sagte Ava leise. „Sie war noch nie groß darin, ihre Gefühle mitzuteilen."

Jane wusste, dass ihre Freundinnen erst Ruhe geben würden, wenn sie ihnen etwas über ihre beispiellose sexuelle Erfahrung mit Devlin erzählte. Deswegen erwähnte sie den Teil, auf den sie tatsächlich stolz war. „Als ich heute Nachmittag Devlin zufällig in der Küche traf, fragte ich ihn, ob er Lust auf Sex ohne Verpflichtungen hätte."

Die Münder beider Frauen klappten auf. Poppy war die Erste, die ihre Sprache wiederfand. „Das hast du nicht gefragt!"

„Habe ich wohl." Sie sah sich gern als furchtlose und verwegene Frau. Das Problem war nur, dass sie mit ihren besten Freundinnen sprach, die sie in- und auswendig kannten. „Kaum hatte ich es gesagt, bin ich natürlich beinahe ohnmächtig geworden."

„Oh ... mein ... Gott", keuchte Ava und verstummte, als die Bedienung an den Tisch kam. Doch kaum hatte sie die Getränke vor ihnen abgestellt und abkassiert, beugte Ava sich über den kleinen Tisch zu Jane. „Hat er dich an Ort und Stelle vernascht? Und was hat er als Erstes gesagt?"

„Hol deinen Mantel." Sie schilderte jedes einzelne Detail, an das sie sich erinnern konnte, bis zu dem Moment, wo Devlin sie vor dem Foto seiner Familie mit Küssen übersät und dann in sein Bett gezogen hatte. Den wirklich intimen Teil würde sie nicht verraten, doch schon diese Beschreibung genügte, um erneut prickelnde Lust in ihr zu wecken. Sie presste die Schenkel zusammen.

„Ich schätze mal, er war gut", sagte Poppy amüsiert, ohne sie aus den Augen zu lassen.

„Oh Mann." Sie stieß lautstark Luft aus. „Ich hatte ja keine Ahnung."

„Klar, damals, als ich dich auf dem College besucht und deinen akademisch aussehenden Freund getroffen habe, wie hieß er noch mal ..."

„Eric."

„Er schien mir kein besonders lustbetonter Typ zu sein. Aber das mit dir und Dev ... Ist es wirklich in Ordnung für dich, dass er zurück nach Europa geht?"

„Ja. Das war, um genau zu sein, der ausschlaggebende Grund für mich."

„Jane, Jane, Jane." Ava schüttelte traurig den Kopf.

Poppy verzog die Lippen. „Eine beschränkte Haltbarkeitsdauer ist also deiner Ansicht nach etwas Gutes. Und der Sex ist himmlisch." Sie trank einen Schluck Wein, stellte ihr Glas zurück auf den Tisch und ließ es kreisen. Sie betrachtete ein paar Sekunden lang die goldene Flüssigkeit, wie sie am Glas auf- und abschwappte. Dann hob sie den Blick und heftete ihn auf Jane. „Warum bist du dann nicht ganz aus dem Häuschen?"

Mist. Jane hätte sie tatsächlich gerne um eine Einschätzung der Situation gebeten. Doch sie zuckte innerlich zusammen bei dem Gedanken, ihre wahren Gefühle – oder noch schlimmer, ihre Unsicherheit – einzugestehen. Sie zog es grundsätzlich vor, gute Miene zum bösen Spiel zu machen und es dabei zu belassen.

Sie hob ihr Wasserglas, betrachtete die Luftblasen, die an der Oberfläche zerplatzten, und stellte es zurück, ohne zu trinken. Sie seufzte. „Ich habe erwartet, dass es länger dauert als einen einzigen Nachmittag. Nachdem ich jetzt weiß, wie Sex mit jemandem sein kann, der weiß, was er tut, habe ich mich darauf gefreut, mich ein paar Wochen oder Monate lang um den Verstand vögeln zu lassen ... oder wie lange auch immer. Jedenfalls eine Weile." Sie nahm das Glas wieder in die Hand und starrte es an. „Ich dachte, das wäre ein guter Weg, mit den Zehen im Pool der Leidenschaft zu planschen, ohne gleich darin zu ertrinken. Und ohne mich in Psychospielchen zu verwickeln wie Mom und Dad."

„Ich glaube, das dramatische Potenzial deiner Eltern und ein Übermaß an Alkohol haben mehr damit zu tun als Leidenschaft", sagte Poppy.

Ava langte über den Tisch, um ihre kühlen Finger auf Janes Hand zu legen, die, wie Jane erst jetzt bemerkte, zur Faust geballt war. Sie entspannte sich unter der Berührung ihrer Freundin.

„Was ist passiert? Muss Devlin doch schneller zurück, als er dachte?"

„Nein."

Avas schmale Augenbrauen trafen sich über der Nasenwurzel. „Warum soll der Sex dann nur heute Nachmittag stattgefunden haben?" Plötzlich schossen ihre Augen Feuer. „Hat dieser Hurensohn dir einen Tritt in den Hintern verpasst, als er bekommen hatte, was er wollte?" Sie richtete sich auf. „Oh Gott. Hat er seinen *Brüdern* davon erzählt?"

Auf dem College hatte einmal ein Junge eine Bettgeschichte mit Ava ausgeplaudert, die seitdem keine Toleranz Männern gegenüber aufbringen konnte, die intime Begegnungen herumerzählten. Damals hatte sie ihre Jungfräulichkeit einem Jungen geschenkt, von dem sie glaubte, dass er in sie verliebt wäre – nur um feststellen zu müssen, dass er mit dem „fetten" Mädchen geschlafen hatte, um eine Wette mit seinen Freunden zu gewinnen.

„Ach, Av, nein." Jane drehte ihre Hand um. „So war es nicht." Sie erzählte, wie schweigsam Devlin auf der Rückfahrt gewesen war, von seiner plötzlichen Verwandlung, als sie die Villa erreicht hatten, und von seiner offensichtlich fehlenden Begeisterung über die Einladung seiner Brüder.

„Das klingt ein wenig verdreht", gab Ava zu. „Aber kann es nicht sein, dass du dir über nichts und wieder nichts Gedanken machst?"

„Woher soll ich das wissen, ohne ein wenig schlichte Kommunikation? Im Auto hat er kein Wort mit mir gesprochen, und als er erklärte, das habe nur daran gelegen, dass er darüber nachdachte, wie schnell wir uns wiedersehen könnten, dachte ich, okay, *ein Missverständnis, mein Fehler*. Und zwar eines, das sich aufgeklärt hatte. Aber warum stand er dann mit versteinerter Miene da, als seine Brüder mich auf die Party ihrer Eltern eingeladen haben? Es stimmt, er hat nicht gebrüllt: ‚Nur über meine Leiche!' Aber er sagte auch nicht: ‚Klar, du musst kommen.'" Von Neuem verspürte sie den Schmerz seiner eiskalten Abweisung.

Sie straffte die Schultern. „Wenn er mich nicht dabeihaben will, muss er es doch nur sagen", erklärte sie so würdevoll wie möglich, dann gestand sie verdrossen: „Ich bin für solche Dramen nicht geschaffen. Ich will einfach nur wissen, wo zum Teufel ich stehe."

„Jane muss einfach die Regeln kennen", murmelte Ava.

„Ja, allerdings, und dafür werde ich mich verdammt noch mal nicht entschuldigen."

„Kommunikation ist etwas Gegenseitiges, Janie", sagte Poppy. „Weiß *er*, dass es mit euch schon wieder vorbei ist? Denn für mich klingt es so, als würde er nach wie vor damit rechnen, dich morgen Abend zu treffen."

„Wenn er bescheuert genug ist, bei mir aufzutauchen, nachdem er mich wie eine schmutzige kleine Affäre behandelt hat", sagte Jane, „dann werde ich Devlin Kavanagh wohl in aller Deutlichkeit klarmachen müssen, was ich davon halte, seine heimliche Geliebte zu sein."

15. KAPITEL

Wow. Höllischer Unterschied zwischen einer Kavanagh-Party und den Partys, die meine Eltern geben. Ich war immer – ich weiß auch nicht – irgendwie einsam und außen vor. Wer hätte gedacht, dass man sich so sehr als Teil davon fühlen kann?

Dev wusste, dass er es vermasselt hatte, und zwar schon lange, bevor er an Janes Tür klopfte und sah, wie der Türspion aufgeschoben wurde. „Du hast zumindest Mut, das muss man dir lassen", hörte er sie knurren.

Er zuckte zusammen. Sie hatte guten Grund, so genervt zu sein nach seiner Reaktion auf die Einladung seiner Brüder. Und das, nachdem er zuvor im Auto vor sich hin geschwiegen hatte. Da konnte er ihr wohl kaum vorwerfen, dass sie über sein Verhalten verwirrt war. Himmel, er war selbst verwirrt, verwirrt und verblüfft darüber, wie grandios der Sex mit ihr gewesen war.

Doch darüber nachzudenken, hatte jetzt keinen Sinn. Er straffte die Schultern. „Lass mich rein, Jane."

Er hörte sie durch die Tür seufzen. „Na gut." Die Schlösser klickten, dann öffnete sie die Tür.

Sie stand vor ihm in schwarzen Leggins und einem grauen Babydolloberteil. Einen nackten Fuß hatte sie auf den anderen gestellt, ihre blauen Augen waren zu funkelnden Schlitzen zusammengekniffen. Sie aß Eis aus einem großen Becher und sah ihn dabei an.

„Wegen gestern – das tut mir leid."

Sie zuckte mit den Schultern, als ob es ihr egal wäre, aber er hatte gestern den verletzten Ausdruck auf ihrem Gesicht gesehen. Trotzdem war er nicht in der Lage gewesen, die paar Worte zu äußern, die ihrem Unbehagen sofort ein Ende gesetzt hätten.

Zu seiner Verteidigung konnte er nur sagen, dass sie keine Ahnung hatte, worauf sie sich da einließ. Trotzdem versuchte er, sein Verhalten zu erklären. „Als ich hörte, wie Finn dich auf die Party meiner Eltern eingeladen hat, bekam ich Panik."

„Klar. Du kannst ja nicht zulassen, dass deine schmutzige kleine Affäre sich unter deine Familie mischt", sagte sie achtlos und steckte sich einen weiteren Löffel Eis in den Mund.

„Schmutzig und klein kannst du weglassen. Jedenfalls stellte ich mir sofort vor, wie Mom wissen will, ob du dir eine Frühlings- oder eine Herbsthochzeit wünschst. Und ich hörte meine Tante Eileen, die dich fragt, ob du Kinder willst, bevor deine Eier zu alt sind."

Blinzelnd senkte sie den Löffel. „Wie bitte?"

„Meine Familie ist nicht gerade dafür bekannt, die Privatsphäre anderer zu respektieren, Babe. Und nichts sehen sie lieber, als dass einer von ihnen vor den Traualtar tritt. Und dann, wenn jemand tatsächlich heiratet, kommt sofort das Thema Kinderkriegen aufs Tapet. Warum ist noch kein Baby unterwegs? Wann werdet ihr eines bekommen? Wir lieben Kinder. Je mehr, desto besser."

Sie richtete sich hastig auf. „Du warst schon einmal *verheiratet*?"

„Himmel, nein. Aber ich habe gesehen, wie sie mit meiner Schwester Maureen umgegangen sind und mit meinen Schwägerinnen und meinen Cousinen oder den Freundinnen oder Frauen meiner Cousins." Die Hände in den Taschen vergraben, hob er die Schultern. „Ich jedenfalls habe aufgehört, jemand zu einem unserer Familienfeste mitzubringen, seit ich siebzehn bin."

„Aber warum sollten sie mich solche Dinge fragen? Niemand weiß doch etwas von uns."

„Oh, das werden sie. Die Frauen in meiner Familie haben ein Radar für solche Dinge."

Jane musterte ihn einen Moment, dann trat sie einen Schritt zurück. „Komm rein." Sie bot ihm den Häagen-Dazs-Becher an. „Eis?"

„Gern." Er folgte ihr Eis essend durch den kurzen Flur. Doch als er zum ersten Mal aufsah, blieb er wie angewurzelt stehen.

Alles hätte er erwartet – nur nicht, dass Janes Wohnung schreiend bunt eingerichtet war.

Die Wände im Wohn- und Esszimmer waren in warmem Gold gestrichen, das die Farbe der schimmernden Kirschholzböden besonders schön hervorhob. Eine waldgrüne Samtcouch war mit Kissen in allen erdenklichen Farben übersät, zwei burgunderrote Lederstühle standen um einen kleinen Kaffeetisch, und lebhafte Farbdrucke hingen an den Wänden. Auf bunten Mosaikhaltern in verschiedenen Größen standen dicke Kerzen, die schwarze Küchentheke war mit bunten Tontöpfen dekoriert.

„Wow. Das ist toll."

„Es ist winzig, aber mir gefällt's."

Die Wohnung war vermutlich nicht größer als 55 Quadratmeter, doch ein kluger Grundriss holte das Beste aus jedem Zentimeter heraus. „Hey, ich verbringe die meiste Zeit meines Lebens auf Booten. Von vielleicht drei oder vier supergroßen Jachten einmal abgesehen, die ich gesegelt bin, ist das hier im Vergleich geradezu palastartig."

Die Wohnung war außerdem tipptopp aufgeräumt – von einem Haufen Papier auf dem Tisch einmal abgesehen. „Störe ich dich bei der Arbeit?"

„Nein, ist schon okay. Ich bin nur dabei, die einzelnen Posten der Inventurliste, die der Gutachter aufgestellt hat, zu überprüfen." Sie runzelte einemem Moment lang die Stirn. „Das kann aber warten."

Er zeigte auf die Balkontür am anderen Ende des Wohnzimmers. „Darf ich mich mal umsehen?"

„Bitte sehr."

Er öffnete die Tür zu der schmalen Terrasse. Der kühle Oktoberwind riss an seinem Schal. Die Lichter der Stadt leuchteten im Süden und Osten, während Elliott Bay sich wie ein schwarzes Seidentuch vor ihm ausbreitete. Die Lichter der West Seattle Halbinsel schimmerten am Horizont, und obwohl es zu dunkel war, um die Olympic Mountains hinter dem Puget Sound zu sehen, wusste er, dass sie da waren. „Tolle Aussicht."

„Ich weiß." Sie stellte sich mit gegen die Kälte verschränkten Armen neben ihn. „Grandios, oder?"

Er zog den Reißverschluss seiner alten Lederbomberjacke auf, schlang die Arme um ihre Taille und drückte sie von hinten an sich. Dann umhüllte er sie mit der Jacke und legte das Kinn auf ihren Kopf. Warmes, seidiges Haar flatterte an seine Haut.

Sie schmiegte sich an ihn, und einen Moment lang betrachteten sie schweigend den Ausblick. „Ich verstehe nicht so ganz, warum du dir solche Sorgen wegen deiner Familie machst", sagte sie dann. „Zumindest klingt das alles irgendwie normal. Während eine Party bei *meinen* Eltern gleich in ein Drama unter Alkoholeinfluss ausartet. Aber wenn es dir hilft: Ich bin weder an Hochzeiten noch an Kindern interessiert und hätte kein Problem, das deiner Familie gegenüber klarzustellen, damit sie dich in Ruhe lassen." Sie drehte den Kopf so, dass sie ihn ansehen konnte. „Ich will dich nicht besitzen, Dev. Sondern nur für eine Weile ausleihen."

Was sie mehr oder weniger zur Traumfrau eines jeden Mannes machte. Warum also sorgte jetzt ein Hauch von Unbehagen dafür, dass er sie fester an sich zog, als ob er verhindern wollte, dass sie sich aus seiner Umarmung löste?

Innerlich kopfschüttelnd lockerte er seinen Griff wieder. Er sollte bald etwas essen. Ein leerer Magen schien ihm nicht besonders gut zu bekommen.

Jedenfalls hatte sie all seine Zweifel über ein Treffen mit seiner Familie ausgeräumt. Er rieb sein Kinn an ihrem Haar. „Also", murmelte er. „Hast du Lust, mit mir zu der Party zu kommen?"

Gordon führte gerade sein heiliges Samstagmorgen-Pflegeritual aus, als das Telefon klingelte. Feuchtigkeitscreme in seine frisch rasierten Wangen massierend lief er durch das Zimmer und betrachtete die Nummer auf dem Display.

Jerry Waskowitz, ein Freund aus seiner Jugendzeit.

Er zögerte. Er hatte mit den meisten seiner alten Kumpels aus der Terrace nichts mehr zu tun, aber er und Jerry kannten sich einfach schon ewig. Außerdem teilte Jerry seine Leidenschaft fürs Pokern. Er hatte mit ihm seit dem Fiasko bei der Las-Vegas-Challenge nicht mehr gesprochen.

Er nahm den Hörer ab. „Hey."

„Hey Gordie." Gordon runzelte die Brauen, doch da berichtigte Jerry sich auch schon: „Gordon wollte ich sagen. Wie läuft's? Lange nichts gehört!"

„Läuft super." Und das stimmte auch. Er war jetzt offiziell aus dem Schneider, in anderen Worten: ein freier Mann. Die letzte Rate, die er Fast Eddie noch geschuldet hatte, war bezahlt.

„Freut mich zu hören. Haste in letzter Zeit mal gepokert?"

„Nein, ich habe bis zum Hals in Arbeit gesteckt." Und sich mit großer Freude ein paar Teile aus Janes Erbschaft unter den Nagel gerissen.

„Ja, feste Jobs können einem Typen schon den Spaß verderben, wie? Ich hab auch nicht so viel gespielt, wie ich gerne hätte. Und wie läuft's im Museum?"

„Fan-fucking-tastisch." Wenn man die Tatsache ignorierte, dass er vermutlich alt und grau und – er erschauerte – faltig sein würde, bevor er jemals selbst eine Ausstellung von dem Kaliber wie diese Hexe Kaplinski bekommen würde. „Und bei dir, Mann?", fragte er zurück. „Wie sieht's bei deinem Job aus?" Natürlich interessierte ihn die Antwort einen Dreck. Jerry war Mechaniker – schlichter ging es doch nun wirklich nicht.

„Hart und ölig", entgegnete sein Freund liebenswürdig. „Ist doch immer dasselbe. Was auch der Grund ist, warum ich anrufe. Haste heute Abend Lust auf ein Spielchen im Muckleshoot?"

Gordons erster Impuls war, Nein zu sagen. Ein unangenehmer Ruck ging durch seinen Körper, und ihm wurde klar, dass er die indianischen Casinos und Kartenzimmer in letzter Zeit gemieden hatte. Was zum Henker sollte das?

Er war ein Spieler. Und ein exzellenter Pokerspieler. Ja, gut, er hatte eine schwierige Phase gehabt. Aber das konnte auch den Besten passieren.

Und er *war* einer der Besten. Zum Teufel, er war für Großes geschaffen.

Doch Großes erreichte man wahrlich nicht, indem man sich versteckte. Im Gegenteil. Man musste sich schließlich ausprobieren. Wieder und wieder. Und seit wann ging er lieber auf Nummer sicher? Warum zum Beispiel war er nicht mehr in die Villa zurückgekehrt, obwohl er dort doch eine Goldader gefunden hatte? So etwas nicht zu tun, war einfach Hühnerkacke.

Sicher, es handelte sich um ein Risiko, das er nicht unbedingt eingehen musste, weil Fast Eddie ja aus seinem Leben verschwunden war. Aber wenn man nun mal mit so stahlharten Eiern geboren worden war wie er, dann brauchte man nicht seine Zeit mit Kleinkram zu vergeuden. Fast Eddie würde nur dann wieder eine große Nummer werden, wenn Gordon sich selbst in die Lage brachte, seine Hilfe noch einmal in Anspruch zu nehmen. Und das würde nicht geschehen. Nicht, solange er diese Villa als geheimes Ass im Ärmel hatte.

Ganz zu schweigen von dem zusätzlichen Spaß, die Kaplinski aufs Kreuz zu legen. Natürlich nicht wirklich. Er verzog die Lippen. Seinen Schwanz in diese kleine Spießerin zu stecken, wäre ja, als würde man eine aufblasbare Puppe vögeln, die vorher im Eisfach gelegen hatte. Aber in anderer Hinsicht würde er sie mit Begeisterung aufs Kreuz legen, jederzeit.

„Gord, bist du noch dran, Bruder?"

„Hm? Oh, entschuldige. Mich hat gerade eine Nachbarin abgelenkt, die vor dem Fenster ihr T-Shirt ausgezogen hat."

„Kein Scheiß? Die hat dir wirklich ihre nackten Titten gezeigt?"

„Ja."

„Du hast vielleicht ein Leben, Mann. Also, willst du jetzt 'ne Runde Poker spielen oder was?"

„Klar. Warum nicht?"

„Dann hol ich dich ab. Wann?"

„Wie klingt neun Uhr?" Er dachte an den grünen Steuben-Lampenschirm aus Kristallglas, den er beim letzten Mal in der

Villa bemerkt hatte. Dafür würde man auf dem freien Markt wahrscheinlich um die elfhundert Dollar bekommen und vielleicht sieben- oder achthundert von einem Hehler. Ein kleines Lächeln umspielte seine Lippen.

„Zuerst muss ich noch bei meiner Bank vorbei, etwas Bargeld abheben. Und dann kann's losgehen."

Jane hatte noch nie so viele Leute auf einmal in einem durchschnittlich großen Haus gesehen. „Bist du sicher, dass ich nicht einfach allein reingehen soll?", fragte sie Devlin über den Lärm der vielen Stimmen hinweg, als er die Tür zu seinem Elternhaus aufgedrückt hatte. „Deine Familie muss ja nicht wissen, dass da was zwischen uns läuft."

„Zu spät", sagte er und zeigte mit dem Kinn Richtung Wohnzimmer. „Das da drüben ist meine Mutter." Bevor sie die Frau ausmachen konnte, legte er den Arm um ihre Schulter, steuerte sie an ein paar Rauchern vorbei, die schon auf dem Weg nach draußen ihre Zigaretten anzündeten, an zwei Männern, die über die Vorzüge von Campingkochern diskutierten, und schob sie aus dem Weg, als eine Gruppe Kinder laut kreischend an ihnen vorbeisauste. „Außerdem sagte ich ja bereits, dass die Kavanagh-Frauen ein erstklassiges Radar für so was besitzen. Hallo Mom."

Er ließ Jane los, um eine etwas mollige Frau in eine Knochen brechende Umarmung zu reißen, sie auf die Lippen zu küssen und dann einen Schritt zurückzutreten. „Das ist meine Freundin Jane. Jane, meine Mom Erin Kavanagh."

„Wie geht es Ihnen?" Jane streckte ihre Hand aus. „Vielen Dank für die Einladung."

Erin übersah geflissentlich die Hand und umarmte Jane herzlich.

„Oh!" Jane regte sich nicht in den Armen der Frau, sie wusste nicht, was zu tun war. Die einzigen Menschen, die sie regelmäßig umarmten, waren Ava und Poppy. Zögernd hob sie die Hände und tätschelte ein wenig linkisch Erins Schultern.

„Herzlich willkommen", sagte Devlins Mutter, hielt sie eine Armlänge von sich, um sie von Kopf bis Fuß anzuschauen, und ließ sie dann los. „Ich bin so froh, dass Sie gekommen sind. Meine anderen Jungs haben eine Menge über Sie erzählt, und es ist schön, endlich das Gesicht zu dem Namen zu sehen." Sie wedelte mit der Hand. „In der Küche gibt es Bier und Wein und Softdrinks, das Büfett ist im Wohnzimmer. Los dann. Amüsiert euch. Bringen Sie Mr Plappermaul dazu, Sie den anderen vorzustellen."

Und genau das tat Devlin. Er stellte sie den beiden Schwestern vor, die sie noch nicht kannte, Kate und Maureen. Außerdem einer Unmenge Cousinen und Cousins und Onkel und Tanten, unzähligen aber offenbar nicht allen Nichten und Neffen, dann führte er sie mitten ins Wohnzimmer, um seine Großmütter Hester und Katherine kennenzulernen, und schließlich zu einem Büfett im Esszimmer, wo sein Großvater Darragh und sein Vater gerade ein Glas Whiskey genossen. Als sie David über den Weg liefen, stellte Devlin ihr dessen Frau Julie und seine Kinder vor, kurz darauf Brens Frau Jody.

„Kommt mir vor wie das Familienfoto in deinem Schlafzimmer – auf Dope", sagte sie später, als sie sich in eine freie Ecke in der Küche quetschte, während Devlin den Kühlschrank öffnete. „Ist jeder hier mit dir verwandt?"

Er nahm ein Bier für sich und eine Cola light für Jane heraus, knallte die Tür zu, richtete sich auf und streckte ihr den Kopf hin. „Was sagst du?", brüllte er.

Sie hob die Stimme, um eine Gruppe von Männern zu übertönen, die gerade vor dem Spülbecken die irische Nationalhymne angestimmt hatte. „Die Leute, die du mir vorgestellt hast. Sind die alle mit dir verwandt?"

„Die meisten." Er ergriff eine Handvoll Eiswürfel, warf sie in ein Glas und reichte es ihr zusammen mit der Coladose. „Hab ich dir doch gesagt, Langbein. Das ist eine verdammt große Familie."

„Sag bloß." Wie groß, konnte sie sich nicht mal vorstellen, aber das änderte auch nichts daran, dass sie von heftigem Neid gepackt wurde. Alle schienen so eng verbunden zu sein und gingen so ungezwungen miteinander um.

„Komm", schrie er und schnappte sich ihre Hand. „Ich kann mich nicht mal denken hören. Suchen wir Hannah und Finn. Die verstecken sich wahrscheinlich im Keller. Und wie ich Hannah kenne, hat sie das Beste, was das Büfett zu bieten hat, mitgenommen."

Sie schlängelten sich durch die Menschenmasse hindurch zu einer Tür im hinteren Teil der Küche, als eine ältere Frau in den Raum kam. Sie hatte flammend rotes Haar, das sich eigentlich mit der knallorangen Jacke hätte beißen müssen, es aber aus irgendeinem Grund nicht tat. Mit erhobenem Kinn und gestrafften Schultern und dem herausgestreckten enormen Busen war sie nicht zu übersehen.

„Himmelherrgott!", bellte sie die Sänger an. „Macht das gefälligst draußen! Die verdammten Fenster scheppern schon."

Die Männer verzogen sich. In der relativen Stille, die auf ihr Verschwinden folgte, stellte sich die Frau mit in die Hüften gestemmten Händen in die Mitte der Küche und betrachtete die restlichen Gäste. Ihr Blick blieb an Devlin und Jane hängen. „Hallo Devlin, Liebling", rief sie, während sie anmarschierte. „Gib mir einen Kuss."

Er küsste die Wange, die sie ihm hinhielt. „Hallo Tante Eileen. Wie geht es dir? Das ist meine Freundin Jane."

„Wie schön, Sie kennenzulernen", sagte Jane. „Ich habe das wunderbare Foto gesehen, das Sie von Devlins Familie gemacht haben."

„Haben Sie? In der Wohnung von unserem Dev?"

„Mhm."

Die Frau musterte sie nachdenklich. „Sie sind vielleicht ... was ... achtundzwanzig? Neunundzwanzig?"

„Tante Eileen ..."

Jane hörte die Drohung in Devlins Stimme und musste grinsen. Doch sie antwortete höflich: „Ich bin dreißig."

„Wie denken Sie denn über Kinder? Haben Sie vor, welche zu bekommen, bevor Ihre Eier zu alt sind?"

Jane konnte nicht anders. Sie brach in schallendes Gelächter aus.

Eileen zog die Augenbrauen zusammen. „Habe ich etwas Lustiges gesagt?"

„Nur genau das, was Devlin vorausgesagt hat."

„Und zwar als Erklärung dafür, warum ich nicht vor Begeisterung umgefallen bin, als Finn sie zu dieser Feier eingeladen hat", sagte Dev. „Weil ich wusste, dass sie sofort ins Kreuzverhör genommen werden würde."

„Eine einzige Frage kann man wohl kaum als Kreuzverhör bezeichnen, Jungchen", informierte Eileen ihn kühl.

„Aber es ist ein bisschen verfrüht, mich nach Kindern zu fragen", sagte Jane ruhig. Sie berührte Eileen am Ärmel. „Ma'am, von heute abgesehen, hatte ich bisher exakt ein einziges Date mit Ihrem Neffen."

„Hey!" Er richtete sich ein wenig auf. „Und was ist mit der Noodle Ranch?"

„Mit dir zufällig in einem Imbiss am selben Tisch zu sitzen ist nicht gleich ein Date, Kavanagh. Falls du mich aber einmal dorthin ausführen und zu ein paar Nudeln einladen möchtest..."

Ein seltsamer Ausdruck huschte über sein Gesicht, und sie fragte sich, ob er dasselbe dachte wie sie. Nämlich, dass sie zwar heißen Sex, aber noch nie wirklich ein richtiges Date gehabt hatten.

Offenbar, denn er sagte: „Wie wäre es, wenn wir stattdessen Mama's Kitchen probieren? Vorausgesetzt natürlich, dass du gerne mexikanisch isst. Wenn du Meeresfrüchte bevorzugst, dann können wir auch ins Belltown Bistro gehen."

Sie trank einen Schluck Cola. „Klingt beides gut."

„Montagabend?"

Ein unerwartetes, warmes Gefühl breitete sich in ihrem Magen aus, ein erfreutes Lächeln zuckte in ihren Mundwinkeln, aber nur kurz, da sie nicht vorhatte, zu weich zu werden.

Dann schüttelte sie alle Sorgen ab. Sie hatten eine Affäre, die vorüber war, sobald Devlin zurück nach Europa ging, und es war nicht sinnvoll, jede einzelne Emotion zu hinterfragen. Sie wollte die Zeit mit ihm genießen, solange sie dauerte. „Montagabend passt."

Dev beugte sich zu ihr und küsste sie kurz. „Entschuldige uns, Tante Eileen", sagte er, ohne Jane aus den Augen zu lassen, er umschlang ihre Finger und begann, sie Richtung Kellertür zu ziehen.

„Beantworten Sie mir nur eine Frage, Jane", rief Eileen ihr hinterher. „Bevorzugen Sie Frühjahrs- oder Herbsthochzeiten?"

„Ich dachte, die Frage sollte deine Mutter stellen", flüsterte sie Dev zu.

Er zuckte mit den Schultern. „Mom war überraschend zurückhaltend heute. Vielleicht schraubt sie ihre tägliche Dosis Neugier gerade etwas herunter."

Jane sah über ihre Schulter. „Darüber habe ich noch nicht nachgedacht", rief sie zurück. Nach ein paar Sekunden fügte sie hinzu: „Aber meine Brautjungfern habe ich bereits ausgesucht."

Dev schob sie lachend durch die Tür.

Und keiner von ihnen beiden konnte das zufriedene Lächeln der Tante sehen.

16. KAPITEL

Ich muss lernen, meiner Intuition zu vertrauen. Denn manchmal ist etwas, das sich nicht richtig anfühlt, wirklich nicht richtig.

Jane war ganz aus dem Häuschen. Sie hatte vor der Arbeit bei Kits Camera im Westlake Center die Fotos abgeholt und schon nach dem ersten flüchtigen Durchschauen gewusst, dass sie gut waren. Wirklich gut! Fröhlich tanzte sie den Flur hinunter.

Gordon Ives streckte seinen Kopf aus seinem Büro. „Da hat aber jemand gute Laune."

„Ich bin total glücklich." Sie wedelte mit dem Umschlag durch die Luft, blieb aber nicht stehen. „Ich habe Fotos von dem Abendkleid gemacht, das der Mittelpunkt meiner Couture-Ausstellung werden soll, und die sind sogar noch besser geworden, als ich gehofft hatte. Wenn die anderen Ausstellungsstücke sich nur halb so gut fotografieren lassen, dann wird mein Katalog ein Hammer!" Sie hielt mitten im nächsten Tanzschritt inne und grinste ihm zu. „Du hast doch ein besonders gutes Auge für so was. Willst du mal sehen?"

„Na klar."

Er folgte ihr in ihr Büro, wo sie ihre Handtasche in die unterste Schublade packte. Dann warf sie die braune Mappe mit der umfangreichen Inventarliste der Villa, über der sie mehrere Tage gebrütet hatte, auf den Tisch und schlüpfte aus dem Mantel. Sie wusste, dass sie hier eigentlich nicht an der Liste arbeiten sollte, hatte es sich aber nichtsdestotrotz vorgenommen – falls sie sich ein paar Minuten freischaufeln konnte.

„Vorsicht." Er griff nach der Mappe, die mit zu viel Schwung über die Tischplatte segelte. Der Aktendeckel klappte auf und ein ganzer Stapel Blätter fiel heraus.

„War ja klar", rief sie, lief um den Tisch und bückte sich, um ihm beim Aufsammeln zu helfen. Dann streckte sie eine Hand aus, um Gordon die Unterlagen abzunehmen, die er aufgehoben hatte und ausdruckslos anstarrte, steckte sie wieder in die Mappe und richtete sich auf.

„Wie ungeschickt von mir. Danke, Gordon." Als sie auf die oberste Seite blickte und die beiden Objekte betrachtete, die sie Gelb unterstrichen hatte, zog sie kurz die Brauen zusammen. „Das hier ist ein weiteres Problem." Sie konnte nicht länger den Kopf in den Sand stecken, denn inzwischen war sie sicher, dass einiges aus der Villa gestohlen worden war. Sie musste etwas unternehmen.

„Kann ich dir irgendwie helfen?"

„Nein – aber danke für dein Angebot. Ich habe den Eindruck, dass nur die Polizei mir bei diesem speziellen Problem helfen kann." Dann fiel ihr Blick auf den Umschlag mit den Fotos, und ihr Gesicht leuchtete auf. „Aber wie gesagt, würde ich mich über deine Einschätzung der Fotos freuen." Sie bedeutete ihm, sich auf einen Stuhl vor ihrem Schreibtisch zu setzen. „Hier, schau mal."

„Heilige Sch…" Er beugte sich über den Tisch, studierte ein Foto nach dem anderen von dem champagnerfarbenen mit Glasperlen bestickten Crêpekleid. „Christian Dior", murmelte er, riss den Blick von den Fotos los und sah zu ihr auf. „Späte Fünfziger?"

„Ja."

„Scheint noch in bester Form zu sein. Und lässt sich fantastisch fotografieren."

„Oh Gott." Jane musste sich wirklich am Riemen reißen, um nicht erneut loszuschwofen. „Das finde ich auch. Ich bin völlig außer mir wegen dieses Kleides." Sie tänzelte hinter ihren Schreibtisch und ließ sich auf ihren Stuhl fallen. „Das Cape ist natürlich auch der Wahnsinn, aber das Kleid wird der Höhepunkt der Ausstellung sein." Ihr Telefon klingelte, sie entschuldigte sich kurz und hob ab.

„Hey, Langbein", rief Devlin, nachdem sie sich mit Hallo gemeldet hatte. „Tut mir leid, dass ich dich im Büro anrufe, aber man weiß ja nie, wo du dich so rumtreibst."

Sie schnaubte. Innerlich aber wurde ihr ganz warm.

„Und dass du jederzeit so anmutig und stilvoll bist", fuhr er fort. „Das gefällt mir wirklich."

Sie gönnte ihm nicht die Genugtuung, sie zum Lachen zu bringen, doch sie lächelte und begann mit ihrem Schreibtischstuhl zu schaukeln. „Was kann ich für dich tun, Kavanagh? Wie du bereits erwähntest, bin ich bei der Arbeit und habe eine Menge zu tun."

„Ich wollte nur schnell mit dir sprechen, bevor sich dein Terminkalender füllt. Hast du heute Abend Zeit?"

„Bis jetzt ja. Aber der Tag ist noch jung."

„Deswegen nennt man mich auch früher Vogel, Babe. Ich will den Wurm fangen – besser gesagt, mit dir essen gehen."

„Wie bitte, Mr Vogel?" Sie ertappte sich dabei, wie sie mit den Wimpern klimperte, als ob er sie sehen könnte. „Bittest du mich etwa um … ein Date?"

„Ich denke schon. Zumindest habe ich gehört, dass man es so nennt. Wir sprechen aber nicht von einem Abschlussballdate! Ich spendiere dir kein Ansteckstäußchen – es sei denn, du versprichst, mit mir zu knutschen."

Nun brach sie doch in Gelächter aus. „Na klar, als ob ich über *so was* während der Arbeitszeit diskutieren würde."

„Du hast recht. Klingt mir eher nach einem Gespräch beim Dessert. Hast du Lust auf Mexikanisch? Wir könnten uns über eine Platte Bohnen hinweg ausgiebig und tief in die Augen schauen."

Diesmal kam ihr Lachen direkt aus dem Bauch. „Du bist so ein romantischer Narr."

„Babe, du machst dir ja keine Vorstellung. Also Mama's Kitchen?"

„Ja. Klingt gut."

„Großartig. Wir sehen uns ja heute Nachmittag in der Villa, dann können wir noch besprechen, um wie viel Uhr ich dich abholen soll."

Oh, es handelte sich also um ein waschechtes Date. Mit von zu Hause abholen und wieder zurückbringen und allem.

Am liebsten hätte sie sich vor Behagen auf ihrem Stuhl gerekelt.

„Ein heißes Date?", fragte Gordon.

Zuerst wollte sie ihn mit ein paar wohlgewählten Worten abspeisen. Aber es war nun wirklich nicht fair, erst ganz offen in seiner Gegenwart mit einem Mann zu flirten und ihm dann eine Antwort schuldig zu bleiben. Außerdem konnte sie gar nicht mehr aufhören zu grinsen. „Nun, zumindest eine Verabredung zum Essen."

„Heute Abend?"

„Mhm."

Er seufzte. „Du Glückspilz."

Sie sah ihn an und machte sich zum ersten Mal Gedanken über sein Liebesleben. Sie war sich ja nicht einmal über seine sexuelle Ausrichtung im Klaren. Bisher hatte sie zwar geglaubt, dass er hetero war … doch vielleicht auch nicht, so wie er sich immer rausputzte und bewegte. Außerdem hatte sie ihn noch nie mit einer Frau gesehen.

Andererseits hatte er sie ja auch noch nie mit einem Mann gesehen. „Und du?", hörte sie sich fragen. „Gibt es jemand Besonderen in deinem Leben?"

„Nee."

„Jemand, den du ab und zu triffst?"

„Nicht einmal das momentan. Zurzeit bin ich viel zu sehr auf meine Arbeit fixiert."

„Kann ich verstehen." Und wie sie das verstehen konnte, schließlich war es ihr genauso ergangen bis … bis sie Devlin getroffen hatte. Dieser Gedanke jagte ihr zwar einen kleinen Schock durch ihren gesamten Körper, doch es stimmte: Die Affäre mit Devlin hatte ein Gleichgewicht in ihr Leben gebracht, von dem sie zuvor nicht einmal geahnt hatte, dass es fehlte. Sie hatte Ava und Poppy und war immer der Meinung gewesen, dass sie mehr nicht brauchte. Doch indem sie immer so gewissenhaft versucht hatte, jede Form von Körperlichkeit zu vermeiden, war sie womöglich ein wenig zu kopflastig geworden. Vielleicht war Leidenschaft gar nicht so schlimm.

Zumindest Leidenschaft für einen Mann, der wieder ging, bevor sie sich genauso zwanghaft aufzuführen begann wie ihre Eltern.

Gordon stand abrupt auf. „Nun, ich sollte mich besser wieder um meinen eigenen Kram kümmern."

„Natürlich." Sie erhob sich ebenfalls. „Danke, dass du dir meine Fotos angesehen hast. Und falls ich es noch nicht deutlich genug gesagt habe, ich bin dir wirklich sehr dankbar dafür, dass du dich um die Spanische Ausstellung kümmerst."

„Kein Problem", sagte er. „Ich freue mich immer, helfen zu können."

Am liebsten würde ich helfen, indem ich dich von der Space Needle schubse. Gordon marschierte zurück in sein eigenes Büro und schloss sanft die Tür hinter sich. Was nicht halb so befriedigend war, wie sie laut zuzuknallen, aber er war schließlich ein zivilisierter Mensch. Er verlor niemals die Fassung, was ihn von den Neandertalern unterschied, mit denen er in Terrace aufgewachsen war.

Er musste nachdenken. Diese Kaplinski war offenbar doch klüger und schneller als gedacht, wenn sie den Diebstahl bereits bemerkt hatte. Doch wie immer war das Glück auf seiner Seite. Das würde man in Anbetracht der Tatsache, dass seine Goldader dabei war zu versiegen, vielleicht nicht direkt vermuten. Aber andererseits war ausgerechnet *er* in der Nähe gewesen, als Janes Ordner auf den Boden fiel! Und beim Aufsammeln der Papiere hatte er einige der gelb gekennzeichneten Objekte als die wiedererkannt, die er geklaut hatte.

Diese Hexe hatte vor, die Polizei zu informieren, somit blieb ihm nichts anderes übrig, als ein letztes Mal in die Wolcott-Villa einzudringen. Und zwar heute Abend, wenn Jane ihr Date hatte. Und wer hätte gedacht, dass es einen Mann gab, der sie tatsächlich vögeln wollte? So unvorstellbar es war, aber das Telefongespräch hatte diesen Eindruck tatsächlich vermittelt.

Doch er schweifte vom Eigentlichen ab. Wenn die Polizei sowieso eingeschaltet werden sollte, dann konnte er vorher ruhig noch ein paar hübsche Sammlerstücke mitgehen lassen. Und wenn er schon mal dabei war, auch die hochfliegenden Pläne dieser kleinen Superkuratorin durchkreuzen. Ein endgültiges *Fick dich*, um ihr seine Hochachtung zu demonstrieren.

Was ihm zwar keine Kohle einbringen, diesem Miststück aber das Leben schwermachen würde.

Und allein bei diesem Gedanken fühlte er sich gleich viel besser.

„Du hast im Elvis-Zimmer reserviert!" Jane lächelte ihn über die Schulter an, als die Bedienung von Mama's Kitchen sie in den Raum voller Elvis-Erinnerungsstücke führte. „Wie ist dir denn das gelungen?"

Dev riss sich vom Anblick ihrer Hüften los, die er die ganze Zeit angestarrt hatte, als könne er so in Erfahrung bringen, welche Farbe ihr Höschen unter dem dunkelblauen Rock hatte. „Ich habe so meine Beziehungen."

„Ach ja?" Sie hob die Augenbrauen. „Ich dachte, Mama's würde keine Reservierungen unter sechs Leuten annehmen."

„Na gut, vielleicht war es einfach auch nur pures Glück." Er hatte tatsächlich um einen Tisch im Elvis-Zimmer gebeten, der ihm allerdings nicht garantiert worden war, weil das Restaurant größeren Runden den Vorzug gab. Als sie sich gesetzt hatten und die Bedienung mit einem kleinen Lächeln verschwunden war, beugte er sich über den Tisch und strich mit der Fingerspitze über Janes Hand, dann legte er seine darüber. Sie hatte so weiche Haut. „Ich sagte ihnen, dass ich nur das Beste für meine Begleiterin möchte", murmelte er.

„Oh. Dass lass ich mir nicht zweimal sagen."

„Dann hau richtig rein. Bestell eine Virgin Strawberry Margarita und eine Combo-Platte."

Das tat sie, und nachdem ihre Getränke serviert worden waren, lehnte er sich zurück, um Jane beim Trinken zu beobachten. „Wie kommt es, dass du keinen Alkohol trinkst?"

Sie zögerte. „Ab und zu trinke ich schon mal was. Aber meistens bleibe ich lieber nüchtern, weil meine Eltern … gerne trinken." Sie runzelte leicht die Stirn. „Vorsichtig ausgedrückt. In Wahrheit sind sie Alkoholiker."

Am liebsten hätte er wieder ihre Hand berührt. Sie getröstet. Doch mit einiger Anstrengung blieb er unbewegt sitzen, weil er spürte, dass sie auf keinen Fall getröstet werden wollte. „Beide?"

„Ja."

Anderseits war das auch kein Thema, bei dem man gähnend mal eben „mhm" sagte. Er sah, wie sie mit den Fingern im Takt zu *Livin' on a Prayer* trommelte, das aus den Lautsprechern tönte. „Tut mir leid, Janie", sagte er leise. „Das muss schlimm sein."

Sie zuckte mit den Schultern, und ihm war klar, dass sie keine Lust hatte, ein solches Thema bei Chips und Salsa zu erörtern. Froh darüber, dass sie ihm überhaupt so viel verraten hatte und weil es sich hier um ein Date handelte, das Spaß machen sollte, rief er: „Sag mir, dass du als Mädchen kein Bon-Jovi-Fan warst."

„Was meinst du mit *warst*? Ich bin noch immer Bon-Jovi-Fan." Sie fächelte sich mit einer Hand Luft zu. „Ich meine, hast du dir Jon Bon Jovi mal richtig *angeschaut*?"

„Kann ich nicht behaupten. Er ist nicht gerade mein Typ."

„Ah." Sie trank noch einen Schluck, stellte dann das Glas zurück auf den Tisch und schenkte ihm einen verständnisvollen Blick. „Du stehst nicht auf blond, wie?"

„Süß, Kaplinski."

Sie lächelte mit sich selbst zufrieden. „Ich bemühe mich. Und mal im Ernst, einhundert Millionen Fans können sich nicht irren. Ich vermute mal, *du* warst eher Van Halen- oder Guns N' Roses-Fan." Sie stützte das Kinn auf die Hände. „Und wie sahen deine Klamotten zu dieser Zeit aus? Hast du ausschließlich Jeans getragen? Oder nein, warte. Ich wette, du hast Hosen aus Ballonseide getragen und warst so ein Breakdance-Kid. Ich kann mir bildlich vorstellen, wie du dich auf dem Kopf gedreht hast."

Er lachte. „Finn war der Breakdancer in der Familie. Ich bin in eine Konfessionsschule gegangen, meine Süße, musste also

Uniform tragen. Zuhause habe ich überwiegend Jeans angezogen. Aber ich gestehe, dass ich ein Jahr lang tatsächlich in Ballonseide herumstolziert bin. Und ich sah *heiß* aus. Alle Mädchen wollten mich."

„Ich bin sicher, du hast dich selbst für eine Legende gehalten." Sie maß ihn einmal von Kopf bis Fuß, dann warf sie ihm ein Huck-Finn-Grinsen zu. „Ehrlich gesagt haben mir diese Hosen gefallen. Und ich glaube, dass sie bald ein Comeback erleben werden. Zumindest habe ich etwas Ähnliches kürzlich erst an einem jungen Mädchen entdeckt. Vielleicht kaufe ich mir auch mal wieder eine."

„In hübschem knalligem Rot?"

Sie lachte. „Eher nicht."

„Was ist denn deine Lieblingsfarbe? Halt, nicht verraten." Er schloss die Augen und presste Zeigefinger und Daumen an die Stirn. „Ich sehe … Schwarz."

„Nein, Klugscheißer. Grün."

Er öffnete die Augen. „Echt?"

„Ja. Ich mag Grün wirklich sehr, vor allem die weichen, gedeckten Töne."

„Wie in deinem Schlafzimmer", sagte er. Das er vor ein paar Tagen bestens kennengelernt hatte. Die Wände waren in einem zarten Graugrün gestrichen, das einen scharfen Kontrast zu den weißen Holzmöbeln bildete.

„Genau", stimmte sie zu. „Und welches ist deine Lieblingsfarbe?"

„Blau. Wie deine Augen, Babe."

Sie gab ein unhöfliches Geräusch von sich.

Grinsend betrachtete er ihr glänzendes Haar und dachte an die Frisur, die seine Schwester damals getragen hatte. „Und hast du in der Highschool auch deine Haare so irrsinnig hoch toupiert?"

„Also bitte." Sie warf ihm einen hochnäsigen Blick zu. „Du bist ganz offensichtlich ein paar Jahre älter als ich. Als das angesagt war, war ich vielleicht elf oder zwölf."

„Sicher", spöttelte er. „Und vorpubertäre Mädchen interessieren sich nicht dafür, was angesagt ist." Er musterte ihr glattes, geschmeidiges Haar und warf ihr einen wissenden Blick zu. „Ah. Deine Haare haben nicht gehalten, hm?"

„Stimmt", gestand sie. „Was mich total genervt hat. Poppy hatte so einen Riesenturm, aber mein und Avas Haar war immer nach kürzester Zeit wieder platt."

„Auf der anderen Seite haben Ava und du keine peinlichen Fotos aus dieser Zeit, über die sich spätere Generationen lustig machen können."

„Das ist wahr", stimmte sie ihm zu.

Auch während des Essens fuhren sie fort, sich Geschichten aus ihrer Teenagerzeit zu erzählen, daraus folgte eine Diskussion über die letzten Jahre und ihre Arbeit.

„Du hast also vor zu segeln, bis du alt und grau bist?", fragte sie etwas später.

„Vermutlich nicht. Ein Teil von mir liebt das Segeln und kann sich gar nicht vorstellen, es jemals aufzugeben. Ein anderer Teil aber ist es langsam leid, immer aus dem Koffer zu leben. Besser gesagt aus dem Seesack."

„Ich kann mir so ein Leben nicht einmal vorstellen. Ich würde gerne mehr von der Welt sehen, aber immer nur vielleicht für zwei oder drei Wochen am Stück. Ich will nirgendwo leben außer in Seattle. Poppy und Ava sind hier. Und ich habe meine Arbeit." Sie lud etwas Reis auf ihre Gabel, verharrte aber mitten in der Bewegung und starrte ihn über den Tisch hinweg an. „Wo warst du überall? Wo hat es dir am besten gefallen?"

Ihr Essen wurde kalt, während sie sich gegenseitig aus ihrem Leben erzählten. Und je mehr sie sprachen und lachten, desto klarer dämmerte ihm eine Erkenntnis.

Er mochte diese Frau wirklich. Mochte sie sogar *ziemlich*. Und nicht nur wegen dieser erstaunlichen sexuellen Spannung, die sie beide schier zu verbrennen schien, sobald sie einander berührten. Sie verstanden sich so blind, dass es geradezu beängstigend war. Und je mehr Zeit er mit ihr verbrachte, desto mehr Übereinstimmungen entdeckte er.

Sehr viel später, nachdem die Bedienung ihre Teller abgeräumt und Janes Flan mit mexikanischer heißer Schokolade serviert und seinen Kaffee vor ihn gestellt hatte, lehnte er sich zurück und sah sie an. „Also ... wie ist das nun bei dir? Knutschen beim ersten Date?"

Jane nahm sich viel Zeit, ihren Löffel abzulecken, und erwiderte seinen Blick mit halb gesenkten Wimpern. Dann schenkte sie ihm ein sittsames Lächeln. „Ich bin nicht so ein Mädchen."

„Ich kann dir gar nicht sagen, wie schade es ist, das zu hören."

Plötzlich spürte er, wie sie unterm Tisch mit einem hochhackigen Schuh über seinen Knöchel strich. „Ein wirklich entschlossener Mann könnte mich allerdings dazu bringen, meine Meinung zu ändern", wisperte sie, während sie ihm noch ein widersprüchliches Ich-träume-nicht-mal-von-Sex-Lächeln schenkte. „Ein hochmotivierter Mann."

Er winkte hastig der Bedienung. „Die Rechnung bitte!"

Jane lachte und zog den Fuß wieder auf ihre Seite.

Gerade als sie zu dem Sportwagen liefen, den er sich extra für diese Verabredung geliehen hatte, klingelte sein Handy. Er blickte aufs Display, zuckte mit den Schultern und sagte: „Entschuldige, da muss ich rangehen." Er klappte das Telefon auf. „Was gibt's, Finn?"

„Hast du die Kappsäge mit in die Villa genommen?"

„Ja, die brauche ich in ein paar Tagen."

„Planänderung, Brüderlein. Wir brauchen sie morgen auf der Morris-Baustelle. Ich bin gerade auf dem Weg in die Villa – wo kann ich sie finden?"

„Im Zimmer rechts neben dem Wintergarten, und zwar in dem großen Schrank. Brauchst du sonst noch was?"

„Nein, das war's."

„Gut, ich habe nämlich gerade ein Date – bitte ruf nicht mehr an."

„Kapiert." Finn lachte. „Gib Langbein einen dicken Kuss von mir."

„Na klar", sagte er ausdruckslos. „Träum weiter." Er klappte das Handy zu, steckte es wieder in seine Jackentasche und schlang einen Arm um Janes Schulter. „Babe. Für den Rest der Nacht gehöre ich ganz dir."

Etwas später nahm Dev sie vor ihrem Haus in die Arme und küsste sie. Er hob den Kopf erst, als er spürte, wie sie sich kraftlos an ihn schmiegte. „Lad mich auf einen Kaffee ein", forderte er sie auf.

Was ihm unter anderem wirklich gefiel, war, dass sie sich nicht einschüchtern ließ. Sie richtete sich langsam auf, löste die Arme von seinem Hals und fuhr mit den Fingernägeln über seinen Hals. „Nun ... ich weiß nicht so recht."

Er küsste sie noch einmal, bis sie diese Fingernägel in seinen Hals vergrub. „Lad mich auf einen Kaffee ..."

„Würdest du noch gerne mit hinaufkommen, um ...", sie leckte sich über die Lippen und strich sanft über die Abdrücke, die ihre Nägel hinterlassen hatten, „... einen Kaffee zu trinken?"

„Oh ja."

Nebeneinander spazierten sie in den Aufzug wie befreundete Geschäftspartner. Doch kaum hatten sich die Türen geschlossen, lehnte Dev sich an die Wand, legte einen Arm um ihre Taille, zog sie an sich und stürzte sich auf ihren Mund. Als er dieses Mal den Kopf hob, lehnte Jane sich schwer an ihn, ein Bein hatte sie um seinen Schenkel geschlungen. Er atmete tief aus. „Gibt es hier eine Überwachungskamera?"

„Weiß ich nicht."

„Dann ist es vermutlich besser, wenn ich dir nicht die Bluse herunterreiße. Ich möchte nicht, dass du irgendwo im Internet in Unterwäsche auftauchst."

Sie vergrub den Kopf an seiner Brust. „Oh, warum nur habe ich nicht die Wohnung gekauft, die ich mir mal im ersten Stock angesehen habe?"

Sekunden später hielt der Aufzug, sie rannten den Flur hinunter, und als sie mit dem Schlüssel herumhantierte, presste er sich von hinten an sie, küsste ihren Nacken und streichelte ihren Hintern. Plötzlich drehte sich der Knauf unter ihren Händen, zusammen stolperten sie in ihre Wohnung.

Sie brauchten eine Ewigkeit im Flur, weil sie immer wieder von Küssen und den Versuchen, ihre Kleider abzustreifen, abgelenkt wurden. Als sie an der Küche vorbeikamen, keuchte Jane: „Was den Kaffee betrifft ..."

Lachend hob er sie hoch, trug sie ins Schlafzimmer und warf sie aufs Bett. Dann ließ er sich neben sie fallen. Er begann, ihre Bluse aufzuknöpfen.

„Babe, ich habe einen Tipp für dich: Vertrau nie einem Mann, der davon besessen ist, herauszufinden, welche Farbe du heute unter deinem Darth-Vader-Outfit trägst. Solche Typen versprechen dir das Blaue vom Himmel herunter." Als er die Bluse öffnete, hielt er den Atem an. „Oh Mann", stöhnte er und drückte einen Kuss auf ihr wunderbares, süßes Dekolleté. „*Grün.*"

17. KAPITEL

Poppys Eltern sprechen immer von „den Bullen". Früher dachte ich, es handelte sich einfach um ein Überbleibsel aus der Hippiezeit, nicht um die Herabsetzung einer bestimmten Berufsgruppe. Aber vielleicht war da doch mehr dran.

„Hey, was ist los?", murmelte Devlin, nachdem er sie ein paar Minuten in den Armen gehalten hatte. „Du verspannst dich auf einmal." Er rieb mit seinen Arbeiterhänden in kleinen Kreisen über Janes Hüfte. „Ich kann fast riechen, wie deine Kabel zu schmoren beginnen. Worüber denkst du so angestrengt nach?"

„Ich habe nicht auf meine Intuition gehört", erklärte ihm Jane, ohne auch nur eine Sekunde zu zögern. Es war eine Erleichterung, ihre Sorgen mit jemandem teilen zu können. Sie strich mit der Wange über seine Brust, spürte seine warmen Muskeln, als er sie fester an sich drückte. „Ich habe mir einzureden versucht, dass das, was ich instinktiv gespürt habe, gar nicht passiert ist … aber jetzt muss ich endlich das tun, was ich schon die ganze Zeit hätte tun sollen. Nämlich die Polizei einschalten."

„Mal langsam!" Er schob sie von sich herunter, um ihr ins Gesicht sehen zu können. „Wie meinst du das, die Polizei einschalten. Was zum Teufel ist passiert?"

Sie erzählte ihm von den vermissten Stücken. „Vor ein paar Tagen ist mir zum ersten Mal aufgefallen, dass etwas nicht stimmt. Aber ich habe mir eingeredet, dass ich mir das alles nur einbilde."

„Stimmt – du lebst in einer ziemlich klar definierten Welt." Er küsste ihren Hals, dann legte er sich wieder zurück. „Was übrigens nur eine Beobachtung ist. Ich meine das nicht abfällig."

„Das weiß ich. Und es stimmt auch. Ich mag es, wenn Dinge schwarz oder weiß sind."

„Meistens schwarz", sagte er gedämpft.

Sie ging nicht auf seinen Einwand ein, obwohl seine ständigen Frotzeleien wegen der Farbe ihrer Kleidung sie amüsierten.

„Wie ich vorhin sagte, bevor du mich so unhöflich unterbrochen hast, dachte ich, dass ich mir das alles nur einbilde. Und ich hatte auch nicht viel Geduld mit mir selbst, verstehst du? Ich dachte, dass ich einfach nur spinne. Denn es gibt tausend gute Gründe, warum manche Sachen, an die ich mich erinnern kann, nicht mehr da sind."

Er strich ihr eine Strähne hinters Ohr. „Aber?"

„Aber als ich die Inventarliste vom Nachlassverwalter endlich aufgetrieben hatte, waren alle Stücke, die ich nicht mehr finden konnte, dort aufgelistet."

„Was bedeutet, dass jemand sie in der Zeit zwischen der Auflistung und heute geklaut hat."

„Genau. Und auch andere Stücke fehlen, die mir gar nicht aufgefallen waren. Also muss ich die Polizei informieren. Ganz zu schweigen von Poppy und Ava, denen ich schon längst hätte Bescheid sagen sollen. Ich habe es immer vor mir hergeschoben, weil ich hoffte, dass sich die Sache irgendwie aufklären würde." Jane schnitt eine Grimasse. „Was albern ist. Und deswegen muss ich jetzt endlich in den sauren Apfel beißen und die beiden anrufen."

„Aber nicht jetzt." Er zog sie fest an sich und drückte die Lippen auf ihr Kinn. Dann fuhr er mit den Zähnen über ihren Hals. „Es ist spät."

Sie erschauerte ... und bog den Kopf zurück. „Es ist erst kurz nach acht."

„In New York ist es schon nach elf", murmelte er, während er tiefer wanderte. „Und fünf Uhr morgens in Spanien."

Sie drängte sich seinen Händen entgegen. „Also stimmst du dem alten Countryphilosophen Jimmy Buffett zu?", flüsterte sie atemlos. „Der singt: *It's five o'clock somewhere*?"

Dev presste sie sogar noch fester an sich. „Verdammt richtig. Du hast noch genug Zeit, morgen früh anzurufen."

Gordon stand vor dem Dior-Kleid, ein frisch geschliffenes Messer in der Hand und einen Kopfkissenbezug mit seinen Beutestücken zu seinen Füßen.

Es war schon das dritte Mal, dass er reglos an dieser Stelle stand, und langsam ärgerte er sich über seine Unentschlossenheit. Sein Plan war simpel gewesen – in die Villa eindringen, so viel Diebesgut ergattern, wie in den Kopfkissenbezug passte, dann das Christian-Dior-Abendkleid zerfetzen und verschwinden. Schnell und effizient.

Nun gut, der Plan war eigentlich gewesen, die gesamte Garderobe für die Ausstellung zu zerstören, nicht nur dieses Kleid. Aber auf seiner Jagd durch die Villa hatte er die restlichen Kleider nirgendwo entdecken können.

Die Schlampe hatte sie wahrscheinlich schon längst zum Museum liefern lassen – auch wenn ihm ein Rätsel war, warum sie ausgerechnet das Stück zurückgelassen hatte, das sie selbst als Höhepunkt der Ausstellung bezeichnete.

Nun, was auch immer der Grund dafür war: es zeigte nur, dass Gordon nach wie vor eine Glückssträhne hatte. Die Kaplinski würde am Boden zerstört sein, ihre Glaubwürdigkeit in der Museumswelt wäre für immer beschädigt. Dieser Gedanke ließ seine Wangen vor Begeisterung erröten.

Doch das war etwas, worüber er sich später erst so richtig freuen durfte. Zunächst einmal musste er tun, was er tun wollte, und dann erst die Kurve kratzen. Die goldenen Glasperlen schimmerten in dem sanften Licht der Schreibtischlampe, mit erhobener Hand trat er näher.

Nur um das Messer einen Moment lang über dem Kleid schweben zu lassen, bevor er die Hand senkte. „Scheiße!"

Er konnte es nicht tun. Dieses Kleid war überirdisch schön und in einem fantastischen Zustand, obwohl der Stoff ein halbes Jahrhundert alt war. Er konnte es einfach nicht zerschneiden.

Was aber nicht hieß, dass er es der Kaplinski überlassen musste. Vielleicht war er nicht in der Lage, so ein wunderschönes Stück zu zerstören, aber deswegen hatte sie noch lange nicht gewonnen. Er zog das Kleid von dem mit Satin bezogenen Bügel, faltete es sorgfältig zusammen und legte es auf seine Schätze in dem Kopfkissenbezug.

Himmel, das war sogar noch besser! Er würde es hinter Glas hängen und seiner Sammlung hinzufügen.

Über die Jahre hatte er sich hie und da in verschiedenen Museen, in denen er ein Praktikum gemacht hatte, ein Objekt unter den Nagel gerissen. Was überraschend leicht war, wenn man gute Nerven hatte. Natürlich durfte man sich nicht die wichtigsten und repräsentativsten Stücke des Museums aussuchen. Nein, er hatte einfach gewartet, bis beschädigte Stücke ausgemustert wurden, und dann der Liste ein paar hinzugefügt, die noch vollkommen in Ordnung waren. Und dann hatte er dem jeweiligen Kurator die Liste gegeben und fröhlich gesagt: „Aber bestimmt wollen Sie die Objekte selbst noch einmal überprüfen."

Von wegen. Die meisten Senior-Kuratoren hatten keine Lust, in staubigen Lagerräumen herumzustöbern. Nur einer hatte ihn mal beim Wort genommen, und zu seinem großen Bedauern hatte Gordon vor ihm ins Lager eilen müssen, um das besagte Stück tatsächlich zu beschädigen.

Natürlich konnte er seine Sammlung niemandem gegenüber jemals erwähnen, aber sie war ihm immer eine heimliche Genugtuung gewesen. Genau das würde das Dior-Kleid künftig auch sein. Er wollte ihm einen Ehrenplatz geben. Und jedes Mal, wenn er einen Blick darauf warf, würde er lächeln bei der Erinnerung, wie er die Kaplinski übers Ohr gehauen hatte.

Und genauso würde er das Wissen genießen, dass seine kleinen Einbruchstouren in der Villa das Pokerturnier finanziert hatten, das ihm endlich den Weg ganz nach oben ebnete. Eines Tages würde er selbst großartige und tadellose Sammlungen besitzen. Museen, die sein Genie nicht erkannt hatten, würden darum betteln, seine Kostbarkeiten ausstellen zu dürfen.

Und er würde je nach Laune entscheiden, ob er die Erlaubnis gab oder nicht.

Es fehlte nicht viel, und er hätte vor Freude gepfiffen, als er das Licht ausknipste und Richtung Küche lief. Dann hörte er wenige Schritte von der Eingangstür entfernt Männerstimmen.

Verfluchte Scheiße! Geduckt lief er zurück ins Speisezimmer und sah sich hastig in dem vom Vollmond erleuchteten Raum um. Von einem Einbauschrank abgesehen, gab es hier nichts, wo er sich verstecken konnte. Eng an die Wand gedrückt, schlich er zu dem Schrank, in der Hoffnung, dass er nicht vollgestopft war. Als er die Tür aufzog, entdeckte er einen alten Speiseaufzug, den er einen Moment lang nur anstarrte. So ein Aufzug hatte doch gar keinen Sinn, wenn sich die Küche auf der anderen Seite des großen Flurs befand.

Dann zuckte er ungeduldig mit den Schultern. Wen interessierte das schon – wahrscheinlich hatte sich die Küche früher einmal im Keller befunden. Viel wichtiger war, dass der Aufzug nicht groß genug war, um sich darin zu verstecken. Aber zumindest konnte er den vollen Kissenbezug darin verstauen. Er schloss den Schrank wieder und versteckte sich dann hinter der Tür des Speisezimmers.

Falls es sich um Handwerker handelte, waren sie vielleicht nur zurückgekommen, weil sie etwas vergessen hatten. Dann musste er nur still verharren und warten, bis sie nach oben liefen, seinen Kissenbezug schnappen – den er, wie ihm jetzt klar wurde, gleich bei sich hätte behalten sollen – und verduften.

„Ich hole die Säge. Bin gleich wieder zurück", sagte ein Mann, der mit einem Mal nur Zentimeter von ihm entfernt war. Gordon hielt erschrocken die Luft an. Er hätte ihm durch die Türangel hindurch locker ein paar Haare ausreißen können.

„Gut", antwortete ein anderer Mann aus Richtung Küche. „Ist ein perfekter Tag, wenn jemand anders die Arbeit für mich macht. Ich lege einfach die Füße hoch und warte hier auf dich."

Lachend lief der braunhaarige Mann weiter. *Scheiße. Beschissener Scheißdreck!* Panik, die er nicht empfunden hatte, als die beiden Männer aufgetaucht waren, packte ihn mit einem Mal an der Gurgel, seine Muskeln begannen zu zucken. Doch er holte tief Luft, atmete langsam aus und schüttelte sich innerlich.

Du bist stärker als eine Panikattacke! Er würde sich nicht von Instinkten leiten lassen. Gordon lächelte grimmig. Er musste einfach nur warten. Die Männer würden dieses Zimmer sicher nicht betreten. Alles war in Ordnung.

„Hat Dev nicht gesagt, dass er die Säge in dem Zimmer neben dem Wintergarten aufbewahrt?", brüllte der Mann aus dem oberen Stockwerk hinunter.

„Ja", schrie der Mann aus der Küche zurück. „Und zwar rechts davon …"

„Was?"

„Um Himmels willen, David." Er murrte etwas im Sinne davon, dass er sich immer nur einen Hund gewünscht und stattdessen einen kleinen Bruder bekommen habe, während er mit großen Schritten am Speisezimmer vorbeilief. Eine Sekunde später hörte Gordon ihn die Treppe hinaufgehen. „Ich sagte, rechts …"

Er wollte keine Sekunde länger warten. Gerade streckte er die Hand nach dem Kopfkissenbezug aus, als er schon wieder laute Schritte auf der Treppe hörte.

Raus hier! RAUS HIER! Der Fluchtinstinkt brach mit einer Heftigkeit aus, die Gordon nicht länger ignorieren konnte. Er floh aus dem Zimmer, raste durch die Halle in die Küche und durch die Hintertür, bevor der Mann das Ende der Treppe erreicht hatte.

Erst als er die Tür seines Wagens aufriss, den er drei Straßen entfernt geparkt hatte, ließ die Panik nach. Am liebsten wäre er sofort zurückgegangen, um seine Schätze wieder an sich zu nehmen.

Aber dafür war es jetzt zu spät. Er hatte alle Brücken hinter sich abgebrochen: Er hatte die Alarmanlage nicht deaktiviert, als er das Haus verlassen hatte.

Er kannte eine Menge Typen aus seiner früheren Nachbarschaft, die es trotzdem versucht hätten. Andererseits mussten die meisten von ihnen jeden Tag Sorge dafür tragen, bloß nicht die Seife in der Gefängnisdusche auf den Boden fallen zu lassen.

Er hatte nicht vor, ihnen Gesellschaft zu leisten.

Laut fluchend kletterte er in sein Auto und fuhr davon.

Dev und Jane durchwühlten gerade den Kühlschrank nach Eiscreme, als sein Handy klingelte. Kopfschüttelnd klappte er es auf. „Jetzt sag nicht, dass du die Säge nicht finden kannst, Alter, weil ich genau weiß, dass ich sie dort hingelegt habe."

„Wir haben hier ein kleines Problem, Dev", sagte Finn, und die Ernsthaftigkeit seiner Stimme wischte das Lächeln von Devlins Gesicht.

„In der Villa?" Er stieß sich von der Küchentheke ab. Jane drehte sich zu ihm um. Als er ihr mit dem Finger bedeutete, kurz zu warten, stellte sie das Eis schweigend zurück in den Kühlschrank.

„Ja. Die Alarmanlage ging los, als David und ich oben waren."

„Kann es sein, dass ihr die Tür nicht richtig hinter euch geschlossen habt?" Aber er wusste es besser; sein Vater hatte ihnen Respekt gegenüber dem Besitz anderer eingebläut, kaum dass sie alt genug gewesen waren, einen Hammer in die Hand zu nehmen. Ganz zu schweigen davon, dass Jane mehrere Objekte vermisste. „Entschuldige. Dumme Frage."

„Wir haben mit der Sicherheitsfirma gesprochen. Sie haben die Polizei informiert, die ist jetzt auf dem Weg."

„Wir auch."

Jane stand sehr gerade, als er sein Handy zuklappte und wieder in seine Tasche schob. „Was ist?"

„Finn und David glauben, dass jemand eingebrochen ist, während sie in der Villa waren. Die Polizei ist schon unterwegs."

„Verflucht, ich wusste es!" Sie raste zurück ins Schlafzimmer. „Ich zieh mir schnell was an", rief sie, während sie sich schon die Pyjamahose herunterriss, die sie nach ihrem Liebesspiel hastig übergestreift hatte. Dann zog sie Jeans an und eine schwarze Jacke über ihr Tanktop und hockte sich aufs Bett, um in Socken und Schuhe zu schlüpfen.

Die Villa war erleuchtet wie Macy's bei der Thanksgiving Day Parade. David und Finn warteten in der Küche auf sie.

„Entschuldigen Sie, Jane", sagte Finn.

„Wieso? Es ist doch nicht Ihr Fehler."

„Wir glauben, dass schon jemand hier war, als wir ankamen. David und ich hätten aufmerksamer sein müssen."

Sie hielt die Mappe mit der Inventarliste in die Höhe. „Wenn jemand schuld ist, dann ich. Das war nicht das erste Mal. Ich habe Devlin gerade erzählt, dass Sachen verschwunden sind. Aber weil ich es einfach nicht glauben wollte, habe ich die Polizei nicht verständigt."

„Ja, ja, und als du mir vorhin davon erzählt hast, habe ich dich auch noch dazu überredet, bis morgen zu warten. Also ist es auch mein Fehler." Dev schüttelte ungeduldig den Kopf. „Wir können dieses Schuldspielchen die ganze Nacht treiben, aber das hilft uns jetzt auch nicht weiter."

„Stimmt", sagte sie kläglich. „Also werde ich etwas Konkretes unternehmen. Ich werde mit der Inventarliste in den Salon gehen und herausfinden, was noch fehlt."

Finn sah ihr hinterher. „Ich fühle mich echt schlecht deswegen."

David nickte.

„Schöner Mist", räumte Dev ein.

„NEEEEIN!", heulte Jane mit einem Mal auf, und in ihrer Stimme lag so viel Seelenqual, dass die Brüder sich beinah gegenseitig umrannten, um so schnell wie möglich in den Salon zu gelangen. Sekunden später rasten sie durch die Tür.

Jane wirbelte zu ihnen herum. „Sie haben das Dior mitgenommen", kreischte sie ein wenig hysterisch. „Mein Gott. *Sie haben das Dior!*"

„Was ist denn ein Dior?", fragte David.

Sie deutete mit zitternden Fingern auf einen leeren Kleiderbügel, als ob dies die Frage beantworten würde.

„Das goldene Kleid, das da immer hing?", fragte Dev, und auch wenn er nur wild geraten hatte, war sie froh, dass er zumindest eine Ahnung hatte, wovon sie sprach.

Sie nickte und zwang sich zu einem zittrigen Lächeln. Und dann begann zum Entsetzen der drei Männer eine dicke, fette Träne über ihre Wange zu rollen.

„Nicht weinen", flehte David.

Finn wandte mit fest zusammengebissenen Zähnen den Blick ab.

Dev lief mit zwei riesigen Schritten auf sie zu und nahm sie in den Arm. „Wer würde schon ein Kleid klauen?", fragte er mit männlicher Logik. „Vielleicht hast du es mit den anderen in den Geheimschrank gehängt und es einfach vergessen. Was meinst du?"

Sie lachte humorlos auf. „Nein, denn das wäre sehr *klug* gewesen. Ich war so vorsichtig mit den anderen Kleidern, aber das Dior war mein ... ich weiß nicht, mein Glücksbringer, mein Talisman oder was auch immer. Ich habe es als Inspiration dahingehängt, um die tollste verdammte Ausstellung zu konzipieren, die das Seattle Art Museum jemals gesehen hat." Sie wischte sich mit einer schnellen, verstohlenen Handbewegung über die Augen. „Jetzt muss ich der Direktorin sagen, dass das wichtigste Stück von Miss Agnes' Nachlass gestohlen wurde, weil ich arrogant und unvorsichtig war."

Es klingelte an der Haustür, und alle sahen sich einen Moment lang ratlos an, weil diese Tür bisher niemand jemals benutzt hatte. Dann rollte Finn die Schultern nach hinten. „Da sind sie", murmelte er und lief ins Foyer.

Wie sich herausstellte, waren nicht „sie" da, sondern eine einzige Streifenpolizistin – eine ernste straßenköterblonde Frau. Sie und Finn sprachen kurz miteinander, dann begleitete er sie in den Salon. „Das ist Officer Stiller, Jane. Officer, das ist Jane Kaplinski."

Sie hatte sich einen Schritt von Dev entfernt, um zumindest den Eindruck zu erwecken, als ob sie auf ihren eigenen Beinen stehen könnte, und streckte mechanisch die Hand aus. Doch Stiller schenkte ihr nur ein schroffes Nicken und ignorierte ihre Hand. Ihr Pistolenhalfter knarrte, als sie ein Notizbuch aus der Hosentasche zog. „Sie sind die Eigentümerin?"

Jane steckte die Hände in ihre Jeanstaschen. „Unter anderem. Zusammen mit Ava Spencer und Poppy Calloway." Sie warf Dev einen Blick zu. „Ich muss sie anrufen."

Officer Stiller wandte sich ebenfalls an ihn. „Und Sie sind?"

„Devlin Kavanagh. Meinen Bruder Finn haben Sie bereits kennengelernt, und das hier ist David. Wir sind von Kavanagh Constructions. Wir sind für den Umbau der Wolcott-Villa verantwortlich."

„Um diese Uhrzeit?"

Er kniff die Augen zusammen, entgegnete aber in neutralem Ton: „Ich habe gestern eine Säge hierhergebracht, die meine Brüder für eine andere Baustelle brauchen, also sind sie vorbeigekommen, um sie zu holen. Der Alarm ging los, während sie hier waren, was darauf hindeutet, dass sie den Einbrecher gestört haben und der daraufhin geflohen ist."

„Oder dass Ihre Brüder vergessen haben, den Alarm zu deaktivieren oder die Tür richtig zu schließen, als sie hereinkamen."

Finn trat vor. „Die Alarmanlage ist so programmiert, dass sie sich automatisch reaktiviert", erwiderte er kühl. „Sie können den Sicherheitsdienst anrufen und sich bestätigen lassen, dass der Alarm zuvor abgestellt worden ist."

Jane hob den Kopf. „Das können die beweisen?", fragte sie.

Er nickte. „Ist ein hypermodernes System."

„Dann will ich wissen, wann genau seit der Installierung der Alarm an- und abgestellt worden ist. Ich habe eine Liste der Dinge, die schon vor heute Abend gefehlt haben."

Die Polizistin durchbohrte sie mit einem strengen Blick. „Und Sie hielten es nicht für notwendig, uns zu informieren?"

„Ich habe mein halbes Leben in diesem Haus verbracht und gedacht, dass einige der fehlenden Stücke vielleicht einfach kaputt gegangen sind. Aber als ich die Inventarliste überprüfte, stellte sich heraus, dass ich mir das nicht nur einbilde. Ich habe vorhin erst mit Devlin darüber gesprochen und wollte morgen früh Anzeige erstatten."

Stiller studierte sie noch eine Sekunde, dann wandte sie sich wieder an Finn: „Angenommen, der Sicherheitsdienst kann bestätigen, dass Sie den Alarm deaktiviert hatten – können Sie mit hundertprozentiger Sicherheit sagen, dass Sie die Tür hinter sich richtig ins Schloss gezogen haben?"

„Davon abgesehen, dass unser Dad uns die Haut bei lebendigem Leib abziehen würde, wenn wir jemals so unaufmerksam wären, meinen Sie?"

Officer Stiller lächelte tatsächlich ein wenig, und Finn fuhr ernst fort: „Es ist überhaupt nicht möglich, den Code einzugeben, solange die Tür oder ein Fenster offen ist. Außerdem bin ich in der Küche geblieben, während David nach oben rannte, um die Säge zu holen – lang genug, dass eine nicht richtig deaktivierte Alarmanlage losgegangen wäre."

„Wie konnte dann jemand an Ihnen vorbeikommen?"

„Als David die Säge nicht finden konnte ..."

„Weil ich in dem Zimmer links vom Wintergarten geschaut habe, statt rechts", erklärte sein Bruder.

„Ich bin hochgelaufen, um ihm zu helfen. Doch da ist ihm schon eingefallen, dass er im falschen Zimmer war. Er hat die Säge genau in dem Moment gefunden, als ich oben ankam. Also habe ich einfach umgedreht. In der Küche zog es, wie mir auffiel, als ich zurückkam, und dann sah ich, dass die Hintertür offen stand. Fünf Sekunden später ging die Alarmanlage los."

„Wer hat den Code für die Anlage?", fragte Stiller.

„Ich natürlich", antwortete Jane. „Außerdem Poppy und Ava. Und natürlich die Kavanaghs."

Stiller sah Devlin an. „Heuert Ihre Firma gelegentlich illegale Einwanderer an?"

„Nein. Unsere Mitarbeiter sind alle US-Bürger. Sie können unsere Firmengeschichte überprüfen – wir hatten nie Probleme mit dem Gesetz."

„Und der Sicherheitscode? Ist der irgendwo hinterlegt, damit Ihre Handwerker auch ohne Sie in die Villa gelangen können, wenn Sie mal nicht hier sind?"

Alle drei Brüder kniffen die Augen zu Schlitzen zusammen. „*Wir* sind die Handwerker in dieser Villa. Die anderen Angestellten arbeiten bei anderen Projekten."

Dev trat einen Schritt vor. „Wollen Sie etwa andeuten, dass wir etwas mit den Diebstählen zu tun haben?"

Jane zuckte zusammen, weil sie diese Möglichkeit überhaupt nicht in Betracht gezogen hatte. Sie dachte ungefähr fünf Sekunden darüber nach, grübelte ein paar weitere Sekunden darüber, was sie über Devlin und seine Familie wusste – und verwarf die Möglichkeit als lächerlich.

„Sie müssen zugeben, dass alles, was Sie bisher erzählt haben, darauf hindeuten könnte", sagte die Polizistin sanft.

„Das ist doch verrückt", rief Jane. „Poppy hätte Kavanagh Constructions doch nicht engagiert, wenn sie keinen tadellosen Ruf hätten! Die Firma gibt es seit 1969, seit fast vierzig Jahren! Warum sollten sie ihren guten Namen für eine Handvoll Sammlerstücke riskieren, die zwar ein Vermögen wert sind – aber nur wenn man weiß, wie man sie auf den Markt bringt."

„Sie scheinen sich auszukennen", sagte die Polizistin. „Wissen Sie, wie man sie auf den Markt bringt?"

„Ich bin Junior-Kuratorin im Seattle Art Museum – also ja, ich weiß es. Aber wenn Sie andeuten wollen, dass ich die Sachen an mich genommen habe, vergessen Sie bitte nicht, dass sie mir bereits gehören. Und Sie können gern meine Vergangenheit überprüfen. Ich habe keine Schulden oder sonstigen Verbindlichkeiten, für die ich Bargeld brauche."

„Können Sie mir eine Liste über die vermissten Gegenstände zukommen lassen?"

„Ich kann Ihnen die bisherige geben, aber ich werde noch mindestens einen Tag brauchen, um zu sehen, was heute Nacht gestohlen wurde. Ich weiß nur ganz sicher, dass das Christian-Dior-Kleid weg ist." Ihr Magen krampfte sich zusammen, sie fuhr sich durchs Haar und atmete tief durch. „Das ist wirklich ein schwerer Schlag für mich."

„Sie sind verzweifelt wegen eines fehlenden *Kleides*?" Officer Stillers Ton ließ keinen Zweifel daran, wie sie über diese Tatsache dachte.

Jane straffte die Schultern und sah der anderen Frau gerade in die Augen. Sie hatte die Nase voll von deren fehlender Sensibilität. Sie war hier schließlich das Opfer, nicht der Täter – und mit Sicherheit kein hirnloses Modepüppchen. „Ich bin verzweifelt wegen eines wertvollen Haute-Couture-Abendkleides aus den Fünfzigerjahren, das über zwanzigtausend Dollar wert ist und uns nicht gehört – damit meine ich Poppy, Ava und mich. Es wurde unter anderem dem SAM hinterlassen, für das ich eine Ausstellung organisiere. Es ist also nicht nur in ästhetischem Hinblick ein Verlust, sondern auch in beruflichem. Damit ist vermutlich meine Karriere fürs Erste ruiniert."

„Dann hätten Sie wohl vorsichtiger damit umgehen sollen", bemerkte Officer Stiller.

„Hey!", riefen die drei Männer gleichzeitig. David und Finn hielten Devlin fest, als er einen Schritt auf die Polizistin zuging.

„Nun, danke für den Hinweis", sagte Jane so würdevoll wie möglich. „Allein wäre ich wohl nie darauf gekommen, dass ich einen riesigen Fehler gemacht habe. Guter Gott, Lady. Ich hätte nicht gedacht, dass ich mich deswegen noch beschissener fühlen könnte." Sie starrte die Polizistin an. „Das war wohl auch ein Fehler."

„Entschuldigen Sie", sagte Stiller steif. Röte kroch in ihre Wangen, doch sie sah Jane nach wie vor reglos an. „Ich hätte mich etwas diplomatischer ausdrücken sollen, aber ich hatte einen harten Tag. Wir werden die lokalen Pfandhäuser überprüfen, ob dort etwas aufgetaucht ist. Aber wie es aussieht, gehen hier ständig Leute ein und aus, und natürlich müssen wir erst mal die überprüfen, die den Sicherheitscode kennen. Davon abgesehen wüsste ich im Moment nicht, was wir noch tun könnten."

„Ich würde Sie gerne kurz herumführen, um Ihnen eine Vorstellung zu vermitteln, wovon wir hier sprechen und warum mir nicht von Anfang an aufgefallen ist, dass etwas fehlt."

Nach einer Tour durchs Haus überreichte sie der Polizistin eine Liste der Dinge, die fehlten. „Den Rest gebe ich Ihnen morgen", versprach sie.

Als sie die Tür hinter ihr geschlossen hatte, drehte Jane sich um und lehnte sich aufseufzend dagegen. Sie sah die drei Kavanagh-Brüder an, die ihr ins Foyer gefolgt waren.

„Nun, das war ja lustig. Hat sonst noch jemand das Bedürfnis, laut zu schreien?"

„Sie hatte ja nicht ganz unrecht", sagte Devlin vorsichtig. „Du glaubst wirklich nicht, dass wir was damit zu tun haben?"

„Selbstverständlich nicht. Ich weiß nicht, was zur Hölle hier vor sich geht, aber ich weiß, dass keiner von euch uns je bestehlen würde."

Finn packte sie und gab ihr einen Kuss auf den Mund. Er hatte fast dieselbe umwerfende Begabung wie sein Bruder in dieser Hinsicht, und sie musste einmal fest blinzeln, als er sie wieder losließ.

„Heirate sie schnell, mein Junge", riet Finn seinem Bruder. „Sonst tu ich es."

18. KAPITEL

Ich danke Gott, dass es Freundinnen gibt. Wie schrecklich wäre die Welt ohne sie!

Poppy und Ava erschienen zwanzig Minuten nach Janes Anruf. "Es tut mir so leid, Mädels", sagte sie, nachdem sie die Ereignisse des Abends zusammengefasst hatte, "dass ich euch so enttäuschen muss."

"So was", sagte Poppy. "Ich dachte immer, du wärst Gott, und jetzt stellt sich raus, dass das gar nicht stimmt."

"Ist sie *nicht*?", fragte Ava ungläubig. Dann zuckte sie mit den Schultern. "Ach, na ja, irgendwie ist das auch eine Erleichterung, oder nicht? Weil Gott keine Fehler macht, im Gegensatz zu ihr." Sie schlang einen Arm um Janes Schulter und zog sie in eine warme, feste Umarmung. "Nun sei mal nicht so hart mit dir, Janie. Du trägst nicht die Last der ganzen Welt auf deinen Schultern."

Poppy nickte zustimmend. "Dir ist immerhin überhaupt aufgefallen, dass Teile von Miss Agnes' Nachlass fehlen. Das ist mehr, als Ava oder ich jemals bemerkt hätten."

"Hurra", sagte Jane missmutig. "Ich habe es bemerkt und mir dann eingeredet, dass es nicht so ist."

"Natürlich. Wir haben eine brandneue hochmoderne Alarmanlage – wie konntest du davon ausgehen, dass an der jemand vorbeikommen könnte?"

Dev betrat den Salon. Er sah männlich und tough aus, seine breiten Schultern zeichneten sich unter dem weichen Hemd ab, das er für ihr Date angezogen hatte.

Für ein Date, das eine Ewigkeit zurückzuliegen schien.

"Finn und David sind gegangen, und ich habe den Code der Alarmanlage geändert", sagte er. "Weißt du noch, was zu tun ist, wenn du einmal die neue Nummer eingegeben hast?"

"Ja." Sie wandte sich an ihre Freundinnen. "Wir müssen uns nur einfach eine neue überlegen. Irgendwelche Ideen?"

Er wandte sich ab. „Das überlasse ich euch."

„Nein", sagte sie. Wir geben dir den neuen Code sowieso, sobald wir uns für einen entschieden haben." Sie sah wieder ihre Freundinnen an. „Ihr seid doch auch der Meinung, dass es keiner der Kavanaghs gewesen sein kann, oder?" Sie selbst war sich hundertprozentig sicher, was aber nichts daran änderte, dass sie das Urteil von Poppy und Ava mit einer gewissen Beklemmung abwartete. Sie waren nicht immer einer Meinung, aber normalerweise bekamen sie sich nur wegen irgendwelcher Kleinigkeiten in die Haare. Falls sie aber in *dieser Hinsicht* Zweifel hätten, wäre das die erste richtig große Meinungsverschiedenheit ihres Lebens.

„Ja, der Meinung bin ich auch", sagte Poppy, woraufhin Jane vor Erleichterung beinahe in die Knie gegangen wäre. Sie sah Ava an.

Ihre rothaarige Freundin betrachtete Devlin. „Ich habe Sie und Ihre Brüder nicht so gut kennengelernt wie die beiden", sagte sie. „Aber ich vertraue Jane. Sie hat eine gute Intuition." Sie lächelte schief. „Und manch einer sieht Poppys große braune Augen und ihre blonden Locken und diese Hippieröcke, die sie so gerne trägt, und denkt vielleicht: ‚Was für ein süßer Fratz!' Aber Jane und ich können ihr eine große Aufmerksamkeit für Details bescheinigen. Und sie hat sich viele Informationen über Ihre Firma beschafft, bevor wir Sie angeheuert haben."

„Allerdings", stimmte Poppy zu. Sie schien aber nicht das Bedürfnis zu haben, diesen Punkt weiter auszuführen, denn sie wandte sich umgehend wieder ihren Freundinnen zu. „Und wisst ihr, was mich an dieser Situation am meisten ärgert – davon abgesehen, dass Janie um den Höhepunkt ihrer Ausstellung gebracht wurde? Das Verhalten dieser Polizistin. Weil schließlich *irgendjemand* hier eingebrochen ist, die Polizei sich aber nur darauf konzentriert, die Kavanaghs und uns zu überprüfen. Im Grunde haben sie damit den Typen eine Lizenz zum Einbrechen gegeben. Und das macht mich stinksauer."

„Du hast vollkommen recht", sagte Ava. „Ich werde mal mit Onkel Robert sprechen. Er und der Bürgermeister spielen fast jeden Mittwoch Golf miteinander." Sie warf ein Haifischlächeln in die Runde, das in scharfem Kontrast zu ihrer sonst so sanften femininen Ausstrahlung stand. „Ich denke, es ist an der Zeit, dass die beiden mal über etwas Wichtigeres plaudern als darüber, wie man Bälle mit einem Stock über einen Rasen schlägt."

„Erinnere mich daran, mich nie mit Ava anzulegen", sagte Dev, als sie eine halbe Stunde später zurück in Janes Wohnung fuhren. „Das war ungefähr so, als ob Marilyn Monroe mit einem Mal Krokodilszähne wachsen würden." Er warf Jane, die schweigend aus dem Fenster starrte, einen Blick zu. „Hat sie wirklich Beziehungen zum Bürgermeister?"

Jane wandte sich ihm zu, offenbar bemüht, ihren finsteren Gesichtsausdruck abzulegen. „Ja. Sie hat nicht die nettesten Eltern der Welt, aber sie sind tatsächlich recht einflussreich in der Gegend."

„Wie praktisch."

„Kann sein. Wenn man schon keine glückliche Großfamilie hat wie du, dann wenigstens eine mit politischem Einfluss."

Oooookay. Doch er wusste, warum sie so sauer war, und legte eine Hand auf ihren Schenkel. „Das mit dem Kleid tut mir leid, Babe."

„Ja, mir auch." Sie verzog das Gesicht. „Und ich benehme mich total kindisch." Sie richtete sich ein wenig auf. „Ich sollte darüber hinwegkommen. Wie Officer Stiller sehr richtig anmerkte, ist es nur ein Kleid. Es ist nicht gerade so, als ob ich die Lösung für den Weltfrieden bekommen und dann den Zettel verloren hätte, auf den ich sie aufgeschrieben habe."

„Officer Stiller ist 'ne blöde Kuh. Und ich finde, du darfst dich heute ruhig ein wenig in deinem Unglück suhlen. Du kannst auch morgen noch darüber hinwegkommen."

„Oh. Das gefällt mir." Sie schenkte ihm das erste ehrliche Lächeln, seit sie den Diebstahl des Dior-Kleides entdeckt hatte. „Danke. Das werde ich tun – und morgen habe ich mich dann wieder im Griff."

Er fand direkt vor ihrem Haus einen Parkplatz, half ihr aus dem Auto und legte einen Arm um ihre Schultern. Sie lehnte sich an ihn, als wäre sie zu müde, ihr eigenes Gewicht zu tragen. Und erneut wurde ihm klar, wie schwer der Diebstahl auf ihr lastete. Er spürte einen merkwürdigen Beschützerinstinkt in sich erwachen.

Heirate sie schnell, mein Junge. Sonst tu ich es.

Er stolperte fast und stieß ein leises Schnauben aus. *Ja, klar.* Er wollte sie nur ein wenig trösten und sich nicht gleich an eine Frau ketten, die er gerade erst kennenlernte.

Sie hatten die Lobby fast erreicht, und Jane durchwühlte gerade ihre Tasche nach dem Schlüssel, als laute Stimmen durch die Glastüren drangen. „Ach, Scheiße", murmelte sie. „Der Abend wird ja immer besser."

Er blickte von dem streitenden Paar in der Lobby zu ihr. „Nachbarn von dir?"

„Oh nein, viel besser. Das sind Mike und Dorrie, die Stars eines immer wieder erstaunlichen Straßentheaterstücks." Sie musste seinen verständnislosen Ausdruck bemerkt haben, denn sie fügte hinzu: „Mike und Dorrie *Kaplinski*."

„Oh. Du meinst ...?"

„Meine Eltern, ja." Sie straffte die Schultern. „Hör mal, warum fährst du nicht nach Hause? Glaub mir, das hier willst du nicht miterleben. Ich verspreche dir, ich rufe dich in der Sekunde an, in der sie sich wieder beruhigt haben – welches eingebildete Drama auch immer heute dran ist."

Sie stellte sich auf die Zehenspitzen, gab ihm einen Gutenachtkuss, duckte sich unter seinem Arm hervor und öffnete die Tür.

Das glaube ich kaum, Babe. Er folgte ihr dicht auf den Fersen.

Die junge Frau am Empfang begrüßte sie ein wenig ermattet. Dann rief sie erleichtert: „Oh, sehen Sie, da ist ja Ihre Tochter."

Jane warf Sally einen entschuldigenden Blick zu. „Sie sind getrennt gekommen, wie ich vermute?"

„Ja. Erst Ihr Vater, dann Ihre Mutter. Bitte. Könnten Sie die beiden mit hinauf in Ihre Wohnung nehmen?"

Jane seufzte.

Ein rotgesichtiger Mann mit Janes schimmerndem braunen Haar erhob sich von der großen Ledercouch. „Wir haben über eine Stunde auf dich gewartet, Jane Elise", sagte er.

Die Frau mit orange-roten Strähnchen blieb sitzen, die Arme auf die Rückenlehne der Couch gelegt, wodurch ihre Brüste weit hervorstanden. Sie hatte die in knallblauen Strumpfhosen steckenden Beine überschlagen, ihr Fuß wippte ungeduldig. „Nicht nur das. Diese junge Frau da", sie deutete mit dem Kinn auf Sally, „hat sich geweigert, uns in deiner Wohnung warten zu lassen."

Jane nahm Devs Hand und eilte zum Fahrstuhl. Er öffnete sich in der Sekunde, in der sie den Knopf drückte, und als er einen Blick über die Schulter warf, sah er, wie Janes Vater hinter ihnen hereilte und ihre Mutter sich von der Couch hievte, um ihm zu folgen.

„Wenn ihr angerufen hättet", sagt Jane kühl, nachdem alle sich im Fahrstuhl versammelt hatten, „hätte ich euch ungefähr sagen können, wann ich nach Hause komme. Wobei nach allem, was heute Abend geschehen ist …" Sie brach ab. „Aber was rede ich da? Meine Probleme interessieren euch schließlich nicht."

Dev sah sie überrascht an. Natürlich interessierten die beiden sich für ihre Probleme. Das waren doch ihre Eltern!

Bloß … weder ihr Vater noch ihre Mutter stellten auch nur eine einzige Frage nach dieser provozierenden Äußerung. Also musste er ihr vielleicht doch zugestehen, dass sie ihre Eltern viel besser kannte als er.

„Und was Sally betrifft, Mom", fuhr Jane fort. „Sie hat euch nicht in meine Wohnung gelassen, weil ich jeden am Empfang instruiert habe, genau das nicht zu tun."

„Du verweigerst deiner eigenen Mutter den Zutritt zu deiner Wohnung? Wenn das nicht das Grausamste ist, was ich je gehört habe! Aber wir sprechen hier ja schließlich von dir, nicht wahr, Fräulein Rührmichnichtan?"

Mit einem Mal schien Dev auf ihrem Radar aufzutauchen, denn gerade als sie Janes Stockwerk erreicht hatten, sah sie ihn plötzlich an. „Wer sind Sie?", fragte sie beim Aussteigen und begann, ihn von Kopf bis Fuß zu mustern. „Sie sehen zu lebendig aus, um Janes Verabredung zu sein. Wahrscheinlich arbeiten Sie zusammen im Museum oder so was?"

Er sah, wie Janes Wangen rot wurden, und eisige Wut stieg in ihm auf. Wie entsetzlich sich diese Frau gegenüber ihrem eigenen Kind aufführte! „Nein, Ma'am." Er zog Jane an sich. „Ich bin Devlin – Janes Freund."

„Ach *tatsächlich*?" Dorrie musterte ihre Tochter mit erhobenen Augenbrauen. „So viel zum Thema ‚die Beine in die Hand nehmen, sobald du irgendwo auch nur einen Hauch von Leidenschaft entdeckst'."

Jane warf ihr einen schroffen Blick zu. „Du weißt überhaupt nichts über mich und Devlin."

„Das ist sowieso im Moment nicht so wichtig", mischte Mike sich ein, und Dev sah ihn überrascht an. Ein Vater erfährt soeben, dass seine Tochter eine Beziehung mit einem Typen hat, von dem er nicht das Geringste weiß, und hält es für nicht der Rede wert?

Offenbar nicht, denn Mike fuhr fort: „Du musst deine Mutter wieder zu Verstand bringen, Jane."

„Nein, Dad. Muss ich nicht." Sie rieb sich die Schläfen. „Bin ich hier eigentlich die Einzige, die sich an unsere letzten fünfundzwanzig Diskussionen zu diesem Thema erinnert?" Als niemand antwortete, seufzte sie. „Ich schätze, ja. Nun, dann möchte ich euer Gedächtnis etwas auffrischen. Ich bin nicht mehr daran interessiert, euer Publikum abzugeben."

Dev konnte sehen, dass dieser sechsundzwanzigste Versuch genauso wenig Erfolg versprechend war, da ihr Vater sie kaum aussprechen ließ. „Jane, wir nehmen *Die Katze auf dem heißen Blechdach* ins Programm, und sie will die Margaret spielen! Kannst du ihr um Himmels willen erklären, dass sie dafür zu alt ist? Ich habe es ihr tausend Mal gesagt, aber du weißt ja, wie dickköpfig deine Mutter sein kann."

Du liebe Zeit! Dev starrte Janes Vater finster an. Wie sollte sie denn darauf reagieren, fragte er sich empört. In dieser Situation konnte sie doch überhaupt nicht gewinnen. Wenn sie ihm recht gab, verletzte sie ihre Mutter, und umgekehrt.

Aber Jane war entweder aus härterem Holz geschnitzt, als er gedacht hatte, oder einfach nur an diesen Wahnsinn gewöhnt, denn sie antwortete: „Und vermutlich glaubst *du*, jung genug zu sein, um Brick zu spielen?"

„Du hast es erfasst", rief Dorrie. „Also sag diesem alten Narren, dass er derjenige ist, der ..."

„Ich habe Neuigkeiten für euch", unterbrach Jane ihre Mutter. „Ihr seid *beide* zu alt für diese Rollen. Genauso, wie ihr letzte Saison zu alt wart, um Oberon und Titania in *Ein Sommernachtstraum* zu spielen. Also besetzt euch selbst als Big Daddy und Big Mama. Oder – das ist doch eine Idee – sucht euch ein Stück, das zur Abwechslung mal zu eurem Alter passt. *Arsen und Spitzenhäubchen* vielleicht."

„Ich teile die Hauptrolle doch nicht mit einer anderen Frau!", sagte ihre Mutter voller Entsetzen.

„Dann eben *Wer hat Angst vor Virginia Woolf!*", schnappte Jane.

Ein kurzes Schweigen entstand. Und dann ...

„Ooooh", murmelte Dorrie nachdenklich.

„Gar nicht schlecht", sagte Mike. „Besser gesagt: verdammt gut." Er betrachtete seine Tochter. „Hast du Gin im Haus? Wir sollten uns zusammensetzen und darüber sprechen."

Sie rieb sich nun heftiger die Schläfen. „Wann hatte ich jemals Gin im Haus, Dad?"

„Richtig. Du bist nicht gerade die beste Gastgeberin."

„Was du nicht sagst!", rief Dorrie. Aber sie lächelte Jane an. „Aber die Idee ist brillant, Darling."

Dev sah, wie Freude Janes Gesicht erhellte, doch ihre Mutter hatte sich bereits abgewendet, um den Arm ihres Mannes zu ergreifen. „In dem ganzen Stück gibt es nur sechs Schauspieler, und wir könnten wahrscheinlich Studenten nehmen für die Kellnerin und – was war der andere noch mal? Barkeeper? Oh, der Geschäftsführer, glaube ich." Sie schüttelte den Kopf. „Wie auch immer, das ist nicht das Entscheidende. Jedenfalls würden Studenten für einen Apfel und ein Ei spielen."

„Mein Kopf explodiert gleich", murmelte Jane, und Dev hatte seine Grenzen erreicht. Es war, als ob sie ihre Tochter gar nicht sehen würden – es sei denn, sie konnten sie als Waffe gegeneinander verwenden. Er zog seine Geldbörse aus der Hosentasche, nahm einen Zwanzigdollarschein heraus und hielt ihn Mike hin. „Hier. Trinken Sie zusammen einen Kaffee und sprechen Sie darüber. Jane hatte einen harten Abend. Sie braucht Ruhe."

„Und Aspirin", murmelte sie. „Ich könnte wirklich, wirklich ein paar Aspirin vertragen."

Ihr Vater zögerte keine Sekunde, das Geld einzustecken. „Danke, Sohn. Jetzt komm, Dorrie. Lass uns runter ins El Gaucho gehen und über die Idee sprechen."

„Ich werde nicht in einer stinkigen Raucherkneipe herumsitzen", sagte Dorrie. „Wir gehen ins Viceroy."

„Das ist ein Scherz, richtig? Die Leute da sind in Janes Alter."

Jane selbst schien für sie unsichtbar zu sein, als sie ihre Eltern zur Tür brachte. Weder Mike noch Dorrie küssten oder umarmten sie zum Abschied. In seiner Familie gelangte ohne das eine oder andere niemand ins oder aus dem Haus – und im Fall seiner Mutter, Großmütter und Tanten nur mit beidem. Bis heute Abend hatte er ein solches Verhalten als selbstverständlich betrachtet und sich höchstens gelegentlich gewünscht, dass Tante Eileen einen kussechten Lippenstift benutzen würde. Mit einem Mal aber verspürte er eine gewisse Dankbarkeit gegenüber seiner Familie, von der er eine halbe Stunde zuvor noch nicht einmal etwas geahnt hatte.

Jane beim Wort nehmend, lief er ins Badezimmer und hielt ihr bereits zwei Aspirin und ein Glas Wasser hin, als sie von der Wohnungstür zurückkam.

„Ach Gott, vielen Dank." Sie warf die Tabletten in den Mund und trank das Glas bis auf den letzten Tropfen aus.

„Magst du noch mehr?" Er deutete auf das Glas.

„Nein, das war perfekt. Ich will jetzt einfach nur ins Bett."

„Gut, dann mach dich fertig. Du bekommst noch eine kleine Nackenmassage, bevor ich dich zudecke."

Sie warf ihm einen müden Blick zu. „Du musst das nicht tun."

„Ich weiß, dass ich das nicht muss. Ich möchte aber."

„Hör zu." Sie hob würdevoll das Kinn. „Ich werde mich nicht für meine Eltern entschuldigen. Ich weiß, dass es mir eigentlich peinlich sein müsste, dass du sie so erlebt hast, aber ich habe schon vor Jahren aufgehört zu glauben, dass irgendetwas, das die beiden tun, ein schlechtes Licht auf mich werfen könnte."

„Verdammt richtig", stimmte er mitfühlend zu.

„Im anderen Fall wären sie mir pausenlos peinlich gewesen", fügte sie mit der ihr eigenen Ehrlichkeit hinzu. „In Wahrheit wünschte ich, du hättest meine verkorkste Familie nicht miterleben müssen. Und es tut mir leid, dass sie dich in ihr Melodrama mit hineingezogen haben. Es war lieb von dir, dass du dich für mich eingesetzt hast …"

„Babe", unterbrach er sie, dann strich er ihr eine Strähne aus der Stirn. „Ich bin nicht lieb. Deine Mom weiß offenbar überhaupt nichts von dir, wenn sie dich Fräulein Rührmichnichtan nennt. Ich dachte einfach nur, sie sollte das mal begreifen. Aber weißt du, Janie, alle Familien sind irgendwie komisch."

„Mein Gott." Sie legte die Stirn an seine Brust. „Sei nicht so verständnisvoll. Bitte. Ich glaube, das ertrage ich heute Abend nicht."

„Okay." Er drehte sie um, zeigte Richtung Badezimmer und verpasste ihr dann einen kleinen Klaps auf den Hintern. „Mach dich fürs Bett fertig."

Während sie im Bad war, zündete er die Kerzen auf dem Tisch hinter der grünen Samtcouch an, stellte den kleinen Gaskamin an und beobachtete, wie die blaue Flamme an den unechten Holzscheiten entlangzüngelte. Dann schleuderte er die Schuhe von den Füßen und setzte sich. Gedankenverloren beobachtete er durch das Fenster, wie eine hell erleuchtete Fähre in Elliott Bay einfuhr. Kurz darauf bemerkte er Janes Spiegelbild im Fenster, als sie in Boxershorts und einem gerippten Unterhemd ins

Wohnzimmer trat. Er griff nach ihrem Handgelenk. Ihr frisch gewaschenes Gesicht wirkte durchscheinend in dem Kerzenlicht, die Flammen malten rote Lichter in ihr glänzendes Haar. Er zog sie mit dem Rücken zu sich auf seinen Schoß und begann, ihren Nacken zu massieren.

Stöhnend beugte sie den Kopf. Er knetete mit seinen Fingern, drückte mit seinen Daumen, und jedes Mal stieß sie ein kleines „Ah" aus. Nach und nach begann sie, ruhiger zu atmen, ihr Nacken entspannte sich, ihr Kopf sank fast auf ihre Brust.

Er zog sie mit dem Rücken an sich. Die Shorts und das Unterhemd waren grau. Lächelnd strich er eine Haarsträhne von ihrer Unterlippe. Wenn ihre Mutter immer solche knalligen Farben trug wie heute Abend, dann konnte er Janes Vorliebe für dunkle und neutrale Farben wirklich verstehen.

Er schob sie ein wenig zur Seite, bis er einen Arm um ihren Rücken und einen unter ihre Beine schieben konnte, dann stand er auf und trug sie ins Schlafzimmer. Vorsichtig darauf bedacht, sie nicht zu wecken, schlug er die Decke zurück und legte sie aufs Bett.

Als er sich wieder aufrichtete, öffnete sie jedoch die Augen und streckte ihm die Arme entgegen. „Wo willst du hin?", fragte sie schläfrig.

„Ich gehe nach Hause und lasse dich schlafen."

„Nein. Bleib hier." Sie gähnte, lang und mit weit offenem Mund, dann sah sie ihn durch halb geschlossene Lider an und lächelte leicht. „Ich möchte mit dir schlafen."

Er wusste, dass er ihrem warmen, schläfrigen Lächeln hätte widerstehen sollen. Wusste, dass er ihr einfach noch einmal den Nacken hätte massieren sollen, bis sie wieder eingeschlafen wäre.

Doch stattdessen küsste er sie sanft.

Sie schlang die Arme um ihn. Bisher hatten sie sich immer leidenschaftlich und fieberhaft geliebt, doch heute war er sanft und vorsichtig. Er zog sie aus, warf dann seine eigenen Kleider von sich. Seine Berührungen waren bedächtig und langsam, was ihm einige Mühe bereitete, Schweiß kitzelte an seinen Schläfen, und er musste die Zähne fest zusammenbeißen, um nicht die Kontrolle zu verlieren.

„Ich will dich in mir spüren", flüsterte Jane. „Mein Gott, Devlin, bitte, jetzt sofort." Sie verschränkte die Beine hinter seinem Rücken und hob sich ihm entgegen.

Aber Janie hatte dunkle Ringe unter den Augen, und er würde einen Teufel tun und über sie herfallen wie ein Matrose auf Landurlaub. Er drückte die Ellbogen in die Matratze, strich ihr das Haar aus dem Gesicht und glitt vorsichtig in sie. Seine Stöße waren mal sanft und kurz, mal langsam und tief, ihre Augen wurden glasig. Kurz darauf ging ihr Atem schneller, sie wölbte sich ihm entgegen, ihre Muskeln zuckten schier endlos. Es war, als ob eine weiche Faust sich auf seinem Schwanz auf- und abbewegte, und sie riss ihn mit sich in ungeahnte Höhen.

Heirate sie schnell, mein Junge. Sonst tu ich es.

Gerade als er auf ihrem hingestreckten Körper zusammenbrechen wollte, hörte er seinen Bruder diese Worte flüstern. Er versteifte sich. *Verdammt, Finn, raus aus meinem Kopf.* Doch sosehr er sich auch dagegen wehrte, das Flüstern hörte nicht auf.

Das war doch albern. Er war überhaupt nicht bereit, wen auch immer zu heiraten. Doch er musste schon zugeben, dass er eine gewisse Verantwortung für Jane empfand, nachdem er sie zusammen mit ihren Eltern erlebt hatte. Und etwas an der Art, wie sie soeben miteinander geschlafen hatten, hatte ihn ganz tief im Innersten berührt.

Er starrte auf sie herab, auf ihr zerzaustes Haar, ihre langen Wimpern auf den herrlich geröteten Wangen und auf das sanfte Lächeln, das ihre Lippen umspielte.

Er legte seine Stirn an ihre, und gegen seinen Willen verspürte er mit einem Mal einen dringlichen Wunsch. „Weißt du was?", sagte er. „Du musst mit mir nach Europa kommen."

19. KAPITEL

Ich hasse, hasse, hasse es, wenn die Regeln urplötzlich geändert werden.

„Wie bitte?" Die ganze herrliche Lethargie, das wunderbare Gefühl, in Behaglichkeit zu baden, lösten sich mit einem Schlag auf, und Jane verspannte sich wieder am ganzen Körper. Sie schlug gegen Devlins Schulter. „Runter von mir."

Er rollte auf die Seite und sah sie an, während sie sich aufrappelte und die Bettdecke über sich zog. Ihre Nacktheit, an die sie noch Sekunden zuvor keinen Gedanken verschwendet hatte, machte sie auf einmal verletzlich. „Was hast du gesagt?"

Sie hatte ihn natürlich verstanden. Sie konnte es einfach nur nicht begreifen.

„Nichts." Er verlagerte sein Gewicht ein wenig, die träge abgespreizten Gliedmaßen waren vielleicht nicht ganz so entspannt, wie sie wirkten. „Vergiss es."

Sie begann, wieder auszuatmen.

Er zog die dunklen Augenbrauen zusammen. „Nein, verdammt." Er stützte sich auf dem Ellbogen ab, schob sich das feuerfarbene Haar aus der Stirn und starrte sie an. „Es ist nicht nichts. Komm mit mir nach Europa, wenn es Bren wieder besser geht."

„Das kann ich nicht!"

„Klar kannst du." Jetzt legte er das Kinn in beide Hände, aber selbst in dieser Position strahlte er eine kraftvolle, animalische Energie aus. „Sieh mal, ich will ja nicht, dass du etwas überstürzt", fuhr er in sachlichem Ton fort. „Ich habe keine Ahnung, wann es Bren wieder gut genug gehen wird, dass ich zurück kann. Aber denk doch nur mal an all diese irren Museen. Dir würde Europa gefallen. Ich könnte dir alle möglichen wunderbaren Dinge zeigen."

„Na, Kleine, möchtest du nicht einsteigen?", spöttelte sie. „Ich habe Süßigkeiten für dich." Das Lachen jedoch, das aus ihr herausplatzte, war fast schon ein wenig hysterisch. „Mein Gott. Dein Timing lässt wirklich eine Menge zu wünschen übrig."

„Weil ...?"

„Hallo?! Du hast doch gerade meine Eltern kennengelernt. Oh, wahrscheinlich denkst du, das heute Abend war eine Ausnahmesituation. Nein, nein, nein, nein." Sie schüttelte den Kopf so energisch, wie ihre Haare flogen. „Dieser Abend war im Grunde ein Abbild meines ganzen Lebens, Dev. Ich weiß nicht mehr, wie alt ich war, als ich mir geschworen habe, mich niemals in eine so verzehrende Leidenschaft zu einem anderen Menschen hineinziehen zu lassen."

„Zu spät."

Panik schnürte ihr den Hals zu. „Es ist *nicht* zu spät!"

„Für mich vielleicht schon. Weil ich nämlich verdammt viel Leidenschaft für dich empfinde, Babe."

„Süßholzraspler."

Er sah sie nur an. „Ich versuche nicht, dich dazu zu zwingen, einen Ehevertrag zu unterschreiben, Jane. Ich weiß nicht, ob das mit uns von Dauer ist. Aber ich weiß, dass ich für dich etwas empfinde, was ich noch nie zuvor empfunden habe, und ich hätte nichts dagegen, es ein wenig zu erforschen." Er beobachtete sie dabei, wie sie verzweifelt versuchte, ein ausdrucksloses Gesicht beizubehalten. „Also bist du nicht einmal versucht, mit mir davonzulaufen?"

Beinahe hätte sie bitter aufgelacht. Man musste ihn doch nur ansehen. Das zerzauste Haar, die dunklen Stoppeln. Dieser Mann war gefährlich. Und zwar brandgefährlich.

„Ich bin versucht", gestand sie. „Das ist es ja, was mir Angst macht. Ich bin hier in Seattle verwurzelt. Poppy und Ava, die ich als meine wahre Familie betrachte, sind hier. Genauso wie meine Arbeit. Ich fange gerade erst an, Karriere zu machen. Nun, falls der Diebstahl nicht alles zunichte gemacht hat, versteht sich. Aber auch wenn ich Lust hätte, mit dir nach Europa abzuhauen und mit dir durchs Mittelmeer zu segeln und Museen anzuschauen, werde ich *nicht* alles hinwerfen, was ich mir aufgebaut habe, nur um ein paar rebellische Hormone zu befriedigen."

„Es geht um mehr als nur Hormone, und das weißt du ganz genau."

„Weiß ich das?"

„Falls du ansatzweise fühlst wie ich, dann ja. Aber du kannst gern weiterhin die Widerspenstige spielen. Ich habe jede Menge Zeit." Er strich mit dem Finger über ihren Arm und streifte dabei mit den Knöcheln die Rundung ihrer Brust. Sie bekam Gänsehaut, aber das war nichts im Vergleich zu den Gefühlen, die sie überschwemmten, als ihre Blicke sich trafen und sie die Zuversicht in seinen Augen sah.

Das erschütterte sie bis ins Mark.

Genauso wie sein selbstsicherer Ton, als er sagte: „Ich werde dich mürbemachen. Darauf kannst du wetten."

Gordon beobachtete vom anderen Ende des Flurs aus, wie Jane an Marjories Tür klopfte und hineinging. Als die Tür sich hinter ihr schloss, lief er in sein eigenes Büro.

Und vollführte dann einen kleinen Siegestanz vor seinem Schreibtisch.

Yessss! Wie fühlt es sich an, du Überfliegerin, deiner Chefin erzählen zu müssen, dass das Dior verschwunden ist? Na, wie schmeckt dir das?

Blöde Schlampe.

Und doch ... Er ließ sich auf seinen Schreibtischstuhl plumpsen. Er wünschte, er hätte das Dior behalten, als er aus der Villa gestürmt war. Dass er die anderen Sachen hatte zurücklassen müssen, machte ihm nicht allzu viel aus – er war ein großer Junge, und so was passierte nun mal. Ein Spiel war nun mal ein Spiel. Ein Risiko blieb immer, und das machte es ja so aufregend. Aber das Dior ...

Das war ein wirkliches Meisterwerk! Es sollte in einem klimakontrollierten Schrank oder hinter UV-filterndem Glas aufbewahrt werden. So, wie er es vorgehabt hatte. Und nicht in diesem kalten Aufzugschacht vor sich hinmodern.

Aber ... tja.

Was kann man da machen? Er griff nach dem Aktenordner für diese bescheuerte Spanische Ausstellung. Es war nun einmal wie es war, er konnte nicht das Geringste daran ändern. Es gab nicht den Hauch einer Chance, dass die Kaplinski den Sicherheitscode nicht geändert hatte, und ein zweites Mal würde er ihn sicherlich nicht in die Finger bekommen.

Aber zumindest wusste er, dass ihr toller Ruf im SAM ruiniert war. Der Gedanke an die Gardinenpredigt, die die Kaplinski in diesem Moment zweifellos über sich ergehen lassen musste, zauberte ein erfreutes Lächeln auf seine Lippen.

Denn das zumindest hatte er richtig gut hinbekommen.

„Das ist wirklich ein schlechter Zeitpunkt, Ava." Bestürzt starrte Jane etwas später an diesem Nachmittag auf ihr Handy, ließ sich dann auf die kleine Couch in der Villa sinken und rieb sich die Verspannung aus dem Nacken. Nein, nicht nur ein schlechter, sondern ein verdammt unmöglicher Zeitpunkt.

„Tut mir leid", sagte Ava. „Aber das kann ich nicht ändern. Onkel Robert hat offenbar den Bürgermeister angerufen, der wiederum umgehend mit dem Polizeichef gesprochen hat, was dazu führte, dass dieser Detective ...", am anderen Ende der Leitung hörte sie Papierrascheln, „... de Sanges mich anrief und sagte – er sagte, er fragte nicht –, dass er um fünf in der Villa sei, um die Anzeige aufzunehmen. Ich will versuchen, vorher dort zu sein, und werde Poppy ebenfalls bitten, früher zu kommen."

„Okay. Was auch immer", sagte Jane niedergeschlagen.

„Na, das hörte man doch gern – was für eine positive Einstellung." Avas Stimme klang bitter. Doch in der nächsten Sekunde rief sie schon: „Ach Janie, tut mir leid. Du musstest heute deiner Chefin von dem Dior-Kleid erzählen, richtig? Und das ist nicht gut gelaufen?"

„Nun, lass es mich so ausdrücken – wenn ich ein Hund wäre, hätte ich jetzt den Schwanz fest eingezogen."

„Sie macht *dir* Vorwürfe?"

„Nicht direkt. Marjorie hat das Richtige gesagt. Hat behauptet, dass es nicht mein Fehler sei. Ich bin mir einfach nicht sicher, ob sie es wirklich so meint."

„Bestimmt hat sie es nicht gerne gehört, dass das Dior verschwunden ist. Zugleich weiß sie aber auch, wie verantwortungsbewusst du bist. Niemand, der dich ein wenig kennt, kann im Ernst glauben, dass du nicht sorgfältig genug mit den Ausstellungsstücken umgehst."

„Und doch bin ich nicht sorgfältig genug damit umgegangen, richtig? Ich habe das verdammte Kleid einfach so offen herumhängen lassen, statt es wegzusperren."

„In einer Villa mit einer hochmodernen Alarmanlage."

„Ich weiß, ich weiß." Jane winkte ab, auch wenn ihre Freundin das nicht sehen konnte. „Und ich will auch nicht immer wieder darauf herumreiten. Aber mir fällt einfach kein anderes Kleid ein, um das herum ich die Ausstellung konzipieren kann. Ich hatte so viele Ideen für den Katalog und die Werbung, die alle mit dem Dior in Zusammenhang stehen ... Doch das muss ich jetzt alles vergessen und mir was Neues einfallen lassen. Wie auch immer: Ich werde bereit sein, wenn ihr kommt."

Sie hörte Devlin oben arbeiten und wäre einen Moment lang am liebsten zu ihm gegangen, um ihre Sorgen abzuladen.

Keine gute Idee. Gar *keine gute Idee.* Wütend marschierte sie in die Bibliothek, um noch einmal die Fotoalben durchzusehen, in denen sie auch den Schnappschuss von Miss Agnes in dem Dior-Kleid entdeckt hatte. Vielleicht konnte das Foto eines anderen Kleides sie inspirieren.

Doch sie hatte ganz vergessen, wie unglaublich viele Fotoalben es gab. Sie beschloss, einen Stapel mit nach Hause zu nehmen und ihn abends durchzusehen. Und als sie über ihrem

Kopf Devlin erneut herumhämmern hörte, überlegte sie, dass sie ihn genauso gut fragen könnte, ob er ihr helfen wolle. Ihm aus dem Weg zu gehen, hatte sowieso nicht funktioniert. Er tauchte ständig in ihrer Nähe auf und fing jedes Mal mit Europa an.

Und das Merkwürdigste daran war, dass sie immer froh war, ihn zu sehen. Wenn sie ihn also bat, ihr bei der Suche nach einem neuen Ausstellungsmittelpunkt zu helfen, würde er sich das mit Europa vielleicht noch einmal überlegen.

Sie wagte es nicht, länger darüber nachzudenken. Das Thema war viel zu emotional und sollte besser so lange ruhen, bis sie die Zeit hatte, sich damit zu beschäftigen. Zum Beispiel …

Nun …

Nie.

Gut, das war nicht fair. Aber zumindest jetzt konnte sie es sich nicht leisten, daran zu denken.

Poppy und Ava kamen um halb fünf, die Wangen vom plötzlichen Kälteeinbruch gerötet. Sie hatten kaum die Mäntel und Schals ausgezogen, als es an der Tür klingelte. Die drei Frauen sahen einander an. Es musste der Detective sein. Aber er war eine halbe Stunde zu früh.

„Ist vermutlich ein Psychotrick", murmelte Jane, während sie das Zimmer verließ.

Sie setzte ein höfliches Lächeln auf und öffnete die Tür.

Und dann musste sie den Kopf in den Nacken legen, und zwar tief in den Nacken legen, um in das Gesicht des Mannes aufblicken zu können.

Oh. Wow.

Er war nicht direkt gut aussehend. Aber es lag etwas Überwältigendes in seinen dunklen Augen, den scharf geschnittenen Wangenknochen und der großen arroganten Nase. Er hat einen gewissen Raubvogel-Charme, schoss es Jane durch den Kopf. Er war der Scheich aus ihrer liebsten Jungmädchenfantasie: Großer, starker, dominanter Mann und zitternde Sklavin, seinem geringsten Wunsch gehorchend. Früher hatten sie sich alle möglichen Geschichten um dieses zentrale Thema herum ausgedacht. Zum ersten Mal an diesem Tag hätte Jane beinahe gegrinst.

Dann riss sie sich zusammen. „Ähm, hallo." *Meine Güte!* Als ob die rosaroten Teenagerträume von Scheichs und Jungfrauen auch nur *irgendetwas* mit dem Fall zu tun hätten! „Ich bin Jane Kaplinski. Und Sie sind bestimmt Detective …"

„De Sanges", erklärte er mit kühler geschäftsmäßiger Stimme. Ganz offensichtlich war er nicht gerade erfreut darüber, hier sein zu müssen.

Na toll. Ein genervter Polizist war genau das, was ihr zu ihrem Glück noch fehlte.

Auf der anderen Seite war es nicht seine Schuld, dass sie so einen schlechten Tag gehabt hatte und er die Verkörperung des Fantasiescheichs war, von dem sie und Poppy und Ava in der siebten Klasse immer geträumt hatten. Sie trat zur Seite. „Bitte kommen Sie herein."

Sie führte ihn in den Salon, wo Ava und Poppy bereits warteten.

Nach der Vorstellung setzte er sich auf den Stuhl, den sie ihm anbot, zog ein abgegriffenes Notizbuch aus der Brusttasche seines Mantels und legte sofort los. Er ließ Jane reden, stellte ab und zu eine Frage, die Officer Stiller nicht eingefallen war, verschwendete aber keine Sekunde auf unnötiges Gerede. Nachdem er alle Informationen hatte, die er brauchte, starrte er lange schweigend auf sein Notizbuch. Jane hatte das ungute Gefühl, dass er den Fall als ziemlich hoffnungslos betrachtete.

Sie zuckte zusammen, als Poppy plötzlich fragte: „Sie werden uns auch keine größere Hilfe sein als diese Streifenpolizistin, nicht wahr, Detective?" Sie lief ungeduldig hinter dem Sofa auf und ab, auf dem sie zuvor mit Ava gesessen hatte, und musterte de Sanges mit zusammengekniffenen Augen. „Sieht das hier für Sie nach zu viel Arbeit aus? Oder vielleicht nach zu wenig? Langweilen wir Sie?"

Er blickte sie an, und einen Moment lang schimmerte in seinen dunklen Augen genau die Bewunderung, die Poppy üblicherweise von Männern entgegengebracht wurde. Doch dieses Schimmern verschwand so schnell wieder, dass Jane glaubte, ihre Fantasie wäre mit ihr durchgegangen.

„Nein, Ma'am", sagte er mit kühler Zuvorkommenheit. „Ich bin weder faul noch gelangweilt. Ich frage mich nur, warum ich von einem Fall abgezogen wurde, bei dem eine ältere Dame ausgeraubt und schwer verletzt worden ist – nur um drei Frauen das Händchen zu halten, denen ihr silberner Löffel gestohlen wurde."

Oh. Er war gut, das musste man ihm lassen. Es war ihm gelungen, sie als verwöhnte reiche Mädchen darzustellen, ohne es tatsächlich auszusprechen.

Nun, er war natürlich nicht der Erste, der ihre und Poppys finanzielle Situation falsch einschätzte. Und nachdem sie von der schwer verletzten älteren Dame gehört hatte, konnte sie seinen Verdruss nachvollziehen, aus politischen Gründen nun ihren Fall übernehmen zu müssen.

Poppy jedoch schien nichts dergleichen zu denken. Sie durchquerte den Raum mit ausladenden Schritten. Sie legte die Hände auf die Armlehnen von de Sanges' Stuhl, beugte sich über ihn, von Kopf bis Fuß von Wut elektrifiziert.

„Es tut mir schrecklich leid, dass keine von uns verletzt wurde", stieß sie zwischen zusammengebissenen Zähnen hervor, ihre Nase berührte beinahe die des Detectives. „Hätten wir gewusst, dass der Fall dann Ihre Aufmerksamkeit verdient hätte, hätten wir uns natürlich noch schnell in Gefahr gebracht. Und wenn wir einen Moment Ihre Vorurteile beiseitelassen – die ironischerweise ausgerechnet ein Cop von sich gibt, der keine Lust hat, seine Arbeit zu erledigen –, dann ..."

„Ich erledige meine Arbeit sehr gut", sagte er tonlos.

„Ach ja? Oder ziehen Sie nicht vielleicht eher voreilige Schlüsse, die einzig und allein auf oberflächlichen Beobachtungen beruhen?"

Weil er plötzlich aufstand, war Poppy gezwungen, sich aufzurichten und einen Schritt nach hinten zu machen. Einen Moment lang standen sie Fuß an Fuß und versuchten, sich gegenseitig niederzustarren. Sie waren so aufeinander konzentriert, dass Jane schon fast damit rechnete, Rauch zwischen ihnen aufsteigen zu sehen.

Als ob de Sanges sich seines Verhaltens bewusst würde, vereiste seine glühende Aura plötzlich. Er trat einen großen Schritt zurück. „Ich mache diesen Job seit fast dreizehn Jahren, Miss Calloway." Eine Hand auf seine schmalen Hüften gestützt, sah er sie von oben herab an. „Sie zweifeln doch wohl nicht etwa meine Professionalität an?"

„Weshalb denn nicht? Haben Sie uns, den Opfern dieses Einbruchs, vielleicht Respekt entgegengebracht? Während Sie und Officer Stiller durch die Gegend rennen und zu beweisen versuchen, dass wir oder vielleicht die Kavanaghs die Schuldigen sind …"

Seine Schultern wurden steif, als ob ihre Worte an seiner Geduld zerrten, doch seine Stimme war kühl und freundlich. „Im Augenblick tendiere ich da eher zu Ihnen."

„Na klar. Denn Gott bewahre, dass irgendjemand die Frechheit besitzt, Ihre beruflichen Fähigkeiten in Zweifel zu ziehen. Und in der Zwischenzeit kommt der wahre Einbrecher ungeschoren davon."

„Dann geben Sie mir etwas, womit ich arbeiten kann", brauste er auf. Er hob einen Finger. „Niemand hat sich gewaltsam Zutritt verschafft." Ein zweiter Finger folgte. „Außer Ihnen und den Handwerkern kannte niemand den Code." Der dritte Finger gesellte sich zu den ersten beiden. „Sie haben die Bude gerade erst für ein Vermögen versichert."

„Wann hätten wir Ihrer Ansicht nach die Versicherung denn sonst abschließen sollen, Detective?", wandte Ava ein. Ihre Gefasstheit stand in krassem Gegensatz zu Poppys glühender Wut. „In Anbetracht der Tatsache, dass wir dieses Haus erst vor Kurzem geerbt haben."

„Vielleicht glauben Sie ja, dass wir auch für Miss Agnes' Tod verantwortlich sind", zischte Poppy.

Er trat wieder einen Schritt auf sie zu. „Hören Sie mal, Blondie ..."

„*Hey*", blafften Jane und Ava ihn gleichzeitig an.

Röte stieg in seine scharf gezeichneten Wangenknochen, während er wieder zurücktrat. „Ich möchte mich entschuldigen, Miss Calloway. Das war wirklich unprofessionell."

Jane und Ava blickten Poppy an.

„Was?", fragte sie.

Sie starrten sie weiter an, bis sie schulterzuckend sagte: „Oh, na gut." Sie wandte sich an Detective de Sanges. „Ich entschuldige mich ebenfalls", erklärte sie mit einem unüberhörbaren Mangel an Ernsthaftigkeit. „Meine letzte Bemerkung mag überflüssig gewesen sein."

Ava verdrehte die Augen, doch dann erklärte sie dem Detective in ruhigem Ton: „Wir sind nicht dumm, wissen Sie. Wenn wir uns selbst hätten bestehlen wollen, dann hätten wir das getan, bevor die Alarmanlage erneuert wurde."

Jane nickte. „Und ich würde mir doch nicht meine eigene Karriere ruinieren, indem ich ein Zwanzigtausend-Dollar-Kleid klaue, das dem SAM gehört."

„Wie bitte?"

Sie erläuterte die Umstände, unter denen die beiden Ausstellungen zustande gekommen waren.

Nun wirkte er interessiert genug, um sein Notizbuch wieder hervorzugraben. „Gibt es jemanden im Museum, der etwas davon hat, wenn Sie Ärger mit Ihrer Chefin bekommen?"

Jane blinzelte, denn diese Idee überraschte sie vollkommen. Nach kurzem Überlegen seufzte sie voller Bedauern. „Nein. Eigentlich nicht."

De Sanges rieb sich die Augen. „Sie geben mir wirklich nicht viele Hinweise, mit denen ich arbeiten könnte." Er ließ die Hand sinken und sah die drei Frauen an. „Aber ich werde der Sache nachgehen, in Ordnung?"

Er stellte noch ein paar Fragen, verlangte nach einigen weiteren Details, dann erhob er sich. Jane stand ebenfalls auf, um ihn nach draußen zu begleiten.

Kaum zurück im Salon, lief sie auf Poppy zu. „Was zum Teufel sollte das?"

„Es war doch wohl offensichtlich", entgegnete ihre Freundin gefasst, „dass er uns abblockt. Ich habe ihn nur darauf hingewiesen."

„In der Tat", sagte Ava trocken. „Deine Körpersprache hat allerdings eher ‚Gib's mir, Junge' gesagt. Und er schien mehr als bereit, dir zu gehorchen. Einen Moment lang habe ich schon befürchtet, ihr würdet hier mitten im Raum übereinander herfallen."

„Sei doch nicht albern …"

„Direkt vor Janies und meinen Augen."

Da Jane es für äußerst wahrscheinlich hielt, dass dieses Gespräch in einen Streit ausarten würde, sagte sie schnell: „Sagt mal, findet ihr nicht auch, dass der Detective genau so aussieht, wie wir uns in der siebten Klasse unseren Scheich vorgestellt haben?"

Ava wirbelte herum. Dann begann sie, breit zu grinsen. „*Ja!* Oh mein Gott, das ist es! Die ganze Zeit schon kam er mir so bekannt vor – nur dass dieser Typ wirklich heiß ist, was die meisten Männer, die wir kennen, ausschließt." Sie drehte sich zu Poppy um. „Erklärt auch, warum du sofort in diesen kratzbürstigen Jungfrauen-Modus geschaltet hast, nicht?"

„Bitte!" Poppy schnaubte. „Jungfrau. Witzig." Sie zuckte schuldbewusst mit den Schultern. „Aber okay, ich gestehe, irgendetwas an ihm hat mich zur Weißglut gebracht. Und ich habe möglicherweise etwas überreagiert."

„*Etwas?*", fragte Ava mit erhobenen Augenbrauen.

Und Jane lachte. „Glaubst du wirklich? Du platzt ja gern mit deiner Meinung heraus, aber noch nie habe ich gesehen, dass du jemandem derart an die Gurgel gegangen bist wie unserem Detective Scheich."

Poppys braune Augen wurden ernst. „Und was ist mit de Sanges' Frage bezüglich deiner Kollegen? Gibt es da vielleicht jemanden, der dir schaden will?"

„Nun, Gordon Ives und ich sind Konkurrenten, aber eher freundschaftlicher Natur. Und er hat mir wirklich sehr geholfen, als er die Spanische Ausstellung für mich übernommen hat. Außerdem haben die ganzen anderen fehlenden Stücke nichts mit den beiden Ausstellungen zu tun, von dem Dior-Kleid abgesehen. Aber selbst wenn – wie hätte er hier reinkommen sollen?"

„Das ist mir ein echtes Rätsel", sagte Ava trübsinnig, während sie aufs Sofa sank. Über ihnen begann eine Säge aufzukreischen und dann wieder zu verstummen, und sie riss ihre Aufmerksamkeit von der Decke los, um Jane anzusehen.

„Da fällt mir ein: Was ist eigentlich mit dir und Dev? Gehst du ihm aus dem Weg oder wie?"

Obwohl ihr das Herz mit einem Mal bis zum Halse schlug, warf Jane ihrer Freundin einen betont ausdruckslosen Blick zu. „Ich habe keine Ahnung, wovon du sprichst", sagte sie sachlich. „Nicht die geringste."

20. KAPITEL

Zum Glück hat Devlin mit diesem Geh-mit-mir-nach-Europa-Mist aufgehört. Und ich bin ihm dankbar, so dankbar, dass er mir heute Abend den Hintern gerettet hat!

Jane ging ihm aus dem Weg. Warum zum Henker tut sie das, fragte sich Dev, als er in ihrer Wohnung saß und ihr dabei zusah, wie sie eines der vielen Fotoalben studierte. Sie saß nur wenige Zentimeter von ihm entfernt im gottverdammten selben Zimmer. Und war trotzdem irgendwie in der Lage, ihm dabei aus dem Weg zu gehen.

Wie immer sie das auch anstellte, er jedenfalls hatte die Geschichte mit Europa vollkommen falsch angepackt. Er hätte besser aufpassen sollen, als sie ihm erzählt hatte, dass sie wegen ihrer Eltern nichts mit großer Leidenschaft zu tun haben wollte. Ihm war zwar nicht klar, was das Theater ihrer Eltern überhaupt mit Leidenschaft zu tun haben sollte, aber er hatte beobachtet, wie die beiden aufeinander fokussiert gewesen waren und dabei ihre eigene Tochter vollkommen übersehen hatten. Vielleicht setzte Jane Leidenschaft mit Abhängigkeit gleich. Wenn das der Fall war, dann war er viel zu übereilt vorgegangen. Er hätte klug genug sein müssen, sie nicht zu verschrecken.

Und deswegen würde er einfach seine Strategie ändern. Er konnte nur hoffen, dass es nicht schon zu spät war.

Als ob nichts geschehen wäre, war er vorhin mit Peking-Rindfleisch und Huhn mit Zuckerschoten und einem Liter Mineralwasser bei ihr aufgetaucht. Nicht ein einziges Mal hatte er Europa erwähnt, weder seine Rückkehr noch seinen Wunsch, sie mitzunehmen. Und nachdem sie ihr chinesisches Essen verputzt hatten, hatten sie begonnen, die Fotoalben nach einem Kleid zu durchsuchen, das zum Mittelpunkt ihrer Ausstellung werden könnte. Weil das so wichtig für sie war, hatte er sich mit genauso viel Feuereifer auf diese Arbeit gestürzt, wie er die Jacht eines Kunden sicher zum nächsten Hafen segeln würde.

Wenn man vom Teufel spricht ... Hallo!

Er hielt mitten in der Bewegung inne, um eines der Bilder genauer zu studieren. Verdammt. Das hier war wirklich ziemlich cool. „Wie wäre es damit?" Er drehte das Album herum, schob es ihr über den Couchtisch hin und stach mit dem Zeigefinger auf ein vergilbtes Foto.

Darauf war eine junge Agnes Wolcott in einem langen Abendkleid zu sehen, die gerade aus einer Limousine stieg. Für sein zugegebenermaßen untrainiertes Auge war dieses Kleid zugleich sexy und doch vornehm und glamourös. „Gehört das zu ihrem Nachlass?"

Jane beugte sich vor. „Ja", sagte sie langsam. „Das ist ein Mainbocher. Es ist aus den Fünfzigerjahren, wie das Dior. Und ... oh mein Gott!" Sie senkte den Kopf noch etwas tiefer. „Ich glaube, die Kette, die sie trägt, gehört auch zu dem Schmuck, den sie dem SAM hinterlassen hat. Und ist das Auto nicht irre? Das ganze Foto ist wirklich beeindruckend und kommt an das Dior-Foto ziemlich nah heran."

Sie schenkte ihm das erste richtig entspannte Lächeln, das er seit Tagen an ihr gesehen hatte. „Das könnte funktionieren!" Sie sprang auf, knallte ihr Fotoalbum auf den Tisch, beugte sich darüber, legte beide Hände auf seine Schultern und gab ihm einen begeisterten Kuss auf die Lippen. Als sie sich wieder aufrichten wollte, packte er sie am Handgelenk und zog sie um den Tisch herum auf seinen Schoß.

„Devlin, vielen, vielen Dank." Sie lächelte ihn an. „Das wird richtig gut. Man sieht das auf diesem Schwarz-Weiß-Foto zwar nicht, aber das Kleid ist von vorn abwechselnd elfenbein- und pfirsichfarben und von hinten blassrosa und blau. Und das Ganze ist aus herrlich fließender, schwerer Seide."

„Mir gefällt das Oberteil. Das ist wirklich sexy."

Sie grinste. „Du stehst also auf trägerlos, ja?"

„Na klar. Ganz zu schweigen von ..." Er hielt die gewölbten Hände unter seine Brust, „von diesem hochgeschnürten Busen. Erinnert mich an Madonna oder Gwen Stefani."

Seufzend drückte sie die Wange an seine Schulter. „Danke", wiederholte sie leise. „Seit das Dior verschwunden ist, mache ich mir Gedanken darüber, um welches Kleid ich die Ausstellung aufbauen soll. Aber dieses hier ist wirklich ein fantastischer Ersatz. Ich bin echt erleichtert."

Ihm wurde ganz leicht und warm ums Herz, doch er bemühte sich, einen sachlichen Ton beizubehalten. „Ich bin froh, dass ich dir helfen konnte."

„Ja?" Sie schwang ein Bein über seinen Schoß und setzte sich rittlings auf ihn. „Oh", murmelte sie, während sie ein wenig auf ihm herumschaukelte. „Dann hilf mir *damit*."

Er hob ihr die Hüften ein wenig entgegen, ließ aber die Arme an seinen Seiten herabhängen und warf ihr einen bedauernden Blick zu. „Du willst nur meinen Körper." Er wandte das Gesicht ab. „Ich fühle mich so billig."

„Aber nein", säuselte sie und drückte mit geöffneten Lippen einen leichten Kuss auf seinen Hals.

Er hob das Kinn, um ihr mehr Raum zu geben. Hitze breitete sich in seinem Bauch aus und dann in seinem Schwanz.

In seinem Herzen.

Sie nahm sein Gesicht in die Hände, drehte es zu sich und küsste ihn. „Du bist mein großer, starker Held", murmelte sie, als sie sich wieder von seinen Lippen gelöst hatte. Dann gab sie ihm jeweils einen Kuss auf die Augenlider. „So witzig." Sie küsste seine Nase. „So warmherzig." Sie ließ die Hüften kreisen. „Erwähnte ich großzügig?" Sie ergriff seine Hände und presste sie gegen die Rückenlehne der Couch. „Und anstrengend", sagte sie trocken. „Man kann dich also kaum als billig bezeichnen. Auf lange Sicht wäre es billiger, wenn ich mir einfach einen Callboy mieten würde."

Er lachte, löste seine Hände und umfasste ihre Hüften. „Du hättest nicht halb so viel Spaß."

„Vielleicht. Vielleicht nicht." Sie musterte ihn. „Wir haben viel zu viel an."

„Das kann ich ändern", sagte er und schritt zur Tat.

Gut, es gelang ihm nicht, alles auszuziehen, aber zumindest schob er das Wichtigste zur Seite. Beide sogen scharf die Luft ein, als sie ihn plötzlich mit einer einzigen Bewegung tief in sich aufnahm.

Zuerst bewegte sie sich langsam, fast träge, sie nahm seine Hände und drückte sie an ihre Brüste. Nach und nach wurde sie schneller, ließ den Kopf in den Nacken fallen. Die Muskeln ihrer langen hübschen Schenkel zeichneten sich unter ihrer weichen Haut ab, während sie sich auf ihm hob und senkte.

Schweiß perlte über seine Schläfen, seinen Nacken. Er befreite seine Hände und umfasste ihre Taille. Er war fast so weit – verdammt, er schielte schon fast –, aber er wollte nicht vor ihr kommen. Also streichelte er mit der Zunge hier und mit seinem Zeigefinger dort, bis sie beide laut stöhnend zum Höhepunkt kamen.

Es dauerte lange, bis sie sich danach voneinander lösten und ihre Kleider wieder in Ordnung brachten. Als er später an der Küchentheke lehnte und ihr beim Kaffeekochen zusah, fiel ihm plötzlich etwas ein: „Ich habe dir etwas mitgebracht", sagte er. „Bin gleich zurück."

„Was denn?", fragte Jane, doch Devlin hatte bereits die Wohnung verlassen. Die angelehnte Tür war das einzige Zeichen dafür, dass er zurückkehren würde. „Du hast ... ein Geschenk für mich?", fragte sie trotzdem leise. Sie konnte sich nicht erinnern, wann ihr, von Ava, Poppy und Miss Agnes abgesehen, zum letzten Mal jemand etwas geschenkt hatte.

Als er zurückkam, hatte sie bereits den Kamin im Wohnzimmer angefeuert und einen Teller Kekse und zwei Kaffeetassen auf den Tisch gestellt.

„Entschuldige." Er rieb sich die Arme und steuerte direkt auf die Flammen zu. „Hatte ganz vergessen, dass ich ein paar Straßen entfernt geparkt habe. Ich hätte meine Jacke anziehen sollen. Es ist eiskalt da draußen." Er warf ihr eine Tüte zu, bevor er in einen Ledersessel sank. „Ich habe das in einem Schaufenster entdeckt, als ich für meine Mutter ein Paket in der Stadt abgeholt habe", erklärte er. „Es schrie geradezu deinen Namen."

„Was ist es?"

„Babe." Er lehnte sich mit hinter dem Kopf verschränkten Armen zurück. „Es gibt nur eine Möglichkeit, das herauszufinden, nicht wahr? Mach's auf und sieh nach."

Grinsend blickte sie von ihm zu der Tüte, griff hinein und zog ein in weiches Papier eingewickeltes Päckchen heraus. Als sie es ausgewickelt hatte, sagte sie „Oh! Hübsche Farbe!" Noch war sie sich nicht sicher, um was es sich handelte, aber der Stoff war weich und glänzend und mattgrün. Sie schüttelte ihn aus. „Oh!", sagte sie wieder, um dann zu lachen. „Du hast mir eine Hose aus Ballonseide gekauft!"

Er nahm sich einen Keks vom Teller. „Und wie du siehst – sie ist nicht schwarz."

„Das sehe ich." Sie musste den Kloß im Hals hinunterschlucken. „Das ist meine Lieblingsfarbe."

„Ja. Zieh sie mal an. Lass uns sehen, ob ich die richtige Größe genommen habe. Die Rechnung habe ich noch, für den Fall, dass sie dir nicht passt oder dir nicht gefällt oder du sie lieber in Schwarz haben möchtest."

„Ich finde sie toll, so wie sie ist. Danke."

Sie schlüpfte aus den Leggins und in die Hose. „Wow." Sie grinste ihn an. „Sie passt perfekt."

„Ich sagte der Verkäuferin, dass deine Taille ungefähr so ist." Er zeigte die Größe mit den Händen an. „Und deine Hüften etwa so. Und dann hat sie mir die entsprechende Hose rausgesucht."

Sie hätte niemals vermutet, dass er ihrer Figur solche Aufmerksamkeit geschenkt hatte. Es beängstigte sie ein wenig. Aber überwiegend wurde ihr einfach bis in die Zehenspitzen warm, weil sie jemandem wichtig genug war, dass er solche Details bemerkte.

„Devlin. DEVLIN! HAST DU SCHON GEHÖRT?"

Er hielt den Telefonhörer vom Ohr weg, damit sein Trommelfell nicht platzte. Dann sagte er behutsam: „Nein, Hannah, ich schätze, nicht. Erzähl es mir einfach, ja? Bitte nicht schreien."

„Tut mir leid, tut mir leid, aber ich bin so aufgeregt! Jody hat gerade angerufen. Die Ärzte sagen, Brens Untersuchungsergebnisse wären die besten seit seiner Diagnose. Und dass sie ‚vorsichtig optimistisch' wären, dass er den Krebs eher früher als später besiegen würde. In der Ärztesprache heißt das, dass er praktisch gesund ist. Okay, nicht wirklich, aber es geht ihm sehr, sehr gut."

„Heilige Scheiße." Dev lachte auf. „Heilige Scheiße!"

Hannah fiel ein. „Ich weiß! Wenn das keine tollen Neuigkeiten sind!"

„Aber echt."

Als er kurz darauf aufgelegt hatte, lief er einfach nur grinsend durch sein Apartment. Nicht nur wegen Brens wunderbarer Diagnose, sondern auch wegen der Schnelligkeit, mit der die Nachricht in der Familie weitergegeben wurde. Erst einige Minuten später begriff er, dass er nun bald diesen Kontinent würde verlassen können.

Und hätte um alles in der Welt nicht sagen können, warum sein Grinsen erstarb.

Ein kräftiger Windstoß traf das Seattle Art Museum. Zwar erschütterte er nicht das ganze Gebäude, brachte aber durchaus die Fenster zum Klirren. Die Gäste in der überfüllten Cafeteria drehten erschrocken die Köpfe.

Gordon nicht. Er bemerkte den Windstoß und die Menschen um sich herum nur am Rande. Erst als die Frau am Tisch hinter ihm anfing, über das stürmische Herbstwetter zu jammern, fiel ihm auf, dass der bereits recht heftige Morgenwind an Stärke noch zugelegt hatte.

„Hast du die Wettervorhersage gehört?", fragte eine Frau mit schneidender, um Aufmerksamkeit heischender Stimme. „Es soll einen Sturm geben, der so schlimm ist wie der am Amtseinführungstag in den Neunzigerjahren."

Eine andere Frau lachte. „Was für eine Überraschung! Das sagen die doch immer voraus, wenn es mal ein bisschen windiger wird. Jungs und ihr Spielzeug! Gibt es etwas, dass die Wetteransager von Seattle – entschuldigt, die *Meteorologen* natürlich – lieber vorhersagen als eine Katastrophe?"

„Manchmal haben sie jedenfalls recht, Virginia", sagte eine weitere Frau milde. „Ich gehörte zu den eineinhalb Millionen Menschen, die während des Dezembersturms vor ein paar Jahren fast eine Woche keinen Strom hatten. Ich habe mir den Hintern abgefroren. Glaub mir, bei minus ein Grad ist ein Stromausfall wirklich nicht lustig."

„Ich weiß, und ich will in keiner Weise deine Leidensgeschichte schmälern. Ich sage nur, dass sich in neunzig Prozent der Fälle ein vorhergesagter Jahrhundertsturm als ein großer Reinfall herausstellt."

Gordon schaltete geistig wieder ab, als die Frauen eine Debatte über die Effektivität von Wettervorhersagen begannen. Er faltete die Zeitung zusammen, die er während des Mittagessens zu lesen vorgegeben hatte, und stand auf. Er konnte sowieso an nichts anderes denken als an Janes Stimme heute Morgen auf dem Flur. Sie hatte Marjorie gefragt, ob sie einen Moment Zeit hätte, um über das Kleid zu sprechen, das sie nun anstelle des Diors für die Haute-Couture-Ausstellung ausgewählt hatte.

Sie war wegen des Verlustes am Boden zerstört gewesen – das wusste er genau. Und trotzdem hatte sie innerhalb weniger Tage ein anderes beschissenes Kleid gefunden, das schön genug war, um ihrer Stimme einen begeisterten Klang zu verleihen. Er konnte es einfach nicht fassen. Da hatte er das Dior-Kleid in den Speiseaufzug geknüllt, wo es verrotten würde, und jetzt blieb ihm nicht einmal die Genugtuung, ihre Karriere ruiniert zu haben? *Himmelherrgottnochmal!* Dieses Miststück war wie eine Katze mit neun Leben. Sie landete immer wieder auf den Beinen, egal, was ihr widerfuhr.

Die Hände in den Taschen vergraben und mit gesenktem Kopf marschierte er durch das Museum zu den Mitarbeiteraufzügen.

„Gordon!"

Als er über die Schulter blickte, sah er Marjorie auf sich zusteuern. Sie winkte mit einer Hand. „Ich muss mal kurz mit Ihnen sprechen", rief sie.

Er betrachtete den großen Mann mit dem olivfarbenen Teint und den schwarzen Haaren, der neben ihr lief, und noch ein Wort kreiste in seinem Kopf:

Polizei.

Ihm wurde eiskalt, aber er war nicht umsonst ein begnadeter Pokerspieler. Er blinzelte nicht einmal. Er war doch kein blutiger Anfänger, der sich durch seine Körpersprache verriet.

Aber wie zum Teufel waren sie auf ihn gekommen? Er hatte keine Spuren in der Villa hinterlassen. Was ihm natürlich kein Stück weiterhalf, falls der Cop einen Durchsuchungsbefehl für seine Wohnung hatte. In diesem Fall wäre er geliefert. Die meisten Stücke in seinem Spezialraum würden einer näheren Überprüfung nicht standhalten.

Aber es war albern, überhaupt so weit zu denken. Es gab überhaupt keinen Grund für einen Durchsuchungsbefehl. Es sei denn, der Cop kannte einen Richter, der sich nicht sonderlich um die Einhaltung von Gesetzen scherte.

Himmel, Ives, das reicht jetzt! Nur nicht durchdrehen!

Seine Gedanken spielten Pingpong; sie rasten in Lichtgeschwindigkeit zwischen *Du bist erledigt!* und *Keine Sorge!* hin und her. Doch Gordon war sich absolut sicher, dass sein Gesicht nichts davon verriet. So setzte er ein freundliches Lächeln auf und wartete, bis seine Chefin und der Cop ihn eingeholt hatten.

„Das ist Detective de Sanges", sagte Marjorie. „Er ermittelt wegen des Einbruchs in der Wolcott-Villa, bei dem auch das Dior-Kleid geklaut wurde. Detective, das ist Gordon Ives, von dem ich Ihnen erzählt habe."

Was erzählt, Marjorie? Doch er ignorierte die Stimme, die in seinem Kopf aufkreischte, und sagte nur: „Ja, das ist wirklich eine schlimme Sache." Er streckte dem Cop die Hand hin.

Der Händedruck des Detectives war fest. Er musterte Gordon mit unleserlichem Gesichtsausdruck. „Können wir uns hier irgendwo in Ruhe unterhalten?"

Sein Selbstbewusstsein wuchs noch weiter, weil er wusste, dass sein eigener Händedruck mindestens genauso fest war. Er sah de Sanges unbeschwert an. „Klar. Kommen Sie mit in mein Büro."

„Entschuldigen Sie das Durcheinander", sagte er kurz darauf, während er einen Stapel Akten vom Besucherstuhl nahm. „Junior-Kuratoren bekommen immer so kleine Kammern." Er lief hinter seinen Schreibtisch, setzte sich und schenkte dann dem Detective seine volle Aufmerksamkeit. „Also. Der Wolcott-Einbruch. Ich war nie in der Villa, deswegen weiß ich nicht so recht, wie ich Ihnen helfen kann."

De Sanges betrachtete ihn schweigend, dann zog er ein abgegriffenes Notizbuch aus der Innentasche seines überraschend gut geschneiderten Jacketts. „Ihre Chefin sagte, Sie und Miss Kaplinski wären sozusagen Konkurrenten?"

„Sicher." Er zuckte mit den Schultern. „Wir beide sind Junior-Kuratoren und ehrgeizig, und es gibt nicht so viele Ausstellungen, die die Senior-Kuratoren uns organisieren lassen. Ganz zu schweigen davon, dass unsere einzige Chance auf eine Beförderung für die kommenden Jahre darin liegt, nächsten Herbst die Stelle von Paul Rompaul zu bekommen. Also ja, wir sind Konkurrenten."

„Es muss Ihnen dann doch unfair erschienen sein, dass sie eine Villa geerbt hat, die vollgestopft ist mit wertvollen Sammlerstücken", sagte der Detective mitfühlend. „Und die Leitung nicht nur einer, sondern gleich zweier Ausstellungen übertragen bekommt, nur weil sie Agnes Wolcott gekannt hat. Damit hat sie den Wettstreit mit Ihnen doch schon gewonnen."

Nun, der Cop musste erst noch geboren werden, der Gordon Ives aufs Kreuz legte. Er war viel zu klug, um sich derart in die Falle locken zu lassen. „Ja, das war hart", gestand er ein. „Es ist geradezu unmöglich, nicht neidisch auf sie zu sein. Aber die Rivalität zwischen Jane und mir war immer eine freundschaftliche.

Und sie hat mir die Spanische Ausstellung überlassen, worüber ich mich sehr gefreut habe."

„Was halten Sie persönlich von ihr? Haben Sie vielleicht eine Theorie über die Diebstähle in der Villa?"

„Jane?" *Davon abgesehen, dass sie eine langweilige, verkniffene, besserwisserische reiche Schlampe ist, meinen Sie?* „Sie ist klug. Und sehr engagiert. Aber zu dem Diebstahl kann ich überhaupt nichts sagen. Dafür sind doch eher Sie der Experte, meinen Sie nicht?"

„Sicher." Der Detective lehnte sich zurück und musterte Gordon mit freundlicher Neugier. „Doch meine Theorien sind noch im Anfangsstadium, deswegen bin ich immer an der Einschätzung anderer interessiert, vor allem, wenn jemand mehr Fachwissen in einem Fall hat als ich. Sehen Sie, ich hatte anfangs eine Vermutung, doch dann habe ich mit ihrer Chefin gesprochen und jetzt mit Ihnen – und meine Meinung hat sich um 180 Grad gedreht." Er zog sein Notizbuch zu Rate. „Sie waren nie in der Villa, sagen Sie?"

„Nein. Meine Beziehung zu Jane ist strikt beruflich, deswegen wurde ich nie eingeladen."

„Dann wird keiner der Fingerabdrücke am Tatort mit Ihren übereinstimmen, richtig?" De Sanges hob den Kopf, und nun war keine Spur von Freundlichkeit mehr in seinem Gesicht zu entdecken. Sein Blick war kalt und hart geworden.

Scheiße! Er hatte alles Mögliche in der Villa angefasst und sich nicht eine Sekunde Gedanken darüber gemacht. Weil er niemals auf die Idee gekommen wäre, dass ihn jemand verdächtigen könnte. Panik stieg in ihm auf, doch er zwang sich, ruhig zu bleiben und nachzudenken.

Dann tätschelte er sich im Geiste selbst die Schulter für seine Unbekümmertheit, mit der er de Sanges in die Augen sah. „Nein. Es ist schwer, Fingerabdrücke in einem Haus zu hinterlassen, in dem man nie gewesen ist."

„Das ist wahr. Also macht es Ihnen bestimmt nichts aus, wenn wir Ihnen die Fingerabdrücke abnehmen, um Sie von der Verdächtigenliste streichen zu können."

„Ehrlich gesagt doch. Denn ich sehe nicht ein, warum ich überhaupt auf der Verdächtigenliste stehen sollte, und ich möchte meine Bürgerrechte gewahrt wissen. Außerdem glaube ich an die Unschuldsvermutung ... bis zum Beweis des Gegenteils."

Der Cop hielt seinen Blick etwas länger fest, als ihm angenehm war. Dann zuckte er mit den Schultern. „Ja, sehr gut", stimmte er zu und erhob sich. „Danke für Ihre Zeit. Ich melde mich."

Gordon sah ihm hinterher, dann rieb er sich die Augen, hinter denen sich eine heftige Migräne zusammenbraute. Na großartig! Aber es war schon in Ordnung. Kein Problem. Vermutlich hatte er sich nur eingebildet, dass der Detective ihn verdächtigte. Warum sollte er? Und, zum Teufel, selbst wenn, de Sanges konnte ihm nichts beweisen. Er hatte sich strikt an die goldene Spielerregel gehalten, auszusteigen, solange er noch konnte.

Also nein. Sein Herz schlug vollkommen grundlos so laut wie ein Presslufthammer.

Er hatte nichts zu befürchten.

21. KAPITEL

Mein Gott, was für ein Tag. Er begann mit dem Sturm – und das war erst der Anfang.

„Das ist vielleicht mal ein Wind", sagte Devlin, als er und seine Schwester die Wolcott-Villa verließen. „Du hättest nicht extra herkommen brauchen, um mich abzuholen." Er warf ihr ein Grinsen zu. „Aber ich bin froh, dass du es getan hast."

Der jammernde Wind zerrte an ihren Kleidern, er schob Hannah zwischen sich und die Hintertür, während er abschloss. „Liebe Zeit. Das sind ja mindestens fünfundsiebzig Meilen in der Stunde", brüllte er über den Lärm hinweg. „Gib mir deinen Schlüssel. Ich werde fahren."

„Ooh. Weil du so ein großer, starker Mann bist und ich so ein kleines, hilfloses Mädchen?" Die Ironie in ihrer Stimme war trotz des grollenden Windes gut zu verstehen. Aber sie gab ihm trotzdem den Schlüssel.

„Hannah, du bist ungefähr so hilflos wie ein Barrakuda", murrte er, während sie geduckt zum Auto liefen und dabei immer wieder über herabgestürzte Äste springen mussten. Eigentlich hätte sie ihn gar nicht hören dürfen, doch entweder hatte sie Ohren wie ein Luchs oder der Sturm hatte ihr die Worte direkt zugeweht.

„Verdammt richtig", schrie sie.

Sie kletterten in ihren Wagen und knallten die Türen zu: der Lärmpegel sank umgehend um einiges. Seine Schwester konnte es mal wieder nicht auf sich beruhen lassen, sondern beobachtete ihn, wie er sich anschnallte, und fing erneut mit dem Thema an, das er eigentlich hatte beenden wollen. „Ich bin immerhin diejenige, die den Elementen von Fremont bis hierher getrotzt hat, um dich sicher nach Hause zu bringen, Brüderchen."

„Klar. Aber warum überhaupt?" Mit einem Mal war er misstrauisch. „Was führt dich an einem Samstag hierher? Es passt gar nicht zu dir, deinen freien Tag aufs Spiel zu setzen – ganz zu schweigen von deiner Frisur –, nur um mir ein paar Unannehmlichkeiten zu ersparen. Zumal ich viel näher an der Villa wohne als du."

„Warum erwähnen die Leute eigentlich immer ausgerechnet das, was man nicht hören will?" Hannah klappte die Sonnenblende herunter und betrachtete sich im Spiegel. „Schöner Mist. Wie sieht denn das aus? Ich habe Stunden für diesen Vom-Wind-zerzaust-Look gebraucht. Kein Mensch will *echten* Wind." Sie zog eine Bürste aus der Tasche und begann, ihre Frisur zu entwirren.

„Was meine Frage nicht wirklich beantwortet, oder?" Dev fuhr rückwärts die Auffahrt hinunter.

Sie zuckte mit den Schultern. „Du hast kein Auto, und das Wetter ist ziemlich scheußlich. Ich wollte nicht, dass du in den Puget Sound geblasen wirst."

„Mhm. Das klingt wirklich toll – in der Theorie. Aber *ich* weiß, dass *du* sehr genau weißt, dass *ich* absolut in der Lage bin, hinzukommen, wo immer ich hin will – und wenn nicht, hätte ich auch in der Villa bleiben können. Also, worum geht es in Wirklichkeit?"

„Na schön." Hannah klappte den Spiegel wieder hoch und drehte sich zu ihm um. „Ich will wissen, wann du für immer nach Hause kommst."

Er starrte sie einen Moment lang an, bevor der Wind das Auto beinahe aus der Spur geblasen hätte und er mit dem Lenkrad kämpfen musste. Dann fragte er ungläubig: „Und du bist an dem stürmischsten Tag des Jahrzehnts durch die ganze Stadt gefahren, um mich das zu fragen?"

„Ja. Und wegen der Gelegenheit, mit dir mal ohne die anderen zu reden." Sie ließ ihn die steile Queen Anne Avenue hinuntersteuern, doch kaum fuhren sie wieder auf ebener Strecke, fügte sie hinzu: „Es wird Zeit, dass du wieder nach Hause kommst, Dev."

Er beobachtete die Ampel, was nicht leicht war, nachdem sie fast horizontal in die Luft geweht wurde, und öffnete den Mund, um zu antworten.

Doch bevor er etwas erwidern konnte, rief sie: „Und sag jetzt nicht, dass du zu Hause bist. Du weißt genau, was ich meine." Seufzend fügte sie hinzu: „Du wirkst in letzter Zeit glücklicher als in den ganzen letzten Jahren."

„Und woher willst du das wissen? Du hast mich nur während meiner gelegentlichen Besuche erlebt."

„Sag ich doch."

„Hör mal." Er schüttelte den Kopf. „Ich freue mich, dass du mich gerne wieder zu Hause hättest. Wirklich. Aber Bren geht es wieder besser. Und früher oder später werde ich wieder nach Europa gehen."

„Warum? Weil du so wahnsinnig gerne aus Koffern lebst?"

Nein, das tat er nicht, und in Wahrheit hatte ihm die Herumsegelei auf dem Mittelmeer, weit von den Menschen entfernt, die er liebte, in den letzten Jahren ganz schön zugesetzt.

Wie bitte? Er straffte die Schultern. Woher war denn dieser Gedanke mit einem Mal gekommen? Er schoss über den Denny Way und steuerte dank des fast nicht existierenden Verkehrs wie eine Rakete auf seine Wohnung zu.

Er mochte sein Leben in Europa sehr. Gut, hin und wieder fühlte er sich ein wenig rastlos. Und ganz selten verspürte er vielleicht sogar so etwas wie Heimweh. Na und? So was konnte passieren.

„Lass gut sein, Hannah", zischte er, vor seinem Haus angekommen. Eine grimmige Bö packte das Auto. „Du weißt, dass ich diesen Mangel an Privatsphäre bei unserer Familie einfach nicht ertragen kann. Es ist, als würde man in einem beschissenen Goldfischglas leben."

„Ach, um Himmels willen, Dev", meckerte sie zurück. „Komm mal wieder runter! Wie alt bist du? Noch immer neunzehn? Du bist selbst dafür verantwortlich, wie du mit deiner Familie lebst."

„Nun, besten Dank, Dr. Phil, dass ich endlich Licht am Ende des Tunnels sehe. Halleluja. Jetzt werde ich wohl endlich mein Leben in den Griff bekommen." Er kämpfte mit dem Wind, um die Tür zu öffnen, stieg aus und beugte sich wieder hinein, während sie gerade auf den Fahrersitz kletterte. „Willst du den Sturm bei mir abwarten?"

„Nein", sagte sie mürrisch.

„Jetzt sei nicht beleidigt. Wir sind bei diesem Thema einfach unterschiedlicher Meinung."

„Nur, weil du so ein verdammter Idiot bist."

Er grinste sie an.

Doch als sie ernsthaft hinzufügte: „Du brichst Mom das Herz, weißt du", wich das Grinsen aus seinem Gesicht und er richtete sich auf.

„Ach Gott, Han. Toll. Wirklich ganz toll." Schuldgefühle kribbelten wie Millionen Ameisen unter seiner Haut, aber er würde einen Teufel tun und seiner Schwester zeigen, dass sie seinen wunden Punkt getroffen hatte. Er war sauer, weil sie ihm ein schlechtes Gewissen machte, trotzdem klopfte er kurz auf das Dach des Autos und sagte so freundlich wie möglich: „Fahr vorsichtig, Schwesterherz. Der Sturm ist wirklich heftig."

„Ich sollte gehen", sagte Ava zu Jane und griff nach dem Schal, den sie sich vor wenigen Minuten erst vom Hals gewickelt hatte. „Bei diesem Wind über die Lake Washington Floating Bridge zu fahren, hat mich ziemlich aus der Ruhe gebracht und … also gut, ich habe fast einen Panikanfall bekommen. Ich meine, ich weiß ja, dass es über die Interstate 5 nicht weiter zu mir nach Hause ist als hierher. Aber als ich die nördliche Ausfahrt für die Interstate 90 sah, habe ich sie einfach genommen. Und dann … das habe ich dir alles schon erzählt. Super. Jetzt wiederhole ich mich schon."

„Natürlich tust du das." Jane nahm ihrer Freundin sanft den Schal aus der Hand und zog ihr den Mantel aus. „Du bist noch immer ganz zittrig. Komm, setz dich. Trink eine Tasse Tee."

Ava tat, wie ihr geheißen, setzte sich an die Küchentheke und sah Jane dabei zu, wie sie ihre Küchenschränke durchwühlte.

„Aha! Ich wusste doch, dass ich ihn irgendwo hier habe.

Also. Chai oder Beruhigungstee?" Sie grinste. „Beruhigungstee wohl."

„Auf jeden Fall."

Ein paar Minuten später setzten sie sich mit den Tassen ins Wohnzimmer, tranken in kleinen Schlucken und aßen Schokolade. Trotz des Tosens des Windes – oder vielleicht gerade deshalb – fühlten sie sich sicher und behaglich.

Bis Ava sie ansah. „Also, hat Dev dich wieder wegen Europa angesprochen?"

Jane versteifte sich. Jedes Gefühl von Behaglichkeit war verschwunden, sie wünschte nur, sie hätte ihrer Freundin nicht davon erzählt. „Nein. Seit drei Tagen nicht mehr."

„Hmm." Ihre Freundin stützte ihr Kinn in die Hand und musterte Jane wie eine Psychologin – falls es Psychologinnen gab, die wie Fruchtbarkeitsgöttinnen gebaut waren. „Und wie empfindest du das?"

„Nun, es stört mich nicht, falls du das meinst."

Ava hob nur eine Augenbraue, und Jane fuhr fort: „Was? Es stört mich nicht! Ich bin sogar ... erleichtert. Wirklich." Okay, selbst sie bemerkte, dass sie zu vehement protestierte. Und doch konnte sie nicht umhin, zu wiederholen: „*Wirklich.*"

„Auf einer Schwachsinnsskala von eins bis zehn gebe ich dir dreizehn Punkte."

„Mhm." Jane stieß den Atem aus, umfasste die Tasse mit beiden Händen und ließ die Schultern sinken. „Ich *möchte* erleichtert sein, okay? Aber tatsächlich werde ich fast schon paranoid. Ich meine, was soll das eigentlich? Erst will er mich ununterbrochen überreden, mit ihm nach Europa zu gehen, und dann verliert er kein einziges Wort mehr darüber. Und warum interessiert mich das überhaupt? Ich wollte doch sowieso nur eine vorübergehende Affäre."

„Aber ...?"

„Bin ich ihm mit einem Mal nicht mehr gut genug oder was? Hat er das Interesse an mir verloren?" Sie seufzte. „Ich weiß nicht, vielleicht hat er einfach den Sex satt."

„Ja, klar." Avas Stimme war spöttisch. „Für den Fall, dass es irgendeinen Mann gibt, der Sex satt hat, dann garantiert nicht Dev. Ich sehe doch, wie er dich anschaut."

Sie hasste sich für ihren schulmädchenhaften Impuls, zu fragen, *wie*, und versuchte es mit Humor. „Du meinst, so wie Lenny zu Jimmy gesagt hat, der Carol Lee weitererzählt hat, die mir dann verraten hat, dass Bobby Joe wirklich total in Tiff verknallt ist?"

Ava sah sie an.

„Okay", sagte Jane, und die Gleichgültigkeit in ihrer Stimme war so wenig überzeugend, dass sie sich selbst dafür schämte. „Wie schaut er mich an?"

„Als wäre er der Hai und du ein fetter Köder, Süße."

„Oh. Nun. Ein wunderschönes Bild." Sie ließ den Kopf in die Hände sinken. „Aber von wegen fetter Köder, eher wohl schwerer Klotz."

„Du feierst hier also gerade eine Selbstmitleid-Party. Na, ich fahre jetzt sowieso nach Hause, dann kannst du damit allein weitermachen." Ava trug die Tassen und Teller in Janes Küche, zog Schal und Mantel an und umarmte ihre Freundin fest. „Danke für den Tee und deine Gesellschaft, Janie."

„Du solltest bleiben." Jane blickte durch das Fenster auf den windgepeitschten Puget Sound. Der Nachmittagshimmel war fast schwarz. „Ich glaube nicht, dass es sicher ist, jetzt Auto zu fahren. In den Nachrichten sprachen sie von was weiß ich wie vielen Meilen pro Stunde."

„Für mich hat es sich wie hundert angefühlt. Ich kannte diese Monsterwellen, die über die Brücke gespült werden, aus dem Fernsehen. Aber heute habe ich sie zum ersten Mal selbst gesehen." Ava erschauerte. „Und meinetwegen muss ich das in Zukunft nie mehr sehen."

„Warum willst du dann fahren? Du musst zwar nicht mehr über den Lake Washington fahren, aber der Sturm ist so stark, der könnte deinen kleinen BMW glatt von der West Seattle Bridge blasen."

„Deswegen werde ich mich den Alaskan Way entlangschleichen."

„Aber sogar das Coleman Dock wurde geschlossen! Die Fähren fahren nicht mehr, und das passiert *nie*! Bleib hier, Av."

„Danke, aber ich möchte lieber in meiner eigenen Wohnung sein."

Das Licht flackerte, Jane sah ihre Freundin an. „Am Strand ist es verdammt dunkel, wenn der Strom ausfällt."

„Ihr Stadtmenschen seid nicht die einzigen mit unterirdischen elektrischen Leitungen."

„Gut, aber ruf mich wenigstens an, wenn du zu Hause angekommen bist. Hast du heute schon was von Poppy gehört?"

„Ja, sie hat ihre Eltern besucht, und die haben sie überredet zu bleiben."

„Ich wünschte, ich könnte dich auch überreden", sagte Jane kläglich.

„Ich rufe dich an, wenn ich zu Hause bin, versprochen."

„Tu das."

Sie schloss die Tür hinter ihrer Freundin, dann lief sie in die Küche, um aufzuräumen, was nur wenige Minuten dauerte. Danach hatte sie nichts mehr zu tun. Sie stellte den Fernseher an und stellte ihn zehn Minuten später wieder ab, weil ihr die ständigen Berichterstattungen über den Sturm auf die Nerven gingen. Dann versuchte sie zu lesen, unterließ es aber, als sie ein und denselben Abschnitt zum zehnten Mal begann. Sie räumte irgendwelche Dinge hin und her, die bereits aufgeräumt waren, und ärgerte sich über ihre eigene Ordentlichkeit, die ihr jetzt nichts mehr zu tun ließ, um sich abzulenken. Wie eine eingesperrte Katze wanderte sie von einem Zimmer ins andere.

Ava rief wie versprochen an, und doch war Jane nach wie vor nervös. Durch die Balkontür betrachtete sie den aufgewühlten Puget Sound und die Elliott Bay. Sie fühlte sich mindestens genauso hin- und hergerissen wie das Wasser.

Denn nicht nur die Sorge um ihre Freundinnen trieb sie um, sondern vor allem das Thema, das Ava angesprochen hatte.

Warum fragte Devlin sie nicht mehr, ob sie mit ihm nach Europa gehen wolle?

Sie hob das Kinn. Nun, es gab nur eine Möglichkeit, das herauszufinden, nicht wahr? Wegen des Windes flocht sie ihr Haar in zwei Zöpfe. Dann schlüpfte sie in ihren Mantel, schnappte sich ihre Handtasche und verließ die Wohnung.

Als sie aus der Tiefgarage auf die Western Avenue fuhr, zerrte der Sturm an ihrem Wagen. Sie benahm sich vollkommen verrückt. Sie hatte ja nicht mal angerufen, um herauszufinden, ob Devlin überhaupt zu Hause war. Er hatte gesagt, dass er morgens ein paar Dinge in der Villa erledigen wollte, und vielleicht war er noch immer dort.

Auf der anderen Seite war seine Wohnung gerade mal eine halbe Meile von ihrer entfernt, normalerweise lief sie den Weg zu Fuß, und sie saß nun sowieso schon mal im Auto. Sie fuhr den Hügel hinauf zur First Avenue.

Während sie versuchte, einen Parkplatz zu finden, was schier unmöglich war, weil jeder einigermaßen vernunftbegabte Mensch bei diesem Wetter zu Hause blieb, wurde ihre Stimmung immer angespannter. Als sie endlich einen in der Nähe des Regrade Parks gefunden hatte und ausstieg, begriff sie erst, wie heftig der Sturm tatsächlich war.

Gütiger Gott! Sie taumelte, als der Wind wie eine gigantische unsichtbare Hand gegen ihre Brust drückte und sie nach hinten zu stoßen versuchte.

„Typisch", murmelte sie. „Wenn du doch nur einen Funken Verstand hättest, Kaplinski!" Nun, jetzt war es zu spät. Sie stemmte sich gegen den Wind und machte sich auf den Weg. Devlins Wohnung lag zwei Blöcke entfernt.

In dem alten dreistöckigen Gebäude gab es keinen Empfang, niemanden, der sie anmeldete. Sie lief die Treppe bis ins oberste Stockwerk hinauf. „Du solltest besser zu Hause sein", grummelte sie, als sie an seine Tür klopfte. Sie hatte sich inzwischen in Gefühle hineingesteigert, die wilder tobten als der Sturm draußen vor der Tür, und die musste sie dringend loswerden, wenn sie nicht auf der Stelle platzen wollte. Als er nicht umgehend öffnete, hämmerte sie mit der Faust gegen die Tür.

„Immer mit der Ruhe!", hörte sie Devlin hinter der Tür rufen, und Jane blinzelte. Er klang sogar noch gereizter, als sie sich fühlte. Falls das überhaupt möglich war.

Die Tür wurde aufgerissen. Dev starrte sie an. Eine Sekunde lang leuchtete Freude in seinen Augen auf. Dann zog er die dunklen Augenbrauen zusammen. „Was zum Teufel hast *du* bei diesem Wetter draußen zu suchen?" Er packte ihren Arm. „Rein hier!" Dann knallte er hinter ihr die Tür zu.

„He!" Ihre aufgestaute Wut brach aus ihr heraus. „Du tust mir weh!" Sie machte sich los.

„Entschuldige", sagte er kein bisschen zerknirscht. „Ich bin nicht besonders gut drauf. Das scheint heute der Tag für Frauen zu sein, die einfach nicht clever genug sind, bei diesem Wetter zu Hause zu bleiben. Aber was soll's." Er zuckte mit den Schultern. „Wenn du schon mal hier bist. Komm rein." Er machte auf dem Absatz kehrt und steuerte aufs Wohnzimmer zu.

Sie zögerte. „Du hast eine andere Frau hier?" Mein Gott, mein Gott, an so etwas hatte sie gar nicht gedacht. Kein Wunder, dass er so gereizt klang.

„Was?" Er sah sie über die Schulter an. „Nein. Hannah ist durch die ganze Stadt gekurvt, nur um mich nach Hause zu fahren, aber sie ist jetzt weg. Und wie sich herausstellte, hatte sie sich nicht etwa schreckliche Sorgen um meine Sicherheit gemacht. Nein, sie wollte nur darüber reden, wann ich zurück nach Hause komme."

Sie stieß den Atem aus. *Hannah. Keine andere* Geliebte. Erleichterung prickelte in ihren Venen wie Champagner. Doch sie runzelte die Stirn. „Du *bist* zu Hause."

Seine Handbewegung besagte: *Ganz genau!* Doch er fuhr fort: „Sie meint für immer. Sie will wissen, wann ich für immer nach Seattle zurückkomme."

Er ließ die Schultern kreisen, als wollte er sagen, dass ihm das alles egal sei, doch Wut flackerte noch immer in seinen Augen.

"Weil sie und Finn mich am besten von allen kennen, bildet sie sich vermutlich ein, zu wissen, was besser für mich ist. Aber genug davon. Was zum Henker hast du bei diesem Wetter draußen zu suchen?"

Der kluge Teil von ihr, der Teil, der mit selbstgefälligen Senior-Kuratoren und ausländischen Honoratioren umzugehen wusste, riet ihr, sich zurückzuhalten, ihre Befürchtungen erst auszusprechen, wenn Devlin sich wieder beruhigt hatte. Sie hätte sich so lange auf die Zunge beißen sollen, bis sie blutete, doch seine griesgrämige Art raubte ihr auch noch den letzten Rest Verstand. "Warum fragst du mich nicht mehr, ob ich mit dir nach Europa gehen will?"

Er sah sie überrascht an. "Wie bitte?"

"Hast du deine Meinung geändert?"

"*Nein.*" Er kam näher. Die Wut verschwand aus seinen Augen, er rieb sanft über ihre Mantelärmel. "Ich wollte dir nur genug Raum lassen, um eine Entscheidung zu treffen. Ich will dich zu nichts zwingen. Dann hast du also beschlossen, mit mir zu kommen?"

In diesem Moment begriff sie, dass sie zuerst hätte nachdenken sollen. "Äh, nein", stotterte sie. "Ich meine, ich weiß nicht." Sie hatte nur eine Antwort von ihm gewollt und nicht darüber nachgedacht, dass sie ihm dann auch eine würde geben müssen.

"Verdammt noch mal, Jane." Er trat zurück, seine Augen begannen wieder, Funken zu sprühen. "Was jetzt – bist du dabei oder nicht? Oder bist du nur gekommen, um mich zu nerven?"

Sie war im Unrecht und sie wusste es. Deswegen tat sie, was jede vernünftige Frau tun würde: Sie schob ihm den Schwarzen Peter zu. "Sprich nicht in so einem Ton mit mir", meckerte sie ihn an. "Ich bin nur gekommen, um herauszufinden, warum du mich auf einmal nicht mehr fragst. Ist doch klar, dass ich verwirrt bin! Du bist doch derjenige, der mich die ganze Zeit überreden wollte, alles, wofür ich gearbeitet habe, aufzugeben, um mit dir zu gehen – und plötzlich sagst du keinen Ton mehr dazu."

Mit einem Mal wurde ihr klar, dass der Streit ihr Spaß machte. Dass es ihr *gefiel*. Ausgerechnet ihr, die sonst alle Aufregungen tunlichst vermied. Als eisige Angst die Hände nach ihr ausstreckte, ruderte sie hastig zurück. „Mein Gott!" Sie bewegte sich rückwärts zur Tür. „Ich wusste, dass das mit uns nicht funktionieren würde. Warum lassen wir es nicht einfach?"

Er trat einen Schritt auf sie zu, blieb dann stehen. „Du willst aufgeben?"

„Ich treffe eine kluge Entscheidung aufgrund von Fakten."

Seine Wangen röteten sich, seine Augen wurden dunkel. „Schön", sagte er tonlos. „Wenn du nicht mal einen kleinen Streit erträgst, ohne dich sofort zu trennen und in dein kleines, sicheres Leben zurückzukehren, dann lass uns das tun, Jane. Ich habe heute nicht die Geduld, mich mit einer Frau abzugeben, die zu feige ist, um ihre Komfortzone zu verlassen. Und das nur, weil sie die blödsinnige Vorstellung hat, aus heiterem Himmel wie ihre Eltern zu werden."

Wenn er ihr direkt in den Bauch getreten hätte, wäre ihr auch nicht übler gewesen. Das war so unfair!

Vielleicht hat er recht, wisperte eine kleine Stimme in ihrem Kopf.

Nein! Hat er nicht! Ihr Herz donnerte, ihr Magen rebellierte. Sie starrte ihn mit erhobenem Kinn an. „Wenigstens kenne ich meine Schwächen. Aber du kannst dir ja gerne weiter was vormachen, Devlin. Klar, hau nur wieder ab nach Europa, sobald es Bren besser geht, dann kannst du so tun, als ob du überhaupt keine Probleme hättest. Geh ruhig zurück in dein Leben, wo du dich ständig über deine Familie aufregen kannst, weil sie sich um dich sorgt."

Herr im Himmel! In einem winzigen Teil ihres Hirns fühlte sie sich von sich selbst abgestoßen. Wie nur war dieser Streit so schnell so bösartig geworden?

Sie öffnete den Mund, um zu sagen – sie wusste nicht, was. Aber etwas Versöhnliches, das dieses ganze Drama schnell beendete. Sie hatte sich vollkommen falsch verhalten. Und das alles nur, weil sie wirklich fürchterliche Angst davor hatte, was geschehen würde, wenn sie ihm gestand, dass sie mit ihm zusammen sein wollte.

Doch bevor sie auch nur ein Wort sagen konnte, bevor sie den Streit beenden konnte, warf er ihr einen gleichgültigen Blick zu. „Pass auf, dass die Tür dich nicht in den Hintern trifft, wenn du gehst, Babe."

Und einfach so war es zu spät.

Einen Augenblick sah sie ihn nur an, während der Schmerz ihr tief in die Knochen fuhr. Und dann tat sie, was sie ihr Leben lang getan hatte: Sie setzte sich wieder neu zusammen.

Nun gut. Das war schon in Ordnung, schließlich war sie auf dem besten Weg gewesen, sich wie ihre Eltern von sinnloser, destruktiver Leidenschaft leiten zu lassen. Sie hatte Devlin *zwingen* wollen, sie zu lieben, wie ihr mit einem scharfen Stich ins Herz auf einmal klar wurde.

Mein Gott. Sie zu *lieben*.

Sie presste die Lippen fest zusammen, um die Worte, die er nicht hören und die sie nicht sagen wollte, tief in sich zu verschließen. Sie drehte sich um und lief zur Tür. Mit jeder Faser ihres Körpers spürte sie, dass er nicht ein Wort sagen würde, um sie aufzuhalten. Und so verließ sie seine Wohnung.

22. KAPITEL

Ich habe wirklich schon schlimme Tage erlebt. Aber ich hatte keine Ahnung, dass man sich so schlecht und traurig fühlen kann.
Oder so irrsinnig viel Angst vor allem Möglichen haben kann.

Sie konnte nicht nach Hause gehen. Das war der einzige klare Gedanke in Janes Kopf. Sie lief zurück zu ihrem Auto und saß dann einen langen Moment einfach nur da und starrte blind durch die Windschutzscheibe. Zu Hause würde sie verrückt werden, in dieser Wohnung, in der es nichts zu tun gab, um sich von Devlin abzulenken.

Sie konnte noch immer zu Poppys Eltern fahren oder zu Ava. Aber ihr Hals fühlte sich so dick an wegen der ungeweinten Tränen und ihr Herz so schwer, dass sie einfach nicht in der Lage war, über ihre Gefühle zu sprechen.

Aber sie konnte arbeiten. Ein brüchiges kleines Lachen entrang sich ihren Lippen. Gut, ihr Liebesleben brach gerade zusammen, aber sie hatte ja noch immer ihren Job. Und schließlich hatte sie sich immer in Arbeit vergraben, wenn irgendetwas in ihrem Leben nicht so lief, wie sie es sich vorgestellt hatte. Und außerdem hatte der heutige Streit das Unausweichliche nur beschleunigt. Denn sie wäre niemals mit Devlin nach Europa gegangen.

Mal ehrlich. Sie hätte wirklich alles aufgeben müssen, wofür sie gearbeitet hatte. Und ohne ihre Arbeit – wer zum Teufel war sie dann überhaupt?

Niemand. Schlicht und ergreifend niemand.

Gut, selbst für eine Frau mit dem schlimmsten Liebeskummer der Welt war das eine Nummer zu hart. Erbärmlich geradezu. Und das Gegenteil von allem, woran sie glaubte, wenn sie wegen einer beendeten *Affäre* derart in Selbstmitleid zerfloss. Hör auf zu jammern, befahl sie sich streng und setzte sich aufrecht. *Immerhin hast du eine Arbeit, die du liebst. Das ist mehr, als viele Leute von sich behaupten können. Also reiß dich jetzt zusammen und stürz dich in das, worüber du noch einigermaßen Kontrolle hast. Kümmere dich darum, dass die Ausstellung einzigartig wird.*

Sie drehte den Zündschlüssel um und fuhr Richtung Villa.

Was war hier verflucht noch mal gerade passiert? Dev unterbrach sein rastloses Hin- und Herwandern, als er zum dritten Mal vor seiner Wohnungstür anlangte, und fuhr sich mit den Fingern durch sein Haar. *Was war da gerade passiert?*

Er hatte Jane rausgeworfen. Trotz des Sturms.

Seine Schultern spannten sich, sein Blick wurde noch dunkler. Sie war doch selbst schuld. Sie hatte seine Hoffnungen geschürt, nur um ihm dann den Boden unter den Füßen wegzuziehen. Und hatte das vielleicht gereicht? Verdammt, natürlich nicht. Sie war erst gegangen, nachdem sie noch diesen ganzen Mist über seine angeblichen Probleme mit seiner Familie verzapft hatte. Psychogelaber.

Moment mal, Junge, jaulte sein Gewissen auf. *Bleib auf dem Teppich. Du. Hast. Sie. Rausgeworfen.*

UND DAS BEI DIESEM STURM!

Seine Fingerkuppen wurden taub – ein Phänomen, das er schon in seiner Kindheit erlebt hatte, und zwar immer dann, wenn er sich besonders geschämt hatte. Er verschränkte die Arme vor der Brust. Unabhängig davon, wer den anderen wie provoziert hatte – und bei diesem Müll, den er über *ihre* Familie von sich gegeben hatte, konnte er sich in dieser Hinsicht durchaus an die eigene Nase fassen –, hatte er sich vollkommen untypisch benommen.

Er besaß normalerweise nicht dieses launische Temperament, das man Rothaarigen nachsagte, es dauerte lange, bis er einmal richtig wütend wurde. Wenn es allerdings mal so weit war, brauchte es seine Zeit, bis er sich wieder abgeregt hatte. Und schon seine Schwester war ihm heute ernsthaft auf die Nerven gegangen.

Trotzdem. So behandelte man keine Frau. Wenn sein Dad jemals davon erfuhr, würde er ihm den Hintern versohlen – egal, wie alt er inzwischen war.

Dev schnaufte laut. Denn schließlich ging es nicht darum, wie er irgendeine Frau behandelt hatte, sondern Jane, die seit ihrem ersten Treffen sein ganzes Leben auf den Kopf gestellt hatte. Die ihn verrückt gemacht hatte. Zum Lachen gebracht hatte. Ihn verwirrt hatte.

Die ihn dazu gebracht hatte, sie zu lieben.

Er erstarrte. Mist! Genau das war in aller Kürze das Problem. Jane Kaplinski war aufgetaucht und hatte ihn dazu gebracht, sich Hals über Kopf in sie zu verlieben.

Er fuhr herum, als es an die Tür klopfte, Erleichterung jagte durch seinen Körper. Er sprang nach vorn und riss die Tür auf.

„Gut, du bist zur Vernunft gekommen ..."

„Wusste gar nicht, dass ich das nötig habe", sagte Finn gedehnt und lief an ihm vorbei.

„Was zum Teufel ist heute? Der Kavanagh-Geschwister-Tag?" Dev knallte die Tür zu, bevor er seinem Bruder enttäuscht hinterhertrottete. „Was hast du hier zu suchen?"

Finn warf ihm einen Blick über die Schulter zu. „O-kay. Offenbar hast du mich nicht erwartet. Schön, wie du dich über meinen Besuch freust. Ich habe diese Wirkung auf Leute. Normalerweise eher auf Frauen, aber ..."

Dev verpasste seinem Bruder einen harten Schlag gegen die Schulter.

„Na, Bruder, ganz ruhig. Mann, was bist du nur für ein Spielverderber." Finn zuckte mit den Schultern. „Du sagtest, du wolltest heute Morgen arbeiten, also bin ich bei der Villa vorbeigefahren, um dich nach Hause zu fahren." Er warf sich auf die Couch. „Aber da die ganze Straße jetzt ohne Strom ist, dachte ich, ich komme mal vorbei und schaue, ob du zu Hause bist."

„Noch mal von vorne", sagte er misstrauisch, Hannahs Besuch noch frisch im Gedächtnis. „Du bist bei diesem Wetter rausgegangen, um meinen Chauffeur zu spielen? Warum? Weil du so ein herzensguter Mensch bist?"

„Nein." Finn kniff die Augen zusammen. „Ich hatte gestern Abend eine Verabredung mit einer Frau, die auf der Ostseite von Queen Anne wohnt, und da ich schon mal in der Nachbarschaft war …"

„Also bist du nicht gekommen, um mir zu sagen, dass es Zeit wird, Europa zu verlassen?", unterbrach er seinen Bruder. Andererseits … er sprach hier mit Finn, der sich im Gegensatz zu seiner Schwester noch nie in sein Leben eingemischt hatte. Dev bekam so langsam den Eindruck, dass er sich hier gerade zum Narren machte – und doch fügte er hinzu: „Du bist nicht gekommen, um mir zu sagen, dass ich endlich für immer nach Hause kommen soll?"

Finn stand auf. „Bei deiner Laune, Brüderchen, ist es mir scheißegal, ob du jemals wieder hierher ziehst. Was zum Teufel ist eigentlich dein Problem?" Dann nickte er mit einem Mal weise. „Ah! Du hast mit Langbein gestritten, stimmt's?"

„Und wie."

Finn betrachtete ihn mit der Vorsicht eines Mannes, der damit rechnete, jeden Moment ein Gespräch über *Gefühle* führen zu müssen. „Du willst sicher nicht darüber sprechen, oder?"

„Verdammt, nein. Aber ich kann dir verraten, dass ich ausgesprochen höflich war. Ich sagte ihr, sie solle aufpassen, dass die Tür sie nicht in den Hintern trifft, wenn sie geht."

Finn starrte ihn an. „Du hast sie bei diesem Wetter rausgeworfen?"

„Ja." Er vergrub seine Finger in seinem steifen Nacken. „Und du solltest jetzt auch gehen, weil ich sie suchen muss."

Sein Bruder nickte. „Um es wiedergutzumachen."

„Ich weiß nicht, ob das geht, Finn. Aber zumindest kann ich dafür sorgen, dass sie unbeschadet nach Hause kommt. Und vielleicht können wir noch mal reden. Nachdem ich mich wieder beruhigt habe."

„Du regst dich eigentlich nicht sonderlich schnell auf. Ich hätte zu gerne Mäuschen gespielt, um zu hören, was dich überhaupt so weit gebracht hat."

Dev schüttelte nur den Kopf.

„Soll ich dich zu ihrer Wohnung fahren?"

Warum zum Teufel sollte er seinen Bruder mitnehmen, wenn er der Frau gegenübertrat, mit der er gerade den schlimmsten Streit ihrer Beziehung gehabt hatte? Dann ging ihm ein Licht auf. „Scheiße, ich habe heute ja gar keinen Mietwagen. Ich vermisse die europäischen U-Bahnen wirklich! Busse werden heute ja wohl nicht fahren, oder? Aber warte, ich rufe erst mal an, ob sie überhaupt zu Hause ist."

Er wählte Janes Nummer, es klingelte vier Mal, bevor der Anrufbeantworter sich einschaltete. Als er ihre Stimme hörte, krampfte sich sein Magen zusammen. „Jane?", rief er. „Wenn du da bist, nimm bitte ab. Bitte!" Er seufzte. „Hör zu, ich rufe nicht an, um zu streiten, ich will nur wissen, ob du gut nach Hause gekommen bist." Er gab ihr noch einen Moment Zeit, dann legte er auf und wählte ihre Handynummer. Nachdem er dieselbe Nachricht auf ihrer Mailbox hinterlassen hatte, drehte er sich fluchend um.

„Nicht zu Hause?", fragte sein Bruder.

„Ich weiß es nicht. Jedenfalls geht sie nicht ran. Aber vielleicht hat sie auch einfach keine Lust zu reden." Er biss die Zähne zusammen. „Mit mir zu reden."

„Es gibt nur eine Möglichkeit, das rauszufinden", sagte Finn aufmunternd. „Dann mal los."

Jane gelang es recht gut, die Gedanken an Devlin wegzuschieben und sich aufs Autofahren zu konzentrieren. Sie bemerkte sogar erst, als sie in die Auffahrt der Villa fahren wollte, dass die komplette Wohngegend dunkel war. Haufenweise herabgerissene Äste blockierten den Weg, woraufhin sie wieder rückwärts auf die Straße fuhr.

„Na super." Sie parkte trotzdem ein paar Häuser weiter, weil sie auf keinen Fall in ihre leere Wohnung zurück wollte. In ihrem Handschuhfach lag eine Taschenlampe. Das war noch immer besser, als zu Hause Däumchen zu drehen. Das einzige Problem war, dass es ewig dauern würde, bis sie bei diesem Licht auch nur die kleinste Aufgabe erledigt hätte.

Natürlich war das nicht das einzige Problem. Ein viel größeres waren die Szenen mit Devlin, die ihr immer wieder in den Kopf schossen. Aus irgendeinem Grund sah sie Farben: den Goldton seines T-Shirts, das sich an seine breiten Schultern und seine Brust schmiegte. Das Kastanienbraun seines Haars. Das Grün seiner Augen. Und mit einem Mal sah sie den blauen Einband seiner Sudoku-Rätselhefte vor sich, von denen sie gar nicht wusste, dass sie ihr beim Streit aufgefallen waren. Das war wirklich albern.

Eine Frau, die zu feige ist, um ihre Komfortzone zu verlassen. Und das nur, weil sie die blödsinnige Vorstellung hat, aus heiterem Himmel wie ihre Eltern zu werden.

Ihre Hand erstarrte mitten in der Bewegung, als sie sich gerade Notizen über einige Stücke machte, deren Hintergrund sie noch genauer recherchieren musste. Sie holte tief Atem. Der Vorwurf brauste durch ihren Kopf, und am liebsten hätte sie gegen ihre Schläfen getrommelt, bis seine Stimme endlich verstummte.

Aber sie war ja wirklich ein Feigling. So schmerzlich die Wahrheit auch war, sie konnte sie nicht leugnen. Den Großteil ihres Lebens hatte sie sich inständig bemüht, jede Form von Leidenschaft im Keim zu ersticken, und das nur, weil sie als Kind ständig die verzerrte Version ihrer Eltern hatte miterleben müssen. Aber in Wahrheit ging es doch gar nicht um deren nervenaufreibende, nie enden wollende Streits und Versöhnungen.

Ihr Stift fiel auf den Boden. Sie stand auf und starrte auf den ausgeblichenen Teppich. *Mein Gott!* Warum hatte sie das nicht früher begriffen! Sie hatte nicht ihr Leben lang versucht, der Leidenschaft aus dem Weg zu gehen. Sondern sie hatte sich gewünscht, dass diese Leidenschaft, diese ungeteilte Aufmerksamkeit, nur ein einziges Mal *ihr* gelten würde.

Verflucht noch mal, Kinder hatten Bedürfnisse, die erfüllt werden mussten! Doch das war nie geschehen, weil ihre Eltern immer zu sehr mit sich beschäftigt gewesen waren. Jane hatte sich immer wie ein Schatten in ihrer Familie gefühlt und nicht gewusst, wie sie das ändern sollte. Wie sie hätte sagen sollen: „Seht *mich* einmal an. Nehmt *mich* wahr!"

Aber sie hatte es nie gesagt, und Dorrie und Mike waren nun mal Dorrie und Mike. Irgendwann hatte Jane beschlossen, dass sie das alles sowieso nicht brauchte. Dass sie von Leidenschaft nichts wissen wollte."

Nur – Leidenschaft war nie das Problem gewesen.

Sie schloss die Schranktür, zog die Vorhänge zu. Sie würde ihren ganzen Mut zusammennehmen und wieder zu Devlin fahren. Sie wollte es auf einen Versuch ankommen lassen. Nur diesmal ohne die Tricks, die sie sich in all den Jahren angewöhnt hatte, um sich selbst zu schützen.

Und wenn das nicht funktionierte? Wenn nichts mehr zu retten war? Nun, dann war sie zumindest nicht zu feige gewesen, es zu versuchen.

In der Mitte der Treppe glaubte sie, ein leises, quietschendes Geräusch aus dem hinteren Teil der Villa zu hören. Sie blieb wie angewurzelt stehen und beugte sich vorsichtig über das Geländer. Die düstere Eingangshalle war leer. Abgesehen vom Wind und dem Ächzen der Bäume war nichts zu hören; sie musste sich geirrt haben. Vielleicht hatte ein Ast über eine Fensterscheibe gekratzt.

Sie knipste die Taschenlampe aus, behielt sie aber in der Hand. Sie wusste nicht, wie lange die Notstromversorgung der Alarmanlage funktionierte, aber vorsichtshalber schlich sie die Treppe hinunter und spähte in jedes einzelne Zimmer. Mit jedem Zimmer, das leer war, entspannte sie sich etwas mehr.

Aber wie kam sie überhaupt dazu, sich wie eine dieser Frauen in den Horrorfilmen aufzuführen, denen man am liebsten zubrüllen würde: „Geh nicht in den Keller!" Schließlich war sie überhaupt nicht darauf vorbereitet, einem möglichen Einbrecher entgegenzutreten. Und wenn sie wirklich glaubte, dass sich einer im Haus befand, sollte sie so schnell wie möglich durch die Vordertür verschwinden, statt wie üblich die Küchentür zu nehmen.

Sie schüttelte den Kopf. Sie war ziemlich sicher, dass sie sich unnötig ängstigte. Und doch war ihr einziges Ziel, die Villa zu verlassen. So schnell wie möglich. Ohne Strom war dieses Haus gruseliger als ein Horrorfilm.

Sie rannte am Speisezimmer vorbei, in das sie nur einen schnellen Blick warf, und sauste in die Küche. Und blieb mit einem Mal stehen.

Oh mein Gott. Grauen kroch ihr über den Rücken, ihre Nackenhärchen stellten sich auf. Sie hatte es sich also doch nicht bloß eingebildet! Sie hatte etwas ... jemanden ... drüben beim alten Speiseaufzug gesehen. Mit pochendem Herzen raste sie auf die Tür zu, zerrte am Knauf. Sie hätte vor Erleichterung fast aufgeschluchzt, als er sich unter ihren steifen Fingern endlich drehte und die Tür sich öffnete.

Dann tauchte plötzlich eine Männerhand neben ihr auf und knallte die Tür wieder zu.

Und Jane schrie laut auf.

„Glaubst du, dass ich Mom das Herz breche?", fragte Dev seinen Bruder, als sie in der Nähe von Janes Wohnung nach einem Parkplatz suchten. Der Vorwurf seiner Schwester nagte an ihm fast genauso wie die Sorge um Jane.

„Wie bitte?" Finn nahm den Blick kurz von der Straße, dann konzentrierte er sich wieder aufs Fahren. „Nein. Wie kommst du darauf?"

„Hannah hat das gesagt."

„Ah. Mhm. Hannah. Dass du so weit weg lebst, trifft sie am härtesten, Dev. Für Mom ist es auch schwer, aber ich glaube, sie kann eher verstehen, warum du so viel Distanz zu uns brauchst. Bestimmt hast du bemerkt, wie sehr sie sich anstrengt, sich nicht in deine Angelegenheiten zu mischen, seit du wieder da bist."

Nein, hatte er nicht. Und auch das zeigte, was für ein ichbezogener Volltrottel er war. Denn wenn er jetzt drüber nachdachte, fiel ihm durchaus auf, dass sich seine Mutter im Gegensatz zu Tante Eileen jeden Kommentar verkniffen hatte, als er mit Jane zu der Party gekommen war. Und auch danach hatte sie sich nicht dazu geäußert.

Um genau zu sein, begriff er erst jetzt, dass so ziemlich jeder in der Familie sich verändert hatte. *Er* war offenbar derjenige, der noch immer wie mit neunzehn reagierte. „Scheiße."

„Wie, möchtest du lieber Moms Herz brechen?"

„Nimm den hier!" Er deutete auf einen Parkplatz auf der gegenüberliegenden Straßenseite. Finn schoss über zwei Fahrbahnen und schnappte ihn einer Frau in einem Mini weg.

„Natürlich will ich Mom nicht wehtun", knüpfte Dev wieder an ihr Gespräch an. „Was glaubst du, warum ich überhaupt so wütend geworden bin, als Han das behauptet hat? Aber so langsam wird mir klar, dass ich einen Groll gegen etwas habe, was offenbar gar nicht mehr existiert." Er verzog den Mund. „Nun, von Tante Eileen mal abgesehen."

„Ja, die wird sich nicht mehr ändern. Und mach dir nichts vor – Mom will unbedingt Enkel von dir haben. Aber dass du vom College abgegangen und nach Europa verschwunden und dann auch noch dort geblieben bist, statt nach ein paar Monaten wieder zurückzukommen, hat sie zu Tode erschreckt. Sie wird dich zu nichts drängen. Sie ist einfach für jeden Tag dankbar, den du hier bist."

„Aber hey, du willst mich nicht unter Druck setzen", sagte Dev trocken.

Sein Bruder grinste. „Genau. Überhaupt nicht."

Sie kämpften sich durch den Sturm bis zu Janes Apartmenthaus, wo die junge Frau am Empfang den Türöffner betätigte. „Hallo", rief sie fröhlich. „Schreckliches Wetter, wie?"

„Allerdings. Ist Jane zu Hause?"

„Oh." Sie wirkte überrascht. „Nein. Ich dachte, sie würde sich mit Ihnen treffen. Sie ist vor ungefähr einer dreiviertel Stunde gegangen."

Er fluchte leise, dann warf er ihr ein entschuldigendes Grinsen zu. „Verzeihung. Wäre es okay, wenn wir in ihrer Wohnung auf sie warten?", fragte er. „Ich habe einen Schlüssel." Jane hatte bestimmt irgendwo ein Adressbuch herumliegen, in dem er die Telefonnummern ihrer Freundinnen finden konnte.

„Geht bestimmt in Ordnung, lassen Sie mich das nur mal eben überprüfen." Nachdem sie etwas in ihren Computer getippt hatte, beugte sie sich vor, um das Dokument zu lesen. Leichte Röte stieg in ihre Wangen, als sie ihn wieder ansah. „Tut mir leid, aber Sie stehen nicht auf der Liste. Ich weiß, dass Sie und Jane sich gut kennen – ich habe Sie oft zusammen gesehen. Aber wir dürfen keine Gäste hereinlassen, die nicht auf der Liste stehen."

„Ich verstehe", behauptete er, obwohl er am liebsten jedes Wort ignorieren und einfach an ihr vorbeistürmen wollte. „Könnten mein Bruder und ich hier unten bleiben, während wir versuchen, sie zu erreichen? Da draußen ist die Hölle los."

„Ja, natürlich. Bleiben Sie, solange Sie wollen."

Dev wählte die Bank aus, die am weitesten vom Empfang entfernt stand. Er zog sein Handy aus der Tasche und wählte.

„Wen rufst du an?", fragte Finn.

Er wollte gerade antworten, als er am anderen Ende die Stimme seiner Schwägerin hörte. „Hallo Jody." Es krachte bedrohlich in der Leitung. „Hier ist Dev. Ist Bren da?"

In der kurzen Zeit, die sein Bruder brauchte, um ans Telefon zu kommen, wurde die Verbindung immer schlechter. Brens Worte waren kaum zu verstehen.

„Kannst du mich hören?", fragte Dev, und als er so etwas wie ein Ja zu hören glaubte, fuhr er fort: „Du hast den Vertrag mit Poppy gemacht. Hast du eine Telefonnummer von ihr?"

„Ich … hole …" Die Leitung war tot.

„Scheiße!" Dev hätte das Handy am liebsten durch die Lobby gepfeffert. „Er ist weg", erklärte er Finn.

„Ich versuch's mal mit meinem. Ich habe einen anderen Anbieter als du."

„Falls du durchkommst, frag, ob er auch Avas Nummer kennt. Und die in der Villa."

„Dort ist der Strom ausgefallen." Finn begann zu wählen.

„Das sagtest du schon. Aber ich habe ein altes Festnetztelefon dort gesehen, das könnte vielleicht noch funktionieren."

Finn klappte sein Handy zu. „Geht auch nicht. Was machen wir jetzt?"

„Ich gehe rauf – scheiß auf die Liste. Wir brauchen ein Telefon, das funktioniert."

Das Mädchen am Empfang hinter ihnen murmelte etwas. Als sie sich umblickten, stellten sie fest, dass sie telefonierte. Sie sahen einander an.

Dann durchquerten sie die Lobby.

23. KAPITEL

Ich dachte schon, ich hätte so meine Abgründe. Aber Gordon? Der schießt den Vogel ab. Wie kann ein Mensch so verkorkst sein, ohne dass jemand was davon bemerkt?

Hysterisch vor Angst, hörte Jane nicht auf zu schreien. Der Einbrecher brüllte ihr ins Gesicht, aber sie verstand kein Wort von dem, was er sagte. Sie starrte ihn voller Entsetzen an, hätte ihn aber um nichts in der Welt beschreiben können, so sehr hatte das Grauen sie gepackt.

Dann schlug er ihr mit dem Handrücken ins Gesicht, und der Schock, geschlagen worden zu sein, zerschnitt ihr feueralarmartiges Geschrei wie ein Samuraischwert einen Seidenschal. Jane schluckte schwer. Ihr Hals fühlte sich so rau an wie eine Käsereibe.

„Verdammt", murrte der Mann, und diese Stimme war so selbstgefällig, dass sie sie sogar über das Toben des Sturmes hinweg erkannte. „Ich weiß nicht, wie es dir geht, aber ich bin verdammt froh, dass du jetzt wenigstens die Klappe hältst."

Du? Zum ersten Mal blickte sie ihren Angreifer an und *sah* ihn tatsächlich. „Gordon?" Sie blinzelte ein paarmal, aber die Gesichtszüge blieben dieselben.

Ihr Kollege runzelte die Brauen. „Du wusstest gar nicht, dass ich es bin?"

Sie schüttelte den Kopf, sich darüber bewusst, dass sie noch immer nicht ganz auf der Höhe war.

„Na, das ist ja fantastisch. Ich wusste, dass es ein Fehler war zurückzukommen."

„Was meinst du mit zurückkommen? Du warst doch noch nie ..." Jetzt setzte endlich ihr Verstand wieder ein. „Du liebe Zeit, du warst es? Du hast Miss Agnes beklaut? *Du hast mein Dior geklaut?"*

Er brauchte nichts zu sagen, sie las die Antwort in seinem Gesicht ab. Er hatte für dieses Zusammentreffen den denkbar schlechtesten Tag gewählt, und mit unartikuliertem Wutgebrüll stürzte sie sich auf ihn, schlug und trat und hieb auf jedes erreichbare Körperteil ein, ohne auch nur eine Sekunde zu überlegen. „Du Ratte! Du verdammte, miese, hinterhältige Ratte!"

„*Das reicht!*", schrie er und packte ihr Handgelenk, als sie gerade zu einem weiteren Schlag ausholte. „Mann, am liebsten würde ich dich windelweich prügeln."

„Du kannst es ja versuchen." Sie feixte höhnisch. Als sie aber sah, wie sein Gesicht sich verdunkelte, kam sie zur Vernunft. Das war es nicht, was man zu einem größeren und stärkeren Mann sagen sollte.

Er zerrte sie weiter in die Küche und schob ihr einen Stuhl hin. „Setz dich und halt die Klappe!", zischte er. „Ich muss nachdenken."

Sie hatte kaum eine andere Wahl, zumindest nicht, bis sie wusste, was hier eigentlich genau vor sich ging. Mit zusammengepressten Lippen warf sie sich auf den Stuhl und verschränkte die Arme vor der Brust.

„Schon besser", knurrte er. „Du eingebildetes, blödes Miststück."

„Hey!" Sie schoss in die Höhe. „Du hast mich heimtückisch beklaut, aber *ich* bin das Miststück? Du hast ja vielleicht Nerven, Kumpel!"

„Du hast versucht, mir in die Eier zu treten! Und schau dir das mal an!" Er strich mit einer Hand über seine schwarzen Designerklamotten, die ziemlich verknittert und mitgenommen aussahen.

Sie begriff, dass er keine Scherze machte, dass er tatsächlich wütend über sein äußeres Erscheinungsbild war. Ein Schauer jagte über ihren Rücken. Sie war allein in einer Villa, die bei Dunkelheit viel gespenstischer war, als sie sich jemals hätte träumen lassen, mit einem ganz offenbar verrückten Mann. Und sie war auf sich allein gestellt. So wie sie schon immer im Leben auf sich allein gestellt gewesen war. Und ihr wurde klar, dass es nicht sinnvoll war, ihn zu provozieren.

„Tut mir leid. Es war irgendwie ein Schock, dich hier zu sehen", sagte sie so ruhig wie irgend möglich. „Vielleicht sind wir beide nie die besten Freunde gewesen, aber wir sind Kollegen, und ich dachte, dass wir zumindest gegenseitig unsere Arbeit respektieren. Und jetzt muss ich erfahren, dass du das Dior geklaut hast." Sie sah ihn mit echter Verwirrung an. „Du wusstest, was mir dieses Kleid bedeutet, Gordon, deswegen fühle ich mich gerade ziemlich hintergangen. Und trotzdem bist du derjenige, der mich beschimpft. Wieso denn das? Was habe ich dir denn jemals getan, dass du mich ein eingebildetes, blödes Miststück nennst?"

„Nun – du meinst, davon abgesehen, dass du mir Ausstellungen wegschnappst, die rechtmäßig mir gehören? Und auch noch glaubst, dass ich einfach lächle und das war's? Du hast mich eine miese, hinterhältige Ratte genannt. Aber es ist natürlich in Ordnung, wenn eine Prinzessin einen kleinen Nichtsnutz beschimpft, nicht wahr? Immerhin bist du ja mit einem Silberlöffel im Mund geboren worden. Während ich mir alles hart erarbeiten musste!"

Ihr Mund klappte auf. Ihr war klar, dass sie sich für die miese, hinterhältige Ratte hätte entschuldigen sollen, wegen der er sich so aufregte, aber seine falschen Vorstellungen von ihrer Herkunft konnte sie nicht einfach so stehen lassen. „Wovon sprichst du eigentlich? Ich bin am Highway 99 draußen beim Flughafen aufgewachsen!"

Er musterte sie einen Moment lang verunsichert. Dann lachte er spöttisch. „Du warst auf der Country Day! Ich habe doch selbst gehört, wie Marjorie davon geschwärmt hat."

„Ja. Ich hatte ein *Stipendium*."

„Und ich habe gehört, dass du das Radcliffe College besucht hast."

„Wieder ein Stipendium. Gordon, meine Eltern sind Schauspieler. Und keine, die man auf dem roten Teppich sieht, weder am Broadway noch in Hollywood. In ihrem besten Jahr haben sie vielleicht 30.000 Dollar verdient."

Sein Blick wurde hart. „Was ungefähr 18.000 Dollar mehr sind, als meine alte Lady jemals verdiente."

„30.000 Dollar haben sie *zu zweit* verdient, und du wirst ja wohl zugeben, dass das nicht besonders viel ist."

„Ja, du Arme. Du hast doch gerade Sammlerstücke im Wert von wie viel hunderttausend Dollar geerbt?"

„Interessant, dass du das erwähnst. Wo du doch bisher der Einzige bist, der davon profitiert hat." *Halt die Klappe, Jane. Halt. Die. Klappe.* Es war ein Fehler gewesen, überhaupt von Geld zu sprechen, ein schlecht durchdachter Versuch, ihm zu verdeutlichen, wie wenig sie mit dem reichen verwöhnten Mädchen zu tun hatte, für das er sie offenbar hielt.

Sie befürchtete, dass ihr Zusammentreffen nicht gut ausgehen würde. Zwar schien ihr Gordon nicht gerade ein gewalttätiger Typ zu sein, doch sie hätte ihn auch niemals des Diebstahls für fähig gehalten. Und leider war sie nun die Einzige, die ihn identifizieren konnte. Sie hatte keine Ahnung, was sie nun tun sollte. Zwar saß sie in der Nähe der Küchentür, wenige Schritte von der Freiheit entfernt. Aber Gordon war ihr noch näher. Und was die vordere Haustür betraf – wenn sie sich keinen anständigen Vorsprung verschaffen konnte, würde er sie einholen, bevor sie den Riegel zurückgeschoben hatte. Um Zeit zu gewinnen, fragte sie: „Warum hast du nicht einfach nur ... *gewartet*? Darauf gewartet, dass ich die Villa verlasse?" Bei Gott, das wäre so viel leichter gewesen.

„Was glaubst du denn?" Er rieb sich mit der Hand übers Gesicht und warf ihr einen empörten Blick zu. „Ich dachte, du hättest mich erkannt. Du hast mich direkt angesehen, als du am Speisezimmer vorbeikamst."

Er fügte nicht hinzu: „Und dafür werde ich dich jetzt töten", aber seine Augen wurden matt und irgendwie ... seelenlos. Sie schluckte trocken.

„Ich habe dich nicht gesehen. Ich wollte nicht länger bei dem Sturm in der Villa bleiben, sondern so schnell wie möglich raus, deswegen habe ich dich nicht wirklich wahrgenommen."

Mein Gott. Langsam musste sie sich wirklich einen Plan überlegen.

Am besten einen, bei dem sie mit dem Leben davonkam.

Leider fiel ihr nichts Besseres ein, als ihn hinzuhalten. Was nicht besonders hilfreich war, weil sie nicht damit rechnen konnte, dass jemand zu ihrer Rettung geeilt kam. Aber sie musste eben mit den Waffen kämpfen, die einer Frau zur Verfügung standen. Männer brüsteten sich gerne, oder nicht? Nun, und Gordon war ein Mann. Und wenn sie ihn dazu brachte zu reden, dann konnte sie ihn vielleicht, nur vielleicht davon ablenken zu tun, was er eigentlich vorhatte, und in der Zwischenzeit einen besseren Plan entwickeln. Sie fuhr sich mit der Zungenspitze über ihre vor Angst steifen Lippen.

„Wie in aller Welt bist du an den Code für die Alarmanlage gekommen?" Ihr gelang eine saubere Imitation von Bewunderung. Wer behauptete eigentlich, dass sie das Schauspielergen nicht geerbt hatte?

Nun gut – Mike und Dorrie dachten das. Aber sie irrten sich.

Nur eine echte Schauspielerin war in der Lage, mit ehrfürchtig aufgerissenen Augen zu lauschen, wie Gordon ihre Frage langwierig, aber mit verächtlicher Stimme beantwortete.

Meine Herren, ich bin sogar eine ganz hervorragende Schauspielerin.

„Kann ich mal Ihr Telefon benutzen?"

Das Mädchen am Empfang blickte auf. „Oh, also ich weiß nicht."

Dev riss ihr den Hörer nicht etwa aus der Hand, sondern gab ihr noch eine letzte Chance, das Richtige zu tun. „Sehen Sie, ich weiß, dass Sie sich Sorgen wegen Ihrer Vorschriften machen, aber ich mache mir Sorgen wegen Jane. Vielleicht ist sie gesund und munter bei einer ihrer Freundinnen, aber das weiß ich nicht, und ich habe nicht einmal deren Telefonnummern, um dort anzurufen. Ich will Ihnen nicht auf die Nerven gehen, aber entweder geben Sie mir Ihr Telefon, oder ich gehe jetzt in Janes Wohnung. Und es ist mir egal, wen Sie dann anrufen, um mich rauszuwerfen. Ich hole mir, was ich brauche, und bin längst wieder verschwunden, bis der Sicherheitsdienst kommt."

Sie stellte ihr Telefon auf den Tresen.

„Danke." Er hätte ihr gleich drohen sollen, dachte er, während er Brens Nummer wählte. Manchmal war es ein Nachteil, zur Höflichkeit erzogen worden zu sein.

So schnell wie sein Bruder ranging, musste er neben dem Telefon gewartet haben. „Dev, bist du's?"

„Ja."

„Gut. Jody hat sich schon Sorgen gemacht." Übersetzung: Bren machte sich Sorgen. „Ich habe ein paar Telefonnummern für dich. Hast du was zum Schreiben?"

Er langte über den Tresen nach einem Kugelschreiber. „Leg los." Er kritzelte Poppys Telefonnummer und Handynummer auf seine Handfläche.

„Tut mir leid", sagte sein Bruder dann. „Von Ava habe ich keine Nummer. Aber jetzt die von der Villa."

Dev schrieb auch sie auf. „Danke, Bren. Das hilft mir schon sehr."

„Ruf mich an, wenn du sie gefunden hast, ja?"

„Mach ich." Danach wählte er umgehend Poppys Nummer, hinterließ allerdings keine Nachricht, als ihr Anrufbeantworter sich meldete. Wie erwartet bekam er keine Verbindung zu ihrem Handy. Er rief in der Villa an. Es klingelte und klingelte. Er knallte den Hörer auf und sah das Mädchen an. „Tut mir leid, aber ich brauche Avas Nummer. Deswegen gehe ich jetzt rauf. Finn?"

Er sah noch, wie sein Bruder über den Tresen griff, um eine Hand auf das Telefon zu legen, während er sanft auf das nervöse Mädchen einredete. Dann eilte er zum Aufzug.

Das plötzliche schrille Klingeln des Siebzigerjahre-Telefons an der Küchenwand ließ Gordon zusammenfahren. Er wirbelte herum, was Jane als Zeichen betrachtete. Als Zeichen, das besagte: RENN, SOLANGE DU NOCH KANNST!

Sie hatte es kaum aus der Küche geschafft, als er schon hinter ihr herschrie. Geduckt flitzte sie ins Speisezimmer, packte einen Stuhl und hob ihn über den Kopf. Neben dem Speiseaufzug entdeckte sie einen großen, schweren Müllsack, und sie fragte sich, was Gordon heute wohl alles eingepackt hatte.

Als er den Kopf ins Zimmer streckte, ließ sie den Stuhl mit aller Kraft niedersausen. Doch er musste eine Bewegung aus den Augenwinkeln wahrgenommen haben, denn er wich zur Seite aus und hob schützend einen Arm über den Kopf. Der Stuhl traf ihn trotzdem mit einem Klonk, und er schlitterte über den Boden und landete auf dem Hintern. Er brüllte vor Schmerz oder Wut oder beidem auf, doch Jane wollte es gar nicht so genau wissen. Sie sprintete auf die Haustür zu.

Sie fingerte gerade an dem schweren Schloss herum, als sie ihn hinter sich fluchen hörte. Sie ließ vom Riegel ab und rannte die Treppe hinauf in den ersten Stock.

Dabei knallte sie jede Tür hinter sich zu, in der Hoffnung, ihn zu verwirren und etwas Zeit zu gewinnen. In Miss Agnes' Suite angekommen, hechtete sie zu dem Geheimschrank, betätigte den versteckten Hebel und glitt hinein. Gerade, als sie Gordon ihren Namen rufen hörte, schloss sich die Wand wieder. Innen war es stockfinster. Einen Moment lang bekam Jane keine Luft.

„Wo steckst du, du Schlampe?"

Sie hörte, wie Gordon verschiedene Türen öffnete. „Ene, mene, muh und raus bist du", sang er. „Jetzt komm raus, Jane, und wir sind quitt. Ich nehme meine Mülltüte und gehe nach Hause."

Ja klar. Er würde erst nach Hause gehen, wenn er die einzige Person unschädlich gemacht hatte, die ihn identifizieren konnte. Steif verharrte sie im Schrank. Sie konnte nur hoffen, dass das rasende ta-DAMM, ta-DAMM ihres Herzens sie nicht verraten würde.

Sie hörte, wie Gordon im Schlafzimmer nebenan herumtobte. Dann krachte die Verbindungstür auf, und sie war sich fast sicher, dass sie seinen keuchenden Atem hören konnte – was sehr unwahrscheinlich war, so wie der Sturm um das Haus heulte.

Er fluchte wieder. Dann wurde seine Stimme so freundlich, dass sie Gänsehaut bekam. „Weißt du was, du kleines Miststück? Vermutlich ist es besser, wenn du in deinem kleinen Versteck bleibst. Ich möchte das nämlich eigentlich nicht von Angesicht zu Angesicht erledigen. Aber jetzt weiß ich genau, was ich zu tun habe." Seine Stimme entfernte sich. „Wir sehen uns, Kaplinski. Oder vielleicht auch nicht." Gelächter drang aus dem Gang zu ihr.

Und dann war es still. Vorsichtig ließ sie sich auf den Boden nieder, zog die Knie an die Brust und überlegte, wann sie es wohl wagen könnte, aus dem Schrank zu kriechen. Vermutlich wartete er darauf, dass sie genau das tat.

Dachte sie. Bis sie den Rauch roch.

24. KAPITEL

... und einen Moment lang dachte ich nur eines, nämlich: Wo ist Devlin? O gottogottogott, wo ist er? Ich brauche ihn.

Wie vom Teufel geritten jagte Gordon die Treppe hinunter. Er hatte einen Berg herausgerissener Teppichleisten entdeckt und sie gerade in Brand gesetzt.

Sollte die Villa doch in Flammen aufgehen und mit ihr diese Hexe Kaplinski! Er würde sich einfach den Kopfkissenbezug schnappen, den er das letzte Mal hier gelassen hatte, und dann verdammt noch mal abhauen. Die ganze Geschichte war vollkommen aus dem Ruder gelaufen.

Er hätte gar nicht erst herkommen dürfen. Er war doch sonst so ein vorsichtiger Mensch, und er hatte es doch besser gewusst! Aber der Gedanke, dass das Dior langsam in dem Speiseaufzug vor sich hin rottete, hatte ihn krankgemacht. Und als dann der Sturm losbrach, sah er eine gottgegebene einzigartige Möglichkeit, es doch noch zu retten. Selbst wenn die Alarmanlage trotz des Stromausfalls funktionierte, hatte die Polizei mit Sicherheit alle Hände voll mit Notrufen und Unfällen zu tun. Deswegen hatte er seinen Überlebensinstinkt, der *Tu es nicht!* brüllte, ignoriert.

Was nur mal wieder bewies, dass er künftig lieber auf seine Instinkte hören sollte. Denn jetzt war er leider gezwungen, dieser Kaplinski etwas anzutun.

Er steckte den Finger unter den Kragen seines Designerhemds und zerrte daran. Er war kein Mörder. Aber Jane ließ ihm ja keine andere Wahl. Sie war die Einzige, die ihn identifizieren konnte, und ihm war klar, dass Fräulein Scheinheilig ihn ohne zu zögern verpetzen würde. Dieser große, dunkle Cop, der ihn sowieso schon verdächtigte, würde einen Durchsuchungsbefehl für seine Wohnung bekommen und nicht nur das finden, was Gordon aus der Villa gestohlen hatte, sondern auch seine

Schätze aus den anderen Museen. Er würde im Gefängnis landen, einer Einrichtung, um die er sein Leben lang einen großen Bogen gemacht hatte.

Und so sollte es auch bleiben. Die Entscheidung, ob Jane oder er dran glauben sollte, fiel ihm nicht schwer. Er entschied sich für Jane.

Der Geruch nach Rauch wurde beißender. Weil die Villa so alt war, würde sie vermutlich in Nullkommanichts in Flammen aufgehen. Er wollte so schnell wie möglich verschwinden, zwang sich aber, noch zu bleiben, um sicherzugehen, dass Jane nicht einfach aus dem brennenden Haus marschierte. Dieses verfluchte Miststück hatte doch immerzu mehr Glück als Verstand.

Mit einem Mal hellte sich seine Stimmung auf. Denn wenn er schon noch eine Weile hier herumhängen musste, warum sollte er dann all die Wolcott-Schätze in Rauch aufgehen lassen? Die alte Dame hatte einige der schönsten Sammlungen besessen, die er jemals gesehen hatte. Und es wäre ein viel schlimmeres Verbrechen, sie nicht zu retten. Davon abgesehen: Wenn das ganze Anwesen bis auf die Grundfesten niederbrannte, wer sollte dann noch wissen, was geklaut worden war und was nicht?

Er trug Tüte und Kopfkissenbezug in die Küche, dann zog er eine weitere Mülltüte unter dem Spülbecken hervor und lief in den Salon.

Ogottogottogott! Gordon hatte die Villa in Brand gesetzt? Jane öffnete den Geheimschrank und spähte hinaus. Niemand war zu sehen. Doch vielleicht wartete er direkt hinter der Zimmertür auf sie. Ein dünner Rauchnebel schwebte durch das Zimmer, sie ließ sich auf den Boden fallen und hielt die Nase so nah wie möglich am Boden, wo die Luft noch am frischesten war. Guter Gott, sie wünschte so sehr, dass Devlin hier wäre! Sie könnte ihn jetzt wirklich gut brauchen.

Aber er war nicht hier, und das war ihre eigene Schuld. Himmel, sie war so dumm gewesen! Warum nur war ihr Stolz ihr wichtiger gewesen als ihre Gefühle für ihn?

Doch allein der Gedanke an ihn schien ihr Kraft zu geben. Behutsam robbte sie durch den Raum auf Miss Agnes' Schlafzimmer zu. Ein Stapel Fußleisten, den sie zuletzt im Wintergarten gesehen hatte, qualmte. Eine Flamme stieg auf und züngelte an den dicken schwarzen Vorhängen hoch. Sie fingen sofort Feuer.

Mit einem Aufschrei sprang Jane hoch, riss die Vorhänge herunter und zerrte den dicken Vorleger neben dem Bett darüber. Sie würde nicht zulassen, dass dieser Mistkerl Miss Agnes' Haus abfackelte.

Sie kickte die gestapelten Leisten auseinander, rannte dann mit einem Papierkorb ins Badezimmer, um ihn mit Wasser zu füllen. Vom Waschtisch nahm sie sich eine Schere, steckte sie unter den Hosenbund, dann trug sie den Papierkorb zurück ins Schlafzimmer und leerte ihn aus. Zischend stieg Dampf aus den schwelenden Überresten auf.

Sie musste noch zwei Mal Wasser holen, bevor das Feuer ganz und gar gelöscht war. Während sie sich mit dem Handrücken den Schweiß von der Stirn wischte, betrachtete sie das Durcheinander in Miss Agnes' ehemals so makellosem Schlafzimmer.

Am liebsten hätte sie sich wieder in dem Geheimschrank in Sicherheit gebracht. Aber vielleicht hatte Gordon mehr als nur ein Feuer gelegt. Sie lief zurück in das angrenzende Wohnzimmer und schlich zur Tür, öffnete sie vorsichtig und spähte in den leeren Flur. Danach sah sie in die anderen Zimmer im ersten Stock, überrascht, kein weiteres Feuer zu finden. Schließlich schlich sie die Treppe hinunter, obwohl wahrscheinlich niemand sie bei dem Sturm überhaupt hören konnte, die Schere fest in einer Hand. Unten angekommen, rannte sie direkt auf die Haustür zu, zerrte an dem Riegel herum, bis er sich öffnete, und zog die Tür auf.

Nur, um schon wieder Gordons Arm zu sehen, der über sie hinweggriff und die Tür wieder zuknallte. Genauso wie zuvor in der Küche.

„Überraschung, Miststück. Déjà-vu!"

„Scheiße!", kreischte sie, wirbelte herum und stieß mit aller Kraft die Schere in seinen Bauch.

„Da steht ihr Auto!" Erleichtert beugte Dev sich vor. Er hatte schon zu fürchten begonnen, sie überhaupt nicht mehr zu finden, obwohl Ava ihm versichert hatte, dass Jane sich immer, *immer* in Arbeit stürzte, wenn sie Probleme hatte. Und dann war ihre Stimme eiskalt geworden, als sie hinzufügte, dass er es mit ihr und Poppy zu tun bekäme, wenn er Jane wehtat.

Doch Janes Freundinnen waren seine geringste Sorge im Moment. Er runzelte die Stirn. „Warum hat sie auf der Straße geparkt?"

„Weil die Auffahrt von herabgestürzten Ästen blockiert ist", sagte Finn. Er fuhr so weit es ging, hielt vor einem Haufen von Zweigen an und stellte den Motor ab. „Nah genug, oder?"

Doch Dev war bereits ausgestiegen und rannte zur Hintertür, ohne auf seinen Bruder zu warten.

„Jane!" Er riss die Tür auf. Ein beißender Geruch drang in seine Nase. Er sah Finn ratlos an. „Warum riecht es hier wie nach einem dreitägigen Lagerfeuer?"

„Keine Ahnung, aber sieh mal." Finn, der sich über einen schwarzen Müllsack gebeugt hatte, richtete sich mit einem Abendkleid in der Hand wieder auf. „Ist das nicht das Kleid, das Langbein im Salon aufgehängt hatte? Wegen dessen Verschwinden sie so fertig war?"

„Allerdings. Was geht hier eigentlich vor sich?" Er nahm verschiedene Fleischmesser aus der Schublade, eines davon reichte er seinem Bruder. Dann schob er den Kopf in die Eingangshalle. „Was zum …"

Er konnte die Beine von jemandem sehen. Auf der Treppe. Finn schaute über seine Schulter; sie warfen sich einen schnellen Blick zu und schlichen dann gemeinsam auf die Person zu.

Beim Näherkommen erkannte er einen Mann, der auf der zweiten Stufe saß und den Griff einer Schere umklammerte. Seine Hände wirkten so weich, als ob er nie mit ihnen hatte arbeiten müssen. Die Schere steckte in seiner Seite. Der Mann sah Dev und Finn mit glanzlosen Augen an. „Sie hat meine Helmut-Lang-Jacke ruiniert", murmelte er. „Dafür habe ich sechshundert Dollar bezahlt."

„Wo ist sie?", fragte Dev, hob den Kopf und schrie: „JANE!" Als sie nicht antwortete, sah er seinen Bruder mit wild aufgerissenen Augen an. „Oh Gott, Finn. Wo steckt sie nur?"

Ein Geräusch, das er erst jetzt bemerkte, ließ ihn herumwirbeln. Die Haustür schlug im Wind auf und zu.

„Behalte ihn im Auge", schrie er, bevor er losrannte, und hörte noch: „Sie haben sechshundert Mäuse dafür bezahlt? Das ist echt bescheuert. Keine Windjacke der Welt ist so viel Kohle wert."

Von Jane war weit und breit nichts zu sehen. Dev rannte ums Haus. Dort kniete sie auf der Erde und übergab sich in die Büsche.

Er fiel hinter ihr auf die Knie. „Janie?"

Sie zuckte zusammen und begann mit einem Aufschrei davonzukrabbeln, doch er hielt sie mit beiden Armen fest und zog sie an sich. „Bist du okay?"

„Devlin?" Sie wand den Kopf, schluchzte auf und drehte sich dann in seiner Umarmung ganz zu ihm um. Sie warf die Arme um seinen Hals, als ob ihr Leben davon abhinge.

„Hat er dir wehgetan?" Er hob sie hoch.

„Nein. Nein. Mir geht's gut." Sie schlang die Beine um seine Taille.

„Gott sei Dank!" Er schlang seine Arme um sie und lief ums Haus herum zur Hintertür. Der Lärmpegel sank um einiges, als er die Tür zuknallte. Dann stellte er Jane auf die Füße. Er bekam kaum Luft, so froh war er, sie gesund und in einem Stück vor sich zu sehen.

Ihr Gesicht war kreidebleich. „Oh Gott, Dev, ich habe ihm eine Schere in den Bauch gejagt. Gordon Ives. Meinem Kollegen. Ist er noch da? Habe ich ihn umgebracht? Ich habe gespürt, wie die Schere durch seine Haut drang, es machte ein ekelhaftes, schmatzendes Geräusch." Würgend rannte sie zum Spülbecken, doch offenbar gab es nichts mehr, das sie erbrechen konnte. Sie legte den Kopf auf die verschränkten Arme auf der Küchentheke, und Devlin befeuchtete ein Handtuch. Nachdem er vorsichtig ihr Gesicht abgetupft hatte, schenkte er ihr ein Glas Cola ein, und während sie trank, durchsuchte er die Schränke nach den Salzstangen, die sie für Bren wegen der Chemotherapie gekauft hatten.

„Der Typ hat einen Schock, aber ich glaube, dass es sich nur um eine Fleischwunde handelt." Er reichte ihr eine Handvoll Salzstangen. Er war zwar kein Mediziner, aber er hatte keine herausquellenden Eingeweide entdeckt und auch keine üblen Gerüche, ganz zu schweigen von seiner halbwegs ordentlichen Hautfarbe. „Finn ist bei ihm. Was ist eigentlich passiert?"

Nachdem sie ihm alles erzählt hatte, musste er sich zusammenreißen, um nicht in die Eingangshalle zu rennen und Gordon zu Brei zu schlagen. Stattdessen lief er zum Telefon an der Wand und wählte die 911. Anschließend rief er Detective de Sanges an, dessen Telefonnummer er von der Visitenkarte ablas, die hinter dem Telefon klemmte. Dann streckte er den Kopf in die Halle und rief: „Finn, binde den Mistkerl am Treppengeländer fest und komm in die Küche. Und verschwende nicht deine Zeit damit, behutsam mit ihm umzugehen."

Stundenlang rannten Leute in der Villa umher, Polizisten, Notärzte, Feuerwehrleute, Verwandte von Dev und Finn und Poppy und Ava. Als es Jane endlich gelang, mit Devlin zu sich nach Hause zu fahren, war sie vollkommen erschöpft. Kaum hatte sie das wiedergefundene Dior-Kleid in ihrem Schrank verstaut, drehte sie sich zu ihm um.

„Ich muss sofort unter die Dusche", sagte sie matt. „Ich fühlte mich irgendwie ... besudelt." Sie hielt die Luft an vor Angst, dass er vorschlagen würde, sich zu ihr zu gesellen. Denn sie glaubte nicht, dass sie damit hätte umgehen können. Ihr waren an diesem Nachmittag ein paar Dinge klar geworden, und seitdem konnte sie den Gedanken nicht mehr ertragen, ihre Beziehung einzig und allein auf Sex zu gründen – auch wenn sie es gewesen war, die anfangs darauf bestanden hatte.

Dev nickte nur. „Ich mach uns eine Kanne Kaffee – oder hättest du lieber einen Kakao? Zu schade, dass du keinen Alkohol trinkst. Wenn ein Tag jemals nach was Hochprozentigem verlangt hat, dann der heutige."

Sie lachte bitter auf. „Was du nicht sagst." Dann schleppte sie sich ins Badezimmer, schloss die Tür hinter sich, ignorierte ihren eigenen Ordnungssinn und schleuderte ihre Kleider auf den Boden. Anschließend stellte sie sich unter die heiße Dusche, bis die Verspannungen im Nacken und den Schultern sich endlich lösten.

Sie wusste, dass sie gleich alles auf eine Karte setzen musste, etwas, das sie normalerweise unter allen Umständen zu vermeiden suchte. Aber wenn sie heute etwas gelernt hatte, dann dass das Leben sich innerhalb einer Sekunde vollkommen ändern konnte. Und dass man nichts auf den nächsten Tag verschieben durfte. Weil man ihn vielleicht nicht erlebte.

Sie zögerte den Moment so lange wie nur irgend möglich hinaus, doch irgendwann drehte sie das Wasser ab und schlüpfte in ein schwarzes Top und die Hose, die Dev ihr geschenkt hatte. Sie kämmte ihr nasses Haar, betrachtete sich im Spiegel, holte tief Luft und stieß sie wieder aus.

Devlin hatte Kerzen angezündet. Diana Krall sang leise vor sich hin. Er stand an der Frühstückstheke und zog sie fest in seine Arme.

„Ich will nie mehr einen Tag wie heute durchmachen", sagte er heiser.

Sie stieß ein ersticktes Lachen aus. „Oh Gott, ich auch nicht." Sie atmete seinen Duft ein, eine Mischung aus Rasierwasser, Seife und Mann. Dann trat sie einen Schritt zurück, zupfte am Saum ihres kurzen Tops, holte tief Luft und sah zu ihm auf.

„Hör mal ... Ich weiß nicht, wie du das finden wirst ... weil ich diejenige war, die sagte: keine Verpflichtungen ... Und jetzt

ändere ich mit einem Mal die Regeln ... Aber die Sache ist so ..."
Sie schluckte. „Ich glaube, ich habe mich in dich verliebt."

Er kniff die Augen zusammen. „Du *glaubst*?"

„Okay, ich weiß es." Sie hob das Kinn, ihr Magen zog sich zusammen, aber sie schuldete ihm Ehrlichkeit. „Der Gedanke an dich – an uns – hat mir Kraft gegeben, als Gordon mit mir Katz und Maus gespielt hat und ..." Sie kreischte leise auf, als er sie auf einmal von den Füßen riss und herumwirbelte. „Was zum ..." Sie schlug mit einer Hand auf seine breite Schulter. „Was soll das? Lass mich runter!"

Er stellte sie wieder ab, ließ aber die Arme um ihre Hüften geschlungen und lehnte sich zurück, um sie anzugrinsen. „Ich dachte, ich würde noch einen Herzinfarkt wegen dieser ganzen Vernunftsgeschichte bekommen. Weil ich nämlich wahnsinnig verliebt in dich bin, Jane."

Ein Gefühl, das sie noch nie zuvor erlebt hatte, breitete sich in ihr aus. Es fühlte sich an, als hätte sie die Sonne verschluckt, strahlend und heiß, und sie sah ihn blinzelnd an. „Bist du?"

„Aber ja. Mein Gott, *ja*! Warum habe ich mich heute Nachmittag wohl wie ein Volltrottel aufgeführt, als ich dachte, dass du nur mit mir spielst? Ich habe diese ganzen *Gefühle* für dich und dachte, ich wäre dir scheißegal ..."

„Nein. Du bist mir nicht scheiß..." Sie schüttelte ungeduldig den Kopf. „Nein, so will ich es nicht sagen." Sie atmete ein, atmete aus, lächelte ihn an, vielleicht zum ersten Mal in ihrem Leben hatte sie keine Angst davor, dass ihre Augen all ihre Gefühle verrieten.

Sie ergriff seine Hand und legte sie auf ihr Herz. „Mein Gott, Dev, meine Gefühle sind so stark, dass ich sie nicht mehr für mich behalten kann. Sie strömen einfach aus mir heraus. Ich dachte immer, meine Arbeit wäre die Liebe meines Lebens, aber heute Nachmittag habe ich keine Sekunde lang daran gedacht. Ich hatte schreckliche Angst, dass ich dich nie mehr wiedersehen würde, und mir wurde klar, dass meine Stelle im SAM nicht halb so wichtig ist, wie ich immer dachte. Also, um die Frage zu beantworten, die ich heute Nachmittag nicht beantworten wollte – wenn du noch immer willst, dass ich mit dir nach Europa gehe, werde ich das tun. Ich gehe mit dir überall hin."

„Oh. Ja. Ha." Er grinste verlegen. „Was das betrifft." Er nahm ihre Hand, führte sie zur Couch, setzte sich und zog sie auf seinen Schoß.

Mit sehr geradem Rücken saß sie da. „Hast du deine Meinung geändert?"

„Was dich betrifft? Keinesfalls. Was Europa betrifft? Vielleicht." Er pflückte eine Haarsträhne aus ihrem Mundwinkel. „Gut. Hör gut zu, denn ich werde jetzt sagen, dass du recht gehabt hast, und das wird das letzte Mal sein, dass du das von mir zu hören bekommst."

Sie grinste ihm zu. „Willst du wetten?"

„Besser nicht." Er schenkte ihr ein so offenes und liebevolles Lächeln, dass Janes Herz sich beinah schmerzhaft zusammenzog. Dann blickte er wieder ernst. „Du hattest recht."

Sie nickte feierlich. „Habe ich meistens. Womit genau?"

„Als du praktisch sagtest, ich solle endlich erwachsen werden und mich meinen Problemen mit meiner Familie stellen. Das zu tun, habe ich die letzten fünfzehn Jahre vermieden – aber heute wurde mir klar, dass der Einzige, der mit der Familie überhaupt noch Probleme hat, ich bin." Er küsste sie. „Wir müssen nicht nach Europa gehen, Janie. Du hast einen Job und Freundinnen, die dir viel bedeuten, und für mich ist es vollkommen in Ordnung, hier zu bleiben."

„Dann sollten wir vielleicht die Vor- und Nachteile diskutieren. Aber nicht sofort." Jetzt küsste sie ihn. „Das müssen wir doch nicht sofort entscheiden, oder?"

„Nein."

„Das Wichtigste ist nur, dass wir zusammen eine Zukunft haben."

„Babe." Er ließ sich mit ihr seitlich auf die Couch kippen. „Unsere Zukunft ist so strahlend, dass wir Sonnenbrillen tragen müssen."

EPILOG

Barcelona, Spanien
Ich habe ein brandneues Mantra: Glück ist eine Braut mit einem nackten Bräutigam.

Jane blickte ihren Mann über den Rand ihrer Sonnenbrille an. Ihren *Mann*, zum Donnerwetter! „Mein Gott", murmelte sie. Sie hatte sich noch immer nicht an diese Tatsache gewöhnt. Aber die Ehe war auch gerade mal drei Tage alt.

„Was kann ich für dich tun, Puppe?" Er fotografierte sie vor der beeindruckenden Kulisse des Palau Nacional am Fuße des Montjuïc, wo sie gerade das Museu Nacional d'Art de Catalunya besucht hatten. Als sie die Augen verdrehte, lachte er auf. „Oh, ich dachte, du hast mich mit mein Gott gemeint."

„In deinen Träumen vielleicht."

Er blickte wieder auf den Bildschirm der Kamera. „Zeig mal ein bisschen Bein, Liebste."

Sie hob den langen bunten Rock, den er ihr gekauft hatte, und nahm eine Flamenco-Pose ein. „Ich habe mich nur schon wieder darüber gewundert, wie schnell du mich vor den Altar geschleppt hast."

„Als ob das schwierig gewesen wäre." Er warf ihr einen glühenden Blick zu. „Du wolltest mich doch unbedingt."

„Mhm." Sie erwiderte seinen Blick. „Und ich wusste, dass ich dich haben konnte. Jederzeit. Überall. Einfach. So." Sie schnippte mit den Fingern. „Dafür hätte ich dich nicht heiraten müssen."

„Stimmt. Aber für mich war es ein Leichtes, deinen kläglichen Widerstand in Nullkommanichts zu brechen."

„Pffft. Ich war nur dein ständiges Flehen leid und wollte dich davor bewahren, dich noch länger zu demütigen."

„Sagst du, Babe. Aber schließlich bist du jetzt hier. Nicht wahr, Mrs Kavanagh?"

„Ich weiß." Sie zog ein Gesicht. „Und ich liebe meinen Namen. Der ist so viel cooler als Kaplinski." Sie dachte an ihre schnell organisierte kleine Hochzeit und die große Party, die Devs Eltern ihnen spendiert hatten. „Ich bin mir nur nicht sicher, wie gut ich in deine Familie passe."

„Wovon redest du eigentlich? Meine Familie *liebt* dich. Mom erzählt jedem voller Stolz von der angesagten Ausstellung im SAM und dass ihre Schwiegertochter dafür verantwortlich ist, die übrigens seit Neuestem eine volle Kuratorenstelle hat. Würde mich nicht wundern, wenn sie dem gesamten Kavanagh-Klan Jahreskarten zum Valentinstag schenkt."

„Die *umarmen* mich immer, Dev. Ich habe noch nie eine Familie gesehen, die sich gegenseitig so oft in den Arm nimmt." Sie fragte sich, ob sie sich jemals daran gewöhnen würde. Auf eine Art war es schon sehr angenehm, aber ... „Sie umarmen mich, wenn wir zu einem dieser Familientreffen kommen. Dann wieder, wenn wir gehen. Und zwar nicht nur deine Mutter – sondern sie *alle*. Ist das wirklich nötig?"

„Ich fürchte ja."

„Aber ich weiß nie, wie ich reagieren oder was ich mit meinen Händen anstellen soll!"

„Und trotzdem lässt du es immer wieder gerne über dich ergehen." Jetzt nahm er sie selbst in die Arme. „Und du wirst auch immer besser darin. Am Anfang warst du so steif, dass man ein Segel an dir hätte befestigen können."

„Haha." Sie schlug ihm auf den Arm. „Du bist ja so ein Komiker."

Er legte den Arm um ihre Schulter. „Du wirst dich daran gewöhnen. Du hast doch auch kein Problem damit, wenn Ava oder Poppy dich umarmen. Also entspann dich einfach und lass dich gehen." Er strich mit dem Daumen über ihren Oberarm. „Hast du genug romanische Kunst für heute gesehen?"

„Ja."

„Gut. Was hältst du davon, wenn wir uns ein Taxi rufen und zurück ins Hotel fahren?" Er hob seine dunklen Augenbrauen. „Du könntest noch deine ehelichen Pflichten erfüllen, bevor wir ein paar Tapas essen und vielleicht zur Sagrada Família fahren?"

„Haben diese ehelichen Pflichten etwas damit zu tun, dass ich draußen am Brunnen deine Wäsche wasche? Denn ich muss dir gestehen, ich kann es kaum erwarten, genau das zu tun."

Er presste die Lippen an ihre Schläfe. „Ja, klar. Das steht ganz oben auf meiner Flitterwochenliste."

Als sie kurze Zeit später das kleine Hotel betraten, überreichte Señora Landazuri Jane ein Stück Papier. „*llamada*", sagte sie und formte mit Daumen und kleinem Finger das internationale Zeichen für Anruf.

„*Gracias!*", murmelte Jane und betrachtete die aufgeschriebene Nummer. „Ava."

In ihrem Zimmer eilte Jane sofort zum Telefon und tippte eine lange Reihe von Zahlen ein. Die Sonnenstrahlen, die durchs Fenster strömten, malten Glanzlichter in ihr Haar, wie Dev voller Bewunderung vom Bett aus feststellte. Doch dann bemerkte er, wie sie die Stirn runzelte. Kurz darauf legte sie den Hörer auf, lief zu ihm, hob ihren Rock und setzte sich rittlings auf ihn.

„Gordon hat sich mit der Staatsanwaltschaft geeinigt und fünfzehn Jahren zugestimmt", sagte sie.

„Das ist nicht mal annähernd lang genug." Er schmiegte seinen Kopf an ihre Brüste. Wenn er nur daran dachte, was Ives vorgehabt hatte, um seine Spuren zu verwischen …

„Ich weiß." Sie legte das Kinn auf seinen Kopf. „Eigentlich sollte er für immer eingesperrt werden. Aber Ava sagte, der Staatsanwalt hält die Strafe für gerechtfertigt. Ohne die Brandstiftung wäre sie noch viel geringer ausgefallen. Er ist nicht vorbestraft und war nicht bewaffnet. Aber wegen der Brandstiftung, egal, wie ungeschickt er sich dabei angestellt hat, handelt es sich um versuchten Mord."

„Zum Glück hat er sich ungeschickt angestellt. Und was ist mit den ganzen geklauten Stücken, die in seiner Wohnung gefunden wurden?"

Sie hob die Schultern. „Keine Ahnung. Jedenfalls ist es jetzt vorbei, und ich muss nicht mal als Zeugin aussagen. Lass uns nicht länger über diesen Mistkerl reden. Das hier sind unsere Flitterwochen."

„Freut mich zu hören." Er platzierte kleine Küsse auf ihrem Dekolleté. „Also, wie findest du Europa bis jetzt?"

„Das Schlafzimmer ist toll."

Er grinste. Seit zwei Tagen waren sie hier, und sie hatten mit Sicherheit deutlich mehr Zeit in ihrem Hotelzimmer verbracht als der durchschnittliche Tourist. „Ich liebe dich sehr, Mrs Kavanagh."

„Ich liebe dich mehr, Mr K."

„Unmöglich." Er warf sich auf den Rücken und zog sie an sich. „Aber mir fallen da ein paar Dinge ein, die ich tun könnte, um in dir zumindest annähernd so große Gefühle auszulösen, wie ich sie habe."

„Nun, ich glaube, die Größe spüre ich bereits." Sie rieb sich an seiner Erektion. „Und wo wir gerade davon sprechen – ich hätte da selbst einen Vorschlag, der dich womöglich inspirieren könnte." Sie senkte den Kopf, um ihm ins Ohr zu flüstern.

„Babe." Es bedurfte seiner ganzen Kraft, um ihr nicht umgehend den Rock hochzuschieben und den Slip abzustreifen. Er sah seine Frau an, die ihm ein wissendes Lächeln zuwarf.

Er versetzte ihr einen kleinen Klaps auf den Hintern. „Wenn das so ist", murmelte er. „Ladies first."

– ENDE –

Susan Andersen

Rosarot in Seattle

Roman

Aus dem Amerikanischen von
Tess Martin

PROLOG

Liebes Tagebuch,
ich werde nie verstehen, warum die Leute ihre Wände weiß streichen. Wenn ich könnte, würde ich die ganze Welt bunt malen.
13. Juni 1992

„Na, was denkst du?"

Die dreizehnjährige Poppy Calloway hakte sich mit dem Fuß an der oberen Stufe der Leiter fest. Erst dann sah sie zu ihrer Freundin Jane, die die Frage gestellt hatte. Jane versank fast in einem riesigen Malerkittel. Ihr glattes braunes Haar hatte sich aus der Haarspange gelöst. Hinter den Scheiben des zweiflügeligen Fensters, dessen Rahmen sie sorgfältig gestrichen hatte, schoben sich dunkle Regenwolken über den Himmel. Oberhalb der Space Needle aber hatte sich ein purpurblauer Lichthof gebildet.

„Sieht toll aus, Janie." Poppy bewunderte das samtige Cremeweiß vor der melonengrünen Wand. „Die Fensterrahmen sind am schwierigsten." Sie blies sich eine blonde Locke aus der Stirn und warf Jane ein Grinsen zu. „Darum habe ich dir die Aufgabe überlassen."

Ein schiefes Lächeln erhellte Janes ernstes Gesicht. „Also bin ich die Dumme in unserer Schwesternschaft?"

„Nö. Ich wusste nur, dass du es gut machen würdest." Poppy wandte sich an die Dritte im Bunde. Die rothaarige Ava verspeiste gerade ein Milky Way und tanzte zu Nirvanas „Smells Like Teen Spirit". Sie hatten einen Ghettoblaster mit zu Miss Agnes gebracht. „Und? Hast du eigentlich vor, uns irgendwann heute noch mal zu helfen?"

Mit schwingenden Hüften und sich rhythmisch dazu bewegenden Armen warf Ava Poppy einen Blick quer durch den Raum zu. „Gleich. Ich kommuniziere gerade mit Kurt Cobain."

„Du kommunizierst mit ihm, seit du diese *Nevermind*-Kassette mitgebracht hast. Wie lange ist das her? Sechs Monate? Mach das doch mit einem Pinsel in der Hand."

„Ach, Pop. Du weißt doch, dass ich diesen körperlichen Kram nicht so gut drauf habe."

Poppy beäugte Avas fließende Bewegungen. „Du bist doch diejenige, die gut genug tanzt, um bei einem MTV-Video mitzumachen."

Tiefe Grübchen zeigten sich auf Avas Wangen, als sie entzückt lächelte. Doch fast gleichzeitig gab sie ein spöttisches Geräusch von sich. „Ja, klar. Als ob die ausgerechnet meinen fetten Hintern in einem ihrer Videos brauchen könnten. Da gibt's doch nur dünne Mädchen wie dich und Jane."

„Dann leg den Schokoriegel weg und schnapp dir einen Pinsel – vielleicht verbrennst du so ein paar Kalorien."

„Poppy", protestierte Jane.

Schulterzuckend wandte Poppy sich wieder ihrer Malerarbeit zu, zugleich reumütig und ungeduldig. Sie wusste, dass sie gemein gewesen war. Doch es war einfach schwer, immer und immer wieder echtes Mitgefühl aufzubringen. Ihr Gewicht war für Ava ein ständiger Quell des Unglücks. Trotzdem *tat* sie nie etwas dagegen.

Aus den Augenwinkeln beobachtete sie, wie Ava zu einer leeren Farbwanne stapfte und dann in die Hocke ging, um Farbe einzufüllen.

„Tanzen verbrennt Kalorien", murrte Ava, während sie begann, den unteren Teil der Wand zu streichen. Bis hier war Poppy mit ihrem Roller nicht gekommen.

„Das ist wahr. Aber auf diese Weise werden Wände nicht gestrichen." Und doch hatte Ava nicht ganz unrecht, daher machte Poppy ihr das erstbeste Friedensangebot, das ihr in den Sinn kam. „Diese Courtney Love ist echt nicht die Richtige für Cobain."

„Ich weiß!" Ava rieb die Wange an ihrer Schulter, um eine Haarsträhne wegzuwischen, die sich in ihrem Mundwinkel verfangen hatte. Wieder blitzten Grübchen in ihren prallen Wangen auf, als sie zu Poppy hinaufsah. „Ich glaube, er schlägt mit ihr nur die Zeit tot, bis ich alt genug bin, um ihn zu heiraten." Sie nickte weise. „Männer brauchen Sex, weißt du?"

„Ganz bestimmt ist das der Grund."

„Zweifellos", stimmte Jane zu.

„Aber du kannst Cobain ruhig haben", fügte Poppy hinzu. „Ich warte weiter auf meinen Scheich."

Als sie den Scheich erwähnte, den sie sich letztes Jahr beim Zelten im Garten ausgedacht hatten, kreischten Ava und Jane los. Insgeheim musste Poppy einen Schauder unterdrücken. Denn der dunkle, überlebensgroße schlanke Mann ihrer gemeinsamen Fantasien entsprach tatsächlich ihrer ganz persönlichen Vorstellung vom Traummann. Aber ein stinknormaler Freund wäre erst mal auch nicht zu verachten.

„Seid ihr Mädchen bereit für eine Pause?"

Beim Klang von Agnes Bell Wolcotts dunkler, markanter Stimme drehten sich alle drei zur Tür. Dort stand Miss A., vom todschick frisierten Scheitel bis zu den teuren Schuhen in Haute Couture gekleidet. Sie hatten Miss A. bei einer Feier von Avas Eltern vor zwei Jahren kennengelernt. Kurz darauf waren die drei zum Tee auf das berühmte Wolcott-Anwesen eingeladen worden, als Dankeschön dafür, dass sie etwas Zeit mit einer exzentrischen alten Dame verbracht hatten. In bestimmten Kreisen war Miss Agnes für ihre abenteuerlichen Reisen, wunderschönen Kleider und auserlesenen Sammlungen bekannt. Beim Tee hatte sie den Mädchen ihre ersten Tagebücher geschenkt und erklärt, dass ihre Freundschaft sie an eine Schwesternschaft erinnerte. Seitdem kamen sie mindestens einmal im Monat zum Tee und schauten auch einfach so regelmäßig vorbei – entweder alle zusammen oder jede für sich –, nur um mit Miss A. zu sprechen.

Wenn Poppy mit Miss Agnes allein war, waren ihre Gespräche oft philanthropisch. Die Dame glaubte daran, Gutes „zurückzugeben", was großen Eindruck auf Poppy machte. Miss A. hatte etwas an sich, das einen dazu brachte, auf eine Art und Weise über Dinge nachzudenken, wie man es nie zuvor gewagt hatte. Poppy vermutete jetzt, dass sie denselben albernen, erfreuten Gesichtsausdruck hatte wie Jane und Ava. Zum Ausgleich – in letzter Zeit war ihr ihre Würde besonders wichtig – sagte sie streng: „Wenn Sie hier reinwollen, müssen Sie einen Kittel anziehen." Dabei deutete sie mit dem Kinn auf den Haufen, den ihre Eltern ihr mitgegeben hatten. „Ich will nicht dafür verantwortlich sein, wenn Sie sich Ihre Garderobe ruinieren."

„Und ich werde den herrlichen Stoff meines Chanel-Kostüms ganz sicher nicht mit einem farbbekleckten Kittel ruinieren", erwiderte Miss A. ein wenig scharf. Sie trat einen Schritt zurück, bis sie in Sicherheit vor der feuchten Farbe, aber noch immer zu sehen war.

Poppy grinste über den herben Ton der alten Dame. Ganz besonders schätzte sie an Miss A., dass die ältere Frau niemals die Intelligenz der Mädchen beleidigte. „Auf dem Sideboard im Esszimmer steht ein Teller mit selbst gebackenen Hafer-Schokoladen-Rosinen-Plätzchen für Sie", verkündete Poppy. „Mom meinte, wenn ich Sie schon zwinge, uns diesen Raum streichen zu lassen, dann würde sie gern etwas Zucker zum Ausgleich beisteuern."

„Wie lieb von ihr. Und offenbar kennt sie dich gut." Der zweite Satz kam ziemlich trocken über Miss A.'s Lippen. „Ich sage Evelyn, dass sie ein paar für euch auf einen Teller legen soll. Wo wir gerade übers Essen sprechen, seid ihr bereit für eine Mittagspause, oder wollt ihr erst eure Wand streichen?" Mit einem anerkennenden Nicken musterte sie die bereits gestrichene Wand, die in einem tieferen, dramatischeren Ton leuchtete als die Wand, die Poppy und Ava gerade mit einem blassen Melonengrün ausmalten. „Göttliche Farbe, übrigens. Das wird mit den Vorhängen fantastisch aussehen. Du hast ein sehr gutes Auge für solche Dinge, nicht wahr?"

„Sie hat das *beste* Auge", bestätigte Ava. „Und wenn es Ihnen nichts ausmacht, Miss. A., dann streichen wir die Wand erst noch fertig."

Prompt verpasste Poppy ihrer Freundin einen freundschaftlichen Tritt. Sie wusste, wie sehr Ava Miss A.'s Mittagessen liebte und dass sie es nur Poppy zuliebe verschob. „Sollte nicht länger als zehn oder fünfzehn Minuten dauern, wenn das okay ist", erklärte Poppy entschuldigend.

„Liebling, ich bekomme wunderschöne neue Wände ganz umsonst. Nehmt euch also so viel Zeit, wie ihr wollt. Ich sag nur schnell Evelyn Bescheid."

Als sie im Flur verschwunden war, wandte Poppy sich mit neuer Energie ihren Malerarbeiten zu. Sie wusste, dass die alte Dame ihr einen Gefallen tat, indem sie ihr erlaubte, das Zimmer zu streichen. Wenn sie wollte, könnte sie das Haus halbjährlich von Profis renovieren lassen. Doch genau da lag ja der Hund begraben. Miss A. scheute die Mühe. Ihr waren ihre Sammlungen wichtig, nicht die Zimmer, in denen sie sie aufbewahrte.

„Ich werde sie dazu überreden, als Nächstes den Salon streichen zu dürfen", murmelte Poppy zufrieden.

„Viel Glück", erwiderte Jane, die auf dem Boden kniete und die Fußbodenleisten strich. Sie stand auf und streckte sich. „Dort steht der Großteil von Miss A.'s Sammlungen. Was für ein mörderischer Aufwand, das alles auszuräumen."

„Trotzdem. Ich schaffe das. Ich mache sie mürbe – warte es nur ab. Dad sagt, dass es das ist, was ich am besten kann. Und wenn es so weit ist …" Sie lächelte verträumt. „… streichen wir es in einem hübschen hellen Gelb."

Jane und Ava wechselten einen Blick. „Wir?", fragte Jane. „Was sind wir nur für Glückspilze."

„Ich kann euch sagen", murrte Ava. „Dieses ganze Schwesternschaftsding hat echt einige Nachteile."

Und doch nahmen Poppys beste Freundinnen wieder ihre Pinsel in die Hand und fuhren mit ihrer Arbeit fort.

1. KAPITEL

Von allen Räumen in allen Sporthallen in ganz Seattle musste er ausgerechnet in diesen reinspazieren?

Was zum Teufel hat er *hier* zu suchen?
Poppy bemühte sich, ihr Gespräch mit dem Inhaber vom Ace Eisenwarenladen fortzuführen. Doch der Mann neigte dazu, äußerst eintönig zu sprechen, was die Sache nicht gerade erleichterte. Außerdem schlängelte der Neuankömmling sich durch die Menschenmenge, als ob die Sporthalle ihm gehörte. Ihr Blick wanderte immer wieder zu ihm. Das *war* doch de Sanges, oder nicht?

Angestrengt unterdrückte sie ein Zischen, das hinten in ihrem Hals kitzelte. Denn dies war der letzte Ort, an dem sie ihn erwartet hätte – aber natürlich war er es.

Wenn sie allerdings an ihr bisher einziges Aufeinandertreffen dachte, fand sie es durchaus verständlich, dass sie versuchte sich einzureden, ihn nicht zu erkennen.

In Wahrheit aber hatte ein Blick gereicht, um den großen, schlanken, muskulösen Körper wiederzuerkennen. Sie hatte sich diese knochige Nase eingeprägt, die scharfen Wangenknochen und das kohlrabenschwarze Haar. Kannte die langen Finger und die olivbraune Haut.

Und.

Oh.

Mein.

Gott!

Besonders gut erinnerte Poppy sich an die dunklen kühlen Augen. Genau diese Augen hatte sie letzten Herbst, als sie sich in Miss A.'s Salon direkt gegenüberstanden, ein paar Sekunden lang erregt aufglühen sehen.

Halt! Entschlossen schob sie die Gedanken zur Seite. *Fang nicht einmal damit an, Mädchen.* Okay, vielleicht war er Detective Scheich, wie Janie ihn nannte. Na und. Doch ihr Gesicht wurde heiß und ihr Mund trocken, und sie musste sich äußerst zusammenreißen, um nicht zu erschaudern. Damals hatte Ava befürchtet, dass Poppy und de Sanges – ein Mann, den keine von ihnen vor diesem Nachmittag je gesehen hatte – direkt im Salon übereinander herfallen würden.

Ihre Freundin hatte recht gehabt. Noch nie im Leben hatte Poppy eine so irrationale Anziehungskraft verspürt wie bei der Begegnung mit dem großen dunklen Polizisten.

„Nun scheinen alle hier zu sein", sagte Garret Johnson, der Vorsitzende der Einzelhandelsvereinigung, über das Geplapper im Konferenzraum hinweg. „Bitte nehmen Sie Ihre Plätze ein, dann können wir anfangen."

Sie stieß einen erleichterten Seufzer aus, weil sie aus ihrer Erinnerung gerissen wurde. Aus den Augenwinkeln beobachtete sie, wie de Sanges einen Stuhl an den rechteckigen Tisch heranzog. Poppy wählte einen Platz am anderen Ende. Noch besser wäre es gewesen, wenn sie sich einen Platz auf derselben Seite hätte sichern können. Doch Penny, die Besitzerin von Slice of Heaven Pies, schnappte ihr den letzten Stuhl auf de Sanges' Seite weg. *Tja, zu blöd, wirklich schade.*

„Okay, wie alle wissen, sind wir hier, um zu entscheiden, was wir mit den drei Jungs machen, die beim *Taggen* unserer Geschäfte erwischt wurden, wie man das in der Graffiti-Szene nennt", begann der Vorsitzende, kaum dass das letzte Gespräch verstummt war. „Aber bevor ich weiter darauf eingehe, möchte ich Ihnen Detective Jason de Sanges vom Seattle Police Department vorstellen. Er arbeitet für das vom Bürgermeister ins Leben gerufene Einsatzkommando gegen Einbrüche und Überfälle. Mr de Sanges war so freundlich, heute hierherzukommen. Detective." Damit wandte er sich an den Polizisten. Auch Poppy drehte sich automatisch auf ihrem Sitz herum, um de Sanges anzusehen. „Erlauben Sie, dass ich Ihnen unsere bunt gemischte Gruppe vorstelle." Johnson ging der Reihe nach vor, und als er zu Poppy kam, sagte er: „Das ist Poppy Calloway. Sie ist zwar keine Ladenbesitzerin, arbeitet aber mit so vielen von uns zusammen, dass wir sie als ehrenamtliches Mitglied betrachten."

De Sanges nickte und musterte sie einen Moment mit seinen dunklen ernsten Augen. „Ms Calloway und ich kennen uns bereits."

Alle Anwesenden starrten sie an. Ihre Neugier stand ihnen in die Gesichter geschrieben. „Stieren Sie mich nicht an, als ob ich eine Verdächtige in einem seiner Fälle wäre", bemerkte Poppy trocken. „Sie alle haben von dem Einbruch vor ein paar Monaten in der Wolcott-Villa gehört. Detective de Sanges hat damals den Fall übernommen, weil wir mit der ersten Polizistin am Tatort nicht glücklich waren."

De Sanges war ebenfalls nicht glücklich gewesen, denn er war nicht freiwillig gekommen. Ava hatte ihre Kontakte spielen lassen, damit er den Fall bekam. Erst kurz zuvor hatten die drei Freundinnen die Villa von Miss Agnes geerbt. Wie wenig den Polizisten der Einbruch in die Villa ganz offensichtlich kümmerte, ärgerte Poppy damals maßlos. Und das konnte man ihr auch kaum vorwerfen. Schließlich behauptete de Sanges von einem richtigen Fall abgezogen worden zu sein, nur um sich ihrer geklauten Silberlöffel anzunehmen.

Die Bemerkung des Polizisten war ein echter Witz, wenn man bedachte, dass nur Ava aus einer wohlhabenden Familie stammte. Die drei Mädchen hatten sich in der vierten Klasse der Country Day School kennengelernt. Janie bekam damals ein Stipendium. Poppys Schulgeld zahlte Grandma Ingles, die selbst früher dort zur Schule gegangen war. Auch heute noch war Ava die Einzige von ihnen, die Geld besaß. Denn Miss Agnes' Erbe umfasste weniger Bargeld als unschätzbar wertvolle Sammlerstücke und eine teure Immobilie. Jane war noch immer dabei, die Sammlung zu sichten. Und die Villa war noch weit davon entfernt, verkäuflich zu sein.

Erst viel später hatten die Freundinnen herausgefunden, dass de Sanges sich tatsächlich um den Fall gekümmert hatte. Er hatte Janes Kollegen im Metropolitan Museum befragt – vor allem

Gordon Ives. Und da Gordon Ives am Ende für den Einbruch in der Villa ins Gefängnis gewandert war, war Poppy jetzt nachsichtiger mit dem Detective und konnte anerkennen, dass er gute Arbeit geleistet hatte.

„Ich würde gern die Diskussionsrunde eröffnen", sagte Garret. „Ich weiß, dass jeder hier erstaunt darüber ist, wie jung unsere sogenannten Graffiti-Künstler sind. Nicht zuletzt darum wollen wir besprechen, ob wir sie anzeigen sollen oder nicht. Jeder, dessen Laden *getagged* wurde, kann das natürlich jederzeit sowieso tun. Hier geht es um keinen Mehrheitsbeschluss. Aber wir sind hier, um uns alle vernünftigen Vorschläge anzuhören, die Pros und die Kontras. Also lassen Sie uns mit der Diskussion loslegen."

Einen Moment sagte niemand etwas, dann meldete sich Jerry Harvey zu Wort, dessen H & A am meisten betroffen war: „Ich würde gern wissen, wer die Fassade meines Ladens reinigt." Er hatte die Kids eines Abends beim Sprühen erwischt, als er gerade seinen schicken Einrichtungsladen schließen wollte.

Einige der Ladenbesitzer grummelten zustimmend. Der Ace-Hardware-Besitzer wollte Anzeige erstatten. Poppy holte Atem, bevor sie sich einschaltete. „Ich habe einen Vorschlag", sagte sie. „Ich weiß, dass für mich nicht so viel vom Ergebnis dieser Diskussion abhängt wie für Sie alle. Aber ich war dabei, als Jerry die Kids geschnappt hat. Ehrlich gesagt, war ich erstaunt darüber, wie jung sie sind. Und von der Polizei wissen wir, dass sie zum ersten Mal mit dem Gesetz in Konflikt gekommen sind. Statt sie jetzt also dem Rechtssystem zu überlassen, würde ich Ihnen lieber eine andere Lösung vorschlagen, die sich direkt auf Ihre Frage bezieht."

Alle betroffenen Ladenbesitzer schenkten ihr nun ihre ungeteilte Aufmerksamkeit. De Sanges kniff die Augen zusammen.

„Ich denke, es könnte für alle Läden von Vorteil sein, wenn wir die Kids auf andere Weise beschäftigen", fuhr Poppy fort. „Indem wir ihnen die Möglichkeit geben, sich auf eine Weise künstlerisch auszudrücken, die wir alle sehr viel schöner finden als diese *Tags*. Gleichzeitig können wir ihnen beibringen, Verantwortung für ihre Taten zu übernehmen."

„Wie soll das funktionieren?", fragte Garret.

„Zunächst lassen wir sie die *Tags* mit frischer Farbe übermalen, die sie entweder selbst kaufen oder abarbeiten müssen. Sie könnten beispielsweise fegen oder andere kleinere Arbeiten in den Läden übernehmen, die sie verunstaltet haben."

„Bis dahin gefällt mir der Vorschlag", sagte Penny nachdenklich. „Außer dass Marlenes Laden aus Backstein ist. Was hätte sie also davon?"

„Es gibt Gels und Pasten, die Farbe von Backsteinen entfernen. Auch in dem Fall müssten die Kids für die Reinigungsmittel selbst aufkommen."

Fast alle nickten – auch Jerry. Aber er durchbohrte sie trotzdem mit einem argwöhnischen Blick. „Und was ist das mit der Möglichkeit, sich ‚künstlerisch auszudrücken'?"

Nun könnte alles den Bach runtergehen, das wusste Poppy. Aber nicht umsonst war sie von Eltern großgezogen worden, die sich beinahe täglich irgendwo einmischten. Ganz zu schweigen davon, dass ihre Idee eng mit ihrer eigenen Leidenschaft zusammenhing: gefährdeten Kindern Kunst nahezubringen. Noch einmal holte sie tief Luft und schenkte Jerry ihr vertrauenerweckendstes Lächeln. „Ich schlage vor, dass wir sie von der Straße holen, indem wir sie ein Wandbild auf die südliche Mauer Ihres Hauses malen lassen."

Um Himmels willen! Jase lehnte sich in seinem Stuhl zurück und fixierte die Frau, die er insgeheim „das Babe" nannte. Zugegebenermaßen war diese Musterung nicht gerade unangenehm, denn das ganze Paket – der schlanke Körper, die exotischen braunen Augen und die Wolke von lockigem nordisch hellem Haar – war durchaus sehenswert.

Allerdings wusste er aus Erfahrung, dass sie ein schrecklicher Quälgeist war. Und obendrein war sie auch noch eine verdammte und unbelehrbare Liberale. Als er sie bei seiner Ankunft gesehen hatte, hatte ihn fast der Schlag getroffen.

Nach der Begegnung im letzten Herbst verspürte er kein gesteigertes Bedürfnis, sich wieder mit dieser Frau anzulegen. Sie und ihre beiden reichen Freundinnen hatten ihre Beziehungen genutzt, um ihn von einem Fall abzuziehen, bei dem eine alte Dame von einem Einbrecher schwer verletzt worden war. Und das alles nur, um sich um ein paar geklaute Geschirrtücher zu kümmern.

Gut, wie sich herausgestellt hatte, war es um mehr gegangen – sogar um viel mehr.

Was alles überhaupt nichts mit der momentanen Situation zu tun hatte. Einen Moment hörte er zu, wie Calloway ihre verrückte Idee skizzierte. Ganz selbstverständlich wartete er darauf, dass jemand sie abschmettern würde. Als er jedoch sah, dass einige der Ladenbesitzer mit den Köpfen nickten, hielt er es nicht länger aus. „Das soll ein Scherz sein, richtig?", unterbrach er Poppy.

Langsam drehte sie den Kopf in seine Richtung. „Wie bitte?"

„Das können Sie unmöglich ernst meinen. Diese Kids haben das Gesetz gebrochen. Und dafür wollen Sie sie noch belohnen?"

Ihre Augen sprühten Funken. Exakt so hatte sie ihn angesehen, als sie sich damals über den Stuhl im Salon gebeugt hatte, als er die Aussagen aufnahm. In dem Moment hatte es ernsthaft zwischen ihnen gefunkt. Aber er wollte verdammt sein, wenn er sich davon noch einmal beeindrucken ließ.

Vielleicht dachte sie etwas Ähnliches, denn sie kletterte nicht wie beim letzten Mal auf den Tisch, um ihm ins Gesicht zu springen, sondern erwiderte nur kühl: „Nein, Detective, ich scherze nicht. Ich meine es sogar verdammt ernst, um genau zu sein. Hier handelt es sich nicht um Schwerkriminelle, sondern um Jugendliche. Der Älteste ist gerade mal siebzehn."

„Tja, die fangen heutzutage früh an", stimmte er ihr zu.

„Sie haben doch keine Gewalttat begangen. Sie haben keine alte Dame überfallen oder jemandem am Geldautomaten eine

Pistole in den Rücken gedrückt." Ihre Augen wurden schmal. „Oder einen *wie auch immer gearteten* Einbruch verübt", fuhr sie fort.

„Sie haben keinen Einbruch verübt", wiederholte sie und sah die anderen Anwesenden der Reihe nach an. Um ihm gleich darauf gerade in die Augen zu schauen. „Warum genau sind Sie überhaupt hier?"

Das allerdings war eine sehr gute Frage. Als Greer angeboten hatte, seinen Namen auf die Sonderkommandoliste des Bürgermeisters zu setzen, hatte Jason umgehend und fest „Sehr schmeichelhaft, aber nein danke" entgegnet. Und dann hatte er sich wie ein Idiot von Murphy überreden lassen. Der alte Cop hatte ihn vor Jahren unter seine Fittiche genommen, bevor die deSanges-Gene Jasons Leben endgültig verpfuschten. Murph fand, dass zu einer steilen Karriere bei der Polizei gehörte, dass die entsprechenden Stellen wussten, wer man war. Zu einer Sondereinheit zu gehören, hielt er dabei für einen guten Schachzug. Auch wenn diese spezielle wohl eher der Werbung für die diesjährigen Wahlen und weniger der Verbrechensbekämpfung diente.

Darum also saß er hier: als lebender Beweis dafür, dass keine gute Tat jemals ungestraft blieb.

Doch er ließ sich von alledem nichts anmerken, sondern begegnete ihrem misstrauischen Blick mit seiner üblichen kühlen Direktheit. Damit verbarg er, dass er überhaupt keine Lust auf diesen ganzen Zirkus hatte. „Weil es häufig genau so anfängt. Babystraßenpunks wachsen sich zu vollwertigen Straßenpunks aus. Heute sprühen sie ihre *Tags* oder klauen einem anderen Schüler das Geld fürs Pausenbrot – wenn sie überhaupt in der Schule auftauchen, versteht sich."

„Dann sollten wir das vielleicht zu einer Bedingung unseres Angebots machen. Keine Schule, keine Teilnahme an dem Kunstprojekt", warf Poppy ein.

Clever, dachte er mit unfreiwilligem Respekt, fuhr jedoch fort, als ob sie nichts gesagt hätte: „Morgen überfallen sie dann eine alte Dame auf dem Parkplatz von Northgate." Er riss den Blick vom Babe los und bezog nun den ganzen Tisch in das Gespräch ein. „Oder direkt hier bei Ihnen."

Darauf begannen die Ladenbesitzer gleichzeitig durcheinanderzureden. Lautstark diskutierten sie, welche Auswirkungen es haben könnte, wenn man knallharte Kriminelle in die Nachbarschaft ließ.

Moment mal. Er kniff die Augenbrauen zusammen. Hatte er vielleicht den Eindruck erweckt, dass diese Jungs knallharte Kriminelle waren? *Himmel, de Sanges, das Babe hat zumindest in dieser Hinsicht recht. Es sind Kids, die vorher noch nie etwas angestellt haben.*

Als ob sie seine Gedanken lesen könnte, rief sie in die Runde: „Es sind Jugendliche. Pubertierende Teenager ohne jeglichen kriminellen Hintergrund. Bitte bedenken Sie das."

„Ich bedenke, was Detective de Sanges gesagt hat. Nämlich, dass alle Verbrecher so anfangen", konterte der Besitzer von Ace Hardware.

„Ich sagte nicht *alle*", protestierte Jase. „Aber ich sehe genug jugendliche Gewalttäter, um diesen Punkt zumindest anmerken zu wollen."

„Aber ganz bestimmt sind die meisten Jugendlichen, die Sie erwischen, in einen Überfall oder etwas in der Art verwickelt", rief Poppy.

„Das ist wahr. Die meisten – aber nicht alle – räumen eher Läden aus", gab Jason zu.

„Hat noch jemand ein Argument dafür oder dagegen, das er gern in die Diskussion einbringen würde?", fragte Garret.

„Ich möchte nur noch einmal betonen, dass diese Jugendlichen noch nie Probleme mit dem Gesetz hatten", bemerkte Poppy. „Und ich sage auch nicht, dass man sie aus der Verantwortung entlassen soll. Aber wir sollten nicht daran schuld sein, dass sie eine Vorstrafe bekommen."

„Sonst noch jemand?", fragte Garret. Als niemand antwortete, fuhr er fort: „Hat irgendjemand vor, Anzeige zu erstatten?"

Als auch jetzt sich niemand äußerte, sagte er: „Das nehme ich als ein einstweiliges Nein." Er wandte sich an Poppy. „Können Sie mir einen offiziellen Vorschlag machen?"

„Ich schlage vor, dass wir den drei Jungs Verantwortungsgefühl beibringen, indem wir sie ihre *Tags* entfernen oder überstreichen lassen. Die Farbe oder den Farbentferner müssen sie aus der eigenen Tasche zahlen. Weiterhin schlage ich vor ..."

„Moment, ein Schritt nach dem anderen", unterbrach Garret sie und sah sich um. „Wer unterstützt diesen Vorschlag?"

„Sie können diesen Kids nicht einfach Farbeimer und ein paar Pinsel in die Hand drücken und das Beste hoffen", wandte Jerry sich an Poppy. „Wären Sie bereit, das Projekt zu betreuen?"

Insgeheim vermutete Jason, dass ihr Idealismus an dieser Stelle mit der Realität zusammenprallte, die in ihrem Fall aus Partys und Benefizveranstaltungen oder woraus auch immer bestand.

Gespannt setzte er sich zurück und wartete darauf, wie sie sich herausreden würde.

Doch sie nickte nur feierlich.

„Dann unterstütze ich diesen ersten Schritt", bemerkte Jerry.

Garret sah Jason an. „Da wir Sie und Poppy eingeladen haben, um mit zu entscheiden, können auch Sie Ihre Stimme abgeben."

Doch Jase war noch zu erstaunt darüber, dass Poppy Calloway seine Erwartungen so ganz und gar enttäuscht hatte, und enthielt sich.

Der Vorsitzende konzentrierte seine Aufmerksamkeit wieder auf die Gruppe. „Wer ist dafür?"

Poppy und sieben der elf Ladenbesitzer hoben die Hand.

„Wer ist dagegen?"

Die übrigen vier meldeten sich.

„Die Jastimmen überwiegen also." Garret schenkte Poppy, deren Lächeln so strahlend war, dass Jase am liebsten seine Sonnenbrille aus der Tasche gezerrt hätte, einen aufmunternden Blick. „Ich nehme an, Sie haben noch mehr zu sagen?"

„Ja. Ich schlage außerdem vor, dass wir diese Gelegenheit nutzen, um den Jungs einen konstruktiveren Weg zu zeigen, die Gebäude in ihrer Nachbarschaft zu schmücken. Einen Weg, von dem wir alle profitieren, weil am Ende ein Kunstwerk entsteht, das man gern anschaut. Gleichzeitig werden wir ihnen das Selbstbewusstsein geben, ihre kreativen Ideen in eine akzeptablere Richtung zu lenken."

„Würden Sie auch diese Arbeit betreuen?", vergewisserte sich Garret.

„Ja."

„Wer ist dafür?"

Poppy und fünf Ladenbesitzer – darunter auch Jerry, dessen Gebäude die Kids bemalen sollten – hoben die Hände.

„Dagegen?"

Die sechs übrigen Ladenbesitzer hoben die Hand, woraufhin alle Augen sich auf Jase richteten.

Was zum Teufel interessierte es ihn, ob sie die Kids auch noch belohnten? Er sollte sich der Stimme enthalten, damit die Ladenbesitzer die Sache unter sich ausmachen konnten.

Nur …

Er wusste aus persönlicher Erfahrung, welch ein Chaos entstehen konnte, wenn man die Regeln dermaßen verbog. Früher hatte er selbst Tag für Tag gegen solche Verführungen ankämpfen müssen. Jason vertrat die Ansicht, dass man Jugendlichen so früh wie möglich beibringen musste, den rechten Weg nicht zu verlassen.

Er hob die Hand.

2. KAPITEL

Na, und so löst sich mal wieder eine großartige Idee in Wohlgefallen auf.

„Ich kann nicht fassen, dass ich mich zu diesem Stock auch nur eine Sekunde lang hingezogen gefühlt habe!" Poppy schleuderte ihre große Tragetasche auf den Boden des Brouwer's Café. Sie zog einen Stuhl unter dem Tisch hervor, den Ava in der Nähe der langen Holztheke ergattert hatte, und ließ sich darauf sinken.

„Was für ein Stock?", fragte Ava über das laute Stimmengewirr der Gäste hinweg.

„Poppy!" Jane, die ihrer Freundin auf den Fersen gefolgt war, warf ihr einen ungläubigen Blick zu. „Du bist vor mir hier gewesen! Was ist passiert? Du bist doch *nie* pünktlich."

„Sie ist sauer auf irgendeinen Stock", informierte Ava sie. „Das muss sie motiviert haben."

„Ja, so viel habe ich mitbekommen, als du angerufen hast." Jane hängte ihre Tasche über die Stuhllehne und setzte sich. Dann musterte sie Poppy eingehend. „Dass du echt genervt bist, meine ich. Was gibt's?"

Bei dem Gedanken, was – oder besser wen – es „gab", beschleunigte sich Poppys Herzschlag mit der Geschwindigkeit eines Düsenjets. „Ratet mal, wer mit mir in dem Komitee saß?"

Ava beugte sich vor. „Was für ein Komitee?"

„Das wegen der Jugendlichen, die ihre *Tags* auf die Läden geschmiert haben, für die Poppy Schilder und Tafeln beschriftet", erklärte Jane.

„Ach so, ja. Entschuldige. Ich habe momentan so viel um die Ohren, dass ich das einen Moment lang ganz vergessen hatte. Wie ist es gelaufen? Nicht gut, wie es aussieht?"

„Nicht gut." Poppys unfreiwilliges Lachen klang bitter, sie verkrampfte die Finger. „Es war eine verdammt beschiss…"

Die Bedienung, die sich einen Weg durch die Happy-Hour-Trinker gebahnt hatte, kam genau in dem Moment zum Tisch, in dem sie ihrem Ärger ziemlich heftig Luft machen wollte. „Kann ich euch Ladies was bringen?"

„Ich hätte gern das Leavenworth Blind Pig Dunkelzeugs", sagte Ava.

„Weizen", erläuterte die Bedienung. „Dunkelweizen."

„Ja, danke. Eins davon."

„Ich nehme ein Fuller's." Poppy atmete tief ein und wieder aus. Aber sie war noch immer so sauer, dass sie kaum von ihren Händen aufsah, die sie fest auf die Tischplatte presste. Ihre Fingerkuppen waren weiß von der Anstrengung, keine Faust zu ballen. „Und eine große Portion Pommes mit Pesto Aioli."

„Oh. Wir essen auch?" Ava strahlte. „Dann nehme ich den Lembeck Salat."

„Für mich nur eine Cola Light mit Zitrone, bitte", sagte Jane.

Da riss Ava den Kopf herum und starrte ihre Freundin an. „Das ist alles?", fragte sie, als die Bedienung nickte und zum nächsten Tisch ging. „Bitte sag mir, dass du deinen mageren Hintern nicht auf Diät gesetzt hast."

„Ich habe meinen mageren Hintern nicht auf Diät gesetzt", plapperte Jane gehorsam nach. Dann grinste sie, und ihr Gesicht leuchtete vor Glück auf. „Um genau zu sein, ist heute Wurst-und-Kartoffel-Abend bei Devs Familie. Mama K. hasst es, wenn ich mich nicht bis zum Platzen vollstopfe. Also reserviere ich einfach so viel Platz wie möglich in meinem Bauch."

Das holte Poppy endlich aus ihrer zornigen Versenkung. „Du bist bei deinen Schwiegereltern zum Abendessen eingeladen und trotzdem meinetwegen hierhergekommen?"

„Ja ... na klar. Wir sind doch eine Schwesternschaft, oder nicht?" Jane strich sich das schimmernde braune Haar hinter die Ohren und lachte. „Davon abgesehen ist das nicht ganz und gar uneigennützig. Die Kavanaghs essen sowieso nie vor acht, und Devlin fährt mit seinem Bruder hinüber."

„Mit welchem? Mit Bren? Wie geht es ihm?", fragte Poppy.

Janes Mann Dev war letztes Jahr aus Europa zurückgekehrt, um im familieneigenen Unternehmen Kavanagh Construction für seinen ältesten Bruder einzuspringen, der an einer Krebserkrankung litt. Jane und Dev hatten sich beim Umbau der Wolcott-Villa kennengelernt, den Dev leitete. Sie hatten einen ziemlich wackligen Start hingelegt, darum war Poppy heilfroh, ihre Freundin jetzt so glücklich zu sehen.

„Nein, Finn. Aber Bren geht es gut. Er hat endlich die Chemo hinter sich. Sein Arzt ist sehr optimistisch, und seine Haare beginnen auch schon wieder zu wachsen."

„Das ist ja fantastisch!", rief Poppy.

Ava ließ ein Lächeln aufblitzen. „Ich habe ihn gestern gesehen, er hat überall Flaum auf dem Kopf. Wenn er nicht so riesig wäre, würde er wie ein frisch geschlüpftes Küken aussehen." Sie drückte sich vom Tisch hoch. „Ich muss kurz verschwinden." Sie warf Poppy einen strengen Blick zu. „Wage es ja nicht, auch nur ein einziges pikantes Detail zu verraten, bevor ich wieder zurück bin."

„Es gibt keine pikanten Details", murrte Poppy dem Rücken ihrer Freundin zu. Dabei wanderten ihre Gedanken wieder zu der Versammlung zurück. Sie bemerkte nicht einmal, dass sie Ava hinterhersah. Nur ganz vage registrierte sie, dass alle Männer die Köpfe nach ihrer rothaarigen Freundin umdrehten.

„Ich kann nie genug von diesem Anblick bekommen", sagte Jane.

„Wie?" Dann erst begriff sie und nickte. „Oh. Das. Ja, ich weiß."

Die beiden grinsten sich an. Angestachelt von verzehrenden Rachegelüsten, weil sie als Achtzehnjährige Thema einer beschämenden Wette geworden war, hatte Ava ihre lebenslangen Essgewohnheiten radikal geändert. Zwar hatte sie sich geweigert, von einer Diät zu sprechen, und auch nicht den Fehler so vieler wohlbeleibter Frauen gemacht, sich auf den Umfang eines Zahnstochers herunterzuhungern, der gar nicht zu ihrem etwas kräftigeren Knochenbau gepasst hätte. Ava hörte auf, Gewicht zu verlieren, als sie Größe 40 erreicht hatte. In Wahrheit wäre es wohl eher Größe 42 gewesen, wenn sie in weniger teuren Boutiquen einkaufen würde – damit zogen Poppy und Jane Ava immer auf.

Doch um die wirkliche Größe ging es ja gar nicht. Ava hatte Kurven, und sie schämte sich nicht, sie zu betonen. Was zur Folge hatte, dass so ziemlich allen Männern die Zunge aus dem Mund hing, wenn sie vorbeiging.

Weil sich ein spannendes Klatschthema abgezeichnet hatte, verlor Ava keine Zeit. In weniger als fünf Minuten kehrte sie zurück und sagte bereits beim Hinsetzen: „Also, lass hören. Wer ist der Stock? Und was in aller Welt hat dich an ihm so aufgeregt? Das passt doch gar nicht zu dir."

„Tja, für meine miese Laune kannst du dich bei Jason de Sanges bedanken", stieß Poppy zwischen den Zähnen hervor. „Diese miese Ratte hat meinen Vorschlag ..."

„Detective *Scheich*?" Janes Kopf schnellte in die Höhe. „Das ist der Typ in deinem Komitee?"

„Oh, nein, nicht mehr." Poppys Augen verengten sich zu Schlitzen. „Denn ihm haben wir es zu verdanken, dass ein Komitee überhaupt nicht mehr nötig ist. Er hat meinen wunderbaren Plan torpediert." Sie erzählte, wie er dafür gesorgt hatte, dass die drei Teenager wie hartgesottene Kriminelle dastanden.

Die Bedienung brachte die Getränke. Nach einigen Schlucken ihres British Ale spürte Poppy, wie die Verspannungen in ihrem Nacken sich langsam lockerten. Sie sollte Ava und Jane dafür danken. Denn indem sie ihr gestatteten, ihren Ärger bei ihnen abzuladen, löste sich umgehend ein Großteil davon in Luft auf. „Ich schätze, ich sollte mich davon wirklich nicht so aus der Fassung bringen lassen", gestand sie. „Es ist ja auch nicht so, dass ich mit meiner Zeit nichts anzufangen wüsste. Zwischen meiner Arbeit mit den Schülern, den Grußkartenentwürfen und der Überlegung, was zum Teufel ich mit den Räumen anfangen soll, mit denen die Kavanaghs inzwischen fertig sind, hätte ich das Projekt sowieso kaum noch untergebracht. Es ist nur ..."

„Es war eine gute Idee", sagte Ava.

„Eben! Keine perfekte, ich weiß, aber viel besser, als Kids beim ersten kleinen Fehlverhalten in die Fänge des Gesetzes zu werfen. Vielleicht hätte ich etwas in ihrem Leben verändern können." Sie zuckte mit den Schultern. „Vielleicht auch nicht. Aber ich hätte es zumindest gern herausgefunden. Jetzt werde ich es nie wissen."

„Du kannst doch zumindest während der Reinigungsarbeiten ein Auge auf sie haben, oder?", fragte Jane.

„Ja, aber wir wissen doch alle, dass sie darüber nicht besonders begeistert sein werden. Es wäre eine super Gelegenheit gewesen, an sie ranzukommen, wenn sie sich ganz offiziell mit ihren Farben hätten austoben dürfen."

Ava runzelte die Stirn. „Weißt du was? Detective Scheich hat letzten Herbst vielleicht viel mehr getan, als wir zuerst gedacht haben – aber er ist trotzdem nur ein Cop."

„Genau", stimmte Jane ihr zu. „Und von jetzt an ist er für uns nur noch Detective de Sanges. Er hat es gar nicht verdient, der Scheich genannt zu werden."

„Sag bloß." Poppy trank noch einen Schluck Bier und schob dann ihr Glas zur Seite, um Platz für die dampfenden Pommes frites zu machen. Sie seufzte, als sie sich einen nahm und durch den kleinen Topf mit Aioli zog. „Aber wie kann jemand, der mich auf den ersten Blick so heiß gemacht hat, in Wahrheit nur so ein kalter Fisch sein?"

Der Duft von frittiertem Fisch stieg aus dem mit Bindfaden umwickelten Papierpäckchen auf. Jase jonglierte es kunstvoll in der Hand, mit der er an die Tür ein Stockwerk unter seinem eigenen Apartment klopfte. „Murph! Bist du da? Hey, ich hab was zum Abendessen besorgt. Mach auf, bevor mir das verdammte Zeug auf den Teppich fällt."

„Immer mit der Ruhe!" Er hörte die schroffe Stimme. „Bin nich mehr so jung wie ich mal war, weißte."

„Ach was", spottete Jase, als die Tür aufging. „Kann mich nicht erinnern, dass du jemals jung warst."

„Witzig", sagte Murphy und nahm Jase das Sixpack St. Pauli Girl ab, das er unterm Arm trug.

„Ich versuche gar nicht, witzig zu sein. Ich kann mich wirklich nicht erinnern. Wie alt war ich, als wir uns trafen? Vierzehn? Damals dachte ich, du wärst mindestens hundert."

„Ich war vierundfünfzig!"

„Was dasselbe ist wie hundert, wenn man vierzehn ist."

Murphy lachte. „Ich schätze, der Punkt geht an dich." Er warf einen Blick auf das blauweiße Papier, in das ihr Abendessen eingewickelt war, während er zu dem kleinen Tisch in seiner fast ebenso kleinen Küche ging. „Spud's Fish and Chips", brummte er, während er ein paar von den langhalsigen Bierflaschen aus dem Sixpack nahm und auf den Tisch stellte. „Was ist der Anlass?"

„Dieses Scheinkomitee, zu dem du mich überredet hast, gibt es nicht mehr." Jason weigerte sich, wegen der Enttäuschung in Babes großen braunen Augen irgendwelche Schuldgefühle zu empfinden. „Dachte, das ist ein Grund zum Feiern."

Nachdem Murphy die restlichen Bierflaschen in den Kühlschrank geräumt hatte, richtete er sich langsam auf und nahm Jase ins Visier seiner zwar etwas verblichenen, aber noch immer scharfen blauen Augen. „Ich weiß ja, dass du von Anfang an nicht wild auf dieses Komitee warst. Aber wie zum Teufel hast du das hingekriegt?"

„Indem ich ein bisschen Realität in dieses total weltfremde Modell gebracht habe." Er deutete mit dem Kopf auf das Päckchen, das er inzwischen ausgewickelt hatte. „Ich erzähl dir gleich alles, aber jetzt setz dich erst mal. Lass uns essen, bevor es kalt wird."

Jeder von ihnen schnappte sich ein kleines Bündel Servietten und begann, mit den Fingern zu essen. Sie tunkten den panierten Fisch in kleine Plastikbehälter mit Remoulade, kratzten mit Plastiklöffeln dicke Muschelsuppe aus winzigen Pappbechern, stippten ihre Pommes in Ketchup und spülten das Ganze mit Bier hinunter.

Binnen kurzer Zeit war abgesehen von ein paar Fettflecken und einem Spritzer Knoblauchessig nichts mehr auf ihren Papptellern zu sehen. Murphy stellte sie übereinander, warf die leeren Plastikbehälter darauf, knüllte das Einschlagpapier zusammen und legte es auf den Stapel. Dann schob er seinen Stuhl zurück, tätschelte seinen Bauch und sah Jase an. „Gutes Abendessen. Danke."

„Gern geschehen."

„Dann erzähl mir mal von diesem weltfremden Modell."

„Weißt du noch, wie ich dir von diesem Babe erzählt habe?"

„Sicher. Reiches Mädchen, das dich vor ein paar Monaten total heiß und sauer gemacht hat."

„Sie hat mich überhaupt nicht ..." Er schluckte die Lüge hinunter. „Okay, vielleicht hat sie. Aber das ist lange her."

„Und was ist jetzt?"

„Wie sich rausstellte, war sie auch in dem Komitee. Und sie hat die anderen beinahe dazu überredet, diese Kids auch noch zu belohnen."

„Wie das?"

„Sie wollte ihnen erlauben, eine freie Wand zu bemalen."

„Das ist nicht dein Ernst. Die sollten ihre Schmierereien nicht entfernen, sondern einfach nur ihren Spaß haben?"

„Nun, nein. Sie hat vorgeschlagen, dass sie vorher ihren Kram mit Farbe übermalen sollen, die sie selbst bezahlen."

Murph nickte. „Okay, gut. Das ist verantwortungsbewusst. Aber – warum dann die Zerschlagung des Komitees? Haben die Kids sich schon zu viel zuschulden kommen lassen?"

„Äh, nicht direkt." Jase rutschte auf seinem Stuhl herum und trank den letzten Schluck aus seiner Flasche. Denn er wusste, dass seine schöne Selbstgerechtigkeit gerade mächtig ins Wanken geriet. „Das war ihr erster Zusammenstoß mit der Polizei."

„Moment mal, verstehe ich dich richtig? Die Kids haben noch nie vorher Probleme gemacht? Und das Babe wollte, dass sie ihre Schmierereien auf eigene Kosten entfernen? Dann wollte sie noch einen Schritt weitergehen und sie ein Wandbild malen lassen. Und weiter? Hat sie den Vorschlag einfach so auf den Tisch gebracht, damit jemand anders sich drum kümmert?"

Mist. „Nein, sie hat angeboten, das Projekt zu betreuen. Sie will helfen, dass sich in ihrem Leben was ändert."

Der alte Mann schnaubte. „Klar. Als ob so was *funktionieren* könnte. Aber trotzdem, wenn sie bereit ist, die ganze Arbeit zu übernehmen, warum hat das Komitee sich dann dagegen entschieden? Es würde sie nich mal das Schwarze unter den Fingernägeln kosten."

Mistverdammtescheiße. „Ich habe vielleicht ein bisschen mit meiner ‚Graffiti-ist-der-erste-Schritt-ins-Verbrechen'-Rede übertrieben. Könnte sein, dass ich dem einen oder anderen Angst gemacht habe."

„Um Himmels willen, Junge." Murphy kratzte sich den eisengrauen Kopf. „Aber wieso?"

Mit geradem Rücken sah Jase Murph in die Augen. „Du weißt verdammt gut, wieso. Sobald man anfängt, die Regeln zu lockern, kann man ganz schön ins Schlingern geraten. Zuerst belohnt man die Kids dafür, dass sie den Leuten ihre hart erarbeiteten Läden verschandeln. Und als Nächstes erwischt man dieselben Kids dabei, wie sie eine alte Lady ausrauben, und drückt ihnen die Dienstwaffe an die Schläfe, damit sie gestehen."

Einen Moment breitete sich Schweigen aus, während Jasons Worte in seinem Kopf widerhallten wie Kugeln, die gegen eine Stahlplatte geschossen worden waren. Er wünschte, er könnte die letzten Sekunden zurückdrehen und sich die Zunge abschneiden.

Dann sagte Murphy trocken: „Ich werde jetzt einfach mal wild spekulieren und behaupten, dass wir gar nicht mehr über ein paar Ladenbesitzer sprechen, die Babes Vorschlag abgeschmettert haben."

Das Gesicht in den Händen vergraben, stöhnte Jase.

Er spürte raue Finger über sein Haar streichen.

„Ich würde es wirklich zu gern erleben, dass du irgendwann mal nett zu dir selbst bist und kapierst, dass du anders bist als dein Vater oder Opa oder Joe", brummte der alte Mann.

„Das wird nicht passieren ... weil ich nicht anders bin." Er ließ die Hände auf den Tisch sinken, hob den Kopf und sah seinen alten Freund und Mentor an. „Ich bin ein verdammter de Sanges, was ungefähr dasselbe bedeutet wie ein trockener Alkoholiker zu sein. Ich bin nur einen kleinen Schritt davon entfernt, genauso zu werden wie alle anderen Männer in meiner Familie."

„Das ist totaler Blödsinn, und das weißt du auch verdammt genau. Aber nein – du bist ja viel zu dickköpfig, um mal über deinen Schatten zu springen. *Du* hast nie irgendwelche Supermärkte überfallen. *Du* hast nie ungedeckte Schecks ausgefüllt oder dich betrunken in Bars geprügelt. Und vermutlich ist jetzt nicht der beste Zeitpunkt, es dir zu sagen, aber ich sag's trotzdem. Ich habe heute einen Anruf von deinem Bruder bekommen, der nach dir sucht."

Alles in Jase erstarrte. „Joe ist auf Bewährung draußen?"

„Sieht so aus", nickte Murph.

„Scheiße." Jase lachte freudlos auf, beugte sich vor und schlug mit dem Kopf ein, zwei, drei Mal auf die Kunstholztischplatte. „Dann sollte ich wohl schnell mit ihm sprechen, wie? Denn er wird bei Gott nicht lange draußen bleiben."

3. KAPITEL

Heiliger Strohsack, dieses „Sei vorsichtig mit dem, was du dir wünschst, denn es könnte in Erfüllung gehen" ist wirklich nicht nur ein Spruch. Gerade wenn die Dinge sich wieder beruhigen und ich endlich diesen Mann aus dem Kopf habe ... passiert das!

„Sharon, möchten Sie mal einen Blick drauf werfen?" Poppy drehte sich auf der Leiter nach der Besitzerin des Coffeeshops um.

Die Frau streckte den Kopf aus der Küche und wischte sich an der weißen Schürze das Mehl von den Händen. Sie trat in den Verkaufsraum, musterte die Tafel mit den aktualisierten Angeboten und lächelte. „Das sieht gut aus."

„Freut mich." Poppy packte die Farbkreide in das Kästchen und kletterte die Leiter hinunter. Unten verstaute sie die Kreide in ihrer großen Umhängetasche und klappte die Leiter zusammen. Während sie durch die Tür sah, wie der Himmel im Osten langsam hell wurde, sagte sie: „Ich stelle die nur noch zurück in den Schrank, mache sauber und verschwinde dann."

„Ich habe vor ungefähr zehn Minuten einen Blaubeerkuchen aus dem Ofen geholt", sagte Sharon. „Haben Sie Zeit für ein Stück und ein Tässchen Kaffee? Ich weiß nicht, wie es Ihnen geht, aber ich könnte jetzt eine Pause vertragen."

„Das wäre toll." Wie um seine Zustimmung zu demonstrieren, begann Poppys Magen zu knurren. Sie tätschelte ihn lachend. „Verraten Sie es nicht meiner Mutter, aber ich habe heute das Frühstück ausfallen lassen."

Sie brachte die Leiter in den großen Werkzeugschrank neben der Hintertür und schloss sie weg. Dann wusch sie sich die Kreidefarben von den Händen und setzte sich zu Sharon an den Tisch, wo sie mehrere Tassen starken Kaffee tranken und genüsslich saftigen, noch warmen Kuchen verspeisten.

Aber viel Zeit blieb Poppy nicht. Denn sie musste an diesem Morgen noch drei weitere Tafeln zwischen Madison Park, Phiney Ridge und Ballard beschriften, bevor die Läden öffneten.

Nach dem letzten Auftrag in einem Deli in der Nähe der Market Street sah sie auf die Uhr. Am liebsten wäre sie noch bei ihren Eltern vorbeigefahren, doch die Schulen waren heute wegen eines „Lehrer-Entwicklungstages" geschlossen, und sie hatte eine Verabredung mit einigen Jugendlichen. Sie trafen sich im Central District, oder CD, wie die Bewohner Seattles sagten, und Poppy musste vorher noch zur Villa fahren. Mit einem bedauernden Blick in Richtung ihres Elternhauses lenkte sie ihren Wagen zur Ballard Brücke.

Vor der Villa blieb sie einen Moment stehen, um das Gebäude zu betrachten.

Den angebauten Wintergarten vorn am Haus hatten die Kavanaghs so verkleinert und saniert, dass er wieder zum Stil der Villa passte. Ihre Künstlerseele begann beim Anblick der eleganten wiederhergestellten Linien aus dem frühen Zwanzigsten Jahrhundert zu lächeln. Die Mischung aus Gehämmer, markigen Flüchen und Männerlachen, die durch das Küchenfenster drang, lockte ein weiteres Lächeln hervor.

Drinnen stelle Poppy fest, dass nur einer der vier Männer in der leergeräumten Küche tatsächlich mit einem Werkzeug herumhantierte. Dev Kavanaghs Bohrer jaulte durch die Stille, während alle sie ansahen. Poppy holte tief Luft und stieß sie theatralisch wieder aus.

„Ich liebe den Geruch von Testosteron am Morgen!", witzelte sie.

Die schwarzen Augenbrauen bis an den Ansatz seiner Irish-Setter-roten Haare hochziehend, erwiderte Dev gedehnt: „Laut Jane wüsstest du gar nicht, was du mit Testosteron am Morgen überhaupt anfangen solltest."

„Du bist so ein Trottel, Kavanagh. Janie würde mir niemals in den Rücken fallen – nicht einmal dir gegenüber. Und wenn ich diese ganzen Werkzeuggürtel-Aktivitäten hier sehe, schlägt mein Herz Purzelbäume. Das. Ist. So …" Sie klimperte mit den Wimpern. „Männlich."

Lachend gingen die Männer zurück an die Arbeit. Poppy lief nach oben. Während sie durch die fertigen Räume spazierte, dachte sie an das Videoband, das Miss Agnes Ava, Jane und ihr ebenfalls hinterlassen hatte. Darauf hatte die alte Dame gesagt, wie sehr die drei ihr im Laufe der Jahre ans Herz gewachsen seien. Und sie hatte ihnen mit ihrer Nebelhornstimme erklärt, dass sie die Villa natürlich verkaufen sollten. Vorher aber bat sie jede von ihnen darum, ihr einen letzten Wunsch zu erfüllen. Poppy hätte zu gern gewusst, was Miss A. sich dabei gedacht hatte, als sie Poppy bat, die Renovierung zu übernehmen.

Die alte Frau war immer so gut zu ihnen gewesen, sie hatte immer genau erkannt, was jede von ihnen brauchte, und dafür gesorgt, dass sie es erhielt. Jane und Ava beispielsweise hungerten geradezu nach einem Mindestmaß an Familienleben, um die ewige dramatische Selbstbezogenheit von Janies Eltern und die liebevolle Gleichgültigkeit von Avas Eltern auszugleichen. Und bei Poppy hatte Miss A. die Leidenschaft für Farben gefördert. Nicht viele Erwachsene hätten einem jungen Mädchen einen Pinsel und einen Farbeimer in die Hand gedrückt und es bei der Gestaltung der Wände frei entscheiden lassen. Die alte Dame hatte Poppy sogar erlaubt, die Vorhänge für die Fenster auszusuchen, an denen jahrzehntelang schwere lichtundurchlässige Stoffe gehangen hatten. Doch das war nichts im Vergleich zu der Aufgabe, gleich einen kompletten Umbau zu leiten.

„Oh, mein Gott." Mitten im Flur blieb Poppy stehen. „Das ist es."

Sie zerrte ihr Handy aus der Handtasche. Während sie die Treppe hinunter und aus dem Haus stürmte, drückte sie auf die Schnellwähltaste. „Ich hab's endlich kapiert", schrie sie auf dem Weg zum Auto ins Telefon. Sie klemmte das Handy unters Kinn und stolperte fast über eine Steinplatte, die von der Wurzel einer alten Douglastanne aufgesprengt worden war.

„Ich habe Miss A.'s Bitte viel zu kompliziert interpretiert. Ich dachte, dass sie mein Talent total überschätzt hat und wollte, dass ich mich wie eine grandiose Innenarchitektin aufführe."

„Du könntest das", versicherte ihr Ava.

„Du bist eine wahre Freundin, und dafür liebe ich dich. Aber ich entwerfe Menütafeln und gelegentlich Grußkarten", lachte Poppy.

„Von denen *Shoebox* eine genommen hat!"

Das war ein riesiger Glücksfall gewesen, den Poppy noch immer kaum fassen konnte. Seitdem musste sie sich nicht mehr jeden Monat krumm machen, um die Miete zu bezahlen. „Aber, seien wir ehrlich, ich nehme jeden noch so simplen Auftrag an, den ich an Land ziehen kann. Und ich habe mir ein paar Zuschüsse zusammengebettelt, um unterprivilegierten Schülern Lust auf Kunst zu machen. Aber ich bin keine Innenarchitektin, das ist so sicher wie das Amen in der Kirche." Sie grinste wie eine Geistesgestörte. „Aber gerade habe ich kapiert, dass Miss A. das auch gar nicht meinte. Jane hat schon im Herbst versucht, mir das klarzumachen, aber damals bin ich gleich die Palme hochgegangen, weil ich dachte, sie wollte die Vereinbarung mit den Kavanaghs abblasen. Darum hab ich gar nicht richtig hingehört. Nun denke ich, Miss A. wollte von mir nur das, worum ich sie die ganzen Jahre sowieso gebeten habe – dass ich diese ganzen entsetzlichen Vorhänge runterreiße, die das Licht aussperren, die Wände und Fenster frisch streiche und vielleicht ein paar der hübscheren Möbel und Dekorationen drinlasse."

„Das klingt vernünftig. Aber, Mädchen, stell dein Licht nicht unter den Scheffel. Du hast nämlich schon viel mehr getan. Du hast die Kavanaghs gefunden und einen Spitzenpreis ausgehandelt, weil sie sich davon einen Imagegewinn für die Firma erhoffen. Außerdem bist du diejenige, die sich um den Großteil der Rechnungen kümmert – obwohl du eigentlich am liebsten nur mit deinen Jugendlichen arbeiten würdest."

Poppy fielen die drei Jungs ein, mit denen sie nun doch nicht zusammenarbeiten würde. Prompt musste sie an de Sanges denken, was sie, um ehrlich zu sein, viel zu oft in den vergangenen eineinhalb Wochen getan hatte.

Energisch hob sie das Kinn und richtete sich zu ihrer vollen Größe auf. Nun, damit war jetzt Schluss, und zwar von diesem Moment an.

„Du musst an sie denken, oder?", fragte Ava.

Wieder stolperte Poppy. „Wie?"

„An die Jungs, die der Cop als Schwerverbrecher hingestellt hat. Du denkst an sie."

„Äh, ja." Doch leider nicht so sehr wie an den Mann selbst.

„Der Scheißkerl", fluchte Ava.

Exakt ihr Gedanke. Poppy wünschte nur, sie könnte ihn aus ihren Gedanken verbannen, seinen Anblick, seinen großen, schlanken Körper, vollgepumpt mit sexueller Energie.

Als sie ihren Wagen erreichte, verabschiedete sie sich von Ava, schleuderte ihre Tasche auf den Rücksitz und fuhr nach CD.

Wie in vielen Teilen Seattles wurde auch im Central District überall gebaut. Das Gesicht der Stadt veränderte sich vollkommen. Doch diese Gegend verwandelte sich am stärksten. Denn trotz der ohnehin schon dichten Bebauung schossen hier weiterhin neue Häuser aus dem Boden. Im letzten Jahrzehnt war aus der afrikanisch-amerikanischen Nachbarschaft eine angesagte Multikulti-Gegend geworden – eine Veränderung, die die Mieter, die hier am längsten wohnten, nicht gerade mit Begeisterung aufnahmen.

Auf dem Parkplatz des Gemeindehauses in East Cherry lud Poppy ihre Staffeleien und Malutensilien aus. Bis sie alle Sachen aus dem Wagen geladen hatte, musste sie mehrmals zwischen dem Parkplatz und dem Raum, den die Gemeinde ihr zur Verfügung gestellt hatte, hin- und herwandern.

Da sie früh dran war, begann sie, die Staffeleien aufzustellen und Stifte, Pinsel, Paletten und Farbtuben auszupacken. Sie dachte an das erste Mal, als sie das getan hatte, und lächelte. Als Miss Agnes vor einigen Jahren gehört hatte, dass die Stadt eine ehrenamtliche Kunstlehrerin suchte, hatte sie sofort Poppy vorgeschlagen. Damals war Poppy nicht gerade begeistert von der

Idee gewesen. Mit siebenundzwanzig musste sie noch immer damit kämpfen, überhaupt auf eigenen Füßen zu stehen. Da blieb keine Zeit für eine ehrenamtliche Tätigkeit.

Doch dann hatte sie die Jugendlichen kennengelernt.

Auch sie selbst kam nicht gerade aus einer Familie, die in Geld schwamm. Poppy musste ihre Buchhaltung oft genug äußerst kreativ gestalten, um ihre verschiedenen Einkommensquellen auszudehnen. Aber zumindest war *immer* genug Geld da, um Malutensilien zu kaufen – eine Tatsache, die sie bis dahin für selbstverständlich gehalten hatte.

Erst beim Anblick der Teenager hatte sie kapiert, dass die Jugendlichen diesen Luxus nicht kannten. Zu erleben, wie die Kinder in kurzer Zeit aufblühten, hatte eine neue Leidenschaft in Poppy entfacht.

Tröpfchenweise kamen ihre Schüler herein. Die Kartonröhren, die sie ihnen zum Schutz der Bilder gegeben hatte, klemmten unter ihren Armen oder ragten aus ihren Rucksäcken.

Es war eine kleine Gruppe aus zwölf Jugendlichen, ausgewählt von Lehrern der drei Highschools, die die acht Jungen und vier Mädchen besuchten. Sie waren aufgrund ihres Talents und ihrer finanziellen Situation ausgewählt worden. Dies war Poppys dritte Klasse dieser Art. Sie unterrichtete die zwölf schon lange genug, sodass die Kids ihre bockige Phase hinter sich gelassen hatten und allmählich Spaß am Unterricht bekamen.

Schweigend ging sie von Schüler zu Schüler, um die Bilder zu betrachten, lobte, gab Tipps und beantwortete Fragen.

„Jo, Schlampe. Gib mal das Zinnoberrot rüber."

„Wie hast du mich genannt, *cabrón*?"

Poppy wirbelte herum. „Mr Jackson. Ms Suarez."

Darnell Jackson, von dem sie genau wusste, dass er in das Mädchen verknallt war, das er beleidigte, zuckte kurz zusammen. Gleich darauf richtete er sich jedoch zu seiner vollen Größe von fast zwei Metern auf, um Poppy mit der Bockigkeit anzustarren, die sie gerade noch meinte hinter sich gebracht zu haben.

„Haben Sie gehört, wie er mich genannt hat, Ms Calloway?"

Mit einer Hand in die Hüfte gestützt, den Kopf nach vorn geschoben und das Kinn angriffslustig in einem Ich-mach-dich-fertig-Winkel gehoben, stand Emilia Suarez da und starrte den Jungen an, der sie um mehrere Köpfe überragte.

„Ja, habe ich. Und ich schätze, was Sie daraufhin entgegnet haben, war auch nicht gerade die liebevolle Bezeichnung für einen guten Freund."

Tatsache aber war, dass Emilia nur auf Darnell reagiert hatte. Darum wandte Poppy sich an den jungen Mann, der an seiner Staffelei neben dem zornigen Mädchen stand. Sie sah ihn direkt an und fragte sehr ruhig: „Wie lautet die oberste Benimmregel in dieser Klasse, Mr Jackson?"

Sie sah, dass sein Stolz verlangte, weiterhin auf harter Junge zu machen. Das galt umso mehr, weil es im Raum ganz still geworden war und alle sich umgedreht hatten, um zu beobachten, was er tun würde. Doch Darnell war als Erster der zwölf der Verführung der Kunst erlegen. Er hatte sich als der talentierteste ihrer Schüler erwiesen. Außerdem hatte sie von Anfang an klargemacht, dass sie Unruhestifter nicht tolerierte. Und der Junge lebte bei seiner Großmutter, die ihm eingebläut hatte, Ältere zu respektieren.

Sosehr es Poppy auch gegen den Strich ging, sich als Teil der „älteren" Bevölkerungsgruppe zu betrachten, die Teenager hier sahen sie mit Sicherheit so.

„Respektvoll miteinander umzugehen", brummte er.

Schweigend sah sie ihn an.

Er senkte den Kopf. „'tchuldige, Emilia."

„Du bist ein jämmerliches Exemplar von einem Mann", knurrte Emilia, doch ihre Wangen färbten sich rot. Die anderen Mädchen bemerkten es nicht. Sie waren viel zu beschäftigt damit, ihrer Begeisterung darüber, dass einer der ihnen zahlenmäßig überlegenen Jungs zur Ordnung gerufen worden war, lautstark Ausdruck zu verleihen.

Was nicht schlecht ist, dachte Poppy. Sonst hätten sie Emilia mit Sicherheit unbarmherzig wegen ihres Errötens aufgezogen.

„Ladies", sagte sie streng.

Umgehend wurden die Mädchen leiser, zwei von ihnen knallten allerdings mit ihren Hüften zusammen und klatschten sich ab.

Poppy unterdrückte ein Grinsen. Verdammt, sie liebte diese Teenager!

Bisher war sie bei ihrem Rundgang durchs Zimmer noch nicht bis zu Darnell und Emilia gekommen. Jetzt stellte sie sich hinter Darnells Bild. „Oh", rief sie, während sie das Porträt der drei Frauen, die die Köpfe zusammensteckten, anstarrte. „Das ist großartig, Darnell!"

„Die Idee habe ich von einem Foto, das meine Grandma von ihrer Großmutter und ihren zwei Großtanten hat", sagte Darnell, der augenblicklich seinen Stolz und seine Verlegenheit vergessen zu haben schien.

Eingehend betrachtete Poppy das Bild und bewunderte die Art, wie die drei Frauen geradezu aus der Leinwand zu springen schienen. „Haben Sie sich schon einen Titel überlegt?"

„Nach dem Kirchgang."

Sie lachte. „Ja, das kann ich mir vorstellen – wie sie gerade von den harten Kirchenbänken aufgestanden sind und darüber reden, wer was getragen und wer noch einen Kater vom letzten Abend gehabt hat. Sie haben diese Ahnung von Tratsch eingefangen und mit dem Hauch einer alten, längst vergangenen Ära durchtränkt. Und doch ist das Thema heute noch genauso aktuell wie zur Zeit Ihrer Ururgroßmutter. Es ist fantastisch, Darnell. Und ich mag die gewagte Farbwahl."

„Grandmas Foto ist schwarz-weiß, aber sie sagt, dass ihre Familie immer Farbe geliebt hat." Er grinste. „Und das glaube ich sofort, wenn man nach mir und meiner Grandma gehen kann."

Zwei der Frauen hatte er überwiegend in Primärfarben gemalt. Eine in strahlendem Blau mit einem blaugelben Kopftuch, die andere in Gelb mit einem breitkrempigen Hut mit grünen Federn und einem passenden Band unter dem Kinn. Er deutete auf die dritte Figur, die bisher nur mit Bleistift gezeichnet war. „Für sie wollte ich das Zinnoberrot." Dann richtete er sich wieder zu seiner beeindruckenden Länge auf und sah das Mädchen neben sich an. „Aber es tut mir leid, wie ich dich genannt habe, Emilia. Das war idiotisch, und meine Grandma würde mir den Mund mit Seife auswaschen, wenn sie das gehört hätte."

„Das mache ich schon selbst, wenn du mich jemals wieder so ansprichst." Aber Emilia reichte ihm die Farbtube. „Tut mir leid, ich war auch nicht gerade respektvoll."

„Ich spreche kein Spanisch, also hättest du alles zu mir sagen können, ich hätte es sowieso nicht kapiert. Wie hast du mich genannt?"

Das Mädchen verzog die Lippen zu einem schiefen Lächeln. „Ist bestimmt besser, wenn du's nicht weißt." Dann betrachtete sie sein Gemälde. „Du bist wirklich gut, Darnell. Ich kann Menschen nicht malen, ums Verreck…" Schnell warf sie Poppy einen Blick zu. „Äh, nichts."

„Aber dafür kannst du Gebäude echt gut malen. Ich will im Hintergrund einen Kirchturm zeichnen. Aber so oft, wie ich ihn schon wegradiert habe, um die Proportionen hinzukriegen, ist es ein Wunder, dass die Leinwand kein Loch hat."

„Ich könnte dir nach dem Unterricht ja zeigen, wie das geht. Aber dann musst du mir zeigen, wie man so was hier malt. Wie sagt man? *Menschenstudien.*"

„Klar." Er wandte sich wieder seiner Staffelei zu. Ein Lächeln umspielte seine Lippen. „Klar. Das wäre gut. Wir könnten zu Starbucks gehen und uns einen Tisch suchen, wo wir unseren Schei…, äh, unseren Kram ausbreiten können."

Als sie sich später auf den Heimweg machte, war Poppy sehr zufrieden mit sich und ihren beiden Schülern. Sie fuhr bei einem Baumarkt vorbei, um einige Farbtabellen für die Villa mitzunehmen und kaufte ein paar Lebensmittel bei Marketime ein. Doch als sie zu Hause ankam, hatte sie keine Lust zu kochen. Also warf sie ihre Farbtabellen auf den Tisch, verstaute die Einkäufe und lief dann rüber zu Mad Pizza, wo sie eine kleine Pizza zum

Mitnehmen bestellte. Wieder zurück setzte sie sich an den winzigen Tisch, lauschte Zero 7 auf dem CD-Player und studierte vergnügt die Farbpaletten, während sie drei Pizzastücke mit einer Flasche Bier hinunterspülte.

Sie fühlte sich so gut, dass sie tatsächlich den Stapel Papierkram für das Jugendförderprogramm bearbeitete, der sich seit sechs Wochen ganz oben auf dem Bücherregal anhäufte. Danach fühlte sie sich weitaus glücklicher, als das Erledigen einer solchen Arbeit eigentlich rechtfertigte. Beim Anblick der jetzt staubfreien Stelle im Bücherregal dachte sie tatsächlich kurz daran, den Staublappen hervorzukramen.

Doch dann lachte sie. „Nö." Es gab keinen Grund zu übertreiben.

Allerdings wischte sie den Tisch ab, um ihre Grußkarten-Utensilien darauf auszubreiten. Voller Schwung brachte sie das Design zu Ende, das sie gestern begonnen hatte. Gleich danach begann sie ein neues und gelangte schnell in eine Phase, in der ihre Gedanken umherwanderten, während die Kreativität nur so sprudelte.

Erst nach einer Weile bemerkte Poppy, dass sie Primärfarben benutzte. Darnells Gemälde hatte sie zu dieser Farbwahl inspiriert. Vielleicht sollte sie einen Antrag auf weitere Zuschüsse stellen – um Jugendlichen beizubringen, wie man Grußkarten entwarf, die man verkaufen konnte. Sicher, bisher hatte sie erst eine einzige Karte an eine große Firma verkauft, aber auch mit den anderen Karten, die sie in kleinen, ausgesuchten Boutiquen anbot, lief es ganz gut. Damit verdiente sie zwar nicht mehr als ein Taschengeld, bewies aber immerhin, dass handgefertigte Karten durchaus verkäuflich waren.

Irgendwann, wenn die Villa fertig renoviert war und sie sie verkauft hatten, würde auch sie Geld haben. Abgesehen von einem neuen Auto brauchte sie für sich selbst nicht viel. Mit Miss Agnes' Geld könnte sie noch mehr Teenager erreichen – viel mehr. Und der alten Dame würde das gefallen.

Das Leben war wirklich gut zu ihr.

Das Telefon klingelte. Poppy sprang auf, bereit, ihre Idee zu teilen und ein langes, befriedigendes Gespräch mit Jane oder Ava oder ihrer Mutter zu führen.

Allerdings stellte sich heraus, dass es keine der drei war, und als sie eine Viertelstunde später wieder auflegte, hämmerte ihr Herz heftig in ihrer Brust. Sollte sie nun wie eine Irre lachen oder mit dem Kopf gegen die nächstbeste Wand schlagen?

Ihre drei Graffiti-Sprayer hatten soeben eine zweite Chance bekommen – und sie damit auch. Sie konnte ihnen helfen. Das war gut.

Fantastisch, um genau zu sein.

Wenn man einmal davon absah, dass sie einen Aufpasser bekommen sollte. Und zwar keinen anderen als ihren Lieblingspolizisten: Jason de Sanges.

4. KAPITEL

Hab' ich etwa nach Strich und Faden gelogen? Kann man wohl sagen! Und fühle ich mich deswegen schlecht? Hm, ist klar.

Irgendetwas gab Jase das vage Gefühl, einen Zusammenhang mit der kürzlich aufgetretenen Flut von Einbrüchen zu erkennen, die das Raubdezernat verfolgte. Er konnte das Gefühl allerdings nicht richtig fassen. Es bewegte sich am Rande seines Bewusstseins, näherte sich und gelangte dann wieder außer Reichweite. Ungeduldig blätterte er seine Notizen durch, weil er wusste, dass ihm irgendetwas darin den Anstoß gegeben hatte. Doch er kam nicht darauf. Also versuchte er, gar nichts mehr zu denken. Er lehnte sich still in dem lärmenden Großraumbüro zurück und hoffte, dass die Verbindung, nach der er suchte, wieder etwas näherrücken würde. Ein Aufglimmen. Tatsächlich, es kam näher und näher ... *ja, komm zu Daddy, du hast es fast geschafft* ...

„Yo, de Sanges!"

... und war wieder verschwunden. Als Jase mit seinem Stuhl herumwirbelte, sah er Bob Greer. Der Lieutenant streckte den Kopf aus seinem Büro von der Größe eines Schuhkartons.

„Kommen Sie kurz rein, ja?", forderte er Jase auf.

Dieser wusste sofort, dass ihm nicht gefallen würde, was er zu hören bekäme, als Greer sagte. „Schließen Sie die Tür."

Die Hände in die Taschen gestopft, musterte Jason seinen Vorgesetzten. „Was gibt's?"

„Setzen Sie sich."

Der Lieutenant lehnte sich an den Rand des Schreibtischs. „Ich habe einen Anruf vom Commissioner bekommen, der wiederum einen Anruf vom Bürgermeister bekommen hat."

Ach du Scheiße, dachte Jason ungläubig, das hat sie nicht gewagt. *Nicht noch einmal.* Doch er befürchtete das Schlimmste. „Und?"

„Und offenbar ist uns jemand ernsthaft verbunden. Denn raten Sie mal, wozu Sie abkommandiert worden sind."

Jason rieb sich mit einer Hand übers Kinn. Atmete. „*Fuuuuck.*" Er dehnte diese eine Silbe so lange aus, bis der Fluch im Grunde nicht mehr anstößig war.

„Betrachten Sie es doch mal so", sagte Greer. „Auf diese Weise tauchen Sie auf dem Radarschirm des Bürgermeisters auf. Wenn Sie gute Arbeit leisten, wird er sich daran erinnern, wenn es so weit ist und Sie das Examen zum Lieutenant ablegen. Ein Wort von ihm könnte den Unterschied zwischen einer anständigen Dienststelle und Peoria machen."

Sicher. Allerdings wäre der Bürgermeister längst nicht mehr in Amt und Würden, wenn das nächste Examen anstand. Doch Jase nickte, als ob er den Gedanken ernsthaft abwog. „Ja, da ist was dran. Also, was soll ich tun?"

„Sorgen Sie dafür, dass diese drei Kids nichts anstellen."

„Das soll ein Scherz sein, oder?" Doch Jason musste den älteren Mann nur ansehen, um zu wissen, dass dies nicht der Fall war. „Himmel, Lieutenant, wir alle stellen ab und zu was an – und Teenager mehr als andere. Wollen Sie mich ernsthaft von meiner Arbeit abziehen, um eine verdammte Überwachungskamera zu spielen?"

Greer zuckte mit den Schultern. „Was soll ich sagen? Der Bürgermeister möchte seinem Freund einen Gefallen tun, indem er die Kids verschont. Aber in allererster Linie ist er Politiker. Also geht er auf Nummer sicher und sorgt dafür, dass sie nichts anstellen, was die Ladenbesitzer oder Bewohner auf die Barrikaden treibt. Und Sie sind der Glückspilz, der ausgewählt wurde, um auf die Bande aufzupassen."

„Lieutenant, wir haben momentan diesen Anstieg an Ein…"

„Oh, Sie werden sich um die Einbrüche kümmern, keine Sorge. Oder denken Sie vielleicht, auf ein paar Graffiti-Sprayer aufzupassen wäre Ihre einzige Aufgabe? Himmel, nein. Aber, unser Mann im Amt will Ihnen den Deal versüßen. Weil Sie das neben Ihrer normalen Arbeit erledigen müssen, bekommen Sie – Moment – ganze zwanzig Überstunden zugestanden."

„Oh, na dann. Solange ich als reicher Mann sterben kann."
Jason behielt einen neutralen Gesichtsausdruck bei, während er mit seinem Lieutenant die weiteren Details durchsprach. Doch als er Greers Büro verließ, kochte er vor Wut. In der Sekunde, in der er zurück an seinem Schreibtisch war, blätterte er in seinem ramponierten Notizbuch zum November des letzten Jahres zurück, um Babes Telefonnummer herauszufinden. Diese gab er umgehend in die Adresssuche seines Computers ein.

Er hatte keine Regeln verbogen – geschweige denn gebrochen. Das zumindest versicherte sich Jase, als er kurze Zeit später vor einem Apartmentgebäude im Fremont District hielt. Bildete diese Calloway sich etwa ein, dass sie einen Schmusehündchen-Polizisten an der Leine hatte? Er war ein von Steuergeldern bezahlter Beschäftigter im Dienst der Allgemeinheit und kein Leibeigener irgendwelcher reicher Tussis. Und er fuhr lediglich bei ihr vorbei, um sie darüber zu informieren, was sie von ihrer zukünftigen Zusammenarbeit erwarten durfte.

Mit gerunzelter Stirn musterte er das alte Gebäude, während er aus dem Wagen stieg und abschloss. So hatte er sich die Wohngegend von Miss Oberschlau nicht gerade vorgestellt. Er hätte sie eher in den weltberühmten Epi-Apartments mit den todschicken Edelstahlschnörkeln am Südbau und Ausblick auf den Schiffskanal vermutet. Aber was zum Teufel wusste er schon? Vielleicht war dieses Gebäude eines von diesen ... Wie hatte Hohns Frau einmal ein Möbelstück genannt, von dem Jase meinte, dass es dringend einen neuen Anstrich brauchte? *Shabby Chic.* Vielleicht gehörte diese Gegend auch dazu.

Doch der Fahrstuhl hatte die Größe einer englischen Telefonzelle und funktionierte nicht. Seufzend stieg er in den dritten Stock, noch immer nicht in der Lage, sich das Babe hier vorzustellen. Sein Blick wurde noch düsterer, als er das altersschwache Schloss an ihrer Tür entdeckte. Vielleicht klopfte er darum ein wenig härter als beabsichtigt an. Aber was zum Henker hatte diese Frau in einer dermaßen ungesicherten Wohnung zu suchen?

Als auf sein Klopfen nicht umgehend geöffnet wurde, schlug er noch fester gegen die Tür. Zumindest war sie aus festem, erstklassigem Seattle-Holz.

„Immer mit der Ruhe, Herrgott noch mal", hörte er sie rufen. „Ich komme ja schon." Eine Sekunde später wurde die Tür aufgerissen.

Auge in Auge standen sie sich gegenüber.

„Oh", sagte sie enttäuscht. „Sie sind es."

Er starrte sie nur an und spürte dasselbe, wie jedes Mal, wenn er sie sah. Was, eingerechnet mit heute Abend, erst das dritte Mal war. Ihm kam es allerdings vor, als ob er sie schon länger kannte. Vielleicht weil bei jedem Zusammentreffen dieser glühende Spieß durch seinen Rücken jagte und Neuronen in den entferntesten Winkeln seines Körpers unter Strom setzte.

„Sehen Sie nicht mal durch den Spion, bevor Sie aufmachen?", fragte er. „Und warum haben Sie keine Türkette?" Nicht dass Türketten irgendetwas gegen einen Einbrecher ausrichten konnten.

Sie hob das Kinn himmelwärts und kniff die Augen zusammen. Doch schon im nächsten Moment schenkte sie ihm ein so einzigartig süßes Lächeln, dass er sich besser auf Ärger einstellte.

Dann flötete sie auch schon: „Oh, Daddy!" Sie bewegte sich schneller als eine Katze, warf die schlanken Arme um seinen Hals und drückte ihn schnell und heftig an sich. „Es ist so süß, dass du dir solche Sorgen um mich machst." Prüfend sah sie ihn an und berührte mit einem Finger sein Kinn. Für eine warme Sekunde atmeten beide dieselbe Luft. „Der Designerdreitagebart ist neu. Hast du neuerdings keine Lust mehr, dich zu rasieren, Dad?"

„Irre witzig", erwiderte er, stand aber still wie eine Statue, während ein weiterer Blitzschlag durch seine Glieder fuhr. Wogegen er unbarmherzig ankämpfte, schon bevor sie einen großen

Schritt zurücktrat. Zum Teufel, am liebsten hätte er ihr die Kleider vom Leib gerissen und sie in Nullkommanichts hier direkt an der Wand genommen, wenn sie ihn ließe.

Aber das würde nicht geschehen. Darum straffte er fast unbewusst die Schultern. Das Leben steckte eben voller Enttäuschungen. Das lernte man schnell, wenn man in Pflegefamilien aufwuchs oder – wie in Jasons Fall – überwiegend. Denn nach dem Tod seiner Mutter war er nicht ununterbrochen in Pflegefamilien oder Heimen gewesen. Ab und zu tauchte irgendein Verwandter auf, der gerade aus dem Knast entlassen worden war, um ihn vorübergehend mitzunehmen – gegen das Kinderschutzgesetz. Schließlich galten alle Männer der de-Sanges-Familie als nicht erziehungsberechtigt.

Doch die Polizei musste sich gar nicht erst die Mühe machen, ihn zu suchen. Denn innerhalb kürzester Zeit brachen sein Dad oder Pops oder sein Bruder Joe ohnehin die Bewährungsauflagen, woraufhin Jase wieder in die Obhut des Staats gegeben wurde.

Jason trat etwas vor und verspürte eine gewisse Befriedigung, als sie zurückwich. Doch auch dieses Gefühl merzte er umgehend aus. Stumm und ausdruckslos beobachtete er Poppy, während er sie Schritt für Schritt rückwärts in den kleinen Flur ihrer Wohnung drängte und dann die Tür hinter sich schloss.

„Sie haben mich zum letzten Mal von einem wichtigen Fall abziehen lassen, damit ich mich um etwas kümmere, was *Sie* für wichtig halten", informierte er sie. „Und darum verrate ich Ihnen jetzt, wie es laufen wird. Sie wollen, dass ich meine Zeit mit diesem Kunst-für-Kriminelle-Projekt vergeude? Schön. Ich habe meine Anweisungen vom Bürgermeister, und ich werde sie befolgen. Aber auf meine Weise. Und ich habe vor, jeden Schritt dieser Kids zu beobachten. Sie sollten besser beten, dass die keinen Bockmist bauen, Ms Calloway. Denn ich werde mich jede Sekunde an ihre Fersen heften. Und wenn sie auch nur auf den Gehsteig spucken, werde ich sie festnehmen, einsperren und den

Schlüssel wegwerfen." Oder auch nicht. Aber mit Sicherheit würde er ihr keinen Grund geben, an der Ernsthaftigkeit seiner Äusserung zu zweifeln.

„Ja, klar, als ob das allein nicht schon dafür sorgen wird, dass sie einen Fehler machen."

Er zuckte mit den Schultern. „Das ist nicht mein Problem."

„Wissen Sie was, Detective? Ich mache es zu Ihrem Problem." Sie trat entschlossen einen Schritt vor. „Ich hatte zuerst ein richtig schlechtes Gewissen, dass Sie wegen der Sache von Ihrer Arbeit abgehalten werden. Doch bei Ihrem sensiblen Umgang mit Kindern kann ich mir jedes Bedauern aus dem Kopf schlagen."

Das schleuderte sie ihm direkt ins Gesicht, und er roch saubere Haut und spürte ihren warmen Atem am Kinn. „Und wissen Sie was, de Sanges? Ich habe Kontakte, die ich noch nicht mal ansatzweise habe spielen lassen. Glauben Sie vielleicht, der Bürgermeister ist bereits das Ende der Fahnenstange? Von wegen. Und darum verrate *ich* Ihnen jetzt, wie es laufen wird. Sie bleiben in vier, nein, sagen wir fünf Metern Entfernung von meinen Kids. Und Sie dürfen sich ihnen nur nähern, wenn Sie bereit sind, mit ihnen zusammenzuarbeiten. Ich erwarte, dass Sie sich höflich verhalten. Und Sie können auch Ihren eigenen verdammten Pinsel mitbringen!" Mit roten Wangen und heftig atmend wich sie zurück: „Und jetzt möchte ich, dass Sie gehen."

Die Versuchung, den de-Sanges-Genen nachzugeben, floss durch Jasons Venen wie ein süsses Betäubungsmittel. Er wusste, wie er sie zum Einlenken bringen konnte – wie er ihr, ohne tatsächlich zu drohen, so viel Angst machen konnte, dass ihr die Locken zu Berge standen. Er müsste sich nur vorbeugen und ihr ein paar knappe Sätze ins Ohr flüstern.

Tatsächlich aber schloss er den Mund wieder, den er gerade geöffnet hatte, um genau das zu tun. Ohne ein Wort drehte er sich um und spazierte zur Tür. Er hatte nicht all die Jahre seine Veranlagung bekämpft, nur um sich jetzt von ihr überwältigen zu lassen. Die Hand bereits am Türknauf hielt er inne und sah über die Schulter zu ihr. Langsam wanderte sein Blick von ihren Schokoladenaugen über die runden Brüste, die sich gegen eine überraschend ausgewaschene Kapuzenjacke drückten, bis zu ihren dicken Socken.

Dann trat sein Blick die Rückreise an, bis er ihr wieder direkt in diese bestürzend dunklen Augen sah.

Vielleicht hatte sie diese Runde gewonnen, aber er hatte ebenfalls Neuigkeiten für sie. „Ich werde die geforderten fünf Meter Abstand zu Ihren Miniganoven einhalten und meinen eigenen Farbpinsel mitbringen. Aber das war's dann auch, Ms Calloway. Ich gebe keinen Schei… Pfifferling darauf, wen Sie kennen. Wenn Sie noch ein einziges Mal über meinen Kopf hinweg etwas entscheiden oder mich an der Ausübung meines Jobs hindern, wird das entsprechende Konsequenzen haben. Darauf können Sie wetten."

Auch wenn es in ihm kochte, verließ er äußerlich gelassen die Wohnung.

Poppy, deren Herz wie ein Indy 500 Contender raste, sah, wie die Tür leise hinter de Sanges zufiel. Dann knickten ihre Knie ein, und sie sank auf den Boden. „Heiliger Strohsack. Heiliger, heiliger Strohsack!", fluchte sie leise.

Unfassbar, dass ihr diese dreiste Lüge über die Lippen gekommen war! Als ob der Bürgermeister und noch wichtigere Leute ausgerechnet ihr einen Gefallen schuldeten!

Plötzlich begriff sie und begann hysterisch zu lachen. Klar. Die Einzige in der Schwesternschaft, die politischen Einfluss besaß, war Ava. Die hatte mal wieder mit ihrem Onkel Robert gesprochen, der mit seiner Hoheit dem Bürgermeister fast jeden Mittwoch Golf spielte. Und das alles, ohne ihr vorher auch nur einen Ton zu verraten. Sosehr Poppy sich auch freute, den Kids doch noch helfen zu können, hatte sie tatsächlich ein schlechtes Gewissen geplagt. Es ärgerte sie, dass all dies einmal mehr über den Kopf des Detectives hinweg entschieden worden war – allerdings nur bis zu dem Moment, in dem er den Mund geöffnet und gedroht hatte, die Teenager einzuschüchtern. Das war's dann gewesen mit ihrem Mitgefühl.

Doch Mitgefühl hin oder her, sie hätte ihn nicht anfassen dürfen.

Weil. Du. Liebe. Zeit.

Was hatte er nur an sich? Sobald sie ihn nur ansah, fuhr es ihr so heftig in den Magen, dass sie nicht mehr wusste, was sie tun sollte. So etwas Starkes hatte sie bei *Andrew* nie empfunden. Und mit ihm war sie auf dem College immerhin drei Jahre zusammen gewesen. Diese unerhörte Reaktion auf einen Mann, den sie gar nicht kannte und der ihr überhaupt nicht gefiel, erschütterte Poppy zutiefst. Das wiederum ging ihr gewaltig auf die Nerven. Was keine gute Kombination war, wie sich wieder einmal bewiesen hatte.

Aber sie hatte es ja so witzig gefunden, auf seine arrogante Frage wegen der Türkette wie auf eine besorgte Bitte ihres Vaters zu reagieren.

Dabei war die Idee überhaupt nicht witzig gewesen, sondern dumm. Denn bei der kurzen Umarmung hätte sie fast aufgewimmert wegen der Hitze, die sein Körper ausstrahlte. Dazu war noch der Geruch von Waschmittel und Seife gekommen, sodass sie am liebsten ihre Nase an seinem Hals vergraben hätte. Sein Kiefer hatte sich stoppelig unter ihren Fingern angefühlt, was seine vollen Lippen nur noch weicher wirken ließ – bis sie plötzlich ganz hart geworden waren. Woraufhin Poppy mehr oder weniger aus seiner Reichweite gesprungen war wie eine erschrockene Katze.

Hoffentlich war ihm das nicht aufgefallen. Aber leider wirkte er nicht wie ein Typ, der viel verpasste.

Ihre nachfolgende Verlegenheit kombiniert mit der gefühllosen Drohung gegen ihre Teenager hatte zweifellos dazu geführt, dass sie ihn wie ein Politiker angelogen hatte.

Und nun? Einerseits war sie natürlich froh über die Gelegenheit, mit den drei Teenagern arbeiten zu können. Andererseits war es heller Wahnsinn, dass sie sich freiwillig auch nur in die Nähe von de Sanges begab.

Verdammt. Sie war weder willensschwach, noch ließ sie sich einfach so herumstoßen. Es konnte doch nicht angehen, dass sie sich von der Tatsache einschüchtern ließ, ab und zu etwas Zeit mit diesem Detective zu verbringen.

Himmel noch mal, sie war schließlich keine leicht zu beeindruckende, hormongesteuerte Vierzehnjährige. Gut, sie fühlte sich unglaublich zu ihm hingezogen. Aber sie war erwachsen und hatte sich vorgenommen, für das Wohl dieser Kids zu sorgen. Und egal, was de Sanges nach dem heutigen Abend vielleicht glauben mochte, sie war durchaus in der Lage, sich professionell zu verhalten.

Darum sollte er künftig besser vorsichtig sein. Denn sie war eine Frau mit einer Mission.

Allerdings eine, die peinlich darauf achten musste, nicht noch einmal in Griffnähe dieses Mannes zu geraten.

5. KAPITEL

Und ich soll Künstlerin mit einem guten Auge für Kunst sein. Tolles Auge. Denn dieses Cory-ist-ein-Mädchen-Ding habe ich nun wirklich nicht kommen sehen!

Die knapp fünfzehnjährige Cory Capelli zog ihre Zeitungsjungenkappe tiefer in die Stirn. Sie stellte den Kragen der abgewetzten Lederjacke ihres Vaters auf und entfernte sich von den Leuten, mit denen sie auf der Ave im U District abgehangen hatte. Es machte ihr Spaß, sich ab und zu mit anderen Graffiti-Künstlern und *Taggern* zu treffen und dem neuesten Tratsch zu lauschen. Aber sie arbeitete am liebsten allein.

An diesen Grundsatz hätte sie sich auch vor zwei Wochen halten sollen, statt sich mit Danny G. und Henry Wieheißternochmal zusammenzutun. Danny allein wäre ja in Ordnung gewesen. Er machte die besten Graffiti in der Gegend, Graffiti, die Geschichten erzählten. Cory betrachtete sich selbst auch als Künstlerin und nicht als *Taggerin*. Vielleicht waren ihre Bilder nicht besonders raffiniert. Dafür aber war ihr *Tag* CaP an und für sich schon ein Kunstwerk mit seinen fetten, zweidimensionalen bunten Buchstaben und der Kappe, die ihr Markenzeichen war und von dem kleinen *a* herunterbaumelte. Zwischen ihrem *Tag* und diesem hässlichen Herumgekritzel auf Schildern oder Gebäuden lagen Welten. Außerdem arbeitete sie zu Hause an einer Graphic Novel, einem illustrierten Roman. Bisher hatte sie sich aber nicht getraut, die Zeichnungen jemandem zu zeigen. Und genau darum hatte sie beschlossen, sich mit Danny G. zusammenzutun.

Henry hingegen gehörte zu diesen Kritzeltypen. Sein Vorschlag, in einer Gegend, die sie nicht gut kannten, eine Hauswand zu bemalen, hatte sie völlig überrumpelt.

Sie musste echt mehr an ihrem – wie hieß das gleich – Durchsetzungsvermögen arbeiten. Denn was hatte sie sich mit ihrem

Schweigen eingehandelt? Sie waren *gekascht* worden. Und jetzt mussten sie alle morgen früh irgend so eine Weltverbesserin treffen, um ihre Graffiti zu überstreichen. Na super, dachte Cory, als sie plötzlich eine hübsche Wand zwischen einer Zahnarztpraxis und einem Juwelier entdeckte.

Natürlich war es immer noch besser, als vors Jugendgericht zu kommen. Das würde das Herz ihrer Mom endgültig brechen. Cory hatte kapiert – wirklich kapiert –, dass Danny G., Henry und sie echt Glück gehabt hatten mit den Leuten, deren Gebäude sie *getagged* hatten. Na ja, Henry hatte *getagged*. Er hatte sein bescheuertes Zeichen auf so ziemlich jeder denkbaren Fläche hinterlassen, bevor sie oder Danny ihre Sprühdosen überhaupt aus den Taschen gezogen hatten.

Okay, das war nicht ganz richtig. Beide hatten bereits ihre Sprühdosen rausgeholt, als der Typ aus dem Laden von gegenüber sie hochnahm. Vielleicht war Henry schneller gewesen, aber sie hatten schließlich etwas ganz anderes vorgehabt als er. Sie hätten selbst mit links noch verdammt viel besser gemalt als dieser Kritzler.

Was für ein Glück, dass sie gerade an diese Ladenbesitzer geraten waren! Denn die hatten zwar die Bullen gerufen, sich aber geweigert, sofort Anzeige zu erstatten. Vorher wollten sie alle miteinander besprechen, was aus ihr und den beiden Jungs werden sollte. Diese Säuberungsaktion war allemal besser als eine Anzeige.

Aber nicht sehr.

Der Gedanke daran versaute Cory den Abend ganz gewaltig. Sie war total frustriert. Es war spät, und die Studenten der University of Washington, auch U-Dub genannt, hatten sich längst in die verschiedensten Kneipen und Bars verzogen. Immerhin erhöhte das ihre Chance, nicht geschnappt zu werden. Aber es fühlte sich so einsam an, und Regenwolken fegten über den mondlosen Himmel. In dem gedämpften Licht einer Straßenlampe betrachtete sie lustlos die buttercremefarbene große Hauswand.

Cory schüttelte sich innerlich, zog die Sprühdose mit der kobaltblauen Farbe heraus und genoss das tröstliche Klackern der Kugeln darin. Eigentlich sollte sie begeistert sein, eine so jungfräuliche Wand wie diese entdeckt zu haben.

Nur ...

Sie hatte nicht die geringste Idee, was für einen neuen Schnörkel sie an ihr *Tag* hängen konnte. Normalerweise purzelten die Einfälle nur so aus ihr heraus. Aber allmählich war sie es leid, dieselben Buchstaben wieder und wieder zu malen – egal, wie selten man eine so saubere Wand fand.

Also konnte sie genauso gut nach Hause gehen. In Anbetracht der Tatsache, wie sie ihren Samstag verbringen musste, wäre es ziemlich dumm, jetzt noch einmal zu hoch zu pokern. Außerdem würde ihre Mom in einer Stunde von der Arbeit kommen und ausflippen, wenn Cory erst nach ihr nach Hause kam.

Das Schuldgefühl überkam sie reflexartig, genau wie der Trotz, mit dem sie es beiseitewischte. Hey, immerhin blieb sie fast jeden Abend brav wie ein kleines Pfadfindermädchen zu Hause. Sie lernte sogar, damit sie den traurigen Ausdruck im Gesicht ihrer Mom nicht sehen musste. Den kannte sie noch sehr gut vom letzten Frühjahr, als ihre Zeugnisnoten wirklich zum Davonlaufen gewesen waren.

Aber an den Wochenenden war das etwas anderes. Die dehnten sich scheinbar endlos aus. Da musste ihre Mom nämlich gleich zwei Jobs erledigen, und sie waren erst vor ein paar Monaten von Philly hierher gezogen. Mitten im Jahr die Schule zu wechseln war wirklich beschissen. Cory würde zu gern wissen, wer in so kurzer Zeit Freundinnen fand, von diesen Cheerleadertypen einmal abgesehen. Die waren so fröhlich, dass man ihnen am liebsten ständig eine verpassen würde. Ein Mädchen wie sie hatte sich auch etwas Spaß verdient.

Aber seit dem Tod ihres Vaters hatte sie kaum noch Spaß gehabt.

Trauer schnitt hart und scharf durch die dicke Haut, die sie sich zugelegt hatte. Sie krümmte sich, die Arme schützend um den Bauch geschlagen. Mühsam richtete sie sich auf und wollte nur noch so schnell wie möglich weg.

Als sie zwischen den beiden Gebäuden hindurchschlüpfte, hörte sie Glas splittern. So nah, dass sie zusammenzuckte. Ein Schrei drang aus dem Laden nebenan, gefolgt von einem Schuss. Ein Geräusch wie aus ihren Albträumen. Im dunklen Hauseingang des Zahnarztes erstarrte sie. Kalter Schweiß lief ihr über den Rücken.

Dann heulte eine Alarmanlage auf, und sie zwang sich, sich zu rühren. Vorsichtig tastete sie sich an der rauen Backsteinfassade entlang und suchte nach einer Möglichkeit, um auf das Dach zu flüchten. Es schien eine Ewigkeit zu dauern, bis sie die Ellbogen über den Dachrand des einstöckigen Hauses gestemmt und sich hochgezogen hatte. Dort blieb sie einen Moment lang auf dem Rücken liegen. Keuchend versuchte sie, ihren Herzschlag zu beruhigen. Dann rollte sie sich langsam auf den Bauch und krabbelte auf allen vieren zum hinteren Rand des Dachs, obwohl sie wusste, dass sie einfach hätte wegrennen sollen. Doch wieder einmal traf sie aus Unüberlegtheit und Neugier heraus eine schlechte Entscheidung.

Von ihrem Aussichtspunkt beobachtete sie, wie mehrere Jugendliche aus der Hintertür des Juweliers strömten. Also stimmten die Geschichten, die sie als reine Angeberei von ein paar *Taggern* abgetan hatte, offenbar doch: Es gab eine Jugendgang, die die Juweliere der Stadt überfiel. Aber da die meisten der Kids sogar ihr sehr jung vorkamen, konnte sie sich kaum vorstellen, dass sie selbst auf diese Idee gekommen waren.

Genau in diesem Moment rannte ein Mann hinter den Kindern aus dem Haus. In seinem Hosenbund steckten eine Pistole und etwas, das nach einer schwarzen Kapuze aussah. Er blieb im schwachen Licht der Lampe über der Tür stehen, doch wegen seines breitkrempigen Huts konnte sie ihn nicht erkennen. Was Cory nur recht war, denn sie hatte schmerzhaft lernen müssen, dass zu viel Wissen einen umbringen konnte.

So war es ihrem Vater ergangen.

„Bewegt eure Ärsche", fauchte der Mann. Die Kids zerstreuten sich in sechs verschiedene Richtungen. „Scheiß Anfänger", fluchte er, zündete sich eine Zigarette an und drückte sich von der Tür ab.

Ganz kurz erleuchtete die Flamme eines Zippos sein Gesicht. Cory kannte ihn. Nun, sie *kannte* ihn nicht wirklich, aber sie wusste, wer er war. Der Mann galt als Handlanger eines großen Gangsterbosses. An seinen Namen konnte sie sich jedoch nicht erinnern. Aber sie wusste, dass er einen sehr schlechten Ruf hatte. Und auf gar keinen Fall wollte sie seine Aufmerksamkeit auf sich ziehen. Schon gar nicht, nachdem er gerade auf jemanden geschossen hatte.

Doch ohne es zu merken, musste sie ein Geräusch von sich gegeben oder sich bewegt haben, denn als der Muskelprotz durch die Gasse zwischen den beiden Gebäuden lief, sah er plötzlich hoch.

Mitten in ihr Gesicht.

Da Corys Herz einen Moment aussetzte, glotzte sie ihn einfach nur an. Als sie jedoch sah, wie seine Hand zum Hosenbund wanderte, löste sich ihre Erstarrung. Sie rutschte rückwärts, rappelte sich hoch und raste über das Dach. An dessen Ende sprang sie auf das Dach des südlichen Gebäudes und lief mit langen, sicheren Schritten weiter, obwohl sie vor Angst beinahe gestorben wäre. Ihr Daddy war in der Highschool ein grandioser Läufer gewesen und hatte ihr von Kindesbeinen an beigebracht zu rennen. Er hatte immer gesagt, sie sei der Sohn, den er nie gehabt, und die Tochter, die er sich immer gewünscht hatte.

Aber daran durfte sie jetzt nicht denken, weil sie dann weiche Knie bekam. Sie schob alle Gedanken an ihre Familie zur Seite, sprintete über das zweite Gebäude und sprang auf ein drittes. Es hatte Heizungs- oder Luftschächte und eine Art Verschlag mit einer Tür, die in das Gebäude führte. Cory blieb abrupt stehen. Sie konnte nicht einfach weiterrennen – zumindest nicht, ohne einmal kurz nachzudenken. Der Muskelmann war nicht auf das Dach der Zahnarztpraxis geklettert, um sie zu verfolgen.

Also versuchte er wohl, sie beim letzten Gebäude abzufangen. Zumindest hoffte sie, dass er das tun würde. Denn sie beschloss in dieser Sekunde, genau hier das Dach zu verlassen, und griff nach dem Türknauf.

Abgeschlossen. Doch am hinteren Teil des Gebäudes gab es eine Feuerleiter. Vorsichtig ging sie darauf zu und spähte über das Dach.

Und hätte sich vor Schreck beinahe in die Hose gemacht. In der Millisekunde bevor sie ihren Kopf wieder zurückriss, sah sie den Muskelmann – einen großen, hässlichen Typen –, der mit der Pistole in beiden Händen direkt auf sie zielte.

Und wie er bereits bewiesen hatte, scheute er sich nicht, sie zu benutzen. Das Klicken des Abzugs dröhnte lauter als ein Donnerschlag.

Fast gleichzeitig traf die Kugel einen der Luftschächte direkt hinter ihr und prallte ab. Es gelang Cory, ein mädchenhaftes Kreischen zu unterdrücken, allerdings nur mit Mühe. Schon vor langer Zeit hatte sie sich angewöhnt, sich wie ein Junge zu kleiden, wenn sie zum Sprayen auf die Straße ging. Das war einfach sicherer. Selbst die Bullen und der Ladenbesitzer, der sie vor zwei Wochen geschnappt hatte, hielten sie für einen Jungen. Nicht, dass sie sich für einen ausgegeben hätte, aber sie war groß, und sie konnte gehen und reden wie ein Kerl, wenn es sein musste. Außerdem war Cory sowohl ein Mädchen- wie auch ein Jungenname.

Wenn sie das hier überlebte, würde ihr diese Tatsache sehr helfen. Denn es war ungleich schwerer, einen männlichen Sprayer ausfindig zu machen als einen weiblichen.

Sie spurtete los in die Richtung, aus der sie gekommen war, und hörte hinter sich die Feuerleiter unter dem Gewicht des Typen knarren. Doch das Adrenalin, das durch ihre Adern schoss, wirkte wie ein Turboantrieb. Blitzschnell raste sie zurück zum Dach der Zahnarztpraxis. Dort ließ sie sich auf den Hintern fallen, rollte herum, klammerte sich an der Dachrinne fest, ließ sich fallen und knickte die Knie ein, um den Aufprall zu mildern. Mit einer Hand drückte sie sich hoch und jagte wie ein geölter Blitz

Richtung Forty-fifth. Als sie die Hauptstraße erreichte, rannte sie quer über eine Tankstelle. Dann wurde sie etwas langsamer, drückte sich in den Schatten eines Gebäudes und hörte eine Polizeisirene durch die Nacht heulen. Eine Sekunde später raste ein blauweißer Wagen mit kreisendem Blaulicht an ihr vorbei.

Als sie weiterlief, überholte Cory zwei Studenten, die über den Gehweg schwankten, und ließ das Geschäftsviertel hinter sich. Beim Laufen warf sie immer wieder einen Blick über die Schulter, um sicherzugehen, dass niemand ihr folgte. Sie sprang über Zäune und durchquerte Gärten. Erst als sie viele Blöcke gelaufen war, zügelte sie das Tempo und begann darüber nachzudenken, wie sie nach Hause kommen sollte. Ihre Mutter würde ausrasten. Nicht nur, weil sie um diese Uhrzeit noch unterwegs war, sondern auch wegen ihrer Verkleidung.

Was sie wieder daran denken ließ, wie sie sich den Ladenbesitzern gegenüber präsentiert hatte. Sie wusste selbst nicht mehr genau, warum sie sich in der Szene nicht als Mädchen zu erkennen gab. Vermutlich diente es als Schutz. Mädchen auf der Straße waren viel verletzlicher. Wenn Danny G. und Henry die Wahrheit herausfanden, war ihre Deckung dahin.

Bisher hatte sie einfach gehofft, dass die Sache funktionieren und niemand es jemals herausfinden würde.

Aber natürlich war es anders gekommen. Darum musste sie morgen als sie selbst bei diesem Treffen erscheinen. Denn es war eine Sache, sich im Dunkeln kurzfristig als Junge auszugeben, aber eine ganz andere, so etwas am helllichten Tag für wie lange auch immer durchzuziehen. Also würden die Jungs in jedem Fall erfahren, dass sie ein Mädchen war. Sie hatte so eine Ahnung, dass Danny G. es bereits wusste. Doch er war ein stiller verschlossener Typ, und sie glaubte nicht, dass er sie verriet. Henry hingegen würde ganz sicher das Maul aufreißen, bis jeder wusste, dass CaP kein Kerl war, wie alle vermuteten. Und dann würde der Muskelmann nicht länger *nicht* nach einem Mädchen suchen.

Falls er überhaupt nach jemandem suchte. Vielleicht machte sie sich vollkommen umsonst Gedanken. Vielleicht hatte er den richtigen Schluss gezogen – dass sie zu klug und vor allem zu verängstigt war, um irgendjemandem zu verraten, was sie gesehen hatte.

Trotzdem lief ihr ein Schauer über den Rücken. Denn das waren eine Menge *Vielleichts*.

Cory hatte das unangenehme Gefühl, dass die Geschichte noch lange nicht vorbei war.

Oben auf der Ave zog Bruno Arturo sein Handy aus der Tasche seiner Lederjacke. Während er zum Diamond-Parkplatz ging, um sein Auto zu holen, tippte er eine Nummer ein und rieb sich übers Kinn. Am anderen Ende der Leitung klingelte es.

Beim zweiten Klingeln wurde abgenommen. „Schultz."

„Wir haben Probleme, Boss."

„Das ist nicht das, was ich hören wollte. Was für Probleme?"

„Als wir in den Laden kamen, war da ein alter Mann."

Schultz' Stimme klang kalt. „Wird er den Bullen etwas über die Kids erzählen können? Irgendjemanden identifizieren?"

„Im Moment nicht."

„Dann verstehe ich nicht, warum wir Probleme haben."

„Auf dem Dach nebenan war jemand. Ein Sprayer, glaub ich." Von denen hatte er auf seinem Weg zum Wagen einige entdeckt. „Ich glaube, er hat mein Gesicht gesehen." Bruno zündete sich eine Zigarette an, inhalierte den Rauch tief und blies ihn durch die Nasenlöcher wieder hinaus. „Ganz sicher jedenfalls hat er meine Waffe gesehen. Mit der habe ich nämlich auf ihn geschossen."

Schultz schnaubte. „Was denkst du, wie alt er ist?"

„Keine Ahnung. Jung. Von der Sorte, die nur aus Armen und Beinen zu bestehen scheint. Ein schneller kleiner Mistkerl jedenfalls. Ist gerannt wie der Blitz."

„Dann vergiss ihn. Wahrscheinlich scheißt er sich vor Angst in die Hosen. Der wird bestimmt keine Aufmerksamkeit auf sich ziehen wollen, indem er quatscht. Und wir werden keine auffällige Jagd auf irgendeinen Jungen veranstalten. Warte ein paar Tage. Wenn wir nichts darüber hören, dass die Bullen nach einer Jugendgang suchen, belassen wir es dabei."

„Meinen Sie?"

„Ja, Bruno, das meine ich", erwiderte Schultz mit dieser eisigen *Stellst-du-mich-etwa-infrage?*-Stimme, von der jeder, der mit ihm arbeitete, wusste, dass sie eine Warnung war.

„Okay."

Als Bruno ein paar Minuten später in seinen Escalade kletterte, schmiedete er jedoch bereits Pläne. Sein Boss hatte leicht reden. Wenn der Junge zur Polizei ging und sich mit einem Phantombildmaler hinsetzte, war es schließlich nicht Schultzes Arsch, der auf dem Spiel stand.

Daher war er überhaupt nicht scharf darauf, es „einfach dabei zu belassen."

Das Raubdezernat des Seattle Police Departments hörte ununterbrochen den Polizeifunk ab. So konnte es beispielsweise bei einem Banküberfall den in der Nähe patrouillierenden Streifenwagen Verstärkung schicken. Der Notruf am frühen Samstagmorgen hatte allerdings nichts mit einem Banküberfall zu tun. Trotzdem rief ein Kollege Jase an.

„Ich bin nicht mehr im Dienst, Blödmann", knurrte er in den Hörer, als er gerade auf den Parkplatz vor seiner Wohnung einbog.

„Ja, tut mir leid", sagte Hohn. „Aber ich dachte, du wüsstest gern Bescheid. Gerade ist noch ein Überfall auf einen Juwelier gemeldet worden. Ich fahr da jetzt hin."

Jase fluchte. „Wo?"

„U District." Hohn nannte die genaue Adresse und erklärte ihm, dass er hinter dem Gebäude parken sollte.

„Bin in zehn Minuten da." Jase klappte das Handy rasch zu, fuhr rückwärts vom Parkplatz und knallte auf der Hauptstraße von Greenwood das LED-Blinklicht aufs Autodach. Kurz danach erreichte er bereits das Gebäude, vor dem gerade ein Rettungswagen wegfuhr und ein Streifenwagen mit kreisendem

Polizeilicht und quäkendem Funkgerät parkte. Hohn nahm Jase in Empfang. Gemeinsam gingen sie zur Hintertür.

„Raubdezernat", rief Hohn.

„Hier herein, Detective." Ein Polizist asiatischer Abstammung kam auf sie zu. „Ich bin Greg Vuong." Er zeigte auf seinen Kollegen, der gerade aus dem Verkaufsraum trat. „Und das ist mein Partner Mark Nelson."

Jase musterte Vuong flüchtig. Der Junge kam vermutlich direkt von der Akademie, aber er hatte einen festen Blick. „Was haben wir, Officer?"

„Die Sicherheitsfirma hat uns um null Uhr vierzehn angerufen. Wir waren um null Uhr sechsundzwanzig hier. Die Hintertür stand offen, und ein Mann, vermutlich der Ladeninhaber, lag mit einer Schusswunde auf dem Boden."

„Der Krankenwagen fuhr gerade weg, als ich ankam. Wird er es packen?", erkundigte sich Jase.

„Schwer zu sagen. Die Notärzte sagen, dass er in einer sehr schlechten Verfassung ist."

„Schon irgendeine Idee, was gestohlen wurde?"

„Auf dem Boden liegt ein einzelner Diamant. Falls es mehr davon gab, könnten die Einbrecher sie mitgenommen haben." Vuong sah seinen Partner fragend an.

„Die Vitrinen im Laden sind leer", erklärte Nelson und blickte auf seinen Bericht. „Aber sie wurden nicht zerschlagen. Daher gehe ich davon aus, dass der Besitzer sie abends leerräumt, um den Schmuck in den Safe zu legen." Er deutete auf einen großen Tresor in der Ecke der Werkstatt. „Oder die Räuber haben ihn gezwungen, die Vitrinen zu öffnen."

Hinter der Werkbank ging Jase in die Knie und untersuchte den umgeworfenen Stuhl und die Blutflecken auf dem Boden, ohne etwas zu berühren. Danach betrachtete er die Werkbank. „Er hat diese Schublade halb geöffnet, in der eine 38 Smith & Wesson Special liegt. Sieht für mich so aus, als ob er dort angeschossen wurde, wo er saß – und zwar, bevor er nach der Waffe greifen konnte. Ich vermute, die Täter hatten nicht erwartet, ihn um diese späte Uhrzeit anzutreffen. Gibt es hier irgendwelche Überwachungskameras?"

Nelson nickte. „Zwei im Verkaufsbereich. Hier ist keine."

„Wir müssen das überprüfen und herausfinden, ob was drauf ist."

Während Hohn und die Streifenpolizisten versuchten, mehr über das Opfer herauszufinden, um seine Angehörigen benachrichtigen zu können, ging Jase nach draußen, um sich umzusehen.

Im hellen Licht der starken Taschenlampe, die er vom Beifahrersitz seines Wagens genommen hatte, entdeckte er zwischen Parkplatz und Gasse ein Kaugummipapier. Er packte es in eine Tüte. Dann fiel der Strahl der Taschenlampe auf etwas, das wie ein langes Stück Zigarettenasche aussah. Als Jase sich danach bückte, entdeckte er eine Zigarette, die nur angezündet und dann sofort weggeworfen worden war. Er steckte sie in eine weitere Tüte, bewegte sich im Entengang Richtung Straße und leuchtete jeden Zentimeter ab, bevor er einen weiteren Schritt machte.

Beim Vorderbereich des Gebäudes fand er keine Spuren, der Gehsteig war sauber. Hier würde er nichts finden. Er ging zurück, um sich die Gasse genauer anzusehen. Als er die Taschenlampe sinken ließ, wanderte ihr Strahl über ein kleines Stück Rasen vor dem Nebengebäude – einer Zahnarztpraxis. Das Blumenbeet war völlig zertrampelt, und auf dem winzigen Stück Gras lag eine Farbdose. Vorsichtig hob er sie auf und drehte sich dann zur Straßenlampe.

Es handelte sich um eine Dose Krylon, eine Marke, die man überall in der Stadt kaufen konnte. Ganz langsam setzte sich für ihn ein Bild zusammen.

Es sah so aus, als hätte es bei dem Überfall einen Zeugen gegeben. Vielleicht einen Graffiti-Sprayer oder *Tagger*. Das bedeutete allerdings keinen riesigen Durchbruch in Anbetracht der Tatsache, dass es davon Hunderte in der Stadt gab.

Trotzdem, vielleicht hatten die Sprayer ja fest abgesteckte Bereiche. Und zumindest hatte er jetzt etwas, wo er anfangen konnte.

6. KAPITEL

Okay, ich muss gestehen, dass es heute anders war. Normalerweise unterrichte ich Kids, die gern mitmachen.

Am Samstagmorgen stand Poppy vor Jerry Harveys Laden vor drei Teenagern, die sie düster und mit trotzigen Mienen anstarrten. Sie warf Jason einen kurzen Blick zu, dann richtete sie ihre volle Aufmerksamkeit auf die Jugendlichen. „Mein Name ist Poppy Calloway", sagte sie freundlich. „Bitte sprechen Sie mich mit Ms Calloway an. Das hier ist Detective de Sanges." Sie betrachtete das Mädchen in der Gruppe. „Sind Sie Danny oder Cory?"

„Cory." Der rote Lippenstift und die stark getuschten blauen Augen unter den langen Ponyfransen der ansonsten kurzen, stachelig aufgestellten Haare ließen das Mädchen arrogant wirken. Doch ihre sehr helle Haut war gerötet, was verriet, wie nervös sie war.

„Das ist wirklich eine Überraschung." Das war die Untertreibung des Jahres, doch Poppy verbarg ihr Erstaunen hinter einem ruhigen Tonfall. „Eine Menge Leute dachten, Sie wären ein Junge."

„Kein Scheiß", murrte der dünnere der beiden Jungs.

Poppy wandte sich ihm zu. „Und Sie sind?"

Der Wer-will-das-wissen-Ausdruck auf seinem Gesicht war für einen langen Moment die einzige Antwort. Doch als Poppy ihn einfach nur ansah, während de Sanges hinter ihr ungeduldig von einem Fuß auf den anderen trat, murmelte er: „Henry."

„Nun, Mr Close", erwiderte Poppy liebenswürdig, „solange Sie zu dieser Gruppe gehören, werden Sie auf Ihre Sprache achten."

„Aber sicher. Als ob ich bei so'm Scheiß mitmache."

Instinktiv legte sie eine Hand auf de Sanges' Arm, der mit einem einzigen großen Schritt an ihr vorbeiging. Er war nun näher bei ihnen als die vereinbarten fünf Meter, aber sie war bereit, darüber hinwegzusehen, solange er sich nicht einmischte.

Kaum blieb er stehen, als sie auch schon seinen Arm losließ und selbst ganz nah an Henry herantrat. Für einen Dreizehnjährigen war er ziemlich klein, aber er hatte alte Augen, und sie konnte in seinem Kindergesicht ein schweres Leben erkennen.

„Oh, Sie werden mitmachen, Mr Close", sagte sie.

„Ich heiße Henry."

„Wenn Sie sonst nichts von mir lernen", fuhr sie fort, als hätte er sie nicht unterbrochen, „dann zumindest, dass wir uns gegenseitig respektieren. Das ist meine wichtigste Regel. Und dazu gehören vor allem eine anständige Ausdrucksweise und Höflichkeit im Umgang miteinander. Solange Sie also in meinem Programm mitmachen, sind Sie Mr Close, ein ebenso vollwertiger Bürger von Seattle wie Bill Gates."

„Der genau genommen in Medina lebt und nicht Seattle", bemerkte der dritte Teenager.

„Ja, der genau genommen aus der versnobten Eastside kommt", stimmte Poppy mit einem Grinsen zu und betrachtete den großen Jungen in den teuren Klamotten mit dem raspelkurzen braunen Haar. „Aber wir behaupten gern, dass er einer von uns ist, wenn es unseren Zwecken dient. Und Sie müssen nach dem Ausscheidungsverfahren Mr Gardo sein."

„Die meisten Leute nennen mich Danny G.", kam die Antwort.

„Wie ich bereits Mr Close erklärte, sind wir etwas formeller als die meisten Leute."

„Was für ein Programm?", fragte Henry.

Poppy hob fragend die Augenbrauen.

„Sie sagten, solange wir in Ihrem Programm mitmachen. Ich dachte, dass dieses Überstreichen nur einen Tag dauert."

„Dann haben Sie nicht genau aufgepasst, als ich mit Ihnen telefoniert und Ihnen erklärt habe, dass Sie keine Anzeige dafür bekommen, den Einkaufsbezirk verschandelt zu haben. Dafür aber sind Sie nach der Schule und an den Wochenenden mir unterstellt, bis ich das Gegenteil verkünde."

„Was für'n Scheiß!", raunzte Henry.

„Das ist so ziemlich dasselbe, was die Ladenbesitzer gesagt haben, als sie gesehen haben, was Sie drei mit ihren Häusern angestellt haben", erwiderte Poppy trocken.

„Wir drei, so'n Quatsch", brummte Cory.

„Gibt es etwas, das Sie zu dem Gespräch beitragen möchten, Ms Capelli?", fragte Poppy und bemerkte, wie das junge Mädchen und Henry einen langen Blick tauschten.

Das Mädchen zögerte einen Moment, löste den Blick von Henry, sah Danny an und zuckte mit den Schultern unter ihrer zerschlissenen, viel zu großen Lederjacke. „Nein, Ma'am."

„Dann lassen Sie uns einen Moment über Sie sprechen."

Erschrocken fuhr das Mädchen zusammen. „Da gibt's nix zu sprechen", murmelte sie.

„Nun, da sind wir unterschiedlicher Ansicht." Corys ungewöhnlicher Kleidungsstil entlockte Poppy ein Lächeln. Sie trug ein romantisches geblümtes Kleid über wadenlangen schwarzen Leggins und dazu Doc Martens. Blumenmädchen trifft auf Stadtkrieger. „Kann ich davon ausgehen, dass Sie sich aus Sicherheitsgründen als Junge verkleiden, wenn Sie nachts auf die Straße gehen?", fragte sie sanft.

Als Cory ruckartig nickte, wandte Poppy sich wieder an die beiden Jungs. „Dann schlage ich vor, dass wir alle Ms Capellis wahre Identität für uns behalten, damit sie auch weiterhin in Sicherheit ist. Sind Sie damit einverstanden, Mr Gardo? Mr Close?"

„Ja, klar", sagte Danny.

Henry öffnete den Mund, zweifellos um etwas Neunmalkluges loszuwerden, klappte ihn aber wieder zu, als ihn Corys halb aufsässiger, halb flehender Blick traf. „Was auch immer", grummelte er. Dann – als ob er diese momentane Schwäche wieder ausgleichen müsste – musterte er Poppy von Kopf bis Fuß. „Sie sind heiß."

„Ja, ich weiß. Damit muss ich leben. Können wir also anfangen?" Sie deutete mit dem Kinn auf die Malutensilien auf dem Gehweg und streckte ihre Hand aus. „Jeder von Ihnen schuldet mir siebenunddreißig fünfzig."

Danny durchwühlte sein Portemonnaie und überreichte Poppy den geforderten Betrag. Cory und Henry wirkten schuldbewusst, so sehr sie es auch zu verbergen versuchten.

Cory sagte säuerlich: „Ich hab nur zehn fünfzig."

„Und ich hab nur zwanzig", gestand Henry.

„Dann werden wir einen Ratenplan aufstellen", erwiderte Poppy leichthin, nahm das Geld entgegen, das sie hatten, und schrieb einen Vermerk in ihr Notizbuch. „Sie werden jedes Mal, wenn wir uns treffen, etwas einbezahlen, bis die Schulden abbezahlt sind. Für den Fall, dass Sie keine Möglichkeit haben, das Geld selbst zu verdienen, sind die Ladenbesitzer, deren Fassaden Sie verschandelt haben, bereit, Ihnen kleinere Arbeiten zu übertragen und dafür einen Mindestlohn zu bezahlen."

„Verdammt großzügig von denen, wenn Sie mich fragen", knurrte Jase.

„Die Regel, nicht zu fluchen, gilt auch für Sie und mich, Detective de Sanges", informierte Poppy ihn ruhig. „Ich wäre Ihnen dankbar, wenn Sie genauso viel Respekt zeigen würden, wie wir es uns von Ms Capelli, Mr Gardo und Mr Close wünschen."

„Klar, Detective", sagte Henry. „Zeigen Sie uns verdammt noch mal ein bisschen Respekt."

De Sanges zog die dunklen Brauen zusammen und sah Henry gerade in die Augen, bis der Junge in seinen riesigen Sneakern mit den offenen Schnürsenkeln verlegen von einem Fuß auf den anderen trat. Dann wandte er sich an Poppy: „Ja, Ma'am. Tut mir leid."

Als klar war, dass keiner der Teenager etwas sagen würde, richtete Poppy sich wieder an Cory und Henry. „Haben Sie beide die Konditionen verstanden?"

Cory nickte kurz.

Auch Henry nickte und sagte: „Ja, kein Ding. Ich warte einfach, bis mein alter Herr wieder in seine Flasche kriecht, und dann schau ich mal, was er noch in der Brieftasche hat."

So viel Mitgefühl Poppy auch für den Jungen empfand, sie ließ sich nichts anmerken, das Henry als Mitleid hätte deuten können. „Dann lassen Sie uns loslegen."

Jase beobachtete aus einigem Abstand, wie Poppy alte Kittel austeilte. Besonders aufmerksam betrachtete er das Mädchen, das ihre viel zu große Lederjacke auszog und sorgfältig außerhalb der Gefahrenzone zusammenlegte. Calloway hatte recht, das Mädchen war eine Überraschung. Er war nicht dabei gewesen, als sie geschnappt wurden, hatte aber immer nur etwas von drei Jungs gehört. Cory war groß für ihr Alter und zum Glück nicht eines dieser verhungert wirkenden Mädchen, die man heutzutage so oft sah. Doch die Haut in ihrem Nacken sah weich und verletzlich aus wie die eines Babys.

Herr im Himmel! Er runzelte die Stirn, weil er nicht wusste, woher dieser Gedanke kam. Jedenfalls würde er mit ihr nicht nachsichtiger sein, nur weil sie ein Mädchen war. *Do the crime, you do the time.* Wer das Gesetz brach, musste dafür zahlen, das war sein Motto. Ihr verflixter Nacken war vermutlich sowieso nicht zu sehen, wenn sie wie ein Junge gekleidet nachts durch die Straßen streifte.

Doch bei dieser Vorstellung breitete sich ein ungutes Gefühl in seinem Magen aus … was ihn nur noch angespannter werden ließ. Er zwang sich, die Aufmerksamkeit von dem Mädchen loszureißen und auf die Verursacherin dieses ganzen Affentheaters zu richten.

Woraufhin er ein unangenehmes Gefühl der ganz anderen Sorte verspürte. Eilig schob er es beiseite und dachte stattdessen darüber nach, dass diese Frau selbst irgendwie eine ziemliche Überraschung war. Er wusste nicht genau, was er erwartet hatte, vermutlich auf jeden Fall etwas mehr Mutter Teresa.

Ohne Frage konnte sie gut mit den Jugendlichen umgehen. Sie war ruhig, aber streng, was ihn wunderte. Er hatte gedacht, sie würde sich als ihre Freundin aufspielen, was vollkommen fehl am Platz gewesen wäre. Tatsächlich aber hatte sie ihnen nichts durchgehen lassen, nicht die Sache mit den Schulden und auch nicht diese Respektregel. Gleichzeitig behandelte sie die drei auf eine Weise, die sie nicht trotzig werden ließ. Das war wirklich bemerkenswert.

Dieser kleine Scheißer Henry hatte zumindest in einer Hinsicht recht: Sie war heiß. Erstaunlicherweise, schließlich bemühte sie sich nicht darum. Soweit er sehen konnte, trug sie nicht die Spur von Make-up, außer vielleicht etwas Wimperntusche und etwas Balsam, den sie sich ab und zu mit einer entschiedenen Bewegung auf die Lippen strich. Diese Bewegung zog seinen Blick an wie ein Magnet Metall. Sie hatte das blonde Haar zu einem hohen Pferdeschwanz gebunden.

Poppy trug ausgewaschene Jeans, ein schmales rotes Fleeceoberteil und eine dicke Daunenweste. Über letztere zog sie in diesem Moment einen riesigen schwarzen Kittel, der mit einem Dutzend Farben vollgekleckst war. Unter diesen ganzen Lagen müsste sie eigentlich aussehen wie jemand, der sein Leben lang zu viele Marshmallows gefuttert hatte. Und für ungefähr eine Sekunde lang tat sie das auch. Doch dann beugte sie sich vor und stemmte den Deckel des Farbeimers auf, wobei der Kittel hochrutschte und einen Weltklasse-Hintern in Jeans offenbarte.

„Hey Mann, warum lecken Sie sich die Lippen?"

Jase riss sich von dem Anblick los und wunderte sich, was aus seiner berüchtigten Fähigkeit geworden war, sich von nichts ablenken zu lassen, egal, was um ihn herum geschah. Er sah Henry an und sagte das Erste, was ihm in den Sinn kam. „Ich musste gerade an Marshmallows denken, die in der Mitte ganz heiß und klebrig sind."

„Ich liebe Marshmallows!" Einen Moment vergaß Cory ihre Leck-mich-Haltung und war einfach nur ein sehnsüchtig aussehendes, viel zu stark geschminktes Mädchen. „Mein Daddy hat sie früher an einem Spieß über dem Feuer gegrillt."

Henry musterte sie kurz, dann schüttelte er den Kopf. „Sie haben vielleicht an was Heißes, Klebriges in der Mitte gedacht, Mann, aber bestimmt nicht in einem Marshmallow."

Jesus! Jase war entsetzt. *Was zum Teufel ist aus deinem Polizistengesicht geworden, wenn du nicht mal mehr einem Dreizehnjährigen etwas vormachen kannst?*

Zum Glück blieb Henry keine Zeit, um seinen Vorteil auszunutzen, weil Poppy diesen Moment wählte, um ihm einen Farbroller zu reichen. Der Junge schnitt angeekelt eine Grimasse.

Jase schenkte ihm ein boshaftes Lächeln. „Klappe halten und malen, Kid."

„Für Sie Mr Close, Arschgesicht."

„Denk an Ms Calloways Regeln", sagte Cory. „Das heißt *Detective* Arschgesicht."

„Das reicht jetzt", rief Poppy und warf Jase einen Blick zu, der besagte: *Sollten Sie hier nicht der Erwachsene sein, Detective Arschgesicht?* „Ich wüsste es sehr zu schätzen, wenn Sie alle etwas weniger unhöflich und dafür fleißiger wären."

In den nächsten drei Stunden ließ sie die Teenager trotz lautstarken Protests zwei Schichten Farbe auftragen. Am Ende trat Poppy einen Schritt zurück, betrachtete die Arbeit und sagte: „Nicht schlecht."

„Das ist besser als *nicht schlecht*", widersprach Danny G. „Das ist verdammt – ich meine *verflixt* gut. Vor allem, wenn man bedenkt, dass nur ein ganz kleiner Teil überhaupt *getagged* war."

„Habe ich das heute nicht schon etwa hundert Mal von jedem von Ihnen gehört?", erwiderte sie ruhig. „Aber das geschieht nun mal, Mr Gardo, wenn man das Gesetz bricht. Man verliert eine Menge Rechte, die man sonst für selbstverständlich hält. Ungefähr so wie die Ladenbesitzer hier, als sie entdeckten, dass Sie ihre Läden verunstaltet haben, in denen ihr ganzes Herzblut und Geld steckt."

Sie bückte sich, um einen Eimer aufzuheben. „Legen Sie bitte alle Ihre Farbrollen hier herein und bringen Sie sie zur Hintertür.

Mr Harvey ist einverstanden, dass Sie sie in seinem Waschbecken auswaschen. Ich erwarte von Ihnen, dass Sie das schnell und leise tun. Und danach werde ich mir alles ansehen." Nacheinander sah sie den drei Jugendlichen fest in die Augen. „Ich habe Hunger und bin ein bisschen gereizt. Sie wollen bestimmt nicht, dass ich Sie die ganze Prozedur wiederholen lasse."

Nachdem die drei die Rollen zu Poppys Zufriedenheit gesäubert hatten, mussten sie die Deckel auf die Eimer drücken, alles in die Kisten packen und zu ihrem Auto tragen. Dann entließ Poppy sie mit der Anweisung, am nächsten Tag um acht Uhr wiederzukommen. Natürlich maulten alle drei, doch Poppy warf ihnen nur wieder einen dieser Ich-bin-eine-Frau-aus-Stahl-und-nicht-mal-Supermann-kriegt-mich-klein-Blick zu, woraufhin sie sich leise grummelnd verzogen.

Kaum waren sie außer Sichtweite, als sie grinsend die Faust in die Luft stieß. „Yessss!" Sie wirbelte zu Jason herum und schwenkte die Arme über dem Kopf. „Bin ich gut oder was?", krähte sie strahlend. „Diese drei waren schwieriger, als ich es gewohnt bin, aber ich denke, es hat ganz gut hingehauen. Und Hut ab, Detective. Sie sind mir nicht ansatzweise so auf die Nerven gegangen, wie ich befürchtet hatte."

Er sah sie mit erhobenen Augenbrauen an und trat unwillkürlich einen Schritt näher. „Wie war das mit der anständigen Ausdrucksweise?"

„Pfffft. Jetzt sind wir allein, Kumpel – ich muss keinen guten Einfluss auf Sie ausüben."

Er aber auch nicht, und so kam er noch ein wenig näher, bis er die topasfarbenen Sprenkel in ihren dunkelbraunen Augen sehen konnte. Die Farbe erinnerte ihn an die Steine, die er versucht hatte zu klauen, als er neben seinem Bruder, Dad und Pops dem berüchtigten Familienunternehmen beitreten wollte.

„An Ihrer Stelle würde ich mir nicht allzu viel darauf einbilden", riet er ihr trocken. „Heute lief es ganz okay, aber das Ganze ist trotzdem eine blöde Idee. Tausend Dinge können noch schiefgehen, und glauben Sie mir, Blondie, sie werden schiefgehen.

Vermutlich in der Sekunde, in der dieses sogenannte Programm Ihre Miniganoven langweilt."

„Ah, genau hier irren Sie sich, de Sanges." Mit leidenschaftlichem Blick und glühenden Wangen sah sie zu ihm auf. „Hier gibt es nichts Sogenanntes – meine Programme funktionieren. Und je länger ich mit diesen Kids zusammenarbeiten kann, umso besser. Zumindest haben das die letzten beiden Gruppen und das momentane Programm, das ich im CD leite, bewiesen. Meiner Erfahrung nach brauchen die meisten Teenager nur jemanden, der ein wenig Interesse an ihnen zeigt und ihnen etwas zu tun gibt, was ihnen Spaß macht. Ich gebe zu, dass bei dieser speziellen Gruppe der erste Teil des Programms nicht sonderlich viel Spaß macht. Aber falls Kunst ihr Ding ist, wird ihnen der zweite Teil gefallen. Und dann habe ich sie fest am Haken und kann sie schön langsam an Land ziehen."

Als er die wilden Locken sah, die sich explosionsartig aus dem Gummiband gelöst hatten, überkam ihn das plötzliche starke Bedürfnis, sie um seine Hände zu wickeln und ein wenig an ihnen zu ziehen. Hastig rückte er von Poppy ab und rieb seine prickelnden Handflächen an der Hose. Himmel, de Sanges, dachte er genervt. *Du bist nicht wie Dad oder Joe auf Bewährung draußen und auf der Jagd nach willigen Frauen.*

Diese beschissenen Familiengene würden irgendwann seinen Untergang bedeuten. Er schüttelte den Gedanken ab, um sich wieder auf das Gespräch mit Poppy zu konzentrieren.

„Wir müssen davon ausgehen, dass *Taggen* für diese Kids eine kreative Ausdrucksform ist", sagte sie gerade. „Ich kann ihnen dafür eine gesellschaftlich akzeptiertere Möglichkeit bieten *und* gleichzeitig ein ehrliches Interesse an ihnen zeigen. Ich mag Teenager." Sie zog einen Mundwinkel nach oben. „Was Ihrer Ansicht nach bestimmt daran liegt, dass ich mich selbst noch wie einer verhalte."

Jase wusste einfach nicht, was er sagen sollte. Er sah die Überzeugung in ihrem Gesicht und merkte, wie all seine Vorurteile über sie ins Wanken gerieten.

Was er zu ignorieren versuchte, weil er sich nicht gern irrte. Verdammt, wenn man die Regeln befolgte, irrte man sich üblicherweise auch nicht. Und genau daran hielt er sich, seit er vierzehn war und Murph ihn erwischt hatte, als er seine langen Finger nach Edelsteinen ausstreckte. Poppy hatte sich heute ähnlich verhalten wie Murphy damals, und nach allem, was sie ihm gerade erklärt hatte, begann er, an seiner ersten Einschätzung zu zweifeln. Dazu kam das nicht gerade schicke und nicht besonders sichere Gebäude, in dem sie lebte. Wegen all dieser Dinge fragte er brüsk: „Wer sind Sie?"

„Auf jeden Fall nicht das reiche Mädchen, für das Sie mich halten, soviel steht mal fest."

Er war sich so sicher gewesen ... aber jedes einzelne Detail bis auf eines deutete darauf hin, dass er vollkommen falsch gelegen hatte.

Scheiße.

Und doch. Er rieb sich den Nacken. „Diese Villa ..."

Trotz ihres lauten und übertriebenen Seufzens antwortete sie ruhig: „Ava, Jane und ich haben Agnes Wolcott kennengelernt, als wir zwölf waren – bei einer Abendgesellschaft von Avas Eltern. Sie war eine faszinierende Frau, und wir haben uns lange mit ihr unterhalten. Dann hat sie uns eines Tages in die Wolcott-Villa zum *High Tea* eingeladen."

„*High Tea*, was soll das sein? Tee, den man hoch oben auf einer Leiter trinkt?"

„Sehr witzig, Detective de Sanges. Albern, aber witzig. Um genau zu sein bedeutet *High Tea*, dass er mit LSD verrührt wird."

Sein Mund klappte auf.

„Diese Frau ist um die ganze Welt gereist, und sie wusste genau, wo man die besten Drogen bekam." Lachend versetzte sie ihm einen Stoß. „Und da dachte ich immer, Cops kann man nichts vormachen." Sie schenkte ihm einen Blick wie zuvor den Jugendlichen. „Wollen Sie das wirklich hören oder einfach nur meine Zeit mit Ihren neunmalklugen Kommentaren verschwenden?"

Trotz all seiner guten Vorsätze komplett entzückt, hob er die Hände als Bitte, auf jeden Fall fortzufahren.

„Na gut. Bei diesem ersten Tee hat sie uns Tagebücher geschenkt und mit uns gesprochen, als ob wir wirklich interessante Menschen wären und nicht einfach nur Kinder, die zu blöd sind, um Wörter aus mehr als zwei Silben zu verstehen. Und danach wurde unsere Freundschaft immer enger. Sie selbst hatte keine Familie, und darum hat sie uns ihr Vermögen hinterlassen, als sie starb." Sie bedachte Jase mit einem strengen Blick. „Aber Sie haben die Villa gesehen. Sie ist reichlich heruntergekommen. Wir lassen sie renovieren, was sowohl viel Zeit wie auch Geld kostet. Das meiste Geld kommt aus der Sammlung, die sie uns hinterlassen hat. Jane arbeitet noch daran, die Stücke zu katalogisieren. Bis wir mit der Renovierung fertig sind und die Villa tatsächlich verkauft haben, schwimmen wir nicht gerade in Geld. Und selbst danach – nun, ich werde mit Sicherheit mehr Geld bekommen, als ich je in meinem Leben gesehen habe, aber reich werde ich mich dann auch nicht nennen können."

Er kniff die Augen zusammen, unsicher, ob sie ihn nicht doch an der Nase herumführte. „Ich habe ein wenig über Miss Wolcott gelesen. Sie war in jeder Hinsicht eine Grande Dame. Wie sollten arme Mädchen, wie Sie es waren, überhaupt in die Verlegenheit kommen, so jemanden zu treffen?"

„Wir haben alle die Country Day School besucht. Mein Schulgeld hat meine Oma bezahlt, Janie hatte ein Stipendium. Ava hat tatsächlich viel Geld, und wir wurden Miss A., wie ich bereits sagte, auf einer Veranstaltung von Avas Eltern vorgestellt."

„Gut. Sie wollen mir also erzählen, dass Sie nur ein ganz normales Mädchen von nebenan sind?"

„Mehr oder weniger." Sie lächelte schief. „Falls es nebenan zufällig eine Kommune gibt."

„Sie sind in einer *Kommune* aufgewachsen?" Jesus. Das wurde ja immer merkwürdiger. Doch angesichts ihres Selbstbewusstseins und dieser Ich-kann-die-Welt-verändern-Ausstrahlung konnte er sich das gut vorstellen.

„Bis ich fünf war. Dann starb mein Urgroßvater Larsen und hinterließ meinen Eltern ein bescheidenes Erbe, das auch ein Haus in Ballard beinhaltete."

„Mit anderen Worten: Sie verfügen gar nicht über die Kontakte, mit denen Sie mir gedroht haben?"

„Glauben Sie?" Sie warf ihm einen geheimnisvollen Blick zu. „Ich zerstöre nur ungern Ihre Illusionen, Detective, aber diese Schule, von der ich Ihnen erzählt habe, ist recht angesehen. Ich saß Ellbogen an Ellbogen mit den Kindern aller möglichen Politiker und Wirtschaftsbosse in Washington zusammen. Und habe Kontakte, von denen Sie nicht mal träumen können."

Er stopfte die Hände in die Hosentaschen. „Blödsinn."

„Glauben Sie? Detective, ich fürchte, Sie werden sich nach wie vor an meine Regeln halten müssen."

7. KAPITEL

Ich kann es nicht ausstehen, wenn ich mich so fühle – total zittrig und durcheinander. Aber ich befürchte, diesmal werde ich es nicht so einfach abschütteln können wie sonst.

Bis jetzt hatte Poppy sich ziemlich unbesiegbar gefühlt, doch als de Sanges einen großen Schritt vortrat und drohend und mit stürmisch funkelnden Augen über ihr aufragte, wurde ihr plötzlich ganz anders zumute. Er nutzte den Vorteil seiner Größe unbarmherzig aus. Sie musste ihren Kopf in den Nacken legen, nur um ihm ins Gesicht zu sehen.

Er war überwältigend männlich, und sie musste sich schwer zusammenreißen, um nicht zurückzuweichen.

„Ich habe Sie davor gewarnt, sich mit mir anzulegen", sagte er mit Eiseskälte.

„Und auf welche Weise tue ich das?", wollte sie wissen. Insgeheim dankte sie dem Himmel für den ärgerlichen Ton in ihrer Stimme. Es hätte sie nämlich fix und fertig gemacht, wenn ihre Stimme mitten im Satz wie bei einem verschüchterten Schulmädchen gekiekst hätte. „Ich habe nur von Tatsachen gesprochen. Sie haben angedeutet, dass ich keine Beziehungen hätte, weil ich aus keiner reichen Familie komme. Im Gegenzug habe ich Ihnen erklärt, warum das nicht stimmt. Gott, Sie sind vielleicht ein Spielverderber." Sie legte die Hände an seine Brust und schob ihn von sich. „Gehen Sie mir aus dem Weg."

Er rührte sich nicht – und Poppy wünschte, sie hätte ihn nicht berührt. Aber jetzt gab es kein Zurück mehr. Sie gönnte ihm nicht die Genugtuung, die Hände zurückzureißen, als ob er ein heißblütiges Pferd wäre und sie ein großäugiges unerfahrenes Kind, das nicht mit ihm umgehen konnte.

Es half nicht gerade, dass sie auf einmal nur noch an seine Brust denken konnte. Warm und fest lag sie unter dem weißen Hemd und den schmalen Hosenträgern. Und unter ihren prickelnden Handflächen.

Um sich abzulenken, konzentrierte sie sich auf seine schicken Klamotten. Detective de Sanges achtete sehr auf seine Kleidung, was sie in diesem Moment nur noch mehr aufregte. „Und noch was", zischte sie und stellte sich auf die Zehenspitzen, um ihm gerade in die Augen zu sehen. „Ziehen Sie passende Kleidung an, Herrgott noch mal! Sonst ruinieren Sie sich noch Ihre coolen Outfits."

„Nicht solange ich nicht male", erwiderte er kühl.

„Sie haben keine Ahnung von Jugendlichen, oder? Wenn die Sie mit Ihren schicken Klamotten rumstehen sehen, werden sie irgendwann ganz aus Versehen ein bisschen Farbe in Ihre Richtung spritzen. Vor allem, wenn Sie nicht aufhören, sie wie ein Geier zu beobachten."

Darauf hob er die Schultern, was ihre Aufmerksamkeit auf das Muskelspiel unter ihren Händen lenkte. „Das ist mein Job."

„Und gehört es auch zu Ihrem Job, sich dabei wie Boss Godfrey aufzuführen?"

Wieder keine Reaktion. Er sah sie nur ausdruckslos an. „Wer ist Boss Godfrey?"

„Sie wissen schon, aus *Der Unbeugsame*", entgegnete sie, überzeugt, dass er keinen blassen Schimmer hatte, wovon sie sprach.

Doch er überraschte sie. „Hey, den Film mochte ich." Jetzt wirkte er auf einmal sogar freundlich. „Welcher war er?" Ganz offenbar ging er in Gedanken die Rollen durch, denn plötzlich zog er die Brauen zusammen. „Der Aufseher, richtig? Der Scharfschütze?"

„Das Einzige, was Ihnen fehlt, sind ein Gewehr und die verspiegelte Sonnenbrille."

Ein winziges Lächeln umspielte seine Lippen, er umfasste ihre Handgelenke. „Vielleicht sollte ich das morgen mal zur Sprache bringen – dass die Miniganoven mich von jetzt ab mit Boss de Sanges ansprechen sollen." Ein breites Grinsen erhellte sein Gesicht. „Das hat was."

Unter seinem Griff sackte Poppy etwas zusammen. Außerdem bekam sie weiche Knie beim Anblick seiner blitzend weißen Zähne und den kleinen Falten in den Augenwinkeln. Sie hätte nicht gedacht, dass dieser Mann in der Lage war zu lächeln, geschweige denn einen Sinn für Humor besaß, der mit einem absoluten Killergrinsen einherging.

Letzteres allerdings erstarb, als er auf sie hinabstarrte und seine Finger sich fester um ihre Handgelenke schlossen. Leise fluchend führte er ihre Hände langsam um seinen Hals. Dann senkte er den Kopf und küsste Poppy.

Ihr Verstand hatte einen Kurzschluss. Sie spürte seinen Mund fest und zugleich weich auf ihren Lippen. Sein Geruch machte sie schwindlig. Pure Lust flutete in ihr Hirn und füllte es mit einer Hitze, die umgehend ihren ganzen Körper ergriff. Wieder stellte sie sich auf die Zehenspitzen, um ihm näher zu sein, schlang die Arme fester um seinen Hals. Sie öffnete den Mund und strich mit der Zunge über seine Unterlippe.

Gleich darauf löste er ihre Hände von seinem Hals und ließ sie fallen, als ob sie voll mit klebrigem Schleim wären. Weg, weg, weg – seine Lippen, sein Geruch, sein Körper ... Körperlich betrachtet mochte es sich vielleicht nur um ein paar Zentimeter handeln, doch gefühlsmäßig lag eine unüberwindbare Kluft zwischen ihnen, so distanziert wie er sie ansah.

Abgesehen von ein wenig Rot auf den hohen Wangenknochen war sein Gesicht vollkommen ausdruckslos. „Bitte entschuldigen Sie, Ms Calloway", sagte er tonlos.

Wie? Es war ein *Fehler* gewesen, sie zu küssen? Nun, das stimmte natürlich, aber keine Frau der Welt wollte hören, dass sie ein Fehler war. Und noch viel weniger, dass etwas, was sie vollkommen aus der Bahn geworfen hatte, den Mann vollkommen kalt ließ.

Lieber allerdings wäre sie nackt im Regen die Pike Street hinuntergelaufen, als ihn das wissen zu lassen. Darum nickte sie nur. Aber seine Entschuldigung konnte er sich sonst wohin stecken. Wenn der Kuss ihn nicht berührt hatte, dann war es bei ihr genauso. Sie wusste nicht, was dieses Einschmelzen ihrer Gehirnfunktionen ausgelöst hatte. Aber sie hätte den Kuss sowieso abgebrochen, wenn ihr der Detective nicht zuvorgekommen wäre.

Dessen war sie sich fast hundertprozentig sicher. „Kein Problem", erwiderte sie mit einer Sorglosigkeit, die sie nicht empfand, während sie sich zu einem Lächeln zwang. „Was Küsse betrifft, war das wohl kaum einer, für den man sich entschuldigen müsste."

Wenn man den nuklearen Effekt einmal außer Acht lässt. Bei diesem Gedanken stählte sie ihr Rückgrat. Denn genau das würde sie tun. Sie würde ihn mit jedem einzelnen Atom ihres Daseins außer Acht lassen.

Zu ihrer Befriedigung sah sie, wie seine Augen sich zu Schlitzen verengten, was Poppy bei diesem Weltmeister des Botox-Gesichtsausdrucks als heftigen Verdruss interpretierte. Gut. Sollte er sich ärgern. Sie selbst fühlte sich momentan auch nicht gerade toll.

Ohne ein weiteres Wort trat Poppy an ihm vorbei, sammelte ihre Sachen auf und begann, sie in ihre große Umhängetasche zu stopfen. Dabei warf sie ihm über die Schulter ein gleichgültiges „Wir sehen uns morgen" zu. Ihn zu sehen, konnte sie leider Gottes nicht umgehen.

Und das würde sie auch nicht, selbst wenn sie könnte. Hey, sie war mindestens genauso professionell wie Robocop hier.

Wirklich.

Da er nicht antwortete, konzentrierte sie sich auf das Packen ihrer Tasche. Trotzdem konnte sie ihn noch immer hinter sich stehen *fühlen*. Dann sagte er barsch „Ja. Morgen" und verschwand.

Kaum war er außer Sicht, als Poppy innehielt und scharf ausatmete. Sie sah sich hastig um und stellte erleichtert fest, dass keiner ihrer Kunden ihren idiotischen Ausrutscher gesehen hatte. „Völlig bescheuert, bescheuert, bescheuert!", stieß sie hervor, wobei sie sich bei jedem Wort mit der Faust gegen die Stirn hämmerte. Dann richtete sie sich auf und steuerte auf ihr Auto zu.

Kaum hatte sie sich hineingesetzt und die Tür zugeknallt, als sie auch schon ihr Handy aus der Tasche zerrte und auf die Kurzwahltaste hieb.

„Hey", sagte sie heiser. „Ich könnte jetzt ein bisschen Unterstützung der Schwesternschaft brauchen."

Sie trafen sich in der Villa. Jane war bereits im Salon, als Poppy ankam. Sie einfach nur vor dem Kamin stehen zu sehen, wie ihr Haar im Licht schimmerte, während sie sich über einen Tisch voller antiker Vasen beugte, löste etwas von der Anspannung in ihren Schultern.

„Hey", murmelte Poppy leise, während sie sich zwischen den wertvollen Stücken hindurchschlängelte, die noch immer im ganzen Raum verteilt waren. „Ich bin froh, dass du vorgeschlagen hast, uns hier zu treffen. Ich hatte in letzter Zeit so viel zu tun, dass ich gar nicht mehr vorbeischauen konnte."

„Wem sagst du das, Fremde!" Jane lächelte ihr zu. „Ich habe dich seit Ewigkeiten nicht mehr gesehen."

„Ich weiß. Es ist fast zwei Wochen her, dass wir uns eine anständige Mädchenzeit gegönnt haben." Von den vielen Vasen auf dem Tisch erregte eine große grüne ihre Aufmerksamkeit. Sie nahm sie hoch und drehte sie in den Händen, um voller Bewunderung den darauf gemalten Rosenstrauch zu betrachten. „Die ist traumhaft schön. Ich kann mich nicht erinnern, sie schon einmal gesehen zu haben."

„Das ist eine Lamartine."

„Wirklich wunderschön. Findest du nicht, dass sie auf meiner Anrichte fantastisch aussehen würde?"

Jane betrachtete die Vase einen Moment prüfend und nickte dann. „Allerdings – sie würde perfekt dorthin passen."

„Vielleicht kann ich sie von meinem Anteil aus dem Vermögen kaufen. Was würde die denn kosten?"

„Irgendwas zwischen zweitausendfünfhundert und dreitausend Dollar."

Vor Schreck hätte Poppy die Vase beinahe fallen lassen. Mit

hämmerndem Herz konnte sie sie gerade noch gegen den Magen drücken, bevor sie auf den Boden fiel. Vorsichtig stellte sie sie wieder auf den Tisch.

„Heilige Maria Mutter Gottes." Sie atmete laut aus und sah, wie ihre Freundin sie angrinste. „Janie, du musst mir vorher sagen, dass ich dieses wertvolle Zeug nicht anfassen soll. Um Himmels willen, du kannst doch nicht zulassen, dass ich so was in die Hand nehme. Ich hätte das Teil beinahe fallen lassen!"

Ava rauschte mit einer kleinen weißen Pappschachtel ins Zimmer. „Hallo, meine Schwestern." Sie schleuderte ihren Mantel, den dünnen Schal und ihre Kate-Spade-Handtasche auf die Couch. „Ich habe euch etwas mitgebracht." Sie hob den Deckel der Schachtel und präsentierte ihnen ein rundes Stück Käse mit goldener Kruste und Cranberrychutney in der Mitte. „Gestern Abend ist auf der Party für einen neuen Klienten ein Stück Brie übrig geblieben."

„Wow, du hast ja ehrliche Mitarbeiter", rief Poppy und rupfte ein winziges Stück Ananas von der goldenen Oberfläche. „Ich hätte das so schnell verdrückt, dass keiner etwas von einem Rest bemerkt hätte."

„Ich konnte nicht selbst zu der Party. Aber nachts bin ich noch einmal hin, um zu sehen, ob dort alles geklappt hat. Ich bin ziemlich sicher, dass sich gerade alle auf die Reste stürzen wollten, als ich unangemeldet hereingeschneit kam."

„Wo war das?" Jane lachte. „Nicht, dass es mich wirklich interessiert. Das Wichtigste ist, dass du etwas zu essen dabei hast. Ich verhungere nämlich fast. Nehmen wir den Käse mit ins Speisezimmer. Dort steht der Kühlschrank, bis die Küche fertig ist. Es gibt Mineralwasser und Limo."

„Haben wir nichts Stärkeres?", fragte Poppy. „Ich hatte vielleicht einen Tag – ich könnte ein Glas Wein brauchen."

„Ich schau nach."

Poppy hakte sich bei Ava unter, als sie gemeinsam die Halle durchquerten. „Ich bin nicht so hungrig wie Janie, also interessiert es mich zu hören, wo die Party dieses neuen Klienten war."

„In einem fantastischen Haus in der Nähe des Volunteer Park."

„Und *warum* bist du nachts noch mal hin? Das machst du doch sonst nicht."

„Weil es die erste Veranstaltung war, die ich für sie organisiert habe. Ich habe der Kundin versprochen, hinterher vorbeizukommen, um zu sehen, ob alles zu ihrer Zufriedenheit verlaufen ist. Davon abgesehen lag es quasi auf dem Weg von einer anderen Veranstaltung. Einer, auf der ich ausnahmsweise mal selbst Gast war."

Jane schaltete sich in ihr Gespräch ein. „Du warst ganz privat auf einer Party? Das ist für dich inzwischen ziemlich ungewöhnlich."

„Ganz privat ist heutzutage keine Party mehr. Diese fand im Haus eines meiner wichtigsten Kunden statt. Darum fühlte ich mich gezwungen hinzugehen. Außerdem knüpfe ich überall Kontakte, ob ich will oder nicht, weil irgendjemand immer zur Sprache bringt, was ich beruflich mache. Diese Leute sind aus irgendeinem Grund ganz fasziniert von meinem Beruf. Menschen wie meine Eltern finden es peinlich, dass ich in der Gastronomie tätig bin, während andere das offenbar ziemlich cool finden." Sie schenkte Jane ihr schönstes Haifischlächeln. „Aber allen gefällt die Vorstellung, dass jemand aus ‚ihrer Gesellschaftsschicht' sich um ihre Feiern kümmert – was natürlich gut fürs Geschäft ist. Aber genug von mir." Ava reichte Jane die Schachtel, steuerte auf das Sideboard zu, zog eine Schublade auf und förderte eine Flasche Wein zutage. Diese hielt sie Poppy wie eine Drei-Sterne-Sommelière hin, ruinierte diesen Eindruck aber, indem sie mit den Augenbrauen wackelte und „Hä? *Hä?*", sagte.

„Gott schütze dich, mein Kind!", rief Poppy.

Unterdessen hielt Jane den Brie in die Luft. „Was mache ich jetzt damit? In die Mikrowelle schmeißen?"

„Guter Gott, nein!" Ava starrte sie entsetzt an. „Stell ihn ungefähr sieben Minuten in den Ofen, bei 150 Grad. Er wurde ja schon gebacken, also wärmen wir ihn nur wieder auf."

„Daher frage ich noch einmal: Warum nicht einfach in die Mikrowelle damit? Das geht schneller, und wir haben sowieso keinen richtigen Ofen, solange die Küche renoviert wird – nur dieses toasterartige Ding."

„Wie konnte so eine Banausin nur meine Busenfreundin werden? Offenbar hängst du schon viel zu lange mit Bauarbeitern rum. In der Mikrowelle wird er so hart wie Gummi."

„Tja, was soll man machen", witzelte Jane. „Bin halt nich so'n feines Ding wie Sie, Herzogin." Doch sie drehte den kleinen Ofen an, stellte den Käse in die Mitte und klappte ihn wieder zu.

Poppy öffnete lächelnd die Weinflasche und schenkte für sich und Ava ein Glas ein. Da Janes Eltern chronische Trinker waren, rührte sie selbst nur selten Alkohol an. Poppy nahm eine Cola Light aus dem Kühlschrank, füllte ein paar Eiswürfel in ein Glas und trug dann alles zu dem langen Esstisch. Das war genau das, was der Arzt ihr verschrieben hätte – eine Dosis Freundschaft, die Medizin der Champions.

Als ob sie ihre Gedanken gelesen hätte, lehnte Jane sich an das Sideboard und sah sie an. „Also, was gibt's? Du hast am Telefon ein bisschen verzweifelt geklungen. Machen dir die neuen Kiddies Probleme?"

„Mehr als ich dachte, aber das habe ich mir selbst zuzuschreiben, weil ich nicht genau über die Dynamik dieser Gruppe nachgedacht hatte. Mir hätte klar sein müssen, dass die Jugendlichen in meinen anderen Programmen mitmachen *wollen*. Aber jetzt habe ich zum ersten Mal welche, die mitmachen *müssen*. Das ist natürlich etwas anderes. Aber früher oder später werde ich sie schon für mich gewinnen. Mir macht es nichts aus, so lange auf ‚liebevoll streng' zu machen, bis es funktioniert."

„Wenn es also nicht an deiner neuen Gruppe liegt", Ava stützte das Kinn auf die Hände und starrte Poppy mit ungeteilter Aufmerksamkeit an, „was ist dann ... oh! Ich ahne es: Detective Scheich – ich meine die Ratte. Macht er Ärger?"

„Nicht direkt." Poppy war unsicher, ob sie wirklich darüber sprechen wollte. Doch der Wein machte sie weich. Dies waren ihre beiden engsten Freundinnen – wenn sie nicht mit ihnen sprechen konnte, steckte sie in größeren Schwierigkeiten als befürchtet. „Würdet ihr mich als einigermaßen selbstbewusste Frau einstufen, wenn es um Männer geht?", begann sie.

„Absolut", sagte Janie.

„Himmel, klar", stimmte Ava zu.

„Das dachte ich auch immer", nickte sie verdrossen. „Aber mit de Sanges …" Sie schnitt eine Grimasse. „Versteht mich nicht falsch, mit dem werde ich schon fertig. Aber er macht mich wahnsinnig. Er kümmert sich überhaupt nicht um die Kids, außer, wenn er etwas Einschüchterndes loswerden will."

„Oh, oh. Damit heimst er sich bei dir natürlich nicht gerade Pluspunkte ein", sagte Jane.

„Verdammt richtig. Ich bin noch nie einem so steifen, strengen Menschen begegnet. Ich glaube, er hat überhaupt keine Ahnung, was Spaß sein kann." Okay, vielleicht hatte er einen Hauch von Humor gezeigt. Aber das war ganz offenbar ein Versehen gewesen, und darüber zu sprechen würde ihre Freundinnen nur verwirren.

„Ich habe ihn ja nur ein Mal gesehen", sagte Ava. „Aber ich weiß noch, dass er da nicht ein einziges Mal gelächelt hat."

Oh, aber wenn er es tut, dann mit einem echten Killerlächeln.

„Das Problem ist aber", fuhr Poppy fort, die sich über ihre Gedanken ärgerte. „dass ich das Bedürfnis habe, alle möglichen Entschuldigungen für ihn zu finden. Und das nur, weil ich kurz den Verstand verloren habe, als er mich geküsst hat." Junge, Junge, und wie sie den Verstand verloren hatte!

„Er hat dich *geküsst*?", riefen beide Freundinnen gleichzeitig.

Mit alarmiertem Blick und nagender Neugier beugten sie sich vor, doch Ava fragte eine Millisekunde schneller als Jane: „Und das hast du nicht gleich als Allererstes erzählt? Warum zum Henker hast du mich erst über diesen blöden Brie quatschen lassen?"

„Hey, es war kein besonders *toller* Kuss", wehrte Poppy ab. „Und es ging so schnell, dass ich noch nicht mal sicher bin, ob man es so nennen kann."

„Wenn du den Verstand verloren hast, kann man es wohl so nennen", konterte Jane.

Ava nickte. „Ja, los erzähl! Ich brauche eine genaue Definition, denn meine Vorstellung von ‚Verstand verlieren' und deine könnten sich sehr voneinander unterscheiden. Oder ich könnte einfach wild spekulieren, dass du dich gefühlt hast …"

„Als ob es ein Gewitter gegeben hätte und ich der höchste Baum in der Steppe wäre? Ja, klar", beendete Poppy den Satz.

Beide Freundinnen grinsten. Ava wackelte auf ihrem Stuhl. „Oh! Erzähl uns mehr, und lass kein Detail aus. Ich befinde mich derzeit auf einer langen Durststrecke, also muss ich Aufregendes aus zweiter Hand erleben."

„Es ist total peinlich."

„Umso besser." Jane warf ihr ein schiefes Lächeln zu. „Du bist doch die, die sonst nie in diese typischen Frau-Mann-Situationen gerät, die uns andere immer wieder umhauen. Du bist überfällig!"

„Wie *nett*, Janie. Ich habe vielleicht etwas seltener einen Korb bekommen als andere – aber wenn, dann tut es mir genauso weh. Das träumst du doch nur, dass irgendjemand diesen Mist ganz und gar umgehen kann."

„Ach, Kindchen, ich weiß." Jane langte über den Tisch und streichelte Poppys Hand. „So habe ich es nicht gemeint. Ich meinte nicht, dass du nie verletzt worden bist, sondern nur, dass dir offenbar nie etwas *Peinliches* passiert ist. Du kannst einfach im Gegensatz zu mir so gut mit Männern umgehen, dass ich einen Moment lang gemeinerweise dachte, es wird Zeit, dass du aufholst."

„Miststück", lächelte Poppy liebevoll, dann fuhr sie finster fort: „Damit hätte ich mir gern noch Zeit gelassen. Aber ich schätze, wenn ich länger mit de Sanges zu tun habe – was sich kaum vermeiden lässt –, werde ich einen ziemlich schmerzlichen Tritt in den Hintern bekommen."

„Aber du hast doch selbst gesagt, dass es nur ein kurzer Kuss war", unterbrach Ava sie.

„Das ist ja das Problem, Av. Er war so kurz, dass er ihm offenbar nichts bedeutet hat. Für mich jedoch war das überhaupt nicht ‚nur' ein Kuss. Ich habe so etwas noch nie erlebt."

„Na und? Warum sollte das noch mal ein Problem sein?"

„Weil er mich von sich geschoben hat, als ob ich Nuklearmüll über seine tollen Schuhe gekippt hätte. Und dann sagte er …" Sie senkte die Stimme, um ihn zu imitieren: „Bitte entschuldigen Sie, Ms Calloway."

Jegliche Belustigung schwand aus den Gesichtern ihrer Freundinnen. Ava stierte sie an. „Er hat gesagt, dass der Kuss ein *Fehler* war?"

Poppy nickte. Na also, sie wussten, was sie meinte – nicht umsonst waren sie ihre besten Freundinnen.

Avas Blick wurde finster. „Also dieses miese, verrottete, kleine …"

„*Schwein*", spuckte Jane aus.

Mit einem Mal spürte Poppy, wie ihr Selbstbewusstsein zurückkehrte. Sie fühlte sich zwar immer noch gedemütigt und war nicht gerade begeistert von der Aussicht, diesen tollen Ich-mach-alles-richtig-Typen wiederzusehen. Aber sie hatte die treuesten Freundinnen der Welt. Und das machte selbst die größten Tiefschläge, die das Leben zu bieten hatte, erträglich.

„Warum zum Teufel hat dieser Depp dich dann überhaupt geküsst?", fragte Jane.

„Das ist eine gute Frage", erwiderte Poppy langsam. Und zum ersten Mal, seit Jason sie weggestoßen hatte, dachte sie über *sein* Verhalten nach. Wie er ihre Hände an seinen Hals gezogen hatte, wie seine dunklen Augen ausgesehen hatten, als er den Mund auf ihre Lippen senkte. Nachdenklich sagte sie: „Es hat ihm nicht besonders gefallen, als ich sagte, dass das kaum etwas war, wofür er sich entschuldigen müsse."

Darauf prusteten Ava und Jane los.

„Also, *warum* hat er mich geküsst?", überlegte Poppy laut und schenkte sich und Ava Wein nach. „Ist der Brie schon so weit? Ich glaube, wir brauchen etwas, das dieses zweite Glas aufsaugt." Dann sah sie abwechselnd ihre beiden Freundinnen an und kam auf das Thema zurück. „Wisst ihr was? Vielleicht sollte ich *ihn* das einfach fragen. Meint ihr nicht?"

Ava und Jane tauschten einen Blick. Dann lächelten sie Poppy an.

Und streckten ihre Daumen in die Luft.

8. KAPITEL

Verdammt! Ich wollte um alles in der Welt nicht noch einmal vierzehn sein. Cory bricht mir das Herz.

Vollkommen durcheinander steuerte Jase direkt zum Polizeirevier, wo er einige Anrufe machte.

Warum zur Hölle hast du sie geküsst? Diese Frage tauchte immer wieder in seinem Hinterkopf auf, wenn er weiterverbunden wurde und warten musste. Und auch später, als er die Videos aus den Überwachungskameras der überfallenen Juweliere ansah, beschäftigte sie ihn. Von allen bescheuerten, hirnverbrannten Spontanhandlungen hatte er ausgerechnet eine Zivilistin, mit der er zusammenarbeiten sollte, bedrängt und *geküsst*?

Na super. Vielleicht sollte er eine Postkarte in den Knast schreiben, damit sein alter Herr erfuhr, dass die Gene der Familie nach all den Jahren nun doch triumphiert hatten.

Aber er weigerte sich, das zu glauben. Er weigerte sich, das Opfer seines Familienerbes zu sein. Er hatte die Wahl, verdammt noch mal.

Warum also hatte er Poppy geküsst? Sicher, sie war heiß, wie Henry festgestellt hatte. Aber er war auch früher bei heißen Frauen in Versuchung geraten – hatte ihnen aber jederzeit ohne Bedauern widerstanden, wenn es zeitlich nicht passte oder die Situation unangemessen war. Was also war an dieser einen so unwiderstehlich?

David Hohn schob einen Stuhl in den Raum, in dem Jase die Videos durchsah. „Irgendwas Neues?"

„Nein." Froh über die Ablenkung richtete er sich ein wenig auf. „Auf jedem Video ist dasselbe zu sehen – nur ein Typ, durchschnittlich groß, gebaut wie ein Bodybuilder in dunkler Jacke, dunklen Hosen und mit einer dunklen ninjaartigen Kapuze. Er hält den Kopf gesenkt und schießt Schaumspray auf die Kamera, um sie außer Gefecht zu setzen. Aber zwischen dem Auslösen des Alarms und der Ankunft der Polizei bleibt einfach nicht genug Zeit, um allein den ganzen Laden auszuräumen."

„Das finden wir schon noch raus. Früher oder später entdecken wir irgendeine Spur, die dann alles andere enthüllt." David grinste ihn an. „In der Zwischenzeit hast du die Idiot-des-Tages-Show verpasst."

„Ach ja?" Jason war froh, das Problem für heute ruhen zu lassen. „Erzähl."

„Eine Streife im südlichen Bezirk sieht diesen Typ, der sich irgendwie verdächtig benimmt. Sie halten neben ihm und sprechen ihn an. Der Typ trägt ein Tuch um den Kopf, das überraschend elegant aussieht. Als die Kollegen genauer hinsehen, erkennen sie, dass es von Versace ist. Also ruft die Kollegin beim Raubdezernat an, um herauszufinden, ob ein blauer Seidenschal von Versace mit Tierkreiszeichen in der Datenbank steht. Und tatsächlich, genau so ein Tuch wurde bei einem Überfall auf der Sunset in West Seattle gestohlen. Sie bringen den Kerl aufs Revier, und er marschiert hier rein und beschwert sich bei jedem, der es hören will oder auch nicht, dass Officer Manelli ihm Unrecht tut." Hohns Grinsen wurde noch breiter. „Ich erkläre ihm, dass es nicht gerade das Klügste ist, die Polizistin, die ihn festgenommen hat, als Schlampe und Nutte zu beschimpfen. Dann frage ich ihn, ob er begreift, dass er wegen Besitz von Diebesgut festgenommen wurde."

‚Nee, Kumpel', sagt er. ‚Das hab ich *gekauft*.'"

‚Ach ja?', frage ich. ‚Wo denn?'"

„Und er sagt – stell dir vor – ‚Bei Wal-Mart, Mann!'"

Hohn schüttelte den Kopf. „Unfassbar, wie bescheuert die sein können. Officer Manelli hat den Schal im Internet gefunden. Da kostet er ungefähr zweihundertfünfundsiebzig Dollar. Oh, Mann, ich *liebe* meinen Job."

Jase tat das auch, meistens zumindest. Aber als er ein paar Stunden später von seinem Schreibtisch aufstand, war er wahnsinnig erleichtert, nach Hause gehen zu können.

Auf dem Heimweg besorgte er sich ein Sandwich. Als er kurz darauf in der Nähe seiner Wohnung parkte, fand er, dass das Leben mit vollem Bauch wesentlich weniger düster aussah. Trotzdem schaltete er sofort wieder in den Polizistenmodus, als ein Mann aus dem Schatten trat. Adrenalin jagte durch seine Adern. Er ging hinter seiner Autotür in die Hocke und tastete nach seiner Waffe.

„Hey, Jase, ich bin's", sagte der Mann sanft, die Arme weit vom Körper gestreckt trat er in den Schein der Straßenlampe.

Jason nahm die Hand von seinem Revolver. „Heilige Scheiße, Joe", rief er seinem älteren Bruder zu. „Das ist der beste Weg, dich erschießen zu lassen. Was zum Teufel hängst du da im Dunkeln bei den Büschen herum?"

„Ich hab darauf gewartet, dass du nach Hause kommst, Mann. Ich wollte nicht diesem gottbeschissenen Murphy über den Weg laufen." Ein Hauch von Bitterkeit färbte seine Stimme. „Hat er dir überhaupt gesagt, dass ich angerufen habe?"

„Ja, hat er. Und ich habe die Nummer angerufen, die du ihm gegeben hast, aber da nahm eine Frau ab und sagte, du wärst nicht da." Es gab immer eine Frau. Früher hatten Joe oder Dad oder Pops bei jeder Entlassung aus dem Knast zuerst ihn abgeholt und sich dann mit der ersten willigen Frau eingelassen, über die sie stolperten.

„Diese verdammte Sherry." Joe rieb sich mit einer Hand über das Gesicht. Dabei entdeckte Jase eine neue Knasttätowierung, eine geschmacklose schwarze Spinne auf den Fingerknöcheln seiner rechten Hand. „Hätte ich mir ja denken können, dass die die Hälfte meiner Nachrichten vergisst. Tja, ich hab sie nicht gerade wegen ihrer Intelligenz ausgesucht."

„Komm mit rauf", forderte Jase ihn auf. „Hast du Arbeit?"

„Warum? Willste mir einen Job als Wachmann bei deinem Revier anbieten?"

Während Jase seinem Bruder die Eingangstür aufhielt, musterte er ihn. Sein großer Bruder war kleiner und kräftiger als er und sah ihrem Dad sehr ähnlich. Jase kam eher nach Pops.

„Ich mache einfach nur Konversation, Joey. Wie lange habe ich dich nicht mehr gesehen? Acht Jahre? Wir müssen irgendwo anfangen."

„Ja, klar, tut mir leid. Hab mir 'nen Job in einer Werkstatt in Lake City besorgt. Du weißt das vielleicht nicht mehr, weil ich seit Jahren immer wieder in den Bau wandere, aber ich bin ein ganz anständiger Mechaniker."

„Doch, das weiß ich. Einmal, als du auf freiem Fuß warst, hast du mich zu einem Auto mitgenommen, an dem du gebastelt hast. Du hast mir gezeigt, wie man es kurzschließt."

„Tja, da wusste ich noch nicht, dass du irgendwann auf der anderen Seite des Zauns arbeiten würdest."

„Zu der Zeit war ich mehr an unserer Familientradition interessiert, daher fand ich die Lektion klasse."

Schweigend gingen sie zu Jasons Apartment. Doch kaum hatten sie es betreten, da sagte sein Bruder: „Du weißt sicher, dass keiner von uns, weder ich noch Dad oder Pops besonders begeistert über deine Freundschaft mit Detective Schwachkopf waren."

„Ohne Scheiß? Darauf wäre ich nie gekommen, ihr drei drückt euch schließlich immer so diplomatisch aus."

Joe grinste. Zum ersten Mal schien er richtig entspannt zu sein. „Das erklärt dann wohl, warum ich zwei Mal wegen Körperverletzung gesessen hab – hatte mein diplomatisches Geschick vergessen." Dann wurde er wieder ernst. „Ich werde dir jetzt was sagen, was ich nie gedacht hätte, über diesen Scheißkerl zu sagen. Aber ich bin froh, dass der Typ deine kriminelle Karriere im Keim erstickt hat."

Überrascht blickte Jase zu seinem Bruder. Im Küchenlicht sah Joe älter aus als zuvor auf der Straße. Sein dunkles Haar war fast komplett abrasiert, aber Jase sah graue Stoppel durchschimmern. Das Kinn war noch wie immer: frisch rasiert, und doch zeigte sich bereits der Fünf-Uhr-Schatten, den alle de Sanges-Männer geerbt hatten. Der Rest seines Gesichts jedoch wirkte teigig, er hatte dunkle Ringe unter den Augen und sah müde aus. „Du bist froh?", echote er.

„Ja." Joe fuhr sich mit der Hand über den Kopf, und Jase bemerkte ein kleines Loch im Ärmel seines Flanellhemds. „Sieh dich doch an. Du siehst aus wie eines dieser GQ-Models. So sehr ich es hasse, dass dieser Scheißer dir mehr bedeutet als wir, muss ich zugeben, dass du hübsche Klamotten trägst und eine anständige Wohnung hast. Das verdankst du ihm. Weil er dich unter seine Fittiche genommen hat, als du noch jung genug warst. Du hast die Chance auf ein richtiges Leben bekommen."

Das stimmte. Er war auf dem besten Weg gewesen, beim Rest der de Sanges-Männer zu landen, als Murphy ihn mit den Edelsteinen erwischt hatte. Von Rechts wegen hätte der alte Cop ihn eigentlich in den Hintern treten müssen. Doch er hatte ihn verschont. Und statt danach einfach zu verschwinden, war Murph immer wieder bei Jases verschiedenen Pflegefamilien aufgetaucht. Manchmal nur, um eine Weile zu plaudern. Manchmal lud er ihn auf einen Burger oder zu Strandspaziergängen in Aki oder Golden Gardens ein. Und ab und an hatte er Tickets für ein Spiel der Mariners im alten Kingdome dabei.

Murphys fortdauerndes Interesse sorgte dafür, dass Jase darüber nachdachte, wo er in fünf, in zehn Jahren sein wollte. Als immer öfter Bilder auftauchten, die mehr mit Murphys Leben als mit dem seiner Familie zu tun hatten, fasste er eine Laufbahn bei der Polizei ernsthaft ins Auge.

„Diese beiden Körperverletzungen, die ich erwähnt habe", unterbrach Joe seine Gedanken, „waren jeweils der Grund dafür, warum ich wieder zurück ins Kittchen musste. Beim nächsten Mal war's das, dann komme ich nicht mehr raus. Du kennst ja die Three-Strikes-Regel. Bisher hatte ich Glück – wenn man es so nennen will –, dass ich immer aus unterschiedlichen Gründen festgenommen wurde. Aber wahrscheinlich ist es nur eine Frage der Zeit."

Jase reichte ihm einen Becher Kaffee und stellte den Zuckerstreuer auf den winzigen Tisch. Dann setzte er sich mit seinem eigenen Kaffee Joe gegenüber, der drei gehäufte Löffel Zucker in seinen Becher rührte. „Hast du schon mal darüber nachgedacht, bei einem Anti-Aggressionstraining mitzumachen?", fragte er.

„Hab ich schon im Knast gemacht. Aber in einer brenzligen Situation vergesse ich sofort wieder, was ich gelernt habe." Er fing Jases Blick auf. „Ich bin inzwischen neununddreißig, Jason. Und nicht mehr so ungeduldig wie früher ... Diesen ganzen Scheiß von wegen – wie heißt das noch? – sofortiger Befriedigung brauch ich nicht mehr so. Und der Himmel weiß, ich hab keine Lust, mein ganzes Scheißleben im Knast zu verbringen." Er trank einen Schluck Kaffee, dann sagte er: „Ich bin bloß nicht sicher, dass ich überhaupt draußen zurechtkomme."

„Du hast schon mal eine Anstellung. Das ist ein ziemlich guter Anfang."

„Stimmt." Joe richtete sich auf. „Ich verdiene ganz gutes Geld, und die mögen mich da. Sherry hat auch einen guten Job. Sie arbeitet bei der Post. Gute Sozialleistungen und so was ham die da. Sie richtet mir vielleicht nicht alle Nachrichten aus, aber sie ist süß. Ich sollte einfach versuchen, Ärger aus dem Weg zu gehen, und weiter an dieser Aggressionsbewältigung arbeiten."

Das klang wirklich vielversprechend ... auf dem Papier. Aber Jase hatte seine Zweifel, dass Joes gute Vorsätze länger halten würden als in der Vergangenheit. Er hatte schon viel zu viele Versprechungen von den Männern seiner Familie gehört – Versicherungen, dass diesmal alles anders werden würde. Dass sie sauber bleiben würden. Doch das war nie geschehen. Also machte er sich keine allzu großen Hoffnungen. Er wünschte seinem Bruder das Allerbeste, doch Erwartungen hatte er keine. Trotzdem nickte er.

„Das klingt wirklich nach einem guten Plan, Joe."

Um kurz vor acht am nächsten Morgen reichte Cory Ms Calloway zwei Fünfer und sieben verknitterte Ein-Dollar-Scheine. Die hübsche Blonde nahm sie lächelnd entgegen, vermerkte den Betrag in ihrem Notizbuch und reichte ihr dann den Malerkittel.

Während sie die Lederjacke ihres Vaters auszog und sorgsam außerhalb der Spritzweite selbst des ehrgeizigsten Farbtropfens hinlegte, dachte sie über ihr Glück nach, dass Nina Petrocova letzte Nacht einen Babysitter gebraucht hatte. Okay, Nina suchte immer nach einem Babysitter. Aber Mom sah es nicht so gern, dass Cory auf ihr Kind aufpasste, weil die Nachbarin downtown in einem Club namens Lusty Lady tanzte. Doch Cory fand Nina nett. Ihr kleiner Junge Kai war auch echt süß. Außerdem war es schön, etwas zu tun zu haben und mit jemandem sprechen zu können, solange Mom ihren Zweitjob erledigte – zumindest die paar Stunden, bis sie den Kleinen ins Bett bringen musste.

Cory wollte ihre Mutter nicht enttäuschen, aber manchmal funktionierte das einfach nicht. Bisher hatte sie zum Glück noch nicht gestehen müssen, dass sie beim *Taggen* erwischt worden war. Stattdessen hatte sie ihr erzählt, dass sie bei einem Kunstprojekt mitmachte, ohne jedoch den Grund dafür zu erwähnen. Sie hätte es einfach nicht ertragen, die Enttäuschung im Gesicht ihrer Mutter zu sehen.

Aber sie brauchte Geld, um ihren Anteil an der Farbe und den Malutensilien zu bezahlen. Darum hatte sie Nina versprochen, auch heute Abend auf Kai aufzupassen. Dass dann sogar noch etwas für sie übrig blieb, freute Cory. Vielleicht konnte sie ihre Mom überreden, regelmäßig für Nina als Babysitter arbeiten zu dürfen. Nina versuchte schließlich auch nur, irgendwie durchzukommen – wie alle anderen in der Nachbarschaft auch. Außerdem besuchte sie die Abendschule, um sich nicht für den Rest ihres Lebens ausziehen zu müssen. Bestimmt wusste ihre Mom davon nichts.

„Okay, lassen Sie uns anfangen", sagte Ms Calloway. Cory bemerkte, dass Danny G., Henry und der Bulle inzwischen auch angekommen waren. Alle – selbst Detective de Sanges, gestern noch in Mörderklamotten – trugen passende Malermontur.

„Heute haben wir etwas anderes vor", sagte Ms Calloway. „Wir entfernen Ihre *Tags* von dem Backsteingebäude. Das ist etwas ganz anderes, kurz gesagt ist es viel schwieriger als einfach etwas zu überstreichen. Die gute Nachricht aber ist, dass Sie nicht die gesamte Wand bearbeiten müssen wie gestern an Mr Harveys Gebäude."

Sie schnappten sich, was sie brauchten, dann ging Poppy – Gott, was für ein bescheuerter Name – ihnen voraus die Straße hinunter. Cory betrachtete den dünnen Saum des Rocks, der unter Ms Calloways langem farbbekleckstem Mantel hervorlugte.

Diese Frau sah wirklich hammermäßig aus – vor allem für eine, die auf Gutmensch machte. Zumindest hatte Cory noch nie jemanden wie sie getroffen, seit sie wegen des Tods ihres Vaters auf einmal mit Sozialarbeiterinnen zu tun hatte. Die meisten kleideten sich altbacken und glaubten offenbar, Make-up wäre Teufelswerk.

Insgeheim wunderte es Cory, dass jemand so Mondänes sich um eine Truppe Graffiti-Sprayer kümmerte.

Als sie sich alle um den Eckladen mit der Backsteinwand versammelt hatten, kam eine ältere Frau auf sie zu. „Ich möchte Ihnen Mrs Stories vorstellen", verkündete Ms Calloway. „Marlene, du kennst ja bereits Detective de Sanges. Das sind Ms Capelli, Mr Gardo und Mr Close." Sie sah die drei Jugendlichen an. „Ich finde es wichtig, dass Sie ein Gesicht mit den Gebäuden in Verbindung bringen, die Sie verschandeln. Mrs Stories zahlt jeden Monat ein hübsches Sümmchen, um diesen Laden zu mieten. Und ich hoffe sehr, dass Sie das nächste Mal an die Menschen denken, wenn Sie versucht sind, Läden zu verunstalten."

Um zu zeigen, dass niemand ihr ein schlechtes Gewissen einreden konnte, verdrehte Cory die Augen und verzog die Lippen. Zumal sie verdammt noch mal überhaupt nichts angestellt hatte!

Zumindest nicht in diesem Fall.

Trotzdem gelang es ihr nicht, Mrs Stories' Blick zu halten, als die ältere Frau sie mit sanften braunen Augen ansah. „Tut mir leid, Ma'am", hörte sie sich selbst dem Gehsteig vor ihr zumurmeln. Hinterher war sie stinksauer auf sich selbst. Aber wenigstens war sie nicht die Einzige. Danny G. und Henry entschuldigten sich ebenfalls.

Entsprechend finster funkelte Cory Ms Calloway an, als diese ihr ein Paar Gummihandschuhe überreichte.

Doch Ms Calloway lächelte nur. „Ich weiß nicht, wie scharf der Farbentferner ist. Vielleicht wollen Sie deshalb lieber Handschuhe tragen?"

„Sie setzen Jugendliche giftigen Chemikalien aus?", fragte Henry. „Damit bringen Sie uns in eine Situation, in der wir Giftstoffe in unsere sich noch immer entwickelnden Lungen einatmen."

„Das erscheint mir nur fair", entgegnete Poppy ruhig und musterte ihn mit einer erhobenen Augenbraue. „Besser Sie als Marlene, die unter Asthma leidet. Und die – es tut mir leid, dass ich immer wieder davon anfangen muss, aber Sie scheinen das grundsätzliche Problem noch nicht zu verstehen – nicht diejenige ist, die ihren Laden mit diesem Gekritzel dekoriert hat." Erst als Henry sich unter ihrem Blick wand, löste sie den Blick von ihm und sah Danny und Cory an. „Weitere Fragen? Nein? Gut. Einer von Ihnen hilft mir jetzt bitte mit den Eimern, und dann lesen wir uns die Gebrauchsanweisung durch. Danach können wir beginnen."

Noch bevor sie darüber nachdenken konnte, reagierte Cory auf die Autorität in Ms Calloways Stimme. Sie trat vor, blieb dann aber reglos stehen. Erst nachdem sie ein Gesicht gezogen hatte, um den Jungs zu zeigen, dass sie nicht eine von diesen Streberinnen war, ging sie neben Ms Calloway in die Hocke.

Sie nahmen jeweils eine Tube in die Hand und richteten sich gerade wieder auf, als der Cop rief: „Vorsicht!"

Gleichzeitig stürzte Danny nach vorn und schubste sie hart zur Seite. Corys Eimer segelte durch die Luft, sie selbst verlor fast das Gleichgewicht.

„Hey!", schrie sie, als etwas mit entsetzlichem Getöse genau dort aufschlug, wo sie gerade gestanden hatten. Entsetzt starrte sie auf einen *gigantisch großen* Schraubenschlüssel.

„Scheißding!" Der Kopf eines Mannes erschien auf Mrs Stories' Dach. „Alles in Ordnung da unten? Tut mir leid, Leute – ich habe ihn aus Versehen runtergestoßen."

Ihr Herz hämmerte noch immer wie ein Rapper auf Speed. Gleichzeitig sah sie, wie Ms Calloway de Sanges, der hitzig einen Schritt auf das Gebäude zuging, am Arm festhielt.

Angespannt hörte er zu, wie sie etwas murmelte, dann ging er mit einem knappen Nicken davon. Ms Calloway atmete ein paar Mal ein und aus, straffte die Schultern und schüttelte sich. „Danke, Danny. Cory, bist du in Ordnung?"

„Ja, ich glaub schon. Das war ja gruselig."

„Wem sagst du das." Ms Calloway hob eine weiße Plastikwanne auf, die ihr vor Schreck aus der Hand gefallen war. Nachdem sie die Bedienungsanleitung durchgelesen hatte, warf sie Henry ein verschmitztes Lächeln zu.

„Hmm. Kein Methylenchlorid, MEK oder Methylbenzol. Keine Gase oder brennbaren Lösungsmittel. Das macht irgendwie Ihre ganze Theorie mit den sich noch entwickelnden Lungen zunichte, oder? Es ist allerdings ätzend, also ziehen Sie Ihre Handschuhe an. Wir wollen doch nicht Ihre sich noch entwickelnden Hände gefährden."

Gegen Corys Willen verzogen sich ihre Lippen zu einem Lächeln. Eine Erwachsene wie Ms C. hatte sie noch nie kennengelernt. Sie war hübsch wie ein Model, aber überhaupt nicht eingebildet. Man hatte das Gefühl, dass sie einen mochte, und sie sprach mit einem, wie es die wirklich guten Lehrer taten. Und bei jedem Fast-Unfall zuckte sie nur mit den Schultern. Sie war ... cool.

Das Lächeln erstarb allerdings auf ihren Lippen, als Detective de Sanges plötzlich neben sie trat. „Wir arbeiten zusammen", erklärte er ohne zu lächeln, ganz geschäftsmäßig. „Poppy – äh, ich meine Ms Calloway hat uns diesen Teil der Wand zugeteilt." Er ging los und hob seine dunklen Augenbrauen, als sie ihm nicht umgehend folgte. „Nach dem Reinigen sollen Sie den Farbentferner auftragen, und ich soll mit diesem speziellen Lappen drübergehen."

Trotz der Panik in ihrem Hals hob sie entschlossen das Kinn. „Vergessen Sie's. Ich will nicht mit Ihnen zusammenarbeiten."

Überrascht zog Jase die Augenbrauen über seiner Nase zusammen, sagte aber nur: „Das war nicht meine Idee, Kindchen – ich folge nur den Befehlen der Frau General."

Corys Panik wuchs. „Nun, ich aber nicht."

„Ja, ja, das habe ich kapiert. Nur haben Sie keine Wahl. Aber egal, warum sprechen wir nicht einfach mit ..."

„Ich will nicht mit Ihnen sprechen!" Sie ging mehrere Schritte rückwärts, verschränkte die Arme vor der Brust und wollte nichts anderes, als dass er endlich den Blick von ihren zitternden Lippen abwandte. „Sie sind ein Cop. Ich mag Cops nicht."

„Okay", murmelte er leise. „Letzten Endes sind wir nur ganz normale Leute wie alle anderen auch. Und wenn Sie das Gesetz nicht brechen, brauchen Sie sich keine Sorgen zu machen. Aber ich spreche mal eben mit Ms Ca..."

„Das ist doch Scheißdreck!" Ihre Stimme war viel zu laut. Cory verschränkte die Arme noch fester, weil sie mit einem Mal von Kopf bis Fuß zitterte. Aber sie stand zu ihren Worten. Es *war* Scheißdreck.

„Achten Sie auf Ihre Ausdrucksweise, Ms Capelli", sagte Ms C.

Doch Cory hörte gar nicht hin. Sie funkelte Jase an. „Das ist doch eine einzige fette Lüge. Mein Daddy hat kein Gesetz gebrochen! Mein Daddy hat das Richtige getan. Zumindest *dachte* er das, als er zur Polizei gegangen ist, weil er einen Typ erkannt hat, der in eine Schießerei verwickelt war. Und wissen Sie, was Ihre tollen Kollegen gemacht haben? Nichts! Die waren nur froh über die Information und haben den Typen verhaftet. Aber dann hatten sie keine Lust mehr, meinen Daddy vor der Gang des Typen zu schützen."

Salzige Flüssigkeit lief in ihren Mundwinkel. Wütend wischte sie mit dem Ärmel über ihre Wange, um die Tränen wegzuwischen, die sie bisher nicht einmal bemerkt hatte. „Er ist jetzt fast zwei Jahre tot", fuhr sie fort, um ihre Traurigkeit zu überspielen.

Trotzdem gelang es ihr nicht, mit fester Stimme zu sprechen, und sie begann zu schluchzen. „Und meine Mom muss jetzt doppelt so viel arbeiten, damit wir irgendwie hinkommen. Also erzählen Sie *mir* nicht, wie verdammt toll Bullen sind …"

„Ssch, ssch, ruhig, ganz ruhig." Warme Hände umschlossen ihren Oberarm, und sie wurde an eine duftende Brust gedrückt und in warme Arme geschlossen. „Ssch, ruhig jetzt." Ms Calloways Stimme war weich, sie hob eine Hand und streichelte Corys Hinterkopf. „Ist schon okay. Ist schon okay, Baby."

„Nein, ist es nicht!", heulte sie.

Die Hand erstarrte für einen Moment, streichelte dann aber weiter. „Nein, du hast recht. Es ist nicht okay, dass dein Vater umgebracht wurde, nur weil er versucht hat, das Richtige zu tun. Detective", sagte sie über Corys Kopf hinweg, „warum gehen Sie mit den Jungs nicht in den Coffeeshop die Straße runter und bestellen ihnen was zu trinken? Lassen Sie sich Zeit. Aber bringen Sie uns ein paar Mocca Frappuccinos mit, wenn Sie fertig sind, ja? Mein Geld ist in meiner Handtasche da drüben."

„Behalten Sie Ihr Geld", erwiderte er barsch. „Kommt, Jungs."

Diese albernen Tränen liefen weiterhin aus Corys Augen, und ihre Nase war so verstopft, dass sie kaum Luft bekam. Laut durch den Mund atmend ließ sie die Wange gegen Ms C.'s weiche Brust sinken. Sie fühlte, wie der Stoff des Kittels feucht wurde, und konnte verdammt noch mal nur hoffen, dass sie nicht auch noch ihren ganzen Rotz auf Ms C. verteilte.

Das hätte gerade noch gefehlt!

Und doch … irgendwie ging es ihr besser. Sie war zwar noch immer traurig, aber nicht mehr so herzzerreißend verzweifelt.

„Wie lange schleppen Sie das schon mit sich rum?", fragte Ms Calloway sanft, ihre Hände streichelten noch immer Corys Kopf.

„Weiß nich. Eineinhalb Jahre?"

„Seit Ihr Vater gestorben ist? Haben Sie nicht mit Ihrer Mutter darüber gesprochen?"

„Mom vermisst Daddy so sehr, und sie hat so viel um die Ohren, wissen Sie? Ich will ihr keine Schwierigkeiten machen."

„Honey, es ist Ihre Mutter. Sie will bestimmt wissen, wie es Ihnen geht. Was tun Sie denn, wenn es Sie plötzlich überkommt? Allein weinen?"

Cory zuckte mit den Schultern. „Meistens." Sie hatte ja nicht geahnt, wie gut es sich anfühlte, in diesem Moment von jemandem gehalten zu werden. Gleichzeitig hatte sie aber das Gefühl, ihre Mom zu hintergehen. Darum machte sie sich los, wich ein paar Schritte zurück und fuhr sich mit der Hand über die Nase. Womit sie nur den Rotz über ihrer Wange verteilte.

Himmel noch mal!

Ms C. förderte ein Päckchen Taschentücher zutage, und Cory wischte sich die Wange ab und putzte ihre Nase.

„Hier." Ms C. kam näher und tupfte mit einem Taschentuch ihre Augen trocken. Dann betrachtete sie Cory nachdenklich: „Sie sehen ohne dieses ganze Make-up viel hübscher aus", meinte sie, knülte das mit Wimperntusche und Eyeliner verschmierte Taschentuch zusammen und lächelte.

„Das sagt meine Mom auch", schniefte Cory.

„Sprechen Sie mit ihr. Wenn Ihre Mutter nur ein bisschen wie meine ist, dann würde es sie umbringen zu wissen, dass Sie das alles für sich behalten."

Obwohl der Gedanke verlockend war, entgegnete sie nur: „Ich denk darüber nach."

„Sie ist die Erwachsene in Ihrer Familie, Cory. Es würde ihr bestimmt nicht gefallen, dass Sie auf Kosten Ihres eigenen Seelenfriedens versuchen, sie zu beschützen." Dann winkte sie ab. „Aber ich will nicht meckern. Lassen Sie uns stattdessen lieber über Detective de Sanges sprechen."

Sofort schlug Corys Herz schneller. „Er ist gemein!"

„Nein", entgegnete Ms C. ruhig. „Er knausert ein bisschen mit seinem Lächeln, und er ist verdammt dickköpfig, aber ich glaube nicht, dass er gemein ist. Sein Job ist ihm unglaublich wichtig. Ich bin sicher, wenn er zu dem Team gehört hätte, das für Ihren Vater zuständig war, hätte er alles getan, damit so etwas nicht passiert."

„Vielleicht", grummelte sie mürrisch, nicht bereit, an das Gute in irgendeinem Bullen zu glauben. Aber vielleicht war er tatsächlich gar nicht so schlimm. Denn jetzt, wo die Panik nachgelassen hatte, fiel ihr auch wieder ein, dass er vorgeschlagen hatte, Ms C. zu holen, als sie sich geweigert hatte, mit ihm zusammenzuarbeiten.

Zumindest das musste sie jetzt nicht mehr. Na bitte, dann hatte dieser peinliche Tränenausbruch in aller Öffentlichkeit also doch etwas Gutes.

„Tut mir leid", entschuldigte sich Ms C. „Das zu sagen, war nicht sonderlich hilfreich, weil sich an der Vergangenheit nichts mehr ändern lässt. Aber wenn Sie Detective de Sanges etwas besser kennenlernen, werden Sie sicher feststellen, dass er gar nicht so schlimm ist."

Das klang gar nicht gut. „Hm? Wenn ich ihn besser kennen..." – „...lerne", beendete Ms C. für sie den Satz. „Denn Ihnen ist natürlich klar, dass er nach wie vor Ihr Partner sein wird, oder? Zumindest bis diese Arbeit hier abgeschlossen ist."

9. KAPITEL

Ach, verdammt. Kaum habe ich mir meine Meinung gebildet und mich gut damit gefühlt, kommt Jason an und wirft wieder alles über den Haufen. Ich hasse es, wenn Tatsachen meinen Vorurteilen in die Quere kommen!

Als Bruno Arturo einen Teenager mit Spraydosen entdeckte, drehte er um und schlenderte auf ihn zu. Sicher, Schultz hatte gesagt, dass er die Sache auf sich beruhen lassen solle, aber das hier war Kismet, Schicksal, Mann. Warum sonst sollte so ein Graffiti-Freak, den er schon öfter hier hatte rumlungern sehen, genau in dem Moment auftauchen, in dem er darüber nachdachte, wie beschissen es war, dass er *seinen Tagger* nicht finden konnte. „Hey, Junge!"

Nach einem kurzen Blick über seine Schulter schlurfte der Junge in seinen ausgebeulten Jeans, aus denen fünf Zentimeter der Boxershorts herausschauten, dem übergroßen Kapuzenshirt und den riesigen, nicht zugebundenen Sneakers weiter.

„Hey du! Ich rede mit dir!" Jesus, was dachten sich diese Kids nur dabei, wenn sie solche Klamotten überzogen? Bruno fuhr mit der Handfläche über seinen exakt geschnittenen grauen Anzug, und als der Junge wieder den Kopf abwandte, schnauzte er: „Wag es nicht, einfach weiterzugehen, du Spinner!"

„Was is' los, Alter?" Jetzt blieb der Junge stehen, lehnte aber den Oberkörper zurück und verschränkte die Arme über der Brust. „Was gibt's?"

„Du sollst mir nur ein paar Fragen über deine Leute beantworten."

Der Teenager kniff die Augen zusammen. „Von was für Leuten sprichst du, Arschloch? Vielleicht von *Schwarzen*?"

„Nein, Idiot. Ich suche nach einem *Tagger*. Einem weißen *Tagger*", betonte er.

„Kenn ich keinen."

„Schwachsinn. Ich seh euch doch die ganze Zeit zusammen

rumhängen. Und auf euren Dosen steht immer *Krylon*, scheint die einzige Farbe zu sein, die ihr Typen benutzt. Also erzähl mir, wo ich den hier finde." Er beschrieb den Sprayer vom Dach so gut er konnte.

Doch der Junge zuckte nur mit den Schultern. Bruno hatte das Gefühl, dass er nicht einmal zugehört hatte. „Wie gesagt, Alter, ich kenn ihn nicht. Kann dir nicht helfen."

„Nun, wenn du ihn nicht kennst, dann kennst du ihn wohl nicht", erwiderte Bruno leutselig. Dann packte er den Jungen am Hals und schleifte ihn rückwärts in eine kleine Gasse.

„Und jetzt", sagte er ruhig, als die Finger des Jungen sich in seinen Händen verkrallten und seine Augen hervortraten. „Fangen wir noch einmal von vorn an, einverstanden?"

Poppy ertappte sich dabei, wie sie Jason am folgenden Dienstagnachmittag, als die Gruppe die schwarze Farbe von einem weiteren Laden entfernte, insgeheim immer wieder einen Blick zuwarf.

Er war ... freundlicher seit Corys Ausbruch, nicht mehr ganz so reserviert und ernst.

Natürlich hatte er sich nicht mit einem Mal in einen grinsenden Idioten verwandelt und führte sich auch nicht als bester Freund der Kids auf. Aber Poppy bemerkte, wie vorsichtig er sich Cory gegenüber benahm und wie er ruhig akzeptierte, dass das Mädchen Abstand von ihm hielt. Und obwohl er sich noch immer keine Kommentare über Poppys Miniganoven verkneifen konnte, hatte er offenbar mit den Jungs im Coffeeshop etwas richtig gemacht. Sie wusste nicht, was er ihnen gesagt hatte, doch beide Jungs benahmen sich Cory gegenüber seitdem ganz natürlich. Und da es sich um Jungs handelte, glaubte Poppy nicht, dass sie von allein darauf gekommen waren.

Das war also ... gut. Oder zumindest sollte es gut sein. Aber ihr Magen zog sich bei jedem Blick auf Jase schmerzhaft zusammen. Denn sie war nicht sicher, ob ein freundlicherer de Sanges etwas Gutes bedeuten konnte.

Es war schon schlimm genug, dass sie sogar dann auf den Typ scharf war, wenn er seine Ich-lächle-niemals-Nummer abzog. Diese ganze verdammte Anziehung zwischen ihnen ergab überhaupt keinen Sinn. Aber zumindest fiel es ihr bei seiner stacheligen Art leichter, sich von ihm fernzuhalten.

Ach ja? Na, das hat ja bisher grandios geklappt! Genervt stieß sie den Atem aus, zog eine alte Jalousie aus ihrer großen Tasche und ging zu Henry. Poppy zeigte ihm, wie er mit dem biegsamen Aluminium verhindern konnte, aus Versehen die angrenzende Wand mit Farbe zu bemalen. Und auch dabei drehten sich ihre Gedanken weiter wie ein Hamsterrad. Jasons nicht gerade heitere Persönlichkeit hatte sie bisher ja auch nicht abgeschreckt, im Gegenteil. Ein winziges Küsschen hatte gereicht, um ihn am liebsten mit Haut und Haar verschlingen zu wollen.

Verflucht. Sie kapierte es einfach nicht. Noch nie hatte sie sich dermaßen *lüstern* in der Gegenwart eines Mannes gefühlt. Zwar hatte sie immer schon einen recht gesunden Sexualtrieb besessen, aber bisher nie einen Mann nur gesehen und gedacht: *den will ich*.

Du schmeichelst dir selbst ganz schön, wenn du glaubst, dass das hier irgendwas mit *denken* zu tun hätte, überlegte sie. In Jasons Nähe war sie ein einziges Nervenbündel. Beispielsweise letzten Herbst, als sie geglaubt hatte, er würde sich nicht um den Einbruch in die Villa kümmern. Sie war wütend auf ihn gewesen, aber das hatte nichts daran geändert, dass sie sich am liebsten wie eine rollige Katze an ihm gerieben hätte.

Woher all diese Bedürfnisse, die damaligen und heutigen, kamen, wusste Poppy nicht. Immer hatte sie sich vorgestellt, dass der Mann, der irgendwann einmal eine solche Auswirkung auf sie hätte, einfach … nun, komplett anders als Jason de Sanges sein würde. Sie hatte sich einen Künstler vorgestellt mit sozialem Gewissen – vielleicht einen Mann, der ein wenig ihrem Vater ähnelte. Ihr Dad liebte es zu lachen und fand, dass ihr Wunsch, die Welt zu verbessern, tatsächlich etwas Gutes war und nicht einfach nur für den Arsch.

Sie ertappte sich dabei, wie ihr Blick eben dieses Körperteil von Jason ausführlich studierte. In den maßgeschneiderten Hosen, die er sonst trug, sah sein Hintern rund, muskulös und heiß aus. Aber heute, in den ausgeblichenen Jeans, Heilige Jungfrau Maria, hatte er einfach einen Weltklasse...

Himmelherrgott noch mal, Poppy! Sie schaffte es gerade noch, nicht mit der Handfläche gegen ihre Stirn zu schlagen. So etwas hatte sie nicht mal als Teenager gemacht!

Aber leider hatte sie das äußerst unangenehme Gefühl, dass es noch schlimmer kommen würde. Denn es war schon schwer genug, ihn nicht anzusehen und nicht an seinen Hintern zu denken, solange er sich wie Robocop aufführte. Wie sollte sie es jetzt schaffen, wo er mit einem Mal auf Mr-New-Age persönlich machte?

Indem du einfach einen großen Schritt zurückgehst.

Gut, das konnte sie. Sie konnte – und würde – sich von jetzt an professionell benehmen und alle persönlichen Neigungen unter Schloss und Riegel halten. Nicht zulassen, dass ihre Hormone das Kommando übernahmen. Nicht mehr seinen Hintern mustern. Und abgesehen von den Situationen, in denen es einfach nicht anders ging, würde sie darauf achten, jede Menge Abstand zu ihm zu halten. Physisch *und* psychisch.

Sie ging zu ihren Teenager-*Taggern*, um zu sehen, wie sie vorankamen. Als sie gerade die ordentliche, effiziente Arbeit von Danny lobte, klingelte ihr Handy. Um das Gespräch anzunehmen, ging sie um die Ecke, drehte dem Verkehr auf der Straße den Rücken zu, steckte einen Finger in das freie Ohr und rief: „Hallo?"

„Ms Calloway? Hier spricht Barb Jackson – Darnells Großmutter."

Beim Gedanken an ihren Starschüler im Central-District-Projekt strahlte Poppy. „Ach ja, Mrs Jackson. Wie geht es Ihnen?"

Ihr Lächeln erstarb, während Mrs Jacksons Stimme immer aufgewühlter und ängstlicher wurde, je länger sie sprach. Zweimal musste Poppy sie bitten, langsamer zu sprechen.

Schließlich sagte sie: „Mrs Jackson, ich arbeite gerade mit einer anderen Gruppe, aber wir werden in etwa einer Stunde fertig sein. Kann ich dann bei Ihnen vorbeikommen? Ja? Gut, warten Sie bitte einen Moment, ich brauche etwas zu schreiben." Sie rannte zurück zu ihrer Tasche. „Okay, ich bin so weit. Geben Sie mir Ihre Adresse und Telefonnummer."

Nach dem Gespräch tippte sie mit dem Notizblock gegen ihre Handfläche. Dabei warf sie Jase einen nachdenklichen Blick zu. Sie wollte ihn wirklich nicht damit behelligen. Andererseits hatte er Möglichkeiten, von denen sie nur träumen konnte.

Nachdem sie Notizblock und Stift wieder in der Tasche verstaut hatte, schlenderte sie zu ihm hinüber.

„Dieses Stück Jalousie ist vielleicht gut für kleine Flächen", brummte er. „Aber das hier kleb ich ab. Ich will fertig sein, bevor wir alle alt und grau sind."

„Schön. Ich bin mit allem einverstanden, was funktioniert. Aber deshalb bin ich nicht hier. Ich brauche …" Die Worte blieben ihr im Hals stecken. Ihn direkt um Hilfe zu bitten, widersprach ihrem Schwur, ihn sich vom Leib zu halten. Trotzdem musste sie es sagen. *Hier geht es nicht um dich, es geht um Darnell, und de Sanges kann helfen.* Sie schluckte schwer.

„Ich brauche Ihre Hilfe."

Nachdem Cory, Danny und Henry ihre Pflichtarbeit für diesen Tag beendet hatten, ging Jase, die Hände in die Hosentaschen gestopft, mit Poppy zu ihrem Wagen. Er fragte sich, was zum Teufel hier los war. Bisher hatten sie noch nicht richtig sprechen können, und warum er sofort versprochen hatte, ihr zu helfen, ging einfach nicht in seinen Schädel.

Zumindest sah ihm das nicht ähnlich. Er wusste immer gern vorher, um was es ging, bevor er etwas versprach. Doch bei Poppy hatte er nicht einmal nachgefragt.

Fast umgehend hatte er seine untypische Reaktion bereut. Doch bevor er einen Rückzieher machen und um Einzelheiten bitten konnte, hatte Henry ihn damit genervt, weiter die Wand abzukleben. Und dann schien einer nach dem anderen irgendwelche Fragen an Poppy zu haben. Für ein Gespräch war keine Zeit gewesen.

Das war nun anders, und er öffnete den Mund, um nachzufragen. Doch als Poppy vor ihrem Wagen stehen blieb und er einen Blick darauf warf, vergaß er alle Einwände.

Jesus, das Ding musste fünfzehn Jahre alt sein und sah aus, als würde es nur von Klebeband und Kaugummi zusammengehalten. Hätte er dieses Wrack von einem Auto schon früher gesehen, wäre es mit Sicherheit niemals zu dem Missverständnis wegen ihrer Herkunft gekommen.

„Wir nehmen meinen Wagen", erklärte er sofort.

Während sie den verrosteten Kotflügel tätschelte, warf sie ihm ein Lächeln zu. „Warum geht jeder immer davon aus, dass Maybelline hier kurz davor steht, auseinanderzufallen? Sie ist vielleicht nicht hübsch, aber sie fährt viel besser als sie aussieht."

„Das will ich verdammt noch mal hoffen, denn das ist nichts weiter als eine Rostlaube." Dann starrte er sie an. „Sie haben Ihrem Wagen einen *Namen* gegeben?"

„Na klar. Wir sind schon lange zusammen ... da kann ich sie doch nicht einfach Auto nennen." Sie bedachte ihn mit einem drolligen Blick. „Ich gehe mal davon aus, dass Sie Ihrem Wagen keinen Namen gegeben haben."

„Ganz sicher nicht", brummte er. Doch dass sie so etwas tat, konnte er sich lebhaft vorstellen. Er hatte in den letzten Tagen eine ... Unbeschwertheit an Poppy Calloway entdeckt, eine Freude, die sie von innen heraus leuchten ließ.

Aber davon würde er sich verdammt noch mal nicht beeindrucken lassen. „Na los", knurrte er. „Ich habe um die Ecke geparkt."

Er dirigierte sie zu seinem SUV, öffnete ihr die Tür und stieg dann selbst ein. Doch statt den Motor zu starten, wandte er ihr den Kopf zu. „Na gut, und wofür zum Teufel brauchen Sie jetzt meine Hilfe?"

„Es ist nichts Illegales, das verspreche ich", erwiderte sie trocken und machte eine abwehrende Handbewegung. „Könnten Sie vielleicht schon mal Richtung Central District fahren, während wir reden?"

„Nein."

Poppy seufzte. „Barb Jackson, die Großmutter eines Schülers von mir im Central-District-Programm, hat vorhin angerufen. Darnell ist verschwunden, und sie macht sich schreckliche Sorgen."

„Auch wenn es anders aussehen mag, Blondie, ich bin nicht Ihr persönlicher Cop. Ganz zu schweigen davon, dass ich für das Raub- und nicht das Vermisstendezernat arbeite."

„Was im Moment eher ein Vorteil ist, denn die haben Mrs Jackson mehr oder weniger erklärt, dass sie sich keine Sorgen machen soll und Darnell erst nach vierundzwanzig Stunden vermisst melden könnte."

„Es gibt einen guten Grund, warum sie so lange warten. Denn in neun von zehn Fällen ist es nur falscher Alarm."

„Er ist ein guter Junge, Jason. Und wenn er nun dieser eine von zehn ist? Ich weiß, dass Sie einen anstrengenden Beruf haben und unser Säuberungsprojekt Sie nur aufhält. Ganz ehrlich, ich erwarte nicht, dass Sie all Ihre anderen Aufgaben vernachlässigen. Aber Sie haben ganz andere Möglichkeiten als Mrs Jackson und ich. Könnten Sie nicht wenigstens mit ihr sprechen?"

Er sollte Nein sagen. Er wollte Nein sagen. Stattdessen startete er murrend den Motor und steuerte auf CD zu.

Zwanzig Minuten später hielt Jase vor einem gepflegten Bungalow aus der Mitte des neunzehnten Jahrhunderts. Nachdem er den Wagen geparkt hatte, saß er einen kurzen Augenblick einfach nur da. Nach einem resignierten Seufzen sagte er zu Poppy: „Ich vermute, Sie werden Ihre Meinung nicht ändern?"

„Sie braucht unsere Hilfe, Jason."

Er fluchte leise – wobei er die Tatsache ignorierte, dass sein Magen sich seltsam zusammengezogen hatte, als sie ihn mit dem

Vornamen ansprach –, stieg aus dem Wagen und wollte Poppy die Tür öffnen. Doch sie war schneller. Während er verstimmt den Schwung ihrer Hüften beim Gehen beobachtete, heftete er sich an ihre Fersen. Als sie klingelte, stand er viel zu nah hinter ihr. Entschlossen trat er einen Schritt zurück. Diese Frau machte ihn wirklich wahnsinnig.

Die Tür ging auf, und der Grund seines Wahnsinns sagte: „Mrs Jackson? Ich bin Poppy Calloway, und das ist Detective de Sanges."

„Ich danke Ihnen vielmals, dass Sie gekommen sind." Eine kräftige, gut angezogene Afroamerikanerin Ende fünfzig stand in der Tür. „Bitte, kommen Sie herein." Sie warf ihm einen Blick zu, dann sah sie wieder Poppy an. „Ich wusste nicht, dass Sie in Begleitung eines Polizisten kommen würden."

„Ich bin nicht vom Vermisstendezernat, Mrs Jackson, aber Ms Calloway hat mich um Hilfe gebeten. Ich habe zwar keine Befugnisse im Fall einer anderen Abteilung, aber ..."

„Es ist überhaupt kein Fall, Detective. Als ich in Darnells Schule anrief und hörte, dass er gar nicht dort gewesen ist, bin ich zur Polizei gegangen. Aber dort sagte man mir, dass er noch nicht lange genug verschwunden wäre."

„In den meisten Fällen stellt sich diese Wartezeit als richtig heraus. Aber ich werde tun, was ich kann."

Mrs Jackson führte sie ins Wohnzimmer, das sehr sauber und in einem fröhlichen Hellgrün gestrichen war. „Bitte, setzen Sie sich."

Poppy und Jase setzten sich auf die Couch. Ganz automatisch wollte Jase in die Innentasche seines Jacketts greifen – als ihm einfiel, dass er heute keine Dienstkleidung trug. „Entschuldigen Sie, Mrs Jackson. Ich habe kein Notizbuch dabei. Hätten Sie vielleicht etwas zu schreiben?"

Sie brachte ihm einen Block und einen Stift.

„Danke." Er sah die ältere Frau an und klickte auf den Kugelschreiber. „Wann haben Sie Ihren Enkel zum letzten Mal gesehen?"

„Gestern Abend, bevor ich ins Bett gegangen bin." Sie drehte sich zu Poppy. „Er hat die ganze Zeit von Ihrer letzten Unterrichtsstunde gesprochen. Und als er nicht von der Schule kam, dachte ich zuerst, dass er sich vielleicht mit diesem südamerikanischen Mädchen getroffen hat, das er so mag. Oder dass er zu einem Freund gegangen ist. Aber als er zum Abendessen immer noch nicht auftauchte, habe ich seine Freunde angerufen." Einen Moment verzerrte Angst ihr Gesicht, dann gewann sie die Fassung zurück. „Niemand weiß etwas."

„Oder will etwas verraten", warf Jase ein.

Die ältere Dame protestierte. „Er ist ein guter Junge! Und dasselbe gilt für neunundneunzig Prozent seiner Freunde."

„Ich will auch gar nichts Gegenteiliges behaupten, Ma'am. Aber selbst die besten Teenager sind eben noch immer Teenager. Sie tun manchmal Dinge, über die sie nicht gut genug nachgedacht haben. Und sie scheinen alle zu glauben, wenn es ein elftes Gebot gäbe, würde es lauten: Du sollst deine Freunde decken, egal, worum es geht. Und manchmal lügen sie einfach nur, weil sie wissen, dass den anderen die Wahrheit nicht gefallen wird. Ich kenne Darnell nicht, darum will ich nicht behaupten, dass er so ist. Aber zumindest sollten wir es im Kopf behalten. Hat er ein Auto?"

„Nein, Sir."

Jase stand auf. „Warum zeigen Sie mir nicht sein Zimmer? Während ich es mir anschaue, könnten Sie ein Foto suchen, das ich herumzeigen kann. Außerdem brauche ich eine Liste mit den Adressen und Telefonnummern seiner Freunde."

„Ist gut." Nachdem Darnells Großmutter sie in ein Zimmer neben der Küche geführt hatte, zog sie sich zurück. Poppy sah Jason zu, wie er Darnells Sachen durchsuchte.

Und sie stellte fest, dass es möglicherweise Zeit war, ihre Meinung zu ändern.

Letztes Jahr hatte de Sanges ihr unangenehme Dinge gesagt, die sie nicht hatte hören wollen. Doch jetzt begriff sie, dass er die Fakten einfach nur nach seiner Berufserfahrung beurteilt hatte. Und das tat er entgegen ihrer ursprünglichen Ansicht nicht, um andere zu entmutigen oder zu verletzen, sondern um so viele Informationen wie möglich zu sammeln. Hinzu kam, dass seine Einschätzung von Teenagern ziemlich genau mit ihren Erfahrungen übereinstimmte.

Sie glaubte wirklich an das, was sie Cory gesagt hatte – dass es anders gekommen wäre, wenn ein Polizist wie Jason den Capelli-Fall betreut hätte. Er war einfach viel zu stur, um einen Mann dafür bezahlen zu lassen, dass er mutig genug gewesen war, einen Mörder zu identifizieren.

„Der Knabe hat Talent", riss Jason sie aus ihren Gedanken. Er studierte einige von Darnells an die Wand gehefteten Bildern.

„Das hat er wirklich. Und nicht zu knapp", nickte sie.

„Ich sehe keinen Computer."

„Vermutlich benutzt er die in der Bibliothek. Mrs Jackson kümmert sich gut um ihn, hat aber nicht viel Geld übrig. Handys und Computer sind wohl eher nicht drin."

„Durchsuchen Sie den Papierkorb nach etwas, das auf seinen Aufenthaltsort hinweisen könnte."

Mrs Jackson kam zurück, und Jason betrachtete das Schulfoto, das sie ihm gab. Er bat sie, Darnells Kleider durchzusehen und zu prüfen, ob etwas fehlte. Anschließend bat er sie, die Leute auf dem Skizzenblock zu identifizieren.

„Das bin natürlich ich", sagte sie irgendwann und saß einen Moment ganz still. Tränen füllten ihre Augen. Leise schniefend fuhr sie mit einem Finger über ihr Porträt. Dann blätterte sie auf die nächste Seite. „Ich denke, das ist das Mädchen aus Ms Calloways Klasse, das Darnell so mag."

Poppy beugte sich vor. „Ja, das ist Emilia. Die beiden scheinen sich wirklich sehr zu mögen."

„Was hat sie gesagt, als Sie anriefen?", fragte Jase.

Da Mrs Jackson Emilias Nummer nicht hatte, erklärte Poppy sich bereit, den Kontakt zu dem Mädchen herzustellen.

Auf einmal wurde Mrs Jacksons Gesicht hart.

Jase lehnte sich vor, um die nächste Skizze genauer zu betrachten. „Wer ist das?"

„Niemand", erklärte die ältere Frau tonlos.

„Er ist jemand, Mrs Jackson, sonst hätte Ihr Enkel ihn nicht gezeichnet."

„Das ist Freddy Gordon. Darnell und er waren einmal befreundet. Aber dann ist Freddy Mitglied einer Gang geworden. Jetzt treffen sie sich nicht mehr."

„Ich brauche trotzdem seine Adresse. Wir werden jeden einzelnen Stein umdrehen."

„Ich kann Ihnen genau sagen, was Sie unter diesem speziellen Stein finden werden", murmelte Mrs Jackson. Aber sie stand auf, nahm die Adressliste, die sie aufgesetzt hatte, und verschwand wieder in der Küche.

Mit ausdruckslosem Blick reichte Jase Poppy den Skizzenblock. Zu ihrer Überraschung stellte sie fest, dass sie inzwischen in der Lage war, Nuancen in seinem Pokerface zu erkennen. Als sie die Zeichnung ansah, ahnte sie, warum er Mrs Jacksons nicht so einfach geglaubt hatte. Ein Junge mit traurigen, alten Augen, aber einem gutmütigen Lächeln sah ihr entgegen.

„Dieser Junge mag vielleicht schlechten Einfluss haben, aber Darnell hat ihn mit Liebe gezeichnet", sagte sie sanft, voller Bewunderung für das Talent ihres Schülers.

„Ja." Jase stand auf. „Den Eindruck habe ich auch." Mrs Jackson kam mit dem Zettel aus der Küche zurück. „Mrs Jackson, wir werden Darnells Foto und diese Informationen mitnehmen und ihn suchen. Ich gebe Ihnen sofort Bescheid, wenn ich etwas höre."

Die ältere Frau bedankte sich, indem sie seine Hand in beide Hände nahm. Dann tat sie dasselbe bei Poppy.

Fünf Minuten später im Auto sah Jase zu Poppy hinüber, und etwas in seinen dunklen Augen überzeugte sie davon, dass er diesen Fall jetzt genauso ernst nahm wie sie.

„Dann werden wir uns mal mit Freddy Gordon unterhalten", sagte er und drehte den Zündschlüssel um.

10. KAPITEL

Oh, Mann, dieses Lächeln. Ganz zu schweigen davon, was er getan hat. Jetzt ist es offiziell. Ich bin erledigt.

Das Erste, was Jase tat, als er vor einem heruntergekommenen Haus ein paar Blöcke und eine ganze Welt von Mrs Jacksons Haus entfernt anhielt, war, sein Handschuhfach aufzuschließen und seine Dienstwaffe herauszunehmen. Dann schnappte er sich seine Dienstmarke und ein Notizbuch, das schon bessere Tage gesehen hatte. Während er aus dem SUV stieg, schob er das Buch in eine Hosentasche und die Dienstmarke in die andere. Zuletzt steckte er die Waffe hinten in die Jeans, zog das T-Shirt aus dem Bund und ließ es darüberfallen. So. Nun fühlte er sich nicht mehr so nackt.

Dieses Mal saß Poppy noch auf ihrem Sitz, als er um den Wagen kam. Er öffnete die Tür, doch sie rührte sich nicht, sondern sah ihn nur an.

„Ich bin nicht gerade begeistert über die Waffe, de Sanges."

„Tut mir leid, das zu hören, Calloway. Und ich bin nicht begeistert über diese Gegend. Die Waffe bleibt."

Sie betrachtete ihn noch einen Moment, dann nickte sie. „Ich weiß, was Sie meinen. Warum habe ich das Gefühl, dass dieser Junge hier nicht so viel Fürsorge erfährt wie Darnell von seiner Oma?"

„Weil Sie mit genug Kids gearbeitet haben, um ein Gefühl dafür zu bekommen? Ach, zur Hölle, vielleicht auch nur, weil es ein sonniger Abend ist, aber alle Rollläden runtergelassen sind oder weil dieser Ort einfach wie eine Müllkippe aussieht." Er sah zu dem Garten, der mit kaputten Fahrrädern und Motorrädern übersät war. „Selbst das, was nicht viel kosten würde, ist hier nicht gemacht worden."

Auf der wackeligen Veranda blieben sie stehen. Im Haus plärrte Oprah im Fernsehen. Als Poppy sich schon wieder nicht von der Stelle rührte – was überhaupt nicht typisch für sie war –, griff er um sie herum, um an die Tür zu klopfen.

Einige Sekunden später fiel sein Blick einige Zentimeter tiefer auf ein kleines Mädchen. Es trug ein mit Essensresten beschmutztes T-Shirt und Cordhosen. Den Finger fest in den Mund gesteckt, starrte sie mit ernsten Augen zu ihnen auf.

Endlich kam Leben in Poppy. „Ja, hallo du", murmelte sie mit einem kleinen Lächeln und ging vor dem Kind in die Hocke.

Das kleine Mädchen streckte die Hand aus, um die blonde Lockenmähne zu berühren. Sein eigenes Haar sah aus, als ob es schon länger weder Bürste noch Kamm gesehen hätte. Schüchtern begannen die kleinen Lippen um den nassen Finger zu lächeln.

Jase riss den Blick von Poppy, deren dünner Rock sich bauschte, als sie sich wieder erhob und dabei sanft mit den Fingerspitzen über den Kopf des Mädchens strich. Stattdessen sah er nun in die Augen einer verärgerten klapperdürren Frau, die an der Tür erschienen war.

Ohne auf die Asche zu achten, die von ihrer Zigarette fiel, starrte sie zurück.

„Sind Sie Mrs Gordon?", fragte er.

Misstrauisch kniff sie die Augen hinter der Wand aus Rauch zusammen, die sie zwischen sie geblasen hatte. „Wer will das wissen?" Dann musterte sie ihn eingehender. „Scheiße. Ein Bulle." Gleich darauf glotzte sie Poppy an. „Und Sie sehen so nach Weltverbesserer aus, also sind Sie ... was? Vom Jugendamt?"

„Nein, Ma'am. Ich bin nicht vom Jugendamt. Darnell Jackson ist in meinem Kunstunterricht. Er wird vermisst, und wir versuchen, ihn zu finden. Und wir haben gehört, dass er mit Freddy befreundet ist."

„Nun, der is sicher nicht hier", spottete die Frau und warf die Zigarette aus der Tür. „Darnell kommt nich mehr oft vorbei. Das liegt an seiner verbohrten Oma, aber ausnahmsweise hat diese Schlampe mal recht. Der Junge hat keinen Grund, mit meinem Sohn rumzuhängen. Darnell hat was – man muss ihn nur anschauen und weiß, dass er eines Tages wer sein wird." Dann verschwand jede Wärme aus ihrer Stimme. „Freddy ist keinen Scheißdreck wert."

Jase bemerkte Poppys schockierten Gesichtsausdruck. Bis zu diesem Moment hatte er seine Autorität heruntergespielt, doch jetzt bellte er los: „Ist Freddy da? Ich würde gern mit ihm sprechen."

„Ich weiß nicht, wo dieser kleine Scheißer ist. Hab ihn seit Samstagabend nich mehr gesehn."

„Sie sorgen nicht dafür, dass er zur Schule geht?", fragte Poppy.

„Er ist fast achtzehn, Lady. Da kann er wohl selbst zur Schule gehn."

Weil Poppys Augen begannen, Feuer zu spucken, stellte Jase sich mit einem großen Schritt zwischen die beiden Frauen. „Hat Freddy ein Handy?", erkundigte er sich.

„Ja", lautete die knappe Antwort.

Als Freddys Mutter nichts weiter sagte, fragte er kalt: „Wie ist die Nummer?"

Leise meckernd schlurfte sie in ihren abgetragenen Pantoffeln durchs Wohnzimmer, um kurz darauf mit einer neuen Zigarette in der einen und einem billigen Adressbuch in der anderen Hand zurückzukehren. Sie blätterte qualvoll langsam die Seiten um, bis sie die gesuchte Nummer gefunden hatte. Ohne aufzusehen, las sie sie laut vor.

Nachdem Jase die Nummer notiert hatte, reichte er ihr mit einem harten Blick seine Karte. „Rufen Sie mich an, sobald Sie von ihm hören."

„Hm", grunzte sie und schloss demonstrativ die Tür.

Auf dem Weg zum Wagen erkannte Jase an Poppys steifen Schultern, dass sie nicht sonderlich glücklich war.

„Diese Frau ist doch einfach nicht zu *fassen*!", zischte sie beim Einsteigen. „Ich wünschte, ich wäre tatsächlich vom Jugendamt. Diese Frau bettelt doch geradezu darum, dass man ihr die Kinder wegnimmt. Verdammt, Jason, dieses süße kleine Mädchen sieht nicht so aus, als ob sich irgendjemand auch nur ansatzweise um sie kümmert."

Es passte ihm nicht, wie gern er seinen Namen aus ihrem Mund hörte. Darum klang seine Stimme sehr kühl, als er sagte. „Mrs Gordon wird in nächster Zeit vermutlich nicht zur Mutter des Jahres gewählt werden. Aber für ein Kind bedeutet es nur selten eine Verbesserung, in Pflegefamilien oder im Heim aufzuwachsen."

„Zumindest würde es dort nicht durch Passivrauchen sterben", murmelte sie. Doch dann seufzte sie und beherrschte ihren Ärger. „In Ordnung, das weiß ich auch", gestand sie leise. „Wirklich. Es ist nur …"

„Ja", unterbrach er sie. „Es tut weh." Als er versuchte, die Nummer anzurufen, erreichte er nur die Mailbox. Nachdem er eine kurze Nachricht mit seinen verschiedenen Nummern hinterlassen hatte, wandte er sich wieder an Poppy. „Hören Sie, auf meinem Schreibtisch stapelt sich die Arbeit. Wenn Sie die Adresse von Darnells Freundin auftreiben, können wir bei ihr vorbeifahren. Aber egal, ob sie zu Hause ist oder nicht, Blondie, danach muss ich sofort zurück aufs Revier."

„Das ist doch wohl ein Scherz. Es ist schon nach achtzehn Uhr."

Er zuckte mit den Schultern. „Wie ich sagte, Berge von Arbeit."

Zu seiner großen Überraschung legte sie eine Hand auf seinen Unterarm. „Danke, Jason. Für alles. Sie waren wirklich toll, und ich kann Ihnen gar nicht sagen, wie dankbar ich bin."

Vor seinem inneren Auge erschien umgehend ein Bild, auf welche Weise sie ihre Dankbarkeit zeigen könnte. Nackt. Handschellen. Und das Kopfende eines Betts.

Erschrocken richtete er sich auf. *Großer Gott!* Er war verdammt noch mal mehr als die Summe dieser verkommenen Gene. Entsprechend patzig fiel seine Antwort aus: „Sie können mir danken, indem Sie diese Adresse herausfinden."

„Ich habe sie hier." Poppy scrollte ihr Handy durch, zum

Glück vollkommen ahnungslos, in welche Richtung seine Gedanken gerade gegangen waren. Dann ratterte sie eine Adresse in Süd-Seattle herunter. „Soll ich erst anrufen und fragen, ob sie zu Hause ist? Das würde Ihnen Zeit sparen."

„Nein. Anrufe können Zeit sparen, aber auch dafür sorgen, dass jemand abhaut." Er fuhr los.

„Mann, Ihren Job wollte ich um nichts in der Welt haben", seufzte sie. „Sie sehen wirklich immer nur das Schlechte im Menschen, oder?"

„Im Gegensatz zu Ihnen mit Ihrer rosaroten Optimisten-Brille, meinen Sie?"

„Ja." Sie grinste ihn an und begann, eine Geschichte aus ihrem Kunstunterricht zu erzählen. Eines musste man dem Babe lassen, dachte er auf der Fahrt quer durch die Stadt: Mit ihr wurde einem nie langweilig. Nach der Anekdote über einen Jungen erklärte sie ihm das Auswahlverfahren der drei Highschools in Seattle für ihr Projekt. Emilia zum Beispiel, zu der sie gerade fuhren, war auf Vorschlag eines Lehrers ausgesucht worden.

Bevor sie Roxbury erreichten, fuhr Jase von der Hauptstraße ab, bog dann ein weiteres Mal ab und fuhr die Tenth hinunter, bis er das Haus gefunden hatte, das er suchte. Es war ein kleines, aber sehr gepflegtes holzverkleidetes Einfamilienhaus mit einem schönen Garten. Nachdem er davor geparkt hatte, stiegen sie zum dritten Mal an diesem Abend aus und gingen auf die Tür zu. Er wartete einen Schritt hinter Poppy, als sie auf die Klingel drückte.

Ein hübsches Mädchen, ungefähr so groß wie Poppy, öffnete. Jase vermutete, dass es sich um die vielgepriesene Ms Suarez handeln musste – eine Vermutung, die sich bestätigte, als sie überrascht ausrief: „Ms Calloway!"

Der Blick, den sie Poppy zuwarf, war zugleich erfreut und entsetzt ... und Jases professioneller Radar schaltete sofort auf Alarmstufe Rot.

„Hallo, Emilia", sagte Poppy. „Tut mir leid, dass ich dich zu Hause störe ..."

„Hören Sie auf mit dem Mist", unterbrach er sie mürrisch. Das Mädchen zuckte zusammen, als ob sie ihn eben erst bemerkt hätte. Er trat vor. „Wo ist Darnell?"

Emilia blinzelte heftig, während Poppy vor ihn sprang und ihn mit zusammengekniffenen Augen anstarrte. Sie legte ihre Hand an seine Brust, um ihn von dem Mädchen wegzuschieben und zischte: „Zurück, Detective!"

Er sah sie direkt an und senkte den Kopf ein wenig, um mit den Lippen die Worte *guter Cop, böser Cop* zu formen. Doch sie wirbelte schon wieder zu dem Teenager herum, ohne dass er wusste, ob sie bereit war mitzuspielen.

„Ms Suarez, dieser charmante Gentleman ist Detective de Sanges", sagte sie. „Darnell wird vermisst, seine Großmutter ist krank vor Sorge, und Detective de Sanges hat ein paar Fragen, die er Ihnen stellen möchte."

Mit einem schnellen Blick über ihre Schulter trat Emilia nach draußen auf die Veranda und schloss die Tür hinter sich. „Ich weiß nicht, wie Sie auf mich kommen, Ms Calloway", erwiderte sie, konnte aber Poppys klaren Blick nicht halten. Jase sah sie gleich gar nicht an. „Ich weiß überhaupt ni..."

„Ich schlage vor, dass Sie erst einmal nachdenken, bevor Sie die Ich-weiß-nichts-Karte ausspielen", schnitt er ihr mit harscher Stimme das Wort ab und warf ihr einen finsteren Blick zu. Mit dem Kinn zeigte er auf Poppy. „Ihre Lehrerin hier kauft Ihnen das vielleicht ab, aber ich nicht. Und Sie wollen lieber gar nicht wissen, was Ihnen alles blühen kann, wenn Sie meine Ermittlungen behindern...", nämlich verdammt noch mal gar nichts, „... und ich herausfinde, dass Sie gelogen haben. Was Sie gerade tun, Ms Suarez." Dann fügte er etwas freundlicher hinzu: „Aber ich gebe Ihnen die Chance, das Problem aus der Welt zu räumen. Wo ist Darnell?"

Das Mädchen packte Poppys Hand und zerrte sie von der Veranda. Über die Schulter warf sie Jase einen trotzigen Blick zu. „Lassen Sie uns hinter dem Haus darüber reden."

Nachdem sie das Haus umrundet hatten, gingen sie im Gänsemarsch einen schmalen Weg entlang, bis zu einem großen Garten mit saftigem Rasen und unzähligen Blumen. In einer Ecke stand eine Holzhütte, die aussah wie ein winziges Haus. Bäume und Büsche gewährten Schutz vor den links und rechts stehenden Nachbarhäusern.

„Emilia, das ist ja fantastisch!", rief Poppy mit der Begeisterung aus, die, wie Jase inzwischen herausgefunden hatte, typisch für sie war.

Das Mädchen lächelte voller Stolz. „Hat mein Papi gebaut", erklärte sie. „Er arbeitet für einen Landschaftsgärtner, der sagt, er habe wirklich einen grünen Daumen."

Jase sah zu, wie der Teenager Poppy herumführte und ihr ein paar Minuten lang die Besonderheiten des Gartens zeigte. Dann fragte er: „Wo ist Darnell?"

Zögernd drehte sie sich zu ihm um. „Ich sagte Ihnen …"

Mit zwei großen Schritten stand er direkt vor ihr. „Und ich habe Ihnen die Konsequenzen genannt, mit denen Sie rechnen müssen, wenn Sie mich noch einmal anlügen. Hören Sie auf, mich zum Narren zu halten."

„Aber ich *halte* Sie nicht zum Narren! Nur weil ich und Darnell ab und zu zusammen weggehen, heißt das noch lange nicht, dass ich weiß, wo er ist." Dabei sah sie ihn an und deutete mit dem Kinn in die Ecke des Gartens.

Ihrem Hinweis folgend fiel sein Blick direkt auf die kleine Hütte. Er sah sie mit erhobener Augenbraue an.

Kläglich nickte sie fast unmerklich.

„Sie sollten mich besser nicht anlügen", sagte er laut für Darnell – falls der Junge wirklich dort drin war. „Sicher haben Sie nichts dagegen, wenn ich mich etwas umschaue und mich selbst davon überzeuge." Er griff unter sein T-Shirt und zog die Pistole hervor.

„Jason!", rief Poppy im selben Moment, in dem Emilia „Nein!" kreischte, auf ihn zustürzte und nach der Hand griff, in der er die Waffe hielt.

Mit einer leichten Drehbewegung löste er sich aus ihrer Umklammerung und starrte sie mit seinem ausdruckslosesten Polizistengesicht an. „Sich einem Police Officer bei der Ausübung seines Amts in den Weg zu stellen, ist ein ernster Verstoß gegen das Gesetz, Ms Suarez."

„Sie brauchen keine *Waffe*", schrie sie wild und warf der Pistole einen hasserfüllten Blick zu.

„Wahrscheinlich nicht", stimmte er zu. „Alles, was ich bisher über Darnell gehört habe, spricht dafür, dass er ein guter Junge ist. Aber er ist ohne Grund verschwunden. Ich vermute, dass er sich in diesem Schuppen versteckt, und weiß nicht, ob er bewaffnet ist. Also werde ich mich nicht unbewaffnet in eine solche Situation begeben."

„Warten Sie, warten Sie!", erklang eine gedämpfte Stimme aus der Hütte. „Ich öffne die Tür."

Jase hielt die Pistole in beiden Händen. „Öffnen Sie sie langsam, Mr Jackson. Und machen Sie keine plötzlichen Bewegungen."

„Himmelherrgott, de Sanges", sagte Poppy. „Ist das wirklich nötig?"

„Ich hoffe nicht. Aber zu viele gute Cops sind ums Leben gekommen, weil sie an das Gute im Menschen geglaubt haben, und ich habe nicht vor, mich zu ihnen zu gesellen. Ich halte mich nur an die Regeln."

„Nicht schießen, Mann!" Die Tür öffnete sich quietschend. „Wir kommen raus."

Wir? „Strecken Sie zuerst die Hände aus der Tür, und dann kommen Sie langsam hintereinander heraus."

Ein junger Schwarzer mit recht heller Haut folgte dem Befehl, beugte sich unter dem Türrahmen hindurch und richtete sich dann zu seiner vollen Größe von knapp zwei Metern auf. Ihm folgte ein kleinerer und dunkelhäutigerer Teenager, der aussah, als ob er vor Kurzem schlimme Prügel bezogen hatte.

„Mister Jackson und Mister Gordon, wie ich vermute", bemerkte Jase trocken. „Treten Sie zur Seite, beide, drehen Sie sich zur Hütte und legen Sie die Hände an die Wand."

Die beiden gehorchten, er tastete sie schnell ab, dann schob er die Waffe zurück in den Hosenbund seiner Jeans und trat zurück. „Okay, Sie können sich umdrehen."

Beide sahen verängstigt und zugleich trotzig aus. Jase unterdrückte ein Seufzen. „Legen Sie los."

Als keiner der Jungen reagierte, sagte Jase. „Bitte reden Sie nicht alle gleichzeitig."

Schweigen. Er wandte sich an Darnells Freund. „Gut, fangen wir mit Ihnen an. Wer hat Sie verprügelt?"

Keine Antwort.

„Möchten Sie vielleicht die Frage beantworten?", wandte Jase sich an Darnell.

Doch auch er blieb stumm. Da verlor Poppy, von der er wusste, dass sie auf der Seite der Jungs stand, die Geduld.

Doch überraschenderweise nicht mit ihm.

„Darnell Jackson", zischte sie. „Ihre Großmutter ist krank vor Sorge, und Sie halten Detective de Sanges von seiner Arbeit ab, obwohl er nur hier ist, um mir einen Gefallen zu tun. Und *ich* bin hier, um Ihrer Großmutter einen Gefallen zu tun, und auch, weil ich selbst mir Sorgen gemacht habe. Also fangen Sie jetzt besser zu reden an, Mister." Als der Teenager nicht umgehend antwortete, knallte ihre Stimme wie ein Peitschenschlag. „*Jetzt!*"

Aber der Junge schwieg weiterhin störrisch.

„Das ist alles mein Fehler", setzte Freddy an.

Darnells Kopf schoss in die Höhe. „Freddy ..."

„Nein. Meinst du vielleicht, ich weiß nicht, wer sie ist?" Er starrte Poppy an. „Das ist deine Lehrerin von diesem Kurs, den du so wahnsinnig toll findest. Und du wirst nicht meinetwegen rausfliegen." Aus seinen zugeschwollenen Augen sah er Poppy an. „Sie dürfen nicht sauer auf ihn sein. Er hat nur versucht, mir zu helfen."

„Warum setzen wir uns nicht da drüben hin?", fragte Jase und führte die Jungs zu den Holzbänken unter einem alten Fliederbaum. Dann sah er Emilia an, deren Blick zwischen Darnell und Freddy hin und her flog. „Könnten Sie Ihren Freunden vielleicht ein Glas Wasser oder so etwas bringen?"

Erleichtert darüber, etwas zu tun zu haben, rannte sie zur Hintertür.

„Okay, fangen wir mit etwas Leichtem an. Warum waren Sie in der Hütte?", richtete Jase sich wieder an die Jungen.

Die Jungen erzählten, dass Freddy ein Versteck gebraucht und Emilia sie ins Haus gelassen hatte, als ihre Eltern bei der Arbeit waren. Später seien sie noch einmal ins Haus gekommen, da Emilias Eltern zum Abendessen bei ihrer zweiten, verheirateten Tochter eingeladen waren.

„Also waren Sie im Haus, als Ms Calloway und ich ankamen?"

Darnell richtete sich auf. Er blickte zur Küche, in der Emilia verschwunden war, dann sah er Jase an. „Sie bekommt doch deshalb keinen Ärger, oder?"

„Nein. Bisher habe ich noch nicht den Eindruck, dass irgendjemand etwas Illegales getan hat."

Beruhigt nickte der Junge. „Okay, ja. Wir waren in der Küche, sind aber durch die Hintertür raus, als es klingelte."

Jase wandte sich an Freddy. „Wer hat Sie verprügelt?"

„Ich hatte eine Meinungsverschiedenheit mit meinen Kumpels."

„Und worum ging es bei der Meinungsverschiedenheit?"

In seinen Augen spukten dunkle Schatten. „Ich will aussteigen. Aber die stehen nicht auf Aussteiger."

Scheiße. Das war nicht gut. Jase dachte an die Geschichten seiner Kollegen, die mit Gangs zu tun hatten, und begann fieberhaft nachzudenken. Das Elternhaus des Jungen war ihm nicht gerade idyllisch erschienen, und er bezweifelte, dass seine Mutter ihn mit Zuneigung überschüttete. Er versuchte, die Verletzungen des Jungen abzuschätzen. „Wie schlimm sind Sie verletzt?"

Ein Schulterzucken. „Ich werd's überleben."

Um ganz sicherzugehen, fragte Jase nach Knochenbrüchen und ob er doppelt sehe oder Blut pinkele. Als der Junge verneinte, holte er tief Atem. „Haben Sie Verwandte außerhalb von Seattle?"

Eine Sekunde lang flackerte Hoffnung in Freddys Augen auf, erstarb aber sofort wieder, und Jase dachte, dass vermutlich wenige Hoffnungen dieses Jungen jemals in Erfüllung gegangen waren. „Hab 'nen Onkel in Alabama."

„Wie heißt er?"

„Conrad Gordon."

„Der Bruder Ihres Vaters, wie?" Als Freddy nickte, fragte er sanft: „Haben Sie mal daran gedacht, ihn anzurufen?"

„Ja. Aber ich hab kein Geld für'n Ferngespräch, und bei meinem Handy ist der Akku leer."

„Ich hab ein Telefon. Warum geben Sie mir nicht die Nummer, und ich werde sehen, was ich tun kann?", schlug Jase vor.

Die Hoffnung leuchtete nun stärker in seinem Gesicht auf, bevor Freddy sie erneut unterdrückte. Die Telefonnummer seines Onkels kannte er auswendig, er ratterte sie herunter, ohne eine Sekunde überlegen zu müssen.

Jase schrieb sie in sein Notizbuch, sah auf die Uhr und stellte fest, dass es in Alabama spät genug war, um vielleicht jemanden zu Hause zu erwischen.

„Poppy, geben Sie doch Darnell Ihr Handy, damit er seine Grandma anrufen kann", meinte er. Dabei taxierte er sie einen Moment, erstaunt über die Zurückhaltung, die sie seit ihrer Ankunft an den Tag legte. Er hätte erwartet, dass sie vorpreschen und das Gespräch mit den Jungs übernehmen würde. Aber von einem kurzen Moment abgesehen, hatte sie sich aus der ganzen Angelegenheit herausgehalten. Dann konzentrierte er sich wieder und ging einmal quer durch den Garten, um das Telefongespräch zu führen.

Als Polizist erwartete er immer das Schlimmste von den Menschen. Darum wollte er außerhalb von Freddys Hörweite sein, falls sein Onkel ablehnte. Zwar musste er den Jungen so oder so darüber informieren, aber dann blieb ihm wenigstens eine Minute Zeit, um die richtigen Worte dafür zu finden.

Verdammt, dabei sollte er das gar nicht tun. Der Junge war noch nicht volljährig, und egal, was er von dessen Mutter hielt, seine Aufgabe war es, Freddy zu ihr zurückzubringen.

Aber zum ersten Mal in seinem Leben war ihm das egal. Der zynische Teil von ihm bezweifelte zwar, dass der Teenager sein märchenhaftes Happy End bekam, aber zumindest konnte er versuchen herauszufinden, ob irgendjemand bereit war, Verantwortung für ihn zu übernehmen.

Freddys Onkel Conrad überraschte ihn. Nachdem er Jase zugehört hatte, sagte er, dass er geahnt hatte, wie schlecht es bei seinem Neffen lief. Er gab zu, dass er längst etwas hätte unternehmen sollen, aber zu viel um die Ohren gehabt und daher das Thema nicht weiter verfolgt habe. Und er bot Jase an, den Jungen zu sich zu nehmen, weil er mit Sicherheit keinen schlechteren Job machen würde als diese Schlampe Arlene, womit er ganz offensichtlich Mrs Gordon meinte. Außerdem erwähnte er Cousins von Freddy, die sich um ihn kümmern könnten, und meinte, dass das kleine Städtchen in Alabama ein guter Ort für einen Jungen zum Aufwachsen sei.

„Hier haben wir leider auch unsere Probleme mit Gangs", sagte Gordon. „Aber es gibt genügend gute Kids hier, und Sie können sicher sein, dass ich auf Freddy achtgeben werde." Dann atmete er laut aus. „Ich glaube kaum, dass Arlene das wirklich interessiert, aber vielleicht wird sie Theater machen, einfach weil sie es kann."

„Sollte das geschehen, dann sagen Sie ihr, dass ich wieder vorbeikommen und persönlich mit ihr sprechen werde. Und dass ich das nächste Mal das Jugendamt mitbringe."

„Ich melde mich wieder bei Ihnen, sobald ich ein Ticket gebucht habe. Das könnte allerdings bis morgen dauern", sagte Gordon zum Abschied.

„Ich kenne jemanden, der Freddy mit Sicherheit bis dahin aufnehmen wird." Jase fragte sich, ob Murphy sich damals bei ihm ungefähr genauso gefühlt haben mochte.

Dann rief er nach Freddy und reichte ihm das Handy, damit er mit seinem Onkel sprechen konnte.

Und beobachtete mit einem seltenen Lächeln, wie das zerschlagene Gesicht des Jungen sich vor Glück erhellte.

11. KAPITEL

Ich habe diese bescheuerte Scheich-Fantasie so was von überwunden! Wirklich, ich schwöre zu Gott!

Definitiv nicht eine meiner genialsten Ideen, dachte Poppy, als sie am nächsten Abend um halb acht vor Jasons Wohnung in Phinney Ridge stand. Sie stellte ihre Einkaufstasche auf den Flur, glättete den feinen Stoff ihres aquamarinblauen Pullovers über den Hüften und fingerte einen Moment an ihren Locken herum. Nach ein paar Atemübungen nahm sie die Stofftasche mit dem rot-weißen Hawaiidruck wieder in die Hand und klopfte an die Tür, bevor sie es sich anders überlegen konnte. Hey, sie war hier. Kein Grund, jetzt die Nerven zu verlieren.

Vorsichtshalber klopfte sie noch einmal und wusste nicht, ob sie erleichtert oder enttäuscht sein sollte, als niemand aufmachte. Wenn man bedachte, wie angestrengt sie versucht hatte, sich die Idee auszureden, ihm als Dankeschön ein selbst gekochtes Abendessen vorbeizubringen, müsste sie eigentlich froh sein.

Und das war sie auch. So wie früher in der Schule, wenn der Unterricht wegen Schneechaos ausfiel und somit auch der Test, für den sie zu wenig gelernt hatte. Andererseits ...

In ihr hatte sich eine gewisse Erregung aufgebaut, während sie Bœuf Stroganoff gekocht, schnell geduscht, die Beine rasiert und die neue Unterwäsche angezogen hatte. Poppy war ehrlich genug, sich einzugestehen, dass für de Sanges zu kochen vermutlich nicht der wahre Grund für ihren Besuch war.

Was das Beinerasieren ja wohl hinlänglich bewies.

Mit einem Grinsen – weil sie ehrlich gesagt den Eindruck hatte, dass dieser Mann in sexueller Hinsicht in einer ganz anderen Liga spielte – stellte sie die Tasche vor seiner Tür ab und kritzelte eine kleine Dankesnachricht auf einen Zettel. Nachdem sie diesen auf die Stofftasche gelegt hatte, ging sie zum Fahrstuhl.

Nur um direkt vor Jason zu stehen, als die Türen sich öffneten. Beide stutzten, und Poppy konnte nur vermuten, dass sein Herz keinen solchen Stepptanz aufführte wie ihres.

„Ähm. Hi", brachte sie mühsam heraus.

„Was machen Sie denn hier?" Er zerrte an seiner Krawatte, womit er Poppys Aufmerksamkeit auf seinen schnieken Anzug lenkte. „Wie zum Teufel sind Sie an meine Adresse gekommen?"

„Guter Gott, Sie sind nicht etwa krankhaft misstrauisch, oder?" Trotzdem musste sie lächeln. „Sie werden mir vermutlich nicht abkaufen, dass ich Sie im Internet gefunden habe, oder?"

„Ich bin ein Cop, Blondie. Da können Sie das Internet durchsuchen, bis Sie schwarz werden, ohne eine Adresse oder Telefonnummer zu finden. Also, welchen Politiker haben Sie diesmal bestochen?"

„Denselben wie die letzten beiden Male – den Bürgermeister. Er liiiiiebt mich. Und jetzt kommen Sie mal wieder runter. Ich bin keine Stalkerin und auch nicht hier, um Ihr Zuhause in die Luft zu jagen. Ich habe Ihnen einen Topf von dem weltberühmten Calloway-Bœuf Stroganoff vorbeigebracht, um Ihnen für alles zu danken, was Sie gestern getan haben."

Reglos sah er sie an. „Sie haben für mich gekocht?"

„Klar. Und nicht einfach irgendwas. Chefköche im ganzen Land weinen, weil meine Mutter sich standhaft weigert, ihnen das Rezept zu verraten. Es ist zum Sterben." Dann schenkte sie ihm ein schiefes Lächeln. „Wobei das nicht immer so war. Sie können mir glauben, es war ein langer und dorniger Weg von Moms Tofu-Periode bis zum Stroganoff."

Sein Gesicht zeigte angemessenes Entsetzen, und ein sichtbarer Schauer erschütterte seine breiten Schultern.

„Wem sagen Sie das", nickte sie. „Und Sie mussten das ja nicht einmal essen. Ich habe zwei, vielleicht drei Jahre von Tofu gelebt – mir kam es wie zehn vor."

„Das ist einfach grausam und eine ungewöhnlich harte Bestrafung."

„Amen, Bruder. Es müsste ein Gesetz dagegen geben. Sollte ich jemals ein Kind haben, werde ich ihm niemals Tofu hinstellen. Da können Sie Gift drauf nehmen."

Zwei endlose Herzschläge lang zögerte Jase, dann reckte er den Hals, die knochige Nase erhoben wie eine Comicfigur, die einem verlockenden Duft in der Luft folgt. „Ich glaube, ich kann es riechen. Sie sollten besser mit reinkommen und mir zeigen, wie man das warm macht. Ich habe selten Selbstgekochtes bekommen, und ich würde es ungern vermasseln."

„Das können Sie gar nicht." Er hatte selten Selbstgekochtes ... Poppy riss sich zusammen und ging neben ihm her. „Es geht im Grunde nur darum, es richtig heiß zu machen. Das schafft die Mikrowelle von ganz allein. Aber ich kann währenddessen den Salat durchmischen."

Jetzt starrte er sie regelrecht an. „Sie haben mir auch Salat gebracht?"

„Mhm. Und ein Baguette und eine Flasche Wein." Sie hob die Augenbrauen. „Sie sind doch kein Abstinenzler, oder?"

Sein Mundwinkel zuckte in die Höhe, was Poppy als zügellose Belustigung interpretierte. Im Kontrast zu seiner dunklen Haut und dem leichten Bartschatten wirkten seine Zähne sehr weiß. „Nee."

„Schön zu hören. Weil Blondie sicherheitshalber 'nen Korkenzieher und alles dabei hat. Ich würde vielleicht nicht so weit gehen, den Wein eine Minute atmen zu lassen, aber wenn Sie in der Hinsicht empfindlich sind, können wir das durchaus tun."

„Ich bin begeistert über den Korkenzieher. Das ist schon ein riesiger Fortschritt." An seiner Tür nahm er die Tasche, schloss die Tür auf und trat einen Schritt zurück, um Poppy vorangehen zu lassen. „Obwohl ich gestehen muss, dass die letzte Flasche Wein ganz gut schmeckte, nachdem ich den Hals gegen die Theke geknallt und die Scherben rausgefischt hatte."

Oh, Gott! Er besaß Humor. Zwar hatte sie schon einmal einen winzigen Hauch davon entdeckt, aber geglaubt, es handelte sich um ein Versehen. Doch gerade hatte er einen Witz gemacht. Einen waschechten Witz!

Sie wollte ein Kind von ihm.

Stattdessen begnügte sie sich damit, seine Wohnung zu inspizieren. Während sie ihm durch den kurzen Flur folgte, saugte sie so viele Eindrücke wie nur möglich auf. Außerdem nutzte sie die Gelegenheit, als er kurz in sein Schlafzimmer ging, um sein Jackett aufzuhängen, um sich umzusehen.

Die Wohnung stellte sich als weitere Überraschung heraus. Nicht, weil sie tipptopp aufgeräumt war – das wunderte sie eigentlich nicht besonders. Aber sie hatte ihn als Minimalisten eingeschätzt. Wenn sie sich jemals die Mühe gemacht hätte, über seine Einrichtung nachzudenken, hätte sie eher mit einer nüchternen Wohnung ohne jeden Schnickschnack gerechnet.

Stattdessen erinnerte die Wohnung Poppy an seine perfekt geschnittenen Anzüge: gerade Linien, unaufdringlich und in keiner Hinsicht billig. Am Ende des Flurs im Wohnzimmer bemerkte sie ein paar teure Möbelstücke. Und an den Wänden hingen ganz interessante Kunstreproduktionen. Für die Rahmen hatte er vermutlich viel mehr Geld hinlegen müssen als für die Drucke selbst.

Doch was sie am meisten erstaunte, war der persönliche Kram. Sie sollte wirklich damit aufhören, ihn ständig in eine Schublade zu packen. Tatsächlich war sie davon ausgegangen, dass alle Oberflächen leer und sauber sein würden. Mit sauber lag sie auch vollkommen richtig. Aber das herrliche Mission-Style-Regal war mit Büchern vollgestopft, und darauf standen ein paar Kerzen, eines von diesen japanischen Tabletts mit weißem Sand, eine weitere Kerze und einige interessante Steine. Er hatte sogar eine recht gesund aussehende Zimmerpflanze, Herrgott noch mal. Und ein paar gerahmte Fotografien entdeckte sie auch.

Ihre Finger juckten, so dringend wollte sie diese Fotos ansehen. Doch Jason kam aus dem Schlafzimmer zurück, ohne Jackett und Waffe, und ging in die kleine Küche. Seufzend folgte sie ihm. Vermutlich wäre es unhöflich, einfach an ihm vorbeizugehen, um seine persönlichen Sachen zu durchwühlen.

Doch das wollte sie bei der erstbesten Gelegenheit nachholen.

Jason grinste, als er die Tasche auspackte, und ihre Vorsätze verdampften wie Tränen in der Wüste. „Wow", staunte sie, und ihr Herz machte einen Satz. Schnell öffnete sie die Schränke, bis sie die Weingläser gefunden und ihr Herz sich einigermaßen beruhigt hatte. Sie nahm zwei heraus. „Das sollten Sie öfter tun."

„Hm?" Er sah von dem Topf mit dem Stroganoff auf, dessen Duft er gerade tief inhaliert hatte. Und … guter Gott. Er sah aus wie ein Typ, der gerade gekommen war. Fehlte nur noch eine Zigarette.

Oh. Kein kluger Vergleich. Sie war sich seiner Männlichkeit ohnehin nur allzu bewusst und konnte eine solche Vorstellung nun wirklich nicht brauchen. Poppy zwang sich zu einem unbekümmerten Tonfall. „Lächeln. Sie sollten öfter lächeln. Sie haben nämlich ein sehr hübsches Lächeln, aber Sie benutzen es fast nie. Ich schätze aber, die alte Redewendung ist wahr. Liebe geht ganz offensichtlich durch den Magen."

Sein Lächeln wurde noch breiter, und sie bemerkte die beiden Lachfalten um seinen Mund. „Sie wissen überhaupt nichts, wie wahr. Außer, dass ich mir ab und zu ein Steak brutzle, habe ich nicht viel mit Kochen am Hut. Restaurants und Imbisse sind da eher mein Ding, aber das wird irgendwann auch langweilig. Und, Mann, selbst kalt duftet das hier herrlich."

„Dann stellen Sie es in die Mikrowelle für …" Sie beäugte den Apparat und stellte fest, dass er recht alt war, „vielleicht zunächst zwei Minuten. Dann umrühren und noch mal zwei Minuten. Geben Sie mir eine Salatschüssel? Sie können schon mal das Baguette schneiden."

„Sie sind ein herrisches kleines Ding, oder?"

„Was klein angeht, weiß ich nicht, aber herrisch. Ganz sicher. Sie können sich eine Menge Ärger ersparen, wenn Sie von Anfang an einfach tun, was ich sage."

„Richtig." Er schnaubte. „Träumen Sie weiter, Schwester."

Seufzend füllte sie den bereits gewaschenen und geschnittenen Salat in die Schüssel, die er ihr reichte. „Schön, Sie können es sich auch schwer machen. Aber Sie werden es schon noch kapieren. Alle kapieren es irgendwann." Poppy nahm die Flasche Asian-Caesar-Dressing und drehte den Deckel ab.

„Wer alle? Männer?"

Als sie das heftige Glitzern in seinen Augen sah, schienen die Wände plötzlich einen gigantischen Schritt nach vorn zu machen. Die Luft wurde mit einem Mal wärmer, dicker, feuchter. Gleichzeitig wurde ihr Mund trocken. Sie räusperte sich. Versuchte es mit einem achtlosen Schulterzucken. „Männer. Frauen. Kinder, Hunde. Die Welt im Allgemeinen."

„Okay. Mit Ihrem Ego jedenfalls ist alles in Ordnung." Er reichte ihr ein Glas Wein.

„Was soll ich sagen? Ich wurde geboren, um das Universum zu regieren. Fragen Sie mal meine Eltern. Dad behauptet immer, er hätte schon in der Minute, in der ich zur Welt kam, gewusst, dass das Kommunenleben nichts für mich ist." Sie trank einen Schluck von dem spritzigen Pinot Grigio, obwohl sie am liebsten gleich das halbe Glas hinuntergestürzt hätte.

„Guter Wein", sagte er.

„Ja, und Sie sollten sich einen Moment gönnen, um zu spüren, wie gut es sich anfühlt, einen Korkenzieher zu benutzen, statt den Flaschenhals gegen die nächstbeste harte Unterlage zu knallen."

Wieder hob er einen Mundwinkel – und fuhr fort, Brot zu schneiden.

Als er damit fertig war, nahm er zwei Teller aus dem Schrank und reichte sie ihr. „Wollen Sie den Tisch decken? Stellen Sie sie einfach hin – ich habe keine Platzdeckchen oder Serviettenringe – oder Stoffservietten."

„Schrecklich." Lachend verpasste Poppy ihm einen freundschaftlichen Hüftstoß. Himmel! Noch eine unüberlegte Handlung! Und sofort wurde sie sich der Wärme und Härte seines Körpers bewusst. Doch sie fuhr einfach fort, als ob sie die Berührung nicht bis tief in die Knochen gespürt hätte: „Denken

Sie aber bloß nicht, dass ich jeden Tag so esse! Wie Sie verlasse ich mich meistens auf Takeaway-Restaurants oder mache mir einfach ein Sandwich mit Salat. Gelegentlich koche ich, aber wenn, dann gleich so viel, dass es für eine ganze Woche reicht. Ich habe mindestens noch einmal dieselbe Portion Stroganoff in meinem Kühlschrank."

„Himmel, dann teile ich meine nicht. Gehen Sie nach Hause."

„Versuchen Sie doch, mich rauszuwerfen. Ich habe nämlich nichts mehr von diesem Pinot Grigio zu Hause und bin bereit zu kämpfen."

Sein dunkler Blick bohrte sich in ihre Augen, und die Luft um sie herum drohte Feuer zu fangen. Ihr Herz versuchte mit aller Macht ihre Brust zu sprengen, als er mit einem Mal innehielt und auf das Glas in seiner Hand blickte … und den Rest davon austrank. „Okay, schön." Ohne sie aus den Augen zu lassen, strich er mit dem Fingerknöchel über einen Tropfen Wein, der noch an seiner Unterlippe hing. „Aber Sie bekommen nur ein kleines bisschen ab. Also essen Sie nicht wie ein Scheunendrescher."

Zwar blieb ihr die Antwort im Hals stecken, aber dafür warf sie ihm einen, wie sie zutiefst hoffte, sorglosen Blick zu, der besagte: *Du hast keinen Effekt auf mich, Junge.*

Leider befürchtete sie, dass er eher wirkte wie: *Nun, Herr Scheich, suchen Sie vielleicht eine Sexsklavin?*

Doch irgendwie überlebte sie das Essen, fand ihre Stimme wieder und ergriff ein unverfängliches Thema nach dem anderen, bis sich die Vorstellung, wie er mit einem Arm das Essen vom Tisch fegte und mit ihr weltbewegenden Sex hatte, langsam auflöste. Als sie ihre Gabeln niederlegten, fühlte sie sich schon fast wieder normal.

„Verdammt, das war gut", seufzte er, zerknüllte die Papierserviette und warf sie auf sein Besteck. „Das könnte ich für den Rest meines Lebens essen."

Hocherfreut schenkte sie ihm ein strahlendes Lächeln. „Das würde sich schnell ändern, wenn Sie sonst nichts zu essen bekämen."

„Vermutlich. Aber sicher nicht für lange. Möchten Sie Kaffee?", fragte Jase und stand auf.

„Nein danke. Sehr zum Unverständnis meines norwegischen Großvaters trinke ich nach siebzehn Uhr keinen Kaffee mehr, weil ich mich sonst die ganze Nacht schlaflos im Bett wälze." Poppy erhob sich ebenfalls, stellte die Teller aufeinander und folgte ihm in die kleine Küche. Dort stellte sie das Geschirr ins Waschbecken und drehte den Heißwasserhahn auf.

„Hey, das ist nicht nötig. Sie haben gekocht. Ich mache den Abwasch."

„Ich spüle, Sie trocknen ab." Sie fand den Stöpsel und spritzte Spülmittel ins Wasser.

„Ist das wieder einer dieser Tun-Sie-einfach-von-Anfang-an-was-ich-sage-Momente, von denen Sie gefaselt haben?"

„Ich fasel nicht, Kumpel. Meinetwegen können Sie es auch unter Kontrollzwang verbuchen. Aber an Ihrer Stelle wäre ich klüger."

Er lachte tatsächlich. „Da ist was dran, wenn man bedenkt, dass Sie freiwillig spülen wollen. Also, okay. Damit kann ich leben." Er hob den makellosen Teekessel an, um zu prüfen, ob genug Wasser darin war, und stellte ihn auf den Herd.

Mit aufgekrempelten Ärmeln begann er, das Geschirr abzutrocknen. Als der Wasserkessel pfiff, warf er sich das Küchentuch über die Schulter und machte sich einen Becher Kaffee. Während er ihn trank, stellte er das restliche Geschirr in das Abtropfgestell. Derweil wischte Poppy die Arbeitsplatte ab, sehr bemüht, seine muskulösen Unterarme zu ignorieren und nicht zu bemerken, wie lang und stark seine dunklen Hände mit den weißen Nägeln waren.

Sie wollte diese Hände auf sich spüren.

Unwillkürlich zerquetschte sie den Schwamm in ihrer Hand und Wasser tropfte auf den Herd. *Sie wollte diese Hände auf sich spüren.* Hatte sie von der Sekunde, als sie ihn zum ersten Mal sah, auf sich spüren wollen. Und was sollte sie jetzt tun?

Nichts.

Okay, er hatte ihr bereits einmal einen Korb gegeben, als er sich nach dem einen und einzigen Kuss entschuldigt hatte.

Nichtsdestotrotz verkündete eine Stimme in ihrem Kopf, die verdächtig nach Katharine Hepburn in *African Queen* klang. Poppy reckte das Kinn.

War sie nicht die Frau, die diesem Detective gerade erklärt hatte, dass er sie immer tun lassen sollte, was sie wollte? Bisher hatte sie nie ein Problem damit gehabt, sich zu nehmen, was sie wollte. Aber aus irgendeinem Grund benahm sie sich unnatürlich kleinmädchenhaft in de Sanges' Nähe. Vielleicht, weil er so heftige Reaktionen in ihr auslöste – heftiger als irgendjemand sonst. Und sie konnte es ruhig zugeben: Diese Tatsache erschütterte sie ein wenig.

Okay, mehr als nur ein wenig.

Sie wischte die Wasserpfütze auf dem Herd auf und legte den Schwamm weg. Dann atmete sie einmal tief und langsam ein, um ihren Herzschlag zu beruhigen, und wandte sich an Jason, der sie aus seinen dunklen Augen wachsam ansah.

Es war klug von ihm, wachsam zu sein. Sie war vielleicht keine gefährliche, bewaffnete Einbrecherin. Doch sie hatte einen Entschluss gefasst, war bereit zum Kampf und somit auf ihre Weise gefährlich.

Einen Hauch näher als höflich war, blieb sie vor ihm stehen. Doch nicht so nah, dass er sich genötigt fühlen würde, einen Schritt zurückzuweichen. Denn sie war sicher, dass er gemein genug wäre, genau das zu tun. Sie hob die Hand, um die Fingerspitzen ganz leicht an seine Brust zu legen. „Danke", sagte sie leise.

Er trat tatsächlich einen Schritt zurück, und ihre Hand baumelte ins Leere. „Wofür?"

„Für die Mühe, die Sie sich gestern gemacht haben, um zu helfen. Ich glaube, dass Sie ein sehr guter Cop sind, Jason. Ich weiß, wir hatten so unsere Schwierigkeiten wegen der Kids und meines Programms, aber Sie gehen viel besser mit ihnen um, als ich gedacht hätte. Und bei Darnell und Freddy waren Sie einsame Spitze. Also bedanke ich mich in ihrem Namen. Und für das, was sie Danny G. und Henry an dem Tag gesagt haben, als Cory ihren Ausbruch hatte. Was immer das war." Sie stellte sich auf die Zehenspitzen und drückte einen sanften Kuss auf seine Lippen.

Gleich darauf zuckte sie erschrocken zurück, so elektrisierend war das Gefühl, das dieser harmlose Kuss auslöste. Und er war harmlos gewesen: behutsam, ohne Zunge, ohne Körper, die sich aneinanderpressten. Aber an dem Gefühl war nichts harmlos.

Überhaupt nichts.

Vielleicht ging es ja nur ihr so. Zögernd löste sie sich von seinen eiskalten Lippen. Dabei spürte sie einen Schmerz an Stellen, von denen sie bisher überhaupt nicht gewusst hatte, dass sie existierten.

Jase starrte sie an. Murmelte: *„Verdammt."* Und schneller als eine angreifende Schlange streckte er seine Arme nach ihr aus, legte sie um ihren Hals und zog sie wieder auf die Zehenspitzen. Dann presste er die Lippen auf ihren Mund.

Das war nicht harmlos. Wilde Lippen und Zähne und Zungen entfesselten eine Hitze, die jegliche Vernunft in Rauch aufgehen ließ. Aber etwas blieb gleich: Er küsste sie, und sie verlor den Verstand.

Poppy krallte die Finger in sein Haar und presste sich an ihn. Er schob sie zurück, bis ihr Rücken gegen den Kühlschrank stieß und etwas darauf klirrte und sie zwischen Kühlschrank, seinem harten Oberkörper, den langen, starken Armen und den noch längeren und noch stärkeren Beinen eingesperrt war. Der Kontrast zwischen dem kühlen Metall an ihrem Rücken und der Hitze, die Jase ausstrahlte, entlockte einer primitiven Fremden, die in ihr hauste, ein Stöhnen. Während sie an seiner Lippe saugte, zerrte sie ihm das Hemd aus der Hose.

Er gab einen ähnlich barbarischen Ton von sich, riss sich von ihren Lippen los, verkrallte sich in ihrem blauen Pulli und brummte: „Heb die Arme." Als er ihr den Pulli über den Kopf gezogen hatte, lehnte er sich zurück und betrachtete ihr zerzaustes Haar, die geküssten Lippen, das entblößte Schlüsselbein und den unwattierten elfenbeinfarbenen Spitzen-BH. Dort blieb sein Blick hängen.

„Mein Gott." Mit dem Finger zeichnete er das Muster der Spitze nach, sein Zeigefinger wirkte dunkel neben dem hellen BH und ihrer eigenen hellen Haut, die durch den Stoff hindurchschien. Er umkreiste ihre Brustwarzen, die sich eifrig gegen die Spitze drückten, malte Achten um sie herum und strich dann mit den Daumen direkt darüber.

Ein unglaubliches Gefühl breitete sich in ihrem Bauch aus, und Poppy sog scharf die Luft ein. Ihr Kopf fiel zurück. „Oooh", stöhnte sie die Decke an, während sie die Brüste an seine Hände drückte.

Sie stellte sich auf die Zehen, hakte ein Bein um seine Hüfte und zog ihn an sich.

Stöhnend ließ er von ihren Brüsten ab, fuhr mit beiden Händen über die Rückseite ihrer Schenkel und glitt unter ihren Rock, wo er ihre nackten Pobacken berührte, die der neue Rio-Tanga entblößte. Als er Poppy in die Höhe hob, schlang sie auch das andere Bein um ihn. Seine Erektion löste einen neuen Tumult zwischen ihren Beinen aus.

Seine Fingerspitzen streiften das schmale Dreieck, das sich zu der winzigen Schnur zwischen ihren Hinterbacken verengte.

„Du trägst also doch etwas drunter", murmelte er, senkte den Kopf und küsste sie erneut, während er mit den Daumen unter den Tanga glitt.

Hungrig erwiderte Poppy seinen Kuss. Doch als plötzlich jemand an die Tür hämmerte und eine Männerstimme rief: „Jase! Bist du zu Hause, Junge? Hab deinen Wagen auf dem Parkplatz gesehen!", schnellte sie in die Höhe.

Jason setzte sie ab und trat so schnell zurück, dass sie stolperte und sich am Kühlschrank festhalten musste, um nicht gegen die Arbeitsplatte zu knallen. Mit zunehmendem Entsetzen starrte er sie an, fuhr sich mit einer Hand durchs Haar und öffnete den Mund.

Aus zusammengekniffenen Augen musterte sie ihn drohend. „Wenn du dich jetzt wieder dafür entschuldigst, dass du dich wie ein verhungernder Mann auf ein All-you-can-eat-Buffet gestürzt hast, werde ich höchstpersönlich dafür sorgen, dass du niemals in der Lage sein wirst, ein Kind zu zeugen."

„Nein, okay." Er strich sich das Haar aus der Stirn. „Es tut mir nicht leid. Aber trotzdem hätte ich damit gar nicht anfangen dürfen."

„Was du – hallo – nicht getan hast. Sondern ich."

„Aber ich habe dann gleich das ganze Programm gestartet, oder nicht? Und es widerspricht meinem Berufsethos, mich mit jemanden einzulassen, der mit einem meiner Fälle zu tun hat."

Sie drückte sich vom Kühlschrank ab, um ihn mit durchgedrücktem Rücken und erhobenem Kinn zu fixieren. „Ich habe mit keinem deiner Fälle zu tun, Sportsfreund."

„Okay, dann eben mit jemandem, mit dem ich zusammenarbeite, was dasselbe in Grün ist – *Scheiße!*" Der Mann vor der Tür klopfte erneut. „Ich muss aufmachen." Er wirkte ungewöhnlich nervös, als er sich bückte und ihren Pulli vom Boden aufhob. „Hier." Er warf ihn ihr zu. „Wir reden, sobald ich ihn losgeworden bin …" Seine Stimme wurde leiser, weil er bereits den Flur hinunterging.

„Nein, das denke ich nicht", sagte sie zu sich selbst, zog den Pulli über den Kopf und strich sich das Haar glatt, so gut sie konnte. Das war das zweite Mal, dass er sie total heißgemacht hatte, um sie dann am ausgestreckten Arm verhungern zu lassen.

Suchend bückte sie sich nach ihrer Handtasche, fand sie, warf sie über die Schulter und marschierte zur Tür. Dort drückte sie sich an Jason und einem älteren Mann vorbei, die sie mit offenen Mündern anstarrten.

„Poppy, warte!"

Doch sie ignorierte Jasons ausgestreckte Hand. Denn ihre Maxime lautete: Ein Mal auf einen Typen reinfallen, ist schlimm genug. Es zwei Mal zu tun, ist unverzeihlich.

Und verflucht sollte sie sein, wenn sie ein drittes Mal auf ihn reinfiel.

12. KAPITEL

Ich hasse es, dass es so wehtut. Das sollte es nicht. Ich kenne ihn gar nicht richtig. Aber es tut weh. Es tut weh wie verrückt.

„Verdammt, Jase, es tut mir leid!"

Ja, dir, und mir auch. Vorsichtig schloss Jase die Tür, durch die Poppy gerade gerauscht war, und widerstand dem Bedürfnis, mit dem Kopf gegen den Türpfosten zu knallen. Mann, sie hatte ihn keines Blickes mehr gewürdigt.

Doch stattdessen zuckte er mit den Schultern und ging voraus ins Wohnzimmer. „Muss dir nicht leidtun", erwiderte er. „Ms Calloway wollte sowieso gerade gehen."

„O-kay." Murphy warf ihm einen Wem-willst-du-eigentlich-was-vormachen-Blick zu, während er auf die Couch sank. „Sorg erst mal dafür, dass deine Latte verschwindet und du dein Hemd wieder in die Hose steckst, bevor du so einen Mist von dir gibst", bemerkte er. „Ganz zu schweigen davon, dass du versucht hast, deine Freundin am Arm festzuhalten."

„Gut, was auch immer", gab Jase zu. „Es ist jedenfalls kein Problem."

„Zum Teufel, und ob es ein Problem ist", rief Murphy verärgert. „Ich habe dir den Abend versaut."

„Nein, du hast ihn unterbrochen. Versaut habe ich ihn ganz allein." Er hob den Kopf. „Nein, verdammt noch mal, ich hab gar nichts versaut, sondern ihr nur die Wahrheit gesagt. Ich hätte nichts anfangen dürfen, was ich nicht weiterführen will."

„Was du nicht weiterführen willst …?" Murph warf ihm einen ungläubigen Blick zu. „Warum zum Henker nicht? Bist du blind, Junge? Selbst mit einem von deinen Bartstoppeln ganz roten Gesicht war sie noch eine verdammt hübsche junge Lady."

Oh, Mann, du hast doch keine Ahnung. Der Anblick von Poppys Augen, dunkel vor Lust, und ihren Lippen, so rot, feucht und geschwollen von seinen Küssen, explodierte wie eine Handgranate vor seinem inneren Auge. Er dachte an ihre Brüste, rund und reif unter dem durchsichtigen BH, an die harten kleinen Nippel und die Hitze zwischen ihren …

Streng rief er sich zur Ordnung. Denn es war sowieso zwecklos, oder? „Sie ist tabu", erklärte er tonlos. „Ich habe beruflich mit ihr zu tun."

„Oh." Murphy sank ein wenig in sich zusammen. „Ach, Scheiße. Das ist 'ne himmelschreiende Schande. Mit welchem Fall hat sie denn genau zu tun?"

„Es handelt sich nicht direkt um einen Fall …"

Darauf bedachte Murph ihn mit demselben geraden Blick, den er so erfolgreich angewendet hatte, als Jase noch ein Teenager gewesen war. „Woran liegt es dann?"

In die Defensive geraten, als ob er irgendetwas falsch gemacht hätte, sagte Jase: „Sie ist diejenige, die ihre Beziehungen beim Bürgermeister hat spielen lassen, damit ich mich um dieses alberne Projekt mit den *Taggern* kümmere." Nur dass sich inzwischen herausgestellt hatte, dass es überhaupt nicht albern war.

Murphy setzte sich gerade hin. „Das Babe? Das war *das Babe*?"

Er zuckte zustimmend mit den Schultern.

„Wer hätte das gedacht."

„Es kommt noch schlimmer", fuhr Jase missmutig fort. „Wie sich herausgestellt hat, ist sie ein verdammt gutes Mädchen." Was seiner Ansicht nach alles sagte.

Doch offenbar hatte er Murphys Intelligenz haushoch überschätzt, denn sein langjähriger Freund und Mentor entgegnete: „Na und?"

„Ich bitte dich, Murph. Ich bin absolut der Falsche für sie."

„Weil sie ein *gutes Mädchen* ist? Was zum Teufel soll das überhaupt bedeuten?"

„Das bedeutet, dass sie nur so tut, als ob sie tough wäre. Alles nur Show. In Wahrheit ist sie ein gottverdammter Marshmallow. Sie plant hundertprozentig Richtung weiße Hochzeit und Kinder und nicht Richtung lass uns das Hirn rausvögeln und dann ohne Bedauern auseinandergehen. Poppy ist ... anders. Ihr gehen Kinder über alles. Und sie bedankt sich mit selbst gekochtem Essen." Das zu erwähnen tat weh, weshalb er blitzschnell das Thema wechselte. "Sie ist eines von diesen guten Mädchen, Himmelherrgott noch mal."

"Sagtest du nicht, sie wäre einfach nur reich und versnobt?"

"Ja, das sagte ich." Ein freudloses Lachen begleitete seine Antwort. "Ein weiteres Beispiel dafür, wie sehr ich mich geirrt habe. Sie ist in einer verflixten Hippiekommune aufgewachsen, und wie es aussieht, kommt sie mit ihrem Geld gerade so zurecht. Ihre ganze Wohnung ist ungefähr so groß wie mein Wohnzimmer, und sie fährt eine Rostlaube, die gar nicht zugelassen sein dürfte."

"Ich frage jetzt mal nicht, woher du das alles weißt. Aber du magst sie", bemerkte Murphy scharfsinnig. "Und ich schätze mal, dass sie dich auch mag, sonst hätte ich euch beide gerade nicht gestört. Also, warum entspannst du dich nicht einfach und wartest mal ab, wie es weitergeht?"

"Weil sie ein *gutes* Mädchen ist!"

"Und du bist ein guter Junge", brüllte Murphy.

"Ich bin ein beschissener de Sanges. Ich habe mit ungefähr acht aufgehört, ein guter Junge zu sein."

"Das ist doch Bockmist. Du warst auf dem falschen Weg, als ich dich kennenlernte. Aber du warst damals schon ein guter Junge, und heute bist du ein guter Mann." Murph rieb sich mit den Händen über Wangen und Kinn, dann legte er sie auf seine Knie. "Du liebe Zeit", seufzte er verärgert. "Ich habe noch nie jemanden getroffen, der so hart wie du daran arbeitet, seinem eigenen Glück im Weg zu stehen."

"Ich bin glücklich!"

"Nein, im besten Fall bist du zufrieden – und auch nur, wenn du so viel zu tun hast, dass du nicht nachdenken musst."

"Erzähl du mir nicht, wie ich bin, alter Mann – ich bin sogar verdammt glücklich!"

Murph schnaubte. „Dass ich nicht lache. Aber okay, lass uns nicht auch noch darüber streiten. Ich behaupte also, dass du glücklich bist, gut?"

„Verdammt richtig", murrte Jase, und sein Magen krampfte sich zusammen.

„Glaub mir, Junge, du wärst noch viel glücklicher mit einer Frau in deinem Leben. Und ich muss es wissen – allein zu sein, ist nicht so toll. Vielleicht könnte das Babe für ein bisschen Ausgleich in deinem Nur-Arbeit-kein-Spaß-Leben sorgen, das du als Lebensstil ausgibst. Mir scheint, ein sogenanntes gutes Mädchen wäre genau das Richtige für dich. Hast du nicht irgendwas von wegen selbst gekocht gesagt? Das allein wäre es doch wert, es mal zu probieren."

Noch lange, nachdem Murphy zurück in seine eigene Wohnung gegangen war, dachte Jase über das Gespräch nach. Murphy kapierte es einfach nicht – wie die meisten Leute, die eine ganz normale Kindheit gehabt hatten.

Bevor er Murph getroffen hatte, war er vollkommen frei gewesen. Niemand hatte ihm jemals Grenzen aufgezeigt. Tief in sich hatte er natürlich gewusst, wann er etwas Falsches tat – er war schließlich nicht dumm. Murphy war zu spät gekommen. Er hatte die ersten vierzehneinhalb Jahre schlechten Einfluss und miese Gene nicht mehr aufwiegen können.

Wenn Murph früher in sein Leben getreten wäre, hätten die Dinge vielleicht anders gelegen. Wie sagten die Jesuiten gleich? Gebt mir ein Kind in seinen ersten sieben Jahren, und es wird für immer mir gehören.

Nun, Murph war erst aufgetaucht, als Jase fast fünfzehn war – somit blieb er für den Rest seines Lebens ein de Sanges. Nichts konnte seine genetische Prägung mehr ausrotten.

Er hatte genau verstanden, was Joe gemeint hatte, als er gesagt hatte, eine einzige Prügelei würde reichen, damit er bis ans Ende seines Lebens ins Kittchen wanderte.

Denn richtig von falsch unterscheiden zu können, hieß noch lange nicht, dass man nicht in Versuchung kam. Und Jase kam jeden verdammten Tag in Versuchung. Jeden Tag war er nur einen Schritt davon entfernt, alles in die Luft zu jagen, was er sich so mühevoll aufgebaut hatte. Die Verlockung war wie eine Sirene, die ununterbrochen verführerisch in seinem Ohr sang. Es wäre ein Leichtes, ab und zu einen Diamanten aus einem bereits ausgeraubten Juwelierladen mitgehen zu lassen, anstatt zu sparen und nur das Notwendigste auszugeben. Manchmal hörte er die Stimmen von Dad und Pops in seinem Kopf sagen: „Na los, Junge – nimm es dir. Wem schadet es schon?"

Darum hatte er schon vor langer Zeit feste Regeln für sich aufgestellt und Mauern um sich hochgezogen. Solange er sie nicht überwand, verlief sein Leben in der richtigen Spur. Es gab Regeln für die Arbeit, Regeln für die Freizeit – wenn er welche hatte – und Regeln für die Menschen, mit denen er sich umgab.

Frauen eingeschlossen.

Himmel, vor allem Frauen. Eine der ersten Regeln, die er für sich aufgestellt hatte, war auch diejenige, an die er sich am striktesten hielt: sich nie mit den guten Mädchen einzulassen.

Früher hatte er diese Mädchen in der Schule immer beobachtet: Mädchen aus Familien, von denen er sich vorstellte, dass sie jeden Abend gemeinsam aßen und darüber diskutierten, was sie vom Leben erwarteten. Mädchen, von denen man einfach wusste, dass sie aufs College gehen, irgendeinen anständigen Trottel heiraten und Kinder bekommen würden, denen sie dieselben Werte vermittelten, die ihnen schon in die Wiege gelegt worden waren.

Eine kurze Zeit lang wollte er das auch für sich selbst haben. Die Sehnsucht danach brannte in seinen Eingeweiden. Sie war sein heimlicher Wunsch – ein *aussichtsloser* Wunsch, was er zwar intuitiv wusste, was ihn aber nicht davon abhielt, sich um ein oder zwei der guten Mädchen zu bemühen.

Wem wollte er hier eigentlich etwas vormachen – es waren exakt zwei gewesen. Schließlich hatte er weder Hilary noch Megan vergessen. Eine Zeit lang funktionierten beide Beziehungen. Er fühlte sich anders, wenn er mit diesen Mädchen zusammen war – besser. Um genau zu sein, *großartig*.

Doch beide Male erfuhr er am eigenen Leib, dass es sich nicht auszahlte, zu tiefe Gefühle zu investieren, sich zu sehr von einem anderen Menschen abhängig zu machen. Denn genau dann sagte oder tat er etwas, das die Beziehung abrupt beendete. Die Gene gewannen die Oberhand. Bei Hilary war es eine Schlägerei gewesen. Er hatte einem miesen Typen eine Tracht Prügel verpasst, weil er einem Jungen das Geld für sein Pausenbrot abgenommen hatte. Bei Megan war es ein geklautes Auto gewesen, mit dem er sie auf eine Spritztour mitgenommen hatte. Doch der Diebstahl – bei dem ihn zum Glück niemand erwischte – war wohl nur der Tropfen gewesen, der das Fass zum Überlaufen brachte. Ganz bestimmt hatte die Tatsache, dass er offen von seinen Verwandten im Knast gesprochen hatte, bereits das Ende eingeläutet.

In beiden Fällen jedenfalls hatte er sich wohl genug gefühlt, um sich wie ein echter de Sanges zu benehmen und damit die Zuneigung der Mädchen zu verlieren. Zur Erleichterung ihrer Familien, wie er hätte wetten können. Er kam dahinter, dass gute Mädchen nicht nach Typen wie ihm suchten, und deren Eltern erst recht nicht.

Na und, hey, das war doch keine große Sache. Wenn er etwas schon sehr früh gelernt hatte, dann, dass Enttäuschungen unausweichlich waren, das Leben aber auch immer wieder für einen Ausgleich sorgte.

Zum Beispiel indem er in die Höhe geschossen und muskulös geworden war, während die meisten anderen Jungs den gleichaltrigen Mädchen nur bis ans Kinn reichten. Auf diese Weise hatte er vermutlich auch Hilarys und Megans Aufmerksamkeit auf sich gezogen. Aber der echte Vorzug eines größeren und stärkeren Körpers waren die lockeren Mädchen, die um ihn herumschlichen und jederzeit bereit waren, ihn von seinen düsteren Gedanken abzulenken. Dafür verlangten sie nichts als ein bisschen Spaß mit ihm.

Und er tat sein Bestes, um ihnen gefällig zu sein. Unter der Tribüne und auf schimmeligen Gymnastikmatten im Geräteraum der Schule brachten sie ihm alles bei, und er passte auf und lernte. Dann revanchierte er sich auf dem Rücksitz seines elf Jahre alten Chevy Cavalier, der zwar ein Rosthaufen, aber sein ganzer Stolz gewesen war.

Wo er jetzt darüber nachdachte, fiel ihm auf, dass er schon lange keine erwachsene Version dieser lockeren Mädchen mehr aufgegabelt hatte. Vielleicht war es an der Zeit, sich eine lockere Frau zu suchen. Denn nach Poppys Küssen und Berührungen fühlte er sich wild und rücksichtslos und gefährlich. Diese Session vor dem Kühlschrank gerade hatte ihm fast das Hirn rausgepustet. Jase sehnte sich nach nichts mehr, als keine Sekunde länger den eigenen Regeln zu gehorchen.

Aber es müsste schon mit dem Teufel zugehen, wenn er sich wieder in diesen unverantwortlichen Jugendlichen zurückverwandelte. Heute Abend war niemand verletzt worden. Doch das könnte sich ganz schnell ändern, wenn er weiterhin zuließ, dass Poppy ihn dermaßen um den Verstand brachte. Darum stand sein Entschluss fest: So etwas wie vorhin durfte nie wieder passieren.

Und sobald er sich ein paar Stunden freischaufeln konnte, wollte er in die nächste Cop-Kneipe gehen und dort ein Groupie auflesen.

Was du heute kannst besorgen, das verschiebe nicht auf morgen, Junge.

„Jesus!" War es nicht schon schlimm genug, dass er immer wieder Pops' Stimme hörte, die ihn zu irgendwelchen illegalen Handlungen ermutigte? Nein, jetzt äußerte sie sich auch noch zu seinem beschissenen Liebesleben! Genau das, was er brauchte!

Jedenfalls hatte er nicht vor, die Vorstellungen eines anderen zu befriedigen. Natürlich könnte er es tatsächlich gleich heute Nacht tun, aber er wäre sicher keine unterhaltsame Gesellschaft. Und wenn er schon sonst nichts zu bieten hatte, so wollte er einer Frau wenigstens Vergnügen bereiten, solange es dauerte.

Also ein anderes Mal. Bald. Denn er musste weiß Gott etwas Dampf ablassen.

Poppys gerötetes Gesicht schlich sich wieder in seine Gedanken. Jase schob es strikt zur Seite, doch nicht schnell genug, um seine qualvolle Begierde zu unterdrücken.

Zur Hölle, er konnte es nur wiederholen: Es war Zeit, Dampf abzulassen.

Bevor er noch eine Dummheit anstellte.

„Was zum Teufel tust du da?"

Poppy zuckte zusammen und kleckste etwas von der Farbe, mit der sie gerade den Roller tränkte, über den Rand der Wanne. Finster starrte sie zu Jane, die im Türrahmen des oberen Schlafzimmers der Wolcott-Villa stand. „Nach was sieht's denn aus?", fauchte sie und wischte den Rand der Wanne mit einem feuchten Tuch ab, das sie zurück in ihren Kittel steckte. „Streichen."

„Ah, wir sind ein bisschen gereizt." Das war keine Frage, und ohne auf Poppys schlechte Laune zu achten – was nur eine enge Freundin wagen konnte –, spazierte Jane ins Zimmer. „Reißt du mir den Kopf ab, wenn ich frage, weshalb? Es ist fast zweiundzwanzig Uhr."

„Ich weiß, wie spät es ist!" Poppy seufzte, legte den Roller in die Wanne und sah ihre Freundin an. „Ich habe meine Aufgaben hier ziemlich schleifen lassen und zufällig etwas Zeit", erklärte sie mit erzwungener Ruhe – und bekam umgehend ein schlechtes Gewissen.

Was gar nicht nötig war. Schließlich hatte sie nicht gelogen. Vielleicht hatte sie nicht die ganze Wahrheit gesagt, aber sie hatte ihre Aufgaben in der Villa in letzter Zeit tatsächlich schleifen lassen.

„Du weißt, was Ava sagen würde, oder?", fragte Jane, die mit langen Schritten durchs Zimmer spazierte.

„Da musst du schon etwas konkreter werden", entgegnete Poppy nüchtern. „Ava sagt eine Menge."

„Ich meine, wenn sie wüsste, dass du diesen Raum ganz allein streichst. Sie würde sagen, dass Miss Agnes nie gewollt hat, dass du die Arbeit wirklich selbst machst. Und dass wir jemanden engagieren sollten."

Der letzte Rest von Zorn fiel in sich zusammen, und Poppy befürchtete, dass es ihr jeden Moment genauso ergehen würde. Auf einmal war sie so erschöpft, dass sie kaum noch den Kopf hochhalten konnte. „Das wäre gut. Großartig, um genau zu sein. Es macht mir nichts aus, einen Teil davon selbst zu streichen, aber mich macht es fertig, wenn ich an die ganze Villa denke." Ihre Stimmung hob sich ein wenig. „Hey, vielleicht kann ich ja meine Graffiti-Sprayer anheuern. Die haben sich als ganz anständige und überraschend verantwortungsbewusste Streicher erwiesen. Außerdem könnten sie das Geld bestimmt brauchen." Zumindest Cory und Henry. Zwar kannte Poppy Dannys Hintergrund nicht, sie bezweifelte aber, dass seine Probleme finanzieller Art waren.

„Äh, ich spiele nicht gern de Sanges, aber ich muss trotzdem fragen, ob es klug ist, diese Kids ins Haus zu lassen", warf Jane ein.

„Das sind keine Diebe, Janie. Aber, okay. Ich verstehe deine Bedenken – du kennst sie nicht, und du hast dir schon einmal die Finger verbrannt. Der Großteil der Sammlung ist im Salon, richtig? Wir könnten die Doppeltür zuschieben und den ganzen Bereich zugesperrt lassen."

„Gut, und nachdem wir das jetzt geklärt hätten, was ist wirklich mit dir los?", fragte Jane aus heiterem Himmel. Poppy hätte beinahe den Roller fallen lassen.

Sie versuchte, etwas Zeit zu gewinnen, indem sie ihn vorsichtig auf das Tablett legte. Normalerweise hätte sie kein Problem damit, ihren besten Freundinnen von dem missratenen Abend zu erzählen. Und wenn sie nichts anderes als Zorn empfinden würde, hätte sie das vermutlich bereits in der Sekunde getan, in der Jane aufgetaucht war. Zorn gab ihr Energie. Wenn sie sauer war, fühlte sie sich jedenfalls nicht so schwach wie ein kleines Mädchen.

Natürlich war sie sauer, dass Jason sie jetzt zwei Mal geküsst hatte – *mehr* als geküsst hatte –, nur um sie dann wegzustoßen. Doch unter die Wut hatte sich eine gehörige Dosis Kränkung gemischt, und darüber wollte sie einfach nicht sprechen. Sie wusste, dass Janie nicht plötzlich schlechter von ihr denken würde, aber sie fühlte sich momentan einfach schrecklich klein. Abgewertet.

Abgewertet von *ihm*.

Trotzdem war sie nicht so dumm, zu lügen. Jane, Ava und sie waren seit ewigen Zeiten beste Freundinnen und besaßen einen sechsten Sinn, was die Gefühle der anderen anging. „Ich kann jetzt nicht darüber sprechen, Janie", gestand sie leise. „Jedenfalls nicht heute Nacht." Als ihre Freundin verständnisvoll nickte, sagte sie: „Und was tust du hier? Um diese Uhrzeit?"

„Dev und seine Brüder spielen bei uns Poker, und ich kann dieses Schreien und Spucken nicht ertragen."

„Iih. Meinst du das wörtlich?"

„Nein, im übertragenen Sinn, aber glaub mir, das ist fast genauso eklig. Keiner von denen ist Raucher. Trotzdem bestehen sie darauf, sich diese dünnen kleinen Zigarren anzustecken. Und ich schwöre, jedes zweite Wort, das aus ihrem Mund kommt, ist ‚fuck'. So reden die nicht einmal, wenn sie sich mit dem Hammer auf den Daumen schlagen."

Poppy warf ihr einen kritischen Blick zu, und Jane lächelte schief. „Okay, wir alle haben sie gehört, wenn das passiert. Aber normalerweise besteht ihre Sprache nicht zur Hälfte aus Flüchen. Aber leg ihnen Karten hin, und …" Sie hob die Schultern. „Also bin ich raus, bevor ich ihre Köpfe aneinandergeknallt hätte, und zu Ava gegangen. Wir haben dich angerufen, aber du warst nicht da."

„Nein, ich war seit nachmittags nicht mehr zu Hause. Es war ein anstrengender Tag. Ach, verflixt, es war eine anstrengende Woche." Sie überlegte, ob sie Jane von Darnells Verschwinden und der Suche nach ihm erzählen sollte. Doch Jason war viel zu verwickelt in diese Geschichte und sie viel zu erschöpft, um die vielen Tretminen zu umgehen, wenn sie versuchte, seinen

Namen aus dem Spiel zu lassen. „Ich erzähle dir morgen davon." Bis dahin wusste sie hoffentlich, was sie erwähnen konnte.

Und was nicht. Sie überlegte, wie es wohl wäre, das zu haben, was Jane hatte – dieses ungetrübte Glück, das sie sogar ausstrahlte, wenn sie über den Mann, der dafür verantwortlich war, schimpfte.

„Also bist du zu Ava gegangen. Das erklärt noch immer nicht, was du hier zu suchen hast."

„Als ich wieder ging, war es noch immer zu früh. Diese Pokerrunden dauern ewig. Also wollte ich die Gelegenheit nutzen und weiter die Sammlung katalogisieren. Darum bin ich hier. Und wo wir gerade von Av sprechen, sie hat sich auf einmal in den Kopf gesetzt, tanzen zu gehen. Hast du Lust, falls wir diese Woche einen Abend finden, an dem wir alle Zeit haben?"

„Im Moment klingt tanzen zu anstrengend, um auch nur darüber nachzudenken. Aber das ändert sich bestimmt, wenn ich richtig geschlafen habe. Also, klar, ich bin dabei."

„Und bis dahin …" Jane zog ihren kleinen schwarzen Kaschmirpullover aus. „Hast du vielleicht noch einen Malerkittel? Dann kann ich dir helfen."

„Ach, Janie!" Poppy umarmte ihre Freundin. „Tausend Dank für das Angebot. Aber die anderen liegen in meinem Auto. Außerdem hast du selbst genug zu tun. Also mach schon. Ich werde nur noch diese Wand fertig streichen und dann nach Hause gehen." Sie drückte einen Kuss auf Janes Schläfe. „Aber ich danke dir. Zwar bin ich immer noch total kaputt, aber dank deiner Anteilnahme geht es mir jetzt schon viel, viel besser. Und dafür liebe ich dich."

Jane erwiderte ihre Umarmung. „Dann schätze ich, ist meine Arbeit hier getan."

13. KAPITEL

Heute ist er nicht gekommen. Ich frage mich, ob es das war. Mit uns. Mit den Kids. Mit dem ganzen verdammten Projekt.

Normalerweise freute Cory sich, wenn ihre Mutter tagsüber nach Hause kam – heute allerdings nicht. Denn ihre Mom hatte sie dabei erwischt, wie sie mit Nina einen Termin für morgen Abend ausmachen wollte, und sie direkt in die Wohnung gezerrt. Cory kam sich vor wie eine Sechsjährige, die die Wände mit Kreide vollgekritzelt hatte.

Sandy Capelli knallte die Tür hinter ihnen zu und schleuderte ihre Tasche auf die gebraucht gekaufte Couch. „Du wirst für diese Frau nicht den Babysitter spielen."

„Ich weiß." Cory missverstand ihre Mutter absichtlich. „Nina arbeitet heute Abend nicht."

„Ich rede nicht von heute Abend, Cory Kay, und das weißt du verdammt genau. Du wirst überhaupt nie mehr auf ihr Kind aufpassen. Ich möchte nicht, dass ein Mensch wie Nina Petrocova Einfluss auf dich hat."

Normalerweise beugte Cory sich den Wünschen ihrer Mutter, doch dieses eine Mal protestierte sie. Denn in diesem Fall hatte ihre Mom einfach unrecht. „Du weißt doch überhaupt nichts über Nina, außer dass sie in einem Stripclub tanzt."

„Mehr muss ich auch nicht wissen!"

„Doch! Du kannst nicht einfach die Tatsache ignorieren, dass sie zur Abendschule geht, damit sie und Kai irgendwann ein besseres Leben haben. Oder dass sie eine wirklich gute Mutter ist."

„Ich habe gesagt, was ich zu sagen habe, und damit ist die Diskussion beendet. Sag Miss-ich-zieh-mich-für-Geld-aus, dass sie sich einen anderen Babysitter suchen kann."

„Nein!"

Ihre Mutter erstarrte. Dann fixierte sie Cory mit verschränkten Armen. Von der Erschöpfung, die sie normalerweise um-

hüllte wie ein unsichtbarer Mantel, war nichts zu bemerken.
„*Wie* bitte, junge Dame?"

Corys Herz hämmerte wild, doch sie antwortete mit unnachgiebiger Stimme: „Ich werde für Nina babysitten. Ich kann das Geld brauchen, und außerdem ist es schön, abends wenigstens mit *irgendjemandem* reden zu können."

„Nein, das wirst du nicht. Ich verbiete es dir."

„Vergiss es! Wie willst du mich denn davon abhalten, Mom? Du bist doch sowieso nie zu Hause." Sie riss die Jacke ihres Vaters von der Garderobe, warf sie über und stürmte aus der Tür.

Ihr war ein wenig übel, als sie die Treppe hinunterrannte und die Tür aufriss, die auf die Straße führte. Das ist einfach nicht fair, dachte sie und stapfte wütend zur Bushaltestelle. Mom war so gut wie nie zu Hause, und Cory hatte keine Lust mehr, ständig allein in der Wohnung zu sein. Nachts war das nämlich ziemlich gruselig. Ständig knarrte und knackte es irgendwo, Leute kamen und gingen. Ihre Mom sollte sich lieber Sorgen um den Typ in 308 machen, der mit Drogen dealte, und nicht um Nina, die einfach nur versuchte, irgendwie zu überleben.

Davon mal abgesehen, wann lobte sie eigentlich mal jemand, wenn sie etwas richtig machte? Seit Daddy ermordet worden war, riss sie sich ein Bein aus, um Mom keine Probleme zu machen. Sie schlug sich tapfer in der Schule, obwohl niemand etwas mit ihr zu tun haben wollte. Und hatte sie ihrem Ärger vielleicht auf der Straße Luft gemacht, indem sie das tat, was ihr als Einziges wirklich Spaß machte? Nämlich ihre Kunst? Nein, Sir. Nicht seit dem Abend, als sie diesem Ganoven in die Quere gekommen war. Inzwischen hatte Cory durch vorsichtiges Herumfragen erfahren, dass er Bruno Arturo hieß.

Bruno. Sie erschauerte. Der Name erinnerte sie an diesen Tyrannen Bluto aus den alten Popeye-Comicfilmen. Er passte also ganz gut zu dem Typen. Jedenfalls war er groß und gemein und – auch ohne Waffe – kein Mann, dem sie unbedingt noch einmal begegnen wollte.

Wie auch immer. Jedenfalls brachte es offenbar gar nichts, lieb und brav zu sein. Darum konnte sie genauso gut ausprobieren, wie sich eines der Comicbilder, die sie zu Hause auf ihrem Zeichenblock geübt hatte, auf einer Wand machen würde. Sie musste einfach nur vorsichtig sein und die Augen offenhalten und nicht gerade im U District bleiben. Wobei es bestimmt besser war, jemanden mitzunehmen. Konnte jedenfalls nicht schaden.

Was Danny G. wohl heute Abend machte?

Und ob sie sich trauen würde, ihn zu bitten mitzukommen?

Wie sich herausstellte, überquerte er gerade den Parkplatz von Ace, als sie ankam. Überhaupt war sie, von Detective de Sanges abgesehen, die Letzte.

„Ich dachte, wir hätten diesen Mist hinter uns", meckerte Henry gerade. „Wir haben doch alles übermalt, was ich ... ähm, ich meine, was wir *getagged* haben, oder? Warum müssen wir dann heute noch mal antreten?"

Natürlich hätte Cory es keiner Menschenseele gegenüber zugegeben, aber sie würde diese Treffen vermissen.

Sozusagen.

Irgendwie.

Sie waren ihr nicht etwa *wichtig* oder so. Es machte ihr einfach Spaß, Zeit mit Danny G. zu verbringen. Er war nicht nur total süß, sondern irgendwie auch geheimnisvoll und unglaublich faszinierend. Ms Calloway, also Ms C., war echt in Ordnung und Henry nicht ansatzweise so nervig, wie sie am Anfang gedacht hatte. Gut, er konnte schon nerven, keine Frage. Aber er hatte so ein paar Kommentare fallen lassen, die darauf hinwiesen, dass sein Vater Alkoholiker war. Sie hatte ihren Daddy viel zu früh verloren und war noch immer wütend und voller Trauer. Aber sie konnte von Glück sagen, dass sie wenigstens dreizehn Jahre lang einen tollen Vater gehabt hatte.

Selbst Detective de Sanges war kein totaler Volldepp.

„Ich *sagte*", rief Henry laut, „ich dachte, wir hätten ..."

Ms C. sah ihn direkt an. Henry klappte den Mund zu, so wie sie es alle taten, wenn sie diesen Blick aufsetzte.

„Haben Sie etwa mit mir gesprochen, Mr Close?", fragte sie sanft. „Ich dachte nicht, nachdem Sie mich nicht mit meinem Namen angesprochen haben." Sie trat zuerst auf Danny zu, dann auf Henry und zuletzt auf Cory, um jedem von ihnen ein großes Skizzenbuch und eine Handvoll Faber-Castell-Farbstifte zu reichen.

Ehrfurchtsvoll starrte Cory die Stifte in ihrer Hand an. Bisher hatte sie sich immer mit denen aus dem Supermarkt begnügen müssen, die viel zu weich waren, um präzise Linien zu zeichnen.

„Eigentlich wollte ich auf Detective de Sanges warten, aber wie es scheint, wird er irgendwo anders aufgehalten", erklärte Ms C., und eine leichte Röte bedeckte ihre Wangen. Was aber offensichtlich nichts mit dem Detective zu tun hatte, denn mit einer schnellen Handbewegung wischte sie das Thema zur Seite und fügte hinzu: „Aber Sie wissen ja, wie man sagt – wer zu spät kommt, den bestraft das Leben. Sein Pech."

Gleich darauf wurde sie ernst wie bei einem richtig feierlichen Augenblick. „Ich bin sehr stolz auf Sie. Sie waren großartig. Sie waren immer pünktlich und haben die *Tags* sehr gut entfernt." Ein kleines Lächeln umspielte ihre Lippen. „Und das fast ohne zu meckern."

Nacheinander studierte sie jeden Einzelnen. Cory wusste nicht, wie es den Jungs erging, aber als Ms C.'s warmer Blick nur ihr allein galt, fühlte sie, wie es an Stellen in ihr hell wurde, von denen sie gar nicht wusste, dass sie sonst im Schatten lagen. In diesem Moment fühlte sie sich geborgen – ruhig und merkwürdig getröstet.

Sie fühlte sich ... besonders.

Dann grinste Ms C., und alles war wieder normal. „Somit ist Phase eins Ihrer Tortur beendet."

„Wie bitte?" Henry kochte vor Wut. „Was soll'n das heißen, Phase eins? Wir sind doch *fertig* hier, oder?"

„Nicht ganz. Der anstrengende Teil ist vorbei. Und jetzt kommen wir zum lustigen."

„Das ist der, wo wir abhauen dürfen?"

„Nein, Mr Close. Ich gebe Ihnen die Möglichkeit, Kunst zu machen, über die die ganze Nachbarschaft sich freuen wird." Sie zuckte leicht mit den Schultern. „Zumindest solange nicht irgendein *Tagger* ankommt und darüber sprüht, versteht sich." Sie deutete auf die Skizzenblöcke und die Stifte, die sie ausgeteilt hatte. „Ich möchte, dass Sie sich Gedanken machen, was Sie gern auf die Seitenwand von Mr Harveys Gebäude malen würden. Überlegen Sie gut. Arbeiten Sie ein paar Vorschläge aus. Es kann alles sein."

„Ja, klar", knurrte Henry. „Solange es langweilige Alte-Leute-Kunst ist, meinen Sie wohl."

„Nein, ich meine alles. Aber natürlich alles, was in jeder Hinsicht legal ist. Nichts Pornografisches oder Blutrünstiges. Aber es muss sich nicht um gängige Kunst handeln. Es sei denn, Sie wollen es so. Sie können sich auch für Comics, Wandmalerei oder Graffiti entscheiden. Die Möglichkeiten sind nur so begrenzt wie Ihre Vorstellungskraft. Also geben Sie mir ein paar Beispiele, was Ihnen gefällt. Wenn Ihnen nichts einfällt, schauen Sie sich in der Nachbarschaft um."

„Wo zum Beispiel?"

Trotz Henrys feindseligem Ton schenkte Ms C. ihm ein freundliches Lächeln. „Nun, ich könnte Sie nach West-Seattle schicken, entweder zur Alaska- oder zur Morgan-Straßenkreuzung. Dort gibt es einige Wandgemälde zu sehen. Aber ich wette, Ihnen würde *Piece of Mind* in Fremont besser gefallen. Da gibt es Totems und Monster und Typen mit Rastalocken, und das Bild ist farblich sehr graffitiartig."

„Und wann sollen wir Ihrer Meinung nach fertig sein?", fragte Danny kühl, doch Cory bemerkte einen Hauch ihrer eigenen Begeisterung in seiner Stimme.

Ms C. durchwühlte ihre große Tasche und sah in ihren Terminkalender. „Wie wäre es mit nächstem Samstag? Dann haben Sie fast eine Woche Zeit, um Ideen zu sammeln und etwas auszuarbeiten." Als sie nichts entgegneten, sah sie auf: „Das war übrigens keine rhetorische Frage – ich lasse Ihnen diesmal die Wahl. Also, wie sieht es aus? Klingt das gut?"

Henry hob die Schultern und runzelte die Stirn, doch Cory und Danny G. nickten. Natürlich nicht sehr begeistert, um nicht wie Streber zu wirken. Sie senkten nur einmal schnell das Kinn.

Ms Calloway lachte. „Wunderbar. Dann treffen wir uns nächsten Samstag im Fremont Coffeeshop um acht."

„*Morgens?*" Henry wirkte entsetzt.

„Ja. Dann können wir sofort loslegen, sobald wir uns auf eine Richtung geeinigt haben. Nun kommen Sie schon, Henry." Es war das erste Mal seit Beginn dieses Projekts, dass sie einen von ihnen mit Vornamen ansprach. „Wir wollen Kunst machen. Dafür lasse ich sogar Muffins und ein Getränk Ihrer Wahl springen."

Als alle einverstanden waren, entschuldigte Ms C. sich, weil sie sich um irgendeine Tafel oder so was kümmern musste. Cory verstand es nicht ganz. Kaum war sie gegangen, machte auch Henry sich sofort aus dem Staub. Cory sah Danny an.

Sie schluckte trocken und versuchte, ruhig zu atmen.

Nervös dachte sie über einen Weg nach, ihn zu fragen, ob er vielleicht ...

Möglicherweise ...

Unter Umständen ...

„Wie wär's, wenn wir jetzt nach Fremont fahren und uns dieses *Piece of Mind* mal ansehen, von dem Ms C. gesprochen hat?", frage Danny, während sie noch alle Pros und Kontras in ihren Gedanken gegeneinander abwog.

„Hey, ich habe gerade dasselbe gedacht!", erwiderte sie – und hätte sich umgehend dafür ohrfeigen können. Wahrscheinlich klang sie total eifrig, sie warf sich ihm ja geradezu an den Hals. „Äh, welchen Bus müssen wir denn nehmen?"

„Die Nummer eins." Er warf ihr ein schiefes Lächeln zu. „Na los. Ich hab 'nen Wagen."

Während sie neben ihm herging, überlegte Cory weiter, wie sie Danny ansprechen und fragen sollte, ob sie später zusammen durch die Straßen ziehen und ein bisschen Sprayen üben wollten. Dann fragte sie sich, was für ein Auto er wohl fuhr. Wahrscheinlich irgendeine klapprige Rostbeule wie die meisten Jungs in seinem Alter. Nicht, dass ihr das was ausmachen würde.

Wer im Glashaus saß, sollte schließlich nicht mit Steinen werfen. Sie selbst würde sich nicht einmal die billigste Schleuder der Welt leisten können – so was wie Ms C.'s Haufen zusammengepapptes Metall –, zumindest nicht, bis sie richtig alt war. Fünfundzwanzig oder dreißig oder so.

Als Danny vor einem nagelneuen tabakfarbenen SUV stehen blieb, klappte ihr Mund auf. „Heiliger Strohsack, *das* ist dein Auto?"

Er grinste sie an.

„Das ist doch nicht geklaut, oder? Weil ich in kein geklautes Auto einsteige."

Zur Beruhigung ließ er die Autoschlüssel vor ihrer Nase klimpern. „Ist nicht geklaut. Es gehört mir." Er öffnete die Tür und beugte sich über den Fahrersitz.

Vermutlich gehörte es eher seinem Dad. Oder vielleicht seiner Mutter. Aber, Mann, sie konnte sich ihre Mom nicht mit einem so schönen Wagen vorstellen. Geschweige denn, dass sie Cory erlauben würde, ihn zu fahren.

Währenddessen durchwühlte Danny so ein Dingsbums, das man mit Klettverschluss an der Sonnenblende festmachte. Dann reichte er ihr ein kleines, flaches Mäppchen. Verwirrt klappte sie es auf, entdeckte einen blassgrünen Fahrzeugschein und darauf – Jeeeesus – seinen Namen. Daniel Gardo. Voller Ehrfurcht starrte sie darauf.

„Das ist doch total neu. Wie kommst du an ein total neues Auto?" Plötzlich kam ihr ein schrecklicher Gedanke. „Du dealst doch nicht mit Drogen, oder?"

„Du meine Scheiße, Cory", fauchte Danny. „Erst beschuldigst du mich, das Auto geklaut zu haben, und jetzt bin ich ein *Dealer*?" Sie war so verknallt in ihn, dass sie die Frage am liebsten zurückgenommen oder sie zumindest aus der Welt gelacht hätte. Hauptsache, er wäre nicht sauer und würde es sich mit der Fahrt noch einmal anders überlegen. Doch stattdessen drückte sie den Rücken durch. Sie würde mit einem Gangmitglied oder Drogendealer nicht einmal reden – geschweige denn sich irgendwie einlassen. „Du hast meine Frage nicht beantwortet, Gardo."

„Weil sie dumm war. Ich bin kein gottverdammter Drogendealer." Er sah sie finster an.

Das reicht, das reicht, das reicht, stöhnte ihr inneres Danny-Groupie. Er hatte ihre verdammte Frage beantwortet. Zumindest den zweiten Teil. Trotzdem sträubte sie sich dagegen, überhaupt je wieder etwas einfach so für bare Münze zu nehmen. Darum verschränkte sie die Arme vor der Brust und klopfte mit dem Fuß auf den Boden.

Danny fuhr sich mit den Fingern durchs Haar und sagte mit leiser, mürrischer Stimme: „Der Mann meiner Mom ist stinkreich, okay?"

„Okay." Cory ging zur Beifahrertür und stieg ein. Als er ebenfalls eingestiegen war, sah sie ihn an. „Du sagst das, als ob es etwas Schlechtes wäre. Ich wünschte, meine Mom wäre stinkreich."

Aber das erinnerte sie an ihren Streit, und sofort begannen die Wut und die Schuldgefühle, die sie bisher vergessen hatte, wieder in ihrem Bauch zu wühlen.

Nein. Entschieden schob sie zumindest die Schuldgefühle zur Seite. Ausnahmsweise einmal weigerte sie sich, ein schlechtes Gewissen zu haben. *Sie* war diesmal wirklich nicht im Unrecht, sondern Mom.

„Es gibt Schlimmeres als kein Geld zu haben", erwiderte Danny ruhig.

Darauf schnaubte Cory leise. „Das sagt einer, der vermutlich immer schon genug davon hatte."

„Ja, naja, du weißt doch, wie man sagt", murmelte er düster. „Geld allein macht nicht glücklich."

Sie entdeckte etwas in seinem Gesicht, das sie nicht recht deuten konnte. Aber er sah traurig aus, trotz seiner Ist-mir-doch-scheißegal-Lässigkeit. „Arm sein aber auch nicht", erwiderte sie leise. „Meine Mom und ich haben heute furchtbar gestritten."

„Echt?" Seine Schultern entspannten sich ein wenig. „Worüber?"

Auf der Fahrt zum Fremont District erzählte sie ihm alles, wobei sie sich wieder mächtig über die himmelschreiende Ungerechtigkeit ihrer Mutter aufregte.

„Sie hat unrecht", sagte Danny anschließend. Wärme durchflutete Corys Körper.

„Und trotzdem", fügte er hinzu.

„Trotzdem was?", fauchte sie.

„Nichts." Doch dann richtete er sich in seinem Sitz auf und warf ihr einen Blick zu, in dem eine gewisse Feindseligkeit lag. „Nein, verdammt, es ist nicht nichts. Aber wenigstens hört es sich so an, als ob *deine* Mutter sich für dich interessiert. Als ob sie dich beschützen will."

„Klar. Aber das war doch nicht der Punkt. Der Punkt war …" Sie blinzelte, als sie begriff, was er damit andeutete. „Deine etwa nicht?"

Er stieß ein bellendes Gelächter aus. „Mom interessiert sich vor allem dafür, es sich möglichst schön mit ihrem neuen reichen Mann zu machen. Ich komme an zweiter Stelle. Oder vielleicht an dritter – nach ihrer Masseurin, die dienstag-, donnerstag- und samstagnachmittags kommt. Sie genießt diese Massagen wirklich sehr."

„Sie hat eine Masseurin?" Cory hätte sich am liebsten geohrfeigt, weil das ja nun wirklich nicht wichtig war. „Entschuldige", bat sie. „Ich habe nur noch nie so jemanden kennengelernt." Sie studierte Dannys Profil. „Seit wann ist sie mit deinem Stiefvater verheiratet?"

„Nenn ihn nicht so", zischte er. „Richie der Reiche ist überhaupt kein Vater, egal, ob Stief oder sonst was. Sie sind ungefähr ein halbes Jahr verheiratet."

„Die sind vermutlich noch im – wiesagtmangleich – Flitterwochenstadium. Aber ich bin ganz sicher, dass sie dich liebt", fügte Cory hinzu, weil sie sich keine Mutter vorstellen konnte, die ihr Kind nicht liebte.

„Bist du?" Ein kleines bitteres Lächeln zuckte in seinen Mundwinkeln. „Ja, du hast sicher recht."

Aber sie spürte, wie er sich zurückzog, und streckte eine Hand nach ihm aus, als er vor dem spektakulär bemalten Gebäude hielt, das sie sich ansehen wollten. „Tut mir leid", entschuldigte sie sich noch mal. „Ich rede dummes Zeug, schließlich kenne ich deine Mom gar nicht."

Einen Moment sah er sie nur an, als ob sie ihn verwirren würde. Dann wurden seine Augen ausdruckslos. „Vergiss es, okay? Und sieh dir das an! Das müssen wir mal genauer unter die Lupe nehmen."

Der schmale Parkplatz entlang des Gebäudes war voll. Also fuhr Danny weiter und parkte eineinhalb Blöcke entfernt.

Mit dem Gefühl, etwas falsch gemacht zu haben, stieg Cory aus und folgte ihm zu dem Gebäude. Schweigend betrachteten sie das Bild, das sich über zwei Wände erstreckte.

Je länger Cory es studierte, desto enthusiastischer wurde sie. „Das. Ist. So. *Geil!* Was meinst du, könnten wir so was auch machen?"

„Ich weiß nicht. Fremont ist um einiges lässiger als die Gegend, um die es geht. Ich glaube nicht, dass die auf echte Graffiti stehen, egal, was Ms C. sagt."

„Vielleicht nicht so was wie hier auf der Vorderseite", stimmte sie zu. „Aber auf der zweiten Wand, das mit den Bergen und Totem und dem Kram – ich wette, wir könnten da ein paar Graffiti-Elemente einfügen, wenn wir hauptsächlich bei einem Pazifikthema bleiben. Wir könnten Wellen und Fische malen und ..."

„Unauffällig anderes einbauen." Seine Augen leuchteten auf. „Subversives Zeug innerhalb der ganzen großen Landschaft, weißt du?"

„Winzige Elfen", stieß sie hervor.

Er warf ihr einen ironischen Blick zu. „Ich dachte da mehr an kleine Dämonen und solchen Scheiß."

„Na ja, du malst deine kleinen Dämonen – und ich meine kleinen Elfen."

Sie sahen sich an, lachten laut und klatschten sich ab.

„Lass uns was malen, das wir Ms C. zusammen mit dem allgemeinen Pazifikthema zeigen", schlug Danny vor. „Das könnte vielleicht funktionieren."

„Ja." Sie wurde immer aufgeregter. „Das könnte es echt."

Aus dem Augenwinkel bemerkte Cory einen schwarzen SUV, der im Schneckentempo auf der anderen Seite der Fremont Avenue entlangfuhr. In diesem Moment glitt die dunkel gefärbte Fensterscheibe herunter. „Hey, ihr da!" Ein Mann beugte sich heraus.

Ach du Scheiße! Scheiße, Scheiße! Corys Herz hämmerte, und ihre Beine wurden ganz steif. Dieses Gesicht kannte sie. Seit der Nacht im U District war es ihr immer wieder in ihren Albträumen erschienen. Sie packte Dannys Arm. „Wir müssen gehen", sagte sie leise.

„Wie?" Er sah sie verwundert an.

„Yo, ihr zwei!", rief Bruno Arturo ungeduldig. „Ich rede mit euch. Kommt her!"

Adrenalin jagte wie ein Stromstoß durch ihren Körper, und sie schnappte sich Dannys Hand. „Beweg dich!", zischte sie. „Mit dem Typen willst du nichts zu tun haben. Danny, mach schon!"

Sie konnte sich ungefähr vorstellen, wie sie aussehen musste. Danny jedenfalls starrte sie kurz an, und ohne ein weiteres Wort liefen sie in die entgegengesetzte Richtung zur Fahrtrichtung des Wagens davon.

Auf mehreren Umwegen erreichten sie Dannys Auto. Erst als er über die Fremont Bridge fuhr, sah er sie an. „Mann, du kannst vielleicht rennen. Willst du mir jetzt verflucht noch mal verraten, was das sollte?"

Oh, das wollte sie. Sie wollte sich wirklich endlich alles von der Seele reden.

Und doch ...

Es war zu gefährlich. Nicht für sie, aber für ihn. „Tut mir leid, dass ich dich da mit reingezogen habe. Und dass ich nicht darüber reden kann."

Er sah sie wieder an. Dann zuckte er mit den Schultern.

„Wenn du es dir anders überlegst, weißt du ja, wo du mich findest."

14. KAPITEL

Herzzerreißendes Teenie-Pathos und Jason. Geradezu ein Drei-Sterne-Tag. Okay, im Moment läuft es also ganz gut. Aber warum muss alles immer so kompliziert sein?

Verfluchte Hurenscheiße! Bruno fuhr noch etwa zwanzig Minuten durch die Straßen von Fremont. Aber die beiden Kids hatten sich in Luft aufgelöst. Er schüttelte ununterbrochen den Kopf, als ob er einen Faustschlag gegen die Schläfe bekommen hätte. Der Junge, nach dem er suchte, war eine *sie*? Wer zum Teufel hätte gedacht, dass es sich um ein gottverdammtes *Mädchen* handelte?

Himmel, er hatte nur die Scheibe runtergedreht, um mit ihr und dem anderen Typen zu sprechen, weil er gesehen hatte, dass sie dieses beschissene Graffiti-Gebäude anstarrten wie den verfluchten Heiligen Gral oder so was. Also hatte er gedacht, hey, gut, vielleicht kennen die ein paar *Tagger* und Graffiti-Freaks aus der Gegend. Dass er dabei ausgerechnet die Person ansprach, nach der er seit Tagen suchte – wobei er sich hin und wieder die Finger verstauchte, weil er das Gefühl hatte, dass die Kids ihm Informationen vorenthielten –, wäre ihm niemals in den Sinn gekommen.

Aber so wie das Mädchen gerannt war, gab es keinen Zweifel. Sie hatte eine bestimmte Art, die Knie hochzunehmen und von null auf hundert zu beschleunigen wie ein gedoptes Pferd beim Emerald-Downs-Rennen. Der Junge neben ihr hatte längere Beine und mehr Muskeln gehabt und war trotzdem kaum hinterhergekommen.

Bruno gab die Suche auf und fuhr zurück in seinen eigenen Stadtteil. Er hatte keine Ahnung, was er jetzt tun sollte. Es sollte keine Rolle spielen, dass sie ein Mädchen war – sie war trotzdem eine Zeugin, die ihn mit einem einzigen falschen Satz hinter Gitter bringen konnte.

Und doch …

Es spielte eine Rolle. Allerdings würde er jedem den Kopf abreißen, der ihm so etwas ins Gesicht sagte. Bruno hatte eine Nichte in ihrem Alter und konnte im Nachhinein überhaupt nicht begreifen, warum er nicht früher drauf gekommen war. Klar, diese Schlaksigkeit, fast nur Arme und Beine – dieses fohlenartige Stadium, das Mädchen auf dem Weg zur Frau durchmachten –, hätte ihm doch die Augen öffnen müssen.
Scheiße.
Nun, er würde alles über das Mädchen herausfinden und so viele Informationen wie möglich über sie ausgraben.
Und *dann* würde er sich überlegen, was er mit ihr anstellte.

Jase verließ das Harborview Traumazentrum, wo er den Mann besucht hatte, der bei dem Überfall auf den Juwelierladen im U District angeschossen worden war. Das Opfer lag noch immer im Koma. Bisher konnten die Ärzte kein Zeichen von Besserung erkennen. Das waren nicht gerade die Nachrichten, die Jase sich an diesem Samstagmorgen erhofft hatte.
Er stieg in seinen SUV und blätterte einen Moment seine Notizen durch, bevor er den Gang einlegte und auf die Straße bog. Er fuhr gerade die Yesler hinunter, als er einen Informanten sah, nach dem er seit Tagen suchte.
Gerade wollte er die Tür öffnen und den Spitzel am Arm packen, um sich einmal ausführlich mit ihm zu unterhalten, als sein Handy klingelte.
Was war das? Irgendeine kosmische Verschwörung, um zu verhindern, dass er den Typen traf? Denn es war nun schon das dritte Mal in dieser Woche, dass ihn jemand davon abhielt.
Auf dem Display las er Poppys Namen und ärgerte sich, dass sein Puls umgehend verrücktspielte.
Aber er hatte nicht umsonst sein Leben lang trainiert, keine Emotionen zu zeigen. Mit reiner Willenskraft verlangsamte er seinen Herzschlag, drückte die Sprechtaste und bellte: „Was?"
„Jason?", erwiderte sie. Ihre Stimme fuhr ihm sofort in seinen …

Mmh. Nein, Sir. Er richtete sich ein wenig auf, griff nach dem Stoff in seinem Schritt und zerrte ihn glatt. Wie alt war er – siebzehn? Verdammt, er musste endlich an irgendeinem Abend losziehen. Er kapierte selbst nicht, warum er es immer wieder verschob. Er war viel zu lange mit keiner Frau mehr zusammen gewesen.

Von ihr natürlich abgesehen. Aber da es kein befriedigendes Ende gegeben hatte … „Was willst du?"

„Eine höfliche Begrüßung wäre schon mal ein Anfang", murmelte sie. „Außerdem will ich, dass du dein Wort hältst. Aber ich schätze, mir aus dem Weg zu gehen, kostet dich deine ganze Zeit."

Da hatte sie recht. Nicht, was das Worthalten betraf – aber bezüglich des Aus-dem-Weg-Gehens. „Vermutlich ist es ein Schock für dich, Sweetheart, aber ich habe einen Job, von dem die Steuerzahler verlangen, dass ich ihn ordentlich ausübe."

„Den Kids gegenüber hast du auch eine Verpflichtung", fauchte sie. Doch gleich darauf wurde ihre Stimme sanfter. „Tut mir leid, tut mir leid." Sie seufzte. „Glaub es oder nicht. Ich rufe nicht an, um dir auf die Nerven zu gehen. Wenn du wirklich nicht mehr bei dem Projekt mitmachen willst, werde ich deshalb keinen Streit anzetteln. Aber Henry ist heute Morgen nicht gekommen, und ich mache mir Sorgen."

„Vermutlich hat er etwas Besseres vor, als mit dir Farbe auf ein Gebäude zu klatschen." Jase verlagerte unbehaglich sein Gewicht, denn alle drei Kids hatten sich viel verantwortungsvoller verhalten, als er erwartet hatte. Und Henrys Vater schien ein ziemlich mieser Kerl zu sein. Er atmete laut aus. „Na gut. Gib mir seine Adresse. Ich fahre bei ihm vorbei."

„Danke! Heute wollten wir nämlich mit dem interessanten Teil anfangen. Ich glaube, dass er mitmachen will, obwohl er letzte Woche so getan hat, als ob er total genervt wäre."

„Ja, ja." Er schüttelte über ihren unerschütterlichen Glauben an die Kids den Kopf. „Die Adresse?"

Er notierte Henrys Adresse und die Anschrift des Coffeeshops, wo sie mit Danny und Cory wartete. „Wenn ich etwas erfahre, lasse ich es dich wissen", sagte er knapp und klappte das Handy zu.

Sein Informant war sowieso nirgends mehr zu sehen, außerdem wohnte Henry nicht sonderlich weit entfernt. Zehn Minuten später klopfte er an die Tür einer Mietwohnung. Dass Henry selbst die Tür öffnete, überraschte Jase.

Der Junge wirkte gleichermaßen erstaunt, ihn zu sehen. „Scheiße", murrte er empört. „Sie sind's."

„Haben Sie die Blonde höchstpersönlich erwartet? Ms C. behauptet, dass Sie sie versetzt haben."

„Und darum schickt sie ihren Kettenhund los, um mich hinzuzerren? Ich dachte, Sie mögen uns nicht mehr. Sie haben sich schon 'ne Weile nicht mehr blicken lassen. Hat Ms C. Sie nicht unter ihren Rock gelassen?"

„Ich will Ihnen nicht wehtun, mein Junge." Als Jase sah, wie Henry bei seinen Worten zusammenzuckte, hätte er sie am liebsten zurückgenommen. „Alles okay mit Ihnen?", fragte er freundlicher.

Der Junge riss das Kinn in die Höhe. „Superduper."

„Dann gehen wir. Sie warten im Fremont Coffeeshop auf Sie."

„Ich komme nicht mit."

„Warum nicht?" Er suchte den Jungen nach blauen Flecken ab, konnte aber keine entdecken. Was nicht viel zu sagen hatte – Henry war vom Hals bis zu den Füßen in viel zu weite schwarze Klamotten gehüllt.

„Ich will nicht, okay?"

„Ms Calloway sagt, dass jetzt der spaßige Teil beginnt."

„Ich habe getan, was ich tun sollte. Hab diese ganzen beschissenen Wände gestrichen. Das war's."

„Da gibt's nur ein Problem", erwiderte Jase sanft, denn er konnte sehen, dass der Junge ernsthaft in Not war. „Ms C. sagte, dass ich Sie holen soll. Also werde ich Sie mitnehmen."

„Ich kann nicht malen, okay?", schrie Henry da.

„Wie?"

„Sie sagt, sie lässt uns ein bisschen Kunst machen, aber ich bin nicht wie Danny G. und Cory. Ich kann nicht malen." Er ging in die Wohnung, bedeutete Jase, ihm zu folgen, riss einen nagelneu aussehenden Skizzenblock vom Tisch und hielt ihn Jase hin. „Sie hat jedem von uns einen gegeben und gesagt, dass wir uns ein paar Ideen für die Wand einfallen lassen sollen. Aber ich kann das nicht." Er hob das Deckblatt an und zeigte Jase die herausgerissenen Seiten. „Ich habe Ideen, aber ich kann sie nicht malen!"

Und das machte ihn fertig, wie Jase sah. Er rieb sich die Schläfen. „Okay, lassen Sie mich kurz mal nachdenken." Er kam zu dem einzigen sinnvollen Schluss. „Ich muss sie anrufen."

„Nein!", rief der Junge.

„Es ist besser, ihr direkt zu sagen, was los ist, Henry. Sie können Sie jetzt nicht einfach sitzen lassen. Sie macht sich wirklich Sorgen um Sie. Nur darum hat sie mich angerufen. Außerdem, glauben Sie im Ernst, dass sie Sie einfach so aufgeben wird? Diese Frau ist ein Pitbull. Wenn sie sich mal was in den Kopf gesetzt hat, lässt sie nicht mehr locker, bis sie hat, was sie will. Glauben Sie mir, sie wird Sie jagen, bis Sie aus den Ohren bluten. Und das können Sie sich ersparen, denn letzten Endes, mein Junge, werden Sie sowieso tun, was sie will."

„Na schön", murrte Henry und hob eine Schulter, als ob es ihm egal wäre. Doch er drehte sich weg, um mit einer Hand über seine Wange zu wischen.

Jase tat so, als ob er die Tränen des Jungen nicht bemerken würde. Er durchquerte das kleine Wohnzimmer und rief Poppy an.

Nachdem er ihr die Situation erklärt hatte, erklärte sie energisch: „Sag Henry bitte, dass wir das hinbekommen. Ich kann aus ihm über Nacht keinen zweiten Rembrandt machen – nicht mal einen Gary Larson. Aber ich kann ihm ein paar Grundlagen beibringen, und es gibt noch andere Aufgaben bei diesem Projekt, als zu malen. Ich werde Cory und Danny entsprechend vorbereiten. Bring ihn einfach nur her."

Nachdem Jase das Handy wieder in die Tasche gesteckt hatte, drehte er sich zu Henry um. „Sie sagt, dass alles in Ordnung ist. Packen Sie Ihre Sachen zusammen. Offenbar hat Ms C. schon einen Muffin mit Ihrem Namen drauf bestellt."

Vorbereitet oder nicht, Jase war von den beiden anderen Teenagern beeindruckt, als er und Henry kurz darauf das Café betraten. Sie stürzten sich nicht gleich auf ihn wie normale Teenager, weil sie seinetwegen hatten warten müssen, sondern rutschten einfach zur Seite, um ihm Platz zu machen.

Dann erinnerte er sich an das Entsetzen der beiden Jungs bei Corys Tränenausbruch. Sie hatten ihn gefragt – ausgerechnet ihn –, wie sie sich ihr gegenüber am besten verhalten sollten, und waren seinem Vorschlag gefolgt, nur etwas zum Thema zu sagen, wenn sie es zuerst zur Sprache brachte.

„Sieh dir das an", sagte Cory und schlug mit einer Hand ihren Skizzenblock auf, während sie mit der anderen nach Dannys griff. Die beiden begannen, ihr Pazifikthema begeistert zu erläutern, wobei sie die meiste Zeit gleichzeitig sprachen.

„Und?", fragte Cory, als sie schließlich innehielten, um Atem zu schöpfen. „Genial, oder?"

Henry stopfte sich ein riesiges Stück Muffin in den Mund und spülte ihn mit einem Schluck Orangensaft hinunter. Aber falls er gehofft hatte, der Diskussion so aus dem Weg gehen zu können, kannte er Teenagermädchen schlecht.

Oder überhaupt Frauen, dachte Jase.

„*Und?*", beharrte sie und versetzte ihm einen Stoß. „Jetzt ist der Moment, wo du sagen musst: ‚Genial, Cory.'"

„Wen interessiert's schon, was ich denke?", knurrte er. „Sieht so aus, als ob du und Danny sowieso schon alles festgelegt habt und ich nix mehr beisteuern kann. Ich kann ja nicht mal malen." Er zog die schmalen Schultern bis unter die Ohren.

„Du weißt doch, wie man ausmalt, oder?", fragte Danny leichthin.

Henry nickte langsam und wirkte plötzlich nicht mehr ganz so angespannt.

„Das wird das größte Projekt, das irgendeiner von uns je gemacht hat", fuhr Danny fort. „Und wir alle müssen dabei mithelfen. Wie wäre es also, wenn Cory, Ms C. und ich das Zeichnen übernehmen und du und Detective de Sanges uns helfen, das Bild auszumalen?"

Augenblick mal. Jase schoss innerlich in die Höhe. Wie war *er* denn eigentlich in diese Gleichung hineingeraten?

Danny klaute sich ein Stück von Henrys Muffin und steckte es in den Mund. „Und hast du mitgekriegt, dass wir Trolle und Zeugs in dem größeren Bild verstecken wollen?"

„Ich male Elfen", warf Cory ein.

Danny lachte Henry an. „Siehst du, was ich hier ausstehen muss, Bruder? Wir brauchen mehr Männerkram, um diesen ganzen Mädchenquatsch auszugleichen."

„Hey!", protestierte sie.

Schon saß Henry ein wenig aufrechter auf seinem Stuhl. „Echsen", sagte er mit Nachdruck und drehte die Blöcke zu sich, um sie genauer betrachten zu können. „Echsen sind cool, und es gibt sie in allen möglichen Formen und Farben, von diesen kleinen Steineidechsen bis zu den Komodowaranen."

„Reptilien." Cory seufzte. „Na toll. Du bist *so* ein Junge." Doch ihre Lippen lächelten.

Wieder zog Henry den Kopf ein, aber diesmal bemerkte Jase, dass er ein kleines Lächeln unterdrückte. „Echsen sind cool" wiederholte er, während er die Skizzen betrachtete. „Die sind irgendwie die letzten prähistorischen Tiere. Und wir könnten sie an allen möglichen Stellen einbauen. Wie hier." Er deutete auf das Blatt. „Oder vielleicht hier oder hier."

Poppy schob ihre Tasse zur Seite. „Nehmen Sie Ihren Skizzenblock, Henry. Ich möchte Ihnen etwas zeigen. Cory, wenn Sie auf ein, zwei Seiten verzichten können, würde ich Ihren gern kurz benutzen."

Poppy nahm Corys Block in Empfang, rutschte mit dem Stuhl näher zu Henry, fischte zwei Stifte aus ihrer riesigen Handtasche und reichte ihm einen davon. „Machen Sie einfach, was ich mache", wies sie ihn an und malte ein langes Oval in die Mitte des Blatts.

Er malte ein ähnliches auf seinen Block. Sie fügte über dem ersten ein weiteres kleineres und dann ein schmales Dreieck hinzu.

Nach einigen Minuten des Malens, Radierens und Verbesserns nahm auf beiden Blättern eine Echse Gestalt an. Henry staunte. Dann hellte sich sein Gesicht auf. „Das habe ich gemalt!", strahlte er.

„Ja, das haben Sie. Ich kann Ihnen auch noch ein paar andere Echsenarten zeigen und vielleicht ein oder zwei Schlangen. Der Trick am Anfang ist, eine Stufe nach der anderen zu zeichnen."

Er riss den Blick von seiner Skizze los und sah sie an.

Auf ihre lockere Art beantwortete sie seine ungestellte Frage: „Wenn wir zwei verschiedene Farben benutzen, können Sie sehen, wie wir mit dem Umriss beginnen und das Bild dann von dort aus verfeinern. Ich werde aus Ihnen nicht über Nacht einen Künstler machen können, und Sie müssen zu Hause anhand der Skizzen üben. Aber das ist doch ein Anfang, oder?"

„Klar." Er starrte wieder auf die Echse, die er gemalt hatte, und räusperte sich. „Klar."

Als Jase die Zeichnungen kritisch beäugte, stellte er überrascht fest, dass Henrys zwar nicht ganz so realistisch wirkte wie Poppys, aber für jemanden, der gar nicht malen konnte, verdammt gut aussah.

Und im Geiste hörte er, wie die Falle zuschnappte.

Seit sie den Coffeeshop betreten hatten, hatte er sie so gut es ging ignoriert, doch jetzt sah er sie an.

Und fluchte stumm, denn jetzt steckte er wirklich in der Klemme.

Sie war so verdammt ... ungewöhnlich. Hübsch, sicher. Nett – das hatte er bereits festgestellt. Und eine irrsinnig gute Lehrerin, zweifellos.

Gegen seinen Willen hatte er sich die Teilnahme an diesem blödsinnigen Projekt aufbürden lassen. Und jetzt musste er feststellen, dass ihm nicht egal war, was aus den Kids wurde. Er wollte wissen, warum Cory bei aller Begeisterung für das Projekt ständig nervös zur Tür schaute. Wie Henry sich nach ein paar Stunden Kunstunterricht entwickeln würde und welche Geschichte sich hinter dem ungewöhnlich gut erzogenen Danny verbarg.

Daran war allein Poppy schuld. Sie war wie eine verdammte, fleischfressende Venusfalle, und er hatte sich zu nah vorgebeugt, um sie anzusehen.

Woraufhin sie ihn mit ihren großen sanften Augen und ihrer zarten Haut eingesaugt hatte, bevor er begriff, was überhaupt vor sich ging.

15. KAPITEL

Verdammt, ein Unglück kommt selten allein, richtig?

Jase stieß die mit Kunstleder gepolsterte Tür von Sessions auf, der momentan angesagtesten Bluesbar im Stadtteil Columbia City. Die heißen Gitarrenriffs gemixt mit den klagenden Klängen von Mundharmonika und Saxofon trafen ihn wie ein Faustschlag in den Solarplexus. Die Musik fuhr ihm direkt in Bauch und Beine. Er war kein großer Tänzer, aber die Musik war so rhythmisch, dass es schwerfiel, sich *nicht* zu bewegen.

Der Laden sah wie eine Spelunke aus. Verschrammte Holztische und Neonschilder, die verschiedene alkoholische Getränke anpriesen. Die Inhaber hatten es aber nicht nötig, die Bar zu verschönern, schließlich traten hier ständig die besten Bands der Stadt auf. Ein riesiger Nachteil war allerdings der Standort. Columbia City war keine Gegend, in der Frauen nach Einbruch der Dunkelheit noch allein unterwegs sein sollten.

Und Henry hatte ihm verraten, dass Poppy heute Abend mit ihren Freundinnen hierherkommen wollte.

Er konnte es einfach nicht fassen und hätte sie für klüger gehalten. Verdammt, es war Freitagabend, und er hatte seine eigenen Pläne. Eigentlich wollte er sich mit Hohn und ein paar anderen Kollegen in einer Cop-Kneipe im Norden treffen, um elf, also in etwas über einer Stunde. Aber nun sah er sich gezwungen, die zehn Meilen hierher zu fahren, um dem Babe und ihren Freundinnen ein paar Sicherheitstipps zu geben. In der Sekunde allerdings, in der er dafür gesorgt hätte, dass die drei wieder gut nach Hause kamen, würde er verschwinden. Je schneller er sie also fand, desto besser.

Das einzige Problem war, dass er sie nicht entdecken konnte. Jase durchquerte den Raum, bis er im hinteren Teil an der Bar landete.

Die Hälfte der Gäste war auf der Tanzfläche – eine wogende

Masse aus mehr oder weniger talentierten Tänzern. Poppys Freundin Ava sah er zuerst. Sie war auch schwer zu übersehen. Das lag nicht nur an dem roten Haar oder ihrem spektakulären Retro-Körper. Wann verdammt noch mal war es überhaupt normal geworden, dass die meisten Frauen aussahen wie Überlebende eines Konzentrationslagers? Jedenfalls fiel sie nicht nur wegen ihres Körpers auf, sondern weil sie wirklich tanzen konnte. Ihre Arme schwangen, und die kurvigen Hüften kreisten, sie bewegte sich, als ob sie Teil der Musik wäre.

Die beiden neben ihr tanzten zusammen in einer Dirty-Dancing-Bewegung, und eine davon war Poppy.

Lieber Himmel. Er wich zurück, bis sein Hintern gegen einen Barhocker stieß, der zum Glück nicht besetzt war. Also schob Jase sich mit einer Hüfte darauf, stellte einen Fuß auf den Boden und den anderen auf die untere Sprosse. Sein Blick wanderte direkt zu Poppy zurück.

Er war daran gewöhnt, sie in einem ihrer halblangen Röcke oder gelegentlich in Jeans zu sehen. Doch heute Abend war sie todschick. Poppy trug ein kurzes, enges, bronzefarbenes Kleid und hochhackige Stilettos mit dünnen Riemchen um die Fesseln. Ihr Haar sah sogar noch lockiger aus als sonst. Außerdem trug sie mehr Make-up, als er je an ihr gesehen hatte. Ihre Augen waren schwarz umrandet und ihre Lippen leuchteten scharlachrot. Die meisten Typen in der Bar starrten sie und ihre Freundinnen an.

Was ihm gar nicht gefiel.

Nicht, dass ihn das was anging, aber sie sollte in einem solchen Laden nicht so aussehen, wenn sie nicht mindestens eine 9 mm zu ihrem Schutz in der Tasche hatte. Er war der Meinung – verdammt, *jeder* Cop wäre der Meinung –, dass sie etwas Vernünftigeres tragen sollte. Beispielsweise eines dieser Oma-Kittelkleider. Oder eine hübsche weite Burka.

„Willst du was trinken?"

Nur mit Mühe löste er den Blick von ihr und sah den Barkeeper an. „Ein Glas von was auch immer in eurem Fass ist."

„Kein Problem."

Jase richtete seine Aufmerksamkeit wieder auf die Tanzfläche. Poppy war aus seinem Blickfeld verschwunden. Doch da er nun ungefähr wusste, wo sie tanzte, war es nicht schwer, sie wiederzufinden. Nachdem ihm das gelungen war, lehnte er sich zurück, nippte an seinem Bier und wartete darauf, dass das Lied zu Ende ging. Wenn sie von der Tanzfläche kam und er ihr kurz und bündig seinen Standpunkt erklärt hatte, konnte er den Abend endlich so verbringen, wie es ihm Spaß machte.

Guter Plan – nur war er nicht auf den Gedanken gekommen, dass sie auf der Tanzfläche bleiben könnte. Nach dem Lied unterhielt sie sich einfach mit einigen anderen Gästen und begann wieder zu tanzen, als die Band den nächsten Titel anstimmte.

Okay, egal. Er konnte auch einfach diesen Song genießen, er war nämlich wirklich gut. Plötzlich tanzten zwei Männer um Poppy herum. Der Rothaarige mit den dunklen Brauen kam ihm irgendwie bekannt vor, doch Jase konnte ihn nicht einordnen. Der dunkelhaarige Mann neben ihm sah aus wie ein verdammter Nonnen verführender Priester oder so was. Jase knallte sein Glas auf die Theke und sprang auf, als der Typ die Hände um Poppys Taille legte und sie gemeinsam im Rhythmus hin und her schaukelten, als ob sie mitten auf der Tanzfläche Sex hätten.

Er ging auf die Tanzfläche und quetschte sich ohne eine einzige Entschuldigung zwischen den Tänzern hindurch. Er hatte nicht die ganze verdammte Nacht Zeit, um auf Poppy und ihre Freundinnen zu warten – schließlich hatte er auch noch ein Privatleben.

Als er schließlich vor ihr stand, waren die beiden Männer weg, und sie tanzte wieder allein. Er baute sich vor ihr auf, beugte sich vor und brüllte über die Musik hinweg: „Wir müssen reden."

Dass sie so tun würde, als ob er Luft wäre, damit hatte er nicht gerechnet. Doch tatsächlich sah sie durch ihn hindurch wie durch eine Fensterscheibe, bevor sie sich zur Seite drehte und er ihr Profil anstarrte. „Hast du gehört? Ich sagte, wir müssen reden."

„Steckt einer meiner Schüler in Schwierigkeiten?", fragte sie, ohne ihn eines Blickes zu würdigen.

„Nein!"

„Hat jemand das Gebäude, das wir bemalen, niedergebrannt?"

Er runzelte die Stirn. „Nein."

„Dann gibt es nichts, worüber wir reden müssten." Mit einem komplizierten Hüftschwung wirbelte sie herum, sodass sie ihm den Rücken zukehrte.

„Was zum Teufel?" Er umrundete sie, bis sie fast wieder Brust an Brust standen. „Was ist dein Problem?"

„Ich hab kein Problem, *Copper*. Es ist Freitagabend, und mir geht es gut. Vielleicht bin ich ein bisschen beschwipst, aber hey, das ist schon in Ordnung, weil ich nicht fahre." Sie hob die Hand, um ihn zu verscheuchen. „Geh weg."

„Erst wenn ich weiß, dass du für eine sichere Heimfahrt gesorgt hast." Er starrte sie an, verwirrt und wütend über ihr Verhalten. Als ein Tänzer ihn gegen sie stieß, musste er die Zähne zusammenbeißen, weil ihr Körper so warm und weich war.

„Habe ich nicht eben gesagt, dass ich nicht fahre?" Sie trat einen Schritt zurück und hörte für eine Sekunde auf zu tanzen, bevor sie wieder in den Rhythmus der Musik fiel. „Was interessiert es dich überhaupt, wie ich nach Hause komme? Verstößt das nicht gegen dein wertvolles *Berufsethos*?"

Scheißeverdammtermist. Das hatte er an dem Tag gesagt, als Murph in ihre Spielerei am Kühlschrank hineingeschneit war. Dass es gegen sein Berufsethos verstoße, sich auf sie einzulassen. Und was für ein umwerfender Detective er war! Jedes Mal, wenn er sich eine halbe Stunde Zeit genommen hatte, um bei dem Projekt vorbeizuschauen, hatte er sich so darauf konzentriert, sie zu ignorieren, dass ihm gar nicht aufgefallen war, wie wenig sie seine Anwesenheit interessiert hatte.

Was ihn eigentlich nicht hätte überraschen dürfen, so wie sie an jenem Abend ohne ein Wort aus seiner Wohnung gerauscht war.

Sie öffnete den Mund, als die Musik mit einem Mal langsam und bluesig wurde. Ein Mann kam mit eindeutiger Absicht auf sie zu. Doch bevor er sie auffordern konnte, packte Jase Poppys Handgelenke und zog sie in seine Arme, nicht ohne dem Typen seinen *Keinen-Schritt-weiter!*-Polizistenblick zuzuwerfen.

„Was zum Teufel bildest du dir eigentlich ein?"

„Wir werden dieses Gespräch zu Ende führen."

Sie war sehr steif in seinen Armen, doch er legte sich ihre Hände um den Hals und begann, sich zur Musik zu wiegen. Nach einem Moment entspannte sie sich genug, um seinen nicht sonderlich talentierten Bewegungen zu folgen. Aber sie hob dabei das Kinn, als würde sie sagen: *Du bist nun mal hier, also tanze ich mit dir – so wie ich mit jedem anderen Typ tanzen würde.*

Jase verkrampfte einen Moment seinen Griff um ihre Handgelenke, dann atmete er langsam aus, schlang die Arme um sie und legte die Hände auf ihren Rücken. Als er die Wange an ihr Haar drückte, roch er den Duft ihres Shampoos.

Und für einen Moment verspürte er fast so etwas wie… Frieden.

Sie tanzten schweigend. Als der Titel dem Ende zuging, spürte er, wie sie etwas sagte, das er wegen der Musik nicht verstand. Er senkte den Kopf, um sie anzusehen, und eine Strähne ihres blonden Haars klebte einen Moment wie ein Spinnenfaden an seinen Bartstoppeln, bevor er sich löste. „Wie bitte?"

„Du solltest nach Hause gehen, Jason."

Seine Gesichtszüge verhärteten sich, das friedliche Gefühl verschwand, als ob es nie dagewesen wäre. „Ja. Das werde ich. Sobald du mir versichert hast, dass du weißt, wie du nach Hause kommst."

„Wer bist du, mein Daddy?"

„Nein, verdammt, ein Polizist, der nur zu gut weiß, was in dieser Gegend nach Einbruch der Dunkelheit los ist."

An einem Tisch in der Nähe gab es plötzlich ein Gedrängel. Er sah eine junge Frau, die eine Handvoll Dollarnoten einsteckte.

Der Mann ihr gegenüber ließ etwas in seiner Hosentasche verschwinden, das wie ein Viertelgramm Gras aussah. An einem normalen Abend hätte Jase jetzt ein kurzes Gespräch mit ihnen geführt, aber momentan war er beschäftigt. Seine Aufmerksamkeit richtete sich wieder auf Poppy, als sie ihm einen Finger in die Brust bohrte.

„Schön", sagte sie. „Dann kannst du ja ganz zufrieden mit dem Wissen abmarschieren, dass ich genau dafür einen Plan habe."

Das hätte reichen sollen, zumal er noch immer sauer über den Daddy-Vergleich war. Und doch hörte er sich selbst fragen: „Der wie aussieht?"

„Ich habe ein paar stramme irische Kerle angeworben, die uns zu Janes Auto bringen." Die Band kündigte eine Pause an, sie löste sich aus seinen Armen und trat zurück. „Um genau zu sein, kommt hier einer von ihnen."

Als Jase sich umdrehte, entdeckte er den Kerl, der bei ihr vorhin überall seine Hände gehabt hatte.

Und der Blödmann besaß die Frechheit, ihn anzusehen, als ob *er* der Mistkerl wäre. „Macht der Witzbold dir Probleme?", fragte er Poppy, dann musterte er Jase aufmerksamer. „Kennen wir uns?"

„Das ist Detective de Sanges, Finn. Er wollte gerade gehen." Sie drehte sich noch einmal zu ihm. „Ich bin nicht blöd, weißt du. Uns ist klar, dass dies nicht gerade die Gegend ist, in der wir nachts allein unterwegs sein sollten. Ava wollte natürlich eine Limo mieten. Aber Jane und ich haben uns für die günstigere Variante entschieden und Janes Mann Dev und seinen Bruder Finn mitgenommen. Die sind doppelt so effektiv wie jeder Chauffeur, und sie arbeiten für ein Bier."

„Und für Körperkontakt mit heißen Puppen", warf Finn ein, schlang einen Arm um Poppys Schulter und starrte Jase herausfordernd an.

Poppy nickte. „Und für einen gelegentlichen Tanz", räumte sie ein. „Außerdem sind sie Kavanaghs – von dieser Baufirma, die die Wolcott-Villa renoviert. Ich glaube, du hast sie letzten Herbst kennengelernt."

Kavanagh bot ihm nicht die Hand an, und das tat Jase ebenfalls nicht. „Ich habe mit Devlin gesprochen, glaube ich", erwiderte er steif. Bei dem es sich natürlich um den Rothaarigen handelte, der ihm vorhin so bekannt vorgekommen war. „Finn habe ich damals nicht kennengelernt."

„Ja, jetzt erinnere ich mich." Finns Gesichtsausdruck wurde keinen Deut freundlicher. „Ich habe Sie damals reinkommen sehen, als ich gerade gegangen bin. An dem Tag, an dem Jane überfallen wurde."

„Na schön." Jase wandte sich wieder an Poppy, die sich aus Kavanaghs Umarmung gelöst hatte. „Mehr wollte ich nicht – nur wissen, dass du gut nach Hause kommst. Ich habe noch was vor, also genieß deinen Abend, und ich genieße meinen."

„Viel Spaß", entgegnete sie, als ob nichts auf der Welt sie weniger interessierte. Nach einem letzten Blick auf ihn drehte sie um und steuerte auf den Tisch in der Ecke zu, wo ihre Freundinnen mit dem rothaarigen Bauarbeiter saßen. Der Kerl namens Finn folgte ihr.

Und Jase ging stumm fluchend zur Tür.

Poppy bekam keine Luft. Ziemlich lange saß sie einfach nur am Tisch, während die Stimmen ihrer Freundinnen um sie herumschwirrten. Sie verstand immer nur jedes zehnte Wort.

Mistkerl.

Mistkerl, Mistkerl, Mistkerl.

Was hatte dieser Jason de Sanges bloß an sich? Sie reagierte auf ihn wie sonst auf niemanden, in hundert Millionen Jahren nicht. Sie konnte sich nicht erinnern, jemals zugelassen zu haben, dass ein Kerl diesen Macho-Scheiß mit ihr aufführte. Jeden anderen hätte sie dermaßen schnell einen Kopf kürzer gemacht, dass er auf einen Meter zwanzig geschrumpft wäre, bevor er auch nur die Messerklinge bemerkt hätte.

Und hatte sie bei Jason irgendetwas in dieser Art getan?

Oh, nein.

Stattdessen hatte sie dumme Gans sich von ihm in die Arme nehmen lassen, obwohl sie sich geschworen hatte – *geschworen!* –, dass sie ihm nie mehr die Gelegenheit geben würde, so unverschämt mit ihrem Herz, ihrem Ego und ihrer Libido umzuspringen. Sie hätte ihn wegstoßen müssen und hatte auch wirklich vorgehabt, genau das zu tun.

Bis sie den sauberen Geruch seiner Haut eingeatmet, die Wärme und Härte seines Körpers durch seinen blauen Kaschmirpulli und die dunkelgraue Hose gespürt und einfach ... widerstandslos aufgegeben hatte.

Was so überhaupt nicht ihre Art war!

Verdammt, sie war früher schon verliebt gewesen und hatte sich das Herz schon brechen lassen – welche dreißigjährige Frau hatte das nicht? Sie hatte Männer begehrt und mit diesem Begehren experimentiert, und zwar – wie sie geglaubt hatte – mit jeder Faser ihres Körpers.

Was nicht stimmte. Jede Faser ihres Körpers hatte sie die beiden Male gespürt, als Jason sie geküsst hatte. Als sie geglaubt hatte, verrückt zu werden vor Lust, als sie so außer Kontrolle geraten war, dass sie sich selbst kaum wiedererkannte.

Und es hatte ihr gefallen. Bis zu dem Moment, wo er sie von sich gestoßen und praktisch erklärt hatte, dass es ein Fehler gewesen war. Dass *sie* ein Fehler war.

Zweimal.

„Ich hätte ihn wegstoßen sollen", murmelte sie.

Jane beugte sich über den Tisch. „Was hast du gesagt?"

„Ich sagte, ähm, ich hätte die Bedienung festhalten sollen." Sie wies auf die junge Frau, die ein paar Tische entfernt Bestellungen aufnahm. „Ich könnte jetzt wirklich noch einen Drink brauchen."

„Aber klar hast du das gesagt." Finn warf ihr einen Blick zu, der zu sagen schien: *Ich hab schließlich gesehen, wie du dich an diesen Clown geklammert hast.* „Ich rufe sie für dich." Er kippte mit seinem Stuhl nach hinten und wartete, bis die Bedienung näherkam. Dann strich er ihr mit einem Finger über den Arm, als sie sich gerade über den Nebentisch beugte. Sofort richtete sie sich auf und drehte sich zu ihm um.

»Hui.« Poppy lächelte ironisch. »Sehr beeindruckend.«

»Verdammt richtig, Buttercup. Du bist heute Abend nicht mit irgendeinem drittklassigen Provinzligateam unterwegs.« Er deutete auf ihr leeres Martiniglas. »Cosmo, richtig?« Nachdem er schnell einen Blick auf die anderen Getränke am Tisch geworfen hatte, gab er die Bestellung auf. Als die Bedienung ihren Stift hervorzog, lieh er ihn sich aus, um sich ihre Telefonnummer auf den Handrücken zu schreiben.

»Du bist ein echt beängstigender Typ, Kavanagh«, witzelte Poppy, wurde aber schlagartig ernst, als sie hinter Finns Schulter ein unerwünschtes Gesicht entdeckte. »Scheiße!«

»Was ist?« Er reckte den Hals, um hinter sich zu blicken. »Ist dein Detective zurück?«

»Er ist nicht mein Detective! Und nein, der Typ ist sogar noch schlimmer als de Sanges. Mist, Mist, Mist – zehn Mal schlimmer.« Hastig lehnte sie sich über den Tisch, um Ava zu warnen, war aber nicht schnell genug.

»Hallo, Ava«, sagte Cade Calderwood Gallari mit seiner verdammt sanften dunklen Stimme. Poppy konnte nur dasitzen und sehen, wie ihre Freundin jegliche Farbe verlor und erstarrte. Einen Moment lang wirkte sie so verletzlich, dass Poppy am liebsten aufgesprungen wäre, um Cade die Paul-Newman-blauen Augen auszukratzen.

Doch dann hatte Ava sich gefasst und lehnte sich so auf ihrem Stuhl zurück, dass sich ihre üppigen Brüste gegen ihr schwarzes Chiffonoberteil pressten.

Cade senkte kurz den Blick und sah ihr dann wieder in die Augen.

»Was willst du, Gallari?«, fragte sie kühl.

»Fünf Minuten deiner Zeit.«

»Nein«, sagte Ava mit eisiger Bestimmtheit, und Jane und Poppy riefen dasselbe, allerdings viel wütender.

„Wie kommst du auf die Idee, dass sie dir *irgend*was zu sagen hat?", wollte Jane wissen. „Das hast du dir damals in der Highschool mit dieser beschissenen Wette ein für alle Mal verscherzt."

„Keine Ahnung, vielleicht dachte ich, sie würde mir diesmal fünf lausige Minuten gönnen, um es zu erklären", gab er zurück.

„Was für eine Wette?", fragte Finn.

Poppy sah, wie der letzte Rest Farbe aus dem Gesicht ihrer Freundin wich. Dass sie sich von Cade hatte entjungfern lassen – nur um hinterher festzustellen, dass seine Freunde mit ihm gewettet hatten, dass er das „fette" Mädchen flachlegen würde –, war nicht gerade etwas, worüber eine Frau lachen konnte. „Das geht dich nichts an", informierte sie Finn ruhig. „Es ist nichts, was hier besprochen werden müsste."

Ava erwiderte Gallaris Blick dermaßen kalt, dass er eigentlich auf der Stelle zur Salzsäule hätte erstarren müssen. „Verschwinde, Cade. Es gab damals nichts, was du hättest sagen können, und heute ist es nicht anders. Lass es einfach, lass *mich* einfach in Ruhe. Ich weiß, es ist für dich nur schwer zu ertragen, aber du kannst nicht von aller Welt gemocht werden. Finde dich damit ab."

Er stieß ein bitteres Lachen aus. „Oh, glaub mir, damit habe ich mich schon seit meiner *Geburt* abgefunden. Hör mal, könntest du mir nicht wenigstens fünf Minuten geben?"

„Nein. Das und noch viel mehr habe ich dir einmal gegeben. Und es hat mir nichts als Kummer gebracht."

Finn und Dev schoben ihre Stühle zurück und erhoben sich, doch Cade sah sie nicht einmal an. „In Ordnung. Gut. Ich gehe. Aber eines Tages wirst du mit mir reden müssen."

Leise fluchend machte er auf dem Absatz kehrt. Poppy sah ihm nach und dachte, dass er irgendwie geschlagen wirkte, so wie er die Schultern hängen ließ.

Dann schüttelte sie den Kopf. Das war Cade Calderwood Gallari – bei seinem Aussehen, Geld und seinen Beziehungen hatte er sich vermutlich nicht eine Sekunde in seinem Leben geschlagen gefühlt. Und sie hatte längst aufgehört, sich über ihn

Gedanken zu machen, weil Ava inzwischen gut über die Geschichte hinweggekommen war. Wenn dieser Idiot Probleme hatte, wollte sie nichts davon wissen.

Sie hatte genug mit ihren eigenen Problemen zu tun. Zum Beispiel damit, wie sie diese unangenehme Hitze loswerden konnte, die sie jedes Mal überkam, wenn sie an einen bestimmten, nervenden Polizisten denken musste.

16. KAPITEL

Ich könnte für den Rest meines Lebens gut und gern auf einen solchen Tag wie heute verzichten. Zumindest auf den Teil mit der Nahtod-Erfahrung.

„Sehr gut, wie Sie diesen Minimart-Fall in Pinehurst aufgeklärt haben, de Sanges."

Jase, der gerade seine Pistole vom Schreibtisch nehmen und mit der anderen Hand seine Dienstmarke in die Brusttasche stecken wollte, hielt mitten in der Bewegung inne. Er sah seinen Vorgesetzten an. „Danke. War auch etwas Glück dabei."

„Aber letztlich war es gute, solide Polizeiarbeit. Gehen Sie jetzt zu Ihrem Projekt mit den Kids?"

Überrascht von der Frage richtete Jase sich langsam auf. „Sagen Sie nicht, dass Calloway schon wieder den Bürgermeister angerufen hat." Verspürte er womöglich so etwas wie ein klein wenig *Hoffnung*, dass sie das getan hatte?

Himmel, nein.

In den letzten anderthalb Wochen hatte er sich rar gemacht, weil es das Klügste war – für sie und für ihn. Wahrscheinlich sogar für die Kids. Er gab seiner Dienstmarke einen Stups und ließ die Waffe in das Halfter gleiten.

Lieutenant Greer lachte. „Nee – ich habe schon eine Weile keine Anrufe mehr aus dieser Richtung erhalten." Dann wurde er ernst. „Aber dieses Projekt ist ziemlich gute PR, und die Anzugträger in den höheren Etagen freuen sich sehr darüber. Vor allem, weil heute ein winziger Beitrag darüber in den Nachrichten kam. Nicht so schlimm, dass Sie gar nicht dabei waren. Der Jüngste von denen, Harry, oder?"

„Henry."

„Ja. Der hat uns erwähnt. Wie hat er sich noch mal ausgedrückt? ‚Der Typ ist für 'nen Bullen gar nicht mal so übel'?" Greer lachte wieder, dann warf er Jase einen bedeutungsvollen Blick zu. „Ist nicht das Schlechteste, wenn die Leute, die nach dem nächsten Lieutenant-Examen die Stellen verteilen, Ihren Namen kennen. Also nehmen Sie sich den Rest des Tages frei. Gehen Sie schön zu dem Projekt und sammeln Sie ein paar weitere Pluspunkte."

„Äh ..."

„Na los." Als Jase weiterhin zögerte, wurde Greers Blick kühl. „Das klang vielleicht nach einer Bitte, ist aber keine."

„Ich habe Calloways Terminplanung gerade nicht bei mir. Ich weiß ja nicht mal, wo sie sich heute treffen wollen. Sie arbeitet auch mit anderen Gruppen und hat außerdem jede Menge Jobs überall in der Stadt. Ihre Zeit ist also ziemlich begrenzt."

„Zufälligerweise habe ich eine Kopie der Planung in meinem Büro, und im Gegensatz zu Ihnen werfe ich sogar hin und wieder einen Blick darauf. Vor ungefähr zehn Minuten haben sie angefangen. Also bleibt Ihnen noch genug Zeit, Ihren Hintern dorthin zu bewegen."

Scheiße. Doch Jase nickte. „Schön", sagte er tonlos. „Dann fahre ich mal rüber."

Während er quer durch die Stadt fuhr, brütete er über Poppys Verhalten bei ihrer letzten Begegnung. Im Grunde brütete er seit anderthalb Wochen darüber. Es nervte ihn, dass sie sich so aufgeführt hatte. Und das nur, weil er – was? Weil die unausgesprochene Regel bei der Polizei nun mal lautete, nicht mit jemandem zu schlafen, der mit einem Fall zu tun hatte? Okay, okay, theoretisch betrachtet hatte sie mit keinem seiner Fälle zu tun – aber auch nur, weil dieses von ihr initiierte Programm verhindert hatte, dass die Kids verhaftet wurden.

Scheiße. Er hielt sich nur an die Regeln, und sie tat so, als ob das etwas Schlechtes wäre.

Wobei er sich beim besten Willen nicht vorstellen konnte, dass *sie* sich jemals an Regeln hielt. Ganz bestimmt nicht. Poppy war ein Künstlertyp, sie brach lieber Regeln, als sie zu befolgen.

Und, hey, warum auch nicht? Die Menschen waren nun mal, wie sie waren, man konnte sie nicht ändern. Was er aber einfach nicht kapierte, war, warum Poppy die ganze Stimmung dieses

Abends kaputt gemacht hatte. Er hatte nur kurz mit ihr reden wollen, um dann zwei Fliegen mit einer Klappe zu schlagen: in der Cop-Kneipe ein paar Bier mit Hohn und den anderen zu trinken und dabei Ausschau nach einer lässigen Frau zu halten. Denn er musste endlich diese verdammten Flammen löschen, die jedes Mal auflodern, sobald er in Blondies Nähe kam.

Sein schöner Plan war einfach in Rauch aufgegangen, als Poppy ihn zuerst ignoriert hatte, um ungefähr dreieinhalb Minuten lang in seinen Armen dahinzuschmelzen, bevor sie ihn vor allen Leuten aufgefordert hatte zu verschwinden. Und mal ehrlich, eine gereizte Frau vermieste einem einfach den Wunsch, mit einer anderen Frau auch nur zu *sprechen*.

Also war er wieder einmal allein nach Hause gegangen. Weshalb er momentan bis unter die Hutschnur gereizt war.

Als er ein paar Minuten später auf Harveys Parkplatz bog, lief Danny G. sofort auf ihn zu.

„Detective", keuchte der Teenager, kaum dass er die Tür geöffnet hatte. „Sie müssen mit ihr reden, Mann."

Jase seufzte. Damit konnte nur eine gemeint sein. Resigniert blickte er über den Parkplatz und sah, dass Poppy eine riesengroße Aluminiumleiter trug. Er ignorierte den kleinen Stich, der ihm bei ihrem Anblick in den Magen fuhr, und auch den Impuls, ihr das Ding aus der Hand zu nehmen und dahin zu tragen, wo immer sie es haben wollte. Stattdessen riss er den Blick von ihr los und sah Danny an. „Worüber?"

„Die Leiter, Mann! Sie sagt, sie hat keine Versicherung, die Cory oder mich mit einschließt, wenn wir uns verletzen. Als ob wir besch... ich meine, als ob wir verdammte ..." Frustriert raufte er sich die Haare. „Als ob wir Babys wären, Mann! Schauen Sie sich das an!" Er zeigte auf die fast fertige Skizze aus Malerei und Graffiti, die sich über die gesamte südliche Wand von Harveys Gebäude zog. „Die Zeichnungen sind fast fertig. Aber jetzt, wo wir endlich 'ne Leiter haben, um auch den oberen Teil zu zeichnen, lässt sie uns nicht raufsteigen! Sie will das machen. Aber das ist *unser* Projekt!"

„Das ist auch ihr Projekt. Besser gesagt, hättet ihr drei ohne sie nur eure Schmierereien weggemacht und wärt dann nach Hause gegangen – oder verhaftet worden. Jedenfalls gäbe es ohne sie kein cooles Wandgemälde."

„Ich weiß, aber …"

„Sie musste wie verrückt kämpfen, um die Erlaubnis dafür zu bekommen."

„Trotzdem …"

„Kommt Sie Ihnen irgendwie reich vor, Danny?"

„Nein, aber …"

„Hat sie Sie jemals wegen irgendwas angelogen oder auch nur angeflunkert?"

„Nein."

„Dann müssen Sie ihr schon glauben, wenn sie sagt, dass sie es sich nicht leisten kann, wenn einer von Ihnen sich verletzt. Denn wenn das passiert, mein Junge, würden ihr – auch wenn niemand sie anzeigt – all ihre Projekte mit Jugendlichen weggenommen werden."

Danny atmete geräuschvoll aus. „Wahrscheinlich. Aber es ist trotzdem echt Scheiße."

„Das kannst du laut sagen." Während er Poppys Hintern in den engen ausgewaschenen Jeans beäugte, musste er unweigerlich daran denken, wie er sie auf der Tanzfläche in den Armen gehalten hatte. Doch die Erinnerung daran, dass sie ihm unmittelbar danach einen Tritt versetzt hatte, holte ihn wieder zurück in die Realität. Er nickte dem Jungen verständnisvoll zu. „Manchmal ist das Leben richtig Scheiße."

Poppy, die spürte, wie Dannys Blicke sich in ihren Rücken bohrten, sah über die Schulter. Sie fragte sich, ob es reine Zeitverschwendung wäre, ihm den Sachverhalt noch einmal zu erläutern. Doch es war nicht sein Blick, den sie kreuzte, sondern der von Jason.

Toll! Sie ließ ihren Ärger über ihr plötzliches Herzrasen an der Leiter aus, indem sie die Füße auseinandertrat und auf das

Kreuzstück in der Mitte hämmerte. *Das* konnte sie gerade noch brauchen.

Heute lief aber auch alles schief. Danny war vollkommen außer sich, und Cory schmollte irgendwo im Schatten. De Sanges hatte sich die beiden letzten Male nicht blicken lassen. Und auch wenn Henry augenscheinlich ein bisschen enttäuscht darüber gewesen war, sie selbst hatte sich bestens damit abgefunden. Warum musste er also ausgerechnet heute wieder auf der Bildfläche erscheinen?

Schulterzuckend schob sie die Frage zur Seite. Sie hatte Besseres zu tun. Mit dem Zeichenplan der Kids in der Hand kletterte sie die Leiter hinauf und skizzierte schnell das fehlende obere Teil des Wandgemäldes. Auf keinen Fall würde sie mehr Energie und Gefühle auf diesen Typen verschwenden. *Er kann mich mal.*

Unwillkürlich musste sie leise lachen. Okay, ungeschickte Wortwahl, schließlich war es genau das, was sie sich in Wahrheit von ihm wünschte, wann immer sie in seiner Nähe war. Trotzdem würde sie sich nicht länger von ihm an der Nase herumführen lassen.

Als Poppy fertig war, stieg sie hinunter und trat ein paar Schritte zurück, um zu prüfen, ob die Proportionen stimmten.

„Sie sind schnell", murmelte Danny hinter ihr. „Und gut."

Zwar klang seine Stimme finster, doch wenigstens sprach er wieder mit ihr. Wie wütend er geworden war, hatte sie überrascht, da er sonst der ausgeglichenste der Gruppe war. Irgendwie verstand sie ihn ja, darum lächelte sie ihm zu, bevor sie wieder auf die Leiter stieg. Sie hatte ihnen ein Projekt an die Hand gegeben, in das sie sich verbeißen konnten. Nun dachte er, sie würde es ihnen wieder wegnehmen „Ich versuche nicht, Ihr Werk an mich zu reißen, Mr Gardo. Sie drei werden nach wie vor fünfundneunzig Prozent der Arbeit machen."

„Klar." Er scharrte mit den Füßen. „Ist schon gut. Detective de Sanges hat gesagt, dass Ihnen jedes Ihrer anderen Projekte weggenommen werden würde, wenn einer von uns von der

Leiter fällt." Dabei gab er ein *Als-ob-das-passieren-würde*-Geräusch von sich.

„Hat er?" Poppy bog den Kopf, um Jason anzustarren, der gerade auf der anderen Seite des Parkplatzes mit Henry sprach. Dieser verdammte Kerl – kaum hatte sie ihn als totalen Vollidioten abgestempelt, sprang er für sie in die Bresche. Konnte er sich nicht langsam mal entscheiden?

Als ob er ihre Blicke gespürt hätte, kam er auf sie zu. Schnell drehte sie sich wieder um, weil sie ihm nicht in die Augen sehen wollte. Die Leiter schwankte ein wenig unter ihr. Poppy hielt sich am Oberteil fest. Dann zog sie ihren Stift hinterm Ohr hervor, studierte erneut den Zeichenplan und begann wieder zu arbeiten.

Kurz darauf beugte sie sich zur Seite, um einen Berggipfel zu zeichnen – trotz ihres ganzen Geredes von wegen Sicherheit. Sie hätte erst die Leiter weiterrücken sollen, das wusste sie. Gerade, als sie sich ganz ausgestreckt hatte, spürte sie ein Rucken unter sich. Sofort bewegte sich das rechte Bein der Leiter in eine Richtung, in die es sich nicht hätte bewegen dürfen. Dann klappten die Beine zusammen, und die Vorderseite schlug gegen die Wand. Poppy riss die Hände nach vorn, damit ihr Kopf nicht gegen die Wand knallte, suchte erfolglos an der glatten Oberfläche nach Halt. Die Leiter kippte langsam zur Seite.

Sie hörte Danny kreischen. Die Beine der Leiter rutschten weiter, sie sah den Boden in rasendem Tempo auf sich zukommen. Instinktiv dachte sie, dass es ziemlich übel sein würde, auf den Asphalt zu knallen.

Dann spürte sie einen festen Arm um ihre Taille und wie jemand sie gegen einen noch festeren Körper zerrte, kurz bevor sie auf dem Boden aufschlug. Weil ihr Sturz so abrupt aufgehalten wurde und sie in der Körpermitte einknickte, bekam sie für einen Moment keine Luft. Als sie versuchte, sich aufzurichten, prallte ihr Ellbogen gegen die Wand.

„Scheiiiiiiiiiiiiiße!" Der Schmerz jagte hinauf in ihre Schulter und hinunter in ihre Fingerspitzen. Als Jason sie sanft auf die

Beine stellte und sie sich mit dem Rücken an ihn lehnte, fiel ihr auf, dass sie jetzt vermutlich ohne seine Hilfe stehen konnte.

Zwar versuchte sie es erst gar nicht, aber allein es zu wissen, war gut. Sie holte ein paar Mal zitternd Luft und zog Bilanz.

Dabei stellte Poppy fest, dass die Landung deutlich angenehmer verlaufen war, als sie in den scheinbar ewig langen Sekunden des freien Falls gedacht hatte, und sie in verdammt guter Verfassung war.

Sie spürte Jasons Herz an ihrem Rücken schlagen, während seine Hände sie nach inneren Verletzungen und Brüchen abtasteten.

„Bist du okay?", murmelte er in ihr Ohr.

Poppy atmete hastig ein und stieß den Atem wieder aus. „Ja."

Er trat einen Schritt zurück und drehte sie zu sich um. „Was ist bloß mit dir los?", fragte er, und seine Stimme klang ziemlich wütend. „Erst wirst du fast von diesem Schraubenschlüssel erschlagen, und jetzt kippt deine Leiter um?" Er bückte sich, um die Querverstrebung zu inspizieren, die die Beine hätte auseinanderhalten sollen.

„Da fragst du die Falsche, weil ich es auch nicht verstehe", erwiderte sie und ging neben ihm in die Knie. Die Kids scharten sich um sie und die umgefallene Leiter. „Die Leiter gehört meinem Vater", erklärte sie Jason, „und er hält seine Sachen immer bestens im Schuss." Im selben Moment sah sie, wie er mit den Fingern über die verbogenen Löcher tastete – dort, wo eigentlich Nieten das Gestänge mit den Beinen der Klappleiter hätten verbinden sollen. Verwirrt sagte sie: „Ich verstehe es einfach nicht."

Bruno Arturo, der die Szene aus seinem Auto beobachtete, ärgerte sich über seine blöde Idee, die Nieten der Leiter zu manipulieren. Als er letzte Nacht beim Auskundschaften der Gegend die Leiter entdeckt hatte, war er noch immer stinksauer wegen des kurzen Beitrags auf KING-5 gewesen. Und darüber, dass er das Mädchen eigentlich hatte verschonen wollen. Und dann so was.

Es war überraschend schwer gewesen, Informationen über das Mädchen zu bekommen. Er war davon ausgegangen, dass die anderen Straßenkids wussten, dass sie ein Mädchen war. Darum hatte es ziemlich lange gedauert, bis er herausfand, dass sie sich auf der Straße CaP nannte. Und als er dann endlich einen Namen hatte, schien niemand sie zu kennen. Erst als eins der Kids sagte, CaP hätte mal erwähnt, aus Philly zu kommen, kam er voran. Er kontaktierte einen Kollegen und erfuhr, was mit dem Vater des Mädchens geschehen war.

Trotzdem wusste er noch immer nicht, wo sie wohnte. Das wunderte Bruno, weil es normalerweise das Erste war, was man herausfand. Doch das Mädchen war gerissen, ging immer über Umwege nach Hause, lief durch Gärten und falsch herum in Einbahnstraßen, bis sie sich in Luft aufgelöst zu haben schien. Einmal hatte er sie über viereinhalb Blocks verfolgt, bevor sie verschwand. Das war sein Rekord gewesen. Sie stand auch nicht unter Capelli im Telefonbuch, was ihn nicht wunderte nach allem, was ihrem Vater zugestoßen war. Wer einmal einen Menschen durch Mord verloren hatte, war natürlich besonders vorsichtig.

Irgendwann kam er zu dem Schluss, dass sein Boss recht hatte: Das Mädchen war keine Bedrohung. Schließlich hatte sie mit eigenen Augen gesehen, was mit ihrem Vater geschehen war und würde schön die Klappe halten. Das erste Mal seit Wochen hatte er sich wieder entspannt – und eine Sekunde später diesen Beitrag in den Nachrichten gesehen.

Ausgerechnet das Mädchen, das er verschont hatte, arbeitete mit einem Bullen zusammen. Mit einem beschissenen Bullen vom Raubdezernat.

Trotzdem war es idiotisch gewesen, an der Leiter herumzuschrauben. Niemand konnte vorhersehen, wer auf das verdammte Ding steigen würde. Davon einmal abgesehen, dass derjenige wahrscheinlich sowieso mit ein paar Prellungen davonkommen würde.

Zumindest war er clever genug gewesen, ein Tuch um die Messerklinge zu wickeln, mit der er die Nieten gelockert hatte, so hatte er wenigstens nicht überall auf der Leiter Kratzer hinterlassen. Schließlich war er nicht scharf darauf, dass ihm ein Bulle auf die Schliche kam.

Womit er wieder ganz am Anfang war. Er wusste noch immer nicht, was er mit dem Mädchen anfangen sollte, wenn er es erwischte. Aber auf keinen Fall durfte es einen weiteren „Unfall" geben, der den Bullen nur misstrauisch machen würde.

Auf der anderen Seite war das Mädchen durch den Vorfall vielleicht verunsichert – und somit ein leichteres Opfer.

Was ihm natürlich überhaupt nicht weiterhalf, solange sie sich in der Nähe dieses Polizisten aufhielt. Also konnte er genauso gut erst mal verschwinden, bevor er noch irgendwie auffiel.

Bruno startete den Motor.

Er blinzelte. Ein paar Sekunden lang hatte er die Szenerie beobachtet, ohne wirklich etwas zu sehen. Capelli und die Blonde waren nicht mehr da. Als er sich umsah, entdeckte er das Mädchen, das direkt vor ihm die Straße überquerte. Sie blieb mitten auf der Fahrbahn stehen, um etwas über ihre Schulter zu rufen.

Heilige Scheiße! Er beugte sich in seinem Sitz nach vorn.

Niemand war in diesem Moment auf der Straße.

Der Bulle stand mit dem Rücken zu ihr.

Die Gelegenheit war einfach zu perfekt, um sie vorübergehen zu lassen. Er trat das Gaspedal durch.

Jase kauerte neben Danny G., um die ruinierten Kreuzstangen ein letztes Mal zu untersuchen, als er hörte, wie jemand auf der Straße Gas gab. Er drehte sich um, weil er sehen wollte, welcher Idiot dermaßen schnell fuhr. Im selben Moment rannte Henry los und schrie: „Mein Gott, geht es euch gut? Cory, Ms C.? Alles klar?"

Mit hämmerndem Herzen – nicht nur wegen der Worte, sondern wegen des Zitterns in der Stimme des Jungen – richtete er sich auf und sah sich um. Poppy lag mit dem Gesicht nach unten auf dem Gehsteig, Cory halb auf ihr. Henry bremste so abrupt vor ihnen ab, dass er kurz auf den Zehenspitzen balancieren musste, bevor er sein Gleichgewicht wiederfand. Dann kniete er sich neben ihnen auf den Boden.

Keine der beiden rührte auch nur einen Finger. Jases Herz schien auszusetzen. Einen Schlag. Zwei Schläge.

Dann schaltete er auf Polizist um.

„War der Typ vielleicht besoffen?", fragte Henry. „Haben Sie das gesehen, Kumpel? Sah fast so aus, als ob er es auf Ms C. abgesehen hätte. Wenn Cory sie nicht aus dem Weg gestoßen hätte, wären beide jetzt Brei."

Jase lief bereits auf sie zu, als Danny sich an ihm vorbeidrückte, ihn regelrecht zur Seite schob, um Cory auf die Beine zu helfen.

„Langsam", rief Jase. „Stellen Sie erst einmal sicher, dass nichts gebrochen ist, bevor Sie sie herumdrehen."

„Nichts", keuchte Cory. „Bekomme ... aber ... kaum ... Luft."

„Atmen Sie ganz langsam und ruhig", sagte er. „Ich weiß, es fühlt sich an, als würde das nicht gehen, aber wenn Sie die Angst loslassen, wird es leichter, einzuatmen." Er hockte sich neben Poppy. „Und du?"

„Gib mir einen Moment."

Das tat er, bis sie eine schlaffe Hand in seine Richtung schob. Dann halfen er und Henry ihr auf die Füße. Jase wischte ihre Kleidung ab, tastete sie zum zweiten Mal an diesem Tag ab und spürte, wie sich der Knoten in seinem Bauch löste, als er nur ein paar leichte Abschürfungen entdeckte. Er sah Cory an. „Sind Sie sicher, dass es Ihnen gut geht?"

Als sie nickte, kümmerte er sich wieder um Poppy. „Kannst du mir sagen, was passiert ist?"

Aus großen dunklen Augen mit viel zu viel Weiß um die Iris sah sie ihn an. „Ein dunkles Auto", begann sie mit zitternder Stimme. „Ein großes – nein, ein *riesiges* Auto." Sie schluckte hörbar. „Heiliger Strohsack, Jason, das Ding ist direkt auf mich zugerast! Und ich war wie erstarrt. Eine meiner Schülerinnen wird beinahe von einem Wagen überfahren, und ich stehe einfach nur da." Sie drehte sich zu Cory. "Gott, es tut mir so leid. Wenn Sie mich nicht gestoßen hätten, wären wir beide überfahren worden."

"Nein, Sie haben keine Schuld!" Cory schlang die Arme um ihren Oberkörper und sah Poppy mit angstvollen Augen an.

Jase interessierte nicht, wessen Fehler es gewesen war. Und so irrational es auch war, er spürte, wie Wut seine übliche professionelle Distanz verdrängte. "Was hattet ihr zwei überhaupt auf der Straße zu suchen?", fauchte er.

"Ich habe gesehen, dass Cory wegging, und wollte kurz mit ihr sprechen. Sie kam mir heute so traurig vor. Ich wollte fragen, ob alles in Ordnung ist."

Darauf gab Cory ein ersticktes Geräusch von sich.

"Und da dachtest du, du könntest ein Gespräch von Frau zu Frau mitten auf der verdammten Hauptstraße führen?" Ihn widerte sein aggressiver Ton selbst an. *Gott verflucht! Hol mal tief Luft. Wo ist verdammt noch mal deine Objektivität geblieben?*

Erstmals seit er ihr vom Boden aufgeholfen hatte, kniff Poppy die Augen wieder zusammen und wirkte wie sonst – nämlich wie jemand, der sich grundsätzlich nichts gefallen ließ. "Nein, Detective. Wie Sie sicher begeistert feststellen werden, habe ich mir überhaupt nichts gedacht. Punkt. Ich habe sie eingeholt, und bevor wir die Straße überquert hatten, ist dieses riesige Auto direkt auf uns zugerast."

"Wo wir gerade davon sprechen." Er zog sein immer präsentes Notizbuch aus der Hosentasche. "Was für ein Auto war es?"

"Das sagte ich bereits – ein dunkles!"

Sehr hilfreich. "Dunkel im Sinne von schwarz? Dunkelgrau? Oder dunkelblau vielleicht?"

"Ja."

Er sah sie an, und sie zischte: "Ich *weiß* es nicht, okay? Es war groß, und es war dunkel, mehr habe ich nicht gesehen. Verdammt, ich möchte dich mal erleben, wenn eine Tonne kreischendes Metall mit fünfzig Meilen die Stunde auf dich zurast."

Seufzend wandte er sich an Cory. „Vielleicht können Sie sich ein bisschen besser erinnern?"

Sie schüttelte den Kopf.

„Es war schwarz", sprang Henry ein. „Ich kenn mich überhaupt nicht mit Modellen aus, aber es war ein ziemlich neu aussehender SUV. Ich glaube einer dieser Nobelschlitten."

„Wie ein Escalade?", fragte Danny.

Henry zuckte mit den Schultern. „Hab verdammt noch mal keinen blassen Schimmer."

„Nicht fluchen", sagte Poppy automatisch.

„Wieso? Sie haben geflucht."

Sie blinzelte. „Habe ich?"

„Hast du vielleicht irgendwelche Feinde, die du bisher zu erwähnen vergessen hast?", setzte Jase seine Befragung fort.

„Soweit ich weiß nicht."

„Was zum Teufel ist dann hier los? Immerhin war es jetzt drei Mal in ungefähr genauso vielen Wochen ziemlich knapp. Gut, vielleicht hast du nur eine ausgeprägte Pechsträhne. Aber ich glaube nicht an Pech oder Glück. Und auch nicht an Zufälle. Also, solltest du dir einbilden, dass ich diese Zwischenfälle auf sich beruhen lasse, vergiss es." Er wappnete sich bereits gegen ihren Protest.

Stattdessen strich Poppy sich das Haar aus der Stirn und nickte müde. Ihre Zähne begannen zu klappern, als ob die Temperatur auf einmal um dreißig Grad gesunken wäre. „Meinetwegen."

17. KAPITEL

Um den guten alten Charlie D zu zitieren: Das war der beste und der schlimmste Tag.

„Du blutest."

Cory sah Henry ausdruckslos an.

Er zeigte auf ihren Ellbogen. „Blut."

Tatsächlich quoll Blut aus einer tiefen Schramme und lief über ihren Arm. Als sie es sah, fing die Wunde plötzlich an zu schmerzen. „Mist", stieß sie hervor.

Würde dieser Tag eigentlich nie enden?

„Lassen Sie mich mal sehen." Poppy kam mit besorgtem Gesicht auf sie zu.

Ms C. war immer so nett zu ihr gewesen, und nun war ihre Lehrerin oder Mentorin, oder wie auch immer man sie bezeichnen wollte, ihretwegen beinahe überfahren worden.

Auf einmal wurde Cory übel. Vermutlich war sie auch für die anderen „Unfälle" verantwortlich. Und, Himmel noch mal, sie wusste nicht, was sie tun sollte. „Das ist nichts", wehrte sie ab. „Ich werde zu Hause einfach ein Pflaster draufkleben."

„Wir sollten die Wunde wenigstens säubern. Bestimmt lässt uns Mr Harvey seine Toilette benutzen – und wahrscheinlich hat er auch einen Erste-Hilfe-Kasten."

„Ich gehe mit ihr." Danny G. stellte sich zwischen sie. Er lächelte Ms C. ohne die übliche Distanziertheit an, die er sonst als unsichtbare Mauer zwischen sich und den Rest der Welt baute. „Sie sehen aus, als bräuchten Sie selbst etwas Ruhe. Warum gehen Sie nicht nach Hause, während ich Cory verarzte und sie dann ebenfalls nach Hause fahre?"

„Oh, ich weiß nicht …"

„Aber ich", unterbrach Jase Poppy und ergriff ihren Arm so vorsichtig, als wäre sie zerbrechlich wie Glas. „Danny hat recht, du siehst wirklich fertig aus. Ich bringe dich nach Hause."

„Und was ist mit meinem Auto?" Dann sank Poppy ein wenig in sich zusammen. „Ach, egal. Mein Dad kann es holen." Sie nickte. „Danke, Jason. Es wäre wirklich schön, wenn du mich fahren könntest. Das war vielleicht ein … Tag." Aber sie riss sich noch einmal zusammen, um Cory, Danny und Henry anzusehen. „Mein Hirn funktioniert im Moment nicht so gut, ich kann mich nicht erinnern, wann wir uns wieder treffen wollen. Schauen Sie einfach auf Ihrem Terminplan nach, dann sehen wir uns. Und danke, dass Sie heute alle so großartig waren."

Mit ihrer fahlen Haut und den müden Bewegungen wirkte sie nicht sehr Ms-Calloway-artig, als der Cop sie wegführte.

Danny sagte mit barscher Stimme: „Na los", und dirigierte Cory zum Hintereingang von Mr Harveys Laden, ohne sie wirklich zu berühren.

Sie war ziemlich sicher, dass er sauer war – und sie wusste auch auf wen.

Henry folgte ihnen, um die Ereignisse des Tages wieder und wieder äußerst detailliert aufleben zu lassen. Er wrang auch noch den letzten Tropfen Drama aus der Geschichte, als ob sie gar nicht dabei gewesen wären. Doch anstatt sich zu ärgern, war Cory sogar dankbar für sein ununterbrochenes Gerede. Solange es sie davor bewahrte, mit Danny reden zu müssen, war ihr alles recht.

Als sie die Tür des Lagerraums erreichten, klopfte Danny. Als niemand öffnete, drehte er versuchsweise den Türknauf. Die Tür sprang auf, er steckte den Kopf hinein und rief: „Mr Harvey?"

Murmelnde Stimmen erklangen aus dem Laden, doch niemand antwortete. Er rief den Namen noch einmal lauter.

„Wer ist da?" Die Stimme des Ladenbesitzers kam näher. „Ah, die drei Musketiere. Wie läuft es mit dem Projekt? Was kann ich für Sie tun?"

Nachdem Danny erklärt hatte, was geschehen war, fragte er, ob sie die Mitarbeitertoilette benutzen dürften, um Corys Wunde zu säubern.

„Aber selbstverständlich." Mr Harvey betrachtete ihren Ellbogen. „Im Medizinschrank über dem Waschbecken sind Desinfektionsspray, Antibiotikasalbe und Pflaster. Und ein Fläschchen Aspirin oder Ibuprofen sollte sich auch finden, falls Sie das brauchen."

„Danke, Mr H.", erwiderte sie. „Ich werde versuchen, nichts vollzubluten."

„Keine Sorge, Sweetheart. Wir haben jede Menge Papierhandtücher."

Sie brauchten nicht lange, um die Abschürfung zu desinfizieren und ein Pflaster draufzukleben. Cory wusste, dass Danny noch immer stinksauer war. Trotzdem konnte sie den Schauer nicht ignorieren, der sie durchfuhr, als seine warmen Hände ihren Arm ergriffen und sanft ihre Wunde verarzteten.

Mit einer Handvoll Papierhandtücher machten sie das Waschbecken sauber. Danny bot Henry an, ihn ebenfalls nach Hause zu fahren. Doch Mr H. machte Henry ein verlockenderes Angebot. Er bot ihm an, sich etwas Geld im Laden zu verdienen. Und weil Henry immer blank war, ergriff er die Gelegenheit beim Schopfe.

Cory und Danny zogen ohne ihn ab.

Anfangs sagte Danny nicht viel. Er konzentrierte sich aufs Fahren, sah oft in den Rückspiegel und bog immer wieder unerwartet ab. Nach etwa zehn Minuten fuhr er plötzlich in einen Stadtteil, den Cory noch nie zuvor gesehen hatte, und parkte im Schatten eines wunderschönen rosa blühenden Kirschbaums. Nachdem er den Motor abgestellt hatte, sah er sie an.

„Raus damit."

Ganz kurz überlegte sie, ob sie sich dumm stellen sollte – aber nur ungefähr zwei Sekunden lang. Das kalte Glitzern in Dannys Augen belehrte sie eines Besseren.

Natürlich konnte sie auch sagen, dass sie nicht darüber sprechen wollte. Doch das stimmte nicht. Sie war es leid, diesen ganzen Mist für sich zu behalten. Es war, als ob man ein langsam wirkendes Gift trinken würde: eine geruchlose und geschmacklose Flüssigkeit, von der sie sich eine Weile eingeredet hatte, dass sie ungiftig war. Und doch wurde sie bei lebendigem Leib von ihr aufgefressen.

Fast hätte sie geweint, riss sich aber zusammen. Das hatte ihr Daddy immer gesagt: „Reiß dich zusammen, Baby, wahrscheinlich ist alles gar nicht so schlimm, wie du glaubst."

In seinem Fall hatte er unrecht gehabt. Trotzdem atmete sie tief durch, blinzelte die Tränen weg und setzte sich ein wenig aufrechter hin.

Cory erzählte Danny alles.

„Heilige Scheiße", rief er, als sie eine Pause machte, um Atem zu schöpfen. „Heilige, *verdammte* Sch…" Er schluckte. „Mist."

„Allerdings. Ich weiß nicht, was ich tun soll."

„Vor allem könntest du de Sanges davon erzählen."

Dass sie das nicht tun konnte, war das Einzige, was sie wusste. „Nein!"

„Cory …"

„Nein! Wie kannst du das vorschlagen?"

„Weil es das Richtige ist."

Sie sah ihn an, als würde er Kisuaheli sprechen. „Ich habe dir doch erzählt, was diese Typen mit meinem Vater gemacht haben. Er hat ‚das Richtige' getan, und dafür haben sie ihn umgebracht!"

„Und inwiefern macht sich dein Schweigen bezahlt, Cory? So wie ich es sehe überhaupt nicht. Du hast bisher kein Wort darüber gesagt, was du gesehen hast – und trotzdem hat er versucht, dich zu überfahren! Außerdem ist es ihm scheißegal, wer außer dir noch dran glauben muss."

„Ich weiß!", schrie sie. „Glaubst du, dass ich nicht jede verfluchte Sekunde daran gedacht habe, seit das passiert ist? Glaubst du, dass es mich nicht in Trillionen Stücke zerreißt, dass Ms C. fast hätte dran glauben müssen?"

„Dann tu etwas! Erzähl es de Sanges und lass ihn die Sache in die Hand nehmen."

Ihr fehlte die Kraft zum Kämpfen. Aber die Angst, mit den Cops sprechen zu müssen, blieb. „Ich kann nicht", wisperte sie. „Ich … kann einfach nicht. Die Polizei kann weder mich noch meine Mom beschützen."

„Da irrst du dich. Detective de Sanges ist nicht gerade Mr Freundlich, aber das gefällt mir an ihm. Denn er wird dir nichts vormachen. Er wird nicht sagen, vertrau mir, ich bin dein Freund – und sich dann umdrehen und in den Sonnenuntergang reiten und dich alleinlassen. Ich hab den Eindruck, dass er dieses Dein-Freund-und-Helfer-Ding echt ernst meint. Du weißt doch noch, was er an dem Tag gesagt hat, an dem du seinetwegen so ausgeflippt bist?"

Als sie daran dachte, wie sie an dem Tag in aller Öffentlichkeit herumgebrüllt hatte, errötete sie und schüttelte den Kopf.

„Er sagte, dass du ein Recht hast, wütend auf die Polizei zu sein – dass es ihre Pflicht gewesen wäre, deinen Vater zu beschützen, und sie Scheiße gebaut hätten."

„Hat er wirklich gesagt, Scheiße geb…"

„Nee, aber das hat er gemeint. Und als Henry sich anschließend im Café über deine Heulerei gewundert hat, da sagte er, dass er nicht viel von Mädchen verstehen würde, aber wüsste, dass sie anders mit Problemen umgehen als Jungs. Und er hat Henry voll angesehen, als er sagte, dass er uns bei lebendigem Leib die Haut über die Ohren ziehen würde, wenn wir dich deshalb aufziehen." Danny sah ihr in die Augen. „Sag ihm, was los ist, Cory. Der Typ ist beim Raubdezernat. Er ist der Richtige."

Sie wusste, dass er wahrscheinlich recht hatte. Wusste es ganz tief in ihrem Inneren.

Und doch …

„Gib mir ein paar Tage Zeit, okay? Bitte, Danny, nur um darüber nachzudenken, und dann werde ich schon einen Weg finden, mit ihm zu reden. Das schwöre ich. Ich brauche noch etwas, weil ich damit gegen alles, an was ich seit dem Mord an meinem Vater glaube, handeln muss."

Einen Moment musterte er sie prüfend. Dann seufzte er. „Okay, aber nur ein paar Tage. Du kannst es dir nicht leisten, lange zu warten. Wenn du mich fragst, dieser Arturo-Typ ist echt irre."

Bruno war schon einige Meilen gefahren, als ihm schlagartig klar wurde, dass er Bockmist gebaut hatte. Daran gab es nichts zu rütteln.

Er hatte es vergeigt, und zwar gewaltig.

Er hätte besser darüber nachdenken sollen, bevor er dem Impuls nachgab, das Mädchen zu überfahren. Oder sich zumindest besser dabei anstellen müssen. Denn selbst, falls Capelli dem Cop nicht sowieso schon alles erzählt hatte, hatte sie nun überhaupt keinen Grund mehr, den Mund zu halten.

Scheiße. Sein erstes Gefühl war richtig gewesen: Dass der Mord an ihrem Vater ein verdammt abschreckendes Beispiel dafür war, was mit Leuten geschah, die ihre Klappe nicht hielten. Doch als der Journalist in dem verdammten Fernsehbeitrag erwähnte, dass ein Polizist aus dem Raubdezernat an dem Kunstprojekt mitarbeitete, war er ausgerastet. Weil er das Gefühl gehabt hatte, dass sie seine Großzügigkeit ausnutzte.

Darum hatte er einfach überreagiert.

Scheißeverdammtermist. Er bog an der nächsten Ampel ab und fuhr zurück, obwohl er natürlich wusste, dass es sowieso zu spät war, um sie heute Nachmittag noch aufzuspüren.

Auf der anderen Seite bewegte sie sich nach dem Sturz auf die Straße bestimmt nicht so raffiniert wie sonst. Und vor allem nicht so schnell wie vorhin, als sie diese blonde Frau aus dem Weg gestoßen hatte, die ein bedauernswerter Kollateralschaden gewesen wäre. Wirklich wahr, dieses Mädchen wäre eine gute Bewerberin für die Olympischen Spiele.

Ungeduldig schüttelte er den Kopf. Jetzt war nicht der Zeitpunkt, um sich ablenken zu lassen. Der springende Punkt war, dass Capelli womöglich noch immer dort war, wo er sie zuletzt gesehen hatte.

Dieses Mal würde er sich nicht abschütteln lassen, sondern endlich in Erfahrung bringen, wo sie wohnte.

Und wenn es ihm heute nicht gelang, dann verdammt noch mal morgen oder übermorgen.

Für ihn tickte ab sofort die Uhr. Entweder würden die Bullen nach ihm suchen, oder Schultz würde erfahren, dass er seinen Befehl, das Mädchen in Ruhe zu lassen, nicht befolgt hatte.

Bevor Letzteres geschah, legte er sich lieber mit den Bullen an.

Auf dem Heimweg fragte Jason Poppy mehrfach, ob es ihr wirklich gut ginge. Das hätte ihr eigentlich nichts ausgemacht, weil es immer schön war, zu wissen, dass jemand sich um einen sorgte. Doch seinen Fragen folgte jedes Mal umgehend: „Hast du eine Ahnung, wer es gewesen sein könnte?" Wenn sie verneinte, drängte er: „Denk nach Poppy. Es ist wichtig."

Das wusste sie, verdammt noch mal. Aber sie kannte einfach niemanden, der einen Grund hatte, ihr etwas anzutun. Also lehnte sie irgendwann ihren Kopf gegen das Fenster und gab vor zu dösen, um seine Fragen nicht mehr beantworten zu müssen.

Denn wie beantwortete man Fragen, die nicht zu beantworten waren, wenn man sowieso nicht einhundert Prozent ehrlich sein konnte? Ja, es ging ihr körperlich gut – auf jedem Spielplatz bekam man schlimmere Kratzer zu sehen –, aber emotional?

Emotional war sie ein Wrack.

Sie wusste, dass sie ihre Eltern anrufen sollte, um ihnen zu erzählen, was geschehen war. Mit ihr und mit der Leiter. Aber sie konnte nicht. Denn ihre Mom würde sofort allen davon erzählen und kurz darauf mit ihrem Dad und hausgemachter Hühnersuppe in ihrer Wohnung auftauchen.

Wobei Letzteres gar nicht so schlecht wäre.

Aber auch Tante Sara – die in Wahrheit eigentlich gar keine richtige Verwandte war, aber trotzdem zur Familie gehörte – würde erscheinen, und zwar mit ihren Kristallen und Tarotkarten. Ganz zu schweigen von Onkel Bill, der seit dreißig Jahren Tante Saras Lebensgefährte und einer der liebsten Menschen der Welt war. Er würde Tante Sara auf jeden Fall begleiten – und ganz sicher die Zutaten für seine tellergroßen Brownies mitbringen, einschließlich einer gesunden Dosis Marihuana. Die Plätzchen würde er in Poppys Küche backen, um keine Zeit zu verlieren.

Sie seufzte an der kühlen Fensterscheibe.

Normalerweise konnte Poppy das alles durchaus genießen, doch sie ahnte nur zu gut, wie Mr Gesetz und Ordnung darauf reagieren würde. Onkel Bill würde sich wahrscheinlich schneller im Kittchen wiederfinden, als er „ruft einen Anwalt an" sagen konnte.

Das war ihr letzter Gedanke, bevor sie tatsächlich einschlief. Sie wachte erst wieder auf, als Jason vor ihrem Haus hielt. Natürlich war er bereits ausgestiegen, bevor sie auch nur den Kopf gehoben hatte. Während er um den Wagen ging, wischte sie sich verstohlen mit Daumen und Zeigefinger über die Mundwinkel und dachte: *Bitte, lieber Gott, lass mich bloß nicht gesabbert haben.*

Er öffnete ihre Tür und ging vor ihr in die Hocke. „Möchtest du, dass ich dich trage?"

Jaaaaaaa. „Nein, natürlich nicht", murmelte sie und kippte die Knie Richtung Tür, um die Beine hinauszuschwingen. Trotzdem rechnete sie halb damit, dass er ihre Bedenken einfach ignorierte.

Doch er zuckte nur mit den Schultern und richtete sich mit einer lässigen, sparsamen Bewegung auf. Dann reichte er ihr seine Hand mit den schmalen, langen Fingern. Als sie sie ergriff, versuchte sie die Haut-an-Haut-Hitze zu ignorieren, die sie von Kopf bis Fuß erfasste.

Denn das fehlte ihr heute gerade noch: einem Kerl, der entschlossen war, nichts mit ihr anzufangen, das Gefühl zu geben, dass sie ihn trotzdem wollte. Er hatte doch nun wirklich auf jede erdenkliche Weise, die einem Mann bei einer Frau zur Verfügung stand, erklärt, dass er Berufliches und Privates nicht vermischte. Überhaupt niemals.

Und sie hatte es kapiert.

Nie mehr würde ihr das passieren. Da konnte sie sich genauso gut seine Pistole ausleihen und sich den kleinen Zeh wegschießen. Das wäre schneller und weniger schmerzhaft, als sich noch einmal eine solche Blöße zu geben.

„Komm, warum lehnst du dich nicht an mich?"

„Danke, mir geht's gut."

Also ergriff er nur sanft ihren Ellbogen. Zwar warf er dem uralten Aufzug einen zweifelnden Blick zu, dirigierte sie aber trotzdem in seine Richtung. Er öffnete sich sofort, weil fast niemand in dem Gebäude ihm traute und er daher bereits im Erdgeschoss stand.

Und sie hätte ihm auch nicht trauen sollen. Aber es war zu spät, also stieg sie ein und versuchte, so viel Abstand wie möglich zu Jase zu wahren. Was völlig sinnlos war, da der Aufzug ungefähr die Größe eines Besenschranks hatte.

Poppy hatte das Gefühl, dass die zweifache Begegnung mit ihrer eigenen Sterblichkeit sie hypersensibel gemacht hatte. Okay, das mit der Sterblichkeit war vermutlich etwas übertrieben, sie war mit einer Leiter umgefallen und einmal von einem 50 Kilo leichten Mädchen umgeworfen worden, während eine Tonne kreischendes Metall auf sie zuraste.

Andererseits: *eine Tonne kreischendes Metall.*

Vielleicht übertrieb sie doch nicht.

Doch es mussten Unfälle gewesen sein. Auch wenn Jason nicht an Zufälle glaubte, *sie* kannte niemanden, der sie dermaßen hasste.

Der Fahrstuhl kam wackelnd zum Stehen, und die Türen öffneten sich. Jason begleitete sie zu ihrer Wohnung, nahm ihr die Schlüssel ab und sperrte die Tür auf.

„Möchtest du etwas zu trinken oder ein Aspirin oder so was?"

„Das mache ich schon. Du musst nicht bleiben, Jason. Ich gehe unter die Dusche und lege mich dann wahrscheinlich hin. Meine Eltern rufe ich später an."

„Geh du doch schon mal unter die Dusche", sagte er, „während ich mich darum kümmere, dass du hier in deiner Wohnung sicher bist."

„Okay." Vor dem Badezimmer blieb sie kurz stehen, um ihn anzusehen. „Danke. Dass du mich nach Hause gebracht hast und … naja, für alles."

Ihre Blicke trafen sich einen Moment. Und wie immer begann ihre Libido Funken zu schlagen, während er schlicht sagte: „Kein Problem."

Sie ging ins Badezimmer, verschloss die Tür und nahm ein paar Aspirin aus einem Fläschchen, die sie mit Unmengen von Wasser herunterschluckte. Nachdem sie sich ausgezogen hatte, stieg sie in die Dusche und drehte das Wasser so heiß auf, dass große Dampfwolken durch den Raum waberten.

Zehn Minuten später fühlte Poppy sich auf eine Weise sauber, die tiefer ging und nicht nur etwas mit dem Schmutz des Parkplatzes und des Gehsteigs zu tun hatte. Sie schlang ein Handtuch um ihr frisch gewaschenes Haar, trocknete sich ab und tupfte Wundsalbe auf die Abschürfungen. Als sie sich von Kopf bis Fuß eingecremt hatte, fühlte sie sich wieder halbwegs menschlich. Vielleicht konnte sie diese Transformation mit einem Glas Wein abrunden und dann ihre Mom anrufen.

Im Flur war es kühl im Vergleich zum dampfenden Badezimmer. Sie zog den Reißverschluss ihres abgetragenen Lieblingskapuzenshirts über dem weißen Tanktop zu. Dazu trug sie passende, ausgewaschene graue Jogginghosen. Einen Moment überlegte sie, zurück ins Badezimmer zu gehen, um Socken überzustreifen.

Erst der Wein, beschloss sie, dann die Socken. Sie ging ins Wohnzimmer.

Und blieb wie angewurzelt stehen, als sie Jason ausgestreckt auf ihrer Couch liegen sah. Er hatte die Schuhe ausgezogen, sein Kopf ruhte auf einem Kissen. Ein langes Bein war auf das Ende der Lehne abgestützt, das andere in einem Winkel über den Rand gerutscht, sodass der Fuß auf dem Boden stand. Und sie sehen konnte, dass er Linksträger war.

Hastig lenkte sie ihre Aufmerksamkeit wieder weiter nach oben. Er hatte einen Arm über die Augen gelegt. Vorsichtig ging sie zu ihm. Schlief er?

Offensichtlich nicht, denn als sie fast bei ihm war, hob er den Arm und sah zu ihr. Sein Blick wanderte von ihrem Frotteeturban zu den nackten Zehen und wieder hinauf. „Du siehst aus, als ob es dir besser geht."

„Was machst du hier?" Verdammt, die Dusche hatte geholfen, diese verwirrende und unwillkommene Mischung aus Lust und Verärgerung abzuwaschen, die sie in der Nähe dieses Mannes immerzu verspürte. Doch jetzt, wo er so dalag mit den hochgekrempelten Ärmeln, der gelockerten Krawatte, der gefährlichen Waffe und den noch gefährlicheren Augen, überwältigte sie dieses Gefühl heftiger denn je. Sie stopfte die Fäuste in die tiefen Taschen ihrer Kapuzenjacke.

„Du hast doch nicht wirklich geglaubt, dass ich einfach abhaue und dich völlig schutzlos hier zurücklasse, oder?"

Sie musste blinzeln, um die Vorstellung loszuwerden, wie sie sein Hemd so heftig aufriss, dass die Knöpfe in alle Richtungen flogen. *Hör auf, hör auf, hör auf!* Zornig auf sich selbst ließ sie ihre Wut an ihm aus. „Ich habe dir *immer* und *immer* wieder gesagt, dass ich keinen Beschützer brauche!"

„Nein, du hast gesagt, dass du niemanden kennst, der dir etwas antun würde", korrigierte er sie und setzte sich mit einer geschmeidigen Bewegung auf. Sein Knie streifte ihres, als er herumschwang, um beide Füße auf den Boden zu stellen. Jäh schoss ein Stromschlag in ihre Schenkel.

„Das ist dasselbe", behauptete sie und trat zurück.

„Nicht mal annähernd." Er stand auf, und sie rückte noch weiter von ihm ab. „Vielleicht sollte ich im Revier anrufen – damit eine Polizistin bei dir bleibt, bis wir den Fall aufgeklärt haben."

Innerlich raste Poppy vor Wut auf sich – und ihn. Sie wusste, wie widersprüchlich es war, wütend auf ihn zu sein, weil er nicht selbst bei ihr bleiben wollte, obwohl sie sich doch nichts mehr wünschte, als ihn loszuwerden. Aber er konnte es ja kaum erwarten, sie endlich loszuwerden. „Lies mir von den Lippen ab, de Sanges. Ich. Brauche. Keinen. Polizei. Schutz. Ich kann auf mich selbst aufpassen!"

„Oh, ja. Ist nicht zu übersehen, wie tough du bist!"

„Ich bin ziemlich tough!"

Etwas blitzte in seinen sonst so kontrollierten Augen auf. „Na, dann lass uns diese Theorie mal nachprüfen, was meinst du? Tun wir mal so, als wäre ich gerade eingebrochen und hätte vor, dich umzubringen, weil ..." Er schüttelte den Kopf „Nun, wir wissen nicht, warum, oder? Vielleicht einfach nur, weil du so verdammt dickköpfig bist." Er kniff die Augen zusammen. „Aber zuerst werde ich meinen Spaß mit dir haben. Besonders viel Spaß wird es mit dir zwar nicht machen, aber hey, was interessiert's mich? Ich bin schließlich ein verdammter Psychopath."

So wie er sie aus den dunklen wütenden Augen ansah, wirkte er wirklich wie ein Psychopath. Poppy bekam eine Gänsehaut. „Du machst mir Angst, Jason", flüsterte sie.

„Warum? Du bist doch ziemlich tough, schon vergessen? Also, was wirst du tun?" Er startete einen Scheinangriff, um sie zu erschrecken, und sie rannte zu ihrer Handtasche, in der sie eine kleine Dose Pfefferspray hatte. Er wollte so tun, als ob sie wirklich in Gefahr wäre? Das konnte er haben!

Nur, dass sie überhaupt nicht tough war. Verflucht, sie war nicht mal schnell. Sie kam nicht einen Meter weit, bevor er ihr die Füße unter dem Körper wegriss. Als sie stürzte, war er in Sekundenschnelle über ihr und drückte ihre Hände mit seinen langen Fingern neben ihrem Kopf auf den alten Holzboden.

Er war heiß und schwer und roch nach Mann. Poppys Angst wich Lust. Mein Gott, sie wollte, wollte, wollte ihn.

„Na, und was machst du jetzt, du Satansbraten?", wollte er wissen. Doch sein Blick war auf einmal wachsam.

Sie schloss die Augen und leckte sich nervös über die Lippen. Sie konnte nur beten, dass sie sich keine Blöße gab. Das hatte sie bereits zu oft getan.

Plötzlich spürte sie, wie er über ihr reglos wurde. Vorsichtig spähte sie nach oben. Jase starrte auf ihre Lippen, dann hob er langsam den Blick, um ihr in die Augen zu sehen.

„Verdammt noch mal", brummte er – und presste den Mund auf ihre Lippen.

18. KAPITEL

Ich dachte immer, ich wäre ziemlich auf der Höhe der Zeit, was Sex betrifft. Dachte, dass ich mich auskenne. Mann. Ich hatte ja keinen blassen Schimmer.

Der kleine Vorgeschmack, den Jase an dem Abend, als sie das Essen vorbeibrachte, bekommen hatte, war viel zu dürftig gewesen. Jetzt brachte nur ein Hauch von ihr ihn vollkommen um den Verstand. Lust durchbohrte seinen Körper wie ein glühender Speer.

Er stützte sich gerade genug ab, um sie nicht unter seinem Gewicht zu zerdrücken, und löste mit den Fingern das Handtuch um ihren Kopf. Poppys feuchte Locken quollen hervor, und er tauchte die Finger hinein. Aber er nahm die Strähnen, die sich an seine Hände schmiegten, nur halb wahr.

Denn im selben Moment öffnete sie die Lippen unter seinen. Wie eine Hightech-Rakete trafen ihn ihre Hitze, ihr Duft und ihr Geschmack, als er ihren Mund mit der Zunge zu erforschen begann.

Mit einem leisen, süßen Seufzen erwiderte sie seinen Kuss.

„Ah!" Er vergrub die Finger tiefer in ihren Locken und drückte ihren Kopf zurück, um sie noch leidenschaftlicher küssen zu können. Er wollte es tiefer, näher, enger, er wollte in sie kriechen und nie wieder herauskommen. Er wollte ...

Gütiger Gott. So wie er sie an sich presste, zerquetschte er fast ihre Brüste. Seine Schenkel hatten sich geöffnet, während er mit den Hüften schaukelte und stieß und rieb.

Um Himmels willen, sie ist heute von einer Leiter gestürzt. Ganz zu schweigen davon, dass sie beinahe von einem Auto überfahren worden wäre, das – zumindest laut Henry – direkt auf sie zugerast war. Und jetzt hatte er nichts Besseres zu tun, als sie auf den harten Boden zu werfen und wie ein Teenager eine Art Trockenfick aufzuführen.

Er riss die Lippen von ihr, stützte sich auf die Hände und keuchte, als ob er in vier Minuten eine Meile gerannt wäre.

Ein unzufriedenes kleines Raunen kam aus Poppys Mund. Ihre Wimpern hoben sich langsam. Verständnislos blinzelte sie zu ihm hinauf. Dann wurden ihre dunklen schimmernden Augen klar, und ihre Brauen zogen sich zusammen.

Sie hob eine Hand an sein Kinn und fuhr mit den Fingerspitzen über seinen Hals zu seinem Hemdkragen. Dort packte sie auf einmal seine Krawatte und zerrte sein Gesicht so nah an ihres, bis ihre Nasen aneinanderstießen. „Wage ja nicht, mich jetzt schon wieder wegzustoßen", wisperte sie.

„Nein", antwortete er ehrlich, obwohl er wusste, dass es richtig gewesen wäre. „Das sollte ich, aber ich schaffe es einfach nicht. Meine Willenskraft ist vollkommen dahin." Wie zum Teufel dieses eins achtundsechzig Meter große Bündel aus Locken und Temperament es geschafft hatte, ihn so weit zu bekommen, konnte er beim besten Willen nicht sagen.

Genauso wenig konnte er aufhören, mit dem Handrücken über ihre weiche, weiche Haut zu streichen. „Aber du hattest einen harten Tag, und ich dachte, es wäre dir vielleicht lieber, in einem weichen Bett weiterzumachen." Dann wackelte er mit den Augenbrauen. „Aber wenn du Sex auf dem Boden vorziehst …"

Sie grinste. „Nein. Jetzt, wo du es erwähnst, spüre ich tatsächlich ein paar blaue Flecken und Abschürfungen. Ein Bett klingt nach einem wirklich guten Plan."

Jase stand auf und reichte ihr eine Hand, um sie auf die Füße zu ziehen, als sie mit den Fingern über seine Handfläche strich. Ihre Blicke trafen sich, und er senkte den Kopf, um sie wieder zu küssen.

Fehler. Das kapierte er in dem Moment, in dem er sie zu dem kleinen Esstisch schob und nach hinten bog und dabei gleichzeitig mit den Händen alles von der Tischplatte fegte.

Was hatte sie bloß an sich? Wenn er nur in die Nähe dieser Lippen kam, brannten sämtliche Sicherungen bei ihm durch, und er bestand nur noch aus Impulsen und Nervenenden. „Entschuldige", murmelte er.

„Stimmt, Frauen können es echt nicht leiden, wenn ein Typ ihretwegen total aus dem Häuschen ist." Sie reckte das Kinn. „Leg die Pistole weg."

„Ich nehme sie gern ab, aber ich lasse sie nirgends liegen. Sie geht dahin, wo auch ich hingehe."

„Das wäre dann hier." Sie führte ihn in ihr Schlafzimmer.

Kurz darauf blieben sie vor ihrem Bett stehen, auf dem diese unbegreiflichen kleinen Mädchenkissen aufgetürmt lagen, auf die Frauen so abfuhren. Poppy deutete auf den Beistelltisch und schlang die Arme um Jase, sobald er die Pistole darauf abgelegt hatte. „Wie wär's, wenn wir das noch mal versuchen."

„Oh, ja", stimmte er mit einer Inbrunst zu, von der er befürchtete, dass sie viel zu aufschlussreich war. Doch als er ihre weichen und vollen Lippen sah und ihre verhangenen und sinnlichen Augen, spielte es keine Rolle mehr, dass er sich so vor ihr entblößte. Er umfasste ihren Hintern und hob sie hoch.

Lächelnd schlang sie die Beine um seine Hüften. Und er küsste sie.

Wieder flackerten lodernde Flammen in ihm auf, und er vergrub die Finger in ihren festen Hinterbacken. Er wollte sie. Oh Gott, es war viel schlimmer, er *brauchte* sie. Bei diesem Gedanken fuhr ein eiskalter Stich durch den heißen Morast seines Verstands.

Doch bevor Jase es sich anders überlegen konnte, begriff er, dass es nicht ihm allein so ging. Poppy drückte sich an ihn, die Beine um seine Hüften und die Arme um seinen Hals gewunden, als ob auch sie mit aller Gewalt versuchte, ihm näher und noch näher zu kommen.

Er schleuderte gefühlte fünfzig Kissen auf den Boden, setzte sie ab und löste ihre Arme von seinem Hals, um den Reißverschluss ihrer Kapuzenjacke aufzuziehen. Als die Jacke auf den Boden fiel und er sah, wie ihre hohen, runden Brüste sich gegen das weiße Tanktop pressten, hörte er sich zufrieden brummen. Sie schaukelten verführerisch, und ihre Brustwarzen drückten sich wie kleine blasse Stacheln gegen den weißen Baumwollstoff.

„Mein Gott", flüsterte er, ließ sich über sie sinken und küsste sie.

Nachdem er sie nun endlich auf einer bequemeren Unterlage hatte, verpuffte das wilde Bedürfnis, sie auf der Stelle zu nehmen, ein wenig. Nicht dass er sie nicht immer noch am liebsten mit Haut und Haaren aufgefressen hätte. Aber er hatte sie nun da, wo er sie wollte, und wusste, dass er es etwas ruhiger angehen konnte. Sie hatte heute einiges durchgemacht. Das Letzte, was sie jetzt brauchte, war, dass er über sie herfiel wie ein verhungerter Hund über einen saftigen Knochen.

Sein Mund wurde sanft, er kostete ihre Lippen und genoss es, wie sie sich willig teilten. Einen langen, langen Moment küsste er sie einfach nur und schwelgte in ihrem süßen Geschmack. Doch als er merkte, dass seine Hüften wieder anfingen, sich in diesem uralten Rhythmus zu bewegen, hob er den Kopf und ließ die Lippen über ihren Körper wandern. Er legte die Hände um ihre Brüste und küsste die blasse Rundungen, die aus dem Ausschnitt hervorschauten. Dann presste er sie zusammen und atmete tief ein. Trunken von ihrem Duft und ihrer Wärme begann er, durch den Stoff sanft an ihren Brustwarzen zu knabbern.

„Jason!", rief sie und wölbte sich zurück, um sich ihm ganz darzubieten.

Er gehorchte gern, doch zuerst wollte er sehen, was er berührt hatte. Seine rechte Hand glitt unter das Tanktop und schob es über ihre Brüste. Dort ließ er es, weil der Anblick, der sich ihm bot – die elfenbeinfarbene Haut so zart, die harten kleinen Brustwarzen vom blassesten Rosa, das er je gesehen hatte –, ihn erstarren ließ.

„Süß", raunte er heiser, legte eine Fingerkuppe auf eine Brustwarze, völlig gefangen von seinem dunklen Finger auf ihrer Porzellanhaut. „Gott, sie sind so süß."

Hitze strömte durch den Stoff seines Hemds, als sie begann, an seinen Knöpfen zu nesteln.

„Du solltest mir lieber helfen, wenn dein Hemd ganz bleiben soll", murmelte sie. „Es ist nicht fair, dass du mich anschaust und ich von dir überhaupt nichts zu sehen bekomme."

Während sie von unten begann, richtete er sich auf und knöpfte sein Hemd von oben auf.

„Ich habe mir vorgestellt, wie ich dir das Hemd aufreiße", gestand sie und runzelte die Stirn, als sie bei einem besonders widerspenstigen Knopf angekommen war. „Und wenn dieses verdammte Ding sich nicht bald bewegt, werde ich es vielleicht wirklich tun."

„So etwas hast du dir vorgestellt?" Er hielt einen Moment inne, und sein Herz begann bei dem Gedanken unkontrolliert zu rasen.

Ungeduldig zeigte sie auf den Knopf, den er nur halb geöffnet hatte, und er schob ihn ganz durchs Loch und riss sich die Krawatte herunter.

„Ja, und du hast womöglich auch die Hauptrolle in einem oder zwei meiner Scheich-Tagträume gespielt."

„Scheich?", fragte er verwirrt. „Gefallen dir meine Klamotten denn gar nicht?"

„Nein." Sie schüttelte den Kopf. „Ich meine, doch, natürlich. Ich spreche von heißem Sex in einer Oase – weißt du, wie Valentino? Der *Scheich*. Darauf würde ich mir aber an deiner Stelle nichts einbilden, weil diese Fantasie ursprünglich nichts mit dir zu tun hat. Das ist nur meine Lieblingsvorstellung, seit Ava und Janie und ich uns mit zwölf oder dreizehn zunehmend schlüpfrige Geschichten erzählt haben."

„Also dieser Scheich", hakte er nach. „Was tut er? Entführt er dich in der Wüste und nimmt dich mit in sein Zelt?"

„Mhm." Sie warf ihm ein schiefes Lächeln zu. „Der Ritt durch die Wüste auf seinem rabenschwarzen Araber ist üblicherweise der Anfang."

Er zog sein Hemd aus. „Das könnte mir gefallen." Zu seiner eigenen Überraschung glaubte er sogar, dass es ihm riesig gefallen könnte. Sexuelle Rollenspiele hatte er bisher jedenfalls noch nicht ausprobiert.

Poppys Mund wurde trocken, als Jason das Hemd abstreifte. Er sah angezogen schon sehr gut aus, doch ohne Hemd wirkte er weniger zivilisiert, mehr im Einklang mit seinem permanenten Dreitagebart. Seine Schultern waren breit und knochig, die Arme schlank, aber muskulös, und seine Brust ...

Lieber Gott, seine Brust- und Bauchmuskeln waren steinhart. Er *war* der Scheich aus ihren Träumen, und sie wollte ihn in sich aufnehmen, wollte ihn überall spüren.

Was hatte er gesagt? Dass ihm diese Fantasie gefallen könnte? Sie schlängelte sich unter seinen Beinen hervor, kniete vor ihn und zog sich rasch das Tanktop über den Kopf. Dann warf sie die Arme um seinen Hals und drückte sich fest an ihn.

„Mir auch", sagte sie. „Aber im Moment bin ich absolut glücklich hiermit." Sie begann, sanft an seinem stoppeligen Kinn zu knabbern.

Er spreizte die Finger auf ihrem nackten Rücken und hob sie in die Höhe, bis ihre Knie nicht länger den geliebten Quilt voller Teeflecken berührten, den ein ehemaliges Kommunenmitglied vor Jahren für sie genäht hatte. Lachend spreizte sie die Beine, um sie erneut um ihn zu schlingen.

Poppy ließ sich genau in dem Moment, in dem er sich vorbeugte, zurücksinken. Beide verloren das Gleichgewicht und fielen nach hinten.

Als sie sein ganzes Gewicht auf sich spürte, seufzte sie vor Behagen auf.

„Tut mir leid." Schwer atmend wollte er sich aufrichten.

„Nein, bleib so." Sie drückte ihn noch fester an sich. „Du fühlst dich so *guuuuuut* an."

Er zögerte einen Moment, seine dunklen Augen sprühten Funken, dann sank er wieder auf sie herab und presste den Mund auf ihre Lippen.

Verschwunden war die zurückhaltende, sinnliche Zärtlichkeit, mit der er sie gerade noch berührt hatte. Jetzt bestand er nur noch aus Muskeln und Hitze. Aus rauen, starken Händen und männlicher Aggression.

Und das machte sie so verrückt, dass sie glaubte, explodieren zu müssen.

Poppy bekam keine Luft mehr. Konnte nicht mehr denken. Mein Gott, sie hatte geglaubt, schon oft sexuell erregt gewesen zu sein. Doch das, was sie kannte, hatte so überhaupt nichts mit dem zu tun, was in diesem Augenblick durch ihre Venen toste. Feuerblitze in jedes Nervenende jagte. Ihre Brustwarzen so hart werden ließ, dass es fast wehtat.

Das atemlose Seufzen in der Luft kaum als ihr eigenes erkennend, wand sie sich unter Jason, grub die Nägel in seinen Nacken und versuchte, ihre Beine unter seinen zu öffnen.

Auf einmal hob er den Kopf, sah sie kurz an und glitt dann an ihrem Oberkörper herab. Mit der Hand umfasste er eine Brust. Mit den Lippen umschloss er eine Brustwarze und begann zu saugen.

Dutzende von Feuerpfeilen trafen direkt das pulsierende Ziel zwischen Poppys Schenkeln.

Als ob er das spüren würde, glitt er seitlich von ihr, strich mit einer Hand über ihren Bauch nach unten, bis ein langer Finger mit einem einzigen Stoß in ihre heiße, feuchte Mitte tauchte.

Ein urtümliches Geräusch explodierte in ihrer Brust.

Wieder hob Jase den Kopf und blickte von ihrem Gesicht auf die Stelle, wo seine Hand unter dem Bund ihrer Jogginghose verschwunden war. Dann sah er sie wieder an und schob den Finger noch tiefer in sie. „Zieh die Hose aus", befahl er ihr. „Ich kann am besten arbeiten, wenn ich sehe, was ich tue."

Bei seinen Worten spürte sie, wie sich die Muskeln in ihr fest zusammenzogen und seinen Finger umklammerten. Und sie sah, wie das Feuer in seinen Augen höherloderte.

„Zieh sie aus", wiederholte er.

Poppy hob die Hüften und gehorchte.

„Mein Gott, sieh dich an", murmelte er heiser. Sein Blick wanderte von ihren Brüsten zu der Jogginghose, die sie auf die Knie geschoben hatte, und heftete sich dann auf die blonden Locken zwischen ihren Beinen. „Du bist so schön."

Mit dem Daumen strich er über das weiche Haar und sog scharf den Atem ein, als ein weiterer Schauer sie durchzuckte. Er beugte sich vor, um leicht in ihre Brustwarze zu beißen, dann zog er den Finger heraus und rutschte zum Fußende des Bettes. Nachdem er ihr die Jogginghose ganz abgestreift hatte, legte er die Hände an die Innenseite ihrer Knie und spreizte sie weit auseinander.

Bevor sie Zeit hatte, sich auch nur ansatzweise merkwürdig zu fühlen, senkte Jase den Kopf, leckte kurz über die zarte Haut und strich dann mit der Zunge über ihre Klitoris.

„Mein Gott!" Wie ein Klappmesser schoss sie in die Höhe und griff in sein Haar, nicht ganz sicher, was sie damit erreichen wollte.

Während er mit dunklem Blick jede ihrer Reaktionen beobachtete und weiter saugte und leckte, begriff sie keuchend, dass sie ihn jedenfalls nicht wegstoßen wollte.

Sie ließ sich zurück aufs Kissen fallen.

Er strahlte sie mit blendend weißen Zähnen an, die Zunge nach wie vor an ihre intimste Stelle gedrückt. Und diesmal kam sie richtig. Der Orgasmus rollte über sie hinweg, ein inneres Erdbeben stieß ihre Hüften nach oben, sie schrie gedämpft, während sie kam und kam und kam.

„Jesus." Jase beobachtete, wie Poppy vollkommen außer sich geriet. Dann spreizte er seine Finger oberhalb ihres Hügels und hielt sie fest, während er sie mit der Zunge noch einmal zum Höhepunkt brachte. Gott, er wollte in ihr sein, wollte fühlen, wie sie sich um ihn legte wie eine zweite Haut, wenn sie kam. Aber jetzt ging es erst einmal um sie.

Heiliger Herr im Himmel, sie war so verdammt wunderschön, wenn sie kam, und es war schwer, sich nicht auf sie zu stürzen wie ein Kind auf ein neues Klettergerüst.

Als ihr Körper sich wieder entspannte, wurde Jase so hart, dass es wehtat. Er fischte seine Brieftasche aus der Hosentasche, um das Kondom herauszuziehen, das er bei sich trug, seit er sich in der Cop-Bar eine Frau hatte suchen wollen.

Poppy nackt und befriedigt auf dem Bett ausgebreitet zu sehen, erfüllte ihn auf einmal mit einer merkwürdigen Dankbarkeit, dass er es nicht getan hatte.

Da er sich nicht ganz sicher war, was das bedeutete, schob er diesen Gedanken beiseite und streifte Hose und Socken ab. Nachdem er das Kondom übergezogen hatte, legte er sich neben sie aufs Bett. Sanft strich er ihr durchs Haar und küsste sie. „Bist du okay?"

Langsam hob sie die Lider und summte eine kleine unverbindliche Antwort, die trotzdem verdammt schön und glücklich klang, und atmete tief durch die Nase ein. Dann, zart wie ein Windhauch, atmete sie durch halb geöffnete Lippen wieder aus. „Besser als okay", seufzte sie und lächelte. „Viel besser. *Riesig* viel besser."

„Gut. Weil es noch mehr gibt." Und dann küsste er sie zum x-ten Mal, um ihr Interesse an einer zweiten Runde zu wecken.

Zu seiner Freude dauerte es nicht lange. Wenige Minuten reichten, und sie rollte sich auf ihn.

„Ah, Jee-sus!" Er keuchte, als sie sich direkt auf seinen Schwanz setzte.

Lächelnd machte sie schlängelnde Bewegungen, sie wusste offenbar ganz genau, was sie tat. Dann hob sie die Hüften wieder, und die wundersame feuchte Hitze, mit der sie ihn gereizt hatte, verschwand. Sein Schwanz richtete sich so schnell auf, dass er ihr fast gegen den Bauch schlug. Sie schlang eine Hand darum. „Schau, schau, er ist ja schon verpackt." Sie schenkte ihm ein ironisches Lächeln. „Du bist so ein Pfadfinder."

„Allerdings, Ma'am", stöhnte er. Seine Hüften schossen nach oben, als sie ihre Faust fester zusammendrückte. „Mach dich auf was gefasst."

Lachend hockte sie sich über ihn und hielt ihn an Ort und Stelle, während sie sich über seinem blindlings suchenden Schwanz ausrichtete. Dann ließ sie sich ein wenig herabsinken, und ihr Lachen erstarb. „Ich wollte dich eigentlich bis zum Wahnsinn treiben", flüsterte sie. „Und ich dachte wirklich, nachdem du mich so verwöhnt hast, könnte ich es lange genug aushalten." Sie ließ sich noch einen Zentimeter herab, und Jase biss die Zähne zusammen. „Aber ich kann nicht", stöhnte sie. „Ich will wissen, wie du dich in mir anfühlst."

Noch ein Stück, und seine Spitze drang durch den Muskelring ihres Eingangs. Und dann machte sie einfach weiter, bis ihr süßer runder Hintern an seine Hoden stieß. Und sie war so heiß und feucht und eng.

Wieder stieß er mit der Hüfte nach oben, während sie ihn ritt wie ein Cowgirl an einem Samstagabend einen mechanischen Bullen. Er glaubte verrückt zu werden vor Lust, und es war Zeit, dass er das Kommando übernahm.

Er packte ihre Hüften und hob sie in die Höhe.

Annähernd, beinahe, fast von sich herunter.

Dann riss er sie wieder hinab. Hob sie und senkte sie.

Sie schloss die Augen, biss sich mit den weißen Zähnen in die Unterlippe und überkreuzte die Arme über ihrem Kopf, leise stöhnend.

Er setzte sich auf und biss in ihre Brustwarze. Poppy riss die Augen auf.

„Ich will oben sein", keuchte er und sah ihr in die Augen. „Ich will auf dir sein und dich vögeln – dich *lieben* –, bis du schreist."

Das hilflose kleine Klagen in ihrer Kehle nahm er als Zustimmung und warf sich mit ihr herum. Dann verhakte er ihre Finger mit seinen, spreizte ihre Beine weit und stieß langsam und tief in sie.

Er wusste, dass er ihren süßen Punkt getroffen hatte, als ihre Augen jede Schärfe verloren, langsam zog er sich aus ihr heraus und sank dann wieder in sie.

„Oh, mein Gott, oh, mein Gott", rief sie. Ihre Stimme wurde bei jedem Wort lauter. „Jason? Oh, *Gott*, Jason!" Sie schlang die Beine fest um seine Hüften, presste den Kopf ins Kissen und kam überall um ihn herum.

Beim Anblick ihres wilden Haars, der roten Wangen und der verhangenen Augen, beim Gefühl ihrer harten inneren Zuckungen, beim Pressen und Lösen ihrer Muskeln um seinen Schwanz verlor er die Kontrolle über seine langsamen Stöße. Sie ist mein, dachte er und stützte sich auf die Hände, um mehr Bewegungsfreiraum zu haben. *Mein, mein, mein, mein, mein.*

Poppy kam noch immer, und seine Welt wurde rot. Gott, er war so nah dran, so nah ... *Oh. Jeeeesssuuuss!*

Er stieß ein letztes Mal tief in sie, warf den Kopf zurück und schrie heiser auf, während er sich ergoss. Danach, als sie auch den letzten Tropfen Lust aus ihm gewrungen hatte, fiel sein Kopf nach vorn, zu schwer, um ihn zu halten.

Jase sank auf sie.

Eine Ewigkeit lag er einfach nur da und spürte, wie sein Herzschlag sich langsam wieder beruhigte, wie er die rote Zone verließ und sein Hirn die Arbeit wieder aufnahm.

Okay. Er wusste verdammt noch mal nicht, was dieser ganze Mist von wegen *mein* zu bedeuten hatte. Himmel, er wusste ja nicht einmal, was er eigentlich für sie empfand. Ganz sicher war es keine Liebe. Denn er war ein de Sanges, was wusste *er* schon von Liebe?

Also war das ... was immer es war, jedenfalls handelte es sich um keine Glücklich-bis-ans-Lebensende-Geschichte. Aber es passte ihm überhaupt nicht, was momentan um Poppy herum geschah. Es würde ihn umbringen, wenn ihr etwas geschah. Dein Freund und Helfer – das war er.

Und das würde er auch für sie sein – ob es ihr nun passte oder nicht.

Mit gehobenem Kopf und einer Stimme, die klang, als hätte ihn jemand durch den Fleischwolf gezogen, sagte er: „Räum ein paar Regale in deinem Kleiderschrank leer, Blondie. Ich ziehe ein."

19. KAPITEL

Okay. Im Namen aller unabhängigen Frauen überall auf der Welt, ich hätte mich energischer gegen Jasons tolle Nicht-fragen-sondern-antworten-Politik wehren sollen. Oder – auch eine Idee – mich überhaupt wehren sollen.

Heute vor einer Woche war Jason mit Sack und Pack bei ihr eingezogen. Nun, zumindest mit Sack. Er hatte Berge von Klamotten mitgebracht, aber nicht mehr – von seiner ewig präsenten Pistole abgesehen. Sich daran zu gewöhnen, fand Poppy wirklich nicht leicht.

„Hey, aufgepasst!"

Sie sah von dem Pappteller auf, auf dem sie gerade Gelb in Henrys smaragdgrüne Farbe mischte, damit er die Beine und den Bauch der Echse pünktlen konnte, um ihnen mehr Tiefe zu geben. Von Dannys Teller tropfte Farbe und verfehlte Henry nur um Zentimeter.

„Tut mir leid, Kumpel. Ich war gerade abgelenkt und hab gar nicht gemerkt, dass ich den Pappteller schief halte", entschuldigte Danny sich.

„Palette", korrigierte Henry ihn. „Himmel, und du nennst dich Künstler? Wie wär's mit ein bisschen Stolz auf dein Werkzeug, Mann?"

Offenbar war nichts passiert. Nachdem sie Cory einen Blick zugeworfen hatte, um zu sehen, ob sie mit ihrem Teil der Wand zurechtkam, überließ Poppy sich wieder ihren Gedanken.

Denn sie musste sich erst einmal an die neue Situation gewöhnen. Nicht einmal mit ihren besten Freundinnen hatte sie darüber gesprochen und sogar absichtlich zwei Anrufe von Ava nicht angenommen. Ihrer Familie gegenüber hatte sie natürlich erst recht nicht erwähnt, dass Jason bei ihr wohnte. Mit etwas Glück war er wieder verschwunden, bevor das nötig war.

Sie ignorierte den merkwürdigen kleinen Stich bei dem Gedanken an seinen Auszug, wo er doch gerade erst eingezogen war, und konzentrierte sich stattdessen lieber auf die Reaktion ihrer Eltern, wenn ... *falls* sie es herausfanden. Natürlich hätten sie kein Problem damit, dass sie mit jemandem mit XY-Chromosom zusammenlebte. Immerhin hatten sie ihre Tochter im Geiste der freien Liebe erzogen.

Aber freie Liebe mit einem von *der Bullerei*, wie ihre Eltern sich ausdrückten? Darüber wären sie vermutlich nicht ganz so glücklich. Und schon gar nicht würde ihnen gefallen, dass dieser Typ, dessen Anzüge mehr Platz in ihrem Schrank einnahmen, als für einen Mann üblich war, mit einer Waffe unterm Arm durch die Gegend lief. Und zwar 24 Stunden am Tag. Nein, was einen männlichen Mitbewohner betraf, war er bestimmt nicht ihr Wunschkandidat.

Sie seufzte leise, als sie spürte, wie Hitze in ihre Lenden stieg, in ihre Venen und ihr Gesicht. Denn so, wie sie sich jede Nacht ein oder zwei Mal, einmal sogar *drei* Mal liebten, war das Wort Mitbewohner wohl kaum die treffende Bezeichnung.

Unwillkürlich sah sie wieder auf und runzelte die Stirn, als sie Jason nicht entdecken konnte. Doch erinnerte sie sich daran, dass er davon gesprochen hatte, in Marlenes Laden zu gehen, um über irgendwas zu sprechen ... über was hatte er nicht gesagt.

Ihre Gedanken wanderten zurück zu der Möglichkeit – nein, *Wahrscheinlichkeit* –, dass er genauso unvermittelt wieder auszog, wie er eingezogen war. Dieses ganze Szenario, dass irgendein geheimnisvoller Verrückter ihr etwas antun wollte, war absolut lächerlich. Und das würde Jason früher oder später auch begreifen. Und sie wusste bereits jetzt – von dem Dilemma, ihren friedensliebenden Eltern diesen Pistole tragenden Liebhaber erklären zu müssen, einmal abgesehen –, dass sie ihn vermissen würde, wenn er seine todschicken Anzüge wieder in seinen Wagen warf und zurück in seine eigene Wohnung zog. Sie würde ihn sogar vermissen wie verrückt.

Denn inzwischen genoss sie nicht nur den Drei-Sterne-Sex mit ihm, sondern auch den ganzen Alltagskram, den sie miteinander teilten. Kleine Dinge wie zusammen die Zähne zu putzen oder das Bett zu machen. Normalerweise schüttelte sie einfach die Decken auf. Doch Jason war viel ordentlicher als sie, und sie hatte festgestellt, dass es ihr nichts ausmachte, sich die Zeit zu nehmen, solange er es war, der auf der anderen Seite das Bettlaken glattzog.

Mit ihm hatte sie das Gefühl … ganz zu sein. Was lustig war, wenn man bedachte, dass ihr zuvor nie etwas gefehlt hatte. Aber wenn sie zusammen waren – verdammt, sie verstand es auch nicht –, dann war ihre Seele irgendwie leichter. Und zur gleichen Zeit fühlte sie sich geerdet, verbunden.

Sie schüttelte den Kopf, denn wirrer ging es wohl kaum. Darum hatte sie auch ihre besten Freundinnen gemieden. Wenn sie sich schon albern fand – und das, obwohl sie zumindest diese unbekannten Gefühle durchlebte –, wie sollte sie es dann Ava und Jane erklären? Und ihrer Mutter und ihrem Vater?

Jason hatte sie diese Woche ein paar Mal zum Lachen gebracht. Es sollte sie also nicht mehr überraschen, dass er einen großartigen Humor besaß. Aber noch immer war sie jedes Mal aufs Neue erstaunt. Während sie wie ein Honigkuchenpferd grinste, wanderten ihre Gedanken ein paar Tage zurück …

Poppy hörte, wie die Eingangstür ins Schloss fiel, und streckte den Kopf aus dem Badezimmer. Jason zog gerade im Wohnzimmer seinen Mantel aus. Sie fasste ihr Haar zusammen und sah, wie er das Jackett aufs Sofa warf. Mit der anderen Hand rieb er sich die Stelle zwischen den Augen.

„Harter Tag?", fragte sie, als sie ihn begrüßte.

„Total frustrierend", nickte er. „Ich komme mit meinen Fällen einfach nicht weiter."

Beide Hände um seine Handgelenke geschlungen, lief sie rückwärts Richtung Küche und zog ihn mit sich. „Komm", sagte sie. „Du kannst mir davon erzählen, während wir das Abendessen machen. Auf der Küchentheke steht eine Flasche Wein. Wie wäre es, wenn du uns ein Glas einschenkst? Vielleicht ist auch noch Bier im Kühlschrank, wenn dir das lieber ist. Ich werde uns ein paar Eier mit Speck brutzeln."

Sie nahm die Zutaten aus dem Kühlschrank, warf die Tür mit einer Hüfte zu und sah ihn an, während sie die Eier über einer Schüssel aufschlug. „Erzähl mir von deinen nervigen Fällen."

„Das gibt's nichts Konkretes zu erzählen. Das ist ja das Problem. Hohn und ich arbeiten an einer Einbruchserie. Ich weiß, dass sie alle zusammenhängen – aber außer der Tatsache, dass es sich immer um Juweliere handelt, wissen wir nicht wie."

„Noch nicht. Ihr wisst es *noch* nicht."

„Richtig." Sein Mundwinkel zuckte nach oben. „Noch habe ich es nicht herausgefunden. Das liegt zum Teil daran, dass ich meinen Rhythmus noch nicht so recht gefunden habe, seit ich hier wohne. Insofern bin ich momentan nicht in Topform. Normalerweise würde ich jetzt in meine leere Wohnung gehen und die ganze Nacht darüber nachdenken."

„Und funktioniert das normalerweise gut?" Poppy schüttete die Eier in die heiße Pfanne und deutete auf den Kühlschrank. „Kannst du bitte ein paar Scheiben Brot aus dem Eisfach nehmen und in den Toaster werfen?"

Nachdem er ihr die Bitte erfüllt hatte, lehnte er sich an den Tresen und beantwortete ihre Frage. „Meistens komme ich nicht viel weiter. Manchmal aber fällt mir plötzlich etwas auf. Und manchmal gehe ich zu Murph und spreche mit ihm darüber." Als ob er die Frage, die sie sich stumm stellte, erraten hätte, lächelte er schief. „Zugegebenermaßen mit so ziemlich demselben Ergebnis. Also sollte ich das Thema für heute Abend vielleicht einfach ruhen lassen. Zweifellos dürfte es morgen auch noch da sein."

Bei diesem Satz hielt Poppy, die gerade den Speck wendete, mitten in der Bewegung inne und strahlte ihn an. Denn wenn sie in den letzten Tagen eines gelernt hatte, dann, dass dieser Mann sich zu Tode arbeiten würde, wenn man ihn sich selbst überließ. Daher war seine Bereitschaft, nicht länger über den Fall nachzugrübeln, eine Art Opfer.

Ein Opfer, um ihr Zusammenleben angenehmer zu gestalten. „Wenn du es mal ruhen lässt, kannst du es morgen vielleicht mit ganz frischem Blick betrachten."

„Vielleicht." Er durchquerte die winzige Küche mit einem einzigen Schritt, hob sie hoch und küsste sie. Dann setzte er sie wieder auf die Füße und strich ihr eine Locke zurück, die er in Unordnung gebracht hatte. „Du bist vielleicht ein kluges Köpfchen, wie?"

„Ja, das bin ich." Sie verrührte die Eier in der Pfanne, streute etwas Salz darüber und warf ihm einen Seitenblick zu. „Und du bist ein guter Küsser."

„Bin ich, ja?" Jase lehnte sich wieder an den Küchentresen und grinste sie an, und – rums! – ihre Knie wurden weich.

Der Toast sprang heraus, und sie riss sich zusammen. „Bestreich sie mit Butter, dann können wir essen." Sie hob Eier und Speck auf handgetöpferte Teller. „Magst du Milch?"

Er entschied sich für Wein. Gemeinsam trugen sie ihr Abendessen zum Sofa. Poppy schnitt eine Grimasse, als sie sich setzte. „Ich sollte wirklich mal den Tisch so weit abräumen, dass wir nicht immer die Teller auf den Knien balancieren müssen."

„Ich wüsste gar nicht, wie es anders geht", sagte er und stürzte sich auf die Eier. Ein paar Minuten aßen sie schweigend, dann warf er ihr ein schiefes Lächeln zu. „Die sind großartig."

Bei jedem Essen lobte er ihre Kochkunst – weit mehr, als sie es verdiente –, und jedes Mal spürte sie, wie sie das irgendwo ganz tief in ihr berührte. Um dem rührseligen Gefühl entgegenzuwirken, tätschelte sie mit einem mütterlichen Lächeln sein Knie.

„Tja, ich liebe eben die Herausforderung, Gourmetmahlzeiten zu kochen."

„Du und deine freche Klappe." Er musterte ihre Lippen, schlang den Rest des Essens hinunter und stellte den Teller auf den Boden. „Ich habe eine viel bessere Verwendung dafür, als mir anzuhören, wie sie sich über mich lustig macht."

Er tunkte den Finger in die geschmolzene Butter auf ihrem Teller und strich damit über ihre Lippen. Während sie vorsichtig an seinem Finger saugte, sah sie ihm in die Augen. „Oooh", murmelte sie dabei.

Und lachte, als er nach ihr griff, ihr Teller und Glas abnahm und sie mit seinem harten Körper in die Sofakissen presste.

Poppy zuckte zusammen, als sie mit dem tösenden Lärmen eines Space Shuttles, das in die Erdumlaufbahn eintrat, in die Realität zurückgerissen wurde. Blinzelnd fuhr sie sich mit der Zunge über die Lippen, sah hinunter auf die Hand, die noch immer den Pappteller mit der gelb-grünen Farbe hielt. Allerdings verharrte der Eisstiel, den sie zum Umrühren benutzte, mitten in der Luft.

War sie gerade in ein Zeit-Raum-Kontinuum gesaugt worden? Sie schüttelte auch noch den Rest der Erinnerungen ab, die wie Spinnenweben in ihrem Kopf hingen. Mit dem Teller voll Farbe in der Hand ging sie zu Henry hinüber.

Konzentriert zeigte sie dem Jungen, wie er die Farbe auf den Bauch und um die Augen der Echse auftupfen sollte. Trotzdem hob sie kurz darauf unwillkürlich den Kopf und sah, dass Jason gerade um Harveys Gebäude bog.

Er bewegte sich mit seiner üblichen lässigen Anmut, ein großer, schlanker Mann mit lockerer Krawatte, Bundfaltenhose und Hosenträgern. Er hatte die Hände in den Taschen und das Jackett über einen Arm gehängt. Die Pistole lag wohl eingeschlossen im Auto, denn er schien sie nicht bei sich zu tragen. Das passte überhaupt nicht zu dem Mann, den sie in der letzten Woche kennengelernt hatte. Aber es war sonnig und warm. Vielleicht wollte er einfach nicht, dass jeder seine Waffe sehen konnte, sobald er das Jackett auszog.

Jetzt legte er einen Schritt zu und zog eine Hand aus der Hosentasche, um sein Jackett zu durchwühlen, das sich dadurch verschob. Poppy nickte.

Aha. Geheimnis gelüftet. Die Pistole steckte unter seinem Hosenbund und war nur von dem Jackett verdeckt worden.

Nachdem Jase sein Handy aus dem Jackett geholt hatte, klappte er es auf, sah aufs Display und drückte es ans Ohr. Während er lauschte, kam er weiter auf sie zu, blieb dann aber auf einmal stehen. Ihre Blicke trafen sich. Er hob einen Finger, das weltweit anerkannte Zeichen für „einen Moment bitte."

Warum ausgerechnet diese schlichte Geste ihr zur Erkenntnis verhalf, wusste sie auch nicht. Doch mit einem Mal war sie sich ganz sicher. Voller Verwunderung starrte Poppy ihn an.

Heilige …

Himmel …

Sie atmete zischend ein. Stieß die Luft wieder aus.

Und stellte sich der Realität. Du. Lieber. Gott.

Sie hatte sich in diesen Mann verliebt.

Etwas später klappte Jase sein Handy zu und sah, wie die Kids unter Poppys Aufsicht gerade das Material in den Kofferraum ihres Wagens räumten. Als er sie beobachtete, wie sie lachend das Verstauen der Farbdosen und verschiedenen anderen Malutensilien überwachte, kam ihm erneut ein Verdacht, der nun schon seit ein paar Tagen an ihm nagte.

In Wahrheit hatte er abgesehen von dem Tag, als sie zum ersten Mal miteinander geschlafen hatten, die gesamte Woche das Gefühl gehabt, dass er die falsche Spur verfolgte. Wieder und wieder hatte er sich im Kreis gedreht, genauso sinnlos, wie ein Windhund einem mechanischen Hasen nachjagt. Je mehr Zeit er mit Poppy verbrachte, desto unwahrscheinlicher erschien es ihm, dass der Irre, der Leitern sabotierte und Autos als Waffe benutzte, es auf sie abgesehen hatte.

Natürlich legte sich diese Frau schon mal mit jemandem an – überwiegend allerdings mit ihm. Und eigentlich auch nur, wenn es um ihre Schüler ging. Ansonsten war sie, soweit er es erlebt hatte, anderen gegenüber entweder äußerst freundlich oder zumindest höflich. Meine Güte, Poppy war ein offenes Buch. Punkt. Bei ihr bekam man, was man sah. Die Leute wussten bei ihr immer genau, woran sie waren. Sie war einfach nicht der Typ

Mensch, der Gefühle versteckte. Was es sehr unwahrscheinlich machte, dass sie ein dunkles Geheimnis hütete, das einen anderen dazu veranlassen konnte, sie aus dem Weg zu räumen.

Gut, letzten Herbst hatte es Probleme mit der Wolcott-Villa gegeben, aber soweit er wusste, war es damals ausschließlich um ihre Freundin Jane gegangen. Heute hatte er mit Marlene Stories gesprochen. Er wollte herausfinden, ob sie an dem Tag, an dem Poppy beinahe von dem Schraubenschlüssel erschlagen worden wäre, jemanden angeheuert hatte, um das Dach zu reparieren.

Wie sich herausstellte, hatte sie tatsächlich jemanden gebeten, eine undichte Stelle an ihrem Dachfenster zu reparieren. Und zwar genau den Typen, der den Kopf über die Dachrinne gestreckt hatte, um sich zu entschuldigen. Das war also tatsächlich nur ein Unfall gewesen. Das beruhigte Jase, weil es den verdammten Psychofaktor ein bisschen zurechtstutzte.

Aber die anderen beiden Ereignisse ließen sich nicht als Unfälle abtun. Wie er Poppy bereits letzte Woche erklärt hatte, glaubte er nicht an Zufälle. Und auch wenn zwei direkt aufeinanderfolgende Unfälle statistisch möglich waren, so waren sie trotzdem verdammt unwahrscheinlich. Zudem erinnerte er sich an Poppys Behauptung, dass ihr Vater seine Sachen immer tipptopp in Ordnung hielt, und Henrys Aussage, dass der Wagen direkt auf sie und Cory zugerast war.

Auf *beide*. Sie und Cory. Wenn man also den Schraubenschlüssel außen vor ließ und davon ausging, dass niemand hatte voraussehen können, wer an diesem Tag auf die Leiter steigen würde, hatte der Typ es möglicherweise gar nicht auf Poppy abgesehen.

Aber so sehr Jase sich auch das Hirn zermarterte, er konnte sich nicht vorstellen, warum jemand Cory etwas antun wollte. Trotzdem war mit diesem Mädchen in letzter Zeit etwas nicht in Ordnung. Und sein Instinkt sagte ihm, dass sie der kleinste gemeinsame Nenner bei diesen Vorfällen war – die Verbindung, nach der er suchte.

Leider wusste er aber auch, dass es vollkommen sinnlos war, von einem Teenager Antworten zu verlangen, bevor man nicht einmal im Ansatz wusste, wonach man überhaupt suchte. Da könnte er sich genauso gut selbst mit einem Schlosserhammer bewusstlos schlagen – das hätte denselben Erfolg.

Ganz zu schweigen von dem Heidentheater, das Poppy aufführen würde, wenn er es wagte, das Mädchen ins Kreuzverhör zu nehmen.

Das konnte er sich in den buntesten Farben ausmalen. Das Babe würde in einer Million Jahren nicht einfach nur dasitzen und zusehen, wie er Cory ausfragte. Und Himmel, ohne wirklichen Verdacht hätte sie auch recht damit.

Aber eben am Telefon hatte er mit seinem Spitzel gesprochen. Der behauptete, einige sehr interessante Informationen über verschwundene *Tagger* zu haben, die womöglich mit der Überfallserie auf Juweliergeschäfte zu tun hatten.

„Yo, *Copper*!"

Jase sah zu Henry, der brüllte: „Wir sehen uns!", und dann durch Harveys Hintertür verschwand. Die anderen beiden verabschiedeten sich ebenfalls, und Poppy knallte den Kofferraum zu.

„Ich muss los", sagte er. „Ich habe einen Informanten, der möglicherweise eine Spur wegen der Juwelierüberfälle hat."

„Und das konnte er dir nicht einfach am Telefon erzählen?"

„Spitzel geben nicht gern Informationen weiter, bevor sie keine Kohle gesehen haben." Fast hätte er sie geküsst, fing sich aber rechtzeitig wieder. „Und wohin gehst du als Nächstes?"

„Ich habe den Rest des Tages frei. Ich werde in die Villa gehen und Miss A.'s Schlafzimmer weiter streichen."

„Ist sonst noch jemand dort?"

„Die Kavanagh-Brüder arbeiten noch immer an der Küche, also schätze ich, dass einige von ihnen da sein werden."

„Okay, gut. Dann sehen wir uns später."

Sie packte ihn an der Krawatte, stellte sich auf die Zehenspitzen und zog seinen Kopf herunter, um ihn zu küssen. „Ja, das werden wir", murmelte sie und strich über sein Kinn. „Bis nachher zu Hause."

Während er Poppys Auto hinterhersah, fuhr er sich mit den Händen durchs Haar. Als sie um die Ecke gebogen war, ging er zu seinem eigenen Wagen.

Du liebe Zeit. Seit er mit ihr geschlafen hatte, erkannte er sich kaum wieder. Nach nur einem Mal Sex war er gleich bei ihr eingezogen.

Noch immer sah er Murphs Gesicht vor sich, als er an dem Tag nach Hause gefahren war, um ein paar Sachen zu packen und dann bei seinem Freund vorbeizuschauen. Der alte Mann hatte nicht gesagt: *Bist du total verrückt geworden?* Er hatte nicht versucht, es ihm auszureden. Stattdessen folgte er Jase einfach nur in seine Wohnung und saß grinsend da, während Jase Zahnbürste, Rasierzeug und einen Armvoll Klamotten zusammensuchte. Grinsend, Herrgott noch mal. Als ob es für einen Typen mit Jases Hintergrund *normal* wäre, bei jemandem wie Poppy einzuziehen.

Bis nachher zu Hause, hatte sie gesagt. *Zu Hause.*

Wo sie summend an ihren Grußkarten arbeitete, während er ihr gegenüber am Tisch seine Notizen durchsah.

Wo sie ihm ein selbst gekochtes Essen nach dem anderen zubereitete.

Wo er sich ... gut fühlte.

Sie hatte nicht gesagt: *bei mir*. Sie hatte gesagt: *zu Hause*. Als ob es auch sein Zuhause wäre.

Plötzlich verspürte er den Wunsch, dort niemals wieder auszuziehen.

20. KAPITEL

Die große Liebe?
Kann das wirklich die große Liebe sein?

Poppy war noch keine halbe Stunde in der Villa, als Jane und Ava auftauchten. „Hey", rief sie und sah von der Zierleiste auf, die sie gerade strich. „Habt ihr beide einen Radar oder so was?"

„Nein, etwas viel Besseres. Einen Mann, den ich aufgefordert habe, mich sofort zu informieren, wenn er dich zu sehen bekommt." Jane durchbohrte sie mit einem Blick. „Du bist uns aus dem Weg gegangen, Missy."

Ach, verdammt. Sorgfältig legte Poppy den Pinsel auf den Rand der Farbwanne und stand auf. „Wovon sprichst du?"

Okay, sie log offenbar noch immer so schlecht wie als Kind, denn Ava sagte: „Ach, *bitte*." Und Jane klopfte mit ihren Michael-Kors-Schuhen auf Miss A.'s glänzenden Holzboden.

„Gib es auf, Calloway", sagte sie. „Du konntest noch nie gut lügen. Was zum Teufel hast du überhaupt vor uns zu verbergen? Du hast dich doch bestimmt nicht eine ganze Woche lang mit einem heißen Typen verbarrikadiert und uns hingehalten, anstatt die ganzen schmutzigen Details zu erzählen, wie es die Regeln für allerbeste Freundinnen verlangen?"

„Oh, der war gut", spottete Ava. „Vor allem, weil du diese Regeln nie erwähnt hast, als das mit dir und Dev anfing." Sie winkte ab. „Aber wir wollen nicht spitzfindig sein, Janie, denn im Grunde hast du recht. Poppy hatte fast ebenso lange wie ich kein heißes Date mehr – geschweige denn, dass sie sich mit irgendeinem aufregenden Kerl eingesperrt." Sie warf Poppy ein verschwörerisches Grinsen zu.

Komm schon, Gesicht, lass mich jetzt nicht hängen. Komm schon, komm schon, du kannst das ... Scheiße!

Beiden Freundinnen klappte der Mund auf, und Ava keuchte: „Du hast es getan, stimmt's? Du hast dich die ganze Woche mit einem heißen Typen verbarrikadiert. Wer in aller Welt ... Oh, mein Gott. Detective Scheich?"

„Sag mir, dass er es nicht war", flehte Jane. Aber auch diese Antwort stand ihr offenbar quer übers Gesicht geschrieben, denn ihre Freundin seufzte laut. „Verdammt. Er war es." Sie sank im Schneidersitz auf den Boden, ohne darauf zu achten, dass unter dem hochgerutschten Rock ihr Slip zu sehen war.

Ava folgte ihr, legte aber die Beine anmutig seitlich aneinander – und das, obwohl sie Hosen trug. Ihre Grübchen waren nirgends zu entdecken, als sie Poppy streng ansah. „Du solltest jetzt mit der Sprache rausrücken, wenn du weißt, was gut für dich ist, Schwester."

Und das tat Poppy. Sie setzte sich ebenfalls auf den Boden und erzählte ihren Freundinnen alles. Na ja, fast alles, diese sogenannte Bedrohung, die Jason veranlasst hatte, überhaupt bei ihr einzuziehen, erwähnte sie nicht. Denn sie wusste genau, dass sie nicht in Gefahr schwebte, und wollte nicht, dass ihre Freundinnen sich unnötig Sorgen machten. Auch die sexuellen Details behielt sie für sich.

Doch mit dem Rest rückte sie in allen Einzelheiten heraus.

Als sie schließlich verstummte, musterte Jane sie einen Moment schweigend. Dann lächelte sie schwach. „Also schätze ich, dass de Sanges vielleicht doch nicht der rigide Nazi ist, als den du ihn anfangs betrachtet hast."

Poppy atmete tief durch und schüttelte den Kopf. „Er hat nach wie vor seine Nazi-Momente. Aber er kann auch unglaublich süß und witzig sein. Und mit den Kids geht er einfach fantastisch um."

„Junge, Junge. Das war's aber dann. Sie ist erledigt", stieß Ava hervor.

Als hätte sie nicht die leiseste Ahnung, wovon ihre Freundin sprach, hob Poppy fragend die Brauen.

„Komm schon! Er sieht gut aus, er hat eine gute Figur, er geht gut mit deinen heiß geliebten Schülern um. Jetzt musst du nur noch sagen, dass dieser Mann ein Gott im Bett ist und – oh, oh! Oh, oh!" Sie tippte mit einem elegant manikürten Finger gegen Poppys Brust. „Ist er! Das sehe ich dir an. Du bist ja dermaßen verschossen in diesen Typ."

„Das kann ich nicht abstreiten", gab Poppy zu.

„Und er?", fragte Jane. „Ist er genauso verliebt in dich?"

„Das weiß ich nicht. Wir haben bisher noch nicht wirklich darüber gesprochen."

„Okay, ich schätze, das ist nach erst einer Woche in Ordnung", räumte ihre Freundin ein. „Da wollen wir mal großzügig sein und ihm vielleicht zwei, drei oder vier Wochen zugestehen. Dann sollte Detective de Sanges aber besser mit der Sprache herausrücken, wenn er weiß, was gut für ihn ist."

„Allerdings", bestätigte Ava. „Oder er wird dafür bezahlen. Wir werden ihn leiden lassen, bis er heult wie ein Mädchen."

„Ich glaube, Cory hat irgendetwas Illegales beobachtet", sagte Jase in der Sekunde, in der er ein paar Stunden später durch die Tür kam. „Und ich glaube, ich weiß auch, wann."

So wie Poppy über den kleinen Esstisch gebeugt saß, arbeitete sie vermutlich gerade an einer ihrer Grußkarten. Abends teilten sie sich an dem Tisch immer den Arbeitsplatz, aber nicht ein Mal hatten sie bisher tatsächlich an ihm gegessen.

Sie legte den Farbstift weg, stand auf, durchquerte das Zimmer und strich ihm über den Arm. Dabei lächelte sie so süß, dass sich sein Magen zusammenzog. Dann packte sie ihn an der Krawatte und zog seinen Kopf so weit herab, bis sie auf Augenhöhe waren. „*Erzähl schon!*"

Beinahe hätte er gelächelt, weil das einfach so ... typisch Poppy war. Ihr war alles, was ihre Schüler betraf, so unglaublich wichtig. Außerdem wünschte sie sich, dass er mit ihr offen über seine Arbeit sprach. Jeden verdammten Abend fragte sie ihn, wie sein Tag gewesen war. Was sollte er darauf sagen? Er durfte natürlich ganz allgemein antworten, aber doch keine Einzelheiten mit einer Zivilistin diskutieren. Aber er konnte ihr einfach nicht begreiflich machen, dass er anders war als sie – dass er nicht über jedes verdammte Detail sprach, das er kannte.

Und doch – zu wissen, dass es sie interessierte, löste die Anspannung, die er sonst immer verspürte, ein wenig. Was überhaupt keinen Sinn ergab, weil ihr Interesse doch überhaupt nichts an den Tatsachen änderte, die er heute erfahren hatte. Ganz sicher war niemandem geholfen, wenn er mit ihr darüber sprach. Und selbst wenn, tauschte er dann nicht einfach nur ein Problem gegen ein anderes?

So plötzlich wie sie seine Krawatte gepackt hatte, ließ sie sie auch wieder los und strich sorgfältig die blauen und grauen Streifen glatt. An der Hand zog sie ihn weiter ins Zimmer.

„Bitte", bat sie leise, schnappte sich ihre Teetasse vom Tisch und schob ihn zur Couch. „Bitte erzähl mir von Cory. Ich muss es wissen."

Und zum ersten Mal in seinem Berufsleben war er bereit, einen Fall mit jemandem zu diskutieren, der nicht zur Polizei gehörte. „Vor ein paar Wochen gab es einen Überfall, der zu einer Reihe von Raubüberfällen auf Juweliere in der ganzen Stadt gehörte."

„Die Überfälle, die du gestern Abend erwähnt hast?"

Er nickte. Ihre Knie berührten sich, als sie sich ihm gegenüber auf den Couchtisch hockte, und er griff nach ihrer Hand. „Dieser Fall unterschied sich nur dadurch von den anderen, dass der Inhaber das Pech hatte, anwesend zu sein, als sie einbrachen. Er wurde angeschossen. Er liegt noch immer im Harborview Krankenhaus."

„Ich glaube, ich habe davon in den Nachrichten gehört." Sie setzte sich ein wenig aufrechter hin. „Geht es um den Mann, der im Koma liegt?"

„Genau. Was du nicht gehört hast, ist, dass ich eine Farbdose gefunden habe und zertrampeltes Gras vor der Zahnarztpraxis nebenan. Ich denke, dass ein Graffiti-Sprayer zumindest etwas gesehen hat."

„Oh, Gott." Vor Schreck sprang sie auf, lief ein paar Schritte, blieb dann stehen und starrte ihn an. „Und du glaubst, dass es Cory war?"

„Ja, das glaube ich. Laut meinem Informanten war in letzter Zeit in der *Tagger*-Szene im U District eine Menge los. Immer wieder sind *Tagger* einfach von der Straße verschwunden."

„Wie verschwunden?", wisperte sie. „*Umgebracht* worden?"

„Nein." Er sprang ebenfalls auf und zog sie kurz an sich. „Entschuldige, ich wollte dir keine Angst machen. Aber sie wurden verletzt." Er führte sie zurück zur Couch, drückte sie in die Kissen und setzte sich neben sie. „Einer der Jugendlichen ist plötzlich weggezogen – er wurde zu einer Tante geschickt. Seine Familie traut der Polizei nicht über den Weg und verrät uns nicht, was mit ihm passiert ist. Ein anderer hat einen gebrochenen Arm und ein weiterer Quetschungen am Hals, die er seiner Familie nicht erklären konnte oder wollte."

Besorgt sah sie ihn an. „Klingt das nicht ziemlich genau nach dem, was Freddy Gordon passiert ist?"

„Ja, das dachte ich auch. Allerdings wäre es schon ein großer Zufall, und du weißt, wie ich über Zufälle denke. Auf der anderen Seite ist Freddy ungefähr zur selben Zeit verprügelt worden, und dass ein Teenager in einem solchen Fall nicht unbedingt die Wahrheit sagt, haut mich auch nicht gerade von den Socken. Ich habe versucht, ihn anzurufen, aber es ging nur der Anrufbeantworter seines Onkels ran. Bisher hat sich von ihnen noch niemand bei mir gemeldet."

„Wie in aller Welt hältst du diese Warterei nur aus? Ich würde verrückt werden, wenn ich deinen Job hätte. Hast du von den anderen irgendwas erfahren können?"

Er lächelte leicht, während er mit einem Finger über ihren Nasenrücken strich. „Ich habe mit dem Jungen mit den Quetschungen am Hals gesprochen. Er hat Angst. Vermutlich hätte er keinen Ton ausgespuckt, wenn seine Mutter nicht mit ihm auf der Couch gesessen, seine Hand gehalten und ihm gleichzeitig erklärt hätte, dass keiner von uns den Raum verlässt, bevor er nicht den Mund aufmacht. Sobald ihm klar war, dass es ihr Ernst war, ist er eingeknickt."

„Und?", fragte sie ungeduldig.

„Offenbar sucht irgend so ein Berufsschläger nach einem Jungen, von dem man nur seinen *Tag*-Namen kennt." Jase zögerte. „Und zwar CaP."

Poppy erstarrte und sah ihn erschrocken an. „Wie in Capelli."

„Das habe ich mir auch überlegt. Und dass der Typ inzwischen weiß, dass Cory ein Mädchen und kein Junge ist. Wie er das herausgefunden hat, weiß ich nicht. Aber da er versucht hat, sie zu überfahren, muss es ihm irgendwie gelungen sein. Ich muss mit ihr reden, Poppy." Innerlich bereitete er sich bereits mit allen möglichen Argumenten auf ihren Protest vor.

„Das sehe ich auch so."

„Wirklich?"

„Aber natürlich. Ich würde dir an die Gurgel gehen, wenn ich das Gefühl hätte, dass du meinen Kids schadest. Aber wenn du nur deinen Job machst und sie beschützt, bin ich einverstanden."

Nachdem er sie lange geküsst hatte, strich Jase sorgsam ihre Kleider glatt, die er im Eifer des Gefechts zerknittert hatte. „Ich hab das schon mal gesagt, und ich sage es noch einmal: Du bist ein kluges Köpfchen."

„Schon wieder bin ich gezwungen, dir zuzustimmen." Sie lächelte ihn schief an. „Erwarte aber bloß nicht, dass ich dir daraufhin ständig erkläre, was für ein fantastischer Küsser du bist."

„Du brauchst mir nichts zu erklären, was ich schon längst weiß, Blondie." Er grinste sie an, weil er sich verdammt gut fühlte. „Hast du eine Telefonnummer von Cory?"

„Ja. Sie steht in meinem Adressbuch – das rote unter dem Telefon. Warte, ich hole es." Keine Minute später las sie ihm die Nummer vor.

Eigentlich hielt er es für klüger, direkt vor Corys Tür aufzutauchen. Dazu müsste er nur im Revier anrufen und über die Telefonnummer die Adresse herausfinden lassen. Und doch tat er etwas, was er bisher noch nie getan hatte – er erfüllte Poppys Erwartung und tippte die Nummer in sein Handy.

Eine Minute später klappte er das Handy wieder zu.

„Was?", fragte Poppy. „Ist niemand da?"

„Schlimmer", erwiderte er tonlos. „Die Nummer gibt es nicht. Sie hat dir eine falsche gegeben."

„Sie hat mir eine falsche ... diese kleine ..." Sie holte tief Luft. „Okay. Ich denke, dass wir morgen mit unserem Kunstprojekt fertig sein werden. Ich hatte vor, anschließend mit ihnen zur Feier des Tages Pizza essen zu gehen. Und danach ... werden wir uns mit Cory unterhalten."

„Ich werde mich mit Cory unterhalten", korrigierte er sie. „Aber wenn du willst, kannst du dabei sein und ihre Interessen vertreten, bis wir ihre Mutter erreicht haben."

Sie rutschte ganz nah zu ihm und legte den Kopf an seine Schulter. „Weißt du was, de Sanges? Du kannst viel besser mit Jugendlichen umgehen, als ich am Anfang des Projekts auch nur zu träumen gewagt hätte."

„Ja, was das betrifft, dass du mich gezwungen hast, bei diesem Projekt dabei zu sein ..." Seit einer Weile schon festigte sich in ihm ein Verdacht, und er drehte den Kopf, um sie streng anzusehen. „Kennst du den Bürgermeister überhaupt?"

„Nö."

Wieder einmal bewunderte Jase ihre Unverfrorenheit, warf ihr allerdings einen strengen Blick zu. Was sie offensichtlich kein bisschen beeindruckte, denn sie ließ einfach nur ihre Wimpern klimpern. „Also, wer hat ihn dann auf mich angesetzt? Nein, warte, lass mich raten." Er musste keine fünf Sekunden überlegen. „Ich setze mein Geld auf Ava."

„Sie hat Beziehungen, von denen du nur träumen kannst", nickte Poppy, dann winkte sie ungeduldig ab. „Aber wir haben von dir gesprochen. Darüber, wie gut du mit Jugendlichen umgehen kannst. Mann. Wer hätte das gedacht?"

„Ich nicht", antwortete er wahrheitsgemäß, nachdem seine Erfahrungen mit Teenagern bisher äußerst beschränkt gewesen waren. Abgesehen natürlich von denen, die er festnehmen musste, weil sie einen Supermarkt überfallen hatten. „Ich mit Sicherheit nicht."

Der nächste Tag war warm und sonnig – einer dieser seltenen Frühsommertage in Seattle, die eine mögliche Hitzeperiode ankündigten. Cory zog ein Sommerkleid hinten aus dem Schrank. Ihre Mutter hatte es ihr gekauft, und sie hatte es bisher nie getragen, weil sie es zu fröhlich fand. Fröhlich und vollkommen unpassend.

Aber irgendwie war der Schnitt wirklich hübsch mit seinen Spaghettiträgern und der Empire-Taille. Der fuchsiafarbene Stoff mit den dicken orangenen Streifen auf dem Oberteil und dem kurzen Saum war auch okay. Ein bisschen zu Cheerleader-artig vielleicht, aber damit konnte sie heute ausnahmsweise einmal leben.

Vor allem nachdem sie es angezogen hatte und feststellte, dass sie irgendwie heiß darin aussah.

Sie richtete ihr Haar und schminkte sich. Als sie sich danach im Spiegel betrachtete, musste sie daran denken, was ihre Mom und Poppy gesagt hatten. Dass sie ohne die dicke Schminke viel hübscher aussah. Vielleicht …

Nee. Wenn sie sich die Augen nicht stark schminkte, sah sie noch nicht mal aus wie fünfzehn. Mit sechzehn oder siebzehn konnte sie vielleicht darüber nachdenken, dezenter zu sein.

Oder auch nicht. Jedenfalls brauchte sie sich darüber heute noch keine Gedanken zu machen. Zum Glück, denn sie hatte genug andere Probleme.

Ms C. glaubte offenbar, dass sie das Kunstprojekt heute abschließen würden. Was in Cory gemischte Gefühle auslöste.

Auf der einen Seite hatte sie nun wirklich viele Stunden mit diesem Projekt verbracht und war mehr als wild darauf, endlich das Resultat ihrer harten Arbeit zu sehen.

Andererseits würde sie es vermissen, Danny G. so regelmäßig zu sehen. Sie wünschte wirklich, sie würden auf dieselbe Schule gehen.

Ob er einfach so aus ihrem Leben verschwinden würde? Sie hatte mehr oder weniger beschlossen, nachts keine Graffiti-Ausflüge mehr zu machen, weil sie auf der Straße einfach nicht sicher war. Außerdem hatte sie Lust bekommen, an größeren Projekten zu arbeiten. Doch mit Danny hatte sie immer nur auf der Straße Kontakt gehabt. Was sollte sie also tun, wenn er einfach verschwand? Er war wirklich ziemlich verschwiegen, wenn es darum ging, wo er wohnte und so was. Cory hatte bereits versucht, seine Adresse im Telefonbuch oder Internet zu finden – ohne Erfolg.

Im Grunde glaubte sie, dass sie Freunde geworden waren. Aber sie wusste auch, dass er ziemlich sauer auf sie war, weil sie de Sanges nichts von diesem Gorilla und dem Überfall auf den Juwelier erzählt hatte. Dabei überlegte sie tatsächlich, heute Nachmittag mit ihm zu reden. Denn sie wollte irgendwann mit dieser Geschichte abschließen. Es würde sie umbringen, wenn sie ihre Mom in Gefahr brachte. Und auch wenn sie Arturo bisher immer hatte davonlaufen können, gab es keine Garantie, dass ihr Glück weiterhin anhielt.

Davon abgesehen, wollte sie nicht den Rest ihres Lebens damit verbringen, sich in der Wohnung zu verstecken. Da würde sie total durchdrehen.

Auf einmal schüttelte Cory den Kopf. Was sollte das ganze Gegrübel eigentlich? Sie hatte keine Lust, sich wegen dieses Mülls den ganzen Tag verderben zu lassen. Sie würde sich später darum kümmern. Doch bis es so weit war, wollte sie sich keine Gedanken machen. Denn jetzt sah sie erst einmal ziemlich hübsch aus und stand kurz davor, einen Jungen zu sehen, den sie wirklich mochte, und an einem Projekt mitzuarbeiten, das ihr wirklich Spaß machte, mit einer Frau, die sie bewunderte.

Also, bitte, Gott. Lass das für die nächsten paar Stunden einfach genug sein.

21. KAPITEL

Ich frage mich, ob ich wohl eine gute Mutter wäre. Himmel, was für eine Mörder-Verantwortung! Es gibt so viele Gelegenheiten, alles zu vermasseln.

Im Pizza Parlor, wo Poppy mit ihren Schülern das Ende des Projekts feierte, war es überfüllt und laut. Mit etwas Glück ergatterten sie im hinteren Teil einen Tisch. Als Jase kam, waren die zwei extragroßen Pizzas mit allem drauf fast aufgegessen.

Sie beobachtete ihn, wie er sich zwischen den Tischen hindurchschlängelte und lächelte, als Henry neben ihr ihn ebenfalls entdeckte und brüllte: „Wird auch Zeit, dass Sie kommen, *Copper*!"

„Für Sie *Detective Copper*, Kleiner", entgegnete Jason milde, während er sich den Stuhl hervorzog, den sie für ihn reserviert hatten.

„Klar, und für Sie *Mister Kleiner*", gab Henry mit vollem Mund zurück.

Jason grinste ihm zu. „Na schön. Ich bin auf dem Weg hierher an der Wand vorbeigefahren, und sie sieht gut aus. Richtig gut. Also, Gratulation für diese tolle Arbeit." Er sah alle drei Teenager an und dann Poppy. „Tut mir leid, dass ich mich verspätet habe. Ich habe heute einen neuen Fall übernommen und ziemlich viel zu tun."

Eine kurvige kleine Bedienung sauste an zwei Tischen vorbei, deren Gäste vergeblich versuchten, ihre Aufmerksamkeit zu erhaschen, und steuerte direkt auf sie zu. Neben Jason kam sie abrupt zum Stehen. „Kann ich Ihnen eine Pizza bringen?", fragte sie und beugte sich mit einem Tausendwatt-Strahlen zu ihm vor. „Oder möchten Sie vielleicht ein Bier?"

In Poppy regte sich Wut über die Art, wie diese Frau sich ... nun vielleicht nicht direkt auf ihn warf, aber auf jeden Fall entsprechende Signale aussendete. *Nimm-mich*-Signale.

Was sie andererseits gut verstehen konnte, denn ihr war es mit Jason von der ersten Sekunde an ja ebenso ergangen. Vielleicht war er ein wenig zu barsch und streng, um als Mister Hollywood durchzugehen. Aber er hatte trotz allem eine umwerfende Ausstrahlung. Er war einfach so ... männlich.

Es musste sich um diese uralte Jäger-und-Sammler-Geschichte handeln. Ein Blick auf ihn, und jede Frau wusste einfach, dass er die drei wichtigsten Dinge drauf hatte: beschützen, ernähren, fortpflanzen. Und noch ein paar andere.

Das vage Gefühl, dass Henry sich neben ihr versteifte, holte Poppy zurück in die Realität. Sie drehte sich zu ihm und sah, wie er die Plastikgetränkekarte anstarrte, die Jason gerade in die Hand nahm.

Oh, verdammt. Sie hatte seinen Vater ganz vergessen. Und jetzt, wo er ihr wieder einfiel, war sie nicht sicher, was besser für einen Jungen war, der mit einem – wie sie befürchtete – gewalttätigen Alkoholiker zusammenlebte: zu sehen, dass ein erwachsener Mann Bier trinken konnte, ohne sofort Furcht einflößend zu werden, oder zu sehen, dass sich ein Mann auch ohne einen Tropfen Alkohol amüsieren konnte.

Bevor sie einen Entschluss fassen konnte, legte Jason die Karte auf den Tisch und bestellte bei der Bedienung ein Mineralwasser.

„Und ein Teller wäre auch schön", fuhr er fort. Dann zeigte er auf das letzte Viertel Pizza. „Sollen wir noch eine bestellen?"

„Aber klar", rief Henry.

„Okay, und noch so eine", wandte er sich an die Bedienung. „Ich habe schon öfter gesehen, wie du reinhauen kannst", lächelte er Henry an, „also überrascht es mich nicht, welche Mengen du vertilgst." Er sah Danny und Cory an. „Die Frage ist, wie viel ihr zwei noch essen könnt. Sollen wir eine Große oder eine Extragroße bestellen?"

„Ich bin ziemlich satt", erwiderte Cory.

„Ich nicht", sagte Danny. „Ich könnte noch ein oder zwei Stücke vertragen."

„Dann nehmen wir die Extragroße. Und bringen Sie noch einen Krug Limonade", bat Jason die Bedienung. Als sie ging, zog er die Pfanne mit der Pizza zu sich, nahm sich das Stück heraus und wickelte mit einem Finger die Käsefäden um den Teig. Er sah die Jungs mit diesem typischen Polizistenblick an, den er so gut drauf hatte. „Aber ihr werdet warten müssen, bis die nächste Pizza kommt. Denn dieses Stück gehört mir. Ich verhungere fast."

Beinahe hätte Poppy gefragt, ob er seit dem Frühstück überhaupt etwas gegessen hatte. Aber sie konnte sich gerade noch zügeln. In dem Fall hätte sie genauso gut ein großes Schild malen können, auf dem stand: *Ms C. treibt es mit Detective de S.* Du meine Güte!

Während sie beobachtete, wie er mit seinen starken Zähnen ein Stück Pizza abbiss, erkannte sie, dass sie eher früher als später mit ihm über ihre Gefühle reden musste. Zumal sie sowieso den Eindruck hatte, dass sie besagte Gefühle vor ihm genauso wenig verbergen konnte wie vor ihren Freundinnen.

Jase genoss es, einfach seine Pizza zu essen und dabei Poppy zu beobachten, wie sie mit ihren Schülern sprach.

Ein Bier würde jetzt gut schmecken, aber er hatte einen Anflug von Angst in Henrys Gesicht gesehen. Das war kein noch so großes kühles Bier wert. Zum Teufel mit all den Vätern, die ihre Abhängigkeit über das Wohl ihrer eigenen Kinder stellten. Es sollte einen ganz speziellen Ort geben, um solche Typen wegzusperren.

Doch es tat seiner Stimmung nicht gut, sich über Dinge aufzuregen, die er sowieso nicht ändern konnte. Darum schluckte er die Verbitterung hinunter, die ihn immer wieder packte, wenn er an Henrys Vater dachte. Jase war klar, dass es dabei auch um seine eigene Vergangenheit ging. Um Väter, die sich aus der Verantwortung stahlen. Sein Vater hatte zwar kein Alkoholproblem gehabt, aber sehr wohl eines damit, lange genug auf freiem Fuß zu bleiben, um seine Vaterrolle verantwortlich auszuüben.

Wie auch immer, heute wollte er nicht darüber nachdenken. Schließlich hatten sie etwas zu feiern.

Doch je näher sie dem Ende kamen, desto mehr verdüsterte sich seine ungewöhnlich lockere Stimmung. Denn sobald sie aufbrachen, musste er mit Cory sprechen. Und er bezweifelte, dass dieses Gespräch ohne ein ausgewachsenes Teenie-Drama mit Tränen und allem Drum und Dran verlaufen würde.

Es wunderte ihn allerdings, dass er sich überhaupt Gedanken darüber machte. Wenn er sonst mit hysterischen Anfällen zu tun hatte, machte er einfach die Schotten dicht. Niemals ließ er sich in diesen ganzen Mist mit hineinziehen. Aber diese drei Jugendlichen waren ihm aus irgendeinem Grund ans Herz gewachsen.

Verdammt noch mal, er hatte doch gewusst, dass dieser ganze persönliche Scheiß ihm irgendwann Schwierigkeiten machen würde. Und was zum Geier hatte er sich überhaupt dabei gedacht, Poppy zu sagen, sie könne Corys Interessen vertreten, bis die Mutter des Mädchens anwesend war?

So etwas passierte eben, wenn man sich zu sehr auf etwas einließ. Man brauchte nur einmal seinen professionellen Schutzschild ein kleines Stück herunterlassen und schon ging jegliche Neutralität zum Teufel.

Als sie schließlich alle aufstanden und die Pizzeria verließen, biss Jase die Zähne zusammen. Er hoffte nur, dass die Verabschiedung schnell über die Bühne gehen würde und er Cory auf die Seite ziehen konnte. Im nächsten Moment hörte er Poppy mit ihrer typischen Lockerheit sagen: „Oh, Mann, ich kann nicht fassen, dass ich vergessen habe, Ihnen ein Geschäft vorzuschlagen."

Er stieß genervt den Atem aus. Was um Himmels willen sollte das nun? Ihm gegenüber hatte sie dieses Geschäft nicht erwähnt.

„Okay, es ist nichts wirklich Aufregendes", fuhr sie fort, als alle sie mit einem unterschiedlichen Grad an Neugier ansahen. „Ich habe jede Menge Arbeit, überwiegend Malerarbeiten, nichts wirklich Künstlerisches. Aber vielleicht will sich ja jemand von Ihnen am Samstag etwas Geld dazuverdienen. Sie waren wirklich fantastisch, nicht nur beim Bemalen der Wand, sondern auch vorher bei den Reinigungsarbeiten. Es wäre mir wirklich eine Freude, mit Ihnen zusammenzuarbeiten. Ich zahle zwölf fünfzig die Stunde, und es handelt sich um die Wolcott-Villa. Ich könnte mir vorstellen, dass es Ihnen Spaß machen würde, sie einmal zu sehen."

„Was ist die Wolcott-Villa?", fragte Danny.

Poppy musterte ihn einen Moment und seufzte dann: „Okay, jetzt geben Sie mir wirklich das Gefühl, alt zu sein. Ich dachte, jeder würde diese Villa und ihren ungelösten Mordfall kennen."

„Ich kann nicht", erklärte Henry mit offensichtlichem Bedauern. „Scheiße!" Er schnitt eine Grimasse. „Entschuldigung, Ms C. Ich meinte Mist. Nein, auch nicht gut. Ich wollte sagen, verdammt. Dass ich nicht kann, meine ich. Ich habe Mr Harvey versprochen, ihm am Samstag im Lagerraum auszuhelfen."

Die Erwähnung von Jerry Harvey unterbrach Jasons Grübeleien. Der Mann hatte Henry auf gewisse Weise adoptiert. Bereits mehrere Male hatte er dem Jungen Aufgaben gegeben. Außerdem hatte Henry erwähnt, dass Harvey ihn neulich zu einem Stück Kuchen und einem Glas Milch im Slice of Heaven eingeladen hatte.

Jases erste Reaktion darauf war gewesen, diesen Harvey gleich einmal durch den Polizeicomputer zu jagen, um sicherzustellen, dass er nicht vorbestraft war. Henry hatte mit seinem Vater schon genug Probleme. Und nur um auf der sicheren Seite zu sein, hatte er ihn auch ganz diskret durch einen Kollegen überprüfen lassen, der im Dezernat für Kindesmissbrauch arbeitete. Er hatte nichts gefunden, und um genau zu sein, tat Harvey nichts anderes als Poppy. Und bei Gott, *sie* hatte er schließlich auch nie verdächtigt.

Das war der Nachteil seines Berufs. Man sah zu viele hässliche Dinge, um die Menschheit noch in einem freundlichen Licht zu betrachten.

„Vielleicht ein anderes Mal", sagte Poppy gerade zu Henry, als er sich wieder auf das Gespräch konzentrierte. „Ich renoviere die gesamte Villa und habe noch nicht mal einen Bruchteil geschafft. Vielleicht haben Sie in den Sommerferien ja etwas Zeit für mich. Hier. Ich gebe Ihnen meine ..." Sie durchwühlte ihre große Umhängetasche und förderte ein kleines Lederetui zutage. Sie gab jedem der drei ihre Visitenkarte. „Darauf stehen meine beiden Telefonnummern. Sie können mich anrufen, wenn Sie Zeit haben, dann machen wir einen Termin", sagte sie zu Henry, dann drehte sie sich zu Cory und Danny. „Und Sie beide müssen das auch nicht in dieser Sekunde entscheiden. Rufen Sie mich einfach an, wenn Sie Zeit haben, dann gebe ich Ihnen eine Wegbeschreibung."

„Ich würde gern", sagte Danny. „Aber ich weiß nicht ganz genau, ob ich dieses Wochenende kann. Ich glaube, Gloria will diesen Samstag ihre alljährliche Mutter-Show abziehen. Aber ein anderes Mal bin ich gern dabei." Er drehte sich zu Cory. „Soll ich dich mitnehmen?"

Gerade wollte Jase sich einschalten, da schüttelte das Mädchen den Kopf.

„Danke", sagte sie. „Aber ich muss noch mit Detective de S. sprechen."

Danny musterte sie einen Moment, dann nickte er. „Gute Idee." Er reichte Poppy die Hand. „Danke für alles, Ms C. Sie haben aus der ganzen Sache etwas ganz anderes gemacht, als ich erwartet hatte. Sie sind wirklich ... toll." Eine leichte Röte kroch seine schmalen Wangen hinauf, und wie um das zu überspielen, sagte er zu Jase. „Und Sie sind auch nicht übel."

Auch Jase schüttelte seine Hand.

„Wir sehen uns", meinte Danny zum Abschied zu Cory und Henry. „War ein gutes Projekt." Beim Gehen drehte er sich noch einmal zu Henry um. „Soll ich dich irgendwo hinbringen?"

„Meinst du echt?" Als Danny nickte, grinste Henry. „Sehr cooles Ding, Kumpel. Vielleicht könntest du mich bei Harvey absetzen."

„Klar."

Eine Sekunde später waren sie verschwunden.

Sofort wandte Jase sich an Cory, doch bevor er etwas sagen konnte, räusperte sie sich und sagte: „Ich muss Ihnen etwas sagen."

Er blinzelte, kurzfristig aus dem Konzept gebracht. Dann nickte er. „Schießen Sie los."

Unsicher sah sie sich nach den Leuten um, die vor der Pizzeria über die Gehsteige spazierten. „Können wir, ähm, könnten wir vielleicht zu Ihrem Wagen gehen oder so was?"

„Sicher. Möchten Sie Poppy – möchten Sie Ms Calloway dabei haben?"

Cory nickte ruckartig und warf Poppy ein nervöses, unsicheres Lächeln zu. „Wenn es Ihnen nichts ausmacht?"

„Natürlich nicht." Poppy griff nach ihrer Hand und drückte sie kurz.

Dann gingen sie zusammen eine Straße weiter zu seinem Auto. Dort hielt Jase zuerst die Beifahrertür für Cory auf und dann die Hintertür für Poppy.

Nachdem alle sich gesetzt hatten, schwieg das Mädchen eine Weile. Blinzelte mit ihren zu stark geschminkten Wimpern. Wischte mit den Handflächen über ihr hübsches Kleid und räusperte sich wieder.

Dann wirbelte sie zu Jase herum. „Am Abend, bevor wir mit diesem Projekt angefangen haben, war ich im U District auf der Suche nach einer guten Wand für ein Graffito ..."

Mist.

Mist, Mist, Mist! Cory starrte finster auf den Hinterkopf von Detective Sturkopf, der über die Autobahn zu ihr nach Hause fuhr. Als er sich geweigert hatte, vernünftig zu sein, hatte sie darauf bestanden, mit Ms C. den Platz zu tauschen.

Sie fuhren zu ihrer richtigen Adresse. Nach ihrem Geständnis hatte er sie in einem derart fordernden Ton danach gefragt, dass sie sie ihm ohne nachzudenken verraten hatte. Stinksauer über *alles* stellte sie sich bildlich ein Brandloch vor, eine kleine qualmende Stelle in der bernsteinfarbenen Haut, wo sein dunkles Haar auf den Nacken traf, die sich rasant zu einem riesigen schwarzen Loch ausweitete.

Zum x-ten Mal sagte sie: „Wir müssen meine Mom *wirklich* nicht mit hineinziehen."

Seine breiten Schultern bewegten sich nicht. Er konzentrierte sich streng auf die Straße. „Doch", brummte er mit Bestimmtheit. „Müssen wir."

„Ms *Ceeee*", rief Cory in der Hoffnung auf Unterstützung von der Frau, die sie inzwischen so sehr bewunderte.

Poppy warf ihr über die Schulter einen Blick zu. „Cory, in diesem Fall stimme ich Detective de Sanges hundertprozentig zu. Ihre Mutter hat nicht nur das Recht, davon zu erfahren, sie *muss* es einfach wissen."

„Ach, was für eine Überraschung, dass Sie auf seiner Seite sind", knurrte sie bitter. „Wir alle wissen, dass er es mit Ihnen treibt."

In der Sekunde, in der sie die Worte ausgesprochen hatte, wurde ihr heiß, dann kalt, dann wieder heiß – und übel. Sie hielt die Luft an, weil sie kaum fassen konnte, dass sie das wirklich gesagt hatte.

Detective de S. starrte in den Rückspiegel und durchbohrte sie mit seinem Blick, als könnte er es ebenfalls nicht fassen. Seine dunklen Augen brannten unter den wütend gerunzelten Brauen.

Ms Calloways Gesichtsausdruck hingegen wurde eisigkalt, was überhaupt nicht zu ihr passte. In Corys Magen rumorte es noch heftiger.

„Ungeachtet der Tatsache, dass mein Liebesleben Sie überhaupt nichts angeht, muss ich leider feststellen, dass Sie in den letzten Wochen überhaupt nichts kapiert haben, wenn Sie wirklich glauben, dass Sex – oder überhaupt irgendetwas – eine Jasagerin aus mir machen würde", sagte sie mit ruhiger Stimme, in der nichts mehr von der Wärme lag, die Cory sonst von ihr kannte.

Jason schnaubte. „Und das ist die gottverdammte Wahrheit", murmelte er leise.

Ms C. tadelte ihn nicht wegen seiner Ausdrucksweise, und sie drehte sich auch nicht wieder nach vorn, sie durchbohrte Cory einfach nur mit ihrem Blick.

Das Mädchen begann sich zu winden. Sie zog den Kopf ein und wünschte sich, dass ihre Ponyfransen länger wären, um sich dahinter zu verstecken. Denn sie schämte sich. Zwar hatten sie und die Jungs öfter überlegt, ob ihre Lehrerin und der Cop vielleicht eine Affäre miteinander hatten, aber selbst wenn, gehörte Ms C. wirklich nicht zu den Frauen, die sich von ihrem Freund irgendetwas vorschreiben ließen.

Vor allem aber war Cory verzweifelt. Zu praktisch jeder anderen Zeit hätte ihre Mutter gearbeitet, und es wäre somit nicht so schlimm gewesen, von der Polizei nach Hause geschleift zu werden. Aber ausgerechnet heute hatte ihre Mutter mal einen halben Tag frei. Und jetzt würde sie den wahren Grund erfahren, warum Cory Teil dieses Projekts gewesen war, von dem sie immer so begeistert erzählt hatte.

Und trotzdem ...

„Es tut mir leid", murmelte sie in ihren Schoß. Und das tat es auch. Mit ineinander verflochtenen Fingern gestand sie, was ihr wirklich auf der Seele lastete: „Mom sollte nicht erfahren, dass dieses Projekt eine Art Strafe war."

„Hat es sich so für Sie angefühlt, Cory? Wie eine Strafe?"

„Zuerst schon." Sie riskierte einen Blick auf Ms C. und sah zu ihrer Erleichterung, dass die braunen Augen der Lehrerin nicht mehr so distanziert wirkten wie zuvor. „Aber nach ein paar Tagen eigentlich nicht mehr." Sie warf ihr einen weiteren Blick aus den Augenwinkeln zu. „Da hat es plötzlich Spaß gemacht."

„Gut. Denn mir hat die Arbeit mit Ihnen auch Spaß gemacht. Und bitte glauben Sie mir eines: Sie müssen Ihre Mutter eine Mutter sein lassen. Geben Sie ihr die Möglichkeit, das zu tun, was Mütter am besten können."

„Wenn Sie meinen", seufzte sie. Denn sie glaubte nicht, dass Ms C. wusste, wovon sie sprach.

Viel zu schnell kamen sie an, und sie führte ihre Kerkermeister zögernd zur Wohnung.

Ihre Mutter sah von der Wäsche auf, die sie gerade zusammenfaltete, als Cory mit Detective de S. und Ms C. im Schlepptau durch die Tür kam. „Cory?" Mit besorgtem Gesicht blickte sie zwischen ihr und den beiden Erwachsenen hin und her, dann legte sie das T-Shirt auf einen Stapel und stand auf.

Jase trat vor. „Mrs Capelli, ich bin Detective de Sanges und das ist Poppy Calloway."

Die Angst in den Augen ihrer Mutter verwandelte sich in Neugier, als sie Ms C.'s Namen hörte. „Corys Lehrerin bei dem Kunstprojekt?"

„Ja, Ma'am", nickte Ms C.

„Oh, wie schön, Sie kennenzulernen! Sie war so *begeistert* von dem Projekt."

„Und es war großartig, sie dabei zu haben. Cory ist sehr talentiert. Wir haben die Wand heute fertiggemalt. Sie müssen einmal mit ihr hinfahren und sie sich ansehen."

Cory stieß den angehaltenen Atem aus. Offenbar hatte Ms C. nicht das Bedürfnis, die Umstände zu erläutern, unter denen das Projekt überhaupt erst zustande gekommen war.

Doch Detective de Sanges trat von einem Fuß auf den anderen, und sie warf ihm einen nervösen Blick zu. Schließlich gab es keine Garantie dafür, dass er ihr Geheimnis nicht doch ausplauderte. Der Typ nahm seine strengen Regeln ziemlich ernst.

Doch sie auffliegen zu lassen, schien nicht ganz oben auf seiner Liste zu stehen, denn er sagte mit freundlicher Stimme: „Vielleicht möchten Sie sich wieder setzen, Mrs Capelli. Denn Cory hat ein paar Probleme, über die wir sprechen müssen."

Das Gesicht ihrer Mom verlor alle Farbe. Sie griff nach Corys Hand. „Honey?"

Sie setzten sich nebeneinander auf die Couch, und das Gesicht ihrer Mutter wurde mit jedem Wort von Detective de S. entsetzter. Doch sie legte einen Arm um Corys Schultern und zog sie an sich. Als er fertig war, nahm ihre Mom sie sogar noch fester in den Arm und strich ihr die langen Ponyfransen aus der Stirn. Und sie sah sie mit einem Blick voll unendlicher Liebe an.

„Warum hast du mir nichts davon erzählt?"

„Ich wollte nicht, dass du dir Sorgen machst."

„Du wolltest nicht … Wer ist hier die Mutter, Cory Kay?"

„Du", gestand das Mädchen leise.

„Sehr richtig. Ich. Du hast mich nicht zu beschützen. *Ich* beschütze dich. Und das kann ich nicht, wenn du mir nicht verrätst, dass du in Gefahr bist." Sie wandte sich entschlossen dem Detective zu, obwohl Cory wusste, dass es ein albtraumartiges Déjà-vu für sie sein musste, dass ihre Tochter Zeugin eines Verbrechens geworden war und die Polizei sich nun um ihre Sicherheit kümmern würde. So perfekt, wie das beim letzten Mal funktioniert hatte … „Was werden wir nun tun?", fragte sie.

Und obwohl Cory wusste, dass von Arturo noch immer eine echte Gefahr ausging und ihre Mutter mit Sicherheit etwas zu der Tatsache zu sagen hatte, dass ihre Tochter Graffiti auf die Wände anderer Leute sprühte, wurde sie ganz schwach vor Erleichterung. Denn zum ersten Mal in fast zwei Jahren war ihr etwas klar geworden.

Sie musste nicht die Starke in der Familie sein. Sie musste nicht auf die Empfindsamkeit ihrer Mutter Rücksicht nehmen. Alles, was man von ihr verlangte, war, ein Kind zu sein.

Und das war echt – was hatte Henry vorhin noch zu Danny gesagt? Ach ja.

Das war verdammt noch mal ein sehr cooles Ding.

22. KAPITEL

Wie kann alles so verdammt schnell aus den Fugen geraten?

Poppy war seit fast vier Stunden wieder zu Hause und telefonierte gerade mit Jane, als es an der Tür klingelte.

„Ich muss auflegen", unterbrach sie ihre Freundin mitten im Satz. „Jason kommt gerade, und ich will so schnell wie möglich wissen, was mit Cory geschehen ist, nachdem ich gegangen bin." Darauf wartete sie praktisch, seit er ihr in der Wohnung der Capellis seinen Autoschlüssel zugeworfen und gesagt hatte, dass sie nun genauso gut nach Hause fahren könne.

Zu dem Zeitpunkt stand er am Telefon und wartete darauf, mit jemandem verbunden zu werden, um Corys Schutz zu organisieren. Er erklärte ihr, dass dieser Vorgang vermutlich lange dauern und er sich schon irgendwie eine Mitfahrgelegenheit organisieren würde.

Wie ein Blitz schoss Poppy zur Eingangstür.

„Mir ist erst hier aufgefallen, dass du vergessen hast, deinen Haustürschlüssel vom Schlüsselbund zu nehmen", rief sie, während sie die Tür aufriss.

Es war nicht Jase. Vor ihr stand ein fremder Mann.

Ein wüst aussehender, bulliger Fremder mit einer Menge schlecht gemachter Tätowierungen auf den Fingerknöcheln. Sie schluckte trocken und wollte die Tür wieder schließen, wobei ihr klar war, dass sie keine Chance hatte, wenn er sich gewaltsam Zutritt verschaffen wollte.

Doch er ließ nur die Hände in seine Jeanstaschen gleiten und lächelte sie freundlich an. „Hey", sagte er. „Ist Jase da?"

Er kannte Jason? „Äh, nein." Oh, verdammt, nach allem, was in letzter Zeit geschehen war, hätte sie ihm wohl besser nicht verraten sollen, dass sie allein war.

Verflucht, sie war es einfach nicht gewohnt, Menschen voller

Misstrauen zu begegnen. „Nein, tut mir leid", erklärte sie. „Er ist beruflich unterwegs."

„Oh." Enttäuschung huschte über sein Gesicht, dann wurde es wieder ausdruckslos. „Detective Schwachko... ähm, ich meine Murphy, hat mir Ihre Adresse gegeben." Er reichte ihr seine Hand. „Ich bin Joe. Jases Bruder."

Völlig perplex sah sie ihn an. Jason hatte einen *Bruder*?

Ihr Erstaunen musste sich auf ihrem Gesicht spiegeln, denn Joe schnitt eine Grimasse.

„Scheiße, er hat Ihnen nichts erzählt, oder? Na, ich schätz mal, ich und der alte Herr und Pops – das ist unser Opa –, wir sind nicht direkt die Verwandten, von denen man gern spricht. Wir haben zu oft im Walla Walla oder Monroe gesessen, um uns um Jase zu kümmern, als er ein Kind war."

Heiliger Strohsack! Sie trat zurück. „Ich hoffe, dass er bald nach Hause kommt." Etwas verspätet ergriff sie seine Hand. „Ich bin Poppy. Möchten Sie vielleicht reinkommen?"

„Danke. Das ist wirklich nett." Kurz darauf hockte er unbehaglich auf der Couch und lehnte etwas zu trinken ab.

Poppy musterte ihn prüfend. „Sie und Jason sehen sich nicht sehr ähnlich, oder?" Dann fiel ihr Blick auf sein Kinn, und sie lächelte. „Von dem Dreitagebart mal abgesehen."

Darauf musste Joe auch lächeln. Er rieb sich mit der Hand übers Kinn. „Ja. Alle de Sanges haben diesen verdammt starken Bartwuchs." Dann verfiel er wieder in Schweigen.

Eine Weile suchte sie nach einen Thema, bei dem er sich wohlfühlen würde, und gestand schließlich: „Ich weiß nicht genau, welche Fragen man einem Mann stellen darf, der zugibt, dass er mehr Zeit im Gefängnis als draußen verbracht hat."

Zu ihrer Erleichterung war er daraufhin wieder so locker wie am Anfang. „Klar", grinste er. „Ich schätze, so ein besseres Mädchen wie Sie bekommt nicht viele von uns zu sehen."

„Besseres Mädchen, von wegen. Ich hab zwar eine Freundin, die man so bezeichnen könnte, aber ich bin in einer Kommune groß geworden."

„Echt wahr?"

„Na ja, groß geworden ist vielleicht etwas übertrieben. Aber zumindest die ersten fünf Jahre habe ich dort gelebt." Erst jetzt ging ihr auf, dass dies eine fantastische Gelegenheit war, etwas mehr über Jason zu erfahren. Gut, seinen Bruder auszuquetschen war nicht gerade die feine englische Art, aber zumindest konnte sie ihn ja mal fragen, wie Jase als Junge gewesen war. „Also, wie war denn …"

Die Tür knallte zu, und Poppy wurde klar, dass sie sie wohl vorhin nicht richtig geschlossen hatte. „Diesmal ist es vermutlich wirklich Jason", bemerkte sie grinsend und lehnte sich zurück, um nachzusehen und ihm zuzurufen, dass sie Besuch hatten.

Ihr Magen krampfte sich zusammen, als sie seinen Gesichtsausdruck sah. Mit Wucht riss er sich die Krawatte vom Hals und schleuderte sie durch den schmalen Flur.

Sie war allerdings zu leicht, um weit zu fliegen. Das Jackett, das ihr folgte, legte schon einen weiteren Weg zurück. Es traf die Wand und glitt auf den Boden, während er sich umdrehte und ins Wohnzimmer stapfte.

Im Türrahmen blieb er wie angewurzelt stehen. „Was zum Teufel hast du hier zu suchen?", fragte er seinen Bruder.

„Jason!" Poppy sprang hoch, doch Joe, der ebenfalls aufstand, legte eine Hand auf ihren Arm.

„Ist schon okay", beruhigte er sie, dann richtete er seine Aufmerksamkeit auf seinen Bruder. „Ich war in der Gegend und bin vorbeigekommen, um nachzusehen, wo du wohnst. Murphy hat mir erzählt, dass du eine Weile hierbleibst. Also dachte ich, ich sag mal Hallo. Poppy und ich lernen uns gerade etwas kennen." Als Jasons Gesichtsausdruck sich nicht änderte, zuckte Joe mit den Schultern. „Aber wie ich sehe, hast du andere Sorgen, also lass ich dich besser in Ruhe. Vielleicht sehen wir uns ja ein anderes Mal."

„Ja, klar. Vielleicht", lautete die knappe Antwort.

Auf dem Weg zur Tür nahm Poppy Joes Arm. „Das tut mir so leid. Ich habe keine Ahnung, was in ihn gefahren ist."

„Machen Sie sich keine Gedanken darüber. Wie ich sagte, ich war früher nicht gerade viel für ihn da. Da kann ich wohl kaum erwarten, dass er jetzt nix Besseres zu tun hat, als mich kennenzulernen. Nur weil ich es diesmal echt ernst meine, wenn ich sage, dass ich nicht mehr ins Kittchen gehe, heißt das noch lange nicht, dass ich *wirklich* nicht mehr ins Kittchen gehe. Und Jase hat das alles schon viel zu oft gehört. Wie auch immer, es war echt schön, Sie kennenzulernen. Jetzt passen Sie auf ihn auf." Und mit gestrafften Schultern verließ er die Wohnung.

Poppy stürmte zurück ins Wohnzimmer. „Was hast du denn für ein Problem?", rief sie wütend. „So behandelt man kein Familienmit…" Dann fiel ihr auf einmal wieder ein, warum sie so ängstlich auf seine Rückkehr gewartet hatte. „Oh, mein Gott", flüsterte sie. „Was ist passiert?"

Aus dunklen zornigen Augen sah er sie an. „Was passiert ist? Ich sage dir, was passiert ist. Diese beschissenen Kosteneinsparungen!"

Ganz automatisch drückte sie eine Hand an ihr Herz. „Sie werden sie nicht beschützen?"

„Nach deren Meinung gibt es keinen Grund, weil es keinen wirklichen Beweis dafür gibt, dass jemand Cory etwas antun will."

„Das ist doch Wahnsinn! Was ist mit der Leiter …"

„Unglücklicher Zufall."

„Von wegen, verdammt noch mal! Aber vergessen wir das einen Moment – wie erklären die sich, dass man versucht hat, sie mit einem Auto zu überfahren?"

„Oh, diese verrückten Autofahrer heutzutage", ahmte er seinen Vorgesetzten nach. „Fußgänger sind heutzutage auf den Straßen einfach nicht mehr sicher. Oh, und weißt du was? Freddy hat mittendrin auch noch zurückgerufen. Wie sich herausstellte, hat er doch nicht die Wahrheit und nichts als die Wahrheit gesagt."

„Arturo hat auch ihn verprügelt?"

„Ja."

„Dann kann *er* doch Anzeige erstatten, oder? Dann hast du etwas gegen den Bastard in der Hand ..." Die Leere in seinen Augen ließ sie innehalten. „Was?", wisperte sie.

„Freddy will nichts damit zu tun haben."

„*Wie* bitte? Du hast dir ein Bein ausgerissen, um ihm zu helfen!"

„Was nur wieder beweist, dass keine gute Tat ungestraft bleibt." Er presste eine Faust gegen die Stirn. „Nur ... weißt du, was ich wirklich denke?" Er ließ die Hand fallen. „Ich glaube, dass Freddy viel mehr mit Arturo zu tun hat, als er zugibt. Vielleicht war er einer von den Jugendlichen, die aus dem Juweliergeschäft gerannt sind, nachdem der Besitzer angeschossen worden war. Er wurde viel heftiger verprügelt als die anderen Graffiti-Kids. Ich vermute mal, dass er Arturo erklärt hat, dass er mit Schießereien nichts zu tun haben will. Aber das alles werden wir nie mit Sicherheit wissen, weil er darauf beharrt, nur wegen der Informationen vermöbelt worden zu sein."

Er fuhr sich mit den Fingern durchs Haar und sah sie frustriert an. „Ich weiß einfach, dass Arturo versucht, die einzige Zeugin für diese Schießerei aus dem Weg zu räumen. Aber ohne ein Autokennzeichen, einen Augenzeugen oder *irgendetwas* kann ich das nicht beweisen. Und ohne diese Beweise wird mir niemand genügend Leute zur Verfügung stellen, um sie Tag und Nacht zu beschützen."

„Und das war's dann?", fragte sie bitter. „Tja, Pech gehabt, Cory?"

„Was das Offizielle betrifft, ja. Aber ich habe eine Fahndung nach Arturo ausgegeben, weil ich zumindest genug Indizien habe, um ihn zu verhören." Seine Bartstoppeln knisterten, als er sich über das Kinn rieb. „Außerdem sind mir noch ein paar Leute einen Gefallen schuldig. Zwei Streifenpolizisten werden in den nächsten Tagen die Wohnung von Cory beobachten. Was wir danach tun sollen, weiß ich noch nicht. Aber ich werde sie nicht im Stich lassen, so wie es diese Cops in Philly mit ihrem

Vater getan haben. Und wenn das bedeutet, dass ich mich höchstpersönlich an Cory festketten muss."

„Warum sollte sie nicht alles unternehmen, um dir zu helfen, sie zu beschützen?"

„Weil ich ihr und ihrer Mutter gesagt habe, dass sie in der Wohnung bleiben soll, bis ich Arturo gefunden habe. Offenbar weiß der Typ noch nicht, wo sie wohnt, und so soll es auch bleiben. Aber die kleine Miss Capelli sagt, dass sie die neunte Klasse wiederholen muss, wenn sie so viel Unterricht verpasst und dass sie sich zu Hause zu Tode langweilt. *Langweilen!*" Er sah zugleich verärgert und perplex aus.

Poppy strich tröstend über seinen Unterarm. „Sie ist noch nicht mal fünfzehn, Jason. Kinder können nicht über das nächste Wochenende hinaussehen – eine Woche kommt ihnen wie eine Ewigkeit vor."

„Ja, das habe ich kapiert. Darum habe ich ihr vorgeschlagen, sich vorzustellen, wie sie in einem Sarg liegt und ihre Mutter sich die Augen aus dem Kopf heult. Mrs Capelli hat das vollkommen verstanden. Sie sagte, sie würde dafür sorgen, dass Cory sich nirgends blicken lässt. Aber die Frau muss zwei Jobs machen, um über die Runden zu kommen. Daher weiß ich nicht, wie sie das anstellen will. Aber wenn sie es nicht kann, dann werde ich eben verdammt noch mal dafür sorgen. Ich und meine Leute."

Lieber Gott. Als sie das Feuer der Überzeugung in seinen Augen brennen sah, fragte sie sich, wie sie diesen Mann jemals für einen Eisberg hatte halten können. Sie stieß ihm leicht gegen die Brust.

Er landete in dem Stuhl hinter sich. „Was zum ..."

In der nächsten Sekunde kletterte sie auf seinen Schoß, packte sein Hemd an beiden Seiten der Knopfleiste und zerrte seinen Mund an ihre Lippen.

Jason explodierte schneller als Gas, das auf ein BIC-Feuerzeug trifft. Und er übernahm umgehend das Kommando.

Erschauernd gab sie nach, seine Dominanz erregte sie fast über das Erträgliche hinaus. Mit harten heißen Lippen küsste er sie, um ihr dann rundheraus zu erklären, was er mit ihr anzustellen gedachte. Er streichelte ihren Hals, ihren Rücken, ihre Hüften, die Rundungen ihres Hinterns. Dann riss er ihr ohne Umschweife die Kleider vom Leib, streichelte, drückte, rieb ihre Haut.

„Jetzt, jetzt, jetzt", stöhnte sie, als er mit geschicktem Finger den weichen, feuchten Spalt zwischen ihren Beinen hinauf- und hinabglitt. Fieberhaft zog sie an seinem Reißverschluss.

Eine Sekunde später schlang sie die Hand um seinen Penis und hielt inne. „Wenn du ein Kondom in der Nähe hast, solltest du es mir besser schnell geben."

„Brieftasche", keuchte er und hob eine Hüfte, um sie aus der Hosentasche zu fischen. „Seit Neuestem habe ich immer eins bei mir, weil ich einfach nicht die Finger von dir lassen kann ..." Er sog scharf die Luft ein, als sie ihm hastig das Kondom überstreifte und sich dann auf ihn sinken ließ.

Weit gespreizt legte er die Hände auf ihren Hintern, umfasste ihn und hielt Poppy fest, während er kraftvoll nach oben stieß.

Anfangs versuchte Poppy zu warten, aber ihr Körper fragte gar nicht erst um ihre Erlaubnis. Nicht solange Jason genau das Richtige tat. Nicht solange sie in seinem Gesicht die wilde Konzentration sah, während er auf seinen eigenen Höhepunkt zuraste, sah, wie er die Zähne zusammenbiss, spürte, wie er ihren Hintern noch fester umklammerte. Seine Bewegungen, sein Anblick, alles brachte sie so nah – oh, Gott, noch näher. Und näher.

Dann legte er den Kopf zurück und sah sie mit glitzernden Augen und geöffneten Lippen an, die Sinnlichkeit in Person. Seine Zunge presste sich gegen die Unterlippe. Ihr Orgasmus entzündete sich mit solcher Heftigkeit, dass die Pyrotechniker des Feuerwerks vom Vierten Juli am Lake Union vor Neid erblasst wäre.

Erhitzt und befriedigt hörte sie, wie Jason tief aufstöhnte und ein letztes Mal nach oben stieß.

Sekunden später sank er in den Stuhl zurück. Sie schmiegte sich an seinen Hals. „Wow", murmelte sie an seiner heißen Haut.

„Das kannst du laut sagen." Ein leises Lachen rasselte in seiner Brust, während er über ihre Oberschenkel und den Hintern bis zu ihren Fußknöcheln strich – und dann langsam wieder hinauf. Wieder hinunter, hinauf, hinunter – in hypnotischem Rhythmus. „Deine Beine fühlen sich immer so fantastisch an", murmelte er. „Weicher als Butter."

Glücklich bis in die tiefsten Tiefen ihrer Seele stieß Poppy einen Seufzer aus. Sie küsste sanft seinen Hals und legte ein Ohr auf seine Brust, um den Schlag seines Herzens zu hören. „Gott, ich liebe dich."

Wie unter einem elektrischen Schlag zuckte Jase zusammen, dann zwang er sich, ganz still zu sitzen. Als ob ein strahlend helles Licht in ihm explodiert wäre, war sein erster Gedanke: *Das will ich.*

Doch er schob ihn zur Seite. Verschloss ihn in einer luftdichten Kiste. Denn er war ein de Sanges, und de Sanges' hatten keinen blassen Schimmer von Liebe.

Gern hätte er das alles weiterhin auf seine Familie geschoben, doch das konnte er nicht. Über die Jahre hinweg hatte er die Wahl gehabt, er hätte lernen können, wie man eine Beziehung führt. Und das hatte er auch, mit Murphy und mit Hohn. Aber etwas Tiefergehendes als eine Wochenendbeziehung mit Frauen hatte er stets vermieden ... und alte Gewohnheiten ließen sich nur schwer ablegen.

Verdammt, wenn man sie überhaupt ablegen konnte. Denn, mal im Ernst. Es war verdammt spät, um seine ganze Lebensanschauung mit einem Mal auf den Kopf zu stellen.

Beinahe hätte er Poppy gesagt, dass sie sich irrte, dass sie ihn nicht liebte. Doch er hielt den Mund, weil er sich nur zu gut vorstellen konnte, wie das enden würde. Sie würde ihm den Kopf abreißen. Sie war eine Frau mit starken und tiefen Gefühlen. Auf keinen Fall würde er sie beleidigen, indem er ihr erklärte, was ihre Gefühle wirklich bedeuteten. Es war besser für sie beide, wenn sie ihn nicht liebte. Und es spielte keine Rolle, dass er sich allerdings genau diese ihre Liebe wünschen würde, wenn er ein besserer Mann wäre.

Doch das war er nicht. Er war kein besserer Mann. Was ziemlich mies war, denn was bedeutete das für sie beide?

Plötzlich fühlte er sich ganz leer und griff nach ihren Hüften, um sie von sich zu schieben. Doch sie war schneller. Während sie ihren Slip vom Boden aufhob, fixierte sie ihn.

„Das ist nicht die Todesstrafe, Jason."

Sie war erhitzt und zerzaust, trug nur das Satinunterhöschen, und sein Herz verkrampfte sich wie eine Faust. „Nein, ist es nicht." Er räusperte sich. „Und du sollst wissen, dass ich das wirklich für eine Ehre und ein Geschenk halte …"

„Oh, bitte", unterbrach sie ihn. „Lassen wir diesen ganzen Es-liegt-nicht-an-dir-sondern-an-mir-Quatsch, ja?"

„Aber es liegt an mir, Poppy. Ich *weiß* nicht, wie man liebt." Auch er stand auf. „Oder glaubst du vielleicht, ich würde mich nicht auf dich einlassen, wenn ich es wüsste? Das würde ich, mit Haut und Haaren." In einem klaren Moment begriff er, wie glücklich er hier mit ihr war.

Aber es war auch unsicheres emotionales Territorium, das er normalerweise gar nicht betrat – geschweige denn besprach. Also sagte er nur: „Du bist toll. Ich wohne wirklich gern bei dir. Dein Essen ist einfach fantastisch, ganz zu schweigen von dem einzigartig heißen Sex."

Sie warf ihm einen ungläubigen Blick zu. „*Das* also ist es für dich – gemeinsames Essen und auf dem Bett herumrollen?"

„Nein, natürlich nicht. Oder zumindest nicht nur." Als sie ihm einen vernichtenden Blick zuwarf, fragte er: „Was zum Teufel willst du denn von mir hören?"

„Überhaupt nichts, wenn du erst fragen musst."

„Was soll das?" Er war beinahe dankbar für ihre Wut, die sein gerade aufsteigendes Bedauern im Keim erstickte. „Ich *hasse* es, wenn Frauen mit diesem Scheiß anfangen!"

„Großartig. Jetzt wirfst du mich auch noch mit allen anderen Frauen in einen Topf."

„Nein. *Herrgott.*" Jase rieb über die Stelle zwischen den Augenbrauen, wo sich ein leichter Kopfschmerz breitmachte. Dann ließ er die Hand sinken und wagte einen einmaligen Schritt, indem er ihr seine verletzliche Seite zeigte, von der er so gern vorgab, dass sie gar nicht existierte. „Okay, du willst also, dass ich wie irgend so ein verdammter New-Age-Metrosexueller klinge?" Er holte tief Luft, um etwas zu gestehen, was er schon immer gewusst, aber so tief in sich vergraben hatte, dass er nicht darüber nachdenken musste. „Schau mal, du hast meinen Bruder gesehen. Vermutlich hat er dir erzählt, dass er, Dad und Pops den Großteil meiner Kindheit – verflucht, meines Lebens – im Knast verbracht haben?"

„Ja, was das betrifft – was muss man eigentlich tun, damit du einem vertraust? Glaubst du nicht, dass das etwas ist, was ich gern von dir erfahren hätte?" Sie kniff die Augen zusammen. „Also, raus damit. Hättest du mir jemals davon erzählt, wenn Joe nicht vorbeigekommen wäre?"

Scheiße. Nicht freiwillig. Nun, vielleicht. Irgendwann wahrscheinlich.

Ach, verflucht. „Ich weiß es nicht." Er zuckte hilflos mit den Schultern. „Ich nehme mal an, das ist ein Problem."

„Dass du nicht bereit bist, irgendwas über dich zu erzählen?" Sie schlug ihm gegen die Brust. „Verdammt, Jason, du lebst mit mir – *schläfst* mit mir, aber du erzählst nichts von deiner Vergangenheit, die das aus dir gemacht hat, was du bist? Ja, ich würde sagen, das ist ein Problem."

„Kein Mensch hat mir diese ganzen Regeln beigebracht!", brüllte er. Ihm drehte sich fast der Magen um, doch er fuhr mit leiserer Stimme fort: „Aber die Sache ist die, Poppy. Ich weiß nicht, ob es an meiner Familie liegt oder einfach nur an mir. Jedenfalls bin ich ... gestört."

„*Was?* Das ist lächerlich! Du steckst vielleicht in der Vergangenheit fest, aber ansonsten bist du vollkommen normal. Ich schätze, es belastet dich, dass die Männer in deiner Familie mehr im Gefängnis sind als sonst wo. Aber, Jason, das sind ihre Fehler, nicht deine. Du bist ganz offensichtlich nicht wie sie."

„Woher zum Teufel willst du das wissen?" Es hatte ihn irgendwie erleichtert, ihr zu gestehen, wie kaputt er war – und sie ging überhaupt nicht darauf ein? Während er ihr ihre Gefühle zugestand, ignorierte sie seine einfach? „Du hast – warte mal – vielleicht eine Viertelstunde mit meinem Bruder verbracht und weißt jetzt natürlich über alles Bescheid?"

„Ich kenne *dich*, und ich habe noch nie einen Mann getroffen, der so rechtschaffen ist wie du. Du hast dich für einen vollkommen anderen Weg entschieden als deine Verwandten. Wie kommst du also auf die Idee, dass du wie sie bist? Ihr habt meiner Ansicht nach nur eines gemeinsam. Die sind hinter Gittern eingesperrt und du in einem Gefängnis, das du dir selbst gebaut hast."

Dieser Schlag traf ihn aus heiterem Himmel, sein Mund wurde hart. „Komisch", zischte er. „Ich habe dein Diplom in Psychologie noch gar nicht gesehen."

Trotz des Schmerzes in ihren Augen giftete sie nicht zurück, wie er es erwartet hatte. Stattdessen senkte sie den Kopf ein wenig und sagte ruhig. „Weißt du, was ich einfach nicht kapiere? Ich verstehe nicht, warum du nicht sehen kannst, was ich in dir sehe. Du hast so viel Liebe in dir, Jason. Das höre ich, wenn du über deinen Freund Murphy sprichst. Ich spüre es, wenn wir zusammen sind. Und ich habe gesehen, wie gut du mit den Schülern umgegangen bist. Aber so wie ich das sehe, willst du es einfach nicht wahrhaben."

Sie strich sich das Haar aus dem Gesicht und sah ihn direkt an. „Es bricht mir fast das Herz, dass ich dich nicht davon überzeugen kann. Aber das kann ich nicht. Nur du selbst hast die Wahl, und ich kann dir ansehen, dass du nicht bereit bist, sie zu treffen. Unter diesen Umständen …" Sie zögerte, dann sah sie zur Tür, als ob sie die Entfernung abmessen wollte.

Ihm wurde eiskalt, dann siedend heiß. „Was?", fragte er wütend. „Willst du mich vielleicht rauswerfen?"

Nach einem weiteren kurzen Zögern nickte sie. „Ich denke, es ist das Beste, wenn du wieder zurück in deine Wohnung gehst."

Nein! Jede Faser seines Körpers wehrte sich dagegen. „Am besten für wen?"

„Für mich." Zum ersten Mal zitterte Poppys Stimme ein wenig. „Ich glaube nicht, dass ich das ertragen kann, Jase – dich zu lieben, aber zu wissen, dass ich dir nicht wichtig genug bin, dass du es auch nur versuchst. Du und ich, wir hätten etwas ganz Besonderes haben können. Aber dafür braucht man zwei. Ich kann das nicht allein."

Einen Moment hielt sie inne, dann straffte sie die Schultern. „Also, ja. Unter diesen Umständen halte ich es für das Beste, wenn du deine Anzüge packst und gehst. Es tut weh zu wissen, dass du nicht um mich kämpfen wirst – um *uns*. Es tut so weh, mein Herz bricht in so viele Stücke, dass man ein Mosaik draus machen könnte. Aber wenn du unsere Beziehung nicht als etwas betrachten kannst, das die Arbeit wert ist, dann musst du verschwinden, damit ich mich selbst wieder zusammensetzen kann."

Mit hämmerndem Herzen starrte er sie an, von so vielen Gefühlen zerrissen, dass er überhaupt nicht wusste, mit welchem er anfangen sollte. Was sie gesagt hatte, bevor sie ihn gebeten hatte abzuhauen, hatte irgendetwas ganz tief in ihm angerührt. Doch er hatte sich sein Leben lang dagegen gewehrt, und nun erschien ihm der Berg zu hoch, um ihn zu erklimmen.

Er wollte sie nicht verlassen.

Aber er wusste nicht, wie man sich änderte.

Darum tat er schließlich, worum sie ihn gebeten hatte. Jase packte seine Klamotten und ging.

23. KAPITEL

Wenn ich es nur besser angestellt hätte, klüger ...

„Himmel, Junge, würdest du dich bitte hinsetzen und aufhören, einen Pfad in meinen Teppich zu laufen?"

Jase sah zu Murph, der ihm von der Küche aus einen düsteren Blick zuwarf. „Entschuldige." Er warf sich auf einen Stuhl. Legte den Fußknöchel übers Knie und begann, mit dem Fuß zu wackeln. Nahm die Fernbedienung und schaltete den Fernseher ein. Schaltete ihn zwanzig Sekunden später wieder aus.

Dann ließ er seinen Fuß wieder auf den Boden krachen, stand auf und begann erneut, auf und ab zu laufen.

„Du meine Güte", murmelte Murphy.

Als er das nächste Mal an der Küche vorbeikam, packte der ältere Mann sein Handgelenk. Mit dem Zeigefinger der anderen Hand wies er auf den Stuhl, von dem Jase gerade aufgestanden war. „Sitzen!", fauchte er. „Und bleiben!"

Wütend riss Jase sich los. „Was bin ich, ein verdammter Hund?"

„Zumindest schnappst und bellst du wie einer. Gütiger Gott, Sohn, ich habe mal einen Käfig voller halb verhungerter Pit Bulls gesehen, die besser drauf waren als du. Mit dir zu arbeiten, muss echt 'ne Menge Spaß machen. Was sagen deine Leute zu deiner miesen Laune?"

„Woher zum Teufel soll ich das wissen." *Schließlich spricht niemand mit mir.* Um genau zu sein, machten alle einen ziemlichen Bogen um ihn. „Ich war in letzter Zeit möglicherweise etwas griesgrämig."

„Sohn, ‚etwas' hast du bereits letzten Sonntag hinter dir gelassen. Warum tust du uns allen keinen Gefallen und versöhnst dich einfach wieder mit diesem Mädchen?"

Gott, wie sehr er das wollte. So sehr, dass er das Gefühl hatte, innerlich zu verbluten.

Aber das ging nicht – warum verfluchte Scheiße noch mal *kapierte* das keiner? „Ich habe dir gesagt, warum nicht, aber offenbar hast du kein Wort von dem verstanden, was ich dir *immer* und *immer wieder* erklärt habe. Mir reicht's!"

Mit den Nerven am Ende und innerlich vollkommen ausgepumpt knallte er die Tür von Murphys Wohnung hinter sich zu.

Poppy verließ die Sporthalle, in der sich die Mitglieder der Einzelhandelsvereinigung getroffen hatten, um das beendete Kunstprojekt zu diskutieren. Alle waren begeistert gewesen. Offenbar hatten sie bereits eine Menge positiver Resonanz von ihren Kunden bekommen.

Das war in sechs langen Tagen das erste erfreuliche Ereignis gewesen.

Als sie bei ihrem Wagen auf dem Parkplatz hinter Harveys Laden ankam, stand sie einfach nur da und sah blicklos auf die bemalte Wand.

Zum ersten Mal in ihrem Leben hatte sie keine Ahnung, was sie als Nächstes tun sollte.

Heute war Samstag, der Tag, an dem sie in der Wolcott-Villa arbeiten wollte. Henry und Danny hatten leider keine Zeit, und Cory stand vorerst unter Hausarrest. Daher gab es keinen festen Zeitpunkt, zu dem sie in der Villa sein musste. Und sie musste auch keine Kunstklasse unterrichten und keine Menütafeln neu beschriften.

Natürlich konnte sie immer an ihren Grußkarten arbeiten. Aber sie wollte nicht nach Hause gehen. Sie hatte das Bett abgezogen und die Bettwäsche zusammen mit jedem einzelnen Handtuch, das sie besaß, gewaschen. Sie hatte gesaugt, Staub gewischt und geputzt, bis alle Oberflächen sich spiegelten. Und doch hätte sie schwören können, dass Jasons Geruch noch immer in der Luft lag. Oder vielleicht sein Geist oder seine Seele, die sich in ihrer Wohnung breitgemacht hatte. Sie konnte es nicht richtig erklären, aber auf jeden Fall war es zu schmerzhaft, ohne ihn in der Wohnung zu sein. In den letzten Tagen hatte sie so wenig Zeit wie möglich dort verbracht.

Aber auch zu einem Besuch bei ihren Freundinnen oder ihrer Familie konnte Poppy sich nicht aufraffen. Sie war momentan einfach keine gute Gesellschaft.

Vielleicht sollte sie sich einfach irgendwo in ein Kino setzen und so tun, als ob sie einen Film ansähe. Nur …

Sie seufzte. Darauf hatte sie auch keine Lust.

Völlig entnervt stieg sie ins Auto. Der Tag streckte sich so endlos vor ihr aus wie die altsteinzeitliche Periode, und sie hatte keinen Schimmer, womit sie die vielen Stunden füllen sollte. Wahrscheinlich war die Villa noch die beste Wahl. Dort wurde sie am wenigsten an Jason erinnert, und die Kavanagh-Brüder arbeiteten samstags nicht. Also müsste sie niemandem vorspielen, dass es ihr gut ging. Sie hätte das komplette Haus für sich allein, und genug zu tun gab es auch.

Den Hintern wundgesessen von der Warterei im Auto, wurde Bruno wieder richtig wach, als ein uralter Kombi an ihm vorbeituckerte und er hinter dem Steuer die Blonde erkannte. Diese Puppe, die den *Taggern* geholfen hatte, den Mist an die Wand zu malen. Er startete seinen Escalade und reihte sich ein paar Autos hinter ihr ein. Das war vielleicht nicht viel – genau gesagt, war es sogar verdammt wenig –, aber immerhin mehr als ihm die ganze Woche gelungen war. Wie man sich auf der Straße erzählte, wurde nach ihm gefahndet. Darum war er gezwungen gewesen, abzutauchen, bevor die Bullen an seine Tür klopfen konnten. Bisher war es ihm gelungen, ihnen aus dem Weg zu gehen. Doch wenn er nicht bald dieses Capelli-Mädchen in die Finger bekam, war er wirklich am Arsch, da gab es keinen Zweifel. Denn wenn die Cops ihn erst mal für eine Vernehmung mitgenommen hatten, würde es keine Stunde dauern, bis sie auch das Mädchen heranschafften, um ihn bei einer Gegenüberstellung zu identifizieren. Und das wiederum würde schnell wie ein Wirbelwind zu einer Verhaftung wegen Diebstahls und versuchten Mordes führen.

Und als ob das nicht schon übel genug wäre, saß ihm auch noch Schultz im Nacken. Ein Aufenthalt im Knast war nicht mehr als ein feuchter Traum verglichen mit dem, was der Boss mit ihm anstellen würde, weil er sich seinem Befehl widersetzt hatte. Gerüchten zufolge suchte Schultz bereits nach ihm.

Bruno wusste nicht, wie oft er Schultz hatte sagen hören, dass er unerledigte Geschichten nicht ausstehen konnte. Weil irgendjemand immer dazu tendierte, mit der Polizei zusammenzuarbeiten, um die eigene Haut zu retten.

Dem konnte Bruno kaum widersprechen. Er selbst dachte über diese Option nach, falls er das Mädchen nicht aufspürte. Welche andere Wahl blieb ihm denn? Er steckte bis zum Hals in Schwierigkeiten. Zu seiner Linken die Polizei, zu seiner Rechten ein Bandenboss – und er in der Mitte, kurz davor, bei lebendigem Leib aufgefressen zu werden.

Darum folgte er jetzt einer lockenköpfigen Tussi in einem Witz von einem Auto in der Hoffnung, sich dabei nicht vollkommen zum Idioten zu machen.

Er zündete sich eine Zigarette an und zwang sich, auch die gute Seite zu sehen. Hey, man konnte nie wissen, ob es nicht ein Zeichen war, dass er die Puppe überhaupt bemerkt hatte. Vielleicht wandte sich nun doch noch alles zum Guten.

Als die Blonde kurz darauf mit ihrer Schrottkarre in eine todschicke Einfahrt fuhr, hätte er das beinahe verpasst. Am liebsten wäre er ihr mit seinem Escalade – und dem gefälschten Kennzeichen – hinterhergefahren, hätte ihr den Weg abgeschnitten und getan, was er am besten konnte. Doch er zwang sich, stattdessen an der Einfahrt vorbeizufahren. Langsam verlor er die Geduld, und das war meistens der Moment, wo alles schiefging. Also besser nichts überstürzen.

Allerdings kapierte er nicht, was hier vor sich ging. Die Blonde sah nicht so aus, als ob sie in einem solchen Haus wohnen würde. Ihr Auto jedenfalls passte weder zu dieser Prachtvilla noch überhaupt in diese Gegend mit ihrer Multimillionen-Dollar-Aussicht. Doch sie war direkt zur Hintertür gefahren, als ob sie hierhergehörte, also hatte sie hier ganz offensichtlich etwas zu suchen, wenn auch nur als Angestellte.

Was einen weiteren Punkt berührte, auf den er achten musste: Er wusste nicht, wer außer ihr noch in dem Haus war. Er durfte sich jetzt keinen Fehler erlauben, denn in solchen Gegenden gab es üblicherweise Alarmsysteme und Sicherheitspatrouillen.

Bis er also genau wusste, womit er es zu tun hatte, würde er sich erst einmal zurückhalten. Er war schon zu weit gekommen, um jetzt aus Ungeduld alles aufs Spiel zu setzen.

Bruno suchte sich einen Parkplatz und machte es sich bequem.

Um kurz nach ein Uhr war Cory, einen Stadtplan in der Hand, auf dem Weg zur Wolcott-Villa. Sie wusste, dass sie eigentlich nicht hier sein sollte und eine Menge Ärger bekommen würde, wenn ihre Mom vor ihr nach Hause kam.

Aber sie ertrug es einfach nicht länger, zu Hause eingesperrt zu sein. Sie wollte vielleicht für eine Stunde Ms C. beim Streichen helfen und dann wieder nach Hause gehen. Das war doch wohl nicht zu viel verlangt?

Zumal sie extrem vorsichtig war. Von zu Hause aus hatte sie sich die schnellste Busverbindung herausgesucht. Und jetzt sah sie sich ständig um wie eine durchgeknallte Fruchtfliege mit ihren ungefähr achthundert Augen im Kopf.

Was für eine Wonne, wieder einmal frische Luft zu schnappen. Wobei sie zugeben musste, dass sie sich zwar zum ersten Mal seit einer Woche wieder frei fühlte, zugleich aber auch furchtbar schutzlos.

Zum Beispiel dieser schwarze Escalade da drüben. Mann, einen Moment war sie echt erschrocken. Er sah genauso aus wie der, mit dem Arturo an dem Tag in Fremont mit ungefähr hundert Meilen die Stunde auf sie und Ms C. zugeschossen war. Sie duckte sich in den Schatten eines riesigen alten Baums, während sie den Wagen checkte. Vielleicht war es doch keine so gute Idee gewesen, die Wohnung zu verlassen.

Doch dann sah sie, dass niemand in dem SUV oder sonst wo auf sie lauerte, und die Anspannung wich aus ihren Schultern. *Himmel, Mädchen, reiß dich mal zusammen. Reiche Leute müssen keine Gangster sein, um einen Caddy zu fahren.*

Und die Leute hier waren auf jeden Fall reich. Noch nie zuvor hatte sie so viele große Häuser gesehen. Und diese Aussicht! Hier musste mindestens die Hälfte aller typischen Seattle-Fotos geschossen worden sein. Denn mit dem Rücken zum Baumstamm konnte sie die Space Needle, Downtown und den Mount Rainier dahinter sehen. Wie irre war das denn?

Aber welches der Häuser war die Wolcott-Villa? Cory betrachtete alle Dächer, bis sie ziemlich sicher war, das Gebäude zu erkennen, das sie auf einem Foto im Internet gefunden hatte. Mit einem letzten Blick auf den Escalade, um sicherzugehen, dass er wirklich leer war, flitzte sie die Straße hinunter und in die Einfahrt. Erleichtert, von der Straße weg zu sein, atmete sie auf, lief die flachen Stufen hinauf und klopfte an die Tür.

Als niemand öffnete, schluckte sie schwer. Diese Möglichkeit hatte sie nicht in Betracht gezogen – dass Ms C. beschlossen haben könnte, heute doch nicht zu kommen. Oder später. Vielleicht war sie auch schon wieder gegangen.

Mit einem Mal ganz verzweifelt, hämmerte Cory gegen die Tür. Oh, Gott, sie hätte die Wohnung nicht verlassen sollen. Ihre Mom und Detective de Sanges hatten recht. Sie war hier draußen nicht sicher.

Plötzlich öffnete sich die Tür, und Ms C. stand vor ihr, die Lippen ungläubig geöffnet.

„Was zum…" Sie packte Corys Arm mit einer farbbekleckssten Hand und zerrte sie hinein. Dann beugte sie sich hinaus und sah sich auf der Straße um, bevor sie die Tür schloss. Mit zwei großen Schritten lief sie zu einer Tastatur und tippte einige Nummern ein, woraufhin das rote Licht zu blinken aufhörte.

Dann wandte sie sich an Cory. „Was hast du hier zu suchen?"

„Ich möchte Ihnen beim Streichen helfen." Sie schenkte Ms C. ihr bestes Unschuldsstrahlen.

Doch Ms C. kaufte es ihr nicht ab. Mit ihren zusammengekniffenen Augen wirkte sie ganz und gar nicht erfreut. „Welchen Teil von ‚Sie müssen in der Wohnung bleiben, dürfen sich nicht blicken lassen, um sicher zu sein' haben Sie nicht kapiert?"

„Ich bin fast *verrückt* geworden! Sie wissen ja nicht, wie das ist. Ich kann nicht in die Schule gehen, die ich – okay – sowieso nicht so toll finde, aber ich will auf keinen Fall die Klasse *wiederholen*. Und Mom ist zwar die ersten Tage zu Hause geblieben, aber sie muss arbeiten, damit wir ein Dach überm Kopf haben. Und das bedeutet, dass ich den ganzen Tag und die halbe Nacht allein bin. Manchmal höre ich ziemlich schaurige Geräusche, und die meisten Nachbarn sind nicht gerade Leute, mit denen man gern etwas zu tun haben will, verstehen Sie? Von Nina mal abgesehen, die mag ich, aber meine Mom will nicht, dass ich bei ihr bin. Davon abgesehen geht sie in die Abendschule und lässt Kai dann bei der Tagesmutter, also braucht sie mich nicht mehr zum Babysitten."

„Also riskierst du dein Leben, weil dir langweilig ist?"

„Ich bin einsam!"

„Tut mir leid, Cory, bestimmt ist die Situation nicht leicht für dich. Aber Detective de Sanges setzt seine Karriere aufs Spiel, und du kannst nicht einfach …"

„Natürlich ist *er* Ihnen wichtiger als ich. Hey, Hauptsache wir machen Detective de Sanges nicht das Leben schwer!" Sie spürte, wie sie die Beherrschung verlor, aber sie war so verdammt einsam – und enttäuscht. Sie hatte gedacht, Ms C. würde sie verstehen, weil sie immer so warmherzig und freundlich war und einem das Gefühl gab, willkommen zu sein.

Aber jetzt lächelte Poppy nicht, und Cory fühlte sich auch nicht willkommen. Ms C.'s Gesichtsausdruck war sogar ausgesprochen streng und verschlossen, was Cory mehr erschütterte als es eigentlich sollte. Aber das war jetzt einfach zu viel.

Die Ungerechtigkeit schnürte ihr den Hals zu, und sie kämpfte mit aller Macht gegen die Tränen. „Ich dachte, Sie würden mich verstehen, aber Sie haben bestimmt ganz viele Freunde. Und jetzt, wo das Projekt fertig ist, bin ich Ihnen nur noch lästig."

„Honey, natürlich sind Sie das nicht."

„Aber Sie wollen nicht für mich verantwortlich sein – das habe ich kapiert. Nun, dann raten Sie mal!" Wütend wischte sie sich die Tränen aus den Augen. „Ich will Ihnen keine Last sein. Also, warum vergessen wir nicht einfach, dass ich überhaupt hier war?" Damit wirbelte sie herum und streckte die Hand nach dem Türschloss aus.

„Cory, warte!"

Ms C.'s Finger streiften ihren Arm, doch sie schüttelte sie ab und entriegelte das Schloss. Das Mitleid, oder was auch immer sich auf dem Gesicht ihrer Lehrerin abzeichnete, ertrug sie einfach nicht. Sie riss die Tür auf und stürzte hinaus.

„Verdammt und zuge... Cory Capelli, schaffen Sie Ihren Hintern wieder hier rein!"

Mit Sicherheit nicht. Cory legte noch einmal an Tempo zu und bog auf die Straße.

Brunos Kopf schoss in die Höhe, als er jemanden den Namen von dieser Capelli rufen hörte. Heilige Scheiße. So viel Dusel konnte man doch gar nicht haben, oder? Aber Sekunden später kam das Mädchen tatsächlich auf die Straße geschossen und sprintete direkt in seine Richtung. Er duckte sich hinter die Stoßstange des nächsten Escalade und konnte sein Glück kaum fassen. Da kundschaftete er nur mal kurz die Gebäude in der Gegend aus und kam gerade rechtzeitig zurück, um dem Mädchen in die Arme zu laufen.

Auf der Straße hörte er laute Schritte und drückte auf seinen Infrarotschlüssel, um den Escalade zu öffnen – genau in dem Moment, in dem sie vorbeikam. Er rechnete damit, dass das zirpende Geräusch sie erschrecken würde – Bingo! –, die Schritte wurden langsamer. Blitzschnell hechtete er hinter dem Wagen hervor, schlang einen Arm um ihre Hüfte, hob sie von den Beinen und hielt ihr den Mund zu.

„Hallo, Sweetheart", murmelte er, während er sie in den Wagen schob. „Du hast mir einen Haufen Probleme gemacht, findest du nicht?" Er knallte die Tür zu und lief zur Fahrerseite. „Aber das ist okay. Denn das werde ich jetzt wieder in Ordnung bringen."

Zum zweiten Mal innerhalb weniger Minuten haute Poppy den Code in die Alarmanlage. Dann jagte sie Cory hinterher. Doch das Mädchen war unglaublich schnell und schon nicht mehr zu sehen.

Verdammt, warum war sie nicht verständnisvoller gewesen? Sie lachte bitter. Weil Cory ihre Beziehung zu Jason ins Spiel gebracht hatte, deshalb. Zu hören, wie das Mädchen von einer Verbindung sprach, die gar nicht mehr existierte, hatte sie so verletzt, dass sie Corys Verzweiflung gar nicht bemerkt hatte.

Bravo, das hatte sie ja fantastisch hinbekommen.

Als sie das Ende der Einfahrt erreichte, zählte sie sich stumm noch immer all die Möglichkeiten auf, wie sie mit Cory hätte umgehen können, umgehen *müssen*. Niedergeschlagen hielt sie in beide Richtungen Ausschau.

Und sah gerade noch, wie ein Mann die Beifahrertür eines schwarzen SUV zuknallte. Die Sonne traf genau auf die getönte Scheibe und zeigte dahinter einen Kopf mit zackenartig abstehendem Haar, und einen Körper, der leblos im Gurt hing.

„Scheiße!" Poppy machte auf dem Absatz kehrt und rannte, wie sie noch nie in ihrem Leben gerannt war, zurück zum Haus. Das musste Arturo sein. Sie konnte ihn nicht einfach abhauen lassen. Corys Leben stand auf dem Spiel, und sie war schuld.

Sie ließ die Tür der Villa weit offen stehen, schnappte sich ihre Tasche, rannte wieder hinaus und schmetterte die Tür hinter sich zu. Dann raste sie zu ihrem Wagen, startete den Motor und hoffte, dass er noch nicht weg war.

Zum Glück hatte er in ihre Richtung geparkt. Darum reckte sie den Hals und sah nach rechts, während sie auf die Straße fuhr. Und fluchte laut. Der SUV war nirgends zu sehen.

Trotzdem bog Poppy rechts ab und fuhr zur nächsten Ecke. Dort bremste sie heftig, sah nach rechts und nach links und entdeckte ihn, wie er am Ende des Blocks Richtung Westen abbog. „Danke, *danke*, lieber Gott."

Langsam fuhr sie zu der Kreuzung, während sie ihre Tasche durchwühlte. Wo war das Handy? Mist, warum musste sie auch immer so eine verflixt große Tasche mit sich rumschleppen?

Während sie mit einer Hand fieberhaft durch all den Blödsinn tastete, den sie in ihrer Tasche mit sich trug, hielt sie an der Ecke und beobachtete, wie der SUV den Berg hinauffuhr. Sie hatte schreckliche Angst, dass der Typ sie sehen und noch mehr, dass sie ihn aus den Augen verlieren könnte.

Gerade, als sie auf die Hauptstraße fuhr, berührte sie mit den Fingern ihr Handy und zerrte es heraus. Dann drückte sie die Schnellwahltaste, die sie bisher erst ein einziges Mal benutzt hatte. „Komm schon, komm schon", drängte sie, während es am anderen Ende klingelte.

„De Sanges."

„Jase? Oh, Gott sei Dank. Er hat sie!"

„Wie konnte das passieren, verdammt ... ach, egal, das ist jetzt nicht wichtig. Wo bist du?"

„Ich folge ihm mit meinem Wagen. Aber, Jason, sie bewegt sich nicht. Ich bleibe zurück, damit er mich nicht sieht. Aber selbst als ich nah genug war, konnte ich durch die getönten Scheiben nicht allzu viel sehen. Nur, dass sie nach vorn gebeugt dasaß und sich nicht bewegte!" Da Poppy den hysterischen Ton in ihrer Stimme bemerkte, holte sie tief Luft. Das war nicht der richtige Zeitpunkt, um durchzudrehen.

„Hohn. Hierher", hörte sie Jason rufen, dann sprach er wieder ins Telefon. „Du musst ruhig bleiben."

„Ich weiß." Sie atmete erneut durch. „Ich bin okay, alles in Ordnung. Es ist nur ... ich bin schuld. Er muss mir zur Villa gefolgt sein. Dann tauchte plötzlich Cory auf, und alles lief aus dem Ruder, als sie ..." Sie räusperte sich. „Ach, das spielt doch jetzt überhaupt keine Rolle. Wichtig ist nur, dass sie aus dem Haus rannte, bevor ich sie aufhalten konnte, und ..."

„Sag mir, wo du bist", unterbrach er sie.

„Auf der Queen Anne Avenue." Sie hielt kurz inne. „Ich bin mir nicht sicher, aber es sieht so aus, als ob wir auf die Unterführung der Aurora Brücke zufahren."

„Okay, bleib dran. Hohn und ich fahren jetzt in diese Richtung. Und du versuchst einfach, dich nicht von ihm entdecken zu lassen, und sagst mir immer, wo du gerade bist."

Das tat sie. Zehn Minuten, die ihr wie eine Ewigkeit vorkamen, folgte Poppy dem schwarzen Escalade. Dabei behielt sie nur die Beherrschung, weil Jason am anderen Ende der Leitung und gleichzeitig unterwegs war, um Cory zu retten.

Als sie sich auf einer holprigen Straße absichtlich zurückfallen ließ, bog Arturo plötzlich auf einen Parkplatz vor einem rechteckigen Gebäude. Ohne andere Autos zwischen sich und ihm befürchtete sie, dass er sie entdecken würde. Darum fuhr sie auf einen anderen Parkplatz. „Jase", flüsterte sie ins Telefon, als ob Bruno sie hören könnte. „Er hat angehalten."

„Bist du noch immer auf dem East Northlake Way?"

„Ja. Westlich der Autobahn. Er hält vor einem Gebäude, das wie ein Warenlager oder so was aussieht. Ich bin nicht nah genug, um es erkennen zu können." Sie blieb angespannt sitzen, während Arturo aus dem Wagen stieg und zur Beifahrertür ging. Einen Moment sah er sich über das Autodach hinweg um, dann öffnete er die Tür und nahm Cory auf den Arm.

Poppy stieß zitternd den Atem aus. „Er hebt sie gerade aus dem Beifahrersitz, und sie ist vollkommen schlaff, Jase. Oh, jetzt hat sie den Kopf bewegt! Gott sei Dank, sie lebt noch!" Die ganze Zeit hatte Poppy furchtbare Angst gehabt, dass Cory tot sein könnte.

Arturo verschwand mit dem Mädchen in dem Gebäude. „Er hat sie reingebracht. Ich fahr da jetzt dran vorbei, um die Adresse herauszufinden."

„Gute Idee. Aber fahr nur nicht zu nah vorbei."

„Er hat sie in ein fensterloses Gebäude gebracht, Jason. Ihre Chancen, da lebend wieder rauszukommen, stehen ziemlich schlecht."

„Deine auch, wenn er dich in die Finger kriegt."

Vor dem Gebäude trat Poppy auf die Bremse. Es war eine Lagerhalle aus Beton. Sie las die Adresse, die über das garagenartigen Tor gemalt war, laut vor.

„Gut", sagte Jason. „Wir sind nicht weit weg." Dann fluchte er.

„Was ist?", fragte sie ängstlich.

„Nichts. Nur ein kleiner Verkehrsstau. Wir kümmern uns drum und sind in fünf Minuten bei dir. Spätestens."

„Cory *hat* vielleicht keine fünf Minuten mehr!"

„Hör zu, Poppy, du musst dich beruhigen und mir vertrauen, okay?"

„Klar. So wie du mir vertraust?" Sie bereute die Worte in der Sekunde, in der sie sie ausgesprochen hatte.

Er schwieg einen Moment, dann sagte er mit seiner emotionslosen Polizistenstimme: „Hauptsache, du näherst dich nicht der Lagerhalle, bis wir da sind."

„Mhm." Sie parkte, stellte den Motor ab und kramte in ihrer Tasche nach dem Pfefferspray. So bewaffnet, stieg sie aus dem Wagen und schloss die Tür. „Wir müssen ihn aufhalten."

„Nicht *wir*, Poppy." Jetzt klang seine Stimme nicht mehr annähernd so emotionslos wie zuvor. „Ich. *Ich* werde ihn aufhalten. Du bleibst, wo du bist und tust nichts – ich wiederhole –, tust *nichts* Unüberlegtes."

„Ich versuche mein Bestes."

„Scheiße!", rief er. „Den Ton kenne ich. Hör mir zu. Rühr dich nicht von der Stelle. Ich weiß, wie wichtig dir deine Schüler sind, aber das hier ist was für Profis. Misch dich nicht ein – du machst sonst alles nur noch schlimmer."

Im selben Moment erreichte sie die Metalltür an der Gebäudeseite, lauschte und griff nach dem Türknauf. „Komm schnell, Jason."

„Verdammt, Poppy, hörst du nicht? Du sollst dich nicht rühren! Bleib am Telefon, hörst du? Häng nicht auf. *Häng nicht auf!*"

Sie klappte das Handy zu.

Dann holte sie tief Luft und drehte lautlos den Türknauf.

24. KAPITEL

Nach allem, was geschehen ist, sollte ich eigentlich fürchterlich aufgekratzt sein und auf eine Drehzahl von hundert Meilen pro Stunde kommen. Stattdessen fühle ich mich wie betäubt.

Laut fluchend klappte Jase sein Telefon zu. „Wir müssen so schnell wie möglich zu dieser Lagerhalle kommen", knurrte er. „Ich weiß, dass sie reingeht."
„Nein, das würde sie nicht", widersprach Hohn. „Sie kann doch auf keinen Fall so du…" Jases Gesichtsausdruck hielt ihn davon ab, weiterzusprechen. Er hob eine Schulter. „Du siehst aus, als würdest du gleich jemandem mit bloßen Händen den Kopf abreißen", bemerkte er und drückte auf einen Schalter. Die Sirene tönte einmal kurz auf, um die anderen Autofahrer darauf aufmerksam zu machen, dass die Polizei in der Nähe war. „Damit bist du der perfekte Kandidat, um mir hier den Weg frei zu räumen."
„Oh, mit Vergnügen, glaub mir." Jase stieg aus. „Aber ruf den Streifendienst, damit die sich um den Rest kümmern." Er ließ seine Dienstmarke aus der Brusttasche hängen und begann, den Fahrern Befehle zu erteilen, hier ein wenig nach rechts und dort ein wenig nach vorn zu fahren.
Irgendein Idiot hatte eine SMS in sein iPhone getippt, war auf den Vordermann aufgefahren und hatte damit eine Kettenreaktion ausgelöst. Ein Lkw, der auf die Gegenfahrbahn geraten war, krönte das Szenario. Der entgegenkommende Fahrer hatte verdammt gut reagiert und einen Zusammenprall vermeiden können. Doch der Anhänger des Lkws stand nun quer und behinderte den Verkehr in beide Richtungen.
Es kostete Jase sieben Minuten, um genug Platz zu schaffen, damit Hohn auf den Bürgersteig fahren konnte. Sieben Minuten, die sich wie sieben Stunden anfühlten. Er lief zurück zum Wagen, schlug kurz aufs Dach und hechtete hinein. „Diese gottverdammten Vollidioten."

Hohn stellte die Sirene an und trat das Gaspedal durch.

Mit verkrampften Schultern und Händen beugte Jase sich in seinem Sitz vor. Erst als sie den District hinter sich gelassen hatten, holte er ein paar Mal tief Luft, um sich zu beruhigen. Dann warf er seinem Freund einen Blick zu. „Du bist schon lange verheiratet", sagte er.

„Sieben Jahre Eheglück, Bruder", bestätigte Hohn.

„Wie machst du das?"

„Genauso, wie es ehemalige Alkoholiker machen – einen Tag nach dem anderen nehmen."

„Wow. Bei so viel überbordendem Enthusiasmus bekommt man echt Lust, es selbst mal zu versuchen."

„Es ist so, wie der allwissende Mann eben sagt …"

„Zitier jetzt bloß nicht Nietzsche", unterbrach er Hohn ungeduldig. Hohn hegte eine unnatürliche Begeisterung für alles, was dieser Typ jemals geschrieben hatte. Normalerweise schüttelte Jase in so einem Fall einfach nur den Kopf. Doch heute war er wirklich nicht in der Stimmung dafür.

„Nein, hör zu, ich sag's dir, es trifft den Nagel auf den Kopf." Jases Kollege holte theatralisch Luft, nahm eine Hand vom Lenkrad, legte sie über sein Herz und sagte: „Durch Frauen werden die Höhepunkte des Lebens bereichert und die Tiefpunkte vermehrt."

„Scheiße." Das hatte er nun davon, dass er das Thema Heirat zur Sprache gebracht hatte. Jase starrte wieder aus dem Fenster und betete, dass sie rechtzeitig kamen.

Poppy schlich vorsichtig in die schummrige Lagerhalle. Es war totenstill, und sie hatte keine Ahnung, was sie als Nächstes tun sollte. Sie sah sich um und versuchte, eine Vorstellung von dem Raum zu bekommen.

Das war gar nicht so einfach, da sich in dem quadratischen Betonbau reihenweise Kartons fast bis zu den Stahlträgern der Decke stapelten.

Während sie noch dastand und überlegte, wo sie zuerst nach

Cory suchen sollte, hörte sie auf einmal ein leises Murmeln. Entweder sprach ein Mann oder ein Radio spielte. Jedenfalls kam es vom anderen Ende der Halle. Nervös umklammerte sie das Pfefferspray, schlüpfte durch einen schmalen Durchgang zwischen den Kartons und versuchte, dem Gemurmel näherzukommen, ohne selbst ein Geräusch zu machen.

Ihr Herz hämmerte schon jetzt wie ein Presslufthammer. Und sie wusste nicht, was sie tun würde, wenn Arturo plötzlich am anderen Ende des Durchgangs auftauchen würde. Nichts Hilfreiches, vermutete sie. Wenn sie nicht an Herzversagen sterben würde, dann im Kugelhagel seiner Pistole.

Bei dieser Vorstellung erstarrte sie einen Moment, bevor sie sich zwang weiterzugehen. Natürlich hatte Arturo eine Waffe – er war ein Verbrecher, Herrgott noch mal. Doch ohne diese mafiaartigen Vorstellungen, die ihre Gedanken gerade bevölkerten, würde sie sich deutlich besser fühlen.

Na und? Schließlich hatte sie keine Wahl. Sie konnte sich nicht einfach aus dem Staub machen und Cory sich selbst überlassen. Natürlich war es dumm gewesen, nicht auf Jason zu warten. Andererseits würde sie morgens nicht mehr in den Spiegel sehen können, wenn dem Kind etwas passierte und sie nichts unternommen hätte, um zu helfen.

Und, hey, die gute Nachricht war, dass sie das Ende des Durchgangs ohne Zwischenfall erreicht hatte. Es war immer schön, wenn zumindest eine Sache glattlief.

Auch wenn sie das umgehend mit einem anderen Problem konfrontierte.

Finster starrte sie eine weitere, hoch aufragende Wand aus Kartons an, diesmal im rechten Winkel zu dem Durchgang, den sie gerade hinter sich gelassen hatte. Was war das hier eigentlich, ein verdammtes Labyrinth?

Mit tiefen, gleichmäßigen Atemzügen baute sie im Geist einen Safe für ihren Stress – so, wie Tante Sara es ihr vor langer, langer Zeit in der Kommune beigebracht hatte.

Gute Ratschläge funktionierten offenbar auch nach Jahren

noch. Falls sie hier lebendig rauskam, musste sie sich unbedingt bei der älteren Frau bedanken. Jetzt fühlte sie sich ruhiger und kontrollierter. Sie drehte sich in die Richtung, aus der die Stimme kam, und schlich weiter.

„… wirst du wahrscheinlich nicht glauben", hörte sie, als sie sich dem Ende einer weiteren Kartonreihe näherte. „Aber es macht mir keinen Spaß, einem kleinen Mädchen wehzutun."

Vorsichtig reckte Poppy den Hals, um einen Blick an den Kartons vorbeizuwerfen. Mit klopfendem Herzen riss sie den Kopf umgehend wieder zurück. Doch der kurze Blick hatte ein erstaunlich detailliertes Bild auf ihren Netzhäuten hinterlassen.

Ein kleiner freier Raum zwischen den Kartons.

Ein stämmiger, gut gekleideter Mann mit dem Rücken zu ihr, der sich vorsichtig mit dem Lauf einer Pistole hinterm Ohr kratzte.

Cory mit angstvoll aufgerissenen Augen, bebenden Lippen, das so verflixt eigensinnige Kinn erhoben – trotz des sich langsam verfärbenden Blutergusses –, die bleich und verängstigt auf einer krummen Couch kauerte.

Gott sei Dank ist sie in Ordnung.

„Aha", erwiderte sie gerade mit gespielter Tapferkeit. „Darum haben Sie ja auch diese Pistole."

Wieder spähte Poppy an den Kartons vorbei und sah, wie Arturo die Waffe senkte und damit auf das Mädchen zielte. Und sie erkannte, dass Cory sie bemerkt hatte. Poppy legte einen Finger an die Lippen und verschwand wieder hinter den Kartons. Was zum Teufel sollte sie als Nächstes tun? *Mein Gott, ich muss sie hier rausschaffen.* Irgendwie. Auf der Suche nach einer Inspiration sah sie sich im Raum um, doch alles, was sie sah, waren Kartons.

„Ich möchte sie wirklich nicht benutzen", erklärte Arturo. „Aber ich werde es natürlich tun. Denn wenn ich zwischen dir und mir wählen muss, Kindchen, dann wähle ich natürlich mich."

„Ich bin sicher, dass der Typ, der meinen Dad umgebracht hat, derselben Ansicht war", erwiderte Cory voller Bitterkeit. „Aber was interessiert es Sie, dass ich meine Lektion gelernt hatte und gar nicht mit den Bullen sprechen wollte. Sie mussten ja unbedingt versuchen, mich und meine Lehrerin zu überfahren."

„Das war nicht gerade die cleverste Idee", stimmte er zu. „Aber ich hatte diesen Cop gesehen und dachte, du hättest mich verraten."

„Sch... ja klar", murrte sie. „Hören Sie mir denn überhaupt nicht zu? Mit den Bullen zu sprechen bringt einen nur in Schwierigkeiten. Ich würde Sie nicht verraten. Aber wenn Sie mich jetzt umbringen, wird die Polizei nicht aufhören, Sie zu jagen. Warum lassen Sie mich nicht einfach gehen? Ich gehe nach Hause zu meiner Mom, und Sie können zurückgehen und das tun, was auch immer Sie tun."

Poppy staunte über das kühle Verhandlungsgeschick des Mädchens. Vielleicht funktionierte es ja.

Dann hörte sie hinter sich ein Geräusch und wirbelte herum, in der Hoffnung auf Hilfe und zugleich voller Angst, dass es sich um Verstärkung für Arturo handeln könnte. Dabei knallte sie mit einem Ellbogen gegen einen Karton. Ihr entfuhr ein leiser Schrei, als der Schmerz von ihrem Musikantenknochen in die Hand fuhr. Das Pfefferspray fiel ihr aus den Händen und klirrte über den Boden.

Sie erstarrte – und hoffte – *betete* –, dass der Typ nichts gehört hatte. Noch während sie sich auf das Pfefferspray stürzte, hörte sie Schritte, die in ihre Richtung kamen. Es gab keine Möglichkeit, sich zu verstecken. Poppy schüttelte die kleine Spraydose.

Wie sie allerdings auf den Gedanken kam, dass ein Spray sie gegen eine *Kugel* schützen könnte ...

Arturo bog um die Ecke, die Waffe direkt auf sie gerichtet. „Na so was", murmelte er. „Wenn das nicht die Blonde ist."

Könnte das vielleicht der Grund gewesen sein, warum Jason wollte, dass du draußen wartest, du Genie? Poppy wischte sich eine Locke aus den Augen und sah, wie er sich ihr langsam näherte. Als er stehen blieb und sie mit einer ungeduldigen Bewegung mit der Pistole zu sich winkte, war die Wand aus Kartons direkt zwischen dem Mädchen und der Waffe.

„Cory, lauf!", schrie sie.

„*Fuck!*" Er stürzte nach vorn, packte Poppys Handgelenk und zerrte sie mit sich. Als er am Ende der Reihe stehen blieb, knallte Poppy gegen seinen Rücken. „*Verdammte Mistschlampe!*"

Sie spähte an ihm vorbei und sank vor Erleichterung fast in die Knie, als sie bemerkte, dass Cory verschwunden war.

Leider erhielt sie nun Arturos ungeteilte Aufmerksamkeit. Und er sah überhaupt nicht glücklich aus, als er sich zu ihr herumdrehte.

Ihre Überzeugung, eines Tages umringt von ihren Enkelkindern im eigenen Bett zu sterben, litt deutlich unter der Tatsache, dass sie das Pfefferspray genau in der Hand hielt, die unter seinem schmerzhaften Griff langsam taub wurde. So langsam, dass er es hoffentlich nicht bemerkte, bewegte sie ihre freie Hand darauf zu.

Bruno drückte den kalten Stahl der Pistole zwischen ihre Augenbrauen. „Sagen Sie mir einen Grund, warum ich Ihnen nicht den Kopf wegpusten soll."

„Sie könnten eine Geisel brauchen, wenn die Cops kommen." Zwar schnürte ihr das Entsetzen den Hals ab, und doch war sie im Moment einfach froh, noch zu leben.

Erstaunlich, dass sie sich nicht in die Hose gemacht hatte. Eine Sekunde war es wirklich knapp gewesen, nämlich als ihr klar wurde, dass sie den Schuss, der sie töten würde, vermutlich nicht einmal hören würde. Auf keinen Fall wollte sie von Jason in diesem Zustand gefunden werden.

„Versuchen Sie mal nicht, mich zu verarschen, Lady. Kein Bulle der Welt würde Sie hier einfach allein reinspazieren lassen."

„Sie kennen sie jetzt seit … wie lange … fünf Minuten?", erklang Jasons kalte Stimme. „Versuchen Sie mal, ein paar Monate mit ihr klarzukommen."

In Lichtgeschwindigkeit wirbelte Arturo Poppy herum und presste ihren Rücken an seine Brust, wobei er ihr Handgelenk losließ und ihren Oberköper so schnell und fest umklammerte, dass ihr schwindlig wurde. Einen Moment begriff sie nur, dass die Pistole nun gegen ihre Stirn und nicht mehr zwischen ihre Augenbrauen gehalten wurde.

Was kein riesiger Fortschritt war.

Genauso wenig half es, dass sie nun direkt in den Lauf von Jasons Pistole blickte, die er in beiden Händen hielt und die ebenfalls auf sie gerichtet war. Sie riss den Blick von der Mündung, die so groß wie die von einer Kanone zu sein schien, und sah in seine stahlharten Augen. *Versuchen Sie mal, ein paar Monate mit ihr klarzukommen?*

„Ich habe dieser Schlampe nicht die Erlaubnis gegeben", fuhr Jason tonlos fort. „Aber wie Sie zweifellos sehr bald herausfinden werden, tut sie immer genau das, was sie verdammt noch mal will."

Okay, er war nicht glücklich über ihr Verhalten – das hatte sie kapiert. Aber Jason nannte Frauen nicht *Schlampe*. Und es sah ihm – dem Mann, den sie liebte – auch nicht ähnlich, sich mit dem Mann zu verbünden, der versucht hatte, sie und Cory zu überfahren und der das Mädchen entführt hatte.

Langsam begann sich der Nebel aus Angst zu lüften.

„Aber es muss ja nicht so kommen", sagte er nun kumpelhaft zu Arturo. „Sie nervt vielleicht gewaltig, aber mein Job ist es, Leute zu beschützen – selbst sie. Und bisher, Mr Arturo, ist noch niemand ums Leben gekommen. Es wird keine Mordanklage gegen Sie geben. Und Sie haben etwas, worüber ich bereit bin zu verhandeln."

Der Arm um ihre Brust wurde ein klein wenig lockerer, die Pistole sank herab. „Schultz?", erkundigte sich Bruno.

„Schultz."

Arturo schien darüber nachzudenken. Doch als er sich versteifte, wusste Poppy, dass er das Angebot ablehnen würde.

„Darüber habe ich auch schon nachgedacht, das kann ich nicht abstreiten", erwiderte er langsam. „Aber Schultz hat einen langen Arm. Und ich habe keine Lust, dass meine Strafe zwar gemildert wird, ich aber die nächsten Jahre permanent damit rechnen muss, dass irgendein Typ mit tätowierten Fingerknöcheln mir ein Messer zwischen die Rippen rammt."

„Dann reden wir mit der Bundesbehörde und stecken Sie in ein Zeugenschutzprogramm."

„In irgendeinem armseligen Motel am Arsch der Welt leben? Da kann ich genauso gut tot sein."

Sie löste die Finger ein wenig von dem Pfefferspray, sodass Jason es sehen konnte.

Er zuckte mit keiner Wimper. „Ich bin ein exzellenter Schütze, Arturo, und sie ist nicht kräftig genug, um Sie ganz zu verdecken. Vielleicht möchten Sie über Ihre Antwort noch einmal nachdenken."

„Wozu? Ich bin sowieso am Arsch, wie man es auch betrachtet." Der Arm um ihren Oberkörper spannte sich wieder an, die Pistole drückte erneut auf ihre Schläfe.

„Sie haben falsche Vorstellungen vom Zeugenschutzprogramm", erklärte Jason, als ob er den ganzen Tag Zeit für Diskussionen hätte. „Ganz ehrlich, mich erstaunt immer wieder, wie diese Typen auf Kosten des Steuerzahlers in Saus und Braus leben." Sein Blick wanderte kurz zu ihr. „Jetzt", sagte er, ohne den Ton zu ändern.

Da kniff Poppy die Augen fest zusammen, sprühte das Gas über ihre Schulter und ließ sich gleichzeitig nach links fallen – genau in dem Moment, in dem sich ein Schuss löste.

Die Umklammerung gab nach und löste sich dann ganz und gar. Poppy spürte, wie Arturos Körper an ihr herabglitt und auf den Zementboden knallte. Stolpernd lief sie auf Jason zu. Er streckte die Arme nach ihr aus und schob sie mit einer geschmeidigen Bewegung hinter sich.

„Geh hinter die Kartons", forderte er sie auf.

„Jason …"

„*Geh hinter die Kartons.*" Seine Stimme, scharf wie ein Skalpell, schnitt mit kalter Präzision in ihre Knochen.

Sie gehorchte, schielte aber um die Kartons herum, um ihn zu beobachten.

„Hohn", brüllte Jase und rannte vorsichtig auf Arturo zu, die Pistole noch immer fest auf den am Boden liegenden Mann gerichtet. „Du hättest den Deal annehmen sollen, Kumpel." Jason kickte Arturos Waffe weg, kniete sich neben ihn und fühlte mit zwei Fingern am Hals nach seinem Puls. Fluchend rief er erneut den Namen seines Partners.

Hohns Stimme antwortete aus der Ferne.

„Ruf 911. Wir brauchen einen Krankenwagen. Sofort!" Er richtete seine Aufmerksamkeit wieder auf Arturo. „Komm schon, du Scheißkerl. Stirb mir jetzt nicht unter den Händen weg. Ich habe nicht gern ein Leben auf dem Gewissen." Erst dann sah er zu ihr. „Wo ist Cory?"

„Irgendwo hier. Sie konnte abhauen."

Poppy hörte, wie der Mann, der Hohn hieß, Befehle in sein Telefon bellte. Seine Stimme wurde immer klarer. Eine Sekunde später bog er um die Ecke und betrachtete sie abschätzend mit demselben Polizistenblick, den sie von Jason kannte. Dann sah er zu Boden. „Lebt er?"

„Ja. Aber ich glaube, ich habe irgendetwas Wichtiges getroffen – er blutet ziemlich stark. Ich brauche etwas, um die Wunde abzubinden."

„Unter der Zeitung auf der Couch liegt ein Handtuch", erklang Corys Stimme hinter einer anderen Wand aus Kartons. „Auch wenn ich es nicht allzu schade fände, wenn der Bastard draufgeht. Er war bereit, Ms C. und mich zu töten."

An die folgende Stunde erinnerte Poppy sich später nur noch verschwommen. Sie und Cory klammerten sich aneinander, während Jason und Hohn verhinderten, dass Arturo verblutete. Dann übernahmen die Sanitäter, und kurz darauf wimmelte es in der Lagerhalle von Polizisten. Damit sie nicht im Weg standen, verzogen sich Poppy und Cory in eine Ecke.

Stumm sahen sie zu, wie die Sanitäter Arturo wegbrachten. Cory, die bisher die ganze Zeit geschwiegen hatte, drückte auf einmal den Kopf an Poppys Schulter. „Es tut mir leid, Ms C."

„Ja, ich weiß." Sie streichelte über das Haar des Mädchens. „Du hast heute ein paar miese Entscheidungen getroffen, aber weißt du, das passiert jedem mal. Ich hoffe allerdings, dass du aus dieser Erfahrung etwas lernst und in Zukunft erst nachdenkst, bevor du etwas tust." *Eine Lektion, die ich selbst lernen müsste.*

„Das werde ich. Ganz bestimmt." Aschfahl sah das Mädchen mit tränenden Augen und zitternder Unterlippe zu ihr auf. „Ich hatte solche A-Angst. Und nicht nur um mich. Es tut mir s-so leid. Ich hätte es mir nie verziehen, wenn Sie meinetwegen getötet worden wären."

„Cory!"

Beide zuckten beim Klang von Sandy Capellis Stimme zusammen. Dann kreischte Cory „Mom!", machte sich von Poppy los und warf sich in die Arme ihrer Mutter.

Gleich darauf kam Hohn zu Poppy. „Jase hat mich gebeten, Ihre Aussage aufzunehmen und Sie dann nach Hause zu bringen. Okay?"

„Ja." Auf einmal war sie mehr als bereit zu gehen. Sie musste räumlichen Abstand zwischen sich und die Gewalt bringen, die sich wie eine Schmutzschicht auf ihre Seele gelegt hatte. Mindestens eine heiße Dusche und ein kühles Glas Wein würden nötig sein, um sie abzuwaschen. Sobald sie sich wieder sauber fühlte, wollte sie ihre selbst auferlegte Isolation beenden und ihre Mutter anrufen. Oder Jane und Ava. Oder alle drei.

Aber zuerst musste sie ihre Aussage machen. Leise beantwortete sie Hohns Fragen – so lange, bis er zufrieden war. Anschließend nahm er sie am Arm und wollte sie wegbringen.

Aber sie konnte einfach nicht gehen, ohne noch einen letzten Blick zurückzuwerfen. Jason sprach am anderen Ende des Raums mit einem Mann. Als er ihren Blick spürte, sah er sie auf einmal direkt an. Ohne nachzudenken, winkte sie ihm mit einem winzigen Krümmen der Finger zu.

Auf seinem Gesicht war keine Regung zu entdecken. Gleichmütig setzte er sein Gespräch fort.

Poppys Herz verkrampfte sich. Sie zwang sich weiterzugehen, obwohl sie wusste, dass sie ihn vielleicht zum letzten Mal gesehen hatte.

Dass er sie wirklich nicht so liebte wie sie ihn.

Und es niemals tun würde.

25. KAPITEL

So viel zum Thema höchstes Hoch und tiefstes Tief. Und das alles an einem Tag.

Auf der Fahrt zu Poppy redete Jase sich ein, dass er einfach nur kurz nach ihr sehen wollte. Und dass er das Richtige tat. Sie hatte einen Albtraum erlebt – auch wenn sie selbst schuld daran war. Irgendjemand musste ihr einen offiziellen Besuch abstatten, um sicherzustellen, dass sie in Ordnung war – und um ihre Aussage noch einmal durchzugehen.

Eben. Er stieg aus dem Wagen und starrte zu ihrem Fenster hinauf, dann richtete er sich entschlossen auf. Das hier war rein beruflich. Er erledigte seinen Job, mehr nicht.

Er wollte nur ein paar Minuten bleiben und dann wieder verschwinden. Vielleicht sollte er auf der Rückfahrt bei KFC halten und für Murphy und sich was zu essen holen. Der alte Knabe liebte die extra-knusprige Variante besonders. Dann könnten sie sich hinsetzen und Jases riesigen Arbeitsrückstand diskutieren. Murph war vielleicht im Ruhestand, doch Jase respektierte seine Meinung in beruflicher Hinsicht mehr als die irgendeines anderen Menschen.

Gut, okay, dachte er, als er vor Poppys Tür stehen blieb. Das wichtigste Wort hier lautet *professionell*. Er klopfte vielleicht etwas lauter als nötig an ihre Tür.

Ihr ganzes Gesicht hellte sich bei seinem Anblick auf, als ob sein Auftauchen ihr den ganzen beschissenen Tag retten würde oder so was. Das traf ihn genauso mitten ins Herz wie dieses kleine Winken mit den Fingern vorhin in der Lagerhalle.

Und seine Professionalität ging den Bach runter.

„Was *zum Teufel* hast du dir eigentlich gedacht?", brummte er ein bisschen zu laut und definitiv erzürnt. Er packte ihre Oberarme und schob sie durch den kleinen Flur, bis sie mit dem Rücken gegen die Wand prallte. Ein gerahmtes Bild neben Poppys

Kopf wackelte. „Deine Oma Ingles hat die Kohle für deine verdammt teure Ausbildung hingeblättert, aber hast du auch nur ein einziges Mal in deinem Leben dein Hirn eingeschaltet? Ich habe dir *gesagt*, dass du auf mich warten sollst! Habe ich dir nicht verboten, in die Lagerhalle zu gehen?" Ein eiskalter Stich fuhr ihm in den Magen – wie schon vor ein paar Stunden, als er in dem Verkehrsstau stecken geblieben war.

Als er zu weit weg gewesen war, um sie zu beschützen, und nur hoffen konnte, noch rechtzeitig zu kommen, um zu verhindern, dass ihr etwas passierte.

Dass sie getötet wurde.

„Aber hast du auf mich *gehört*?", brüllte er, seine Nase nur einen Zentimeter von ihrer entfernt. „Nein, zum Teufel! Du mit deiner Gefühlsduselei musstest natürlich mitten in eine unbekannte Situation hineinplatzen, mit nichts bewaffnet als einem Achtelliter Reizgas – um es mit einem Verbrecher mit einer beschissenen *Pistole* aufzunehmen!"

„Kein Reizgas", flüsterte sie und starrte zu ihm hinauf, zitternd wie eine Katze im Wartezimmer beim Tierarzt. „Pfefferspray."

„Ach so, na klar. Gott bewahre, dass ihr Love-and-Peace-Typen jemanden tatsächlich verletzen könntet, selbst wenn der euch umbringen will!" Ihr Zittern wurde stärker, und er zog die Brauen zusammen. „Hör auf zu zittern! Wage es jetzt nicht, mir etwas vorzuzittern! Das hättest du auf diesem Parkplatz tun sollen, statt in die Lagerhalle zu spazieren!"

„Ich hatte solche Angst, Jason."

„Du weißt doch überhaupt nicht, was Angst ist! Du hast nicht in einem Verkehrsstau festgesteckt und gewusst, dass du die Frau, die du liebst, nicht davon abhalten kannst, sich in Gefahr zu bringen. Dass der Job, von dem du glaubst, dass er das Wichtigste in deinem Leben ist, nichts mehr bedeutet, wenn du sie nicht beschützen kannst. *Du* hast nicht sehen müssen, wie ein Mann dir eine Pistole an die Schläfe hält!" Er riss sie von den Füßen und hob sie in die Höhe, um sie voller Wut zu küssen.

Ihre weichen Lippen öffneten sich sofort, er schmeckte den Wein auf ihrer Zunge. Sie schlang die Beine um seine Hüfte und die Arme um seinen Hals. Ohne den Kopf zu heben, umfasste Jase ihren Hintern und trug sie ins Wohnzimmer. Dabei stolperte er über die Türschwelle, weil er sich weigerte, die Augen zu öffnen. So herrlich war dieser Kuss, so umwerfend die Erleichterung, sie lebendig und warm in seinen Armen zu halten.

Er hatte wirklich geglaubt, dass er sie nie mehr halten würde – dass sich der Rest seines Lebens ewig lang und öde hinziehen würde.

„Guter Gott", murmelte eine Frau entsetzt hinter ihnen. „Ist das etwa eine *Waffe* in dem Gurt unter seinem Arm?"

„Beth, du kannst dir doch nicht ernsthaft Sorgen wegen so eines kleinen Dings wie einer Pistole machen", entgegnete Ava Spencer trocken, „wenn ein Mann, der so küssen kann, deiner Tochter seine Liebe erklärt. Mann, wo sind Popcorn und Gummibärchen, wenn man sie mal braucht?"

Er riss den Kopf hoch und starrte mit offenem Mund Poppys beste Freundinnen und eine Frau an, die nur Mrs Calloway sein konnte. Zumindest wenn man nach den schokoladenbraunen Augen und den mit Grau durchzogenen Locken gehen konnte.

Jesus. Er betrat niemals ein Büro, ein Haus oder eine Wohnung, ohne sich vorher ganz genau umzusehen. Doch ein Blick auf Poppy hatte genügt, und seine unfehlbare zweite Natur hatte sich vorübergehend verabschiedet. Da saßen also drei Frauen auf der kleinen Couch und dem Stuhl und starrten ihn mit einer Mischung aus Faszination und Zweifel an.

Doch obwohl Mrs C. seine Hände ganz deutlich auf dem Hintern ihrer Tochter sehen konnte, ließ er Poppy nicht herunter. Stattdessen griff er noch fester zu. Ihre Blicke trafen sich, und er verlor sich ganz in den topasfarbenen Sprenkeln ihrer Augen. „Ich schätze, du hast Besuch."

„Sie wollten gerade gehen." Sie sah zu ihrer Mutter und ihren Freundinnen. „Das wolltet ihr doch? Mom? Meine Schwestern?"

„Oh, ja", sagte Ava, während Jane murmelte: „Weht da etwa ein leiser Wüstenwind?"

Lachend zog Ava Poppys Mutter sanft auf die Beine. „Komm, Beth", rief sie fröhlich. „Ich lade dich auf einen Drink ein und erzähle dir von einem kleinen Mädchen, das, wenn es groß ist, einen Scheich heiraten will."

„Und ich dachte, ich wüsste alles, was es über mein Mädchen zu wissen gibt", murrte Beth. Sie warf Jase und ihrer Tochter einen strengen Blick zu. „Ich hoffe, dass ihr zumindest Safer Sex habt. Und ich spreche nicht von Kondomen. Legen Sie diese verdammte Waffe ins Regal oder besser noch in eine verschließbare Schublade."

„Ja, Ma'am", hörte er sich antworten und sah erleichtert den drei Frauen nach, die ohne viel Aufhebens die Wohnung verließen.

In der Sekunde, in der die Tür ins Schloss fiel, lehnte Poppy sich zurück, die Arme um seinen Hals gelegt. „Vorhin im Flur hast du gesagt: ‚die Frau, die ich liebe'."

Er nickte. Räusperte sich. „Ja. Ja, das habe ich gesagt."

„Und das bin dann also ich?"

„Natürlich bist das du!", antwortete er leicht empört.

„Hey, du kannst mir nicht vorwerfen, verwirrt zu sein. Das ist eine ziemliche Kehrtwende zu unserem letzten Gespräch. Da sagtest du, du wüsstest nicht, wie man liebt." Poppy spürte, wie ihr Herz leicht wurde. „Setzen wir uns", schlug sie sanft vor. „Möchtest du ein Glas Wein oder etwas anderes?"

Nein. Jase ließ sie nicht los, sondern warf sich mit ihr in den nächstbesten Sessel. Dort rückte er ihre Beine vorsichtig so zurecht, bis sie gespreizt auf seinem Schoß saß. „Hast du so genug Platz?"

Sie nickte und tastete mit den Fingern über sein Gesicht. „Ich habe ein bisschen zu viel Wein getrunken, als ich nach Hause kam", gestand sie. „Ich möchte nur sichergehen, dass ich nicht träume."

Da nahm er ihre Hand und drückte sie an seine Brust, wo

sein Herz hart und schnell schlug. „Spürst du das? Das ist kein Traum. Und du bist nicht betrunken. Wenn doch, kannst du es ziemlich gut verbergen."

Einen Moment zögerte er. Holte tief Luft – und stieß sie wieder aus.

„Du hast allerdings recht, es ist eine Kehrtwende. Eine, von der ich noch nichts ahnte, als ich hierherkam. Nein, bleib hier." Er legte die Hände über Poppys Hand, die noch immer auf seiner Brust ruhte. „Ich habe es mir nicht einfach plötzlich anders überlegt, sondern endlich aufgehört, mir selbst etwas vorzumachen."

Auf einmal musste Jase lachen, ein lautes, ungezügeltes Lachen. „Gott, ich fühle mich ... keine Ahnung. Hundert Kilo leichter! Ich dachte, ich würde nur vorbeikommen, um zu sehen, ob du okay bist, und dann wieder in mein schön geordnetes Leben zurückkehren. Aber als ich sah, wie du dich gefreut hast, da ist irgendwas in mir einfach aufgebrochen. Und auf einmal wusste ich, dass du recht hattest, Blondie. Ich habe vor einer Ewigkeit einen Käfig um mich gebaut, um die de Sanges-Gene unter Schloss und Riegel zu halten. Das hat mir tatsächlich geholfen, nicht vom richtigen Weg abzukommen. Aber was du versucht hast, mir zu sagen – und was Murphy mir schon seit Jahren sagt –, stimmt noch mehr. Dadurch war ich genauso eingesperrt wie meine Familie."

Sein dunkler Blick ließ sie nicht los. „Und du bist der Schlüssel zu meiner Freiheit, Poppy. Ich hatte so schreckliche Angst, als du in Arturos Gewalt warst."

„Das hat man dir nicht angemerkt." Er hatte so cool, kompetent und distanziert gewirkt.

„Weil ich meine Gefühle in diesen Käfig gesperrt habe, um meine Arbeit zu machen und dich heil da rauszuholen."

„Jason, ist Arturo tot?"

„Das weiß ich nicht. Sie haben ihn ins Harborview gebracht, und bisher habe ich nichts gehört. Ich hoffe, dass er es packt. Ich will nicht für seinen Tod verantwortlich sein."

„Wenn, dann ist er dafür verantwortlich!"

„Ich weiß, Sweetheart. Aber es ist nie schön zu wissen, dass man jemanden umgebracht hat."

Poppys Herz war so voller Liebe, dass es jederzeit explodieren konnte. „Ich liebe dich, Jason. Gott, ich liebe dich so sehr."

„Oh, Jesus! Und ich liebe dich."

Sie grinste. „Also, bringst du deine Anzüge wieder her?"

„Ja. Irgendwann sollten wir uns eine größere Wohnung suchen, aber bis dahin, ja."

„Deine Wohnung ist größer. Wir können auch dort einziehen."

„Das würdest du tun?"

„Na klar. Wir müssten vermutlich etwas umräumen, damit ich meine Sachen unterbringen kann. Aber Murphy wohnt dort, und du hast viel mehr Platz als ich. Vielleicht könnte ich ein Plätzchen in dem zweiten Schlafzimmer oder Büro, oder was immer dieses andere Zimmer ist, für meine Arbeit bekommen. Dann könnten wir zur Abwechslung mal an einem richtigen Tisch essen."

„Du kannst das ganze verdammte Zimmer haben, wenn du willst."

„Nein, ich brauche nur einen Arbeitsplatz und vielleicht einen Schrank oder ein paar Regale oder so."

Zärtlich strich er ihr eine Locke aus dem Auge. „Vielleicht sollten wir heiraten."

Mit pochendem Herz starrte sie ihn an, zwang sich aber, praktisch zu bleiben. „Wir haben uns gerade erst versöhnt. Vielleicht sollten wir ein bisschen warten, wie es mit dem Zusammenleben klappt."

Für einen Moment schien er ganz fasziniert von seinem Finger zu sein, mit dem er über ihren Schenkel strich. Als er die Augen hob, sah er sie fest an. „Aber du bist nicht total gegen die Idee?"

„Soll das ein Scherz sein? Meine erste Reaktion war: *Will ich haben!* Aber ich bin impulsiv – du weißt, dass ich impulsiv bin. Und das ist zu wichtig, um es zu überstürzen."

Sie quietschte überrascht, als er abrupt aufstand. Er wirbelte sie in seinen Armen herum und trug sie ins Schlafzimmer.

„Du hast recht", rief er und warf sie aufs Bett. „Lass uns vernünftig sein. Himmel, Vernunft ist schließlich mein zweiter Vorname – hab ich dir das je erzählt?"

Nachdem er die Krawatte ausgezogen hatte, legte er die Pistole auf das oberste Regal und begann, sein Hemd aufzuknöpfen. „Also reden wir nächste Woche wieder darüber."

EPILOG

Ich fühle mich, als ob Sonne durch all meine Poren strahlen würde!
Memorial Day

Poppy blieb am Kopf der Treppe, die Avas Strand-Penthouse in Alki mit der üppig bepflanzten Dachterrasse verband, abrupt stehen. Auf einmal konnte sie sich nicht mehr auf das Geplapper ihrer Freundinnen hinter sich konzentrieren. Sie starrte Jason an, der auf typische Männerart mit Murphy, Dev und Finn am Grill stand. Jase hatte den Kopf in den Nacken geworfen und brüllte vor Lachen, und ihr Herz schwoll so schnell und heftig an, dass sie fürchtete, es könnte zerspringen.

„Oh, da hat's aber jemanden erwischt", murmelte Jane neben ihr. Sie nahm Poppy das Tablett aus den Händen und knallte es mit ungewöhnlicher Missachtung für Avas sorgfältig ausgewählte Möbel auf ein wunderschönes Tischchen. Früchte schaukelten, Sangria spritzte, und die Kristallgläser klirrten.

„Was ist denn das?", fragte sie und senkte den Kopf, um den antiken Diamantring aus Weiß- und Gelbgold an Poppys Finger anzustarren. „Ava! Hast du das gesehen?"

„Na, das wurde aber Zeit", lachte Poppy. Seit sie Avas Wohnung betreten hatte, wartete sie darauf, dass ihre besten Freundinnen den Ring endlich bemerkten.

„Verdammt richtig", murrte Ava. „Ich warte schon seit Freitag darauf, diesen Ring zu sehen."

Poppy klappte die Kinnlade herunter, während sie ihre Freundin sprachlos anstarrte.

Genauso wie Jane, nur dass diese noch mit dem typischen bösen Kaplinski-Blick hinzufügte. „Du wusstest, dass sie einen Verlobungsring bekommt?"

„Detective Scheich hat mich gebeten, ihn mit ein paar Nachlasshändlern bekannt zu machen. Er wollte ihr keinen riesigen neuen Stein schenken, den sie ständig nach unten drehen müsste, um ihn nicht ihren Schülern aus den einkommensschwachen Familien unter die Nase zu reiben. Aber nachdem ich ihn den Händlern vorgestellt hatte, durfte ich ihm keinen Ratschlag mehr geben. Um genau zu sein, hat mich der Blödmann am Ende des Raums stehen lassen, während er seine Wahl traf, damit ich den Ring nicht vor Poppy sehe." Sie nahm Poppys Hand. „Also, zeig mal."

Kritisch musterte sie die achteckige Fassung und den runden Diamanten, dann hauchte sie: „Mein Gott, er passt genau zu dir." Sie sah Poppy in die Augen. „Ich schätze mal, er ist also doch gut genug, um dich zu heiraten."

Auch Jane beugte sich über den Ring. „Er ist wunderschön, Poppy. Und er sieht sehr alt aus."

„Edwardianisch – ungefähr um 1910", erklärte Poppy. „Mom sagt, seine Aura zeigt, dass er sehr geliebt wurde."

„Und sie muss es wissen." Jane richtete sich langsam auf. „Hab ich das richtig verstanden. *Jeder* wusste vor mir Bescheid?"

„Mein erster Gedanke, nachdem ich wieder Luft bekam, war, euch beide anzurufen", gab Poppy zu. „Doch dann wollte ich einfach wissen, wie lange es dauert, bis der Ring euch auffällt. Also habe ich Jason stattdessen mit zu meinen Eltern genommen."

„Ich wäre explodiert, wenn ich meine Verlobung auch nur eine Stunde lang hätte geheim halten müssen", sagte Jane.

„Ich bin auch fast explodiert", gab Poppy zu. Dann deutete sie vorwurfsvoll mit dem Finger auf Ava: „Und du hättest mich schon vor einer halben Stunde von dieser Qual erlösen können."

„Ich war viel zu beschäftigt, unauffällig einen Blick darauf zu erhaschen. Und, wie ich gestehen muss, mich darüber zu wundern, dass du uns den Ring nicht sofort kreischend unter die Nase gehalten hast."

„Und da dachte ich, ich würde ihn euch sogar ständig unter die Nase halten, doch ihr wärt einfach zu schwer von Begriff, um es zu merken." Ihr Blick wanderte zu dem eingebauten Grill, auf den die Männer gerade Lachs legten. Sie spürte wie ein törichtes Lächeln ihre Mundwinkel nach oben hob. „Wie wäre es, wenn wir uns zu ihnen gesellen?"

Jane durchfuhr ein kleiner Ruck. „Ist mir recht."

„Natürlich ist es euch recht", hörte Poppy Ava murmeln, als sie die Terrasse überquerten. „Warum sollte es euch nicht recht sein, wenn zwei total in euch verknallte Typen da warten."

Ein paar Meter entfernt setzte Jase gerade eine Bierflasche an die Lippen, nahm einen Schluck und stellte fest, dass er verdammt viel Spaß hatte. Die Kavanaghs hatten sich als anständige Kerle entpuppt und ihn und Murph locker aufgenommen. Und es gab eine Menge zu feiern. Arturo hatte nicht nur die Schussverletzung überlebt, sondern auch noch einen Mordversuch im Krankenhaus. Danach war er plötzlich doch bereit gewesen, gegen Schultz auszusagen. Und da die meisten Fälle, die sich auf Jases Schreibtisch stapelten, in Zusammenhang mit Arturos Brüchen standen, waren sie nun mehr oder weniger gelöst. Auch wenn die Jugendlichen, die darin verwickelt gewesen waren, vermutlich nie aufgespürt werden würden.

Als Sahnehäubchen obendrauf – zumindest für Poppy und, okay, vielleicht auch für ihn – waren Cory und Danny G. in den letzten Monaten mehrfach in der Wolcott-Villa gewesen, um beim Streichen zu helfen. Zu Poppys großer Erleichterung hatte das Mädchen sich sehr gut von ihrer Tortur erholt.

Seiner Erfahrung nach regelten sich die Dinge nicht immer so einfach. Aber er könnte sich daran gewöhnen.

Dev machte sie auf ein Segelboot auf dem Sound aufmerksam. Doch als Jase sich umdrehte, sah er nur Poppy, die mit ihren Freundinnen auf ihn zukam und sofort seine ungeteilte Aufmerksamkeit auf sich zog. Er ertappte sich dabei, wie er die Männer stehen ließ, sich entschuldigte und ihr entgegenging.

Sie sah so hübsch aus in ihrem roten Kleid, der kleinen weißen Jacke und mit dem strahlenden Lächeln.

„Hey", murmelte er und senkte den Kopf, um sie zu küssen. Dann drehte er sie herum und zog sie mit dem Rücken an seine Brust. Die Arme um ihre Taille geschlungen, legte er das Kinn auf ihr warmes lockiges Haar und blickte auf den Sound und die sich dahinter erhebenden Berge. Wie von selbst nahm er ihre linke Hand, um mit dem Daumen über den Diamanten zu streichen, den er ihr gestern Abend an den Finger gesteckt hatte.

Er fühlte sich glücklich und friedlich. Und daraus machte er auch keinen Hehl, als er zuerst Jane und dann Ava anstrahlte, denn dieser kleine Diamant besagte, dass Poppy *ihm* gehörte.

Ava blieb vor ihnen stehen. „Okay, ich gebe es zu. Dieser Ring beweist, dass du doch aufmerksam sein kannst und weißt, wer Poppy ist." Sie sah Poppy ins Gesicht, und Jase vermutete, dass sie darauf dasselbe leuchtende Lächeln entdeckte, das er schon den ganzen Tag gesehen hatte. Zumindest legte Avas Blick das nahe. Er war sanft und blieb auch so, als sie ihn wieder ansah. „Das hast du gut gemacht."

„Ich werde gut auf sie aufpassen, weißt du."

Sie musterte ihn prüfend, nickte dann. „Ja, ich denke, das wirst du. Und das wäre auch besser. Denn wenn du ihr wehtust, werden Jane und ich dafür sorgen, dass du für den Rest deines Lebens mit einer hohen, piepsigen Stimme sprichst."

„Av!", protestierte Poppy, doch Jase nahm sie nur noch fester in den Arm und nickte Ava zu.

„Ist gut", erwiderte er.

„Hey, gratuliere, de Sanges", rief Dev vom Grill aus. „Wie ich höre, hat Poppy dir einen Ring durch die Nase gesteckt."

„Ja, sie hat gesehen, wie Jane dich an deinem herumführt, und dachte, sie würde das auch gern mal ausprobieren", rief er zurück.

Sein alter Kumpel Murphy kam herüber, um ihm die Hand zu schütteln und auf die Schulter zu schlagen. Dann zog er Poppy in eine Umarmung. „Gratuliere, Junge", sagte er. „Wirst du es Joe sagen?"

„Das habe ich schon. Ava wollte, dass ich ihn auch einlade, aber er hatte schon Pläne mit der Familie seiner Freundin. Also hab ich es ihm am Telefon gesagt." Anfangs hatte er die Einladung mit gemischten Gefühlen ausgesprochen, doch dann gemerkt, dass er sein Glück gern mit seinem Bruder teilte. „Ihm scheint es gut zu gehen, Murph. Vielleicht ist es ihm diesmal wirklich ernst damit, nicht mehr ins Gefängnis zu kommen." Jedenfalls hoffte er es.

Sie holten den Lachs vom Grill, die Frauen nahmen Salat, Brot und Gemüse von dem aufgebauten Buffet, das eher in ein schickes Restaurant als zu einem einfachen Grillfest gepasst hätte. Vermutlich lag das an Avas Beruf. Als sich alle an den wie ein Bumerang geformten Tisch gesetzt hatten, schenkte Ava denen, die kein Bier tranken, ein Glas Sangria ein. Dann hagelte es Trinksprüche auf die Verlobung.

Jase lauschte der Unterhaltung um sich herum und fühlte sich so zufrieden, dass er sich beinahe selbst nicht mehr wiedererkannte. Als ob sie wüsste, was er fühlte, drückte Poppy unterm Tisch sein Knie.

Er lehnte sich zu ihr. „Ich weiß, dass ich dich von der ersten Minute an wollte", flüsterte er ihr ins Ohr. „Aber ich hatte wirklich keine Ahnung, dass ich jemals einen Menschen so lieben könnte. Ich dachte, dass nur andere Menschen das Recht hätten, glücklich zu sein. Gute Menschen."

„Du bist ein guter Mensch", erwiderte sie empört.

„Ich weiß. Ich habe mich falsch ausgedrückt. Was ich sagen wollte, ist, dass ich immer dachte, Glück wäre nur etwas für Leute, die aus Familien wie deiner kommen. Und nicht für Typen mit einem so verkorksten Hintergrund."

Poppy neigte den Kopf nach hinten, um ihn anzusehen. „Mich interessiert dein Hintergrund nicht. Ich liebe nicht deine Verwandten, Jason. Ich liebe dich."

„Ach, Poppy." Einen Moment legte er seine Stirn an ihre. Dann küsste er sie zärtlich und lächelte. „Dass ich an dem Tag in diese Sporthalle gegangen bin, um über Corys, Dannys und Henrys Zukunft zu sprechen, war die beste Entscheidung meines Lebens, Puppe."

Auch Poppy lächelte. „Und meines auch", entgegnete sie leise. „Meines auch."

– ENDE –

Deutsche Erstveröffentlichung

Band-Nr. 25908
9,99 € (D)
ISBN: 978-3-95649-277-8
eBook: 978-3-95649-526-7
384 Seiten

Susan Mallery
Weiter geht es nach der Werbung

Je mehr Gemeinsamkeiten ein Paar hat, desto besser läuft die Beziehung. Davon ist Paartherapeutin Taylor McGuire fest überzeugt. Ihr Exmann, der bekannte Psychologe Jonathan Kirby, behauptet jedoch genau das Gegenteil – alleine auf viel Sex komme es an. In einer Talkshow fordert er sie heraus, um zu beweisen, dass er recht hat: Für eine Realityshow sollen Singles einen Monat lang wie ein Ehepaar zusammenleben. Er sucht die Hälfte der Teilnehmer aus, Taylor die andere. Vor laufender Kamera bleibt ihr nichts anderes übrig, als zuzustimmen. Das Experiment rückt für Taylor jedoch bald in den Hintergrund, als es zwischen ihr und Jonathan plötzlich wieder knistert wie früher. Haben sie doch mehr gemeinsam, als sie dachte?

"Susan Mallery ist eine meiner absoluten Lieblingsautorinnen."
Debbie Macomber

"Besser können romantische Liebesgeschichten nicht erzählt werden."
Booklist

Deutsche Erstveröffentlichung

Band-Nr. 25907
9,99 € (D)
ISBN: 978-3-95649-276-1
eBook: 978-3-95649-525-0
304 Seiten

Meg Donohue
Liebe auf vier Pfoten

Mitgefühl, Verständnis und Humor sind die Eigenschaften, mit denen die Trauertherapeutin Maggie Brennan ihren Patienten hilft, den Verlust ihrer vierbeinigen Freunde zu überwinden. Denn seit dem Tod ihres geliebten Hundes, weiß die einsame Singlefrau genau, wie schmerzhaft es ist, seinen treuen Gefährten zu verlieren. Als eines Tages eine verstörte Klientin vor Maggies Tür steht und behauptet, ihr Hund wäre nicht tot, sondern nur gestohlen worden, macht sich Maggie auf eine abenteuerliche Suche. In den Straßen von San Francisco verstrickt sie sich bald in ein Geheimnis, das sie zwingt, sich ihrer größten Angst zu stellen: Ihr Herz einem Mann zu öffnen.

"Wunderbar! Jeder, der schonmal einen Hund geliebt und verloren hat, wird viel Wahrheit und Trost in diesem Roman finden."
Bestsellerautorin Allie Larkin

"Fantastisch: Chick-Lit mit echter Tiefe."
Goodreads

Deutsche Erstveröffentlichung

Miranda Dickinson
Fünfzig Dinge,
die du tun sollst,
wenn ich tot bin

Band-Nr. 25900
9,99 € (D)
ISBN: 978-3-95649-269-3
eBook: 978-3-95649-519-9
432 Seiten

„Versprich, dass du für uns beide lebst."
Natürlich hat Elsie das ihrem sterbenskranken Mann Lucas versprochen, und dann, gemeinsam mit ihm, 50 Zettel geschrieben. Mit wundervollen, verrückten Ideen, die Elsie allein ausführen soll. Achtzehn Monate nach Lucas' Tod traut sie sich zum ersten Mal, die Wunschbox zu öffnen. Und plötzlich ist sie mittendrin in ihrem neuen Leben: Sie gründet einen Chor. Sie geht wieder aus und eine Zukunft scheint möglich – und sogar rosig. Nicht zu sprechen von diesem anderen unverschämt selbstüberzeugten, unverschämt gutaussehenden Kerl, der ständig ihren Weg kreuzt! Ja, es läuft gut für Elsie. Bis sie den 51. Wunsch in Lucas' Box liest …